LES APPARENCES

Gillian Flynn est née à Kansas City dans le Missouri. Après des études d'anglais et de journalisme, elle rejoint l'équipe d'*Entertainment Weekly*, un magazine spécialisé dans le cinéma pour lequel elle travaille pendant dix ans. Elle publie en 2007 son premier roman, *Sur ma peau*, qui a été récompensé par plusieurs prix littéraires – dont, fait unique dans l'histoire, deux Britain's Dagger Award. Publiée dans plus de vingt-cinq pays, Gillian Flynn est considérée par la critique comme l'une des voix les plus originales du thriller contemporain. Son troisième livre, *Les Apparences*, a connu un succès hors norme en France comme à l'étranger.

Paru au Livre de Poche :

Les Lieux sombres

Sur ma peau

GILLIAN FLYNN

Les Apparences

TRADUIT DE L'ANGLAIS (ÉTATS-UNIS) PAR HÉLOÏSE ESQUIÉ

SONATINE

Titre original :

GONE GIRL
publié par Crown

ISBN : 978-2-253-08667-3 – 1re publication LGF

À Brett, lumière de ma vie, senior,
et Flynn, lumière de ma vie, junior.

L'amour est l'infinie mutabilité du monde ; les mensonges, la haine, le meurtre même s'entremêlent en son sein ; il est l'inévitable éclosion de ses contraires, une rose magnifique aux effluves sanglants.

Tony KUSHNER, L'Illusion.

PREMIÈRE PARTIE
Le garçon perd la fille

Nick Dunne

Le jour où

Quand je pense à ma femme, je pense toujours à son crâne. À la forme de son crâne, pour commencer. La toute première fois que je l'ai vue, c'est l'arrière de son crâne que j'ai vu, et il s'en dégageait quelque chose d'adorable. Comme un épi de maïs dur, luisant, ou un fossile trouvé dans le lit d'une rivière. Elle avait ce que les Victoriens auraient appelé *une tête bien faite*. Il n'était pas difficile d'imaginer la forme de son crâne.

Je reconnaîtrais son crâne entre mille.

Et ce qu'il y a dedans. Je pense à ça, aussi : à son esprit. Son cerveau, toutes ses spires, et les pensées qui circulent dans ces spires tels des mille-pattes impétueux frappés de frénésie. Comme un enfant, je m'imagine en train d'ouvrir son crâne, de dérouler son cerveau et de le passer au crible afin de tenter d'attraper et de fixer ses pensées. *À quoi tu penses, Amy ?* La question que j'ai posée le plus souvent pendant notre mariage, même si ce n'était pas à haute voix, même si ce n'était pas à la personne qui aurait pu y répondre. Je suppose que ces questions jettent une ombre funeste sur tous les mariages : *À quoi penses-tu ? Comment te sens-tu ? Qui es-tu ? Que nous sommes-nous fait l'un à l'autre ? Qu'allons-nous faire ?*

Mes yeux se sont ouverts d'un coup, à 6 heures du matin, exactement. Il n'y a pas eu de battement de cils, pas de montée progressive. Le réveil a été mécanique. Mes paupières se sont ouvertes dans un déclic, comme celles d'une marionnette inquiétante ; le monde était tout noir et soudain : *le spectacle commence !* 6-0-0, disait le réveil – sous mon nez, la première chose que j'ai vue. 6-0-0. Ce n'était pas comme d'habitude. Il était rare que je me réveille à une heure pile. J'étais plutôt du genre à me lever à des horaires irréguliers : 8 h 43, 11 h 51, 9 h 26. La sonnerie du réveil n'avait pas de place dans ma vie.

À ce moment précis, 6-0-0, le soleil est apparu au-dessus de la cime des chênes, révélant sa plénitude estivale de dieu courroucé. Son reflet flamboyait à la surface du fleuve en direction de notre maison, tel un long doigt lumineux pointé sur moi à travers les fins rideaux de notre chambre. Accusateur : *Tu as été vu. Tu seras vu.*

Je suis resté vautré dans mon lit de notre nouvelle maison, que nous appelions toujours *la nouvelle maison* bien que nous fussions revenus dans la région depuis deux ans. C'est une maison de location au bord du fleuve Mississippi, le type même de la maison de Nouveau Riche de banlieue, le genre de maison dont je rêvais gamin, depuis mon pavillon miteux. Le genre de maison qui est immédiatement familier : une maison neuve, neuve, neuve, d'une majesté sans originalité ni défi, que ma femme allait détester – et détesta.

« Est-ce que je dois laisser mon âme dehors avant d'entrer ? » Sa première réflexion à notre arrivée. C'était un compromis : Amy avait exigé que nous choisissions une location dans ma petite ville du Missouri, plutôt que d'acheter, car elle espérait fermement que nous ne serions pas coincés là longtemps. Mais les seules maisons à louer s'entassaient dans ce complexe avorté : une ville fantôme en miniature, pleine de pavillons saisis par les banques – les prix avaient dégringolé à cause de la récession et le quartier avait fermé avant même d'ouvrir. C'était un compromis, mais Amy ne voyait pas les choses ainsi, pas le moins du monde. Pour elle, c'était un caprice de ma part, une punition, ma façon vicieuse et égoïste de remuer le couteau dans la plaie. Je la traînais, tel un homme des cavernes, dans un patelin qu'elle s'était employée à éviter, et je la faisais vivre dans le genre de maison dont elle s'était toujours moquée. J'imagine qu'on ne peut pas parler de compromis, si seul l'un des deux le tient pour tel, mais c'était à ça que nos compromis avaient tendance à ressembler. L'un de nous deux était toujours en colère. Amy, en général.

Ce grief-ci, ne me le mets pas sur le dos, Amy. Le grief du Missouri. Mets-le sur le compte de la situation économique, du manque de chance, mets-le sur le compte de mes parents, sur le compte de tes parents, sur le compte d'Internet, sur le compte des gens qui se servent d'Internet. Avant, j'étais journaliste. J'écrivais sur la télé, le cinéma et les livres. À l'époque où les gens lisaient des choses sur papier, à l'époque où quelqu'un se souciait de ce que je pensais. J'étais arrivé à New York à la fin des années 1990, quand la belle époque rendait son dernier souffle, même si personne ne le savait encore. New York était plein d'écrivains, de véritables écrivains, parce qu'il y avait des magazines, de véritables magazines, et un paquet, avec ça. C'était l'époque où Internet était encore un animal exotique qu'on confinait dans un coin du monde des médias – on peut lui jeter quelques croquettes, le regarder danser au bout de sa courte laisse, c'est mignon, et il ne va pas nous tuer pendant la nuit. Prenez le temps d'y penser : une époque où les jeunes diplômés pouvaient venir à New York et *se faire payer pour écrire.* Nous ne nous doutions pas que nous nous lancions dans un métier qui allait disparaître en l'espace d'une décennie.

J'ai eu un boulot pendant onze ans, puis je n'ai plus eu de boulot, ça a été aussi vite que ça. Les magazines de tout le pays ont commencé à mettre la clef sous la porte, succombant à une soudaine infection provoquée par la crise. Pour les écrivains (les écrivains dans mon genre : des aspirants romanciers, des penseurs ruminants, des gens dont le cerveau n'était pas assez rapide pour jongler avec les blogs, les liens, les *tweets*, ou, pour le dire vite, des vantards vieillissants et têtus), c'était fini. Nous étions comme des fabricants de chapeaux pour dames ou de fouets d'attelage : notre époque était révolue. Trois mois après mon éviction, Amy a perdu son travail, si on peut appeler ça ainsi. (À présent, je peux sentir Amy regarder par-dessus mon épaule, et railler la façon dont je me suis attardé sur mon métier et mes malheurs, tandis que j'ai expédié son expérience en une phrase. Ça, vous dirait-elle, c'est typique. *C'est du Nick tout craché*. C'était un de ses refrains : *C'est tout Nick, il…* et ce qui suivait, ce qui était *tout moi*, était invariablement un défaut.) Deux adultes au chômage, nous avons passé des semaines à traîner en chaussettes et pyjama dans notre salon en ignorant le futur : on entassait le courrier non ouvert sur les tables et les canapés, on mangeait de la glace à 10 heures du matin et on faisait des siestes énormes.

Puis un jour le téléphone a sonné. C'était ma sœur jumelle. Margo était retournée s'installer dans notre ville après son propre licenciement, un an auparavant – elle a une longueur d'avance sur moi en tout, même en déveine. Margo, qui appelait de cette bonne vieille bourgade de North Carthage, dans le Missouri, de la maison où nous avions grandi, et, en l'écoutant, je la revoyais à l'âge de 10 ans, avec sa tignasse brune et sa salopette short, assise sur le ponton du fond du jardin de mes grands-parents, tassée sur elle-même comme un vieil oreiller, avec ses jambes chétives qui se balançaient dans l'eau ; elle regardait le fleuve qui coulait sur ses pieds blancs comme des poissons, déjà suprêmement maîtresse d'elle-même.

Go avait une voix rauque et chaleureuse, même en annonçant cette nouvelle glaçante. Notre indomptable mère était en train de mourir. Notre père était déjà pratiquement parti – son esprit (bilieux) et son cœur (malheureux) s'enténébraient de plus en plus à mesure qu'il approchait à tâtons du grand au-delà gris. Mais apparemment, notre mère allait le précéder. Six mois, un an, c'était le temps qu'il lui restait. Je devinais que Go était allée elle-même rencontrer le médecin ; elle avait pris scrupuleusement des notes de son écriture négligée, et elle s'efforçait, les larmes aux yeux, de déchiffrer ses pattes de mouche. Des dates, des dosages.

« Oh ! merde, je sais pas du tout ce qu'il y a écrit. C'est un 9 ? Est-ce que ça veut dire quelque chose au moins ? » Je l'ai interrompue. Voilà que ma sœur me tendait une tâche, un but, comme sur un plateau. J'en aurais pleuré de soulagement.

« Je vais rentrer, Go. On va revenir s'installer à Carthage. C'est pas normal que tu sois obligée de t'occuper de ça toute seule. »

Elle ne m'a pas cru. Je l'ai entendue souffler à l'autre bout du fil.

« Je suis sérieux, Go. Pourquoi pas ? Il n'y a rien ici. »

Un long soupir. « Et Amy ? »

Ça, je n'avais pas pris le temps d'y réfléchir. J'avais simplement présumé que je prendrais sous le bras ma femme new-yorkaise, avec ses goûts new-yorkais et sa fierté de New-Yorkaise, et que je l'enlèverais à ses parents new-yorkais – en abandonnant Manhattan et son enivrante frénésie futuriste – pour la transplanter dans un petit bled paumé au bord de la rivière Missouri, et que tout irait bien.

Je ne comprenais pas encore toute la stupidité et tout l'optimisme dont je faisais preuve, et oui, tout l'égoïsme qui me poussait à une telle présomption. Le malheur que ça allait engendrer.

« Amy, eh bien, elle sera d'accord. Amy… » Là, normalement, j'aurais dit : « Amy *adore* maman. » Mais je ne pouvais pas dire à Go qu'Amy adorait notre mère, parce que, après tout ce temps, le fait est qu'elle la connaissait à peine. Les rares fois où elles s'étaient rencontrées, elles étaient toutes deux restées perplexes. Amy disséquait leurs conversations pendant des jours – « et qu'est-ce qu'elle voulait dire par… », comme si ma mère appartenait à une vieille tribu agraire, qu'elle arrivait de la toundra avec une brassée de viande de yak crue et quelques boutons dorés pour faire du troc, dans le dessein d'obtenir d'Amy quelque chose qui n'était pas à vendre.

Amy ne tenait pas à connaître ma famille, ne désirait pas connaître ma ville natale, et pourtant, je ne sais pas pourquoi, j'ai pensé que rentrer serait une bonne idée.

Mon haleine du matin réchauffait l'oreiller et j'ai changé de sujet, mentalement. Ce n'était pas le jour pour se livrer à l'autocritique ou aux regrets, c'était le jour pour agir. Au rez-de-chaussée, j'entendais le retour d'un son longtemps disparu : Amy préparait le petit déjeuner. Elle entrechoquait des cuillers en bois (bam-bom !) ou des récipients en alu et en verre (cling-clang !), et triait une collection de pots et de casseroles en métal ou en fonte (BRZZZ, chzzz !). L'accordage d'un orchestre culinaire, qui retentissait vigoureusement avant le grand final, un roulement de tambour sur moule à gâteau dans tout l'étage, qui s'est achevé contre le mur dans un grand coup de cymbale. Quelque mets impressionnant était en préparation, sans doute une crêpe française, car les crêpes françaises, c'est exceptionnel, et, aujourd'hui, Amy voulait sans doute cuisiner un mets exceptionnel.

C'était notre cinquième anniversaire de mariage.

Pieds nus, je suis allé jusqu'en haut de l'escalier et j'ai écouté, les orteils enfoncés dans la moquette épaisse qu'Amy détestait par principe. J'essayais de décider si j'étais prêt à aller rejoindre ma femme. Elle fredonnait un air mélancolique et familier dans la cuisine, inconsciente de mon hésitation. J'ai eu du mal à retrouver ce que c'était – un vieil air folk ? une berceuse ? – mais j'ai fini par reconnaître le thème de *M.A.S.H.* : « Suicide is painless ». *Le suicide, c'est sans douleur.* Je suis descendu.

Je me suis attardé dans l'embrasure de la porte pour l'observer. Ses cheveux couleur beurre frais étaient relevés en une queue-de-cheval qui se balançait joyeusement comme une corde à sauter, et elle suçotait d'un air distrait une brûlure au bout de son doigt en fredonnant. Si elle chantait si bas, c'est qu'elle était une massacreuse de paroles sans égal. Au tout début de notre histoire, une chanson de Phil Collins était passée à la radio, « She seems to have an invisible touch, yeah ». *Elle semble avoir la faculté d'établir un contact invisible*. À la place, Amy chantait : « She takes my hat and puts it on the top shelf. » *Elle prend mon chapeau et le met sur l'étagère du dessus*. Quand je lui ai demandé comment elle avait jamais pu penser que sa version était lointainement, possiblement, vaguement correcte, elle m'a expliqué qu'elle avait toujours cru que la nana dans la chanson aimait vraiment le mec parce qu'elle mettait son chapeau sur l'étagère *du dessus*. Là, j'ai su qu'elle me plaisait, qu'elle me plaisait vraiment beaucoup, cette fille qui avait une explication pour tout.

Il y a quelque chose de perturbant à se sentir glacé alors qu'on évoque un souvenir heureux.

Amy a jeté un coup d'œil à la crêpe qui grésillait dans la poêle et léché un petit éclat de pâte sur son poignet. Elle avait l'air conquérante : l'épouse idéale. Si je la prenais dans mes bras, elle sentirait probablement les fruits rouges et le sucre en poudre.

Quand elle m'a surpris, planqué là dans mon caleçon cradingue, les cheveux en pétard, elle s'est appuyée contre le bar américain et m'a dit : « Tiens, salut, beau gosse. »

De la bile et de la terreur me sont remontées dans la gorge. Je me suis dit : OK, c'est parti.

J'étais très en retard pour aller bosser. Ma sœur et moi, nous avions fait une bêtise en revenant au pays. Nous avions fait ce que nous avions toujours dit que nous ferions. Nous avions ouvert un bar. Nous avons emprunté de l'argent à Amy, 80 000 dollars, ce qui autrefois n'était rien pour Amy, mais, à l'époque, représentait presque tout. J'ai juré que je la rembourserais, avec intérêts. Je n'allais pas être ce genre de mec qui emprunte du fric à sa femme – j'imaginais la grimace de mon père à cette simple idée. *Il y a plusieurs sortes d'hommes*, son expression la plus accablante, dont la seconde moitié restait non dite : *et tu appartiens au genre que je n'aime pas.*

Mais en vérité, c'était une décision pratique, une entreprise avisée. Amy et moi, nous avions tous deux besoin d'une profession – ça, ce serait la mienne. Elle en choisirait une un jour ou pas, mais, entre-temps, ça nous ferait un revenu, et c'était rendu possible par le reste du fidéicommis d'Amy. Tout comme l'immense maison que j'avais louée, le bar apparaissait comme un symbole dans mes souvenirs d'enfance – c'était un lieu où seuls vont les adultes, pour s'adonner à leurs activités d'adultes. Peut-être que c'est pour ça que j'ai tellement insisté pour l'acheter, après avoir été privé de mon gagne-pain. Il sert à me rappeler que je suis, après tout, un adulte, un homme, un individu utile, bien que j'aie perdu le métier qui faisait de moi toutes ces choses. Je ne referai pas la même erreur : les hordes autrefois fournies des écrivains pour magazines vont continuer de se faire saquer – à cause d'Internet, à cause de la récession, à cause du public américain qui préfère regarder la télé ou jouer à des jeux vidéo, ou encore informer ses amis par voie électronique que, n'est-ce pas, *la pluie, ça craint !* Mais aucune application ne viendra jamais remplacer une cuite au bourbon dans un bar frais et sombre par une chaude journée. Le monde aura toujours envie de boire un coup.

Notre bar est situé à un coin de rue, il semble fait de bric et de broc, décoré au petit bonheur. Son meilleur atout, c'est un énorme vaisselier victorien avec des têtes de dragons et des visages d'anges sculptés dans le chêne – une extravagante pièce de menuiserie à notre époque de plastique merdique. Le reste du bar est, de fait, merdique : on dirait une exposition des idées déco les plus miteuses de chaque décennie – un sol en lino de l'ère Eisenhower, qui rebique sur les bords comme un toast cramé ; des murs lambrissés qui semblent tout droit sortis d'un porno amateur des années 1970 ; des lampadaires halogènes, hommage fortuit à ma période cité U dans les années 1990. Au final, l'effet est étrangement accueillant – on dirait moins un bar qu'un appart qui aurait besoin de quelques travaux. Et jovial : nous partageons le parking du bowling voisin, et, quand on ouvre grand nos portes battantes, le bruit des boules qui s'entrechoquent est là pour applaudir l'entrée du client.

Nous avons baptisé le bar Le Bar. « Les gens penseront que c'est un trait d'ironie, pas un manque flagrant d'imagination », s'est dit ma sœur.

Oui, nous nous prenions pour des New-Yorkais roublards – nous pensions que ce nom était une blague que personne ne comprendrait vraiment, pas comme nous la comprenions. Les Carthaginois ne pigeraient pas notre *métahumour*. Nous nous les imaginions froncer le nez : « Pourquoi vous l'avez baptisé Le Bar ? » Mais notre première cliente, une femme grisonnante qui portait un jogging rose et des lunettes à double foyer, nous a dit : « J'aime bien le nom. C'est comme dans *Diamants sur canapé*, le chat d'Audrey Hepburn, qui s'appelle Chat. »

Notre sentiment de supériorité en a pris un coup. Ce qui n'était pas un mal.

Je me suis garé et j'ai attendu d'entendre un claquement de boules émerger du bowling – *merci merci les amis* – pour descendre de voiture. J'ai admiré les environs, toujours pas lassé par la vue partiellement bouchée : l'imposant bureau de poste en briques claires de l'autre côté de la rue (désormais fermé le samedi), le modeste immeuble de bureaux beige juste après (désormais fermé, tout court). On ne pouvait pas franchement parler de prospérité. Bon sang ! on ne pouvait même pas prétendre à l'originalité, n'étant qu'une des deux villes baptisées Carthage dans le Missouri – techniquement, la nôtre, c'est *North* Carthage, ce qui évoque deux villes jumelles, alors qu'elle est à plusieurs centaines de kilomètres de l'autre, et beaucoup plus petite : un petit patelin pittoresque des années 1950 qui a gonflé jusqu'à devenir une banlieue de taille moyenne et a décrété que c'était là un progrès. Mais enfin, c'est là que ma mère avait grandi et nous avait élevés, Go et moi. Ce n'était pas une banlieue pavillonnaire anonyme comme tant d'autres, elle avait une histoire. La mienne, du moins.

Tandis que je traversais le parking bétonné et ses mauvaises herbes pour rejoindre le bar, j'ai regardé vers le bout de la route et j'ai vu le fleuve. C'est ça que j'ai toujours aimé dans notre ville, elle n'est pas construite au sec sur un promontoire qui surplombe le Mississippi – nous sommes *sur* le Mississippi. Il me suffisait de faire quelques pas sur la route pour plonger direct dans la flotte, à peine un mètre plus bas, et partir pour le Tennessee à la nage. Sur tous les bâtiments du centre-ville, on peut voir les marques faites par les habitants pour indiquer les hauteurs atteintes par le fleuve lors des crues de 1961, 1975, 1984, 1993, 2007, 2008, 2011. Et ainsi de suite.

Le fleuve n'était pas en crue pour l'instant, mais le courant était rapide et puissant. Une longue file d'hommes, les yeux baissés, les épaules contractées, marchaient avec régularité vers nulle part au rythme de l'eau. Pendant que je les regardais, l'un d'eux a soudain levé les yeux sur moi. Son visage plongé dans l'ombre formait une flaque ovale. Je me suis détourné.

J'ai ressenti un besoin pressant, violent de rentrer. Je n'avais pas fait dix mètres que mon cou était trempé de sueur – le soleil était encore un œil fâché dans le ciel. *Tu as été vu.*

Mes boyaux se sont noués, et j'ai pressé le pas. J'avais besoin d'un verre.

Amy Elliott

8 janvier 2005

Journal

Tralala ! Je me fends la poire comme une orpheline qui vient d'être adoptée en écrivant ces mots. J'ai honte d'être si heureuse, comme une case de BD en technicolor d'une fille avec une queue-de-cheval qui parle au téléphone, avec au-dessus de sa tête une bulle qui dit : « J'ai rencontré *un garçon* ! »

Mais c'est vrai. C'est une vérité technique, empirique. J'ai rencontré un garçon, un mec super, splendide, un type drôle et archicool. Laissez-moi planter le décor, car la scène mérite d'être immortalisée pour la postérité (non, de grâce, je suis pas cinglée à ce point-là… la postérité ! N'importe quoi !). Mais quand même. Le premier de l'an est passé, mais l'année débute tout juste. C'est l'hiver : la nuit tombe vite, il gèle.

Carmen, une fille que je ne connais pas depuis très longtemps – pas vraiment une amie, pas assez proche en tout cas pour pouvoir l'annuler à la dernière minute –, m'a convaincue de l'accompagner à Brooklyn, à une de ces soirées d'écrivains. Attention, ça me plaît, les soirées d'écrivains, j'adore les écrivains, je suis fille d'écrivains, je suis écrivain. Ça me plaît encore d'inscrire ce mot – ÉCRIVAIN – à chaque fois qu'un formulaire, un questionnaire, un document demande mon activité. OK, j'écris des tests de personnalité, je n'écris pas sur Les Grandes Questions de Notre Temps, mais je trouve que ça ne m'empêche pas d'être quand même écrivain. Je me sers de ce journal pour m'améliorer : affiner ma plume, récolter des détails et des observations. Apprendre à montrer sans souligner, tous ces trucs d'écrivains à la noix. (« Un sourire d'orpheline qui vient de se faire adopter » : sérieusement, c'est pas mal, quoi.) Mais en vérité, je pense réellement que mes quizz, à eux tout seuls, suffisent à me donner droit à ce titre, au moins sur une base honorifique. Non ?

Lors d'une fête, vous vous retrouvez entourée par de véritables écrivains, doués, employés dans des journaux et des magazines prestigieux et respectés. Vous n'écrivez que des tests pour la presse féminine bas de gamme. Lorsque quelqu'un vous demande ce que vous faites dans la vie, vous :

a) Bafouillez et dites : « J'écris seulement des quizz, c'est débile. »

b) Contre-attaquez : « Je suis écrivain en ce moment, mais j'ai envie d'essayer quelque chose de plus stimulant, de plus utile – pourquoi, vous faites quoi, vous ? »

c) Tirez fierté de vos talents : « J'écris des tests de personnalité en m'appuyant sur les connaissances accumulées lors de ma thèse en psychologie – oh ! et pour l'anecdote : je suis l'inspiration d'une série de livres pour enfants archipopulaire, je suis sûre que vous connaissez : *L'Épatante Amy*? Ouais, ben, dans ton cul, espèce de snob à la noix ! »

(Réponse : C ; 100 % C.)

Quoi qu'il en soit, la fête était organisée par un bon pote de Carmen, qui écrit sur le cinéma pour un magazine spécialisé, un type très drôle, d'après Carmen. J'ai craint une seconde qu'elle n'essaie de nous caser ensemble : s'il y a un truc qui est certain, c'est que je n'ai pas envie de me faire caser. J'ai besoin d'être prise par surprise, au dépourvu, comme un chacal sauvage de l'amour. Sinon je perds tous mes moyens. Je sens que je suis en train d'essayer de faire du charme, puis je m'aperçois que, de toute évidence, je suis en train d'essayer de faire du charme, après quoi j'essaie de faire encore plus de charme pour compenser le charme bidon que je déploie, et là, bam ! me voilà transformée en Liza Minnelli : je danse en justaucorps à paillettes en te suppliant de m'aimer. Il y a une canne, des claquettes, et des sourires pleins de dents.

Mais non, je m'en aperçois pendant que Carmen chante les louanges de son ami : c'est *elle* qui en pince pour lui. Parfait.

Nous montons trois étages d'un escalier branlant et pénétrons dans un tourbillon de chaleur animale et de pose *d'écrivain* : beaucoup de lunettes à monture noire et de mèches dans les yeux ; des chemises à carreaux faussement western et des cols roulés chinés ; des cabans en lainage noir étalés sur le canapé, et en tas sur le sol ; l'affiche allemande de *Guet-apens* (Ihre Chance war gleich null !) sur un mur à la peinture écaillée. Franz Ferdinand en fond sonore : « Take Me Out. »

Une grappe de mecs s'agglutine autour d'une table de jeu où est installé tout l'alcool, ils se resservent presque à chaque gorgée, cruellement conscients du peu qu'il reste pour la soirée. Je joue des coudes pour m'approcher, tendant mon gobelet en plastique comme une mendiante pour obtenir quelques glaçons et une rasade de vodka d'un type à l'air gentil qui porte un tee-shirt Space Invaders.

Une bouteille de liqueur de pomme verte qui semble franchement létale, achetée ironiquement par notre hôte, sera bientôt notre seul destin à moins que quelqu'un ne se charge du ravitaillement, ce qui paraît peu probable, vu que, apparemment, tout le monde est persuadé de s'être tapé la corvée la dernière fois. C'est une fête de janvier, pas de doute, tout le monde est encore gavé et écœuré par les sucreries engouffrées pendant les fêtes, à la fois flemmard et agacé. Une fête où les gens boivent trop et se lancent dans des joutes verbales subtiles, et crachent leur fumée de cigarette par une fenêtre ouverte même après que l'hôte leur a demandé d'aller dehors. Tout le monde s'est déjà parlé lors d'un millier de fêtes, nous n'avons plus rien à dire, nous nous ennuyons collectivement mais nous ne voulons pas ressortir dans le froid de janvier – nous sommes encore courbatus des marches du métro.

Carmen m'a abandonnée pour notre hôte, son soupirant – ils sont en pleine discussion passionnée dans un coin de la cuisine ; tous deux les épaules voûtées et le visage tourné l'un vers l'autre, ils forment un cœur.

Parfait. J'hésite à manger un truc pour me donner quelque chose de mieux à faire que de rester plantée au milieu de la pièce en souriant comme une gamine qui arrive à la cantine pour la première fois. Mais il ne reste pas grand-chose. Quelques éclats de chips au fond d'un Tupperware géant. Un plateau de carottes blanchâtres et de céleri ratatinés sous vide avec une sauce qui ressemble à du sperme, intact sur une table basse – et des mégots en guise de bâtonnets de légume bonus. Je me laisse aller à ma nature impulsive : et si je sautais du balcon de ce théâtre sur-le-champ ? Et si je roulais une pelle au SDF assis en face de moi dans le métro ? Et si je m'asseyais par terre au milieu de la fête et que je mangeais tout ce qu'il y a sur ce plateau de crudités, y compris les mégots ?

« Je vous en prie, ne mangez rien dans cette zone », dit-il. C'est *lui* (*boum boum BOUMMM!*), mais je ne sais pas encore que c'est *lui* (boum-boum-boummm !). Je sais que c'est un mec qui veut bien me parler, il porte son insolence comme un tee-shirt à message décalé, mais ça lui va mieux. Il a la dégaine d'un mec qui couche avec beaucoup de nanas, un mec qui aime les femmes, un mec qui me baiserait correctement, à vrai dire. J'aimerais bien qu'on me baise correctement ! Ma vie sentimentale semble tourner autour de trois types d'hommes : des types BCBG de l'Ivy League qui s'imaginent qu'ils vivent dans un roman de Fitzgerald ; des boursicoteurs gominés de Wall Street avec des dollars dans les yeux, les oreilles, la bouche ; des garçons sensibles et intelligents qui sont tellement *conscients* qu'on dirait que toute leur vie est une plaisanterie fine. Les héros fitzgéraldiens, si je puis dire, ont tendance à être inefficaces au lit, beaucoup de bruit et de gymnastique pour fort peu de résultats. Les financiers sont pleins de rage, et mous. Les garçons sensibles baisent comme s'ils étaient en train de composer un morceau de math-rock : une main qui grattouille par ici, un doigt qui improvise une ligne de basse sympa… Je suis une vraie salope, pas vrai ? Pause, je compte, ça fait… 11. Pas mal. J'ai toujours pensé que 12 était un chiffre solide, raisonnable, un chiffre auquel il ferait bon s'en tenir.

« Sérieusement », continue *n° 12.* (Ha !) « Éloigne-toi du plateau. James a trois autres aliments dans son frigo. Je pourrais te préparer une olive à la moutarde. Mais rien qu'une olive, cela dit. »

Rien qu'une olive, cela dit. C'est une phrase qui est seulement un petit peu drôle, mais elle ressemble déjà à une *private joke*, une blague qui deviendra plus drôle avec la nostalgie de la répétition. Je me dis : dans un an, nous traverserons le pont de Brooklyn à pied au coucher du soleil et l'un de nous murmurera : *Rien qu'une olive, cela dit*, et nous éclaterons de rire. (Puis je me reprends. Affreux. S'il savait que j'étais déjà dans un trip *dans-un-an-nous*, il prendrait ses jambes à son cou et je serais dans l'obligation de l'encourager.)

Surtout, je dois l'avouer, je souris parce qu'il est splendide. D'une beauté qui empêche de penser, qui vous fait les yeux en tête d'épingle, qui vous donne envie de prendre le taureau par les cornes, derechef : « Tu sais que tu es splendide, n'est-ce pas ? », avant de poursuivre la conversation comme si de rien n'était. Je parie que les mecs le détestent : il ressemble à un méchant friqué dans un film pour ados des années 1980 – celui qui martyrise l'outsider sensible, celui qui finit par se faire entarter, avec de la crème qui coule dans son col relevé sous les applaudissements de tout le réfectoire.

Mais il n'agit pas de cette façon. Il s'appelle Nick. J'adore. Ça lui donne l'air gentil, et normal, ce qu'il est. Lorsqu'il me dit son nom, je rétorque : « Ah ! ça, c'est un vrai nom. » Son visage s'éclaire et il lance : « Nick, c'est le genre de mec avec qui tu peux boire une bière, le genre de mec qui ne fait pas d'histoires si tu dégueules dans sa voiture. Nick ! »

Il fait une série de jeux de mots minables. Je repère les trois quarts de ses références cinématographiques. Les deux tiers, peut-être. (Note mentale : louer *Garçon choc pour nana chic.*) Il remplit mon verre sans que j'aie besoin de le lui demander, et se débrouille même pour dégotter un dernier verre de bonne gnôle. Il m'a revendiquée, il a planté son drapeau sur moi : *J'étais là le premier, elle est à moi, à moi.* C'est agréable, en fait, d'être un territoire, après ma récente série d'hommes post-féministes complexés. Il a un sourire magnifique, un sourire de chat. Quand il me sourit, je ne serais pas étonnée s'il se mettait à tousser des plumes de canari. Il ne me demande pas ce que je fais dans la vie, ce qui est cool, parce que ça change. (Je suis écrivain, je l'ai déjà dit ?) Il me parle avec un accent chatoyant du Missouri ; il est né et a grandi tout près d'Hannibal, le berceau de Mark Twain, le cadre de *Tom Sawyer.* Il me raconte qu'il a travaillé sur un vapeur dans son adolescence, dîner et jazz pour les touristes. Et quand je ris (moi, la petite New-Yorkaise pourrie gâtée qui ne s'est jamais aventurée dans ces grands États encombrants de l'Amérique profonde, ces États Où Vivent les Autres), il m'informe que le *Missoura*, avec l'accent, est un lieu magique, le plus beau du monde, qu'il n'y a pas d'État plus magnifique que le sien. Il a les yeux malicieux, de longs cils. Je me le représente sans difficulté petit garçon.

Nous partageons un taxi pour rentrer. Les lampadaires font des reflets qui donnent le vertige et la voiture fonce comme si on était poursuivis. Il est une heure du matin lorsque nous aboutissons dans l'une de ces impasses qui surgissent sans explication dans les rues de New York, à douze rues de mon appartement, alors nous sortons du taxi et nous nous enfonçons dans le froid, dans le grand *Et Après ?* Nick m'accompagne sur le chemin de chez moi, la main sur le creux de mes reins. Notre visage est anesthésié par le gel. Au carrefour, la boulangerie est en train de se faire livrer son sucre en poudre, qui passe dans le cellier par un entonnoir, comme du ciment, et nous ne distinguons que l'ombre des livreurs dans le nuage de poudre blanche et suave. La rue vacille, et Nick m'attire contre lui et fait de nouveau son fameux sourire, et il prend une mèche de mes cheveux entre deux de ses doigts et la déroule complètement. Il tire deux fois, comme si c'était une sonnette. Ses cils sont mouchetés de poudre et, avant de se pencher sur moi, il époussette le sucre sur mes lèvres pour pouvoir me goûter.

Nick Dunne

Le jour où

J'ai ouvert grand la porte de mon bar, je me suis glissé dans l'obscurité, et j'ai pris ma première vraie respiration de la journée en absorbant l'odeur de cigarette et de bière, le fumet épicé du bourbon qui coule goutte à goutte, la saveur piquante du pop-corn rassis. Il n'y avait qu'une seule cliente dans le bar, assise seule tout au fond : Sue, une femme âgée qui venait tous les mardis avec son mari jusqu'à sa mort, trois mois plus tôt. Désormais, elle venait seule, tous les mardis ; jamais très bavarde, elle s'installait avec une bière et une grille de mots croisés, pour préserver un rituel.

Ma sœur était au boulot derrière le bar, les cheveux tirés en arrière par des barrettes de petite fille sage, les bras rosis par l'eau chaude dans laquelle elle plongeait les verres à bière. Go est élancée, avec un visage étrange, mais pas dépourvu de charme. Il faut un moment pour saisir l'unité de ses traits, c'est tout : la mâchoire large, le joli nez retroussé, les yeux foncés globuleux. Si nous étions dans un film d'époque, un homme repousserait son feutre mou sur sa tête, sifflerait à sa vue et dirait : « Ça, c'est une *gonzesse* ! » Un visage de reine de *screwball comedy* des années 1930 ne passe pas toujours à merveille à notre époque de princesses siliconées, mais je sais pour les années passées ensemble que les hommes aiment ma sœur, beaucoup, ce qui me donne cet étrange privilège fraternel d'être à la fois fier et inquiet.

« Ça existe toujours, la mortadelle au piment ? » a-t-elle dit en guise de bonjour, sans lever les yeux, sachant que c'était moi, ce qui m'a rempli du soulagement que je ressentais généralement à sa vue : la situation n'était peut-être pas formidable, mais tout allait s'arranger.

Go, ma jumelle. J'ai dit cette phrase tellement de fois que c'est devenu un mantra rassurant plutôt que des mots proprement dits : Gomajumelle. Nous sommes nés dans les années 1970, à l'époque où les jumeaux étaient encore une rareté, avec un petit côté magique : des cousins de la licorne, des frères et sœurs des elfes. Nous avons même un petit peu de télépathie gémellaire. Go est littéralement, foncièrement la seule personne au monde avec qui je sois tout à fait moi-même. Je n'éprouve pas le besoin de lui expliquer mes actes. Je ne me justifie pas, je ne doute pas, je ne me bile pas. Je ne lui dis pas tout, plus maintenant, mais je lui dis plus de choses qu'à quiconque, de loin. Je lui en dis aussi long que je peux. Nous avons passé neuf mois dos à dos, à nous protéger mutuellement. C'est devenu une habitude ancrée à vie. Ça ne m'a jamais posé de problème qu'elle soit une fille, ce qui est étrange pour un gamin aussi peu sûr de lui que moi. Qu'est-ce que je peux dire ? Elle a toujours été cool, voilà tout.

« La mortadelle au piment, c'est une espèce de saucisse bolognaise, c'est ça ? Je crois que oui.

— On devrait en prendre », a-t-elle dit. Elle a haussé les sourcils. « Ça m'intrigue. »

Sans demander, elle m'a versé une pression dans un mug d'une propreté douteuse. Lorsqu'elle m'a surpris à regarder fixement le rebord sale, elle a porté la tasse à sa bouche et a ôté la tache d'un coup de langue, laissant une trace de salive. Elle a reposé le mug devant moi : « C'est mieux, mon prince ? »

Go est fermement persuadée que j'ai été favorisé par nos parents, que j'étais le garçon qu'ils avaient prévu d'avoir, le seul enfant qu'ils pouvaient se permettre de financer, et qu'elle s'est introduite dans ce monde par effraction en s'accrochant à ma cheville, telle une étrangère non désirée. (Pour mon père, une étrangère particulièrement non désirée.) Elle estime qu'on l'a laissée se débrouiller toute seule pendant toute notre enfance, créature pitoyable d'habits de récup et de mots d'excuse oubliés, de budgets serrés et de regret général. Cette vision est peut-être assez conforme à la vérité ; ça me coûte beaucoup de l'admettre.

« Oui, ma misérable servante. »

Je me suis tassé devant ma bière. J'avais besoin de me poser et de boire un verre, ou trois. Mes nerfs vrillaient encore sous le coup de la scène du matin.

« Qu'est-ce qui t'arrive ? a-t-elle demandé. T'as l'air tout fébrile. » Elle m'a envoyé une pichenette d'eau savonneuse, avec plus d'eau que de savon. La clim s'est mise en marche, ébouriffant le dessus de nos têtes. Nous passions plus de temps que nécessaire dans Le Bar. C'était devenu la salle de jeux que nous n'avions pas quand nous étions petits. Nous avions éventré les cartons dans le sous-sol de ma mère un soir d'ivresse de l'année précédente, quand elle était encore en vie, mais juste avant la fin, quand nous avions besoin de réconfort, et nous avions revisité jouets et jeux avec force *oh !* et *ah !* entre deux gorgées de bière. Noël au mois d'août. Après la mort de maman, Go s'était installée dans notre ancienne maison, et, petit à petit, nous avions rapatrié nos jouets, un à un, au Bar : un jour, une poupée Charlotte aux Fraises, désormais sans odeur, apparaît sur un tabouret (de moi à Go). Un minuscule camion Hot Wheels El Camino, avec une roue en moins, se matérialise soudain sur le coin d'une étagère (de Go à moi).

Nous envisagions de lancer une soirée jeux de société, même si la plupart de nos clients étaient trop âgés pour avoir la nostalgie des Hippogloutons, ou de notre Jeu de la vie, avec ses minuscules voitures en plastique à remplir de minuscules époux à la tête ronde, de minuscules bébés à la tête ronde. Je ne me rappelais pas comment on gagne. (Pensée profonde Hasbro du jour.)

Go m'a tendu une bière, s'en est resservie une. Sa paupière gauche tombait très légèrement. Il était exactement midi, 12 heures, et je me suis demandé à quelle heure elle avait commencé à écluser. Elle a connu une décennie chaotique. Ma sœur, la spéculatrice, avec son cerveau fusée et son esprit rodéo, a abandonné la fac à la fin des années 1990 pour aller s'installer à Manhattan. Elle a été l'une des premières à réussir dans le monde des domaines Internet – elle s'est fait un fric fou pendant deux ans, puis elle a bu la tasse lors de la crevaison de la bulle Internet en 2000. Go est restée imperturbable. Elle n'avait même pas 30 ans ; tout allait bien. Pour l'acte II, elle a passé son diplôme et rejoint l'univers de costards-cravates gris de la banque d'investissement. Elle était à un niveau moyen, rien d'ostentatoire, rien de condamnable, mais elle a perdu son boulot – rapidement – avec la crise financière de 2008. Je ne savais même pas qu'elle avait quitté New York jusqu'à ce qu'elle m'appelle de chez ma mère : *J'abandonne*. Je l'ai suppliée, j'ai essayé de l'amadouer, mais, pour toute réponse, je n'ai eu droit qu'à un silence glacial. Après avoir raccroché, j'ai fait un pèlerinage anxieux à son appartement du Bowery. Quand j'ai vu Gary, son ficus adoré, jauni et desséché dans l'escalier de secours, j'ai su qu'elle ne reviendrait pas.

Le Bar lui remontait le moral, apparemment. Elle tenait les comptes, elle servait les bières. Elle tapait assez régulièrement dans le pot des pourboires, mais bon, elle travaillait plus que moi. Nous ne parlions jamais de nos vies d'avant. Étant des Dunne, il était assez logique que nous finissions un jour par connaître le creux de la vague, et nous en étions bizarrement satisfaits.

« Alors ? » a dit Go. C'était sa manière habituelle de commencer une conversation.

« *Bah.*

— Bah, quoi ? Bah, ça va pas ? T'as pas l'air en forme ? »

J'ai acquiescé avec un haussement d'épaules et elle m'a dévisagé.

« C'est Amy ? » elle a demandé. C'était une question facile. J'ai de nouveau haussé les épaules – une confirmation cette fois, façon de dire : *qu'est-ce que tu veux y faire ?*

Go m'a fait son regard amusé, les deux coudes sur le bar, le menton sur les mains en coupe, s'apprêtant à s'engager dans une dissection incisive de mon mariage. Go, un panel d'experts à elle toute seule. « Qu'est-ce qu'il y a, avec Amy ?

— Un mauvais jour. C'est un mauvais jour, c'est tout.

— Ne te tracasse pas à cause d'elle. » Go a allumé une cigarette. Elle en fumait une par jour en tout et pour tout. « Les femmes sont cinglées. » Go ne se considérait pas comme appartenant à la catégorie générale des *femmes*, un mot dont elle usait avec dérision.

J'ai soufflé la fumée vers sa propriétaire. « C'est notre anniversaire aujourd'hui. Cinq ans.

— Ouaouh ! » Go a penché la tête en arrière. Elle avait été demoiselle d'honneur, tout en violet – « La splendide *dame* drapée d'améthyste à la chevelure corbeau », comme l'avait surnommée la mère d'Amy –, mais elle n'était pas du genre à retenir les anniversaires. « Mince. Putain. La vache ! C'est passé vite. » Elle a recraché de la fumée dans ma direction. « Elle a prévu de faire une de ses, euh, comment t'appelles ça ? un jeu de devinettes…

— Une chasse au trésor », j'ai dit.

Ma femme adorait les jeux, principalement les jeux pervers, mais aussi les jeux ordinaires, et, pour notre anniversaire, elle organisait toujours une chasse au trésor sophistiquée – chaque indice conduisait à la cachette de l'indice suivant, jusqu'à ce que j'arrive au dernier, et à mon cadeau. C'était ce que son père faisait toujours pour sa mère lors de leurs anniversaires, et ne croyez pas que je ne remarque pas l'inversion des rôles ici, que je ne saisis pas l'allusion. Mais je n'ai pas grandi dans la famille d'Amy, j'ai grandi dans la mienne, et le dernier cadeau que je me souviens d'avoir vu mon père offrir à ma mère, c'était un fer à repasser posé sur le comptoir de la cuisine, sans emballage.

« On parie sur le degré d'exaspération qu'elle va atteindre contre toi cette année ? » a demandé Go, souriant au-dessus de la mousse de sa bière.

Le problème avec les chasses au trésor d'Amy, c'est que je ne comprenais jamais les indices. Lors de notre premier anniversaire, à New York, j'avais obtenu un score de 2 sur 7. C'était mon record. Début des pourparlers :

C'est un peu un trou à rats
Mais un mardi l'automne dernier
Nous y échangeâmes un tendre baiser.

Vous avez déjà participé à un tournoi d'orthographe quand vous étiez petits ? Ce grand blanc après l'annonce du mot, quand vous vous fouillez la cervelle pour voir si vous savez l'écrire ? C'était pareil : la panique à l'état pur.

« Un bar irlandais dans un quartier pas tellement irlandais », a-t-elle ajouté pour me mettre sur la piste.

J'ai mordu le coin de ma lèvre, fait mine de hausser les épaules, scrutant notre salon comme si la réponse pouvait apparaître par magie. Elle m'a donné encore une interminable minute.

« Nous étions perdus sous la pluie », a-t-elle dit, d'une voix suppliante qui donnait les premiers signes de l'agacement.

J'ai achevé mon haussement d'épaules.

« *Le McMann's*, Nick. Rappelle-toi, quand on s'est perdus sous une averse à Chinatown en essayant de trouver le restau de dim sum, qui était censé être près de la statue de Confucius, sauf qu'en fait il y a deux statues de Confucius, et on a atterri dans ce pub improbable, tout trempés, et on s'est descendu quelques whiskys, et tu m'as prise par la taille et embrassée, c'était…

— Ah oui ! Tu aurais dû mettre Confucius dans l'indice, j'aurais trouvé.

— La statue, c'était pas l'important. L'important, c'était l'endroit. L'instant. Pour moi, c'était un moment à part, c'est tout. » Elle a dit ces derniers mots d'une voix enfantine que je trouvais autrefois charmante.

« *C'était* un moment à part. » Je l'ai attirée contre moi et l'ai embrassée. « Ce bisou, là, c'était ma reconstitution spécial anniversaire. Allons le refaire au McMann's. »

Au McMann's, le barman, un gros ourson barbu, a fait un grand sourire en nous voyant arriver. Il nous a servi à chacun un whisky et a poussé vers nous l'indice suivant.

Quand je suis au plus bas
Il n'y a qu'un endroit pour moi.

Il s'agissait de la statue d'Alice au pays des merveilles à Central Park dont Amy m'avait dit – elle me *l'avait* dit, elle *savait* qu'elle me l'avait dit, *à maintes reprises* – qu'elle lui remontait le moral quand elle était petite. Je ne me rappelle aucune de ces conversations.

Je le dis en toute franchise, je ne m'en souviens pas du tout. J'ai un soupçon de TDA[1], et j'ai toujours trouvé ma femme un peu éblouissante, dans le sens le plus littéral du mot : perdre la netteté de sa vue, en particulier pour avoir regardé une lumière trop vive. Il suffisait d'être près d'elle et de l'entendre parler, ce qu'elle disait n'avait pas toujours d'importance. Cela aurait dû en avoir, mais ce n'était pas le cas.

Lorsque nous sommes arrivés à la fin de la journée, au moment d'échanger nos cadeaux proprement dits – les cadeaux en papier, tradition de la première année de mariage –, Amy ne m'adressait plus la parole.

« Je t'aime, Amy. Tu sais que je t'aime », ai-je dit, la suivant tant bien que mal à travers les larges troupeaux de touristes ahuris plantés au milieu du trottoir, bouche bée. Amy se faufilait dans la foule de Central Park, manœuvrant entre les joggeurs aux yeux laser, les skateurs en train de faire des ciseaux, les parents agenouillés et les bambins qui titubaient comme des ivrognes, toujours juste un peu en avance sur moi, les lèvres serrées, se hâtant vers nulle part. J'ai essayé de la rattraper, de lui prendre le bras. Elle a fini par s'arrêter, m'offrant un visage sans expression tandis que je m'expliquais, comprimant mentalement d'un doigt mon exaspération : « Je ne comprends pas pourquoi il faut que je te prouve mon amour en me rappelant exactement les *mêmes* choses que tu te rappelles, exactement de la *même* façon. Cela ne signifie pas que je n'aime pas notre vie ensemble. »

1. TDA : trouble du déficit de l'attention. *(N.d.É.)*

Non loin, un clown gonflait un ballon en forme d'animal, un homme achetait une rose, un enfant léchait un cornet de glace, et une authentique tradition venait de naître, une tradition que je ne devais jamais oublier : Amy en faisait toujours des tonnes, et moi je ne me montrais jamais, au grand jamais, digne de ses efforts. Bon anniversaire, connard.

« À mon avis – cinq ans –, elle va se mettre *vraiment* en rogne, a poursuivi Go. Alors j'espère que tu lui as trouvé un cadeau vraiment super.

— C'est sur ma liste de choses à faire.

— C'est quoi, euh, le symbole, pour les cinq ans ? Le papier ?

— Le papier, c'est la première année », j'ai dit, parce que je le savais pertinemment. À la fin de la Chasse au Trésor de la Première Année, qui contre toute attente s'était terminée de façon si atroce, Amy m'avait offert un ensemble de correspondance chic, avec mes initiales en relief en haut, un papier si crémeux que je m'attendais à me mouiller les doigts en le touchant. De mon côté, j'avais offert à ma femme un cerf-volant en papier rouge vif acheté dans un bazar, songeant au parc, à des pique-niques, aux rafales estivales de vent tiède. Nous n'avions apprécié notre cadeau ni l'un ni l'autre, nous aurions l'un comme l'autre préféré celui que nous offrions. C'était l'inverse d'une nouvelle de O. Henry.

« Argent ? a tenté Go. Bronze ? Ivoire ? Aide-moi.

— Bois. Il n'y a pas de cadeau romantique en bois. »

À l'autre bout du bar, Sue a plié proprement son journal et l'a laissé sur le comptoir avec sa tasse vide et un billet de 5 dollars. Nous avons tous trois échangé des sourires muets lorsqu'elle est sortie.

« J'ai trouvé, a fait Go. Rentre chez toi, nique-la un bon coup, puis donne-lui une bonne gifle avec ta bite en gueulant : “En v'là, du bois, salope !” »

Nous avons ri. Puis nos deux visages se sont empourprés de la même manière. C'était le genre de blagues salées, antifamiliales que Go aimait à me balancer comme une grenade. C'était aussi la raison pour laquelle, au lycée, il y avait toujours eu des rumeurs qui disaient que nous couchions ensemble en secret. *Twinceste*. Nous étions trop proches : nos *private jokes*, nos conciliabules. Je suis à peu près certain de n'avoir pas besoin de le préciser, mais vous n'êtes pas Go, vous pourriez vous fourvoyer, alors je vais le faire : ma sœur et moi n'avons jamais couché ensemble ni même songé à le faire. On s'aime vraiment bien, c'est tout.

Go mimait maintenant une claque dans la figure de ma femme avec une bite imaginaire.

Cela devrait d'ores et déjà être tout à fait clair, Amy et Go ne seraient jamais copines. Elles étaient trop possessives toutes les deux. Go avait l'habitude d'être la femelle dominante dans ma vie, Amy avait l'habitude d'être la femelle dominante dans la vie de tout un chacun. Bien qu'elles vivent toutes deux dans la même ville – et ce à deux reprises : d'abord New York, puis ici –, elles se connaissaient à peine. Elles entraient et sortaient de ma vie comme des comédiennes au timing impeccable : la première sortait par une porte quand la seconde entrait par l'autre, et, lors des rares occasions où elles occupaient la même pièce, la situation semblait les rendre toutes deux perplexes.

Avant qu'Amy et moi nous engagions, nous fiancions, nous mariions, Go me livrait un aperçu de sa pensée au détour d'une phrase anodine. *C'est marrant, je n'arrive pas à la cerner, à piger qui elle est vraiment.* Et : *On dirait que tu n'es pas vraiment toi-même avec elle.* Et : *Il y a une différence entre aimer vraiment quelqu'un et aimer l'idée qu'on se fait de quelqu'un.* Et enfin : *L'important, c'est qu'elle te rende vraiment heureux.*

À l'époque où Amy me rendait vraiment heureux.

Amy avait ses propres opinions sur Go : *Elle est très... Missouri, non ?* Et : *Faut être d'humeur, pour la voir.* Et : *Elle est très en demande avec toi, mais bon, c'est qu'elle ne doit avoir personne d'autre.*

J'avais espéré, lorsque nous nous étions tous retrouvés dans le Missouri, qu'elles allaient enterrer la hache de guerre – observer un *statu quo*, accepter leurs divergences. Cela n'a pas été le cas, ni pour l'une ni pour l'autre. Mais Go était plus drôle qu'Amy, donc la bataille était inégale. Amy était intelligente, cinglante, sarcastique. Amy savait me mettre en rogne, elle savait imposer son point de vue d'une pique bien sentie, mais Go me faisait toujours rire. Rire de votre épouse, c'est une pente dangereuse.

« Je croyais qu'on avait dit que tu t'abstiendrais de mentionner mes organes génitaux, à l'avenir, j'ai dit. Que, dans les limites de notre relation frère/sœur, je n'avais pas d'organes génitaux. »

Le téléphone a sonné. Go a bu une gorgée de bière et a répondu, puis elle a levé les yeux au ciel avec un sourire. « Il est bien là, un instant, s'il vous plaît. » À mon intention, elle a articulé en silence : « Carl. »

Carl Pelley habitait en face de chez moi et Amy. À la retraite depuis trois ans. Divorcé deux fois. Il s'était installé dans notre lotissement juste après son départ en retraite. Avant, il était voyageur de commerce – en fournitures pour fêtes d'enfants –, et je sentais bien que, après quatre décennies à vivre dans des motels, il ne se sentait pas tout à fait chez lui. Il se présentait au bar pratiquement tous les jours, avec un sac en papier du fast-food Hardee's à l'odeur âcre, et se lamentait sur ses problèmes budgétaires jusqu'à ce qu'on lui offre le premier verre. (C'est une autre chose que j'avais apprise sur Carl lors de ses journées au Bar : c'était un alcoolique fonctionnel, mais avéré.) Il avait la bonne grâce d'accepter tout ce dont nous « essayions de nous débarrasser », et il le pensait vraiment : pendant un mois entier, Carl avait bu exclusivement des bouteilles poussiéreuses de Zima, cette boisson alcoolisée censée remplacer la bière autour de 1992, que nous avions découvertes dans la cave. Lorsqu'une gueule de bois le forçait à rester chez lui, Carl trouvait toujours une raison pour appeler : *Ta boîte aux lettres déborde, aujourd'hui, Nick, t'as peut-être reçu un paquet.* Ou : *Il paraît qu'il va pleuvoir, tu devrais fermer tes fenêtres.* Ces raisons étaient bidons. Carl avait juste besoin d'entendre le cliquetis des verres, le glouglou de l'alcool qu'on verse.

En prenant le téléphone, j'ai secoué un pichet de glace près du combiné pour que Carl puisse imaginer son gin.

« Salut, Nicky, a fait Carl d'une voix faible. Désolé de te déranger. Fallait juste que je te dise… ta porte est grande ouverte et ton chat est dehors. Il est pas censé sortir, si ? »

J'ai regardé la pendule. Il était 14 heures. 2-0-0.

« J'irais bien voir ce qui se passe, mais je ne suis pas très en forme, a vivement ajouté Carl.

— T'en fais pas. Je dois rentrer, de toute façon. »

C'était à quinze minutes de voiture, droit vers le nord sur la route longeant le fleuve. Lorsque je pénètre dans notre lotissement, il arrive que j'aie un frisson, rien qu'à voir le nombre de maisons béantes, sombres – des maisons qui n'ont jamais connu d'occupants, ou des maisons qui ont connu des propriétaires et les ont vu se faire éjecter, des maisons qui se pavanent dans leur vide triomphant, dépourvues de toute humanité.

Lorsque nous avons emménagé, nos rares voisins nous sont tombés dessus : une mère célibataire, d'âge moyen, nous a apporté un petit plat maison, un jeune père de triplés nous a apporté un pack de six bières (sa femme était restée à la maison avec les triplés) ; un couple de chrétiens plus âgés qui vivaient à quelques maisons de chez nous et, bien sûr, Carl, d'en face. Nous avons pris place sous la véranda, face au fleuve, et ils ont tous parlé, d'un air contrit, des emprunts à taux variables et des intérêts à 0 %, et zéro dollar à avancer, puis ils ont tous observé que nous étions les seuls, Amy et moi, à avoir accès au fleuve, les seuls à ne pas avoir d'enfants.

« Vous n'êtes que tous les deux ? Dans une si grande maison ? » a demandé la mère célibataire, distribuant des espèces de bouts d'omelette.

— Que tous les deux, j'ai confirmé avec un sourire, et j'ai hoché la tête d'un air approbateur en goûtant à une bouchée d'œufs gélatineux.

— Vous devez vous sentir seuls. »

Sur ce point, elle n'avait pas tort.

Quatre mois plus tard, la dame intimidée par notre *si grande maison* a perdu sa bataille contre l'hypothèque et s'est évaporée dans la nature avec ses trois gamins. Sa maison est restée vide. Sur la fenêtre du salon, un dessin d'enfant représentant un papillon est toujours scotché, les couleurs vives brunies par le soleil. Un soir, il n'y a pas longtemps, en passant devant, j'ai vu à l'intérieur un homme, barbu et débraillé, qui regardait par la fenêtre, derrière le dessin. Il flottait dans la pénombre comme un misérable poisson d'aquarium. Quand il a vu que je l'avais repéré, il s'est brusquement reculé dans les entrailles de la maison. Le lendemain, j'ai laissé un sac en papier kraft plein de sandwichs sur le perron ; il est resté au soleil pendant une semaine, à se liquéfier sous l'effet de la putréfaction, jusqu'à ce que je le récupère pour le mettre à la poubelle.

Silence. Le lotissement était toujours plongé dans un silence perturbant. Comme j'approchais de chez nous, conscient du bruit isolé de mon moteur, j'ai constaté que le chat était effectivement sur le perron. Toujours sur les marches, vingt minutes plus tard. Cela n'avait pas dû échapper à Carl. Amy adorait ce chat, le chat avait les griffes limées, le chat n'avait jamais le droit d'aller dehors, sous aucun prétexte, parce que ce chat, Bleecker, était adorable, mais extrêmement stupide, et que, malgré le système de localisation LoJack implanté quelque part dans ses bourrelets poilus, Amy savait qu'elle ne reverrait jamais son chat si elle le laissait sortir. Il se dandinerait jusqu'au fleuve Mississippi – *tra-la-lalère* – et se laisserait flotter jusqu'au golfe du Mexique, où il finirait sa course dans la gueule d'un requin-bouledogue affamé.

Mais en fin de compte, le chat n'était même pas assez malin pour dépasser le perron. Bleecker était perché sur le bord du porche, sentinelle dodue mais fière – encore un qui n'était pas à la hauteur de ses aspirations, notre petit monstre. Quand je me suis engagé dans l'allée, Carl est sorti sur le pas de sa porte, et j'ai senti le regard du vieil homme et du chat sur moi lorsque je suis descendu de la voiture pour me diriger vers la maison. Les pivoines rouges sur les bordures, charnues et juteuses, demandaient à être dévorées.

Je m'apprêtais à me mettre en position de blocage pour attraper le chat quand j'ai vu que la porte était ouverte. Carl me l'avait dit, mais j'avais supposé qu'elle était restée ouverte deux minutes, le temps de sortir les poubelles, un truc comme ça. Non, elle était grande ouverte, béante, sinistre.

Carl ne cessait de me zieuter depuis son poste d'observation, attendant ma réaction, et, comme dans une affreuse performance artistique, je me suis surpris à jouer le rôle du Mari inquiet. Figé sur la marche du milieu, j'ai froncé les sourcils puis j'ai monté l'escalier quatre à quatre en appelant ma femme.

Silence.

« Amy, t'es là ? »

Je me suis précipité à l'étage. Pas d'Amy. La planche à repasser était installée, le fer était toujours branché, une robe attendait, posée là.

« Amy ! »

Je suis redescendu à toute vitesse, j'ai foncé dans le salon et me suis arrêté net. La moquette était constellée d'éclats de verre, la table basse était en mille morceaux. Le canapé était sur le flanc, et des livres étaient étalés sur le sol comme un jeu de cartes. Même la lourde ottomane ancienne gisait les quatre fers en l'air, comme un cadavre. Au milieu de ce chaos, une paire de bons ciseaux, bien tranchants.

« Amy ! »

Je me suis mis à courir en beuglant son nom. Dans la cuisine, où une bouilloire sifflait, au sous-sol, où la chambre d'amis était vide, puis par la porte de derrière. J'ai traversé le jardin d'un pas lourd pour rejoindre l'étroit ponton qui donnait sur le fleuve. J'ai jeté un coup d'œil furtif sur le côté pour voir si elle était dans notre canot, où je l'avais trouvée un jour, encore attachée à la rive, se balançant sur l'eau, le visage face au soleil, les yeux fermés, et, tandis que je contemplais les reflets éblouissants du fleuve et son beau visage immobile, elle avait soudain ouvert ses yeux bleus ; elle ne m'avait rien dit, je ne lui avais rien répondu et j'étais retourné à la maison tout seul.

« Amy ! »

Elle n'était pas sur l'eau, elle n'était pas dans la maison. Amy n'était pas là.

Amy avait disparu.

Amy Elliott

18 septembre 2005

Journal

Tiens, tiens, tiens. Devinez qui est de retour ? Nick Dunne, le garçon de la fête de Brooklyn, le baiser dans le nuage de sucre, celui qui joue les filles de l'air. Huit mois, deux semaines, quelques jours – pas un mot – et tout à coup il ressurgit, comme si tout cela était prévu depuis le début. En fait, il avait perdu mon numéro de téléphone. Il n'avait plus de batterie, alors il l'avait noté sur un Post-it. Puis il avait fourré le Post-it dans la poche de son jean, et passé le jean à la machine, ce qui avait eu pour effet de transformer ledit Post-it en un morceau de bouillie en forme de cyclone. Il avait essayé de le défroisser, mais n'avait pu distinguer qu'un 3 et un 8. (Dit-il.)

Puis il a été surchargé de boulot et soudain on était en mars, et c'était trop gênant d'essayer de me retrouver après tout ce temps. (Dit-il.)

Bien sûr, *j'étais* en colère. J'ai *été* en colère. Mais je ne le suis plus. Laissez-moi planter le décor. (Dit-elle.) Aujourd'hui. Des bourrasques de septembre. Je me promène sur la Septième Avenue, occupant ma pause déjeuner à contempler les stands d'alimentation hispaniques sur le trottoir – une suite interminable de seaux de cantaloups, de melons jaunes et verts, posés sur un lit de glace comme la pêche du jour –, quand je sens un homme qui me colle. Je le regarde du coin de l'œil et je réalise qui c'est. C'est *lui*. Le « garçon » dans « J'ai rencontré un garçon ! ».

Sans modifier mon allure, je me suis tournée vers lui et lui ai dit :

a) « Je vous connais ? » (manipulateur, provocant)

b) « Oh, génial, je suis trop contente de te voir ! » (avide, façon serpillière)

c) « Va te faire foutre. » (agressif, amer)

d) « Eh bien, on peut dire que tu aimes bien prendre ton temps, pas vrai, Nick ? » (léger, enjoué, décontracté)

(Réponse : D.)

Et maintenant nous sommes ensemble. Ensemble, ensemble. C'était aussi simple que ça.

Intéressant, le timing. Propice, si vous voulez. (Et je veux.) Hier soir, c'était la soirée de lancement du livre de mes parents. *L'Épatante Amy et le Grand Jour*. Ouep, Rand et Marybeth n'ont pas pu résister. Ils ont donné à l'homonyme de leur fille ce qu'ils ne peuvent donner à leur fille : un mari ! Oui, pour le numéro 20, l'Épatante Amy se marie ! Youpiiii ! Tout le monde s'en fout. Personne ne voulait que l'Épatante Amy grandisse, moi la première. Laissez-lui ses chaussettes hautes et ses petits nœuds dans les cheveux, et laissez-*moi* grandir, dégagée du fardeau de mon alter ego littéraire, de ma meilleure moitié de papier, de celle que j'étais censée être.

Mais *Amy*, c'est le gagne-pain des Elliott, et elle nous a bien servi, aussi je suppose que je ne peux pas lui refuser son mariage idéal. Elle épouse ce bon vieil Andy l'Habile, bien sûr. Ils seront exactement comme mes parents : *happy !*

Néanmoins, c'était troublant, le tirage incroyablement réduit qu'avait commandé l'éditeur. Le premier tirage d'un nouveau numéro de *L'Épatante Amy* était de 100 000 exemplaires, dans les années 1970. À présent, 10 000. La soirée de lancement a été, par conséquent, sans éclat. Pas dans le ton. Comment organiser une fête pour un personnage de fiction qui a commencé dans la vie sous les traits d'une gamine précoce de 6 ans, et est à l'heure actuelle une future mariée de 30 ans qui parle encore comme une enfant ? (« Flûte ! pensa Amy, mon cher fiancé est vraiment grincheux quand il n'a pas ce qu'il veut… » Cette citation est véridique. Tout le livre me donnait envie de donner un grand coup de poing en plein dans le stupide vagin bien propret d'Amy.) Le livre est destiné au marché de la nostalgie, aux femmes qui ont grandi avec *L'Épatante Amy*, mais je ne vois pas bien qui pourrait réellement avoir envie de lire ça. Je l'ai lu, bien sûr. Je lui ai donné ma bénédiction – à trois reprises. Rand et Marybeth craignaient que je ne prenne le mariage d'Amy pour une allusion blessante à ma condition de célibataire perpétuelle. (« Moi, en tout cas, je trouve que les femmes ne devraient pas se marier avant d'avoir 35 ans », a dit ma mère, qui a épousé mon père à 23 ans.)

Mes parents ont toujours redouté que je ne prenne Amy *trop* à cœur – ils me disent toujours de ne pas lire trop de choses dans *Amy.* Et pourtant, je ne peux pas m'empêcher de remarquer que, à chaque fois que je loupe un truc, Amy le réussit : quand j'ai fini par arrêter le violon à l'âge de 12 ans, Amy s'est révélée un prodige dans l'épisode suivant. (« Flûte, le violon, c'est du boulot, mais travailler dur, c'est la seule façon de s'améliorer ! ») Quand j'ai planté le championnat de tennis junior à l'âge de 16 ans pour aller passer un week-end à la plage avec des amis, Amy a redoublé d'intérêt pour ce sport. (« Flûte ! je sais que c'est sympa de passer du temps avec ses copains et ses copines, mais je me décevrais et je décevrais tout le monde si je manquais le tournoi. ») Ça me rendait dingue, mais, une fois partie pour Harvard (tandis qu'Amy avait, comme de juste, choisi l'*alma mater* de mes parents), j'ai décidé que c'était bien trop ridicule pour perdre du temps à réfléchir là-dessus. Que mes parents, deux *psychologues pour enfants*, aient précisément choisi cette forme publique d'agressivité cachée contre *leur enfant*, ce n'était pas seulement tordu, c'était stupide, bizarre et assez hilarant. À leur guise.

La soirée de lancement du livre était aussi schizophrénique que le livre lui-même. Au Blue Night, derrière Union Square, l'un de ces salons sombres avec des fauteuils bergères et des miroirs Art déco qui sont censés vous donner l'impression d'être un Jeune Talent. Des martinis gin qui vacillent sur des plateaux offerts par des serveurs au sourire figé. Des journalistes avides au sourire narquois, la dalle en pente, en train de se rincer à l'œil avant de partir pour une soirée plus chic.

Main dans la main, mes parents se mêlent aux invités – leur histoire d'amour fait toujours partie de la légende que vend *L'Épatante Amy* : mari et femme dans une entreprise de création mutuelle depuis trente ans. Âmes sœurs. Ils emploient vraiment ce terme pour se décrire, ce qui est assez logique, car je pense que c'est ce qu'ils sont. Je peux en témoigner, les ayant étudiés, dans ma solitude d'enfant unique, pendant de nombreuses années. Ils n'ont pas d'impatiences l'un envers l'autre, pas de conflits larvés, ils traversent la vie comme deux méduses jumelles – d'instinct, ils s'étalent et se contractent, remplissent leurs espaces respectifs de façon liquide. Avec eux, ça avait l'air facile, le truc des âmes sœurs. On dit que les enfants de familles éclatées en voient de toutes les couleurs, mais les enfants d'unions bénies ont leurs propres défis à affronter.

Bien sûr, je dois rester assise sur une banquette en velours dans un coin de la pièce, à l'écart du bruit, pour donner quelques interviews à une triste poignée de stagiaires à peine pubères qui se sont retrouvés coincés avec la lourde tâche de « choper une citation » par leur rédac chef.

Quel effet ça vous fait de voir Amy enfin mariée à Andy ? Parce que vous n'êtes pas mariée, si ?

Questions posées par :

a) Un gamin penaud, aux yeux exorbités, qui tient son carnet en équilibre sur sa sacoche.

b) Une jeune créature trop habillée, avec une coiffure soignée et des stilettos qui crient : « Baisez-moi. »

c) Une fan de rockabilly passionnée, couverte de tatouages, qui semble s'intéresser bien davantage à *Amy* qu'on ne serait en droit de s'y attendre de la part d'une fan de rockabilly couverte de tatouages.

d) Les trois précédents.

(Réponse : D.)

Moi : *Oh ! je suis enchantée pour Amy et Andy, je leur souhaite tout le bonheur du monde. Ha, ha !*

Mes réponses à toutes les autres questions, sans ordre particulier :

Certains traits de caractère d'Amy s'inspirent de moi, d'autres ne sont que pure fiction.

Je suis célibataire et contente de l'être en ce moment, pas d'Habile Andy dans ma vie !

Non, je ne pense pas qu'Amy simplifie à outrance la dynamique masculin-féminin.

Non, je ne dirais pas qu'Amy est datée – je pense que la série est un classique.

Oui, je suis célibataire. Pas d'Habile Andy dans ma vie pour le moment.

Pourquoi Amy est-elle épatante tandis qu'Andy est simplement habile ? Eh bien, est-ce que vous ne connaissez pas un tas de femmes puissantes, fabuleuses qui se rabattent sur des types ordinaires, des Joe Habile et des Habile Andy ? Non, je plaisante, n'écrivez pas ça.

Oui, je suis célibataire.

Oui, mes parents sont deux âmes sœurs, c'est indéniable.

Oui, j'aimerais vivre ça un jour.

Oui, célibataire, espèce d'enfoiré.

Les mêmes questions, encore et encore, et moi obligée de faire semblant qu'elles sont stimulantes sur le plan intellectuel. Loué soit l'open bar.

Puis plus personne ne veut me parler – déjà – et l'attachée de presse fait comme si c'était une bonne chose : *Maintenant, vous pouvez retourner à vos invités !* Je me faufile parmi la (petite) assemblée, où mes parents sont toujours en train de jouer les hôtes parfaits, le rouge aux joues – Rand avec son sourire de poisson préhistorique monstrueux, Marybeth avec ses hochements de tête de poulet enjoué, ils se tiennent la main, se font rire, prennent plaisir à être ensemble, sont *enchantés* l'un par l'autre –, et je me dis : *putain, ce que je suis seule.*

Je rentre chez moi et pleure un peu. J'ai 32 ans. Ce n'est pas vieux, surtout pas à New York, mais, concrètement, ça fait des *années* que je n'ai pas vraiment apprécié quelqu'un. Alors quelle est la probabilité que je rencontre quelqu'un que j'aime, sans parler de quelqu'un que j'aime suffisamment pour l'épouser ? J'en ai assez de ne pas savoir avec qui je serai, ou même si je serai avec quelqu'un.

J'ai beaucoup d'amis mariés – pas beaucoup d'amis heureusement mariés, mais beaucoup d'amis mariés. Les rares couples heureux sont comme mes parents : mon célibat les plonge dans la perplexité. Une jolie fille comme moi, intelligente, gentille, une fille avec tellement de *centres d'intérêt* et de *passions*, un job sympa, une famille aimante. Ils froncent les sourcils et font semblant de réfléchir à des hommes à me présenter, mais nous savons tous qu'il ne reste personne, personne de *bien*, et je sais qu'ils pensent secrètement que j'ai un problème, un vice caché qui me rend impossible à satisfaire, insatisfaisante.

Ceux qui ne sont pas à la colle avec leur âme sœur – ceux qui ont fait le choix de la *raison* – méprisent encore plus mon célibat : il n'est pas difficile de trouver un époux, disent-ils. Aucune relation n'est parfaite, disent-ils – eux qui se contentent de baise laborieuse et de flatulences nocturnes rituelles, qui se rabattent sur la télé en guise de conversation, qui croient que la capitulation maritale – oui, chérie, OK, chéri – est la même chose que l'harmonie. *Il fait ce que tu lui dis parce qu'il ne t'aime pas assez pour discuter*, me dis-je. *Tes exigences minables lui donnent simplement un sentiment de supériorité ou de ressentiment, et un jour il va baiser sa jeune et jolie collègue qui n'exige rien de lui, et tu vas tomber des nues.* Donnez-moi un homme avec un peu de combativité, un homme qui met le holà quand je déraille. (Mais qui aime bien quand même ma façon de dérailler.) Et cependant : ne me faites pas atterrir dans une de ces relations où on passe son temps à se bouffer le nez, où on déguise les insultes en blagues, où on se fait les gros yeux et où on se bagarre « pour jouer » devant les amis, espérant chacun les attirer de notre côté dans une dispute dont ils se fichent complètement. Ces affreuses relations *si seulement* : *Ce mariage serait formidable si seulement*… et on sent que la liste des *si seulement* est plus longue qu'ils ne le réalisent l'un et l'autre.

Alors je sais que j'ai raison de ne pas me rabattre sur un choix « raisonnable », mais ce n'est pas pour cela que je me sens mieux quand mes amis se mettent en couple, et que je reste à la maison le vendredi soir avec une bouteille de vin et me prépare un repas extravagant en me disant : *c'est la perfection*, comme si j'étais mon propre rencard. Ou quand je vais dans d'innombrables fêtes et de soirées bar, parfumée et pleine d'espoir, me promenant dans la pièce comme un dessert douteux. Je vais à des rencards avec des hommes qui sont gentils, beaux gosses et intelligents – des hommes parfaits *a priori*, qui me donnent l'impression d'être dans un pays étranger quand j'essaie de m'expliquer, quand j'essaie de me faire connaître. Parce que n'est-ce pas le propos de toute relation : être connu par quelqu'un d'autre, être compris ? Il me *comprend*. Elle me *comprend*. N'est-ce pas là la formule magique ?

Ainsi, vous supportez la soirée avec l'homme parfait *a priori* – le flux bègue des blagues mal comprises, les traits d'esprit lancés haut et manqués. Ou peut-être comprend-il que vous avez fait un trait d'esprit, mais, ne sachant trop qu'en faire, il le tient dans sa main comme une mucosité conversationnelle qu'il essuiera plus tard. Vous passez encore une heure à essayer de vous trouver, de vous reconnaître, et vous buvez un peu trop, vous en faites un peu trop. Et vous retournez à votre lit froid en pensant : « C'était sympa. » Et votre vie est une longue suite de soirées *sympas*.

Puis vous tombez sur Nick Dunne sur la Septième Avenue en achetant du cantaloup en dés et, paf ! vous êtes connus, vous êtes reconnus, tous les deux. Pour vous deux, les mêmes choses exactement valent le coup d'être retenues. (*Rien qu'une olive, cela dit.*) Vous avez le même rythme. Clic. Vous vous connaissez, c'est tout.

Tout à coup, vous voyez : *lire au lit*, et *des gaufres le dimanche*, et *rire d'un rien*, et *sa bouche sur la vôtre*. Et c'est tellement mieux que *sympa* que vous savez que vous ne pourrez jamais revenir à un truc *sympa*. Si vite que ça. Vous pensez : oh ! *voici* le reste de ma vie. Il est enfin arrivé.

NICK DUNNE

Le jour où

J'ai attendu la police d'abord dans la cuisine, mais l'odeur âcre du thé brûlé s'emmagasinait dans le fond de ma gorge, soulignant mon envie de vomir, aussi suis-je sorti sur le perron. Je me suis assis sur la plus haute marche et me suis efforcé de retrouver mon calme. Je ne cessais d'essayer d'appeler Amy sur son portable, mais je tombais sur sa messagerie, cette cadence hachée avec laquelle elle jurait qu'elle rappellerait. Cela faisait deux heures et j'avais laissé cinq messages, et Amy n'avait pas rappelé.

Le contraire m'aurait étonné. Je l'avais dit à la police : Amy n'aurait jamais quitté la maison avec la bouilloire sur le feu. Ou la porte ouverte. Ou un vêtement sur la planche à repasser. Elle allait jusqu'au bout de ce qu'elle entreprenait, elle n'était pas du genre à abandonner un projet, même si elle décidait qu'il ne l'intéressait plus. (Les travaux de réfection sur son mari, par exemple.) Elle a fait une tête sinistre, sur la plage de Fidji, pendant les deux semaines de notre lune de miel, à s'escrimer sur le million de pages mystiques des *Chroniques de l'oiseau à ressort*, et me lançait des coups d'œil assassins tandis que je dévorais des thrillers l'un après l'autre. Depuis notre retour dans le Missouri et la perte de son boulot, sa vie s'articulait (se désarticulait ?) autour de l'accomplissement d'innombrables projets minuscules, sans importance. La robe aurait été repassée. Et il y avait le salon, *des signes indiquant une lutte.* Je savais déjà qu'Amy n'allait pas rappeler. Je voulais que commence l'épisode suivant.

C'était le meilleur moment de la journée, le ciel de juillet était déjà mauve, le soleil déclinant braquait un phare vers l'est, rendant toutes choses dorées et chatoyantes, comme une peinture flamande. La police a débarqué. La scène semblait ordinaire, moi assis sur les marches, un oiseau du soir qui chantait dans l'arbre, ces deux flics qui sont sortis de leur voiture sans hâte, comme s'ils faisaient un saut à un pique-nique de quartier. Des bébés flics, autour de 25 ans, sûrs d'eux et sans imagination, habitués à réconforter les parents qui s'inquiétaient pour leurs ados en rupture de couvre-feu. Une Hispano-Américaine, les cheveux rassemblés en une longue tresse brune, et un Noir qui se tenait comme un marine. Carthage était devenu un peu (un tout petit peu) moins blanc pendant mon absence, mais la ségrégation rampante faisait encore tellement loi que les seules personnes de couleur que je voyais dans mon quotidien étaient en général des vagabonds professionnels : livreurs, VRP, facteurs. Flics. (« Cette ville est tellement blanche que c'est perturbant », avait dit Amy, qui, lorsqu'elle vivait dans le melting-pot de Manhattan, ne comptait qu'un unique Afro-Américain parmi ses amis. Je l'avais accusée de regretter l'ethnique de façade, la toile de fond inoffensive des minorités. Ça ne s'était pas bien terminé.)

« Monsieur Dunne ? Je suis l'agent Velazquez, a dit la femme, et voici l'agent Riordan. Vous vous inquiétez pour votre femme, à ce que nous comprenons ? »

Riordan a regardé le bout de la rue, suçotant un bonbon. J'ai vu ses yeux suivre un oiseau qui filait au-dessus du fleuve. Puis il les a brusquement tournés vers moi. Ses lèvres retroussées me disaient qu'il voyait ce que voyaient tous les autres. J'ai une tête à claques : je suis un petit Irlandais de la classe ouvrière piégé dans le corps d'un connard fini né avec une cuiller en argent dans le bec. Je souris beaucoup pour compenser, mais ça ne marche pas à tous les coups. À la fac, j'ai même porté des lunettes pendant un certain temps, des fausses lunettes avec des verres neutres dont j'espérais qu'elles me donneraient un aspect affable, non menaçant. « Tu réalises que ça te donne l'air encore plus con, pas vrai ? » avait observé Go. Je les ai jetées et j'ai encore forcé sur le sourire.

« Venez voir à l'intérieur. »

Ils sont montés, accompagnés par le bruit de crissement et de frottement de leurs ceinturons et de leurs revolvers. Je me suis arrêté à l'entrée du salon et je leur ai fait constater les dégâts. « Oh ! » a fait l'agent Riordan. Il a fait craquer ses jointures d'un coup sec. Soudain, il avait l'air moins écœuré.

Installés à la table de la salle à manger, Riordan et Velazquez se sont penchés en avant sur leur siège pour me poser les questions préliminaires : qui ? où ?

combien de temps ? Ils avaient littéralement les oreilles dressées. Ils avaient passé un appel à l'écart, et Riordan m'a informé qu'on dispatchait des inspecteurs. J'avais le grave privilège d'être pris au sérieux.

Riordan me demandait pour la seconde fois si j'avais remarqué des inconnus dans le quartier ces derniers temps, me rappelait pour la troisième fois la présence de bandes de SDF à Carthage, lorsque le téléphone a sonné. Je me suis précipité à l'autre bout de la pièce et j'ai décroché au milieu de la première sonnerie.

Une voix de femme revêche : « Monsieur Dunne, ici la résidence médicalisée de Comfort Hill. » C'est là que nous avions mis notre père malade d'Alzheimer.

« Je ne peux pas parler pour l'instant. Je vous rappellerai », ai-je répondu sèchement. J'ai raccroché. Je méprisais les femmes qui composaient le staff de Comfort Hill : elles n'étaient pas souriantes, pas rassurantes. Elles étaient sous-payées, elles faisaient un travail éreintant et elles étaient sous-payées, c'est sans doute pour cela qu'elles ne souriaient ni ne rassuraient jamais. Je savais que ma colère à leur égard était mal dirigée – cela me mettait absolument hors de moi que mon père tienne le coup tandis que ma mère était six pieds sous terre.

C'était le tour de Go d'envoyer le chèque. J'étais à peu près certain que juillet, c'était son tour. Et je suis sûr qu'elle était persuadée que c'était le mien. C'était déjà arrivé. Go disait que nous devions oublier mutuellement de façon subconsciente de poster ces chèques, que ce que nous voulions oublier en fait, c'était notre père.

Je parlais à Riordan de l'inconnu que j'avais aperçu dans la maison désertée de notre voisine lorsqu'on a sonné à la porte. On a sonné à la porte. Ça semblait tellement normal, comme si j'attendais une pizza.

Les deux inspecteurs sont entrés avec la fatigue de la fin de service. L'homme était mince et élancé, avec un visage qui se terminait en pointe sur un menton étroit. La femme était d'une laideur surprenante, insolente, au-delà de l'éventail de la laideur ordinaire : de minuscules yeux ronds rapprochés comme des boutons, un long nez tordu, la peau constellée de petites bosses, de longs cheveux ternes couleur poussière. J'ai un penchant pour les femmes laides. J'ai été élevé par un trio de femmes au physique ingrat – ma grand-mère, ma mère, sa sœur – et elles étaient toutes intelligentes, gentilles, drôles et robustes, des femmes admirables, à vrai dire. Amy était la première jolie fille avec laquelle j'aie eu une vraie relation.

La femme laide a parlé la première, écho de mademoiselle l'agent Velazquez. « Monsieur Dunne ? Je suis l'inspecteur Rhonda Boney. Voici mon équipier, l'inspecteur Jim Gilpin. Il semblerait donc qu'il y ait un souci concernant votre femme. »

Mon estomac a gargouillé assez fort pour que tout le monde l'entende, mais nous avons fait comme si de rien n'était.

« On peut faire le tour du propriétaire, monsieur ? » a dit Gilpin. Il avait d'épaisses poches sous les yeux et des poils blancs râpeux dans la moustache. Sa chemise n'était pas froissée, mais il la portait comme si elle l'était ; il avait l'air de sentir la cigarette et le café rance alors même que ce n'était pas le cas. Il sentait le savon Dial.

Je les ai guidés sur les quelques pas qui nous séparaient du salon, j'ai une fois de plus désigné le saccage, où les deux flics plus jeunes se tenaient prudemment à quatre pattes, comme s'ils cherchaient à se faire surprendre en train de se rendre utiles. Boney m'a entraîné vers une chaise dans la salle à manger, à l'écart mais en vue des *signes d'une lutte*.

Rhonda Boney m'a fait reprendre les mêmes informations de base que j'avais données à Velazquez et Riordan, ses yeux de moineau attentifs fixés sur moi. Gilpin, accroupi sur une jambe, examinait le salon.

« Est-ce que vous avez appelé des amis, de la famille, ou des gens avec qui votre femme serait susceptible de se trouver ? a demandé l'inspecteur Rhonda Boney.

— Je… non. Pas encore. Je vous attendais, je pense.

— Ah ! » Elle a souri. « Laissez-moi deviner : le bébé de la famille.

— Quoi ?

— C'est vous le bébé.

— J'ai une sœur jumelle. » J'ai senti qu'elle procédait à une sorte de jugement interne. « Pourquoi ? »

Le vase préféré d'Amy gisait sur le sol, intact, en équilibre contre le mur. C'était un cadeau de mariage, un chef-d'œuvre japonais qu'Amy remisait chaque semaine quand venait notre femme de ménage parce qu'elle était persuadée qu'elle allait le casser.

« Simple supposition de ma part, si vous nous avez attendus, c'est parce que vous avez l'habitude que quelqu'un d'autre prenne les initiatives, a dit Boney. Mon petit frère est comme ça. Ça dépend de l'ordre de naissance. »

Boney a griffonné quelques mots sur un bloc-notes.

« Bon. » J'ai haussé les épaules, courroucé. « Vous voulez mon signe astrologique, aussi, ou on peut commencer ? »

Boney m'a souri aimablement. Elle attendait.

« Si j'ai attendu pour faire quelque chose, c'est parce que, franchement, c'est évident qu'elle n'est pas avec une copine, ai-je dit, indiquant le désordre du salon.

— Vous vivez ici depuis, quoi, monsieur Dunne, deux ans ?

— Deux ans.

— Vous étiez où avant ?

— New York.

— La ville ou l'État ?

— La ville. »

Elle a désigné l'étage, demandant la permission sans demander vraiment. J'ai hoché la tête et lui ai emboîté le pas, suivi de Gilpin.

« J'étais écrivain, là-bas », ai-je lâché sans avoir le temps de me retenir. Même à présent, après deux ans ici, je ne pouvais pas supporter que quelqu'un pense que c'était ma seule vie.

Boney : « Impressionnant. »

Gilpin : « Vous écriviez quoi ? »

J'ai calé ma réponse sur mon pas dans l'escalier : j'écrivais pour un magazine (une marche), j'écrivais sur la culture pop (une marche) pour un magazine masculin (une marche). Presque arrivé en haut, je me suis retourné. Gilpin était toujours en bas, les yeux fixés sur le salon. Il a réagi en sursaut.

« La culture pop ? a-t-il lancé en montant les marches. Qu'est-ce que ça comprend, exactement ?

— La culture populaire. » Nous avons rejoint Boney qui nous attendait en haut. « Le cinéma, la télé, la musique, mais, euh, vous savez, pas l'Art avec un grand A, rien d'amphigourique. » J'ai sursauté : *amphigourique ?* Quelle condescendance ! Vous autres péquenauds, vous avez sans doute besoin que je vous traduise mon anglais, version universitaire côte est, en anglais, version petit peuple du Midwest. *J'gribouille c'qui me passe dans le ciboulot après avoir maté de bons films de cinéma !*

« Elle adore le cinéma », a dit Gilpin en me désignant Boney. Boney a hoché la tête : c'est vrai.

« Maintenant, je suis le patron du Bar, en ville. »

Boney jetait un coup d'œil dans la salle de bains, ce qui nous a forcés à nous arrêter dans le couloir, Gilpin et moi.

« Ah oui ? a-t-elle dit. Je connais. Je voulais y passer. J'adore le nom. Super *méta*.

— Ça me paraît être une bonne initiative », a dit Gilpin. Boney s'est dirigée vers la chambre, et nous l'avons suivie. « Une vie entourée de bière, on peut imaginer pire.

— Parfois, la réponse *est* au fond de la bouteille », j'ai dit.

Puis j'ai de nouveau sursauté en réalisant le caractère déplacé de ma remarque.

Nous sommes entrés dans la chambre.

Gilpin a rigolé. « Ouais, je connais ça.

— Le fer est toujours branché, vous avez vu ? » j'ai commencé.

Boney a hoché la tête, ouvert la porte de notre spacieux placard, et elle est entrée dedans. Elle a allumé, et promené ses mains gantées de latex sur les chemises et les robes en progressant vers le fond. Soudain, elle a lâché un petit cri, s'est penchée, retournée – elle tenait une boîte parfaitement cubique emballée dans un papier argenté recherché.

Mon estomac s'est figé.

« C'est l'anniversaire de quelqu'un ?

— Notre anniversaire de mariage. »

Boney et Gilpin se sont mis tous deux à s'agiter comme des puces, en essayant de le masquer.

Lorsque nous sommes retournés au salon, les jeunes agents étaient partis. Gilpin s'est mis à genoux pour examiner l'ottomane renversée.

« Heu, je suis un peu chamboulé, évidemment, j'ai commencé.

— C'est tout à fait normal, Nick », a dit Gilpin d'un ton sincère. Ses yeux bleu pâle frétillaient dans leur orbite. C'était un tic déstabilisant.

« Est-ce qu'on peut faire quelque chose ? Pour retrouver ma femme. Parce que, bon, c'est clair qu'elle n'est pas là. »

Boney a montré du doigt le portrait de mariage au mur : moi en smok, un bloc de dents figé sur mon visage, entourant cérémonieusement la taille d'Amy de mes bras, Amy, ses cheveux blonds étroitement torsadés et laqués, son voile flottant dans la brise maritime du cap Cod, les yeux trop grands ouverts, parce qu'elle clignait toujours des paupières à la dernière minute et qu'elle faisait tout ce qu'elle pouvait pour ne pas cligner des paupières. Le lendemain de la fête nationale, le soufre des feux d'artifice se mêlait au sel de l'océan – l'été.

Le cap nous avait réussi. Je me rappelle avoir découvert, au bout de quelques mois, qu'Amy, ma copine, l'enfant unique adorée de génies créatifs, était aussi très riche. Une espèce d'icône, grâce à une série de livres pour enfants qui portaient son nom, dont il me semblait garder un vague souvenir. *L'Épatante Amy.* Amy m'a expliqué cela d'une voix calme et mesurée, comme si j'étais un patient qui se réveillait d'un coma. Comme si elle l'avait déjà fait trop souvent, et que ça s'était mal passé – un aveu de richesse reçu avec trop d'enthousiasme, la révélation d'une identité secrète qu'elle n'avait pas créée elle-même.

Amy m'a dit qui elle était et ce qu'elle était, puis nous nous sommes rendus dans la demeure classée monument historique des Elliott sur le littoral de Nantucket, nous sommes allés faire du bateau ensemble, et je me suis dit : *Je suis un garçon du Missouri, en train de traverser l'océan avec des gens qui en ont vu beaucoup plus que moi. Même si je me mettais à voir des choses maintenant, à vivre la grande vie, je ne pourrais jamais les rattraper.* Cela n'a pas suscité de jalousie chez moi. Ça a provoqué de la satisfaction. Je n'ai jamais aspiré à la richesse ou à la célébrité. Je n'ai pas été élevé par des ambitieux qui rêvaient de voir leur fils devenir président des États-Unis. J'ai été élevé par des parents pragmatiques qui voyaient leur fils travailler dans un bureau quelconque, gagner sa vie d'une manière ou d'une autre. Pour moi, il était suffisamment grisant d'être à proximité des Elliott, de glisser sur l'Atlantique et de rentrer dans une demeure somptueusement restaurée construite en 1822 par le capitaine d'un baleinier, et là, de préparer et de manger des repas de nourritures bios, saines, dont je ne savais pas prononcer le nom. Du quinoa. Je me rappelle avoir cru que le quinoa était une variété de poisson.

Et nous nous sommes mariés sur la plage, un mardi de grand ciel bleu, nous avons mangé et bu sous une tente blanche qui se gonflait comme une voile, et, au bout de quelques heures, j'ai subrepticement entraîné Amy dehors, dans la pénombre, vers les vagues, parce que je me sentais complètement irréel, j'étais persuadé de m'être transformé en pur reflet. La brume fraîche sur ma peau m'a rattrapé, Amy m'a rattrapé et remmené vers la lueur dorée de la tente, où les dieux festoyaient, où tout n'était qu'ambroisie. Toute la période qui a précédé notre mariage a été à l'image de ce moment.

« Votre femme est très jolie, a observé Boney.

— Elle est, elle est belle, j'ai dit, et j'ai eu un haut-le-cœur.

— C'est quel anniversaire, aujourd'hui ?

— Cinq ans de mariage. »

Je dansais nerveusement d'un pied sur l'autre, impatient de *faire* quelque chose. Je ne voulais pas qu'ils restent plantés à discuter de la beauté de ma femme, je voulais qu'ils sortent de là et qu'ils aillent la chercher, ma femme, putain. Je ne l'ai pas dit tout haut, cependant ; souvent, je ne dis pas les choses tout haut, même quand je le devrais. Je garde tout, je compartimente à un degré perturbant : dans la cave que j'ai dans le ventre, il y a des centaines de bouteilles de rage, de désespoir, de peur, mais on ne s'en douterait jamais en me voyant.

« Cinq ans, c'est un chiffre important. Laissez-moi deviner, réservations au Houston's ? » a demandé Gilpin. C'était le seul restaurant classe de la ville. *Faut absolument que vous essayiez le Houston's*, avait dit ma mère lorsque nous étions revenus au pays, pensant que c'était l'unique petit secret de Carthage, espérant faire plaisir à ma femme.

« Bien sûr. »

C'était mon septième mensonge à la police. Et je ne faisais que commencer.

AMY ELLIOTT DUNNE

5 juillet 2008

Journal

Je suis grosse d'amour ! Enrouée de ferveur ! Morbidement obèse sous le poids de la dévotion ! Un bourdon joyeux et fébrile d'enthousiasme marital. C'est vrai, je bourdonne quand il est là, je lui fais fête, je prépare ce qu'il y a à préparer. Je suis devenue quelque chose de bien étrange. Je suis devenue une épouse. Je me surprends à dévier les conversations – avec lourdeur, sans naturel – juste pour pouvoir dire son nom à haute voix. Je suis devenue une épouse, je suis devenue assommante, on m'a demandé de renoncer à ma carte de Jeune Féministe indépendante. Je m'en fiche. Je fais ses comptes, je lui coupe les cheveux. Je suis devenue tellement rétro que je vais sans doute bientôt me mettre à parler de mon *réticule*, sortir à petits pas dans mon manteau de tweed aux couleurs gaies, les lèvres peintes en rouge, pour me rendre à l'*institut de beauté*. Je ne m'inquiète de rien. J'ai l'impression que tout ira pour le mieux, chaque petit souci se transforme en anecdote amusante à raconter au dîner. *Au fait, j'ai tué un vaga-*

bond aujourd'hui, chéri... hahahaha! ah, qu'est-ce qu'on s'amuse!

Nick est semblable à un bon verre d'alcool bien corsé : il donne sur toutes choses la perspective correcte. Pas une autre perspective, la perspective correcte. Avec Nick, je réalise qu'en fait, quand on y pense, cela n'a pas d'importance si on a quelques jours de retard pour payer la facture d'électricité, si mon dernier questionnaire est un peu ringard au final (mon plus récent, et je ne plaisante pas : « Quel arbre seriez-vous ? » Moi, je suis un pommier ! Ça ne veut rien dire du tout !). Cela n'a pas d'importance si le nouvel épisode de *L'Épatante Amy* s'est fait démonter en bonne et due forme, si les critiques ont été féroces, et que le livre fait un flop retentissant après un démarrage mou. Cela n'a pas d'importance, de quelle couleur je peins notre chambre, si les embouteillages me mettent en retard ou si nos ordures sont vraiment, réellement recyclées. (Mettez-vous un peu à mon niveau, New York : est-ce que ça a de l'importance ?) Cela n'a pas d'importance parce que j'ai trouvé mon homme. C'est Nick, décontracté et calme, intelligent et drôle, et pas compliqué. Pas torturé, joyeux. Beau gosse. Gros pénis.

Toutes les choses que je n'aime pas chez moi ont été repoussées à l'arrière de mon crâne. Peut-être que c'est ce que je préfère chez lui, ce qu'il fait de moi. Pas ce qu'il me fait éprouver, ce qu'il fait de moi. Je suis marrante. Je suis espiègle. Je suis partante. Je me sens naturellement heureuse et entièrement satisfaite. Je suis une épouse ! C'est étrange de dire ces mots. Nous faisons des choses idiotes : le week-end dernier, par exemple, nous avons pris la voiture et nous sommes allés dans le Delaware pour la simple raison que nous n'avions jamais baisé dans le Delaware, ni l'un ni l'autre. Laissez-moi planter le décor, parce que, désormais, c'est vraiment pour la postérité. Nous passons la frontière de l'État – « Bienvenue dans le Delaware ! » dit le panneau, et aussi : « Une Petite Merveille », et aussi : « Le Premier des États » et aussi : « Le Pays du Shopping Sans Taxe ».

Le Delaware, un État aux identités multiples et riches.

J'indique à Nick le premier chemin de terre que je vois, et nous cahotons cinq minutes jusqu'à être entourés de pins. Nous ne parlons pas. Il incline son siège. Je lève ma jupe. Je ne porte pas de culotte, je vois les coins de sa bouche tomber et son visage s'amollir, l'air drogué et déterminé qu'il a quand il est excité. Je grimpe sur lui, dos à lui, face au pare-brise. Je suis appuyée contre le volant et, tandis que nous remuons ensemble, le klaxon émet de petits bêlements qui font écho aux miens, et ma main fait un bruit de succion lorsque je la presse contre le pare-brise. Nick et moi, nous pouvons jouir n'importe où – nous n'avons le trac ni l'un ni l'autre, c'est quelque chose dont nous sommes tous les deux assez fiers. Puis nous rentrons à la maison. Sur la route, je mange des bâtonnets de viande séchée, les pieds nus sur le tableau de bord.

Nous adorons notre maison. La maison construite par *L'Épatante Amy*. Une *brownstone* que mes parents nous ont achetée à Brooklyn, juste sur la promenade, avec vue panoramique sur Manhattan. C'est une extravagance, ça me fait me sentir coupable – mais elle est parfaite. Je lutte contre le côté petite fille riche qui s'en dégage comme je peux. Beaucoup de *Do-It-Yourself*. Nous venons juste de peindre les murs nous-mêmes, en l'espace de deux week-ends : vert tendre, jaune pâle et bleu azur. En théorie. Aucune des couleurs n'a donné ce que nous pensions qu'elles donneraient, mais nous faisons semblant de les aimer quand même. Nous remplissons notre maison de babioles chinées au marché aux puces; nous achetons des disques pour l'électrophone de Nick. Hier soir, nous nous sommes installés sur le vieux tapis persan pour boire du vin en écoutant le craquement du vinyl tandis que le ciel s'obscurcissait et que Manhattan s'illuminait. Et Nick a dit : « C'est comme je l'avais toujours imaginé. Exactement comme je l'avais imaginé. »

Le week-end, nous nous parlons sous quatre épaisseurs de couvertures, le visage au chaud sous un édredon jaune d'or. Même le plancher est joyeux : il y a deux vieilles lattes qui crissent comme pour nous appeler quand nous passons la porte. J'adore la maison, j'adore qu'elle soit à nous, qu'il y ait une histoire géniale derrière le lampadaire antique, ou la tasse en argile déformée posée à côté de notre cafetière, qui ne contient jamais rien sauf un unique trombone. Je passe mes journées à penser à des choses gentilles que je peux faire pour lui – aller acheter un savon à la menthe poivrée qui tiendra dans sa paume comme une pierre chauffée, ou peut-être un mince filet de truite que je pourrais cuisiner pour son dîner, une ode à sa période sur le Missouri. Je sais, je suis ridicule. Mais j'adore ça – je n'aurais jamais cru que j'étais capable de me ridiculiser pour un homme. C'est un soulagement. Je m'extasie même devant ses chaussettes, qu'il parvient à laisser traîner dans des poses adorablement biscornues, comme si un chiot les avait apportées d'une autre pièce.

C'est notre premier anniversaire de mariage et je suis grosse d'amour, même si les gens n'ont pas cessé de nous dire que la première année allait être très dure, comme si nous étions des enfants naïfs partant pour la guerre la fleur au fusil. Ça n'a pas été dur. Nous sommes faits l'un pour l'autre. C'est notre premier anniversaire et Nick sort du travail à midi : ma chasse au trésor l'attend. Les indices sont tous sur nous, sur l'année que nous venons de passer ensemble :

Si mon petit mari est grippé
C'est un plat qu'il faut lancer.

Réponse : la soupe Tom Yum de Thai Town, sur President Street. Le gérant sera là cet après-midi avec un bol de dégustation et l'indice suivant.

Et le McMann's à Chinatown, et la statue d'Alice à Central Park. Un grand tour de Manhattan. Nous finirons au marché aux poissons de Fulton Street, où nous achèterons deux beaux homards, et je tiendrai le seau sur mes genoux tandis que Nick s'agitera nerveusement dans le taxi. Nous rentrerons à toute vitesse, et je les jetterai dans une marmite neuve sur notre vieille cuisinière avec toute la maestria d'une fille qui a passé plus d'un été au cap Cod tandis que Nick gloussera en faisant semblant de se cacher derrière la porte de la cuisine, tremblant de peur.

J'avais suggéré qu'on se fasse simplement des burgers. Nick voulait qu'on sorte – cinq étoiles, restau huppé –, qu'on aille dans un établissement qui présente une farandole de plats, avec des serveurs qui parsèment leurs conseils de noms de célébrités. Donc les homards sont un entre-deux parfait, les homards sont exactement ce que tout le monde nous rabâche (indéfiniment) être l'essence du mariage : le compromis !

Nous mangerons du homard avec du beurre et nous ferons l'amour à même le sol pendant qu'une femme, sur un de nos vieux disques de jazz, chantera pour nous de sa voix caverneuse. Nous nous soûlerons lentement, paresseusement au bon scotch, la boisson préférée de Nick. Je lui donnerai son cadeau – le papier à lettres de chez Crane & Co qu'il voulait, avec les fontes sans sérif imprimées proprement en vert chasseur, sur l'épais stock crémeux qui accueillera l'encre luxueuse de ses mots d'écrivain. Du papier pour un écrivain, et une femme d'écrivain qui cherche peut-être à s'attirer une ou deux lettres d'amour.

Puis peut-être que nous referons l'amour. Et nous mangerons un burger tardif. Boirons encore du scotch. *Voilà**[1] : le couple le plus heureux de la rue ! Et on dit que le mariage, c'est un si rude travail.

1. Les mots en italique suivis d'un astérisque sont en français dans le texte. *(N.d.É.)*

Nick Dunne

Le soir où

Notre entretien a été transféré au commissariat, qui ressemble à une banque coopérative en faillite. Boney et Gilpin m'ont laissé seul dans une petite pièce pendant quarante minutes, et je me suis forcé à ne pas bouger. Faire semblant d'être calme, c'est être calme, en un sens. Je me suis avachi sur la table, j'ai posé le menton sur mon bras. J'ai attendu.

« Vous voulez appeler les parents d'Amy ? m'avait demandé Boney.

— Je ne veux pas les paniquer, j'avais répondu. Si on n'a pas de nouvelles d'elle dans une heure, j'appellerai. »

Nous avions eu cette conversation à trois reprises.

Finalement, les flics sont entrés et se sont installés en face de moi. Ça ressemblait tellement à une série télé que j'ai dû lutter pour contenir un éclat de rire. C'était la même scène que j'avais vue en zappant sur le câble tard le soir ces dix dernières années, et les deux flics – las, bouillants – jouaient les premiers rôles. Complètement toc. Le commissariat de Disneyland. Boney tenait même un gobelet de café en papier et un classeur qui avaient tout l'air d'accessoires. Des accessoires pour flics. J'ai été pris de vertige, pendant un instant j'ai eu la sensation que nous étions tous des simulateurs : Jouons au jeu de la Femme disparue !

« Vous vous sentez bien, Nick ? a demandé Boney.

— Ça va, pourquoi ?

— Vous étiez en train de sourire. »

Le vertige est tombé sur le sol carrelé.

« Je suis désolé, c'est que tout ça, c'est tellement…

— Je sais, a fait Boney, me lançant un regard équivalant à une petite tape dans le dos. Je sais. » Elle s'est éclairci la gorge. « Avant tout, nous voulons nous assurer que vous êtes à l'aise ici. Si vous avez besoin de quoi que ce soit, n'hésitez pas. Plus vous pourrez nous donner d'informations, mieux ce sera, mais si vous préférez vous en aller, ce n'est pas un problème.

— À votre disposition.

— OK, formidable, merci. Heu, OK. Je veux commencer par écarter le plus embarrassant. La partie merdique. Si votre femme a réellement été enlevée – et nous n'en savons rien pour l'instant – mais si ça se révèle exact, on veut attraper le coupable et, quand on l'attrapera, on ne veut pas le louper. Il ne faut lui laisser aucune issue. Aucune marge de manœuvre.

— Entendu.

— Du coup, il faut qu'on vous élimine de la liste des suspects très rapidement, très clairement. De sorte que le type n'ait pas la possibilité de venir raconter qu'on ne vous a pas éliminé de la liste des suspects, vous comprenez ? »

J'ai hoché mécaniquement la tête. Je ne comprenais pas vraiment, mais je voulais paraître aussi coopératif que possible.

« À votre disposition.

— On ne veut pas vous faire flipper, a ajouté Gilpin. C'est juste qu'il y a eu une affaire à Saint-Louis il n'y a pas très longtemps. Brian Laurie Jr, ça vous dit quelque chose ? Un réparateur à domicile qui a violé et tué une femme chez qui il réparait la plomberie. Au procès, son salopard d'avocat a prétendu que c'était le mari qui l'avait tuée, et comme les flics n'avaient pas sérieusement enquêté sur son cas, ne l'avaient pas formellement écarté de la liste des suspects – théorie alternative plausible –, Brian Laurie Jr est libre.

— Ce n'est pas que ça ait le moindre rapport avec l'affaire qui nous occupe, a fait Boney. Mais nous voulons assurer nos arrières.

— D'accord. »

C'est toujours le mari, j'ai pensé. *Tout le monde sait que c'est toujours le mari, alors pourquoi ne peuvent-ils pas le dire franchement : nous vous soupçonnons parce que vous êtes le mari, et c'est toujours le mari. Vous n'avez qu'à regarder* Dateline[1].

« OK, super, Nick, a dit Boney. D'abord, il nous faudrait un prélèvement de l'intérieur de votre joue de façon à pouvoir isoler l'ADN qui ne vous appartient pas dans la maison. Ça vous pose problème ?

— Non.

— J'aimerais aussi passer rapidement un film adhésif sur vos mains pour vérifier qu'il n'y a pas de résidu de poudre, encore une fois, juste au cas où…

1. Magazine télévisé hebdomadaire de reconstitution de faits divers, sur NBC.

— Attendez, attendez. Est-ce que vous avez trouvé quelque chose qui vous indique que ma femme a été…

— Non, non, non, Nick », a vivement coupé Gilpin. Il a avancé une chaise vers la table et s'est assis dessus à califourchon, dossier devant. Pour de vrai. Je m'étais toujours demandé si les flics faisaient vraiment ça. Ou est-ce que c'est un acteur futé qui l'avait fait le premier et que les flics s'y étaient mis parce qu'ils avaient vu les acteurs qui jouaient des flics le faire, et que ça faisait *cool* ? « C'est juste les subtilités du protocole, a-t-il poursuivi. On s'efforce de couvrir nos arrières : on examine vos mains, on prend un échantillon d'ADN, et si on pouvait aussi jeter un œil à votre voiture…

— Bien sûr. Comme je l'ai dit, je suis à votre disposition.

— Merci, Nick. Je vous suis très reconnaissante, dit Boney. Parfois, les types, ils nous mettent des bâtons dans les roues juste pour le plaisir. »

J'étais exactement l'opposé. Mon père avait fait baigner mon enfance dans une atmosphère de reproche non dit – c'était le genre d'homme qui rôdait partout en quête de raisons de se mettre en colère. Cette attitude avait fait que Go était toujours sur la défensive et qu'il y avait très peu de chances qu'elle se laisse marcher sur les pieds. Elle avait fait de moi une carpette primaire face à l'autorité. Maman, papa, les profs : *Tout ce que je peux faire pour vous, monsieur ou madame.* J'avais un besoin maladif d'un courant continu d'approbation. « Tu irais jusqu'à mentir, tromper et voler – bordel ! jusqu'à tuer – pour convaincre les gens que tu es un type bien », avait un jour dit Go. Nous faisions la queue pour manger des knishes chez Yonah Schimmel, non loin de l'ancien appartement de Go à New York – je me souviens de cet instant dans ses moindres détails –, et ça m'a coupé l'appétit parce que c'était tellement vrai, mais que je ne m'en étais jamais aperçu, et, même pendant qu'elle le disait, j'ai pensé : je n'oublierai jamais cette phrase, c'est un de ces moments qui va rester gravé dans ma cervelle pour l'éternité.

Nous avons bavardé, tous trois, des feux d'artifice du 4-Juillet et de la météo tandis qu'on recherchait la présence de résidu de poudre sur mes mains et qu'on prélevait un peu de salive à l'intérieur de ma joue avec un coton-tige. Faisant comme si tout était normal – une visite de routine chez le dentiste.

Quand ça a été terminé, Boney a posé une nouvelle tasse de café devant moi et m'a pressé l'épaule.

« Je suis désolée pour tout ça. C'est la partie la moins marrante dans ce boulot. Vous pensez que vous êtes prêt à répondre à quelques questions maintenant ? Ça nous aiderait vraiment.

— Oui, tout à fait, allez-y. »

Elle a placé un mince dictaphone numérique sur la table devant moi.

« Ça vous dérange pas ? Comme ça, vous ne serez pas obligé de répondre aux mêmes questions encore et encore… » Elle voulait m'enregistrer de façon que je sois forcé de m'en tenir à une même version. *Je devrais appeler un avocat*, me suis-je dit, mais *seuls les coupables ont besoin d'un avocat*, alors, au lieu de ça, j'ai hoché la tête : pas de problème.

« Donc, Amy… a commencé Boney. Vous vivez ici depuis combien de temps, tous les deux ?

— Seulement deux ans environ.

— Et elle est originaire de New York.

— Oui.

— Elle travaille ? a demandé Gilpin.

— Non. Avant, elle rédigeait des tests de personnalité. »

Les inspecteurs ont échangé un regard : des tests ?

« Pour les magazines pour ados, les féminins, ai-je ajouté. Vous savez : “Êtes-vous jalouse ? Découvrez-le grâce à notre test !” “Est-ce que vous intimidez les garçons ? Découvrez-le grâce à notre test !”

— Excellent, j'adore ces trucs, a dit Boney. Je ne savais pas que c'était un vrai boulot. D'écrire ces trucs. Un métier, quoi.

— Oh ! ce n'en est pas un. Plus maintenant, en tout cas. Internet est gavé de tests gratuits. Ceux d'Amy étaient plus fins – elle avait un mastère de psychologie – *a* un mastère de psychologie. » Ma gaffe m'a fait pousser un gloussement gêné. « Mais la finesse ne peut pas battre la gratuité.

— Et ensuite ? »

J'ai haussé les épaules.

« Ensuite, nous sommes venus nous installer ici. Elle reste à la maison en ce moment, plus ou moins.

— Oh ! Vous avez des enfants, alors ? »

Boney gazouillait, comme si elle venait d'apprendre une bonne nouvelle.

« Non.

— Oh ! Mais alors qu'est-ce qu'elle fait de ses journées, en général ? »

Eh bien, je me posais également la question. Amy était autrefois une femme qui faisait un peu de tout, tout le temps. Lorsque nous nous étions installés ensemble, elle s'était lancée dans une étude intensive de la cuisine française, montrant des dons pour le maniement du couteau ultrarapide, et présentant un bœuf bourguignon fort réussi. Pour son trente-quatrième anniversaire, nous étions allés à Barcelone, et elle m'avait épaté en alignant sans effort les consonnes roulées dans son espagnol de conversation appris durant des mois de leçons secrètes. Ma femme avait un cerveau brillant, en perpétuelle ébullition, une curiosité avide. Mais ses obsessions étaient en général alimentées par la compétition : elle avait besoin d'éblouir les hommes et de rendre les femmes jalouses. *Bien sûr, Amy connaît la cuisine française, parle l'espagnol couramment, bien sûr, elle coud, tricote, court le marathon et gère des stocks d'investissement à court terme, et elle sait piloter un avion.* Elle avait besoin d'être l'Épatante Amy, tout le temps. Ici dans le Missouri, les femmes font leurs courses chez Target[1], elles préparent avec zèle des repas roboratifs, elles rigolent du peu de traces que leur ont laissées les cours d'espagnol du lycée. La compétition ne les intéresse pas. La soif inextinguible de réussite d'Amy est accueillie de bonne grâce, peut-être même avec un soupçon de pitié. C'était à peu près le pire cadre qu'on puisse imaginer pour ma femme et sa compétitivité tous azimuts.

« Elle a beaucoup de hobbies, j'ai dit.

— Rien qui vous paraisse inquiétant ? a demandé Boney avec l'air préoccupé. Vous n'avez pas peur qu'elle se drogue ou qu'elle boive ? Je ne suis pas en

1. Équivalent des enseignes de discount alimentaire type Leader Price.

train de dire du mal de votre femme. Il y a beaucoup de femmes au foyer, plus que vous ne l'imagineriez, qui font passer le temps de cette façon. Les journées sont longues, quand on est tout seul. Et si elles passent de la boisson à la drogue – et je ne parle pas d'héroïne, mais d'antidouleurs par exemple –, eh bien, il y a une équipe d'individus vraiment pas très recommandables qui vend par ici en ce moment.

— Le trafic de drogue a beaucoup empiré, a dit Gilpin. On a eu des réductions de personnel, dans la police – ils ont supprimé un cinquième de nos effectifs, et on n'était déjà pas de trop. Franchement, la situation est *pourrie*, on est débordés.

— Y a une femme au foyer, une dame bien, qui s'est fait casser une dent il y a un mois à cause de quelques cachets d'Oxycontin, a soufflé Boney.

— Non, il peut arriver à Amy de boire un verre de vin de temps en temps, mais la drogue, non. »

Boney m'a dévisagé : de toute évidence, ce n'était pas la réponse qu'elle attendait.

« Elle avait des amis dans la région ? On aimerait les appeler, juste pour vérifier. Ne le prenez pas mal. Parfois, l'époux est la dernière personne à savoir qu'il y a un problème de drogues. Les gens ont honte, surtout les femmes. »

Des amis. À New York, Amy se faisait des amies et s'en débarrassait toutes les semaines ; c'étaient en quelque sorte ses projets. Elle s'enthousiasmait au plus haut point pour elles : Kameren, qui lui donnait des leçons de chant et avait une voix méchamment puissante (Amy était allée en pension dans le Massachusetts ; j'adorais les très rares fois où elle m'assaisonnait d'expressions de Nouvelle-Angleterre : *méchamment bon*) ; Jessie, du cours de stylisme. Mais un mois plus tard, je demandais des nouvelles de Jessie ou de Kameren, et Amy me regardait comme si je venais d'inventer un mot.

Et puis il y avait les hommes, qui se bousculaient toujours derrière Amy, empressés d'accomplir les tâches conjugales auxquelles manquait le mari. Fixer un pied de chaise, se mettre en quête de son thé d'Asie d'importation préféré. Des hommes dont elle jurait qu'ils étaient des amis, juste des bons amis. Amy les gardait exactement à la bonne distance, ni trop près ni trop loin – assez loin pour que je n'en prenne pas trop ombrage, assez près pour qu'elle n'ait qu'à lever le petit doigt pour qu'ils s'empressent de l'obliger.

Dans le Missouri… bon Dieu ! je ne savais pas, en fait. Cela ne m'est apparu qu'en cet instant. *T'es vraiment un pauvre type*, me suis-je dit. Deux ans que nous étions là et, après le tourbillon initial de rencontres et de salutations, la frénésie des premiers mois, il n'y avait personne qu'Amy voyait régulièrement. Elle avait ma mère, qui était désormais défunte, et moi – et nos conversations se déroulaient principalement sur un mode attaque/réfutation. Un an après notre retour au pays, je lui avais demandé, avec une galanterie affectée : « Alors vous vous plaisez à North Carthage, madame Dunne ? – *Le Nouveau* Carthage, tu veux dire ? » avait-elle répliqué.

Je m'étais refusé à lui demander à quoi elle faisait allusion, mais je savais que c'était une insulte.

« Elle a quelques bons amis, mais ils vivent dans l'Est, pour la plupart.

— Et ses parents ?

— Ils vivent à New York.

— Et vous n'avez toujours pas appelé aucune de ces personnes ? a demandé Boney, un sourire perplexe aux lèvres.

— J'étais occupé à faire toutes les *autres* choses que vous m'avez demandé de faire. Je n'ai pas eu le temps. »

J'avais signé une autorisation d'accès à ses achats par carte de crédit et ses retraits d'argent, et de localisation du téléphone portable d'Amy. J'avais donné le numéro de portable de Go et le nom de Sue, la veuve du Bar, qui pourrait sans doute confirmer l'heure de mon arrivée.

« Le bébé de la famille. » Elle a secoué la tête. « Vous me faites vraiment penser à mon petit frère. » Une microseconde. « C'est un compliment, hein, je vous le jure !

— C'est son petit chouchou, a dit Gilpin sans cesser de griffonner dans son calepin. OK, donc vous avez quitté la maison vers 7 h 30, vous êtes arrivé au bar à midi et, entre-temps, vous étiez à la plage. »

Il y a une petite plage aménagée à environ quinze kilomètres au nord de notre maison, un mélange pas exagérément plaisant de sable, de vase et d'éclats de bouteilles de bière. Des bennes à ordures débordent de gobelets en papier et de couches sales. Mais il y a une table de pique-nique dans un coin où le vent éloigne les mauvaises odeurs, avec un bel ensoleillement, et si on regarde directement le fleuve, on peut ignorer le gâchis alentour.

« Il m'arrive d'aller y lire le journal en buvant un café. Faut profiter de l'été au maximum. »

Non, je n'avais parlé à personne à la plage. Non, personne ne m'avait vu.

« C'est un coin tranquille en semaine. »

Si les policiers parlaient à n'importe laquelle de mes connaissances, ils apprendraient bien vite que je n'allais que rarement à la plage, et qu'il ne m'arrivait jamais d'y emporter une tasse de café pour profiter simplement de la matinée. J'ai une peau blanche d'Irlandais, et je ne supporte pas de rester à me regarder le nombril : la plage, c'est pas mon truc. J'ai dit ça aux enquêteurs parce que ça avait été l'idée d'Amy, de m'envoyer passer un moment à l'endroit où je pourrais être seul et contempler le fleuve que j'aimais tant, afin de réfléchir sur notre vie commune. Elle me l'avait dit le matin même, quand on avait fini ses crêpes. Elle s'était penchée en travers de la table et elle avait dit : « Je sais qu'on traverse une période difficile. Je t'aime encore énormément, Nick, et je sais qu'il faut que je travaille sur beaucoup de choses. Mais je veux être une bonne épouse pour toi, et je veux que tu sois mon mari et que tu sois heureux. Mais il faut que tu décides ce que toi, tu veux. »

De toute évidence, elle avait répété son laïus – elle souriait avec fierté en le prononçant. Et pendant même que ma femme me faisait cette gentillesse, je pensais : *Bien sûr, il faut qu'elle mette ça en scène. Elle veut l'image de moi et du fleuve qui coule impétueusement, mes cheveux ébouriffés par le vent léger tandis que mon regard se perd à l'horizon et que je réfléchis à notre vie commune. Je ne peux pas aller tout bêtement dans un Dunkin' Donuts.*

Il faut que tu décides ce que tu veux. Malheureusement pour Amy, j'avais déjà décidé.

Boney a poussé un soupir comme si elle était en plein cours de yoga. « OK, Nick, voici ce que *nous*, nous faisons pour vous aider. » Elle en a dressé la liste : on tentait de localiser le portable d'Amy, on faisait circuler sa photo, on contrôlait l'activité de ses cartes de crédit. On interrogeait les délinquants sexuels connus des environs. On procédait à une enquête de voisinage dans notre quartier semi-déserté. On avait mis sur écoute le téléphone fixe de notre maison, au cas où quelqu'un appellerait pour demander une rançon.

Je ne savais guère quoi ajouter. J'ai fouillé dans ma mémoire : que dit le mari à ce stade du film ? Ça dépend s'il est coupable ou innocent.

« Je ne peux pas dire que ça me rassure. Est-ce que vous… est-ce que c'est une enquête pour enlèvement ou pour disparition, qu'est-ce qui se passe au juste ? » Je connaissais les statistiques, je les avais apprises dans ces mêmes feuilletons télé dans lesquels je me trouvais jouer maintenant : s'il n'y avait pas d'avancée au cours des premières quarante-huit heures dans une affaire, elle avait toutes les chances de n'être jamais résolue. Les premières quarante-huit heures étaient cruciales. « Vous comprenez, ma femme a disparu. Ma femme : *elle a disparu !* » J'ai réalisé que c'était la première fois que je disais cela sur le ton requis : paniqué et furieux. Mon père était un homme qui exprimait une variété infinie d'amertume, de rage, de dégoût. Dans ma lutte constante pour ne pas devenir comme lui, j'avais contracté une incapacité quasi totale à manifester la moindre émotion négative. C'était encore un truc qui me donnait l'air d'un connard – je pouvais être dans une colère noire, mon visage ne trahirait rien, et mes mots encore moins. C'était un problème perpétuel : trop de maîtrise, ou pas de maîtrise du tout.

« Nick, nous prenons ça *très*, *très* au sérieux, a répliqué Boney. Les agents de la police scientifique sont chez vous en ce moment même, et ça va nous donner plus d'informations pour continuer. Pour l'instant, plus long vous pourrez nous en dire sur votre femme, mieux ce sera. Comment est-elle ? »

Des expressions toutes faites de mari me sont venues à l'esprit : c'est une femme adorable, une femme formidable, une femme douce, une femme positive.

« Comment elle est… en quel sens ?

— Donnez-moi une idée de sa personnalité, a soufflé Boney. Par exemple, qu'est-ce que vous lui offrez pour votre anniversaire ? Des bijoux ?

— Je n'avais encore rien acheté. J'allais m'en occuper cet après-midi. »

Je m'attendais à ce qu'elle rie et répète « Le bébé de la famille », mais elle s'est abstenue.

« OK. Bon, parlez-moi d'elle. Est-ce que c'est quelqu'un d'aimable ? Est-ce qu'elle est plutôt – je ne sais pas comment dire ça – New York ? Avec des manières qui pourraient sembler un peu brusques à certains ? Qui pourraient indisposer quelqu'un d'un peu chatouilleux ?

— Je ne sais pas, ce n'est pas la personne la plus liante du monde, mais elle n'est pas assez, pas assez mordante pour donner envie à quelqu'un de lui faire… du mal. »

C'était mon onzième mensonge. L'Amy d'aujourd'hui était assez mordante pour donner des envies de violence, parfois. Je parle spécifiquement de l'Amy d'aujourd'hui, qui ne ressemblait que vaguement à la femme dont j'étais tombé amoureux. Ça avait été une atroce transformation, un conte de fées à rebours. En l'espace de quelques années seulement, la fille aux grands éclats de rire et au caractère facile s'était littéralement dépouillée de son identité, telle une pile de peau et d'âme sur le sol, et c'est cette nouvelle Amy, amère et cassante, qui était entrée en scène. Ma femme n'était plus ma femme, mais un nœud de fil barbelé acéré qui me mettait au défi de le dénouer – et je n'étais pas à la hauteur de la tâche, avec mes doigts épais, engourdis, nerveux. Des doigts de paysan. Des doigts de plouc, mal préparés à l'opération complexe et dangereuse consistant à *résoudre Amy.* Lorsque je lui montrais mes moignons pleins de sang, elle poussait un soupir et se tournait vers le petit carnet mental dans lequel elle tenait les comptes de toutes mes insuffisances, notant inlassablement les déceptions, les faiblesses, les manquements. Mon ancienne Amy, putain, elle était cool. Elle était drôle. Elle me faisait rire. J'avais oublié ça. Et *elle*, elle riait. Des rires qui partaient du fond de la gorge, juste derrière ce petit vide en forme de doigt, la meilleure façon de rire. Elle semait ses griefs au vent comme des poignées de graines pour les oiseaux : une minute ils étaient là, puis ils disparaissaient.

Elle n'était pas cette chose qu'elle était devenue, la chose que je redoutais le plus : une femme en colère. Les femmes en colère ne me réussissent pas. Elles font ressortir en moi quelque chose de peu ragoûtant.

« Elle est autoritaire ? a demandé Gilpin. Elle aime bien commander ? »

J'ai alors pensé au calendrier d'Amy, celui qui allait jusqu'à trois ans dans le futur, et si vous regardiez une date éloignée d'un an, vous trouviez vraiment des rendez-vous : dermatologue, dentiste, véto.

« Elle prévoit tout – elle n'est pas du genre, heu, à improviser quoi que ce soit. Elle aime faire des listes et cocher les tâches accomplies. Mener les choses à bien. C'est pour ça que sa disparition est inexplicable.

— C'est à rendre dingue, a dit Boney avec sympathie. Si vous n'êtes pas comme ça vous-même. Vous m'avez tout l'air d'un type coulant.

— Je suis un petit peu plus décontract, je suppose. » Puis j'ai ajouté la phrase que j'étais censé ajouter. « On se complète. »

J'ai regardé la pendule sur le mur, et Boney m'a touché la main.

« Dites, pourquoi vous n'appelleriez pas les parents d'Amy, maintenant ? Je suis sûre qu'ils apprécieraient d'être mis au courant. »

Il était plus de minuit. Les parents d'Amy se couchaient à 21 heures ; ils tiraient de ce coucher précoce une étrange fierté. Ils devaient dormir à cette heure-ci, aussi serait-ce un appel-urgent-en-pleine-nuit. Les portables étaient éteints à 20 h 45, systématiquement – aussi Rand Elliott serait-il obligé de se lever de son lit et d'aller jusqu'au bout du couloir pour décrocher le vieux et lourd téléphone ; il aurait du mal à trouver ses lunettes, s'énerverait sur l'interrupteur de sa lampe de chevet. Il se donnerait toutes les raisons de ne pas s'inquiéter d'un coup de téléphone tardif, toutes les raisons inoffensives que le téléphone pourrait avoir de sonner.

J'ai composé le numéro et raccroché à deux reprises avant de laisser sonner. Lorsque je l'ai fait, c'est Marybeth, pas Rand, qui a répondu de sa voix rauque. J'avais seulement prononcé les mots : « Marybeth, c'est Nick », quand j'ai flanché.

« Qu'y a-t-il, Nick ? »

J'ai respiré un grand coup.

« C'est Amy ? Dis-moi ce qu'il y a.

— Je, euh, je suis désolé, j'aurais dû appeler…

— Accouche, bon Dieu !

— On ne trouve pas Amy, ai-je bégayé.

— Vous ne *trouvez* pas Amy ?

— Je ne sais pas…

— Amy a disparu ?

— On n'en est pas certains, on est encore…

— Depuis quand ?

— On ne sait pas trop. Je suis parti ce matin, un peu après 7 heures…

— Il est une heure du matin, Nick.

— Je suis désolé, je ne voulais pas appeler avant que…

— Doux Jésus ! On a joué au tennis, ce soir. Au *tennis*, et on aurait pu être… mon Dieu ! La police est au courant ? Tu les as prévenus ?

— J'appelle du commissariat.

— Passe-moi le responsable, dans ce cas, Nick. S'il te plaît. »

Et comme un gamin, je suis allé chercher Gilpin. *Monsieur, ma belle-maman veut vous parler*.

Appeler les Elliott a rendu la chose officielle. L'urgence – *Amy a disparu* – se répandait au monde extérieur.

Je me rendais à nouveau vers la salle d'interrogatoire lorsque j'ai entendu la voix de mon père. Parfois, dans les moments les plus piteux de mon existence, j'entendais sa voix dans ma tête. Mais, là, c'était la voix de mon père, en chair et en os. Ses mots éclataient telles des bulles humides à la surface d'un marais fétide. *Salope salope salope.* Mon père, depuis qu'il avait perdu la tête, avait pris l'habitude de lancer ce mot à toutes les femmes qui l'agaçaient même très vaguement : *salope salope salope.* J'ai jeté un œil dans une salle de réunion : il était là, assis sur un banc contre le mur. Il avait été bel homme, autrefois, un beau ténébreux, avec une fossette au menton. *Une beauté chaotique*, c'est comme ça que l'avait décrit ma tante. À présent, il marmonnait à l'intention du sol, ses cheveux blonds emmêlés, son pantalon plein de boue et les bras écorchés comme s'il avait traversé un buisson d'épines. Un filet de bave luisait sur son menton comme le sillage d'un escargot, et il bandait et relâchait tour à tour les muscles de son bras qui n'étaient pas encore trop décatis. Une femme policier, tendue, était assise à côté de lui. Les lèvres serrées en une moue pleine de colère, elle essayait de l'ignorer : *salope salope salope je t'ai dit salope.*

« Que se passe-t-il ? lui ai-je demandé. C'est mon père.

— Vous avez eu notre message ?

— Quel message ?

— Pour vous demander de venir chercher votre père. »

Elle articulait exagérément comme si j'étais un gamin de 10 ans pas très futé.

« Je… Ma femme a disparu. J'ai passé la plus grande partie de la soirée *ici*. »

Elle m'a dévisagé sans comprendre le moins du monde. J'ai vu qu'elle hésitait entre deux attitudes : sacrifier son avantage et s'excuser ; poser des questions. Puis mon père en a remis une couche – *salope salope salope* – et elle a choisi de conserver son avantage.

« Monsieur, Comfort Hill a essayé de vous joindre toute la journée. Votre père s'est échappé par une issue de secours tôt ce matin. Il a quelques égratignures, comme vous pouvez le constater, mais rien de cassé. Nous l'avons retrouvé par hasard il y a quelques heures, il errait sur River Road, désorienté. On a essayé de vous joindre.

— J'étais ici même. Dans le bureau d'à côté, bon sang ! Comment se fait-il que personne n'ait fait le rapprochement ? »

Salope salope salope, a fait mon père.

« Monsieur, je vous prie de me parler sur un autre ton. »

Salope salope salope.

Boney a chargé un policier – un homme – de ramener mon père à la maison de retraite, de sorte que je puisse en terminer avec eux. Sur les marches du commissariat, nous l'avons regardé s'installer dans la voiture. Il marmonnait toujours. Pendant tout ce temps, il n'a jamais remarqué ma présence. Lorsque la voiture a démarré, il n'a même pas regardé derrière lui.

« Vous n'êtes pas très proches ?

— C'est le moins qu'on puisse dire. »

Les inspecteurs ont terminé leur questionnaire et m'ont renvoyé dans mes foyers vers 2 heures du matin, en me conseillant de passer une bonne nuit de sommeil et de revenir à 11 heures pour une conférence de presse prévue à midi.

Je n'ai pas demandé si je pouvais rentrer chez moi. Je suis allé chez Go, parce que je savais qu'elle n'irait pas se coucher tout de suite ; elle boirait un coup avec moi, elle me préparerait un sandwich. C'est pathétique, mais c'était tout ce que je désirais pour l'instant : une femme pour me préparer un sandwich sans me poser de questions.

« Tu ne veux pas qu'on essaie de la chercher ? a proposé Go pendant que je mangeais. On peut faire un tour en bagnole.

— Ça me semble inutile, ai-je dit d'une voix morne. Où veux-tu que je cherche ?

— Nick, c'est hyper sérieux, là, putain.

— Je sais, Go.

— Agis en conséquence, OK, *Lance* ? Commence pas à faire *mouaisheumouaisheu.* » C'était un bruit qu'elle mimait avec la langue épaisse, le bruit qu'elle faisait toujours pour exprimer mon indécision, accompagné par un regard circulaire hébété et le dépoussiérage de mon prénom légal. Avec la tête que j'ai, ce n'est vraiment pas un cadeau de s'appeler Lance. Elle m'a passé un grand verre de bourbon. « Et bois ça, mais c'est tout. Faut pas que t'aies la gueule de bois au réveil. Où est-ce qu'elle peut être, putain ? Bon Dieu, j'ai mal au cœur ! » Elle s'est versé un verre de scotch, a avalé une bonne rasade, puis a essayé de siroter. « T'es pas inquiet, Nick ? T'as pas peur qu'un mec, genre, l'ait repérée dans la rue et ait juste, juste décidé de se la faire ? Lui donner un coup sur la tête et… »

J'ai sursauté.

« Pourquoi tu dis *lui donner un coup sur la tête*, qu'est-ce que c'est que ces conneries ?

— Pardon, je ne voulais pas être si imagée, c'est juste… Je ne sais pas, je n'arrête pas de penser. À un dingue. »

Elle a versé une rasade supplémentaire de scotch dans son verre.

« En parlant de dingues, j'ai dit, papa s'est encore échappé aujourd'hui, les flics l'ont retrouvé errant sur River Road. Il est rentré à Comfort, là. »

Elle a haussé les épaules : OK. C'était la troisième fois en six mois que notre père faisait le mur. Go s'est allumé une cigarette, toujours concentrée sur Amy.

« Sérieux, y a pas quelqu'un qu'on peut aller voir ? Quelque chose qu'on peut faire ? »

J'ai perdu patience : « Putain ! Mais t'as vraiment besoin que je me sente encore plus impuissant que je me sens déjà ? Je sais pas du tout ce que je suis censé faire. y a pas de cours élémentaire sur Que Faire Lorsque Votre Femme Disparaît. Les flics m'ont dit que je pouvais m'en aller. Je suis parti. Je fais juste ce qu'ils m'ont dit de faire.

— Bien sûr que tu fais ce qu'on t'a dit », a murmuré Go, qui s'était donné pour mission depuis longtemps de me transformer en rebelle, en vain. Ça ne prendrait pas. J'étais le garçon qui respectait le couvre-feu au lycée, j'étais l'écrivain qui respectait ses deadlines, même les fausses. Je respecte les règles, parce que, lorsqu'on suit les règles, les choses se passent en douceur, en général.

« Merde, Go, je retourne au commissariat dans quelques heures, OK ? Est-ce que tu pourrais juste… juste être sympa avec moi pendant une minute. J'ai une trouille bleue. »

Nous nous sommes toisés pendant cinq secondes, puis Go a rempli mon verre en guise d'excuse. Elle s'est assise à côté de moi et elle a posé une main sur mon épaule.

« Pauvre Amy », a-t-elle dit.

Amy Elliott Dunne

22 avril 2009

Journal

Pauvre de moi. Laissez-moi planter le décor : Campbell, Insley et moi, nous dînons chez Tableau. Beaucoup de tartes au fromage de chèvre, de boulettes d'agneau et de roquette, je ne sais pas pourquoi on en fait tout un plat. Mais nous faisons une soirée à rebours : d'abord le dîner, puis des verres dans un petit recoin qu'a réservé Campbell, un mini-placard dans lequel on peut se prélasser à grands frais dans un endroit qui n'est pas très différent de, mettons, son salon. Mais bon, c'est amusant de s'adonner aux modes stupides, à l'occasion. Nous sommes toutes trop habillées dans nos petites robes flashy, nos talons effilés, et nous picorons toutes dans de petites assiettes de petites bouchées de nourriture aussi décoratives et vides de substance que nous le sommes.

Nous avons décidé de demander à nos maris de nous rejoindre pour la partie boisson. Et nous voilà, après le dîner, serrées dans notre petite alcôve. C'est une serveuse qui pourrait auditionner pour le petit rôle de la Petite Provinciale qui vient d'arriver à la ville qui apporte leurs mojito et martini et mon bourbon.

Nous commençons à être à court de sujets de conversation ; nous sommes mardi, et on le sent bien. Nous buvons avec précaution : Insley et Campbell ont toutes deux de vagues rendez-vous le lendemain matin et j'ai du boulot, aussi ne sommes-nous pas parties pour une grosse bringue, la soirée est en perte de vitesse et nous commençons à être longues à la détente, gagnées par l'ennui. Nous rentrerions si nous n'attendions pas l'apparition possible des hommes. Campbell ne cesse de consulter son BlackBerry, Insley étudie ses mollets sous différents angles. John arrive le premier – profusion d'excuses à l'intention de Campbell, grands sourires et bises pour nous toutes, un homme tout simplement ravi d'être là, enchanté d'arriver à la toute fin d'une soirée cocktails à l'autre bout de la ville pour siffler un petit verre et rentrer chez lui avec sa femme. George nous rejoint à peu près vingt minutes plus tard – penaud, tendu, avec une excuse laconique sur son boulot. Insley le rembarre méchamment : « Tu as *quarante* minutes de retard », il riposte sur le même ton : « Ouais, désolé de bosser pour gagner notre croûte. » Ils se parlent à peine, tandis qu'ils conversent avec tous les autres.

Nick n'arrive jamais ; il n'appelle pas. Nous attendons encore quarante-cinq minutes : Campbell se montre pleine de sollicitude (« Il a dû avoir une urgence au dernier moment », dit-elle avec un sourire pour ce bon vieux John, qui ne laisse jamais une urgence de dernière minute interférer avec les plans de sa femme) ; la colère d'Insley contre son mari s'apaise lorsqu'elle réalise qu'il n'est que le deuxième plus gros salopard du groupe (« T'es sûre qu'il ne t'a même pas envoyé un SMS, ma chérie ? »).

Moi, je me contente de sourire : « Qui sait où il peut bien être – je le retrouverai à la maison. » Et là, ce sont les hommes du groupe qui prennent un air médusé : vous voulez dire que c'était une possibilité ? Zapper la soirée sans conséquences néfastes ? Pas de culpabilité, de colère ou de rancœur ?

Eh bien, peut-être pas pour vous, les mecs.

Nick et moi, il nous arrive de rire, de rire à gorge déployée des choses horribles que les femmes font faire à leurs maris, juste pour prouver leur amour. Les tâches inutiles, les sacrifices innombrables, les petites capitulations incessantes. Nous appelons ces hommes des « singes savants ».

Nick va rentrer chez nous, en sueur, la peau salée, un peu parti à la bière après une journée au stade de base-ball, et je vais me pelotonner sur ses genoux, lui demander comment était le match, lui demander si son pote Jack s'est bien amusé, et il dira : « Oh ! il a été frappé par le syndrome du singe savant – la pauvre Jennifer a eu une semaine "hyper stressante" et elle avait *vraiment* besoin de lui à la maison. »

Ou son pote de boulot, qui ne peut pas venir boire un coup parce que sa copine tient vraiment à ce qu'il passe au bistro où elle dîne avec une amie de province. Pour qu'ils puissent enfin faire connaissance. Et qu'elle puisse se vanter de l'obéissance de son singe : *Il vient quand je l'appelle, et regarde comme il est soigné !*

Mets cette chemise, ne mets pas ce pantalon. Fais la vaisselle immédiatement et fais le ménage quand tu auras le temps, et par là je veux dire tout de suite. Et avant tout, avant tout, abandonne les choses que tu aimes pour moi, comme ça j'aurai la preuve que tu me préfères. C'est l'équivalent féminin d'un concours de bites – en promenant notre désœuvrement de nos clubs de lecture à nos soirées cocktails, il y a peu de choses que nous apprécions davantage, nous les femmes, que de pouvoir énumérer les sacrifices que nos hommes font pour nous. La réponse automatique : « Oh ! c'est trop *chou.* »

Je suis contente de ne pas faire partie de ce club. Je ne mange pas de ce pain-là, je ne prends pas mon pied à pratiquer la coercition affective, à forcer Nick à jouer le rôle du gentil mari – le rôle du type sans volonté, joyeux, obéissant, le chéri de *Chéri, sors la poubelle !* L'homme idéal de toutes les épouses, le contrepoint du fantasme masculin de la femme tendre, sexy, et décontractée qui aime le sexe et l'alcool fort.

J'aime à penser que je suis suffisamment confiante, sûre de moi et mûre pour savoir que Nick m'aime sans qu'il doive me le prouver constamment. Je n'ai pas besoin de petits scénarios pathétiques mettant en scène mon pantin pour les rabâcher à mes copines, je ne demande pas mieux que de le laisser être lui-même.

Je ne sais pas pourquoi les femmes trouvent ça si difficile.

Lorsque je rentre chez nous ce soir-là, mon taxi s'arrête devant la maison juste au moment où il descend du sien, et il ouvre les bras en pleine rue pour m'accueillir, un grand sourire aux lèvres – « Chérie ! » –, et je cours, je saute dans ses bras et il presse sa joue mal rasée contre la mienne.

« Qu'est-ce que tu as fait ce soir ? je lui demande.

— Y a des mecs qui faisaient un poker après le boulot, alors j'ai traîné un peu là-bas. J'espère que ça te dérange pas.

— Bien sûr que non. T'as dû t'amuser plus que moi.

— Y avait qui ?

— Oh ! Campbell et Insley, et leurs singes savants. Rasoir. T'as esquivé une balle. Une balle de ringardise. »

Il me serre contre lui – ces bras costauds – et me tire en haut des escaliers.

« Putain, ce que je t'aime », dit-il.

Puis c'est l'heure du sexe et de l'alcool fort suivis d'une tendre nuit de sommeil, que nous passons pelotonnés comme des petits rats épuisés dans notre grand lit douillet. Pauvre de moi.

Nick Dunne

Un jour après

Je n'ai pas écouté les conseils de Go sur l'alcool, j'ai vidé la moitié de la bouteille assis tout seul sur le canapé, et ma dix-huitième montée d'adrénaline s'est déclenchée juste au moment où je pensais que j'allais finir par m'endormir : mes yeux se fermaient, je remuais mon oreiller, mes paupières étaient closes, et là, j'ai vu ma femme, du sang coagulé dans sa chevelure blonde, en larmes, aveuglée par la douleur, qui rampait sur le sol de notre cuisine. Elle m'appelait : *Nick, Nick, Nick !*

J'ai pris plusieurs petites gorgées de whisky en me préparant mentalement à dormir, un rituel voué à l'échec. Le sommeil, c'est comme un chat, il ne vient vous voir que si vous l'ignorez. J'ai bu davantage en me répétant mon mantra : *Arrête de réfléchir*, une gorgée, *fais le vide*, une gorgée, *maintenant, sérieux, fais le vide, allez, tout de suite*, une gorgée. *T'auras besoin de toutes tes capacités mentales tout à l'heure, faut que tu dormes !* Une gorgée. Je ne suis parvenu qu'à faire un somme agité vers l'aube, et me suis réveillé une heure plus tard avec la gueule de bois. Pas une gueule de bois paralysante, mais une gueule de bois respectable quand même. J'étais fragile et affaibli. Pâteux. Peut-être encore un peu soûl. Je me suis dirigé vers la voiture de Go d'un pas hésitant. Le mouvement me semblait peu naturel, comme si mes jambes étaient montées à l'envers. J'avais la jouissance temporaire de sa voiture : la police avait pris ma Jetta pour inspection.

Trois voitures de patrouille étaient garées dans ma rue, et nos très rares voisins rôdaient autour de la maison. Pas de Carl, mais il y avait Jan Teverer – la vieille chrétienne – et Mike, le père des triplés-FIV âgés de 3 ans, Taylor, Topher et Talullah. (« Je les déteste tous, rien que le nom », disait Amy, arbitre impitoyable de toutes les modes. Lorsque j'ai souligné qu'Amy était autrefois un prénom à la mode, ma femme a répondu : « Nick, tu *connais* l'histoire de mon nom. » Je ne voyais pas du tout à quoi elle faisait allusion.)

Jan m'a fait un signe de tête de loin sans croiser mon regard, mais Mike a traversé la rue pour venir me trouver lorsque je suis descendu de voiture.

« Je suis vraiment désolé, mon vieux, si je peux faire quoi que ce soit, dis-moi. Quoi que ce soit. J'ai tondu la pelouse ce matin, alors au moins, t'auras pas à t'en soucier. »

Mike et moi, nous nous chargions à tour de rôle de tondre le gazon des propriétés abandonnées ou hypothéquées du lotissement – les fortes pluies du printemps avaient transformé les jardins en jungles, ce qui avait encouragé la prolifération des ratons laveurs. Nous avions des ratons laveurs partout, ils rongeaient nos ordures tard dans la nuit, se faufilaient dans nos sous-sols, se prélassaient sous nos porches comme de gros chats paresseux. Couper l'herbe ne semblait pas les faire fuir, mais, au moins, on les voyait venir, maintenant.

« Merci, mec, merci, j'ai dit.

— Tu sais, ma femme, elle est dans tous ses états depuis qu'elle a appris la nouvelle. Complètement hystérique.

— Désolé d'apprendre ça. Je dois... »

J'ai désigné notre porte.

« Elle est prostrée, elle ne fait que pleurer en regardant des photos d'Amy. »

Un millier de photos étaient apparues sur le Net du jour au lendemain, rien que pour satisfaire les besoins pathétiques de femmes comme celle de Mike. Je n'avais aucune sympathie pour les pleureuses professionnelles.

« Dis, faut que je te demande... » a commencé Mike.

Je lui ai tapoté le bras et j'ai de nouveau désigné la porte, comme si j'étais pressé. Je me suis écarté avant qu'il ait le temps de poser sa question, et j'ai frappé à la porte de ma propre maison.

L'agent Velazquez m'a escorté en haut, à ma propre chambre, à mon propre placard – derrière le paquet-cadeau argenté parfaitement cubique –, et m'a laissé farfouiller dans mes affaires. Cela me rendait nerveux de choisir mes vêtements devant cette jeune femme avec sa longue tresse brune, cette femme qui devait me juger, se faire une opinion. J'ai fini par prendre ce qui me tombait sous la main : au final, j'avais l'air professionnel, mais décontracté, pantalon en toile et manches courtes, comme si je me rendais à une convention. Ça ferait un sujet d'article intéressant, je me suis dit : comment choisir la tenue appropriée lorsqu'un être cher s'évanouit dans la nature. L'écrivain en moi, avide de matière et de perspective, impossible à faire taire. J'ai fourré le tout dans un sac et je me suis retourné vers le paquet-cadeau posé par terre.

« Je peux regarder ce qu'il y a dedans ? » ai-je demandé.

Elle a hésité, puis joué la sécurité. « Non, je suis désolée, monsieur. Pas maintenant, ça vaut mieux. »

J'ai vu que le bord de l'emballage avait été fendu proprement.

« Quelqu'un l'a ouvert ? »

Elle a hoché la tête. Un flic quelconque avait lu le premier indice de ma chasse au trésor.

J'ai contourné Velazquez pour m'approcher du paquet. « S'il a déjà été ouvert, je ne vois pas… »

Elle m'a barré la route.

« Monsieur, je ne peux pas vous laisser faire ça.

— C'est ridicule, c'est un cadeau de *ma* femme pour *moi.* »

Je l'ai contournée de nouveau, je me suis penché, et j'avais une main sur le coin du paquet lorsqu'elle a plaqué un bras sur mon torse, par-derrière. J'ai eu un brusque sursaut de fureur, à l'idée que cette *femme* se permette de me dire ce que j'avais à faire *dans ma propre maison.* J'ai beau faire tout ce que je peux pour être le fils de ma mère, la voix de mon père s'invite parfois dans ma tête pour y déposer des pensées atroces, des mots ignobles.

« Monsieur, ceci est une scène de crime, vous… »

Pauvre salope.

Et soudain, son équipier, Riordan, est entré dans la pièce et a fondu sur moi. J'ai essayé de me dégager – *OK, OK, putain* – et ils m'ont fait descendre *manu militari*. Près de la porte d'entrée, une femme examinait le plancher, à quatre pattes, en quête, j'imagine, de giclures de sang. Elle a levé les yeux sur moi, impassible, puis s'est remise à l'ouvrage.

Je me suis obligé à décompresser en rentrant chez Go pour me changer. Ce n'était que la première d'une longue série de choses irritantes et stupides que la police allait faire au cours de l'enquête (j'aime les règles qui ont un sens, pas les règles illogiques), aussi devais-je me calmer : *Ne te mets pas les flics à dos dans cette affaire*, me suis-je dit. Répète, si nécessaire : *Ne te mets pas les flics à dos dans cette affaire.*

Je suis tombé sur Boney en entrant dans le commissariat. Elle m'a dit : « Vos beaux-parents sont là », d'une voix encourageante, comme si elle m'offrait un muffin tout chaud.

Marybeth et Rand Elliott se tenaient enlacés. Au beau milieu du commissariat, on aurait dit qu'ils posaient pour une photo de promo. C'est comme ça que je les voyais toujours, en train de se caresser la main, de se blottir dans les bras l'un de l'autre, joue contre joue. À chaque fois que j'étais en visite chez eux, je me mettais à m'éclaircir la gorge obsessionnellement – *je vais entrer dans la pièce* – parce que les Elliott pouvaient être en train de se peloter dans n'importe quel recoin. Ils s'embrassaient à pleine bouche à chaque fois qu'ils se séparaient et Rand caressait le derrière de sa femme dès qu'il passait devant elle. Ça m'était complètement étranger. Mes parents ont divorcé quand j'avais 12 ans, et je pense que, peut-être, quand j'étais tout petit, j'ai surpris un baiser chaste entre eux, parce que c'était impossible de faire autrement. À Noël, aux anniversaires. Les lèvres sèches. À la meilleure période de leur mariage, leurs échanges étaient purement utilitaires : *On est encore à court de lait. (J'en achèterai aujourd'hui.) J'ai besoin que cette chemise soit repassée correctement. (Je le ferai aujourd'hui.) C'est si compliqué que ça, d'acheter du lait ? (Silence.) Tu as oublié d'appeler le plombier. (Soupir.) Nom de Dieu ! mets ton manteau et va acheter du lait. Maintenant.* Ces messages et ordres vous sont transmis par mon père, le directeur d'une compagnie de téléphone de rang intermédiaire, qui traitait ma mère, au mieux, comme une employée incompétente. Au pire ? Il ne l'a jamais battue, mais sa rage pure, muette emplissait la maison pendant des jours, des semaines de suite, rendant l'air humide difficile à respirer, tandis que mon père rôdait, le menton en avant, ce qui lui donnait l'aspect d'un boxeur blessé, vengeur, grinçant si fort des dents qu'on l'entendait à l'autre bout de la pièce. Il jetait des objets près d'elle, mais pas exactement sur elle. Je suis certain qu'il se disait : *je ne l'ai jamais frappée.* J'en suis certain parce que, à cause de ce détail technique, il ne s'est jamais considéré comme un tyran domestique. Mais il a transformé notre vie de famille en un trajet interminable avec un plan fautif et un conducteur crispé par la colère, des vacances qui n'auraient jamais eu la moindre chance d'être une détente – *Ne me forcez pas à faire demi-tour.* S'il te plaît, sans déconner, fais demi-tour.

Je ne pense pas que le problème de mon père avait trait spécifiquement à ma mère. Il n'aimait pas les femmes, c'est tout. Il pensait qu'elles étaient stupides, inconséquentes, agaçantes. *Cette stupide garce.* C'était son expression préférée pour qualifier toutes les femmes qui lui tapaient sur le système : une conductrice sur la route, une serveuse, nos instits, qu'il n'avait jamais rencontrées en personne, vu comme les réunions parents-profs puaient l'univers femelle. Je me rappelle encore le jour où Geraldine Ferraro a été nommée candidate à la vice-présidence en 1984. On regardait les infos avant le dîner. Ma mère, ma tendre mère, toute minuscule, a posé la main sur la nuque de Go et elle a dit : *Eh bien, je trouve ça formidable.* Mon père a éteint la télé et commenté : *C'est une blague. Tu sais très bien que c'est une foutue blague. C'est comme de voir un singe faire du vélo.*

Il a encore fallu cinq ans avant que ma mère décide enfin qu'elle en avait assez. Un soir, quand je suis rentré de l'école, mon père était parti. Il était là le matin, parti l'après-midi. Ma mère nous a fait asseoir à la table de la salle à manger et nous a annoncé : « Votre père et moi, nous avons décidé que ce serait mieux pour tout le monde si nous vivions séparés. » Go a fondu en larmes et lancé : « Parfait, je vous déteste tous les deux ! », puis, au lieu de courir dans sa chambre comme l'exigeait le scénario, elle a pris ma mère dans ses bras.

Ainsi, mon père est parti et ma mère, mince et affligée, est devenue grosse et contente – raisonnablement grosse et extrêmement contente – comme si ça avait été sa nature depuis toujours : un ballon dégonflé qui aspirait de nouveau de l'air. En l'espace d'un an, elle s'était métamorphosée en la dame joyeuse, chaleureuse et occupée qu'elle allait demeurer jusqu'à sa mort, et sa sœur disait des choses telles que : « Dieu merci ! cette bonne vieille Maureen est de retour », comme si la femme qui nous avait élevés était une imposture.

Quant à mon père, pendant des années, je lui ai parlé au téléphone environ une fois par mois ; nos conversations étaient polies et informatives, l'énumération des *choses qui s'étaient passées*. La seule question qu'a jamais posée mon père au sujet d'Amy, c'est : « Comment va Amy ? », une question qui n'appelait pas de réponse au-delà du « Elle va bien » qui était d'usage. Il est resté obstinément distant même lorsqu'il a commencé à sombrer dans la démence après la soixantaine. *Si t'es toujours en avance, t'es jamais en retard.* La devise de mon père, et il l'a appliquée y compris dans le déclenchement d'Alzheimer – un lent déclin qui s'est achevé par une chute brutale qui nous a forcés à installer notre père, misogyne et indépendant comme il l'était, dans une maison de retraite gigantesque qui puait le bouillon de poule et la pisse, où il serait entouré de femmes pour l'aider dans toutes ses tâches quotidiennes. L'ironie, tout de même.

Mon père était limité. C'est ce que nous disait tout le temps ma mère, avec son bon cœur. Il était limité, mais il ne pensait pas à mal. C'était gentil de sa part, de dire ça, mais il en a fait, du mal. Ça m'étonnerait que ma sœur se marie un jour : si elle est triste, bouleversée ou en colère, elle a besoin d'être seule – elle craint qu'un homme ne dénigre ses larmes de femme. Je ne vaux guère mieux. Ce qu'il y a de bon en moi, je le tiens de ma mère. Je peux plaisanter, je peux rire, je peux taquiner, je peux fêter, encourager et louer – je peux opérer au grand jour, fondamentalement – mais je perds mes moyens devant les femmes en colère ou en larmes. Je sens alors la rage de mon père monter en moi de la plus ignoble manière. Amy pourrait vous en parler. Elle le ferait, c'est certain, si elle était là.

J'ai regardé Rand et Marybeth pendant un moment avant qu'ils me voient, me demandant à quel point ils seraient fâchés contre moi. J'avais commis un acte impardonnable, en attendant si longtemps pour les appeler. À cause de ma lâcheté, cette soirée de tennis resterait pour toujours logée dans l'imagination de mes beaux-parents : la soirée douce, les balles jaunes qui cognaient paresseusement contre le revêtement du court, le crissement des chaussures de tennis, le mardi soir ordinaire qu'ils avaient passé tandis que leur fille manquait à l'appel.

« Nick », a dit Rand Elliott en me repérant. Il a fait trois longues foulées dans ma direction et, alors que je me raidissais dans l'attente d'un coup de poing, il m'a serré dans ses bras de toutes ses forces.

« Tu tiens le coup ? » a-t-il murmuré dans mon cou, avant de commencer à me bercer doucement. Finalement, il a poussé un petit glapissement étouffé, un sanglot ravalé, et m'a attrapé par les deux bras.

« On va retrouver Amy, Nick. C'est la seule issue imaginable. Sois en certain, OK ? » Rand Elliott a fixé son regard bleu sur moi pendant encore quelques secondes, puis a craqué de nouveau – trois petites plaintes féminines lui ont échappé comme des hoquets – et Marybeth est entrée dans la mêlée, enfouissant son visage dans l'aisselle de son mari.

Lorsque nous avons défait notre étreinte, elle a levé sur moi des yeux agrandis d'hébétude. « C'est un… c'est un vrai *cauchemar*, a-t-elle dit. Comment tu te sens, Nick ? »

Lorsque Marybeth me demandait : « *Comment tu te sens ?* », ce n'était pas une formule de politesse, c'était une question existentielle. Elle étudiait mon visage, et j'étais sûr qu'elle m'étudiait, et continuait de prendre note de toutes mes pensées et de tous mes actes. Pour les Elliott, le moindre trait de caractère devait être pris en considération, jugé, catégorisé. Tout signifie quelque chose, tout peut servir. Maman, papa, bébé, c'étaient trois individus supérieurs avec chacun un diplôme supérieur de psychologie – ils pensaient davantage avant 9 heures du matin que la plupart des gens en tout un mois. Je me souviens que, un jour, j'ai refusé une part de gâteau à la cerise au dîner ; Rand a dressé la tête et dit : « Ahh ! Un iconoclaste. Il dédaigne les symboles faciles du patriotisme. » Et quand j'ai essayé d'écarter la chose d'une boutade en disant que, bon, je n'aimais pas non plus le clafoutis à la cerise, Marybeth a touché le bras de Rand : « À cause du divorce. Tous ces plats réconfortants, les desserts que partagent les familles unies, ce ne sont que des mauvais souvenirs pour Nick. »

C'était idiot, mais incroyablement touchant, ces gens qui dépensaient une telle énergie à essayer de me comprendre. L'explication : je n'aime pas les cerises.

À 11 h 30, le commissariat était en pleine effervescence. Les téléphones sonnaient, des gens se criaient des infos d'un bout à l'autre de la pièce. Une femme dont je n'ai jamais saisi le nom, en qui je n'avais vu qu'un casque de cheveux bavard, manifestait sa présence à mes côtés. Je ne savais pas du tout depuis combien de temps elle se trouvait là :

« … et le plus important, Nick, c'est de faire en sorte que les gens se mettent à la recherche d'Amy, et qu'ils sachent qu'elle a une famille qui l'aime et qui attend son retour. On va faire très attention au message, Nick, vous allez devoir… Nick ?

— Hum.

— Les gens vont vouloir entendre une brève déclaration du mari. »

Et là, Go, qui arrivait par l'autre côté de la salle, s'est précipitée vers moi. Elle était passée trente minutes au bar pour expédier les affaires courantes et, à présent qu'elle était de retour, elle se comportait comme si elle m'avait abandonné pendant une semaine. Elle a zigzagué entre les bureaux, ignorant le jeune policier qui avait manifestement été chargé de la faire entrer, proprement, dans le silence et la dignité.

« Tout va bien jusque-là ? » a-t-elle demandé en passant un bras autour de mes épaules, comme un mec. Les enfants Dunne ne sont pas doués pour les embrassades – le pouce de Go a atterri sur mon téton droit.

« J'aimerais tant que maman soit là, a murmuré Go, formulant ma propre pensée. Pas de nouvelles ? a-t-elle demandé en s'écartant.

— Rien, que dalle.

— T'as pas l'air en grande forme.

— Nan, je suis tout pourri, putain. »

Je m'apprêtais à dire quel imbécile j'avais été de ne pas écouter ses mises en garde sur l'alcool.

« Moi aussi, j'aurais fini la bouteille. » Elle m'a donné une petite tape dans le dos.

« C'est presque l'heure », a annoncé la responsable des RP, apparaissant de nouveau comme par magie. Elle nous a tous guidés vers une salle de conférences lugubre – stores en aluminium, chaises pliantes et reporters blasés – et l'estrade. J'avais l'impression d'être un orateur de troisième zone dans quelque convention médiocre, avec mon uniforme pro mais décontracté, comme si j'allais m'adresser à un parterre de spectateurs en plein jet lag, en train de rêvasser à ce qu'ils mangeraient à midi. Mais j'ai vu les journalistes redresser le nez lorsqu'ils m'ont aperçu – disons-le : un type jeune, pas trop moche – et la responsable des RP a posé un panneau en carton sur un chevalet : c'était une photo agrandie d'Amy au zénith de sa beauté, avec ce visage qui vous poussait constamment à vérifier : elle ne peut pas être aussi belle que ça, si ? Et si, elle le pouvait, elle l'était, et j'ai contemplé longuement la photo de ma femme tandis que les appareils photo me mitraillaient en train de la regarder. J'ai pensé au jour où je l'avais retrouvée, à New York : sa nuque, c'est tout ce que je voyais, mais j'ai su que c'était elle, et j'y ai vu un signe. Combien de millions de nuques avais-je vues dans ma vie ? – mais je savais que c'était l'adorable crâne d'Amy qui dodelinait devant moi sur la Septième Avenue. Je savais que c'était elle, et que nous allions nous unir.

Les flashes des appareils photo crépitaient. Je me suis détourné et j'ai vu des points noirs. C'était surréaliste. C'est un mot qu'emploient toujours les gens pour décrire des instants tout au plus inhabituels, et j'ai pensé : vous avez pas la moindre idée de ce que ça veut dire, « surréaliste », putain. Ma gueule de bois montait vraiment en puissance à présent, mon œil droit palpitait comme un cœur.

Les appareils photo faisaient leur travail, et les deux familles présentaient un front uni – nous avions tous la bouche réduite à une fente étroite –, Go était la seule à ressembler de près ou de loin à une personne en chair et en os. Nous avions tous l'air de substituts d'êtres humains, de corps qui avaient été traînés là sur roulettes et plantés devant l'assistance. Amy, sur son pupitre, avait l'air plus présente. Nous avions tous vu ce genre de conférence de presse auparavant – lorsque d'autres femmes avaient disparu. On nous forçait maintenant à interpréter le rôle attendu par les téléspectateurs : la famille inquiète, mais pleine d'espoir. Les yeux étourdis par la caféine et les bras ballants comme des poupées de chiffon.

On prononçait mon nom ; la salle a émis collectivement un petit soupir d'impatience. *Que le spectacle commence.*

Lorsque j'ai vu ce reportage par la suite, je n'ai pas reconnu ma voix. J'ai à peine reconnu mon visage. L'alcool qui affleurait comme du limon juste sous la surface de ma peau me faisait ressembler à un bon à rien grassouillet, juste assez sensuel pour avoir l'air louche. J'avais craint que ma voix ne tremble, alors j'ai trop articulé, et les mots sont sortis de manière hachée, comme si je lisais un inventaire. « Tout ce que nous voulons, c'est qu'Amy nous revienne saine et sauve… » Absolument pas convaincant, déconnecté. J'aurais aussi bien pu être en train de lire des nombres au hasard.

Rand Elliott est intervenu, il a essayé de me sauver : « Notre fille, Amy, est une jeune femme adorable, pleine de vie. C'est notre fille unique, elle est intelligente, elle est belle, elle a bon cœur. C'est vraiment elle, l'Épatante Amy. Nick veut qu'elle revienne. » Il m'a mis une main sur l'épaule, s'est essuyé les yeux et, involontairement, je me suis figé. Mon père, encore : *Un homme*, ça ne pleure pas.

Rand a poursuivi : « Nous voulons tous qu'elle revienne, sa place est ici, avec sa famille. Nous avons établi un comité de recherche au Days Inn… »

Le reportage allait montrer Nick Dunne, mari de la femme disparue, planté comme un piquet d'acier à côté de son beau-père, les bras croisés, les yeux vitreux, l'air presque de s'ennuyer tandis que les parents d'Amy pleuraient. Et pire. Ma réaction de toujours, le besoin de rappeler aux gens que je n'étais pas un connard, que j'étais un mec bien malgré mon regard sans émotion, mon visage de crétin arrogant.

Il est parti, sans sommation, pendant que Rand suppliait qu'on lui rende sa fille : le sourire qui tue.

Amy Elliott Dunne

5 juillet 2010

Journal

Je ne vais pas rejeter la responsabilité sur Nick. Je ne tiens pas Nick pour responsable. Je refuse – refuse ! – de devenir une fille insolente, acariâtre, hargneuse. Je me suis fait deux promesses quand j'ai épousé Nick. Un : je n'exigerais jamais qu'il se comporte comme un singe savant. Deux : je ne dirais jamais, au grand jamais : *« Bien sûr, ça ne me dérange pas... (si tu veux rentrer plus tard, si tu veux te faire un week-end avec tes potes, si tu veux faire quelque chose dont tu as envie) »*, pour ensuite le punir d'avoir fait une chose dont j'avais dit qu'elle *ne me dérangeait pas*. Or je crains de m'approcher dangereusement de la rupture de ces deux promesses.

Mais bon. C'est notre troisième anniversaire de mariage et je suis toute seule dans notre appartement, le visage bouffi de larmes, pourquoi, eh bien, voilà : cet après-midi, j'ai un message de Nick et je sais déjà que ça ne va pas être une bonne nouvelle, je le sais à la seconde où le message commence parce qu'il appelle de son portable et j'entends des voix d'hommes en arrière-fond, et là, un grand blanc, palpable, comme s'il essayait de trouver ses mots, puis sa voix assourdie par les échos du taxi, une voix que l'alcool a déjà rendue humide et paresseuse, et je sais que je vais me mettre en colère – ce bref reniflement, les lèvres qui se serrent, les épaules qui se contractent, cette petite voix qui dit : *Je n'ai vraiment pas envie de me mettre en colère, mais je n'ai pas le choix.* Est-ce que les hommes connaissent cette impression ? Vous ne voulez pas vous mettre en colère, mais vous y êtes obligé, pour ainsi dire. Parce qu'on attente à une règle, à une bonne règle, une règle aimable. Ou peut-être que *règle* n'est pas le bon mot. Le protocole ? L'usage ? Mais si on attente à la règle/au protocole/à l'usage – notre anniversaire –, c'est pour une bonne raison. Je comprends, je comprends vraiment. Les rumeurs se sont vérifiées : seize auteurs ont été licenciés du magazine de Nick. Un tiers de la rédaction. Nick a été épargné, pour l'instant, mais bien sûr il se sent obligé de leur payer une cuite. Ce sont des hommes, qui descendent la Deuxième Avenue entassés dans un taxi, en faisant semblant d'être courageux. Quelques-uns sont rentrés retrouver leurs femmes, mais un nombre étonnant d'entre eux sont toujours de la partie. Nick va passer notre soirée à payer des coups à ces hommes, à aller dans des clubs de strip-tease et des bars ringards, à flirter avec des nanas de 22 ans. (« Mon pote vient de se faire licencier, un petit câlin lui ferait pas de mal... ») Ces hommes sans travail vont déclarer que Nick est un type extra tandis qu'il paiera leurs verres avec une carte de crédit reliée à mon compte bancaire. Nick va vivre son heure de gloire pour notre anniversaire, qu'il n'a même pas mentionné dans le message. À la place, il a dit : *Je sais qu'on avait des projets, mais…*

Je fais mon caprice de nana. Je pensais simplement que ce serait une tradition : dans toute la ville, j'ai semé des petits mots d'amour, des souvenirs de l'année que nous venons de passer ensemble, ma chasse au trésor. Je vois parfaitement le troisième indice, qui ondule au bout d'un morceau de scotch accroché dans la fourche du V de la sculpture LOVE, de Robert Indiana, près de Central Park. Demain, un touriste de 12 ans qui se traîne nonchalamment derrière ses parents va le décrocher, le lire, hausser les épaules et le jeter au vent comme un emballage de chewing-gum.

Le final de ma chasse au trésor était parfait, mais il ne l'est plus. C'est une serviette vintage absolument sublime. En cuir. Le troisième anniversaire, c'est le cuir. Un cadeau « professionnel », ce n'est peut-être pas une très bonne idée étant donné que tout ne va pas franchement bien au boulot en ce moment. Dans notre cuisine, j'ai deux homards vivants, comme toujours. Ou comme ce qui était censé être toujours. Il faut que j'appelle ma mère pour lui demander s'ils peuvent se garder une journée, à se traîner, hébétés, dans leur carton, ou si je dois intervenir et, avec mes yeux brouillés par le vin, les assommer, et les faire bouillir dans ma marmite sans raison valable. Je tue deux homards que je ne mangerai même pas.

Papa a téléphoné pour nous souhaiter un bon anniversaire et, quand j'ai décroché, je voulais jouer la décontraction, mais j'ai commencé à pleurer aussitôt que j'ai ouvert la bouche – j'ai parlé d'une voix entrecoupée de sanglots, comme une bonne femme hystérique *mouaaaa-whaaa-mouaaaaa-ouaaaaaa* –, alors il a fallu que je lui dise ce qui s'était passé, et il m'a dit que je devrais ouvrir une bouteille de vin et m'autoriser à pleurer un peu sur mon sort. Papa a toujours été partisan d'une bonne séance d'autoapitoiement. N'empêche, Nick va être fâché que je l'aie dit à Rand, et bien sûr Rand va prendre son attitude paternelle, lui tapoter le bras et lui dire : « Alors, Nicky, il paraît que t'as été retenu par une cuite urgente le soir de votre anniversaire. » Et glousser. Ainsi, Nick saura, et il sera fâché contre moi parce qu'il veut que mes parents croient qu'il est parfait – il est aux anges quand je leur raconte des histoires montrant quel beau-fils irréprochable il est.

Sauf ce soir. Je sais, je sais, je fais un caprice de petite fille.

Il est 5 heures du matin. Le soleil se lève à peine, il n'est guère plus vif que les réverbères qui viennent de s'éteindre. J'aime toujours cet instant de transition, quand je suis réveillée pour en profiter. Parfois, quand je n'arrive pas à dormir, je me tire du lit et je vais marcher dans les rues au point de l'aube, et, quand les lumières s'éteignent toutes ensemble, j'ai toujours l'impression d'avoir assisté à un spectacle extraordinaire. *Oh, les réverbères s'éteignent !* ai-je envie de claironner. À New York, l'heure la plus tranquille, ce n'est pas 3 ou 4 heures du matin – il y a trop de poivrots qui sortent des bars et s'interpellent bruyamment en s'effondrant dans des taxis, qui glapissent dans leur portable en tirant frénétiquement sur leur dernière cigarette. Cinq heures, c'est la bonne heure, où le clic-clac de vos talons sur la chaussée semble illicite. Tous les gens sont rangés dans leur boîte, et vous avez tout l'espace pour vous.

Nick est rentré juste après 4 heures, avec autour de lui une bulle d'odeur de bière, de cigarette et d'œufs frits, un placenta de puanteur. J'étais encore réveillée, je l'attendais, j'avais le cerveau en bouillie après avoir enchaîné des épisodes de *New York, unité spéciale* toute la nuit. Il s'assoit sur notre ottomane, jette un regard au cadeau sur la table et ne dit rien. Je le dévisage à mon tour. De toute évidence, il ne va pas même tenter d'effleurer le début d'une excuse – *hé, désolé que ça ait merdé aujourd'hui*–, c'est tout ce que je demande, qu'il reconnaisse brièvement le fiasco.

Je commence : « Bon lendemain d'anniversaire. »

Il pousse un soupir, un gémissement de courroux. « Amy, j'ai passé la journée la plus merdique de ma vie. Tu vas pas en plus me culpabiliser, s'il te plaît. »

Nick a grandi avec un père qui ne s'est jamais, au grand jamais, excusé de sa vie, aussi, lorsque Nick a l'impression d'avoir fait une connerie, il passe à l'attaque. Je le sais et, en général, j'arrive à attendre que ça passe.

« Je disais juste "bon anniversaire".

— Bon anniversaire, mon connard de mari, qui m'a négligée un jour si important pour moi. »

Nous gardons le silence pendant une minute, mon estomac se noue. Je n'ai pas envie de jouer le mauvais rôle. Je ne mérite pas ça. Nick se lève.

« Alors c'était comment ? je demande d'un ton morne.

— C'était comment ? C'était atroce, putain. Seize de mes amis se retrouvent sans boulot, c'était la misère. D'ici à quelques mois, je vais sans doute passer à la trappe aussi. »

Ses amis. Il n'apprécie même pas la moitié des mecs avec qui il est sorti ce soir, mais je ne dis rien.

« Je sais que ça semble catastrophique pour l'instant, Nick. Mais…

— Ce n'est pas catastrophique pour toi, Amy. Pour toi, il n'y aura jamais de catastrophe. Mais pour nous autres ? C'est très différent. »

Le même vieux discours. Nick m'en veut parce que je n'ai jamais eu à m'en faire pour l'argent, et que je n'aurai jamais à m'en faire. Il pense que ça me rend plus molle que tous les autres, et je ne dis pas le contraire. Mais je travaille. Je pointe matin et soir. J'ai des copines qui n'ont littéralement jamais travaillé de leur vie ; elles parlent des gens qui travaillent avec le même ton de commisération qu'on emploie pour parler d'une fille grosse « qui a un si joli visage ». Elles se penchent en avant et murmurent : « Mais bien sûr, Ellen est obligée de travailler », comme si elles se croyaient dans une pièce de Noël Coward. Elles ne me comptent pas, parce que je peux toujours quitter mon boulot si j'en ai envie. Je pourrais construire mes journées autour des œuvres caritatives, de la décoration d'intérieur, du jardinage et du volontariat, et je ne vois pas qu'il y ait de mal à construire sa vie autour de ces choses : la plupart des belles choses, des choses bonnes, sont faites par des femmes que tout le monde méprise. Mais je travaille.

« Nick, je suis de ton côté, là. On va s'en sortir quoi qu'il arrive. Mon argent est aussi à toi.

— C'est pas ce que dit le contrat de mariage. »

Il est soûl, il n'évoque le contrat de mariage que quand il est soûl. Là, tout le ressentiment ressort. Je lui ai dit des centaines, littéralement des *centaines* de fois : le contrat de mariage, c'est juste une formalité administrative. Ce n'est pas pour moi, ce n'est même pas pour mes parents, c'est pour les avocats de mes parents. Ça n'a rien à voir avec nous, avec toi et moi.

Il va à la cuisine, jette son portefeuille et ses billets froissés sur la table basse, chiffonne un bout de papier arraché à un carnet et le met à la poubelle avec une série de reçus de cartes de crédit.

« C'est nul, de dire ça, Nick.

— C'est nul de se sentir comme ça, Amy. »

Il se dirige vers notre bar – cet ivrogne, avec sa démarche précautionneuse et chaloupée – et se verse un autre verre. Carrément.

« Tu vas te rendre malade », dis-je.

Il lève son verre, façon de me dire que je peux me le coller où je pense : à la tienne !

« Tu comprends pas, Amy. Tu peux pas comprendre. Je bosse depuis que j'ai 14 ans. J'ai pas fait des putains de stages de tennis ou d'écriture, j'ai pas fait de préparation aux concours d'entrée aux universités et toute cette merde qu'apparemment tout le monde a fait à New York, parce que j'essuyais des tables au centre commercial, je tondais des pelouses, j'allais à Hannibal en bagnole habillé comme Huck Finn, putain, pour amuser les touristes, et, à minuit, j'astiquais des poêles à frire. »

J'ai ressenti un besoin pressant de rire, de m'esclaffer purement et simplement. Un gros rire énorme, qui déconcerterait Nick, et bien vite nous nous retrouverions à rigoler tous les deux, et ce serait fini. Cette litanie de boulots de merde. Être mariée à Nick me rappelle toujours une chose : les gens sont obligés de faire des choses terribles pour de l'argent. Depuis notre mariage, je fais toujours un petit signe aux gens qui sont déguisés en hamburger ou en hot dogs pour filer des prospectus.

« Il a fallu que je bosse beaucoup plus dur que tous les autres rédacteurs ne serait-ce que pour *entrer* au magazine. Ça fait vingt ans, pour ainsi dire, que je bosse pour en arriver là où je suis, et maintenant tout ça va partir en fumée, et je ne sais absolument rien foutre d'autre, à moins de rentrer faire le rat des fleuves chez moi.

— T'es sans doute trop vieux pour jouer Huck Finn.

— Va te faire foutre, Amy. »

Puis il est allé dans la chambre. Il ne m'avait jamais dit ces mots auparavant, mais ils sont sortis avec un tel naturel que, je suppose – et je ne l'aurais jamais cru –, il les avait déjà pensés. Souvent. Je n'aurais jamais cru que je serais le genre de femme à qui son mari dit d'aller se faire foutre. Et nous nous sommes juré de ne jamais aller se coucher fâchés. Faire des compromis, communiquer et ne jamais se coucher fâchés – les trois conseils qu'on donne et redonne à tous les jeunes mariés. Mais ces derniers temps, on dirait que je suis la seule qui fait des compromis, que nos échanges ne résolvent rien et que Nick est très fort pour aller se coucher fâché. Il peut refermer ses émotions comme un bec. Il ronfle déjà.

Et là, je ne peux pas m'en empêcher, même si ça ne me regarde pas, même si Nick serait furieux de l'apprendre : je me dirige vers la poubelle et je sors les reçus, histoire de me représenter où il a passé la soirée. Deux bars, deux clubs de strip-tease. Et je l'imagine parfaitement dans chacun de ces lieux, en train de parler de moi avec ses amis, parce qu'il a déjà dû parler de moi, pour que cette méchanceté mesquine, avilissante, lui vienne si facilement. Je me les imagine dans un des clubs de strip-tease les plus chers de la ville, ces clubs chic qui laissent croire aux hommes qu'ils sont toujours destinés à faire la loi, que les femmes sont faites pour les servir, avec une acoustique volontairement dégueulasse et une musique assourdissante de sorte que personne n'ait besoin de parler, j'imagine une femme aux nichons rebondis qui chevauche mon mari (qui jure que c'est juste pour rigoler), ses cheveux qui tombent en cascade dans son dos, ses lèvres humides de gloss, mais je ne suis pas censée y voir une menace, non, c'est juste pour rigoler, je suis censée en rire, je suis censée être une bonne camarade.

Et là, je défroisse la page de carnet arrachée et j'y découvre une écriture de fille – Hannah – et un numéro de téléphone. Et je voudrais que ce soit comme au cinéma, que ce soit un nom grotesque, CanDee ou Bambie, un nom qui vous fasse lever les yeux au ciel. Misti, avec des cœurs en guise de points sur les *i*. Mais c'est Hannah, soit une vraie femme, sans doute pareille à moi. Nick ne m'a jamais trompée, il l'a juré, mais je sais également qu'il en a largement l'occasion. Si je l'interrogeais sur Hannah, il répondrait : *Je ne sais pas du tout pourquoi elle m'a filé son numéro – mais je ne voulais pas être grossier, alors je l'ai pris*. Ce qui peut être vrai. Ou pas. Il pourrait me tromper et il ne me le dirait jamais, et il m'estimerait de moins en moins chaque jour de ne pas découvrir la vérité. Il me verrait en train d'avaler innocemment mes céréales à la table de la cuisine, et il saurait que je suis une imbécile, or comment peut-on respecter une imbécile ?

Et maintenant je pleure de nouveau, avec Hannah dans la main.

C'est très féminin, n'est-ce pas, de prendre une virée entre mecs et de la grossir en infidélité conjugale qui va détruire notre mariage ?

Je ne sais pas ce que je suis censée faire. J'ai l'impression d'être une marchande de poissons braillarde ou un paillasson niais, et je ne veux pas, je ne veux pas me mettre en colère, je n'arrive même pas à décider si je dois me mettre en colère. J'envisage d'aller passer la nuit à l'hôtel, de le laisser s'inquiéter pour *moi*, pour changer.

Je reste où je suis pendant quelques minutes, puis je prends une profonde inspiration et je me risque dans la vapeur alcoolique de notre chambre, et, quand je me mets au lit, il se tourne vers moi, me prend dans ses bras et enfouit son visage dans mon cou, et, en même temps, nous disons tous deux : « *Je suis désolé(e).* »

Nick Dunne

Partie depuis un jour

Quand les flashes se sont mis à crépiter, j'ai cessé de sourire, mais pas assez vite. J'ai senti une vague de chaleur me remonter le long du cou, et des perles de sueur ont éclaté sur mon nez. *Stupide, Nick, stupide.* Et là – juste quand je commençais à me reprendre –, la conférence de presse s'est terminée et il était trop tard pour changer l'impression que j'avais faite.

Je suis sorti avec les Elliott, tête baissée, tandis que les flashes continuaient de se déclencher. J'étais presque à la sortie lorsque Gilpin a traversé la pièce en trottinant pour me faire signe : « Vous avez une minute, Nick ? »

Il m'a tenu au courant des évolutions de l'enquête tandis que nous nous dirigions vers un bureau dans le fond.

« Nous avons fouillé cette maison de votre lotissement dont la porte a été forcée. Apparemment, il y a des gens qui ont campé là, alors on a envoyé la police scientifique. Et nous avons trouvé une autre maison avec des squatteurs à la lisière de votre lotissement.

— Vous voyez, c'est ça qui m'inquiète : il y a des campeurs partout. Toute la ville déborde de chômeurs en colère. »

Carthage était, jusqu'à un an auparavant, la ville d'une seule entreprise, et cette entreprise, c'était le centre commercial Riverway, une ville miniature qui employait trois mille habitants de la région – un cinquième de la population. Il a été construit en 1985, c'était un centre commercial à vocation touristique, qui entendait attirer des acheteurs de tout le Middle West. Je me souviens encore de l'ouverture : Go et moi, maman et papa, nous avions regardé les festivités, un peu en retrait de la foule, dans l'immense parking goudronné, car notre père voulait toujours pouvoir partir en vitesse, de partout. Même pour les matchs de base-ball, nous nous garions près de la sortie et partions au huitième tour de batte, ce qui nous lançait inévitablement, Go et moi, le museau plein de moutarde, irrités et enfiévrés par le soleil, dans un concert de jérémiades : *On ne peut jamais voir la fin.* Mais cette fois-là, notre point de vue distancié était un avantage, car il nous permettait de prendre la mesure de l'ampleur de l'Événement : la foule impatiente, qui dansait d'un pied sur l'autre à l'unisson ; le maire, sur son estrade rouge-blanc-bleu : les mots tonitruants – *fierté, croissance, prospérité, succès*– qui roulaient sur nous, les soldats sur le champ de bataille du consumérisme, armés de carnets de chèque plastifiés et de sacs à provisions rembourrés. Et l'ouverture des portes. Et la ruée dans l'air conditionné, la Muzak, les vendeurs souriants qui étaient nos voisins. Mon père nous a même laissés entrer ce jour-là, il a même fait la queue pour nous acheter quelque chose : des gobelets humides de sueur pleins d'Orange Julius.

Pendant près de trente ans, le centre commercial Riverway avait été un fait acquis. Puis la récession avait frappé et nettoyé le Riverway une boutique après l'autre jusqu'à ce que tout le centre commercial boive la tasse. Il n'en reste aujourd'hui que 185 000 mètres carrés d'écho. Aucune entreprise n'a tenté de le reprendre, aucun homme d'affaires n'a promis de résurrection, personne ne savait qu'en faire, ni ce qu'il adviendrait de tous les gens qui y travaillaient, dont ma mère, qui avait perdu son boulot chez Shoe-Be-Doo-Be – vingt-quatre ans passés à se mettre à genoux et à trimer, à trier des boîtes et à renifler des bas et des chaussettes moites, tout cela parti sans cérémonie.

La chute du centre commercial avait pratiquement mis Carthage en faillite. Les gens avaient perdu leur travail, ils avaient perdu leur maison. Personne ne prévoyait une amélioration de sitôt. *On ne voit jamais la fin.* Sauf que, cette fois, on allait y avoir droit, Go et moi. On allait tous y avoir droit.

Gilpin a ouvert la porte de la pièce où ils m'avaient interrogé la veille au soir. Au milieu de la table était posé le paquet-cadeau argent d'Amy.

Je suis resté planté à regarder fixement le paquet, posé au milieu de la table, soudain si inquiétant dans ce nouveau cadre. Un sentiment d'effroi a fondu sur moi. Pourquoi ne l'avais-je pas trouvé avant ? J'aurais dû le trouver.

« Allez-y, a fait Gilpin. On aimerait que vous jetiez un coup d'œil là-dessus. »

J'ai ouvert le paquet avec autant de précaution que si je m'attendais à y trouver une tête. Je n'ai trouvé qu'une enveloppe bleu crème où était marqué : « Indice n° 1 ».

Gilpin a fait un sourire narquois :

« Imaginez un peu notre trouble : une personne disparaît, et on trouve une enveloppe marquée "Indice n° 1".

— Ça vient d'une chasse au trésor que ma femme…

— Exact. Pour votre anniversaire, votre beau-père en a parlé. »

J'ai ouvert l'enveloppe, et j'en ai sorti une feuille de papier épais, bleu ciel – le papier à lettres qu'utilisait systématiquement Amy –, pliée en deux. De la bile m'est remontée dans la gorge. Ces chasses au trésor s'étaient toujours ramenées à une question unique : Qui est Amy ? (Que pense ma femme ? Qu'est-ce qui a été important pour elle cette dernière année ? Quels sont les moments qui l'ont rendue le plus heureuse ? Amy, Amy, pensons à Amy.)

J'ai lu le premier indice avec les dents serrées. Étant donné notre entente conjugale au cours de l'année qui venait de s'écouler, ma réputation allait encore en prendre un coup. Je n'avais pourtant pas besoin d'en rajouter de ce côté-là.

Je m'imagine ton étudiante,
Avec un professeur si beau et si savant
Mon esprit s'ouvre (sans parler de mes cuisses !)
Si j'étais ton élève, les fleurs seraient superflues

Peut-être juste un rendez-vous coquin pendant tes heures de bureau,

Alors dépêche-toi, lance-toi, de grâce

Et peut-être que, cette fois, je t'apprendrai aussi un tour.

C'était un itinéraire pour une autre vie. Si les choses s'étaient passées selon la vision de ma femme, hier, elle aurait tourné impatiemment autour de moi, me regardant avec espoir, un espoir qui aurait émané d'elle comme une fièvre : *S'il te plaît, comprends ces mots. S'il te plaît, comprends-moi.*

Et finalement elle aurait dit : *Alors ?* Et j'aurais dit :

« Oh, je crois que je sais, en fait ! Elle doit parler de mon bureau. À la fac. Je suis professeur adjoint. Heu. Sérieusement, ça doit être ça, non ? » J'ai plissé les yeux et relu. « Elle m'a ménagé cette année.

— Vous voulez que je vous conduise ? a demandé Gilpin.

— Nan, j'y passerai en allant retrouver Rand et Marybeth.

— Je viens avec vous.

— Vous pensez que c'est important ?

— Eh bien, ça indique ses déplacements la veille et peut-être l'avant-veille de sa disparition. Alors ce n'est pas anodin. » Il a considéré le papier à lettres. « C'est charmant, vous savez ? On se croirait au cinéma : une chasse au trésor. Avec ma femme, on échange une carte, à la limite on va dîner. On dirait que vous faisiez les choses bien, vous. Vous entretenez la flamme. »

Puis Gilpin a regardé ses chaussures, perdu son assurance et s'est mis à faire tinter ses clefs, prêt à partir.

La fac avait mis à ma disposition, non sans majesté, en guise de bureau, un cercueil, où logeaient un bureau, deux chaises et des étagères. Nous nous sommes frayé un chemin parmi les étudiants qui faisaient l'université d'été, un mélange de gamins d'une jeunesse impossible (morts d'ennui, mais affairés à écrire des SMS ou à télécharger de la musique), et des individus plus vieux, sérieux, dont je ne pouvais que présumer qu'il s'agissait de victimes de la faillite du centre commercial en quête de reconversion.

« Vous enseignez quoi ? a demandé Gilpin.

— Le journalisme, le journalisme pour la presse magazine. »

Une fille qui écrivait des SMS tout en marchant a oublié les nuances de cette seconde activité et a failli me foncer dedans. Elle a fait un pas de côté sans même lever les yeux. Ça m'a mis de mauvaise humeur, et j'ai eu l'impression d'être un vieux con qui chasse les enfants de sa pelouse.

« Je croyais que vous aviez arrêté ça.

— Celui qui ne peut pas faire son job, il l'enseigne… » ai-je souri.

J'ai déverrouillé mon bureau et je suis entré. La pièce sentait le renfermé et la poussière. J'avais pris mon été : cela faisait des semaines que je n'étais pas venu. Sur mon bureau était posée une autre enveloppe, où était inscrit : « Indice n° 2 ».

« Votre clef est toujours sur votre porte-clefs ? a demandé Gilpin.

— Ouaip.

— Donc Amy pourrait avoir emprunté celle-ci pour entrer ? »

J'ai déchiré le côté de l'enveloppe.

« On a un double à la maison, sinon. » Amy faisait des doubles de tout – j'avais tendance à égarer mes clefs, cartes de crédit, téléphones portables, mais je ne voulais pas le dire à Gilpin, me prendre encore une pique sur mon côté bébé-de-la-famille. « Pourquoi ?

— Oh ! je voulais juste m'assurer qu'elle n'avait pas été obligée de passer, je ne sais pas, par un concierge, ou quelqu'un comme ça.

— Il n'y a pas de Freddy Krueger dans le personnel, à ma connaissance.

— J'ai jamais vu ces films », a rétorqué Gilpin.

À l'intérieur de l'enveloppe, il y avait deux feuilles de papier pliées. L'une était marquée d'un cœur, l'autre annonçait : « Indice n° 2 ».

Deux petits mots. Différents. Mon estomac s'est contracté. Dieu sait ce qu'allait dire Amy. Je regrettais d'avoir laissé venir Gilpin, puis j'ai lu les premiers mots.

Mon mari chéri,

J'ai pensé que c'était l'endroit idéal – l'antichambre sacrée du savoir ! – pour te dire que je pense que tu es un homme brillant. Je ne te le dis pas assez, mais ton esprit me fascine : tes statistiques et anecdotes décalées, tes informations déroutantes, ta faculté déconcertante de citer des dialogues de n'importe quel film, ta vivacité d'esprit, tes formulations magnifiques. Après plusieurs années de vie commune, je crois que deux personnes peuvent oublier qu'elles s'émerveillent l'une l'autre. Je me souviens de notre rencontre, comme j'ai été éblouie par toi, et je veux prendre un moment pour te dire que je le suis toujours et que c'est une des choses que je préfère chez toi : tu es BRILLANT.

Un flot de salive m'est monté dans la bouche. Gilpin, qui lisait par-dessus mon épaule, a carrément laissé échapper un soupir.

« Quelle femme adorable », a-t-il dit. Puis il s'est éclairci la gorge. « Hum, heu, c'est à vous, ça ? »

Il a pris le bout de gomme d'un crayon à papier pour attraper un sous-vêtement de femme (techniquement, c'était une petite culotte – un string en dentelle, rouge – mais je sais que cette expression dégoûte les femmes – vous n'avez qu'à taper « Je déteste l'expression "petite culotte" » sur Google). Il était accroché au bouton de l'air conditionné.

« Oh ! merde, c'est très gênant. »

Gilpin attendait une explication.

« Heu, un jour, Amy et moi, euh, enfin vous avez lu son mot. On aime bien, euh, vous savez bien, parfois faut ajouter un peu de piment. »

Gilpin a fait un grand sourire. « Oh ! j'ai pigé, le professeur lubrique et l'étudiante coquine. Je comprends. Vous vous y preniez vraiment bien, tous les deux. »

J'ai tendu la main pour attraper le string, mais Gilpin sortait déjà un sachet en papier de sa poche pour le glisser dedans.

« Simple précaution, a-t-il dit sans explication apparente.

— Oh ! non, je vous en prie, j'ai dit. Amy mourrait de… »

Je me suis repris.

« Vous en faites pas, Nick, c'est simplement la procédure. Vous imaginez pas toutes les précautions qu'on exige de nous. *Juste au cas où, au cas où.* C'est ridicule. Que dit l'indice suivant ? »

Je l'ai de nouveau laissé lire par-dessus mon épaule. Son odeur étonnamment propre m'empêchait de me concentrer.

« Alors qu'est-ce qu'il signifie, celui-là ? »

J'ai menti : « Je n'en ai pas la moindre idée. »

J'ai roulé pendant vingt minutes sur la nationale pour aller retrouver les Elliott au Days Inn. Le hall était surpeuplé de membres de l'Association des comptables du Midwest – des valises à roulettes étaient garées dans tous les coins, et leurs propriétaires sirotaient des boissons gratuites dans de petits gobelets en plastique en travaillant leurs réseaux – échanges de cartes de visite avec rires gutturaux et forcés. J'ai pris l'ascenseur avec quatre hommes, tous dégarnis, vêtus de kaki et de polos, avec leur étiquette qui se balançait sur leur ventre rebondi d'hommes mariés.

Marybeth a ouvert la porte avec son portable à l'oreille ; elle m'a montré la télé en chuchotant : « Il y a un plateau de charcuterie, si tu veux, mon chou », puis elle s'est rendue dans la salle de bains et elle a fermé la porte, poursuivant ses murmures.

Elle est ressortie quelques minutes plus tard, juste à temps pour les infos locales de 17 heures de Saint-Louis, qui s'ouvraient sur la disparition d'Amy.

« Elle est parfaite, cette photo, a murmuré Marybeth en direction de l'écran, où Amy nous rendait notre regard. En la voyant, les gens sauront vraiment à quoi ressemble Amy. »

Je trouvais le portrait – qui datait du bref flirt qu'Amy avait eu avec la carrière d'actrice – très beau, mais perturbant. Les photos d'Amy donnaient l'impression qu'elle était vraiment en train de vous regarder, comme un portrait ancien dans une maison hantée, avec les yeux qui bougent de gauche à droite.

« On devrait mettre des photos plus simples, aussi, ai-je dit. Des photos de la vie de tous les jours. »

Les Elliott ont approuvé d'un hochement de tête simultané, mais ils n'ont rien dit. Ils regardaient. Lorsque le spot s'est achevé, Rand a brisé le silence :

« Je ne me sens pas bien.

— Je sais, a dit Marybeth.

— Tu tiens le coup, Nick ? a demandé Rand, penché en avant, les mains sur les genoux, comme s'il s'apprêtait à se lever du canapé, mais n'y arrivait pas tout à fait.

— À vrai dire, je suis complètement déboussolé. Je me sens tellement inutile.

— Tu sais, je voulais te demander, et tes employés, Nick ? » a lancé Rand en se levant enfin. Il s'est rendu au minibar, s'est versé un ginger ale. Puis il s'est tourné vers Marybeth et moi. « Quelqu'un ? Quelque chose ? N'importe quoi ? »

J'ai secoué la tête ; Marybeth a réclamé un club soda.

« Tu veux un peu de gin dedans, chérie ? » a demandé Rand. Sa voix grave est partie dans les aigus sur le dernier mot.

« Certainement. Oui. J'en veux. » Marybeth a fermé les yeux, et a laissé tomber son visage entre ses genoux, a pris une profonde inspiration, puis s'est redressée dans sa position première, comme si elle était en train de faire un exercice de yoga.

« Je leur ai donné la liste complète du personnel, j'ai dit. Mais c'est un business assez tranquille, Rand. À mon avis, ce n'est vraiment pas de ce côté-là qu'il faut chercher. »

Rand s'est passé une main sur le visage, vers le haut. La peau de ses joues s'est agglutinée autour de ses yeux. « Bien sûr, on fait la même chose avec notre entreprise, Nick. »

Rand et Marybeth parlaient toujours de *L'Épatante Amy* comme d'une entreprise, ce qui en surface ne manquait jamais de me sembler ridicule : ce sont des livres pour enfants, au sujet d'une petite fille parfaite qui est représentée sur la couverture de tous les épisodes, une version dessinée de mon Amy à moi. Mais bien sûr, il s'agit (il s'agissait) d'une entreprise, d'une grosse entreprise. Ces livres sont des classiques à l'école primaire depuis près de vingt ans – en grande partie à cause des quizz qui terminent chaque chapitre.

Au CE2, par exemple, l'Épatante Amy surprenait son ami Brian en train de donner trop à manger à la tortue de la classe. Elle tentait de le raisonner, mais, comme Brian persistait à donner des rations supplémentaires, elle n'avait pas d'autre choix que de moucharder à l'instit : « Madame Tibbles, je ne veux pas être une rapporteuse, mais je ne sais pas quoi faire. J'ai essayé de parler à Brian, mais maintenant… je pense que j'ai besoin de l'aide d'un adulte… » La chute :

1) Brian dit à Amy qu'elle n'est pas une amie digne de confiance et cesse de lui parler.

2) Son amie timide, Suzy, déclare qu'Amy n'aurait pas dû rapporter : elle aurait dû retirer secrètement la nourriture à l'insu de Brian.

3) La grande rivale d'Amy, Joanna, dit qu'Amy est jalouse et qu'elle voulait juste nourrir la tortue elle-même.

4) Amy refuse de changer d'avis – elle a le sentiment d'avoir fait le bon choix.

Qui a raison ?

Eh bien, c'est simple, car Amy a toujours raison, dans toutes les histoires. (N'allez pas croire que je n'ai jamais soulevé ce point lors de mes engueulades avec mon Amy en chair et en os, parce que je l'ai fait plus d'une fois.)

Les quizz – rédigés par *deux psychologues – qui sont aussi des parents comme vous !* – aidaient à cerner les traits de personnalité de l'enfant : est-ce que votre petit chérubin est un râleur qui ne supporte pas de se faire remettre en place, comme Brian ? Une suiveuse sans caractère comme Suzy ? Une fouteuse de merde comme Joanna ? Ou la perfection, *comme Amy* ? Les livres se sont imposés comme un must parmi la classe des jeunes cadres dirigeants, en plein essor : l'équivalent pédagogique des cailloux apprivoisés qui se vendaient si bien en Amérique dans les années 1980. Les Elliott ont fait fortune. À un moment donné, on estimait que chaque bibliothèque scolaire du pays possédait au moins un exemplaire de *L'Épatante Amy*.

« Vous avez des raisons de penser que sa disparition est liée à l'entreprise *Amy* ?

— Nous avons pensé qu'il y a quelques personnes sur lesquelles ça vaut le coup de jeter un œil, en tout cas », a commencé Rand.

J'ai étranglé un petit rire : « Vous pensez que Judith Viorst a kidnappé Amy pour Alexander – afin qu'il n'ait plus de Terribles Horribles Pas Bonnes Très Mauvaises Journées ? »

Rand et Marybeth se sont tournés vers moi de concert avec une expression mi-surprise, mi-déçue. C'était vulgaire, déplacé de dire ça – mon cerveau ne cessait pas d'éructer ce genre d'idées complètement inappropriées dans les moments les moins opportuns. Comme des gaz mentaux que je ne serais pas parvenu à retenir. Par exemple, je me mettais à chanter intérieurement « Bony Moronie[1] » à chaque fois que je voyais mon amie de la police. *Elle est rikiki comme un macaroni*[2], faisait mon cerveau dans un be-bop endiablé, tandis que l'inspecteur Rhonda Boney m'expliquait qu'on draguait le fleuve à la recherche du corps de ma femme disparue. Un mécanisme de défense, me disais-je, juste un mécanisme de défense un peu bizarroïde. J'aurais bien aimé que ça cesse.

J'ai croisé les jambes délicatement, parlé délicatement, comme si mes mots étaient un empilement de porcelaines de Chine.

« Je suis désolé, je ne sais pas pourquoi j'ai dit ça.

1. Allusion à un tube de Larry Williams, « Bony Moronie ». *(N.d.T.)*

2. Cette chanson, « Bony Moronie », est construite sur des rimes de ce type. *(N.d.T.)*

— Nous sommes tous à bout de nerfs, a dit Rand, charitable.

— Nous allons demander aux flics d'aller interroger Viorst, a tenté Marybeth. Et cette salope de Beverly Cleary, aussi. »

C'était moins une plaisanterie qu'un pardon qu'elle m'adressait.

« Je pense que je dois vous dire, ai-je commencé. Pour les flics, c'est normal dans ce genre d'affaire…

— De s'intéresser d'abord au mari, je sais, a coupé Rand. Je leur ai dit qu'ils perdaient leur temps. Les questions qu'ils nous ont posées…

— C'était choquant, a fini Marybeth.

— Ah bon, ils vous ont interrogés ? À mon sujet ? » Je me suis avancé vers le minibar et me suis distraitement servi un gin. J'ai pris trois gorgées de suite, mais ça n'a pas suffi à calmer ma nausée. « Quel genre de trucs ils vous ont demandés ?

— Si tu avais déjà fait du mal à Amy, si Amy avait déjà dit que tu l'avais menacée. » Marybeth a énuméré : « Si tu es un séducteur, si Amy a déjà dit que tu la trompais. Parce que c'est Amy tout craché, n'est-ce pas ? Je leur ai dit qu'on n'avait pas élevé un paillasson. »

Rand a posé une main sur mon épaule. « Nick, ce que nous aurions dû te dire avant toutes choses, c'est que nous savons que tu ne ferais jamais, jamais de mal à Amy. J'ai même dit à la police, je leur ai raconté le jour où tu avais sauvé une souris dans notre maison de vacances, quand tu l'as sauvée du piège à colle. » Il a regardé Marybeth comme si elle ne connaissait pas cette histoire, et Marybeth lui a fait le plaisir de l'écouter, captivée. « Il a passé une heure à coincer cette saloperie, puis il l'a emmenée hors de la ville en bagnole pour la relâcher. Est-ce que ça, c'est un type qui ferait du mal à sa femme ? »

J'ai ressenti une bouffée intense de culpabilité et de dégoût de moi-même. Pendant un instant, j'ai cru que j'allais pleurer, en fin de compte.

« Nous t'aimons, Nick, a dit Rand, me pressant une dernière fois l'épaule.

— C'est vrai, Nick, a dit Marybeth en écho. Tu es notre fils. Nous sommes affreusement désolés qu'en plus de la disparition d'Amy, tu sois obligé d'affronter ce nuage de suspicion. »

L'expression ne m'a pas plu – *nuage de suspicion.* J'aimais bien *enquête de routine* ou *simple formalité*, mais personne n'employait ces mots.

« Ils s'interrogeaient sur ta réservation au restaurant ce soir-là, a dit Marybeth avec un coup d'œil un poil trop désinvolte.

— Ma réservation ?

— Ils ont dit que tu leur avais dit que tu avais réservé une table au Houston's, mais ils ont vérifié, et ils n'en ont pas trouvé de trace. Ça avait l'air de les intéresser beaucoup, ça. »

Je n'avais pas de réservation et je n'avais pas de cadeau. Parce que si j'avais eu le projet d'assassiner Amy ce jour-là, je n'aurais pas eu besoin d'une réservation pour le soir, ni d'un cadeau que je n'aurais jamais eu besoin de lui faire. La marque d'un tueur très pragmatique.

Je suis pragmatique à l'excès – mes amis pourraient le confirmer à la police, c'est certain.

« Heu, non. Je n'ai jamais fait la réservation. Ils doivent avoir mal compris. Je leur dirai. »

Je me suis écroulé sur le canapé à côté de Marybeth – je ne voulais pas que Rand recommence à me toucher.

« Ah ! d'accord. Très bien, a dit Marybeth. Est-ce qu'elle, euh, est-ce que vous aviez une chasse au trésor, cette année ? a demandé Marybeth, les yeux de nouveau rougis. Avant…

— Oui, ils m'ont donné le premier indice aujourd'hui. Gilpin et moi, nous avons trouvé le second à mon bureau à la fac. Je ne l'ai pas encore compris, celui-là.

— On peut jeter un coup d'œil ? » a demandé ma belle-mère.

J'ai menti : « Je ne l'ai pas sur moi.

— Est-ce que… est-ce que tu veux bien essayer de trouver la solution, Nick ?

— Je vais y arriver, Marybeth.

— C'est juste que ça ne me plaît pas du tout de penser qu'il y a des choses qu'elle a touchées perdues dans la nature, toutes seules… »

Mon portable a sonné, celui à carte prépayée, et j'ai jeté un coup d'œil à l'écran avant de l'éteindre. Il fallait que je me débarrasse de ce machin, mais je ne pouvais pas encore le faire.

« Tu devrais répondre à tous les appels, Nick, a dit Marybeth.

— J'ai reconnu le numéro – c'est une bourse d'anciens élèves qui cherche des financements, c'est tout. »

Rand s'est assis à côté de moi sur le canapé. Les coussins anciens, surusagés, se sont sérieusement affaissés sous notre poids, si bien que nous avons fini au coude à coude, ce qui ne dérangeait pas Rand. Il fait partie des gens qui proclament : *Je suis très tactile*, et ne prennent jamais la peine de demander si c'est aussi votre cas.

Marybeth est revenue à notre affaire : « Nous pensons qu'il est possible qu'un obsédé d'*Amy* l'ait enlevée. » Elle s'est tournée vers moi, comme pour plaider une cause. « Il y en a toujours eu. »

Amy aimait à parler des hommes obsédés par elle. Amy m'avait décrit ces détraqués à mi-voix devant un verre de vin à diverses périodes de notre mariage – des hommes qui étaient toujours dans la nature, qui pensaient toujours à elle, qui la voulaient toujours pour eux. Je soupçonnais que ces histoires étaient exagérées : de ses portraits, les hommes ressortaient toujours avec un degré de dangerosité très précis – suffisant pour m'inquiéter, mais insuffisant pour nous forcer à appeler la police. En bref, un monde de jeu, dans lequel je pouvais être le héros au torse bombé d'Amy, défendant son honneur. Amy était trop indépendante, trop moderne pour pouvoir admettre la vérité : elle aimait jouer les demoiselles en péril.

« Récemment ?

— Pas récemment, non, a dit Marybeth en se mordillant la lèvre. Mais au lycée, il y avait une fille très perturbée.

— Comment ça, "perturbée" ?

— Elle était obsédée par Amy. Enfin, par *L'Épatante Amy*. Elle s'appelait Hilary Handy. Elle s'était modelée sur Suzy, la meilleure amie d'Amy dans les bouquins. Au début, c'était plutôt mignon. Puis on aurait dit que ça ne suffisait plus – elle voulait être l'Épatante Amy, pas Suzy le faire-valoir. Alors elle s'est mise à imiter *notre* Amy. Elle s'habillait comme Amy, elle s'est teint les cheveux en blond, elle rôdait devant notre maison à New York. Un jour, je marchais dans notre rue, elle a couru vers moi, cette fille inconnue, elle a passé son bras dans le mien, et elle a dit : "Je vais être votre fille maintenant. Je vais tuer Amy et je serai votre nouvelle Amy. Parce que ça ne change rien pour vous, si ? Tant que vous avez *une* Amy." Comme si notre fille était une œuvre de fiction qu'elle pouvait réécrire.

— On a fini par obtenir une injonction de mise à distance, parce qu'elle a poussé Amy dans un escalier au lycée, a dit Rand. Une fille très perturbée. Ce genre de déviance, ça ne s'en va pas comme ça.

— Et puis il y a Desi, a renchéri Marybeth.

— Oui, Desi », a approuvé Rand.

Même moi, je connaissais Desi. Amy était allée en pension dans une école du Massachusetts, la Wickshire Academy – j'avais vu les photos, Amy en jupe de sport et bandeau dans les cheveux, avec toujours, dans le fond, des couleurs d'automne, comme si l'école n'était pas située dans une ville, mais dans un mois. Octobre. Desi Collings était inscrit dans la pension pour garçons qui était jumelée avec Wickshire. Selon les récits d'Amy, c'était un personnage pâle et romantique, et leur bluette se parait de tous les oripeaux des romances de pension : matchs de foot dans le froid, soirées dansantes surchauffées, lilas à la boutonnière et promenades dans une Jaguar de collection. Très années 1950, tout ça.

Amy était sortie avec Desi, tout à fait sérieusement, pendant un an. Mais elle avait commencé à le trouver inquiétant : il parlait comme s'ils étaient fiancés, il connaissait le nombre et le sexe de leurs futurs enfants. Quatre, tous des garçons. Ce qui ressemblait étrangement à la famille de Desi, et, lorsqu'il avait fait venir sa mère pour la lui présenter, Amy avait eu le malaise de constater la ressemblance frappante qu'elle partageait avec celle-ci. La femme lui avait froidement donné une bise sur la joue, et elle lui avait murmuré à l'oreille : « Bonne chance. » Amy n'aurait su dire s'il s'agissait d'un avertissement ou d'une menace.

Lorsque Amy avait rompu avec Desi, il avait continué de traîner autour du campus de Wickshire, silhouette fantomatique en blazer sombre adossée à des chênes dépouillés de leurs feuilles. Un soir de février, en rentrant d'une soirée, Amy l'avait trouvé allongé sur son lit, nu sur les couvertures, assommé par une très légère overdose de cachets. Desi avait quitté l'école peu de temps après.

Mais il l'appelait encore, même maintenant, et, plusieurs fois par an, il lui envoyait d'épaisses enveloppes matelassées qu'Amy jetait à la poubelle sans les ouvrir après me les avoir montrées. Le cachet de la poste était de Saint-Louis. À quarante minutes de chez nous. « C'est juste une affreuse, une triste coïncidence », m'avait-elle dit. Desi avait de la famille à Saint-Louis du côté de sa mère. Ça, Amy le savait, mais ça ne l'intéressait pas d'en apprendre davantage. Une fois, j'en avais récupéré une, gluante de sauce Alfredo, dans la poubelle et l'avais lue. Elle était d'une banalité confondante : il parlait de tennis, de voyages, de ses épagneuls et d'autres activités de riches désœuvrés. J'ai essayé de me représenter ce mince dandy, ce type en lavallière, avec des lunettes en écaille de tortue, s'introduire chez nous par effraction pour s'emparer d'Amy avec ses fins doigts manucurés. La jeter à l'arrière de son roadster de collection pour l'emmener… faire les antiquaires dans le Vermont. Desi. Quelqu'un pouvait-il sérieusement penser que c'était Desi ?

« Desi n'habite pas loin, en fait, j'ai dit. À Saint-Louis.

— Ah, tu *vois* ? a fait Rand. Pourquoi les flics ne sont-ils pas sur le coup ?

— Faut que quelqu'un s'en occupe, j'ai dit. Je vais y aller. Mais d'abord il y a la fouille de Carthage.

— La police a vraiment l'air de penser que ça vient de… pas loin », a dit Marybeth.

Elle m'a dévisagé un quart de seconde de trop, puis elle a eu un frisson, comme si elle chassait une idée.

Amy Elliott Dunne

23 août 2010

Journal

Le printemps. Les jonquilles. Les petits oiseaux. J'ai passé la journée à me traîner dans Prospect Park, la peau sensible, les os cassants. À lutter contre le malheur. C'est une amélioration, vu que j'ai passé les trois jours précédents chez nous dans le même pyjama, à compter les heures jusqu'à 17 heures, heure où je m'autorise mon premier verre. En tâchant de me forcer à penser à la souffrance au Darfour. À mettre les choses en perspective. Ce qui, en un sens, n'est qu'une manière supplémentaire d'exploiter le peuple du Darfour.

Il y a tellement de choses qui se sont défaites la semaine dernière. Je crois que c'est ça le problème, c'est que tout est arrivé en même temps, alors je suis en état de choc affectif. Nick a perdu son travail il y a un mois. La récession est censée se ralentir, mais, apparemment, personne n'est au courant. Et Nick a perdu son boulot. Deuxième vague de licenciements, exactement comme il l'avait prédit – trois semaines après la première. *Merde, on est loin d'avoir viré assez de monde.* Imbéciles.

Au début, je crois que Nick va peut-être s'en sortir très bien. Il fait une impressionnante liste de choses qu'il a toujours voulu faire. Des petites choses, pour certaines : il change les piles de sa montre et remet les horloges de la maison à l'heure, il remplace un tuyau sous notre évier et repeint toutes les pièces que nous avions déjà peintes mais qui ne nous plaisaient pas. En gros, il refait pas mal de choses. C'est agréable de prendre réellement le temps de refaire des choses, on en a si peu souvent l'occasion dans la vie. Puis il s'attelle à des tâches plus conséquentes : il lit *Guerre et Paix* de la première à la dernière page. Il caresse l'idée de prendre des cours d'arabe. Il passe beaucoup de temps à essayer de deviner quelles sont les compétences qui seront les plus recherchées sur le marché du travail dans les décennies à venir. Ça me brise le cœur, mais je prétends que non, par égard pour lui.

Je ne cesse de lui demander : « Tu es sûr que ça va ? »

Au début, j'essaie sérieusement, quand on boit le café, en le regardant dans les yeux, en posant une main sur la sienne. Puis j'essaie sur un ton léger, enjoué, en passant. Puis j'essaie tendrement, au lit, en lui caressant les cheveux.

C'est toujours la même réponse : « Je vais bien. Je n'ai pas très envie d'en parler. »

J'ai écrit un test parfait pour l'occasion. Comment Supportez-Vous Votre Licenciement ?

a) Je passe mes journées en pyjama à manger plein de glace – s'apitoyer un peu sur son sort, c'est thérapeutique !

b) Je poste des saloperies sur mon ancien patron partout sur le Net – décharger sa colère, ça fait un bien fou !

c) En attendant un nouveau boulot, j'essaie de trouver matière à occuper utilement mon temps libre, comme d'apprendre un langage recherché sur le marché du travail ou de lire enfin *Guerre et Paix*.

C'était un compliment pour Nick – sa réponse était la bonne – mais, quand je lui ai montré, il n'a eu qu'un demi-sourire.

Quelques semaines sont passées, et l'agitation a cessé, comme s'il s'était réveillé un matin sous un vieux panneau poussiéreux qui disait : « À Quoi Bon Se Casser Le Cul ? » Ses yeux sont devenus ternes. Maintenant, il regarde la télé, surfe sur des sites pornos, regarde du porno à la télé. Il se fait souvent livrer ses repas, les barquettes d'alu s'entassent près de la poubelle qui déborde. Il ne m'adresse pas la parole, il se comporte comme si l'acte de parler le faisait souffrir physiquement, et que j'étais une méchante femme d'exiger ça de lui.

Il hausse à peine les épaules lorsque je lui apprends que j'ai été licenciée. La semaine dernière.

« C'est terrible, je suis désolé, dit-il. Au moins, toi, tu as ton argent pour retomber sur tes pattes.

— *Nous* avons notre argent. Mais j'aimais mon boulot. »

Il commence à chanter « You Can't Always Get What You Want », faux, d'une voix suraiguë, en effectuant une petite danse trébuchante, et je réalise qu'il est soûl.

L'après-midi touche à peine à sa fin, c'est une journée de grand beau temps avec un ciel bleu sans nuages, et notre maison est froide et humide. L'atmosphère est chargée de l'odeur douceâtre de la nourriture chinoise en train de moisir et les rideaux sont tirés. Je passe de pièce en pièce pour aérer, j'ôte les tentures, je chasse les boules de poussière, et, quand j'arrive dans le salon plongé dans l'obscurité, je trébuche sur un sac posé par terre, puis un autre, puis un autre, comme un chat de dessin animé qui entre dans une pièce pleine de pièges à souris. Quand j'allume, je vois des dizaines de sacs qui proviennent de boutiques que ne fréquentent pas les gens qui ont perdu leur emploi. Les boutiques de luxe pour hommes, les endroits où les costumes sont faits main, où les vendeurs apportent les cravates une par une, drapées sur un bras, à des acheteurs bien calés dans des fauteuils en cuir. Sérieusement, c'est du *sur-mesure**, tout ce bordel.

« Qu'est-ce que c'est que tout ça, Nick ?

— Pour les entretiens d'embauche. Si un jour quelqu'un se remet à embaucher.

— T'avais besoin de tout ça ?

— On a l'argent, me dit-il avec un sourire sinistre, les bras croisés.

— Tu veux pas les suspendre, au moins ? »

Plusieurs emballages plastifiés ont été déchirés par Bleecker. Il y a une petite motte de vomi de chat à côté d'un costume à 3 000 dollars ; une chemise blanche de tailleur couverte de poils orange là où le chat a fait sa sieste.

« Non, pas vraiment, non. » Il me fait un grand sourire.

Je n'ai jamais été une emmerdeuse. J'ai toujours été plutôt fière de mon caractère coulant. Alors ça me gonfle que Nick me force à le harceler. Je suis prête à vivre avec une certaine dose de laisser-aller, de paresse, d'indolence. Je me rends compte que, plus que Nick, je suis une personnalité de type A, et j'essaie de faire attention à ne pas lui imposer ma manie du rangement et des listes de choses à faire. Nick n'est pas le genre de mec qui va penser à passer l'aspirateur ou nettoyer le frigo. Il ne *voit* pas ce genre de trucs. Très bien. Vraiment. Mais j'aime bien quand même éviter de tomber au-dessous d'un certain niveau de propreté – je pense qu'il est juste de dire que la poubelle ne devrait pas déborder, et que les assiettes avec des restes de burrito aux haricots séchés dedans ne devraient pas moisir dans l'évier pendant une semaine. C'est le b.a.-ba d'une bonne colocation entre adultes, rien de plus. Et Nick ne fait plus rien, alors je suis obligée de le harceler, et ça me gonfle : *Tu me transformes en ce que je n'ai jamais été et n'ai jamais voulu être, une emmerdeuse, parce que tu n'arrives pas à honorer ta partie d'un contrat très basique. Ne fais pas ça, ce n'est pas bien de faire ça.*

Je sais, je sais, je *sais* que perdre son boulot, c'est incroyablement stressant, en particulier pour un homme, on dit que ça peut être semblable à un deuil, et en particulier pour un homme tel que Nick, qui a toujours travaillé, alors je prends une énorme respiration, je comprime ma colère en une balle de caoutchouc rouge et je l'expédie mentalement dans l'espace d'un coup de pied.

« Bon, ça te dérange si je les suspends ? Juste pour te les garder en bon état ?

— Si ça t'amuse. »

Le licenciement de monsieur, le licenciement de madame : c'est pas mignon ? Je sais que nous avons davantage de chance que la plupart des gens : quand je suis prise de nervosité, je vais consulter en ligne mes fonds en fidéicommis. Je n'ai jamais parlé de fidéicommis avant que Nick utilise ce mot ; il n'est pas si spectaculaire que ça. Enfin, c'est pas mal, c'est super – j'ai 785 404 dollars d'économies, grâce à mes parents. Mais ce n'est pas le genre de somme qui vous permet de cesser de travailler pour toujours, surtout pas à New York. Le but de mes parents, c'était que je me sente suffisamment en sécurité pour ne pas avoir à faire de choix qui reposent sur des questions d'argent – dans mes études ou mon orientation professionnelle – mais pas assez à l'abri pour être tentée de me la couler douce. Nick s'en amuse, mais je trouve que c'est un geste formidable de la part de mes parents. (Et légitime, étant donné qu'ils ont plagié mon enfance pour leurs livres.)

Mais je suis encore malade à l'idée du licenciement, de *nos licenciements*, lorsque mon père appelle pour me demander s'il peut passer avec maman. Ils ont besoin de nous parler. Cet après-midi, tout de suite, même, si ça ne pose pas de problème. Bien sûr que ça ne pose pas de problème, je dis, et dans ma tête résonne le mot « cancer ».

Mes parents arrivent à la porte, on voit qu'ils ont fait un effort. Mon père porte une chemise parfaitement repassée, sans un pli, ses chaussures sont cirées, il est impeccable à part les valises qu'il a sous les yeux. Ma mère porte ce mauve vif – une robe parme – qu'elle portait toujours pour les discours et les cérémonies, à l'époque où elle se faisait inviter. Elle dit que cette couleur oblige à avoir confiance en soi.

Ils sont splendides, mais ils ont l'air d'avoir honte.

« Les enfants, Marybeth et moi, il semble que nous », commence mon père, puis il s'interrompt pour toussoter. Il pose ses mains sur ses genoux, ses jointures épaisses sont toutes pâles. « Eh bien, il semble que nous nous soyons mis dans une situation financière catastrophique. »

Je ne sais pas quelle est censée être ma réaction : choquée, consolatrice, déçue ? Mes parents ne m'ont jamais avoué le moindre problème. Je ne pense pas qu'ils en aient eu beaucoup.

« Le fait est que nous avons été irresponsables, poursuit Marybeth. Ces dix dernières années, nous avons vécu comme si nous gagnions toujours autant d'argent que durant les deux décennies précédentes – or ce n'était pas le cas. Nous n'avons pas gagné la moitié de ce que nous gagnions avant, mais... nous étions dans le déni. Nous étions... *optimistes*, pour le dire gentiment. Nous continuions de penser qu'avec le prochain *Amy*, nous allions nous renflouer. Mais ça n'a pas marché. Et nous avons continué à faire de mauvais choix. Nous avons fait des investissements stupides. Nous avons fait des dépenses stupides. Et maintenant...

— Nous sommes pratiquement sur la paille, dit Rand. Notre maison, et *celle-ci*, tout est hypothéqué. »

J'avais cru – j'avais supposé – qu'ils nous avaient acheté cette maison comptant. Je ne me doutais pas qu'ils avaient toujours des remboursements dessus. Je ressens soudain un pincement de honte – car je suis en fait aussi protégée que Nick le prétend.

« Comme je l'ai dit, nous avons fait de graves erreurs de jugement, continue Marybeth. On devrait écrire un livre : *L'Épatante Amy et les Hypothèques à taux variable* ; on serait collés à toutes les questions. On serait l'exemple contraire, l'amie d'Amy, Wendy Qui Veut Tout Tout de Suite.

— Harry La Tête Dans Le Sable, ajoute Rand.

— Alors quelle est la suite ?

— Eh bien, ça dépend complètement de vous », dit mon père.

Ma mère sort de son sac une brochure faite maison et la pose sur la table devant nous – des mesures, des graphiques et camemberts créés sur leur PC. Ça me tue d'imaginer mes parents plissant les yeux pour essayer de comprendre le logiciel, tandis qu'ils tentent de trouver une présentation agréable pour la proposition qu'ils vont me faire.

Marybeth se lance : « Nous voulions te demander si nous pouvions emprunter de l'argent de ton fidéicommis le temps de décider de ce qu'on va pouvoir faire des années qu'il nous reste. »

Mes parents sont assis devant nous comme deux étudiants empressés qui espèrent décrocher leur premier stage. Le genou de mon père tressaute jusqu'à ce que ma mère l'immobilise doucement d'un doigt.

« Eh bien, l'argent du fidéicommis est à vous, alors bien sûr que vous pouvez emprunter », je dis. Je veux simplement que tout ça se termine, cette expression d'espoir sur le visage de mes parents, je ne peux pas la supporter. « De combien pensez-vous avoir besoin pour rembourser ce que vous devez et vous mettre à l'abri pendant un petit moment ? »

Mon père regarde ses souliers, ma mère prend une profonde inspiration.

« Six cent cinquante mille dollars, dit-elle.

— Oh ! »

C'est tout ce que j'arrive à dire. Ça représente presque tout ce que nous avons.

« Amy, peut-être qu'on devrait discuter, tous les deux… commence Nick.

— Non, non, on peut le faire. Je vais chercher mon carnet de chèques.

— En fait, si tu pouvais nous faire un virement demain, ça serait le mieux. Sinon, il y a une période d'attente de dix jours. »

C'est là que je comprends qu'ils sont vraiment dans la merde.

NICK DUNNE

Deux jours après

Je me suis réveillé sur le lit gigogne de la suite des Elliott, épuisé. Ils avaient insisté pour que je reste dormir – ma maison ne m'avait pas encore été réouverte –, insisté avec la même urgence qu'ils employaient autrefois à régler l'addition au dîner : une hospitalité qui ressemble à une force de la nature, pleine de férocité. *Tu dois nous laisser faire ça pour toi.* Alors je suis resté. J'ai passé la nuit à écouter leurs ronflements à travers la porte de la chambre, celui de monsieur, celui de madame, un ronflement régulier et profond – un ronflement chaleureux de bûcheron ; l'autre haché et arythmique, comme si la dormeuse rêvait qu'elle était en train de se noyer.

J'arrivais toujours à m'éteindre comme une lampe – *je vais dormir*, je disais, les mains jointes sous la joue, et *Zzzzzz !* – le sommeil profond d'un enfant shooté au NyQuil – tandis que ma femme, insomniaque, s'agitait dans le lit à côté de moi.

La nuit dernière cependant, j'ai eu l'impression d'être comme Amy : mon cerveau ne voulait pas s'arrêter, mon corps restait sur le qui-vive. J'étais, la plupart du temps, un homme qui était très bien dans sa peau. Quand on s'installait devant la télé, Amy et moi, je me transformais en cire fondue, tandis que ma femme ne cessait de gigoter à côté de moi. Je lui ai demandé une fois si par hasard elle n'avait pas le syndrome des jambes sans repos – un spot de prévention sur cette maladie passait à l'écran, le visage des acteurs était plissé de détresse tandis qu'on les voyait remuer leurs mollets et frotter leurs cuisses – et Amy a répondu : *J'ai le syndrome du* tout *sans repos*.

J'ai regardé le plafond de la chambre d'hôtel virer au gris, au rose, puis au jaune, et j'ai fini par me lever pour voir le soleil qui lançait ses rayons criards juste dans ma direction, de l'autre côté du fleuve, une fois de plus, dans une inquisition solaire. Puis les noms sont apparus dans ma cervelle – bing ! – Hilary Handy. Quel nom adorable pour être accusée d'actes si choquants. Desi Collings, anciennement obsédé par Amy, qui vivait à une heure de chez nous. J'avais affirmé que je m'occuperais de leur cas. Nous vivons à une époque où le système D est roi : les soins médicaux, l'immobilier, les enquêtes de police. Allez sur Internet et trouvez vous-mêmes la solution, putain, parce que tout le monde est surchargé de travail et que toutes les administrations manquent de personnel. J'étais *journaliste*. J'avais passé dix ans à interroger des gens pour gagner ma vie, à les amener à se découvrir. C'était dans mes cordes, et Marybeth et Rand le pensaient eux aussi. Je leur étais reconnaissant de m'avoir dit que je gardais leur confiance, moi le mari sous son mince nuage de suspicion. Ou est-ce que je me racontais des histoires, en disant qu'il était mince ?

Le Days Inn avait mis à notre disposition une salle de bal inutilisée pour tenir lieu de QG au Comité Pour Retrouver Amy Dunne. Elle n'était guère présentable – une salle pleine de taches marron qui sentait le renfermé – mais, juste après l'aube, Marybeth s'était attelée à lui refaire une beauté : elle avait passé l'aspirateur et la serpillière, disposé des tableaux d'affichage et des rangées de téléphones, accroché une grande affiche d'Amy sur un mur. L'affiche – avec le regard calme et sûr d'elle d'Amy, ces yeux qui vous suivaient – semblait sortie d'une campagne pour la présidentielle. De fait, une fois que Marybeth eut terminé, la pièce vibrait d'efficacité : on sentait l'optimisme fervent d'un politicien donné battu dans tous les sondages, entouré par ses fans, refusant de laisser tomber.

Juste après 10 heures, Boney est arrivée, portable vissé à l'oreille. Elle m'a salué d'une petite tape sur l'épaule et s'est mise à tripoter une imprimante. Les volontaires sont arrivés en bande : Go et une demi-douzaine d'amies de feu notre mère. Cinq femmes d'une quarantaine d'années, toutes vêtues de pantalons corsaires, comme si elles répétaient un spectacle de danse : deux d'entre elles – des femmes minces, blondes et bronzées – rivalisaient pour le premier rôle, les autres se résignaient joyeusement à jouer les utilités. Un groupe bruyant de vieilles dames à cheveux blancs qui essayaient toutes de parler en même temps, tandis que quelques-unes envoyaient des SMS, le genre de personnes âgées qui possèdent une quantité d'énergie déroutante, une telle vigueur juvénile qu'on est obligé de se demander si elles n'en rajoutent pas un chouïa. Un seul homme est venu, un beau mec d'à peu près mon âge, bien habillé, seul, qui n'a pas semblé s'apercevoir que sa présence requérait quelques explications. J'ai regardé le Loup solitaire s'attarder autour des pâtisseries, décochant des regards furtifs à l'affiche d'Amy.

Boney a terminé l'installation de l'imprimante, a attrapé un muffin à la farine complète et est venue se poster à côté de moi.

« Vous gardez un œil sur tous les gens qui se portent volontaires ? ai-je demandé. Je veux dire, au cas où ce serait quelqu'un qui…

— Quelqu'un qui semble porter un intérêt suspect à l'affaire ? Absolument. » Elle a coupé le rebord du muffin et l'a fourré dans sa bouche. Elle a baissé la voix. « Mais à dire vrai, les serial killers regardent les mêmes séries télé que nous, ils savent que *nous* savons qu'ils aiment…

— S'impliquer dans l'enquête.

— C'est ça, ouaip. Alors ils font plus attention à ce genre de trucs maintenant. Mais, oui, nous examinons tous les individus un peu bizarres pour nous assurer que ce sont seulement, vous savez, des individus un peu bizarres. »

J'ai dressé un sourcil.

« Par exemple, avec Gilpin, on était chargés de l'enquête sur Kayla Holman, il y a quelques années. Vous vous souvenez de Kayla Holman ? »

J'ai secoué la tête : ça ne me disait absolument rien.

« Bref, il y a toujours des individus un peu morbides pour être attirés par ce genre de trucs. Méfiez-vous de ces deux-là » – Boney m'a désigné les deux quadragénaires au physique avantageux. « Parce que ça a l'air d'être le genre à se préoccuper un peu trop de réconforter le mari inquiet.

— Oh ! quand même…

— Vous seriez étonné. Un beau gosse comme vous. Ça arrive. »

Juste à ce moment-là, une des femmes, la plus blonde et la plus bronzée, a jeté les yeux sur nous, a cherché mon regard, et m'a adressé le plus doux, le plus timide des sourires avant de baisser la tête comme un chat qui attend une caresse.

« Mais elle va se défoncer, elle va faire Madame-je-m'implique-à-fond, donc c'est une bonne chose, a dit Boney.

— Comment ça s'est terminé, l'affaire Kayla Holman ? » ai-je demandé.

Elle a secoué la tête : non.

Quatre autres femmes sont entrées, l'une derrière l'autre. Elles se passaient une bouteille de crème solaire et en enduisaient leurs bras et leurs épaules nus, et leur nez. Une odeur de noix de coco s'est répandue dans la salle.

« Au fait, a repris Boney. Vous vous rappelez quand je vous ai demandé si Amy avait des amis en ville, vous ne m'avez pas parlé de Noelle Hawthorne. »

Je lui ai jeté un regard vide.

« Noelle, de votre lotissement, celle qui a des triplés.

— Non, elles ne sont pas amies.

— Ah ! c'est marrant, elle, elle a l'air persuadée qu'elles le sont.

— Amy, ça lui arrive souvent. Elle parle aux gens une fois et ils s'accrochent. C'est flippant.

— C'est ce qu'ont dit ses parents. »

J'ai hésité à l'interroger franchement sur Hilary Handy et Desi Collings. Puis j'ai décidé de m'abstenir – j'aurais meilleure allure si c'était moi qui menais la charge. Je voulais que Rand et Marybeth me voient en mode « héros de film d'action ». Je ne parvenais pas à chasser de mon esprit ce regard que m'avait jeté Marybeth : *La police a vraiment l'air de penser que ça vient de... pas loin.*

« Les gens s'imaginent qu'ils la connaissent parce qu'ils ont lu les livres quand ils étaient petits, ai-je dit.

— Ça ne m'étonne pas, a approuvé Boney. Les gens aiment bien s'imaginer qu'ils connaissent les autres : les parents veulent croire qu'ils connaissent leurs enfants. Les femmes veulent croire qu'elles connaissent leurs maris. »

Une heure plus tard, l'assemblée de volontaires commençait à ressembler à un pique-nique familial. Quelques-unes de mes anciennes copines sont passées me dire bonjour et me présenter leurs enfants. Une des meilleures amies de ma mère, Vicky, est venue avec trois de ses petites-filles, trois préados timides vêtues de rose de pied en cap.

Les petits-enfants. Ma mère parlait beaucoup de ses futurs petits-enfants, comme s'ils devaient arriver d'une minute à l'autre – à chaque fois qu'elle achetait un nouveau meuble, elle expliquait qu'elle avait choisi tel ou tel style parce que « ça ira[it] bien quand les petits-enfants seraient là ». Elle voulait vivre assez longtemps pour voir ses petits-enfants. Toutes ses amies en avaient suffisamment pour ne plus savoir qu'en faire. Lorsque

Amy et moi avions invité ma mère et Go à dîner pour les six mois du Bar, j'avais annoncé que nous avions quelque chose à fêter, et maman avait bondi de son siège, fondu en larmes et pris Amy dans ses bras. Amy s'était mise à pleurer à son tour, en murmurant sous l'étreinte étouffante de ma mère : « Il parle du Bar, il parle seulement du Bar. » Et là, ma mère avait fait semblant que ça l'enthousiasmait tout autant. « Vous avez *tout le temps* pour faire des bébés », avait-elle dit de sa voix la plus réconfortante, une voix qui n'avait eu pour effet que de provoquer de nouveau les larmes d'Amy. Ce qui était bizarre, puisque Amy ne voulait pas d'enfants, et elle avait réaffirmé la chose à plusieurs reprises, mais ses larmes ont ouvert en moi une brèche d'espoir pervers : peut-être est-elle en train de changer d'avis. Car nous n'avions pas tout le temps, en réalité. Amy avait 37 ans lorsque j'avais acheté le Bar. Elle aurait 39 ans en octobre.

Et là, j'ai pensé : il faudra qu'on organise un faux anniversaire, un truc comme ça, si cette affaire dure encore. Il faudra qu'on marque le coup d'une manière ou d'une autre, qu'on fasse une cérémonie, pour les volontaires, les médias – quelque chose pour relancer l'intérêt. Il faudra que je fasse semblant de garder espoir.

« Le retour du fils prodigue », a dit une voix nasillarde, et je me suis retourné sur un type maigrelet en tee-shirt distendu qui grattait sa moustache à côté de moi. Mon vieil ami, Stucks Buckley, qui avait pris l'habitude de me qualifier de fils prodigue bien qu'il soit infoutu de prononcer ce mot et ignore sa signification. Je pense qu'il y voyait un synonyme recherché de connard. Stucks Buckley, on aurait dit un nom de joueur de base-ball, et c'est ce que Stucks aurait dû être, sauf qu'il n'en avait jamais eu le talent, juste un désir impérieux. Il était le meilleur joueur de la ville, quand il était ado, mais ce n'était pas suffisant. Il avait eu le choc de sa vie à la fac lorsqu'il avait été viré de l'équipe, et, après ça, les choses n'avaient cessé d'aller de mal en pis. À présent, c'était un fumeur de joints extrêmement lunatique qui vivotait de petits boulots. Il était passé quelques fois au Bar pour essayer de demander du taf, mais il avait secoué la tête à toutes les tâches merdiques que je lui proposais. Il mordillait l'intérieur de sa joue, irrité : *Allez, mec, qu'est-ce que t'as d'autre, tu dois bien avoir autre chose.*

« Stucks, ai-je dit en guise de salut, attendant de voir s'il était d'humeur amicale ou pas.

— Paraît que les flics salopent royalement l'enquête, a-t-il dit, fourrant ses mains sous ses aisselles.

— C'est un peu tôt pour le dire.

— Allez, mec. Ces petites fouilles de tapette ? Ils font plus d'efforts quand il s'agit de retrouver le clebs du maire. » Stucks avait un coup de soleil sur le visage ; j'ai senti la chaleur qu'il dégageait lorsqu'il s'est penché sur moi, soufflant une bouffée de Listerine et de bonbons. « Pourquoi est-ce qu'ils n'ont embarqué personne ? Y a de quoi faire en ville, et ils trouvent personne à embarquer ? Pas un *seul* ? Et les mecs de Blue Book ? C'est ce que j'ai demandé à la femme flic : et les mecs de Blue Book ? Elle m'a même pas répondu.

— C'est quoi, le Blue Book ? Un gang ?

— Tous ces types qui se sont fait virer de l'usine Blue Book l'hiver dernier. Pas d'indemnités, que dalle. Tu vois, des fois, les SDF qui errent en ville en bande avec l'air vraiment, vraiment en colère ? C'est souvent des mecs de Blue Book.

— Je te suis toujours pas. L'usine Blue Book ?

— Tu sais, l'imprimerie de River Valley ? En bordure de la ville ? C'est eux qui faisaient les cahiers Blue Book que tu utilisais pour faire tes disserts et tout ça à la fac.

— Ah ! Je savais pas.

— Maintenant, dans les facs, ils utilisent des ordinateurs, etc., alors – pfuitt ! – bye bye, les mecs de Blue Book.

— Putain, la ville entière est en train de mettre la clef sous la porte, ai-je marmonné.

— Les mecs de Blue Book, ils picolent, ils se défoncent, ils harcèlent les passants. En fait, ils le faisaient déjà avant, mais ils étaient toujours obligés de s'arrêter pour retourner au boulot le lundi. Maintenant, ils sont lâchés dans la nature. »

Stucks m'a fait un grand sourire, découvrant ses dents écaillées. Il avait des flocons de peinture dans les cheveux : son boulot d'été, depuis le lycée. Peinture, ravalement, plomberie. *Je suis spécialisé dans l'entretien des cavités*, disait-il, et il attendait qu'on comprenne la blague. Si on ne riait pas, il l'expliquait.

« Alors les flics sont allés au centre commercial ? » a demandé Stucks. J'ai esquissé un haussement d'épaules incertain.

« Merde, mec, t'étais pas reporter, avant ? » Stucks avait toujours l'air fâché contre mon métier d'avant, comme si c'était un bobard qui avait tenu trop longtemps. « Les mecs de Blue Book, ils se sont fait une jolie petite ville à eux à l'intérieur du centre. Ils squattent.

Ils dealent. Les flics les chassent une fois de temps en temps, mais, systématiquement, ils reviennent dès le lendemain. En tout cas, c'est ce que j'ai dit à la femme flic : *Allez fouiller le centre commercial, putain*. Parce qu'il y a des mecs, parmi eux, qui ont violé collectivement une nana là-bas il y a juste un mois. Évidemment, tu mets ensemble une bande de mecs en colère, ça sent pas trop bon pour une nana qui leur tombe entre les pattes. »

En roulant vers le secteur de la battue de l'après-midi, j'ai appelé Boney et j'ai attaqué aussitôt qu'elle a dit allô !

« Pourquoi est-ce qu'on ne fouille pas le centre commercial ?

— On va le fouiller, Nick. Des collègues sont en train de s'y rendre à l'instant même.

— Ah ! OK. Parce qu'un copain à moi…

— Stucks. Je sais, je le connais.

— Il parlait de tous les…

— Les types de Blue Book, je sais. Faites-nous confiance, Nick, on est sur le coup. On a autant envie que vous de retrouver Amy.

— OK, euh, merci. »

Mon indignation vertueuse s'est dégonflée ; j'ai englouti mon gobelet géant de café et me suis dirigé vers le secteur qui m'était assigné. Trois zones étaient fouillées cet après-midi-là : le port du Gully (connu désormais sous le nom de l'Endroit où Nick Avait Passé La Matinée Sans Être Vu De Personne) ; le bois de Miller Creek (qui ne méritait guère son nom : on voyait les fast-foods à travers les rangées d'arbres) ; et

Wolky Park, un coin de nature avec des pistes de randonnée et de promenade à cheval. On m'avait assigné à Wolky Park.

Lorsque je suis arrivé, un agent de la police locale faisait un speech à un groupe d'environ douze personnes, toutes dotées de solides jambes, en short serré, avec de l'oxyde de zinc sur le nez, des lunettes de soleil et des chapeaux. On aurait dit l'ouverture d'un camp d'été.

Deux équipes de télé étaient là, prenant des images pour les chaînes locales ; un jeune reporter inexpérimenté ne cessait de tourner autour de moi comme un moustique, caméra sur l'épaule, en me bombardant de questions ineptes. Mon corps s'est immédiatement raidi, l'attention dont je faisais l'objet m'a donné un air inhumain et mon air « préoccupé » semblait faux. Un relent de crottin de cheval flottait dans l'atmosphère.

Les reporters sont bientôt partis à la suite des volontaires sur les sentiers. (Quel journaliste *s'en va* alors qu'il tient un mari suspect prêt à lui tomber tout cuit dans le bec ? Un mauvais journaliste, mal payé, toujours là tandis que tous les journalistes corrects ont été virés.) Un jeune flic en uniforme m'a demandé de rester – juste là – au départ des différents sentiers, à proximité d'un tableau d'affichage où étaient collés d'anciennes affichettes et un avis de recherche pour Amy, ma femme, qui depuis sa photo avait les yeux fixés sur moi – elle était partout ce jour-là, elle me suivait.

« Qu'est-ce que je peux faire ? ai-je demandé à l'agent. Je me sens comme un con, là, faut que je fasse quelque chose. » Quelque part dans les bois, un cheval a poussé un hennissement plaintif.

« On a vraiment besoin de vous ici, Nick. Soyez sympa, soyez encourageant, c'est tout, a-t-il dit en indiquant le thermos orange à côté de moi. Offrez de l'eau. Et envoyez-moi tous les nouveaux venus. » Il s'est détourné et s'est dirigé vers les écuries. L'idée qu'ils m'écartaient à dessein de toute scène de crime possible m'a traversé l'esprit.

Tandis que j'étais planté là sans but, faisant semblant de m'affairer avec la glacière, un 4 × 4 retardataire est arrivé, rouge vif et luisant comme du vernis à ongles. Les quadragénaires du QG en sont sorties. La plus jolie, celle que Boney avait désignée comme une groupie, tenait ses cheveux redressés en queue-de-cheval afin qu'une de ses amies puisse asperger sa nuque de spray antimoustique. La femme écartait les vapeurs d'aérosol d'un geste étudié. Elle me regardait du coin de l'œil. Puis elle s'est éloignée de ses amies, a lâché ses cheveux sur ses épaules, et a commencé à s'avancer vers moi, un sourire plein d'affliction et de sympathie aux lèvres – le sourire qui dit : *Je suis tellement désolée pour vous.* De grands yeux bruns de poney, un haut rose qui s'arrêtait juste au-dessus de son short blanc fraîchement repassé. Des sandales à talons hauts, les cheveux bouclés, des créoles en or. Ça, je me suis dit, c'est exactement la tenue qu'on ne choisit pas pour une battue en forêt.

Ne me parle pas, de grâce, j'ai pensé.

« Bonjour, Nick. Je m'appelle Shawna Kelly. *Je suis tellement désolée pour vous.* » Elle parlait plus fort qu'il n'est nécessaire, d'une voix un peu braillarde, tel un âne fantastique et sexy. Elle a tendu la main, et j'ai ressenti un pincement d'inquiétude tandis que les amies de Shawna s'engageaient sur le sentier en nous jetant des coups d'œil complices à nous, le couple.

J'ai proposé ce que j'avais : mes remerciements, mon eau, mes déglutitions gênées. Shawna n'a pas fait le moindre geste pour s'en aller, bien que je garde les yeux fixés droit devant moi, vers le sentier où avaient disparu ses amies.

« J'espère que vous avez des amis, des parents pour s'occuper de vous dans cette période difficile, Nick, a-t-elle dit en écrasant un taon. Les hommes oublient de s'occuper d'eux. Un bon petit plat maison, voilà ce qu'il vous faut.

— Nous mangeons surtout de la charcuterie – vous savez, c'est rapide, c'est pas compliqué. »

Je sentais encore le salami au fond de ma gorge, les remontées de mon estomac. J'ai réalisé que je ne m'étais pas brossé les dents depuis le matin.

« Oh ! mon pauvre. De la charcuterie – ça ne va pas. » Elle a secoué la tête et ses créoles en or ont miroité au soleil. « Vous avez besoin de garder des forces. Mais vous avez de la chance, parce que *je* fais une super bonne tourte au poulet et aux Fritos. Vous savez quoi ? Je vais en préparer une et je la déposerai au QG demain. Vous n'aurez qu'à la passer un coup au micro-ondes quand vous aurez envie d'un bon dîner bien chaud.

— Oh ! ce n'est pas la peine de se donner tout ce mal. On s'en sort. On tient le coup.

— Vous tiendrez encore mieux le coup quand vous aurez fait un bon repas », a-t-elle dit en me tapotant le bras.

Silence. Elle a tenté un autre angle d'attaque.

« J'espère vraiment qu'on ne va pas apprendre que ça a quelque chose à voir… avec notre problème de SDF. J'ai porté plainte je ne sais pas combien de fois. Il y en a un qui s'est introduit dans mon jardin le mois dernier. Mon détecteur de mouvement s'est déclenché, alors j'ai regardé par la fenêtre et il était là, à bouffer mes tomates. Il avait le visage et la chemise couverts de… chair et de graines. J'ai essayé de lui faire prendre la fuite, mais il s'en est enfilé au moins vingt avant de décamper. Ils étaient déjà limite, ces mecs de Blue Book, de toute façon. Ils ne savent rien faire d'autre. »

J'ai ressenti une soudaine sympathie pour la troupe des hommes de Blue Book, et me suis imaginé en train de me rendre dans leur campement de fortune en agitant un drapeau blanc : je suis votre frère, je travaillais dans l'imprimerie, moi aussi. Moi aussi, les ordinateurs m'ont piqué mon boulot.

« Ne me dites pas que vous êtes trop jeune pour vous rappeler les Blue Book », a dit Shawna. Elle m'a donné un petit coup dans les côtes, me faisant sursauter plus que je n'aurais dû.

« Je suis tellement vieux que je les avais oubliés avant que vous m'en reparliez. »

Elle a ri :

« Vous avez quoi, 32, 33 ?

— Plutôt 35.

— Un bébé. »

Le trio de vieilles dames énergiques est arrivé juste à ce moment-là. Elles se sont dirigées vers nous à pas lourds, l'une d'entre elles s'affairait sur son portable. Toutes étaient vêtues de jupe à fleurs en tissu grossier, de baskets Keds et de polos sans manches qui révélaient des bras gélatineux. Elles m'ont adressé un hochement de tête respectueux, puis ont eu un coup d'œil réprobateur lorsqu'elles ont vu Shawna. Nous avions l'air d'un couple qui reçoit ses invités pour un barbecue. Nous avions l'air tout à fait déplacés.

Va-t'en, de grâce, j'ai pensé.

« Et bref, ces SDF, ils peuvent être vraiment agressifs, et même menaçants avec les femmes. J'en ai parlé à l'inspecteur Boney… mais j'ai l'impression qu'elle ne m'aime pas trop.

— Pourquoi dites-vous ça ? »

Mais je savais déjà ce qu'elle allait dire, le mantra de toutes les femmes attirantes.

« Les femmes ne m'aiment pas tellement, en général. » Elle a haussé les épaules. « C'est comme ça. Et Amy, elle avait, elle a beaucoup d'amies en ville ? »

Un certain nombre de femmes – des amies de ma mère, des amies de Go – avaient invité Amy à des clubs de lecture, des soirées Tupperware et des soirées entre filles au Chili, et, comme de juste, Amy avait décliné toutes les sorties, sauf quelques-unes, qu'elle avait détestées : « On a commandé un million de gadgets inutiles et on a bu des cocktails *à la crème glacée.* »

Shawna m'observait. Elle voulait en savoir plus sur Amy, elle voulait être comparée à Amy, qui l'aurait détestée.

« Je crois qu'elle a peut-être le même problème que vous », ai-je dit laconiquement.

Elle a souri.

Barre-toi, Shawna.

« C'est dur d'arriver dans une ville où on ne connaît personne, a-t-elle dit. Et plus on vieillit, plus c'est difficile de se faire des amis. Elle a votre âge ?

— 38 ans. »

Ça aussi, ça a paru lui plaire.

Fous le camp.

« On aime les femmes plus âgées, hein ? Ça, c'est une preuve d'intelligence. »

Et elle a sorti son portable de son énorme sac à main vert chartreuse.

« Venez par là, a-t-elle dit, et elle a passé un bras autour de moi. Pensez à la tourte au poulet et aux Fritos, et faites-moi un beau sourire. »

J'avais envie de la gifler, sur-le-champ, son insouciance, son côté *fille* : en train d'essayer de booster son ego en draguant le mari d'une femme portée disparue. J'ai ravalé ma rage, essayé de faire marche arrière, essayé de surcompenser en étant *sympa*, aussi ai-je souri robotiquement tandis qu'elle pressait son visage contre ma joue et prenait une photo avec son téléphone. Le son du faux déclic m'a réveillé.

Elle a retourné le téléphone et j'ai vu nos deux visages bronzés pressés l'un contre l'autre, souriants comme pour une sortie en amoureux à un match de base-ball. En regardant ma grimace obséquieuse, mes paupières tombantes, je me suis dit : *Je détesterais ce type.*

Amy Elliott Dunne

15 septembre 2010

Journal

J'écris de quelque part dans le coin sud-ouest de la Pennsylvanie. Un motel sur la nationale. Notre chambre donne sur le parking, et si je regarde derrière les rideaux beiges, je vois des gens qui s'affairent sous les lumières fluorescentes. C'est le genre d'endroit où les gens s'affairent. Je suis en état de choc affectif, de nouveau. Trop de choses se sont produites, trop vite, et maintenant je suis dans le Sud-Ouest de la Pennsylvanie, et mon mari savoure un sommeil provocant au milieu des petits paquets de chips et de bonbons qu'il a achetés au distributeur au bout du couloir. Il est en colère contre moi parce que je ne joue pas le jeu, dit-il. Je pensais que je donnais le change de façon convaincante – hourra ! une nouvelle aventure, mais il faut croire que non.

Maintenant que j'y repense, c'était comme si on attendait qu'il se passe quelque chose. Comme si on se tenait sous une cloche géante, protégés du son et du vent, Nick et moi, puis que la cloche était tombée – et il y avait quelque chose à faire.

Il y a deux semaines, nous étions dans notre état habituel de chômeurs : partiellement vêtus, morts d'ennui, nous nous apprêtions à prendre en silence un petit déjeuner qui s'étirerait par la lecture intégrale du journal – maintenant nous lisions même les petites annonces.

Le portable de Nick sonne à 10 heures, et je devine à sa voix que c'est Go. Il a la voix alerte, juvénile, comme toujours quand il lui parle. Quand il me parlait aussi, avant.

Il va dans la chambre et ferme la porte, me laissant avec entre les mains deux œufs Bénédicte tremblants dans leur assiette. Je pose le sien sur la table et m'installe en face, me demandant si je dois l'attendre pour manger. Si c'était moi, me dis-je, je ressortirais pour lui dire de commencer à manger, ou je lèverais un doigt : juste une minute. J'aurais conscience de l'existence de l'autre personne, mon épouse, toute seule dans la cuisine avec des assiettes d'œufs. Je m'en veux d'avoir pensé ça. Parce que, bien vite, j'entends des murmures inquiets, des exclamations anxieuses et des mots de réconfort derrière la porte, et je commence à me demander si Go a des problèmes avec un garçon de leur région. Go traverse beaucoup de ruptures. Même lorsque c'est à son initiative, Nick doit lui tenir la main et la rassurer.

Alors j'ai mon expression qui signifie « Pauvre Go » lorsque Nick ressort, les œufs se sont figés sur l'assiette, mais, quand je le vois, je sais que ce n'est pas seulement un problème lié à Go.

« Ma mère, commence-t-il en s'asseyant. Merde. Ma mère a un cancer. Stade IV, et ça s'est répandu dans le foie et les os. Ce qui n'est pas bon, ce qui est… »

Il met son visage entre ses mains, je m'approche et l'enlace. Lorsqu'il relève la tête, il a les yeux secs. Calmes. Je n'ai jamais vu mon mari pleurer.

« C'est trop pour Go, en plus de l'Alzheimer de mon père.

— Alzheimer ? *Alzheimer ?* Depuis quand ?

— Eh bien, un moment. Au début, ils pensaient que c'était une espèce de sénilité précoce. Mais c'est bien plus que ça, c'est pire. »

Je me dis, immédiatement, qu'il y a chez nous quelque chose qui ne va pas, quelque chose, peut-être, d'irréparable, si mon mari ne pense pas à m'annoncer une nouvelle pareille. Parfois, j'ai l'impression que c'est un petit jeu pour lui – qu'il participe à une espèce de concours tacite d'impénétrabilité.

« Pourquoi tu ne m'as rien dit ?

— Mon père n'est pas quelqu'un dont j'aime parler.

— Mais quand même…

— Amy. S'il te plaît. »

Il fait le regard qu'il fait toujours quand j'exagère : il semble tellement certain que j'exagère que j'en viens à me demander si c'est le cas.

« Mais maintenant Go dit que ma mère va avoir besoin de chimio, elle va être malade. Très malade. Elle va avoir besoin d'aide.

— Est-ce qu'il faut qu'on lui cherche une aide à domicile ? Une infirmière ?

— Son assurance ne couvre pas ce genre de trucs. »

Il a les yeux fixés sur moi, les bras croisés, et je sais de quoi il me défie : il me défie de proposer de payer, or nous ne pouvons pas payer, parce que j'ai donné mon argent à mes parents.

« OK, dans ce cas, chéri, que veux-tu qu'on fasse ? »

Nous nous tenons face à face, c'est une épreuve de force, comme si nous étions en pleine dispute, sans que j'en aie été informée. J'avance la main pour le toucher, et il se contente de la regarder, sans expression.

« Il faut qu'on rentre s'installer là-bas », dit-il avec un regard mauvais, les yeux écarquillés. Il fait un geste avec sa main dans l'air comme pour se débarrasser de quelque chose de gluant. « Ça va prendre un an ou deux, mais nous ferons notre devoir. On n'a pas de boulot, on n'a pas d'argent, et il n'y a rien qui nous retient ici ? Même toi, tu es forcée de le reconnaître.

— Même *moi* ? » Comme si j'étais déjà en train de rechigner. Je ravale une bouffée de colère.

« C'est ça qu'on va faire. On va faire notre devoir. On va aider *mes* parents, pour une fois. »

Bien sûr, c'est notre devoir, et, bien sûr, s'il ne m'avait pas expliqué le problème comme si j'étais son ennemie, c'est ce que j'aurais dit. Mais quand il est sorti de la chambre, il m'a immédiatement traitée comme si j'étais un problème que l'on devait régler. La voix cruelle qu'il faut écraser.

Mon mari est l'homme le plus loyal de la terre, jusqu'à ce qu'il ne le soit plus. J'ai vu ses yeux s'assombrir d'un ton comme lorsqu'il se sent trahi par un ami, même un très cher, un très vieil ami, après quoi le nom de l'ami n'est plus jamais prononcé. Il m'a regardée comme si j'étais une chose dont on pouvait se débarrasser en cas de besoin. Il m'a complètement glacée, ce regard.

Et ainsi, c'est décidé, aussi vite que ça, sans plus de discussion : nous quittons New York. Nous allons dans le Missouri. Dans une maison à côté de la rivière Missouri, où nous allons habiter. C'est surréaliste, et je ne suis pas du genre à employer ce mot à tort et à travers.

Je sais que ça va aller. C'est juste que c'est si éloigné de ce que je m'étais représenté. Quand je me représentais ma vie. Ça ne veut pas dire que c'est mal, mais... Si vous m'aviez donné un million de chances de deviner où la vie allait me mener, je n'aurais pas deviné ça. Je trouve ça inquiétant.

Charger le camion de déménagement est une mini-tragédie : Nick, déterminé et coupable, la bouche serrée, qui œuvre en refusant de me regarder. Le camion reste en double file pendant des heures, bloquant la circulation dans notre petite rue, feux de détresse allumés – danger, danger, danger –, tandis que Nick monte et descend les escaliers, telle une chaîne à un seul homme, en portant des cartons de livres, des cartons de vaisselle, des chaises, des petites tables. Nous emportons notre canapé vintage – notre vieux Chesterfield énorme, que papa a surnommé notre « animal de compagnie », tellement nous en sommes fous. Ce sera la dernière chose que nous chargerons, à deux, mal à l'aise, en sueur. Faire descendre l'escalier à ce meuble massif (*Attends, j'ai besoin d'une pause. Un peu plus à droite. Attends, tu vas trop vite. Attention, mes doigts, mes doigts !*) devrait suffire à souder notre équipe, qui en a grand besoin. Après le canapé, nous irons acheter de quoi déjeuner au *deli* du coin, des bagels garnis que nous mangerons sur la route et des sodas frais.

Nick me laisse garder le canapé, mais nos autres meubles volumineux restent. Un ami de Nick héritera du lit ; ce type passera plus tard dans notre maison vide – où il ne reste que de la poussière et des fils électriques – et prendra notre lit, puis il vivra sa vie de New-Yorkais dans notre lit de New-Yorkais : il mangera chinois à 2 heures du matin et il enfilera paresseusement des capotes pour baiser des filles soûles avec les lèvres en rebord de pot de chambre qui bossent dans les relations publiques. (Notre maison, quant à elle, sera reprise par un couple bruyant d'avocats qui se réjouissent éhontément, insolemment de leur super affaire. Je les déteste.)

Je porte un carton à chaque fois que Nick en descend quatre. J'avance lentement, je traîne les pieds, comme si mes os me faisaient mal, une fragilité fiévreuse descend sur moi. Tout me fait mal. Nick me dépasse en hâte à chaque aller-retour, et me jette des regards réprobateurs : « Ça va ? » demande-t-il d'un ton cassant, et il continue sans attendre la réponse, me laissant bouche bée comme un personnage de cartoon avec un trou noir à la place de la bouche. Non, ça ne va pas. Ça va aller, mais là, ça ne va pas. Je veux que mon mari me prenne dans ses bras, qu'il me console, qu'il me cajole juste un petit peu. Juste une petite seconde.

À l'arrière du camion, il manipule les cartons. Nick tire gloire de ses dons d'organisation : c'est lui qui a chargé le lave-vaisselle, lui qui faisait nos valises pour les vacances. Mais au bout de la troisième heure, il devient clair que nous avons vendu ou donné trop d'affaires : le camion n'est qu'à moitié plein. Cela me donne mon unique satisfaction de la journée, cette satisfaction chaude et méchante dans le ventre, comme une pointe de mercure. Très bien, je me dis. Très bien.

« On peut prendre le lit si tu y tiens vraiment, dit Nick, regardant la rue derrière moi. « On a la place.

— Non, tu l'as promis à Wally, il faut le donner à Wally », je réponds bien sagement.

J'ai eu tort. Dis-le simplement : *J'ai eu tort. Je suis désolé, prenons le lit. Il faut que tu aies ton vieux lit rassurant dans ce nouvel endroit.* Souris-moi et sois gentil avec moi. Aujourd'hui, sois gentil avec moi.

Nick laisse échapper un soupir.

« OK, si c'est ce que tu veux. Amy ? C'est ce que tu veux ? »

Il est appuyé, un peu essoufflé, contre une pile de cartons. Sur celui du dessus, il y a écrit au marqueur : « Vêtements d'hiver Amy ».

« C'est la dernière fois que j'entends parler du lit, Amy ? Parce que je te le propose, là. Je serai heureux de charger le lit pour toi.

— Quel grand seigneur », je fais, dans un souffle presque inaudible, comme presque toujours quand je lui réponds : une bouffée de parfum d'un atomiseur fétide.

Je suis lâche. Je n'aime pas les affrontements. Je ramasse un carton et me dirige vers le camion.

« Qu'est-ce que t'as dit ? »

Je secoue la tête en le regardant. Je ne veux pas qu'il me voie pleurer, parce que ça ne ferait qu'aggraver sa colère.

Dix minutes plus tard, c'est un vacarme dans l'escalier – bang ! bang ! bang ! Nick traîne notre canapé au bas des marches, tout seul.

Je ne peux même pas regarder derrière moi pendant que nous quittons New York, parce que le camion n'a pas de vitre arrière. Dans le rétroviseur, je suis la ligne d'horizon (*la ligne d'horizon qui s'estompe peu à peu* – n'est-ce pas ainsi qu'ils en parlent dans les romans victoriens où l'héroïne maudite est forcée de quitter sa famille ?) mais je ne vois pas les plus beaux bâtiments – le Chrysler Building, l'Empire State, le Flatiron, ils n'apparaissent jamais dans ce petit rectangle réfléchissant.

Mes parents sont passés la nuit d'avant, ils nous ont offert la pendule à coucou de la famille, que j'adorais quand j'étais petite, et, tous trois, nous avons pleuré et nous sommes serrés dans les bras, tandis que Nick remuait ses mains dans ses poches et promettait de prendre soin de moi.

Il a promis de prendre soin de moi, et, pourtant, j'ai peur. J'ai l'impression que quelque chose va mal, très mal, et que ça va encore empirer. Je n'ai pas le sentiment d'être la femme de Nick. Je n'ai même pas l'impression d'être quelqu'un : je suis quelque chose qu'on peut charger et décharger, comme un canapé ou une horloge à coucou. Un objet, et même pas un objet utile. Je suis une chose qu'on peut balancer à la casse, jeter dans la rivière, si nécessaire. Je ne sens plus ma propre réalité. J'ai l'impression que je pourrais disparaître.

Nick Dunne

Trois jours après

La police n'allait pas retrouver Amy à supposer que quelqu'un désire qu'on la retrouve. Ça, au moins, c'était clair désormais. Toutes les étendues vertes, bleues et marron avaient été fouillées : des kilomètres boueux du fleuve Mississippi, toutes les pistes et sentiers de randonnée, notre triste série de bois clairsemés. Si elle était vivante, quelqu'un allait devoir la rendre. Si elle était morte, la nature allait devoir la restituer. C'était une vérité palpable, comme un mauvais goût sur le bout de langue. Quand je suis arrivé au QG des volontaires, je me suis aperçu que tout le monde en était conscient : un manque d'énergie, un sentiment de défaite planait sur les lieux. Je me suis approché, désœuvré, de la table des pâtisseries et j'ai essayé de me convaincre d'avaler quelque chose. Un pain aux raisins. Je crois qu'il n'existe pas d'aliment plus déprimant que le pain aux raisins, une pâtisserie qui semble rassise en sortant du four.

« Je dis toujours que c'est le fleuve, disait un des volontaires à son pote, en piochant dans les pâtisseries avec ses doigts sales. Juste derrière la maison du mec, t'imagines plus facile ?

— On l'aurait retrouvée dans un tourbillon dans ce cas. Une mèche de cheveux, quelque chose.

— Pas si elle a été découpée. Les jambes d'un côté, les bras de l'autre… le corps a pu suivre le courant jusqu'au golfe. Jusqu'à Tunica au moins. »

Je me suis écarté avant qu'ils ne me remarquent.

Un ancien prof à moi, M. Coleman, était assis à une table, penché sur le téléphone du numéro vert, il notait des informations. Lorsque j'ai croisé son regard, il m'a fait signe qu'il avait affaire à un cinglé : il a tracé un cercle autour de son oreille avec son index, puis désigné le téléphone. Il m'avait accueilli la veille en m'expliquant : « Ma petite-fille a été tuée par un chauffard ivre, alors… », et nous avions échangé quelques murmures et tapes dans le dos maladroites.

Mon portable a sonné, celui avec la carte prépayée – je n'arrivais pas à décider où le cacher, alors je le gardais sur moi. J'avais appelé, et on me rappelait, mais je ne pouvais pas prendre l'appel. Je l'ai éteint, et j'ai parcouru la salle des yeux pour m'assurer que les Elliott ne m'avaient pas vu faire. Marybeth tapait des SMS sur son BlackBerry qu'elle tenait ensuite à bout de bras pour pouvoir lire le texte. Lorsqu'elle m'a vu, elle s'est ruée vers moi à petits pas précipités, tenant le téléphone devant elle comme un talisman.

« Memphis, c'est à combien d'heures d'ici ? a-t-elle demandé.

— Un peu moins de cinq heures en voiture. Qu'est-ce qu'il y a à Memphis ?

— Hilary Handy habite à Memphis. Celle qui la *harcelait* au lycée. Est-ce que c'est vraiment une coïncidence ? »

Je ne savais pas quoi dire : oui ?

« Oui, Gilpin m'a envoyée promener aussi. "*On ne peut pas autoriser une telle dépense pour quelque chose qui s'est passé il y a près de vingt ans.*" Connard. Ce type me traite en permanence comme si j'étais au bord de la crise d'hystérie ; il ne parle qu'à Rand même quand je suis nez à nez avec lui, il m'ignore complètement, comme si j'avais besoin de mon mari pour m'expliquer les choses, pauvre idiote que je suis. *Connard.*

— La ville est fauchée, j'ai dit. Je suis persuadé que c'est vrai, ils n'ont pas le budget, Marybeth.

— Oui, eh bien, nous si. Je suis sérieuse, Nick, elle était complètement dingue, cette fille. Et je sais qu'elle a essayé de recontacter Amy plusieurs fois au fil des années. Amy me l'a dit.

— Elle ne m'en a jamais parlé.

— Qu'est-ce que ça coûte d'aller là-bas ? Cinquante dollars d'essence ? Tu veux bien y aller ? Tu as dit que tu irais. Je t'en prie ! Je suis incapable d'arrêter d'y penser tant que je ne saurai pas avec certitude que quelqu'un l'a interrogée. »

Je savais que ça, au moins, c'était vrai, car sa fille souffrait de la même inquiétude obsessionnelle : quand on sortait, Amy pouvait passer une soirée entière à se tracasser à l'idée qu'elle avait peut-être laissé le four allumé, en dépit du fait que nous n'avions pas fait la cuisine ce jour-là. Ou la porte était-elle bien fermée à clef ? J'en étais sûr ? Elle imaginait toujours le pire, et elle ne faisait pas les choses dans la demi-mesure. Parce que ce n'était jamais seulement que la porte n'était pas fermée à clef, c'était que la porte n'était pas fermée à clef, et qu'il y avait des hommes à l'intérieur, et qu'ils l'attendaient pour la violer et la tuer.

Une couche de sueur s'est formée à la surface de ma peau, car soudain les terreurs de ma femme avaient porté leurs fruits. Imaginez un peu l'atroce satisfaction de découvrir que toutes ces années d'inquiétude se révèlent enfin justifiées.

« Bien sûr, je vais y aller. Et en route, je m'arrêterai à Saint-Louis pour voir l'autre, Desi. C'est comme si c'était fait. »

J'ai fait volte-face et j'ai commencé ma sortie théâtrale, j'ai fait six mètres, et, tout à coup, Stucks est apparu de nouveau, le visage encore amolli par le sommeil.

« Il paraît que les flics ont fouillé le centre commercial hier », a-t-il dit en se grattant la mâchoire. Dans l'autre main, il tenait un donut glacé intouché. Une bosse en forme de bagel était visible dans la poche de devant de son pantalon corsaire. J'ai failli faire une blague : c'est une pâtisserie, dans ta poche, ou tu es juste content de…

« Ouais. Rien.

— Hier dans la journée. Ils y sont allés dans la journée, ces imbéciles. » Il s'est baissé et a regardé autour de lui comme s'il craignait qu'on ne l'entende. Il s'est approché de moi. « La nuit, c'est là qu'ils sont là-bas. Dans la journée, ils sont au bord du fleuve ou ils agitent leur drapeau.

— Leur drapeau ?

— Tu sais, ils s'installent aux sorties de route avec des panneaux : "Au chômage", "Besoin d'aide", "De quoi payer ma bière", n'importe quoi, a-t-il dit en promenant un regard circulaire sur la pièce. Ils agitent leur drapeau, mec.

— OK.

— La nuit, ils sont au centre commercial.

— Dans ce cas, allons-y ce soir, ai-je fait. Toi, moi et qui voudra.

— Joe et Mike Hillsam. Ils seront partants. »

Les Hillsam avaient trois, quatre ans de plus que moi, c'étaient les durs de la ville. Le genre de mecs qui étaient nés sans le gène de la peur, étanches à la douleur. Des sportifs qui passaient l'été en short, les jambes musclées, à jouer au base-ball, à boire de la bière, à relever des défis étranges : faire du skate-board dans les fossés de drainage, escalader des châteaux d'eau à poil. Le genre de types qui se détachaient du groupe, les yeux fous, un samedi soir d'ennui, et vous pouviez être sûr qu'il allait se passer quelque chose, peut-être pas quelque chose de bien, mais quelque chose. Bien sûr que les Hillsam seraient partants.

« Parfait, j'ai dit. On y va ce soir. »

Mon téléphone a sonné dans ma poche. Je ne l'avais pas éteint correctement. Il a sonné de nouveau.

« Tu réponds pas ?

— Nan.

— Tu devrais prendre tous les appels, mon vieux. Sans déconner. »

Il n'y avait rien d'autre à faire de la journée. Pas de battues prévues, pas d'affichettes à coller, les téléphones étaient tous en main. Marybeth a même commencé à renvoyer les volontaires ; ils restaient sans rien faire, à grignoter, désœuvrés. Je soupçonne Stucks d'avoir embarqué la moitié de la table de viennoiseries dans ses poches en partant.

« Quelqu'un a des nouvelles des inspecteurs ? » a demandé Rand.

Marybeth et moi avons répondu de concert :

« Rien.

— C'est peut-être bon signe, pas vrai ? » a demandé Rand, les yeux pleins d'espoir, et nous n'avons pas voulu le contredire. Oui, bien sûr.

« Quand est-ce que tu pars pour Memphis ?

— Demain. Ce soir, avec mes amis, nous allons faire une autre fouille du centre commercial. Nous ne pensons pas que ça a été fait correctement hier.

— Excellent, a dit Marybeth. C'est des actions comme ça qu'il nous faut. Si on soupçonne que quelque chose n'a pas été fait correctement la première fois, on le fait nous-mêmes. Parce que… Je… Je ne suis pas vraiment convaincue par ce qui a été fait jusque-là. »

Rand a posé une main sur l'épaule de sa femme, un signe que ce refrain avait déjà été exprimé et entendu à de nombreuses reprises.

« Je voudrais venir avec vous, Nick, a-t-il dit. Ce soir, j'aimerais venir. » Rand portait un polo bleu pastel et un pantalon olive, ses cheveux formaient un casque sombre et brillant. Je me le suis imaginé en train d'essayer de faire ami-ami avec les frères Hillsam, faisant son petit numéro un peu désespéré de mec viril – *Hé ! je crache pas sur une bonne bière, moi aussi, et elle est bien, votre équipe de sport, dans le coin* –, et j'ai senti une montée de nausée imminente.

« Bien sûr, Rand. Bien sûr. »

J'avais douze bonnes heures devant moi. On me restituait ma voiture – une fois inspectée, aspirée et passée à la poudre à empreintes, je suppose –, aussi je me suis fait déposer au commissariat par une volontaire âgée, une de ces grands-mères pleines d'énergie qui semblait un peu nerveuse à l'idée d'être seule avec moi.

« Je dépose juste M. Dunne au commissariat, mais je serai de retour dans moins d'une demi-heure, a-t-elle dit à une de ses amies. Pas plus d'une demi-heure. »

Gilpin n'avait pas ajouté le second mot d'Amy au dossier – il était trop emballé par la petite culotte pour prendre cette peine. Je suis monté dans ma voiture, j'ai ouvert grand la portière et, tandis que la chaleur moite se dissipait, j'ai relu le deuxième indice de ma femme :

Regarde-moi : je suis folle de toi
L'avenir est tout sauf flou avec toi
Tu m'as emmenée ici, pour que je puisse t'écouter raconter
Tes aventures de petit garçon : jean cradingue et casquette
On emmerde les autres, pour nous ils sont largués
Et volons un baiser… comme de jeunes mariés.

C'était Hannibal, dans le Missouri, la ville natale de Mark Twain, où je travaillais l'été dans mon adolescence, quand je traversais la ville déguisé en Huck Finn, avec un vieux chapeau de paille et un pantalon faussement loqueteux en faisant des sourires canailles et en pressant les passants d'aller visiter le palais de l'Ice Cream. C'était le genre d'histoires qui font fureur dans les dîners, à New York du moins, parce que personne ne pouvait faire mieux. Personne ne pouvait jamais dire : *Ah ! oui, moi aussi.*

La « casquette » était une *private joke* : quand j'avais raconté pour la première fois à Amy que j'avais joué le rôle de Huck, nous dînions au restaurant, nous en étions à la deuxième bouteille de vin, et elle était adorablement pompette. Elle arborait son grand sourire et les joues roses qu'elle avait quand elle avait bu. Penchée en travers de la table comme si j'avais un aimant sur moi. Elle ne cessait pas de me demander si j'avais toujours la casquette, si je voudrais bien porter la casquette pour elle, et quand je lui ai demandé pourquoi, au nom de tous les saints, elle s'imaginait qu'Huck Finn portait une casquette, elle a avalé sa salive et dit : « Oh, je voulais dire un chapeau de paille ! » Comme si ces deux mots étaient complètement interchangeables. Après ça, à chaque fois qu'on regardait du tennis, on complimentait les élégants chapeaux de paille des joueurs.

Hannibal était un drôle de choix pour Amy, cependant, car je ne me rappelle pas que nous ayons passé un moment particulièrement agréable ou désagréable là-bas. Nous y étions allés une fois, voilà tout. Je me souvenais que nous nous étions baladés tranquillement, il y avait presque un an, en regardant les monuments, en lisant les pancartes et en disant : « C'est intéressant », à quoi l'autre répondait : « C'est vrai. » J'y étais retourné depuis, sans Amy (ma tendance à la nostalgie était indestructible) – j'y avais passé une journée splendide, une journée souriante, en paix avec le monde. Mais avec Amy, la visite avait été plate, machinale. Un peu gênante. Je me souviens que, lorsque j'ai commencé à raconter une histoire niaise sur une sortie scolaire que j'avais faite ici, j'ai vu ses yeux se vider ; je suis rentré dans une fureur secrète et j'ai passé dix minutes à me monter de plus en plus la tête – parce que, à ce stade de notre mariage, j'étais tellement habitué à être en colère contre elle que c'était presque jouissif, comme de ronger une cuticule : vous savez que vous feriez mieux d'arrêter, que ce n'est pas aussi agréable que vous le pensez, en vérité, mais vous ne parvenez pas à arrêter. En surface, bien sûr, elle n'avait rien vu. Nous avions continué à marcher en lisant les panneaux et en nous désignant les trucs à voir.

C'était un rappel assez terrible de la disette de bons souvenirs partagés depuis notre déménagement, que ma femme soit forcée de choisir Hannibal pour sa chasse au trésor.

Je suis arrivé à Hannibal en vingt minutes. J'ai dépassé le tribunal marmoréen datant de l'âge d'or qui désormais n'abritait plus qu'un local minuscule dans son sous-sol, et longé une série de commerces qui avaient mis la clef sous la porte – des banques communautaires en faillite et des cinémas désaffectés – pour me diriger vers le fleuve. Je me suis garé dans un parking situé sur le Mississippi, pile en face du bateau de Mark Twain. Le stationnement était gratuit (je ne manque jamais de m'extasier devant le côté inédit, la générosité des parkings gratuits). Des étendards à l'effigie de l'homme à la crinière blanche pendaient mollement aux lampadaires, les affiches se ratatinaient sous l'effet de la chaleur. C'était un jour de semaine, une journée de fournaise, mais, même ainsi, il semblait qu'Hannibal ne s'en sortait guère mieux que Carthage. Tandis que je marchais dans les quelques rues de boutiques de souvenirs – édredons, antiquités et caramels –, j'ai vu davantage de panneaux « À vendre ». La maison de Becky Thatcher était fermée en vue de rénovations qui n'avaient pas encore trouvé de financement. Pour 10 dollars, on pouvait graffer son nom sur la clôture blanchie à la chaux de Tom Sawyer, mais on ne trouvait pas preneur.

Je me suis assis sur le perron d'une boutique abandonnée. L'idée que j'avais emmené Amy à la fin de tout m'a traversé l'esprit. Nous faisions littéralement l'expérience de la fin d'un mode de vie, une expression que je n'aurais jusque-là appliquée qu'à des tribus de Nouvelle-Guinée ou des communautés de souffleurs de verre dans les Appalaches. La récession avait signé l'arrêt de mort du centre commercial. Les ordinateurs avaient signé l'arrêt de mort de l'usine Blue Book. Carthage avait fait faillite, sa ville sœur, Hannibal, cédait le terrain aux sites touristiques plus bariolés, plus criards, plus caricaturaux. Le fleuve Mississippi se faisait dévorer à rebours par les carpes asiatiques, qui remontaient le courant jusqu'au lac Michigan. L'Épatante Amy, c'était fini. C'était la fin de ma carrière, la fin de la sienne, la fin de mon père, la fin de maman. La fin de notre mariage. La fin d'Amy.

Le sifflet fantomatique du vapeur s'est élevé du fleuve. Le dos de ma chemise était trempé de sueur. Je me suis forcé à me lever. J'ai repris l'itinéraire que nous avions emprunté, Amy et moi, comme si ma femme était toujours à mes côtés. C'était également une chaude journée. *Tu es BRILLANT.* Dans mon imagination, elle marchait à côté de moi, et cette fois elle souriait. Mon estomac s'est fait tout huileux.

J'ai mentalement mené ma femme vers la principale attraction touristique. Un couple aux cheveux gris s'est arrêté pour jeter un coup d'œil à la salle d'audience du juge Thatcher, mais sans prendre la peine d'entrer. Au bout de la rue, un homme déguisé en Twain – cheveux blancs, costume blanc – est sorti d'une Ford Focus, s'est étiré, a regardé la rue solitaire et s'est engouffré dans une baraque à pizzas. Puis nous y étions, à l'édifice en bardeaux qui avait été la salle d'audience du père de Samuel Clemens. Le panneau à l'entrée disait : « J.M. Clemens, juge de paix ».

Et volons un baiser… comme de jeunes mariés.

Tu rends les choses tellement agréables, tellement simples, Amy. Comme si tu voulais vraiment que je les trouve, pour faire du bien à mon ego. Si tu continues comme ça, je vais battre mon record.

Il n'y avait personne à l'intérieur. Je me suis agenouillé sur le plancher poussiéreux et j'ai regardé sous le premier banc. Si Amy laissait un indice dans un lieu public, elle le scotchait toujours sous quelque chose, entre le vieux chewing-gum et la poussière, et elle avait toujours raison, parce que personne n'aime regarder le dessous des choses. Il n'y avait rien sous le premier banc, mais un rabat de papier dépassait du banc de derrière. Je l'ai enjambé et j'ai détaché d'un petit coup sec l'enveloppe bleu-Amy, où restait accroché un petit bout de scotch.

Bonjour, mon cher mari,

Tu l'as trouvé ! Tu es vraiment brillant. Et ça aide peut-être que j'aie décidé de ne pas faire de la chasse au trésor de cette année une marche forcée harassante à travers mes souvenirs les plus ésotériques.

J'ai pris un indice chez ton très cher Mark Twain :

« Que devrait-on faire à l'homme qui a inventé la célébration des anniversaires ? Le tuer, ce serait trop clément. »

Je le comprends enfin, ce que tu m'as dit année après année, que cette chasse au trésor devrait être un moment consacré à nous célébrer, pas un test pour vérifier si tu te rappelles tout ce que je peux penser ou dire dans l'année. On pourrait croire qu'une femme adulte s'en apercevrait toute seule, mais... je suppose que les maris sont là pour ça. Pour nous montrer ce que nous ne parvenons pas à voir par nous-mêmes, même si ça prend cinq ans.

Alors je voulais prendre un moment, sur la terre où Mark Twain a fait ses premiers pas, pour te remercier pour ton INTELLIGENCE. Tu es vraiment l'individu le plus affûté, le plus drôle que je connaisse. J'ai un souvenir sensoriel magnifique : de toutes les fois, au fil des ans, où tu m'as murmuré à l'oreille – je sens la chatouille de ton haleine sur mon lobe en t'écrivant cela – des mots qui n'étaient adressés qu'à moi, juste pour me faire rire. Quel mouvement généreux, je m'en aperçois, de la part d'un mari, d'essayer de faire rire son épouse. Et tu as toujours choisi le meilleur moment. Tu te rappelles, quand Insley et son singe savant nous ont invités pour nous présenter leur bébé, on est allés à marche forcée dans cette maison étrangement parfaite, hyper chargée en fleurs et en muffins pour bruncher et rencontrer le bébé, et ils étaient incroyablement moralisateurs et condescendants sur notre état de couple sans enfants, et, pendant ce temps, il y avait leur petit garçon hideux, couvert de traînées de bave, de purée de carottes et peut-être de merde – tout nu à part un bavoir à fanfreluches et une paire de chaussons tricotés –, et, pendant que je sirotais mon jus d'orange, tu t'es penché sur moi et tu m'as murmuré : « C'est ce que je porterai tout à l'heure. » Et j'ai littéralement craché mon jus d'orange. C'était une de ces fois où tu m'as sauvée en me faisant rire juste au bon moment. Rien qu'une olive, cela dit. Alors laisse-moi le répéter : Tu es SPIRITUEL. Maintenant embrasse-moi !

J'ai senti mon âme se dégonfler. Amy se servait de la chasse au trésor pour nous rapprocher l'un de l'autre. Et il était trop tard. Pendant qu'elle écrivait ces indices, elle n'avait pas idée de l'état d'esprit qui était le mien. *Pourquoi n'as-tu donc pas fait ça plus tôt, Amy ?*

Notre timing n'avait jamais été bon.

J'ai ouvert l'indice suivant, l'ai lu, l'ai fourré dans ma poche et suis rentré. Je savais où aller, mais je n'étais pas encore prêt. Je ne pouvais pas encaisser un autre compliment, un autre mot gentil de ma femme, une autre branche d'olivier. Mes sentiments pour elle passaient trop vite de l'amertume à la tendresse.

Je suis rentré chez Go, j'ai passé les heures qui restaient à boire du café pour me tenir éveillé, en attendant mon expédition au centre commercial en covoiturage à une heure du matin. Je piaffais, anxieux, maussade.

« Il y a forcément quelque chose que je peux faire, j'ai dit, faisant les cent pas dans le salon.

— Tu vas fouiller le centre commercial dans quelques heures », a dit Go, sans ajouter d'autres encouragements. Assise à la petite table de jeu de ma mère, elle faisait un solitaire.

« Tu as l'air de penser que c'est une perte de temps.

— Oh ! Non. Ça vaut le coup d'explorer toutes les pistes. Son of Sam[1], ils l'ont arrêté à cause d'un PV, non ? »

Go était la troisième personne qui me citait cet épisode ; ça doit être le mantra des affaires qui piétinent.

« Je ne me suis pas assez inquiété pour Amy, j'ai dit.

— Peut-être pas. » Elle a enfin levé les yeux sur moi. « T'as été bizarre.

— Je crois qu'au lieu de paniquer, je me suis focalisé sur la colère que j'ai contre elle. Parce que ça n'allait pas du tout entre nous quand c'est arrivé. C'est comme si je me sentais coupable de m'inquiéter trop, parce que je n'en ai pas le droit. Je crois.

— T'as été bizarre, je peux pas mentir. Mais c'est une situation bizarre. Je m'en fiche, comment tu es

1. Son of Sam est le surnom donné à David Berkowitz, tueur en série américain ayant sévi dans les années 1970. *(N.d.É.)*

avec moi. Mais fais attention… avec tous les autres. Les gens jugent. Vite. »

Elle est retournée à son solitaire, mais je voulais son attention, j'ai continué à parler.

« Faudrait sans doute que j'aille voir papa, un de ces jours. Je ne sais pas si je vais lui dire pour Amy.

— Non. Ne lui dis rien. Il est encore plus bizarre que toi, quand il s'agit d'Amy.

— J'ai toujours eu l'impression qu'elle devait lui rappeler une ancienne petite amie, ou un truc comme ça – celle qui est partie. Après qu'il… » J'ai fait le plongeon de la main qui signifiait son Alzheimer… « Il est devenu assez grossier et agressif mais…

— Ouais, mais il essayait un peu de l'impressionner, en même temps. Le coup classique de l'ado de 12 ans surexcité enfermé dans le corps d'un connard de 68 ans.

— Mais est-ce que les femmes ne pensent pas que tous les hommes sont des ados de 12 ans surexcités au fond du cœur ?

— Tant que le cœur tient le coup… »

À 1 h 03, Rand nous attendait juste derrière les portes coulissantes de l'hôtel. Il plissait les yeux pour nous voir arriver dans la pénombre. Les Hillsam conduisaient ; Stucks et moi, nous étions à l'arrière. Rand nous a rejoints en trottinant dans une culotte de golf en toile et un tee-shirt Middlebury repassé, s'est glissé à l'arrière avec une aisance surprenante, et s'est chargé des présentations comme s'il était le présentateur de son propre talk-show mobile tandis que nous quittions le parking à une vitesse inutile.

« Je suis vraiment désolé pour Amy, Rand, a dit Stucks par-dessus le chuintement des pneus. C'est une femme tellement gentille. Un jour, elle m'a vu en train de peindre une maison, je suais comme un pourceau en nage, eh bien, elle est allée à l'épicerie, elle m'a pris un soda géant, et elle me l'a rapporté, sur mon échelle. »

C'était un mensonge. Amy se moquait tellement de Stucks ou de son bien-être qu'elle n'aurait même pas pris la peine de pisser dans un seau pour lui.

« C'est tout à fait elle », a dit Rand, et j'ai été envahi par un agacement mal venu, pas vraiment digne d'un gentleman. C'était peut-être mon côté journaliste, mais les faits sont les faits, et les gens n'avaient pas le droit de transformer Amy en la meilleure amie de tout le monde juste parce que ça les arrangeait sur le plan affectif.

« Middlebury, hein ? a continué Stucks en désignant le tee-shirt de Rand. Super équipe de rugby.

— *Exact*, tout à fait », a dit Rand, grand sourire de nouveau aux lèvres, et lui et Stucks se sont lancés dans une improbable discussion sur le rugby par-dessus le bruit de la voiture, jusqu'à ce qu'on arrive au centre commercial.

Joe Hillsam a garé son pick-up devant le Mervyn's géant, l'un des premiers commerces du lieu. Nous avons tous sauté dehors et étiré nos jambes, puis nous nous sommes secoués pour nous réveiller. Il faisait lourd, un croissant de lune luisait dans la nuit. J'ai remarqué que Stucks portait, ironiquement sans doute, mais pas forcément, un tee-shirt qui disait : « Collectez Le Gaz De Vos Pets Dans Un Pot ».

« Donc, cet endroit, ce qu'on fait là, c'est hyper dangereux, je veux pas mentir », a commencé Mike Hillsam. Avec le temps, lui et son frère s'étaient épaissis. À eux deux, ils devaient faire dans les deux cent cinquante kilos.

« On est venus une fois, moi et Mike, juste pour… je sais pas, pour voir, je suppose, voir ce que c'était devenu, et c'est tout juste si on s'est pas fait scalper, a dit Joe. Alors ce soir, on ne prend pas de risque. » Joe a attrapé à l'arrière un long sac de toile et a descendu la fermeture Éclair pour révéler une demi-douzaine de battes de base-ball. Il a commencé à nous les distribuer solennellement. Quand il est arrivé à Rand, il a hésité.

« Heu, vous en voulez une ?

— Un peu, oui », a dit Rand, et ils ont tous hoché la tête et souri d'un air approbateur. L'énergie dans le cercle était celle d'une bonne tape dans le dos, « bravo, vieux ! » semblait dire tout le monde.

« Allons-y ! a dit Mike et il nous a guidés le long de la façade. Il y a une porte avec un verrou explosé plus loin par là, près du Spencer's. »

Juste à ce moment-là, nous sommes passés devant la vitrine obscure de Shoe-Be-Doo-Be, où ma mère avait travaillé pendant vingt-quatre ans. Je me souviens encore de notre excitation lorsqu'elle était allée poser sa candidature pour un boulot dans le nouveau centre commercial. Elle était partie un samedi matin pour le salon du recrutement dans son tailleur-pantalon pêche clair, une femme de 40 ans qui cherchait du travail pour la première fois, et elle était revenue avec un grand sourire, rouge de plaisir : nous ne pouvions pas imaginer l'animation du centre commercial, tous les magasins qu'il y avait là-bas ! Et qui sait dans lequel elle allait travailler ? Elle avait déposé sa candidature dans neuf boutiques ! Des magasins de vêtements, des magasins de hi-fi, et même un magasin spécialisé dans les pop-corn. Lorsqu'elle a annoncé une semaine plus tard qu'elle était officiellement vendeuse de chaussures, ses enfants ont été déçus.

« Tu vas être obligée de tripoter plein de pieds qui puent, a râlé Go.

— J'aurai l'occasion de rencontrer plein de gens intéressants », a corrigé maman.

J'ai jeté un coup d'œil dans la vitrine. La boutique était entièrement vide à l'exception d'un pédimètre posé sans but contre le mur.

« Ma mère travaillait ici, ai-je dit à Rand, le forçant à s'attarder avec moi.

— C'était quel genre de boutique ?

— C'était sympa, ils la traitaient bien.

— Je veux dire, ils vendaient quoi ?

— Oh ! des chaussures. Ils faisaient des chaussures.

— Des chaussures. Ça me plaît. Quelque chose dont les gens ont vraiment besoin. À la fin de la journée, tu sais vraiment ce que tu as fait : tu as vendu des chaussures à cinq personnes. C'est pas comme l'écriture, hein ?

— Dunne, amène-toi ! »

Stucks était appuyé contre la porte ouverte un peu plus loin. Les autres étaient déjà à l'intérieur.

Je m'attendais à sentir l'odeur du centre commercial : ce vide à la température contrôlée. Au lieu de ça, j'ai senti l'herbe sèche et la terre, l'odeur de l'extérieur à l'intérieur, où elle n'avait pas lieu d'être. La chaleur était lourde, presque à couper au couteau, comme l'intérieur d'un matelas. Trois d'entre nous avaient d'énormes torches de camping dont le faisceau éclairait des images discordantes : la banlieue, après la comète, après les zombies, après l'humanité. Une série d'empreintes boueuses de caddies faisaient des boucles folles sur le sol. Un raton laveur rongeait un biscuit pour chiens à l'entrée des toilettes des femmes. Ses yeux brillaient comme des pièces de 10 cents.

Le centre commercial était silencieux ; la voix de Mike résonnait, nos pas résonnaient, le ricanement ivre de Stucks résonnait. Nous ne risquions pas de faire une attaque-surprise, si attaquer est ce que nous avions en tête.

Lorsque nous sommes arrivés au niveau de l'allée centrale, le bâtiment s'est brusquement agrandi : quatre niveaux, des escalators et des ascenseurs qui se croisaient dans l'obscurité.

Nous nous sommes tous rassemblés à côté d'une fontaine asséchée et nous avons attendu que quelqu'un prenne la tête.

« Alors, les gars, a dit Rand d'un air sceptique. Quel est le programme ? Vous connaissez tous cet endroit, mais moi pas. Il faut qu'on trouve un moyen de fouiller systématiquement… »

Nous avons entendu un fracas de métal juste derrière nous.

« Hé, en voilà un ! » a gueulé Stucks. Il a dirigé sa torche sur un homme vêtu d'un imper qui jaillissait d'une boutique Claire's et s'éloignait de nous en courant à toute vitesse.

« Arrêtez-le ! » a beuglé Joe avant de se lancer à sa poursuite. Ses épaisses tennis claquaient bruyamment sur les dalles de marbre. Mike le suivait de près et les deux frères criaient d'un ton bourru – *Arrête-toi, hé, mec, on a juste une question !* L'homme ne leur a même pas accordé un coup d'œil. *J'ai dit « arrête-toi », enculé !* L'homme restait silencieux parmi les cris, mais il a pris de la vitesse, a foncé dans un couloir, son imper claquant derrière lui comme une cape, et s'est lancé dans une suite d'acrobaties : il a sauté par-dessus une poubelle renversée, s'est laissé glisser sur le rebord d'une fontaine, pour se faufiler sous un rideau de sécurité en métal et a disparu dans Gap.

« Salaud ! » Les Hillsam avaient le visage, le cou, les doigts rouge brique, comme s'ils s'apprêtaient à faire une crise cardiaque. À tour de rôle, ils se sont penchés sur la porte et efforcés de la lever en poussant des grognements.

Je les ai rejoints, mais il n'y avait pas moyen de la lever de plus de quinze centimètres. Je me suis allongé sur le sol et j'ai essayé de me glisser dessous : les orteils, les mollets sont passés, mais j'ai coincé à la taille.

« Nan, pas moyen, ai-je grogné. Merde ! » Je me suis redressé et j'ai dirigé ma torche vers l'intérieur du magasin. Le showroom était vide, à l'exception d'une pile de portemanteaux que quelqu'un avait traînés au centre, comme pour commencer un feu de joie.

« Tous les magasins donnent à l'arrière sur des passages pour l'évacuation des poubelles et la plomberie, j'ai dit. Il est sans doute à l'autre bout du centre à l'heure qu'il est.

— Sortez, bande d'enfoirés ! » a hurlé Joe, la tête en arrière, les yeux plissés.

Sa voix a résonné dans tout l'édifice. Nous avons commencé à marcher dans le centre, traînant nos battes de base-ball à côté de nous, à part les Hillsam, qui se servaient des leurs pour cogner contre les grilles de sécurité et les portes, comme s'ils étaient en patrouille militaire dans une zone de guerre particulièrement vicieuse.

« Vous feriez mieux de nous trouver avant qu'on vous trouve ! a lancé Mike. Oh, y *a quelqu'un* ? » Dans l'entrée d'une animalerie, un homme et une femme étaient recroquevillés sur quelques couvertures de l'armée, les cheveux trempés de sueur. Mike s'est avancé vers eux, la respiration lourde, en s'essuyant le front. C'était la scène dans les films de guerre où des soldats, frustrés, tombent sur des villageois innocents et où ça dégénère.

« Qu'est-ce que vous voulez, putain ? » a dit l'homme assis par terre. Il était décharné ; son visage était si maigre et fatigué qu'on aurait dit qu'il était en train de fondre. Sa tignasse emmêlée lui arrivait aux épaules, il y avait une expression lugubre dans ses yeux en amande ; un Jésus dépouillé de tout. La femme était en meilleur état, avec des bras et jambes charnus et propres, des cheveux plats et graisseux, mais brossés.

« T'es un p'tit gars de Blue Book ? a demandé Stucks.

— Je suis pas un petit gars, ça, c'est sûr, a marmonné l'homme en croisant les bras.

— Un peu de respect, bordel ! » a éclaté la femme. Puis elle a fait mine de se mettre à pleurer. Elle s'est détournée de nous, faisant semblant de regarder un point dans le lointain. « J'en ai marre que *personne* ne nous *respecte*.

— On t'a posé une question, vieux », a dit Mike, s'approchant du type. Il lui a donné un petit coup dans la plante du pied.

« Je suis pas des Blue Book, a dit l'homme. Juste pas de veine, c'est tout.

— Mon cul.

— Y a toutes sortes de gens, ici, pas seulement les gars de Blue Book. Mais si c'est eux que vous cherchez…

— Allez-y, allez-y dans ce cas, allez les trouver, a dit la femme, avec une moue dégoûtée. Allez les emmerder.

— Ils dealent dans le Trou », a dit l'homme. Et devant notre air perplexe, il nous a indiqué une direction. « Le Mervyn's tout au bout, après l'emplacement de l'ancien manège.

— Et je vous prie d'aller vous faire foutre », a marmonné la femme.

Une trace en forme de cercle marquait l'emplacement de l'ancien carrousel. Amy et moi, nous avions fait un tour de manège juste avant la fermeture du centre commercial. Deux adultes, côte à côte, lévitant sur des lapins géants, parce que ma femme avait voulu voir le centre commercial où j'avais passé une si grande part de mon enfance. Voulu entendre mes histoires. Tout n'était pas perdu entre nous.

La porte principale du Mervyn's avait été forcée, et le magasin était grand ouvert, aussi accueillant que le matin du premier jour des soldes. À l'intérieur, le local était entièrement vide, à l'exception des îlots qui accueillaient autrefois les caisses et recevaient à présent une douzaine de personnes à différents degrés de défonce, sous des pancartes qui disaient « Bijoux », « Parfumerie » et « Juniors ». Ils étaient éclairés par des lanternes de camping à gaz qui vacillaient comme des torches Tiki. Quelques-uns ont vaguement ouvert un œil à notre passage, les autres étaient trop dans le cirage. Dans le coin opposé, deux types d'à peine plus de 20 ans récitaient sur un ton maniaque le discours de Gettysburg. *Nous sommes maintenant engagés dans une grande guerre civile*… Un homme était affalé sur la moquette dans un short en jean impeccable et des tennis blanches, comme s'il s'apprêtait à se rendre au match de base-ball de son môme. L'épidémie de drogue à Carthage était plus importante que je ne l'aurais cru : les flics étaient là la veille, et les camés étaient déjà de retour, telles des mouches entêtées. Tandis que nous nous frayions un chemin entre les piles d'humains, une femme obèse nous a fait *chut !* depuis son scooter électrique. Elle avait le visage couvert de boutons et de sueur, des dents pointues de chat.

« Vous achetez ou vous vous barrez, c'est pas le lieu pour faire du tourisme. »

Stucks a braqué sa torche sur son visage.

« Je cherche ma femme, j'ai commencé. Amy Dunne. Elle a disparu depuis trois jours.

— Elle réapparaîtra. Elle va se réveiller, rentrer au bercail.

— On ne s'en fait pas pour la drogue, j'ai dit. On s'inquiétait davantage sur certains hommes qui traînent ici. On a entendu des rumeurs.

— C'est bon, Melanie », a fait une voix.

Au bout du rayon enfants, un homme grand et élancé était appuyé contre le torse d'un mannequin nu. Il nous regardait, un sourire au coin des lèvres.

Melanie a haussé les épaules, lasse et agacée, et s'est éloignée sur sa machine.

L'homme a gardé les yeux sur nous, mais a appelé en direction du fond du rayon enfants, où quatre paires de pieds dépassaient de sous les cabines d'essayage, des hommes qui avaient établi leur campement dans des box individuels.

« Hé, Lonnie ! Hé, les mecs ! Les connards sont de retour. Ils sont cinq », a dit l'homme. D'un coup de pied, il a expédié vers nous une canette de bière vide. Derrière lui, trois paires de pieds se sont mises à remuer : les hommes se levaient. La dernière est restée immobile. Leur possesseur était endormi ou dans les vapes.

« Ouais, salopards, on est de retour », a dit Mike Hillsam. Il a empoigné sa batte de base-ball comme si c'était une queue de billard et il a donné un coup entre les seins du mannequin nu. Le mannequin a chancelé, et le mec des Blue Book a retiré son bras d'un geste gracieux tandis qu'il tombait, comme si tout cela faisait partie d'une chorégraphie éprouvée. « On veut des infos sur une fille portée disparue. »

Les trois hommes des cabines d'essayage ont rejoint leurs amis. Ils portaient tous des tee-shirts de fraternités : un tee-shirt multicolore de Pi Phi, un marqué « Fiji Island ». Les Emmaüs locaux étaient inondés par ceux-ci à l'arrivée de l'été – les jeunes diplômés se débarrassaient de leurs vieux souvenirs.

Les hommes avaient tous un physique sec et nerveux : des bras musclés constellés de veines bleues saillantes. Derrière eux, un type avec une longue moustache tombante et une queue-de-cheval – Lonnie – est sorti de la plus grande cabine d'angle, traînant un long morceau de tuyau. Il portait un tee-shirt Gamma Phi. Nous avions sous les yeux le service d'ordre du centre commercial.

« Qu'est-ce qui se passe ? » a-t-il demandé.

Nous ne pouvons pas dédier, nous ne pouvons pas consacrer, nous ne pouvons pas vider cette terre… récitaient maintenant les jeunes, d'une voix qui se rapprochait d'un hurlement.

« Nous cherchons Amy Dunne, vous l'avez sans doute vue aux infos, elle a disparu depuis maintenant trois jours, a dit Joe Hillsam. Une jolie femme, gentille, enlevée à son foyer.

— J'en ai entendu parler. Et ? a dit Lonnie.

— C'est ma femme.

— On sait ce que vous manigancez ici », a poursuivi Joe, s'adressant seulement à Lonnie, qui rejetait sa queue-de-cheval derrière lui et serrait les mâchoires. Des tatouages vert passé lui couvraient les doigts. « On est au courant, pour le viol collectif.

— Viol collectif, a dit Lonnie, en rejetant la tête en arrière. Comment ça, un viol collectif, putain ?

— Vous, a dit Joe. Vous, les mecs des Blue Book, c'est vous qu'avez fait le coup.

— "Les mecs des Blue Book", comme si on était une meute, a craché Lonnie. On n'est pas des animaux, ducon. On ne viole pas les femmes. Ça arrange les gens d'éviter de culpabiliser de ne pas nous venir en aide. *Vous voyez, ils ne le méritent pas, c'est une bande de violeurs*. Eh ben, c'est *n'importe quoi*. Je me casserais de cette ville *illico* si l'usine me donnait mes arriérés de salaire. Mais j'ai que dalle. On a que dalle, tous autant qu'on est. Alors on reste là.

— On vous donnera de l'argent, une jolie somme, si vous pouvez nous dire quoi que ce soit sur la disparition d'Amy, j'ai dit. Vous connaissez beaucoup de gens, vous avez peut-être entendu dire quelque chose. »

J'ai sorti sa photo. Les Hillsam et Stucks ont eu l'air surpris et j'ai réalisé – bien sûr – que, pour eux, tout ça n'était qu'un divertissement. J'ai fourré la photo sous le nez de Lonnie, m'attendant à ce qu'il la regarde à peine. Au lieu de ça, il l'a examinée de plus près.

« Oh ! merde, a-t-il fait. *Elle ?*

— Vous la reconnaissez ? »

Il avait l'air sincèrement ébranlé.

« Elle voulait acheter un flingue. »

Amy Elliott Dunne

16 octobre 2010

Journal

Bon moiniversaire à moi ! Un mois entier sur place et je suis en passe de devenir une vraie femme du Midwest. Ouaip, je suis passée au régime sec et j'ai droit à mon jeton de trente jours. (Ici, ça serait plutôt un jeton de Monopoly.) Je prends des notes, j'honore les traditions. Je suis la Margaret Mead du bon vieux Mississippi.

Voyons, quoi de neuf? Nick et moi, nous sommes actuellement mêlés à ce que j'ai pris l'habitude d'appeler (à part moi) l'Énigme de la Pendule à Coucou. L'héritage adoré de mes parents a l'air ridicule dans la nouvelle maison. Il faut dire que c'est le cas de toutes nos affaires new-yorkaises. Notre vénérable Chesterfield éléphantesque, avec son bébé ottomane assorti, a l'air perplexe dans notre salon, comme s'il avait été endormi d'une fléchette dans son environnement naturel pour être réveillé dans cet étrange lieu de captivité, entouré de moquettes faussement chic, de bois synthétique et de murs lisses. Notre ancienne maison me manque – les bosses, les accrocs et les fissures laissées par les décennies passées. Mais le neuf, c'est bien aussi ! C'est différent, c'est tout. La pendule ne serait pas d'accord. Le coucou a lui aussi du mal à s'adapter à son nouvel espace : le petit oiseau se montre, comme soûl, dix minutes après l'heure ; dix-sept minutes avant ; quarante et une après. Il émet un gémissement agonisant – cou-crrrrooo ! – qui a chaque fois pour effet de faire sortir Bleecker de sa cachette en trottinant, les yeux fous, concentré, la queue en bataille tandis qu'il incline la tête vers les plumes en miaulant.

« Ouah ! tes parents doivent vraiment me détester », dit Nick à chaque fois que nous sommes tous deux là lorsque le bruit se fait entendre, mais il est assez malin pour ne pas recommander de nous débarrasser de la chose tout de suite. En réalité, moi aussi je veux la balancer. C'est moi (la chômeuse) qui suis à la maison toute la journée, et je n'ai rien d'autre à faire que d'attendre son cri, telle une spectatrice de cinéma tendue qui se cuirasse dans l'attente de la prochaine interjection du cinglé assis derrière elle – moitié soulagée (et c'est reparti !) et moitié en colère (et c'est reparti !) à chaque fois que ça recommence.

On a fait tout un plat de la pendule à la pendaison de crémaillère (oh, regarde ça, une pendule *antique* !) que Mama Maureen Dunne a insisté pour que nous fassions. Non, « insister », ce n'est pas le mot. Mama Mo n'insiste pas. Elle transforme simplement les choses en réalités en faisant comme si elles en étaient déjà : dès le lendemain matin de notre emménagement, lorsqu'elle est apparue sur le pas de notre porte avec une omelette de bienvenue et un pack familial de papier toilette (ce qui ne rendait pas l'omelette très engageante), elle a parlé de la pendaison de crémaillère comme d'un fait accompli : « Alors quand est-ce que vous voulez pendre la crémaillère ? Vous avez pensé à qui je dois inviter ? Vous voulez une pendaison de crémaillère ou un truc plus décontract', où on demande à tout le monde d'apporter sa bouteille ? Mais une pendaison de crémaillère traditionnelle, c'est toujours sympa. »

Et soudain, il y a eu une date, et la date, c'était hier, et la famille Dunne et ses amis ont soigneusement secoué le crachin d'octobre de leur parapluie et se sont soigneusement, consciencieusement essuyé les pieds sur le paillasson que Maureen nous avait acheté le matin même. Dessus, il y a écrit : « Tous ceux qui entrent ici sont des amis ». Il vient de Costco. J'ai tout appris sur le shopping en gros au cours de mes quelques semaines de résidence près du fleuve Mississippi. Les républicains vont à Sam's Club, les démocrates vont à Costco. Mais tout le monde achète en gros parce que – à l'inverse des habitants de Manhattan – ils ont tous assez de place pour stocker vingt-quatre pots de cornichons aigres-doux. Et – à l'inverse des habitants de Manhattan – ils savent tous quoi faire de vingt-quatre pots de cornichons aigres-doux. (Aucune réunion n'est complète sans un plateau garni de cornichons et d'olives espagnoles sorties du pot. Et une pierre à lécher.)

Je plante le décor : c'est une de ces journées pleines d'odeurs, où les gens apportent l'extérieur avec eux, l'odeur de la pluie sur leurs manches, dans leurs cheveux. Les femmes plus âgées – les amies de Maureen – offrent des plats maison dans des boîtes en plastique couvertes d'alu qui peuvent passer au lave-vaisselle et qu'elles réclameront par la suite. Et sans relâche. Je sais, maintenant, que je suis censée laver les boîtes et les déposer une par une chez leur propriétaire – expédition covoiturage pour Tupperwares – mais, quand je suis arrivée, j'ignorais tout du protocole. J'ai consciencieusement recyclé toutes les boîtes, aussi ai-je dû aller en acheter d'autres et les déposer chez toutes ces femmes, une par une. La meilleure amie de Maureen, Vicky, a immédiatement remarqué que son Tupperware était tout neuf, acheté en magasin, un imposteur, et, lorsque j'ai expliqué mon embarras, elle a écarquillé les yeux de stupéfaction : Alors on fait *comme ça*, à New York.

Mais la crémaillère : les femmes les plus âgées sont des amies de Maureen d'anciennes réunions de parents d'élèves, de clubs de lecture, du Shoe-Be-Doo-Be au centre commercial, où elle a passé près de vingt-cinq ans à enfiler des chaussures bien sages à talons carrés à des femmes d'un certain âge. (Elle peut dire la taille d'un pied d'un coup d'œil – 38 femme, étroit ! –, c'est son grand truc dans les soirées.) Elles adorent toutes Nick, elles ont toutes des anecdotes à raconter sur des trucs gentils que Nick a faits pour elles au fil des années.

Les femmes plus jeunes, les femmes qui représentent le réservoir des amies possibles d'Amy, portent toutes le même carré dégradé sur cheveux teints en blond, les mêmes mules. Ce sont les filles des amies de Maureen, elles adorent toutes Nick et elles ont toutes des anecdotes à raconter sur des trucs gentils que Nick a faits pour elles au fil des années. La plupart d'entre elles sont au chômage suite à la fermeture des boutiques du centre commercial, ou bien ce sont leurs maris, aussi m'offrent-elles toutes des recettes « faciles et pas chères » qui en général consistent en un ragoût à base de soupe en boîte, de beurre et de chips.

Les hommes sont gentils et calmes, ils s'accroupissent en cercle pour parler de sport et m'adressent des sourires bienveillants.

Tout le monde est sympa. Ils sont, littéralement, *aussi sympas qu'ils le peuvent.* Maureen, la cancéreuse la plus énergique de la région, me présente à toutes ses amies comme on montrerait un nouvel animal familier un peu dangereux : « C'est Amy, la femme de Nick, qui est *née et a grandi* à New York. » Et ses amies, girondes et accueillantes, souffrent immédiatement d'un étrange épisode du syndrome de la Tourette : elles répètent les mots – *New York !* –, les mains jointes, et ajoutent quelque chose qui défie toute réponse : *Ça devait être super.* Ou, d'une voix suraiguë, elles entonnent « New York, New York » en se balançant d'un pied sur l'autre et en esquissant un timide salut de music-hall. L'amie de Maureen du magasin de chaussures, Barb, s'exclame d'une voix traînante : « Nouille *York* Ceeety ! Sortez la corde », et, quand je la dévisage sans comprendre, elle ajoute : « Oh, ça vient d'une vieille pub pour la sauce barbecue ! », et, comme je ne fais toujours pas le lien, elle rougit, met une main sur mon bras et dit : « Je ne vous pendrai pas, en fait, hein. »

Au final, tout le monde se perd en gloussements et avoue ne jamais être allé à New York. Ou bien elles y sont allées – une fois – et ça ne leur a pas tellement plu. Alors je dis un truc du genre : *Ça vous plairait* ou *Ça ne peut pas plaire à tout le monde, c'est clair*, ou *Mmmm*, parce que je suis à court d'idées.

« Sois sympa avec les gens, Amy », me crache Nick à l'oreille pendant que nous remplissons les verres dans la cuisine (les gens du Midwest aiment boire deux litres de soda. Toujours deux litres, et on les verse dans des grands verres en plastique rouge. Toujours).

« *Je le suis* », je gémis. Je suis vraiment blessée, parce que si on demandait à n'importe qui dans la pièce si je suis sympa, ils diraient oui, je le sais.

Il m'arrive d'avoir l'impression que Nick a décidé que j'étais une version de moi qui n'existe pas. Depuis que nous avons emménagé, j'ai fait des sorties entre filles et des marches de bienfaisance, j'ai cuisiné des petits plats pour son père et j'ai aidé à vendre des billets de tombola. J'ai donné le reste de mon argent à Nick et Go pour qu'ils puissent acheter le bar dont ils rêvaient, et j'ai même mis le chèque dans une carte en forme de chope de bière – À la vôtre ! –, et Nick ne m'a accordé qu'un merci du bout des lèvres. Je ne sais pas quoi faire. Je fais des efforts, pourtant.

Nous apportons les sodas, je souris et ris encore plus fort, je suis l'image même de la grâce et de la bonne humeur, je demande à tout le monde si je peux leur apporter quelque chose, je complimente les femmes sur leurs salades d'ambroisie, leurs rillettes de crabe, leurs bouchées de cornichon au cream cheese et au salami.

Le père de Nick arrive avec Go. Ils se tiennent en silence sur le pas de la porte, c'est du gothique du Midwest : Bill Dunne, sec comme un coup de trique et encore beau, avec un petit pansement sur le menton, et Go, l'air sinistre, des barrettes dans les cheveux, qui évite le regard de son père.

« Nick », dit Bill Dunne en lui serrant la main. Et il entre en me regardant d'un air mauvais. Go le suit, prend le bras de Nick et l'entraîne de nouveau derrière la porte en murmurant : « Je sais pas du tout où il est, là, dans sa tête. Si c'est un jour sans ou c'est qu'il fait exprès de jouer au con. Je sais pas du tout.

— OK, OK. T'en fais pas, je vais le tenir à l'œil. »

Go hausse les épaules, agacée.

« Je suis sérieux, Go. Prends-toi une bière et fais une petite pause. T'es relevée de tes obligations vis-à-vis de papa pour l'heure qui vient. »

Et je me dis : si c'était moi, il m'accuserait d'être trop sensible.

Les femmes les plus âgées ne cessent de tourbillonner autour de moi, elles me racontent que Maureen a toujours dit que nous étions un très beau couple, et qu'elle a raison : nous sommes faits l'un pour l'autre, c'est une évidence.

Je préfère ces clichés bien intentionnés au discours dont on nous a rebattu les oreilles avant notre mariage. *Le mariage, c'est des compromis et des efforts, et encore des efforts, et de la communication, et des compromis.* Vous qui entrez ici, abandonnez toute espérance.

Notre fête de fiançailles à New York a été la pire sur ce plan-là, tous les invités étaient échauffés par le vin et le ressentiment, comme si tous les couples mariés s'étaient engueulés sur le chemin du club. Ou s'étaient *rappelés* une engueulade. Comme Binks. Binks, la mère, âgée de 88 ans, de la meilleure amie de ma mère, qui m'avait arrêtée devant le bar et avait braillé : « Amy ! Faut que je te parle », comme si elle se trouvait dans une salle des urgences. Sans cesser de tortiller ses bagues précieuses sur ses doigts aux jointures gonflées – produisant un crissement bizarre –, elle m'a caressé le bras (cette façon qu'ont les vieux de vous tripoter – des doigts froids qui convoitent votre peau douce, belle, chaude, neuve) et m'a raconté que feu celui qui avait été son mari pendant soixante-trois ans « avait tendance à être un sacré queutard ». Elle a dit ça avec un de ces sourires qui signifient : *Je suis presque morte, je peux dire ce que je veux maintenant*, et des yeux voilés par la cataracte. « C'était un sacré queutard », a dit la vieille dame d'un ton insistant, tandis que sa main glaçait mon bras en une étreinte mortelle. « Mais il m'aimait plus que toutes ces bonnes femmes. *Je* le sais et *tu* le sais. » La morale de l'histoire était la suivante : M. Binks était un veule coureur, mais, hé ! tu sais, le mariage, c'est une affaire de compromis.

J'ai battu rapidement en retraite et me suis mise à circuler dans la foule, souriant à une série de visages ridés qui arboraient ces yeux bouffis, épuisés, déçus qui s'installent chez les gens vers la cinquantaine… et tous les visages étaient comme ça. La plupart des gens étaient soûls, ils esquissaient des pas de danse de leur jeunesse – se balançant mollement sur ce qu'on appelle du funk dans un country-club – et ça semblait encore pire. Je me dirigeais vers la porte-fenêtre pour prendre l'air, quand une main m'a serré le bras. C'était la mère de Nick, Mama Maureen, avec ses grands yeux noirs perçants, son visage de carlin enthousiaste. Tout en enfournant une poignée de crackers et de fromage de chèvre dans sa bouche, elle a réussi à dire : « Ce n'est pas facile, de se mettre en couple avec quelqu'un pour toujours. C'est une chose admirable, et je suis contente que vous le fassiez, mais, laisse-moi te dire, il y aura des jours où tu le regretteras. Et ce sera la belle époque, quand ce sera seulement des *jours* de regret, et pas des *mois*. » J'ai dû prendre un air choqué – j'étais choquée, c'est certain – parce qu'elle a bien vite ajouté : « Mais il y a aussi des bons moments. Je sais que vous allez en avoir. *Vous deux*. *Beaucoup* de bons moments. Alors ignore-moi, mon chou, oublie ce que je viens de dire, je suis juste une vieille divorcée qui radote. Oh, mince ! je crois que j'ai bu trop de vin. » Elle m'a fait un petit signe et s'est enfuie parmi tous les autres couples déçus.

« Vous n'avez rien à faire ici, a soudain dit Bill Dunne, et c'est à moi qu'il s'adressait. Pourquoi êtes-vous là ? Vous n'avez pas le droit d'être là.

— C'est moi, Amy », ai-je dit en lui touchant le bras comme si ça pouvait le réveiller.

Bill m'a toujours bien aimée ; même s'il ne trouvait rien à me dire, je sentais qu'il m'aimait bien, à sa façon de me regarder comme si j'étais un oiseau rare. À présent, il se renfrogne et bombe le torse. C'est la caricature d'un jeune marin qui s'apprête à se battre. À quelques mètres de nous, Go pose son assiette et se tient prête à s'avancer vers nous, silencieusement, comme si elle essayait d'attraper une mouche.

« Que faites-vous dans notre maison ? dit Bill Dunne avec une grimace hideuse. Vous avez du culot, madame.

— Nick ? souffle Go, pas fort, mais avec insistance.

— Je m'en occupe, répond Nick qui apparaît soudain. Papa, dis, c'est ma femme, Amy. Tu te souviens d'Amy ? On est revenus s'installer au pays pour vous voir plus souvent. C'est notre nouvelle maison. »

Nick me fusille du regard : c'est moi qui ai insisté pour inviter son père.

« Tout ce que je dis, Nick, dit Bill Dunne, qui agite maintenant un index rageur vers mon visage, tandis que le silence se fait dans la fête et que plusieurs hommes s'avancent lentement, précautionneusement, les mains agitées de petites saccades, prêts à intervenir. C'est qu'*elle*, *elle* n'a rien à faire ici. Cette petite salope se croit tout permis. »

Mama Mo s'interpose soudain. Elle passe un bras autour de la taille de son ex-mari et se montre, comme toujours, à la hauteur.

« Bien sûr que si, elle a toutes les raisons d'être là, Bill. C'est sa maison. C'est la femme de ton fils. Tu te souviens ?

— Je veux qu'elle sorte d'ici, tu m'entends, Maureen ? » Il l'écarte d'un haussement d'épaules et recommence à avancer vers moi. « Pauvre salope. Pauvre salope. »

Il est difficile de dire s'il parle de moi ou de Maureen, mais il me regarde en pinçant les lèvres : « Vous n'avez rien à faire ici.

— Je m'en vais », je dis. Et je fais volte-face, je prends la porte sans me retourner, et je sors sous la pluie. *De la bouche des malades d'Alzheimer*, je me dis, essayant de prendre la chose à la légère. Je fais une boucle dans le lotissement, attendant que Nick apparaisse pour me ramener chez nous. La pluie m'éclabousse doucement, me trempe peu à peu. Je crois vraiment que Nick va venir me chercher. Je me retourne vers la maison et ne vois qu'une porte fermée.

NICK DUNNE

Quatre jours après

Nous étions assis, Rand et moi, dans le QG désert du Comité pour retrouver Amy Dunne, il était 4 heures du matin, nous buvions du café tandis qu'Amy nous observait de son perchoir – l'affiche sur le mur. Sa photo, soudain, avait l'air bouleversé.

« Ce que je ne comprends pas, c'est pourquoi elle ne t'aurait rien dit si elle avait peur, dit Rand. Pourquoi elle ne t'aurait rien dit ? »

Amy était allée au centre commercial un mois plus tôt à peu près pour acheter un revolver, c'est ce qu'avait dit notre ami Lonnie. Elle était un peu confuse, un peu nerveuse. *Peut-être que je me fais des idées mais… je crois vraiment qu'il me faut un revolver.* Mais surtout, elle avait peur. Quelque chose la perturbait, a-t-elle dit à Lonnie. Elle n'a pas donné plus de détails, mais, lorsque Lonnie lui a demandé quel genre d'arme elle voulait, elle a dit : *Une arme qui peut arrêter quelqu'un instantanément.* Il n'avait pas pu lui en trouver une (« C'est pas vraiment mon rayon, hein ! »), mais maintenant il le regrettait. Il tenait sa photo avec grand soin, comme s'il ne voulait pas la salir, et il avait l'air vraiment retourné.

« De qui aurait-elle peur ? a demandé Rand.

— Parle-moi encore de Desi, Rand. Tu l'as déjà rencontré ?

— Il est venu à la maison quelques fois, a dit Rand en fronçant les sourcils pour fouiller sa mémoire. Il était beau gosse, ce gamin, il était très attentionné avec Amy – il la traitait comme une princesse. Mais je ne l'ai jamais aimé, je ne sais pas pourquoi. Même quand les choses se passaient bien entre eux – un amour naissant, le premier amour d'Amy –, je ne l'aimais pas. Il était très grossier avec moi, sans raison apparente. Très possessif avec Amy, tout le temps cramponné à elle. Je trouvais ça bizarre, très bizarre qu'il n'essaie pas de sympathiser avec nous. En général, les jeunes essaient de faire bonne impression sur les parents.

— Moi, je voulais. »

Il a souri : « Et tu as réussi ! Tu étais nerveux juste ce qu'il faut, c'était très mignon. Desi était tout simplement désagréable.

— Il habite à moins d'une heure d'ici.

— Exact. Et Hilary Handy ? a dit Rand en se frottant les yeux. Je ne dis pas ça par sexisme – mais elle était plus inquiétante que Desi. Parce que ce Lonnie, au centre commercial, il n'a pas dit que c'est d'un homme dont avait peur Amy.

— Non, il a juste dit qu'elle avait peur. Il y a *aussi* cette Noelle Hawthorne – celle qui habite à côté de chez nous. Elle a dit à la police qu'elle était la meilleure amie d'Amy. Je sais pertinemment que c'est faux. Elles n'étaient même pas *amies*. Son mari dit qu'elle est dans tous ses états. Qu'elle regarde des photos d'Amy en pleurant. Sur le coup, j'ai pensé que c'étaient des photos sur Internet, mais… et si c'étaient des vraies photos qu'elle aurait d'Amy ? Et si elle était obsédée par elle et qu'elle la harcelait ?

— Elle a essayé de me parler hier mais j'étais un peu occupé, a dit Rand. Elle m'a cité *L'Épatante Amy*. *L'Épatante Amy et la Guerre des meilleures amies*, d'ailleurs. "Nos meilleurs amis, ce sont ceux qui nous aident quand nous en avons le plus besoin."

— On dirait Hilary, j'ai dit. Version adulte. »

Nous avons retrouvé les flics juste après 6 heures du matin dans une chaîne de pancakes sur la nationale pour les mettre au défi : c'était ridicule que nous nous retrouvions à faire leur boulot. C'était insensé que ce soit nous qui trouvions des pistes. S'ils ne s'en sortaient pas tout seuls, il était temps de faire intervenir le FBI.

Une serveuse rondouillarde aux yeux couleur d'ambre a pris notre commande, nous a servi du café et, m'ayant visiblement reconnu, s'est attardée à portée d'oreille jusqu'à ce que Gilpin la chasse. Elle était comme une mouche déterminée, cela dit : entre les rabs de café, la distribution des ustensiles et la rapidité magique de l'apparition de nos assiettes, toute notre harangue est sortie en salves molles, hachées. *C'est inacceptable... plus de café, non merci… c'est incroyable que... euh, d'accord, farine de seigle, parfait…*

Avant qu'on ait terminé, Boney nous a interrompus. « Je vous comprends, c'est naturel de vouloir se sentir impliqué. Mais ce que vous avez fait, c'est dangereux. Vous devez nous laisser nous charger de ce genre de choses.

— C'est bien ça le problème, justement, c'est que vous ne le faites pas. Vous n'auriez jamais eu cette information sur le revolver si on n'était pas allés sur place la nuit dernière. Qu'est-ce qu'il a dit, Lonnie, quand vous l'avez interrogé ?

— La même chose que vous dites qu'il a dite, a dit Gilpin. Amy voulait acheter un revolver, elle avait peur.

— Vous n'avez pas l'air tellement impressionnés par cette information, ai-je répliqué d'un ton cinglant. Vous pensez qu'il a menti ?

— On ne pense pas qu'il a menti, a dit Boney. Ce type n'a aucune raison de chercher à attirer l'attention de la police sur lui. En fait, il avait l'air très marqué par votre femme. Très… je ne sais pas, ébranlé qu'il lui soit arrivé une chose pareille. Nick, il a dit qu'elle portait un foulard vert ce jour-là. Vous savez, pas une écharpe, un foulard. » Elle a fait voleter ses doigts pour montrer qu'elle pensait que la mode était enfantine, indigne de son attention. « Vert émeraude. Ça vous dit quelque chose ? »

J'ai hoché la tête. « Elle en a un, elle le porte souvent quand elle met un jean. »

Ils ont haussé les épaules : comme ça, le problème est réglé.

« Vous ne pensez pas qu'il ait pu être tellement impressionné par elle qu'il l'aurait… kidnappée ?

— Il a un alibi. Solide comme un roc, a dit Boney en me jetant un regard appuyé. À dire vrai, nous avons commencé à chercher… un autre genre de mobile.

— Quelque chose de plus… personnel », a ajouté Gilpin. Il a jeté un regard dubitatif à ses pancakes recouverts de fraises et de nuages de crème fouettée. Il s'est mis à pousser la garniture sur le rebord de son assiette.

« Plus personnel. Alors est-ce que ça signifie que vous allez enfin interroger Desi Collings ou Hilary Handy ? Ou faut-il que je m'en charge ?

— Bien sûr, on va le faire », a dit Boney. Elle parlait de la voix lénifiante qu'emploie une gamine pour promettre à son enquiquineuse de mère qu'elle va manger plus sainement. « Nous doutons que ça soit une piste – mais on va les interroger.

— Ah ! eh bien, super, merci de faire votre boulot, enfin plus ou moins. Et Noelle Hawthorne ? Si vous voulez quelqu'un qui soit près de la maison... elle est pile dans notre lotissement, et elle a l'air un peu obsédée par Amy.

— Je sais, elle nous a appelés, et elle est sur notre liste, a approuvé Gilpin.

— Bien. Qu'est-ce que vous comptez faire d'autre ?

— Nick, en fait, on aimerait bien que vous nous consacriez un peu de temps, qu'on fasse appel à vos lumières, a dit Boney. Les époux en savent souvent plus long qu'ils ne le réalisent. Nous aimerions que vous pensiez un peu plus à la dispute – l'engueulade de tous les diables entre vous et Amy que votre voisine, Mme, euh, Teverer, a entendue la nuit précédant la disparition d'Amy. »

Rand a tourné la tête vers moi dans un sursaut.

Jan Teverer, la chrétienne aux ragoûts, qui ne voulait plus me regarder dans les yeux.

« Je veux dire, est-ce que ça pourrait être parce que – je sais que c'est difficile d'entendre ça, monsieur

Elliott –, parce qu'elle avait pris quelque chose ? » a demandé Boney. L'air innocent. « Vous comprenez, elle a pu être *effectivement* en contact avec des éléments peu recommandables de notre ville. Il y a beaucoup d'autres dealers. Peut-être qu'elle s'est laissé déborder et que c'est pour ça qu'elle voulait un revolver. Il doit y avoir une raison, si elle veut un revolver pour se protéger et qu'elle n'en parle pas à son mari. Et, Nick, nous aimerions que vous réfléchissiez mieux à où vous étiez entre cette heure – l'heure de la dispute, vers une heure du matin, et la dernière fois que quelqu'un a entendu la voix d'Amy…

— À part moi.

— À part vous… et midi, quand vous êtes arrivé dans votre bar. Si vous étiez dehors dans cette ville, si vous êtes allé au parc en voiture, que vous vous êtes baladé vers les quais, quelqu'un a dû vous voir. Même si c'était juste quelqu'un qui promenait son chien, vous comprenez. Si vous pouvez nous aider, je crois que ça serait très…

— Utile », a fini Gilpin. Il a piqué une fraise avec sa fourchette.

Ils me regardaient tous deux avec attention, sympathie. « Ça serait super utile », a répété Gilpin sur un ton plus aimable. C'était la première fois que j'entendais parler de la dispute – que j'apprenais qu'ils étaient au courant – et ils choisissaient de me le dire devant Rand, et ils faisaient comme s'ils n'étaient pas en train de refermer un piège sur moi.

« Bien sûr, j'ai dit.

— Ça vous dérange de nous dire à quel sujet c'était ? a demandé Boney. La dispute ?

— Elle vous a dit quoi, Mme Teverer ?

— Je détesterais la croire sur parole alors que je vous ai là devant moi. » Elle a versé de la crème dans son café.

« C'était une dispute tellement absurde. C'est pour ça que je n'en ai jamais parlé. On se chamaillait, comme ça arrive dans tous les couples. »

Rand m'a regardé comme s'il ne voyait pas du tout de quoi je pouvais bien parler : se chamailler ? Qu'est-ce que ça signifie, ce mot que tu emploies ?

J'ai menti : « C'était juste au sujet… du dîner. De ce qu'on ferait pour le dîner le soir de notre anniversaire. Vous savez, Amy est traditionaliste sur ce genre de choses…

— Le homard ! » a coupé Rand. Il s'est tourné vers les flics. « Amy fait du homard pour Nick tous les ans.

— Exact. Mais il n'y a pas moyen de trouver du homard ici, pas vivant, pas tout juste sorti de l'aquarium, alors elle était déçue. J'avais la réservation au Houston's…

— Je croyais que tu avais dit que tu n'avais *pas* la réservation pour le Houston's, a dit Rand, la mine sévère.

— Ah ! oui, pardon, je mélange tout. J'avais juste pensé qu'on pourrait réserver au Houston's. Mais en fait, j'aurais dû me débrouiller pour faire venir du homard par avion. »

Les flics Boney et Gilpin, en même temps, ont involontairement levé un sourcil. *Quelle sophistication.*

« Ce n'est pas si cher que ça. Bref… On n'arrivait pas à tomber d'accord, et c'était le genre de disputes qui prennent des proportions pour rien. » J'ai pris une bouchée de pancake. Je sentais la chaleur qui se dégageait de mon cou. « Une heure plus tard, on en rigolait.

— Hum, c'est tout ce qu'a dit Boney.

— Et vous en êtes où de la chasse au trésor ? » a demandé Gilpin.

Je me suis levé, j'ai posé de l'argent sur la table, prêt à partir. Ce n'était pas à moi de jouer en défense, là. « Nulle part encore – c'est difficile de réfléchir posément avec tout ce qui se passe.

— OK, a dit Gilpin. Il est moins probable que la chasse au trésor soit une piste, maintenant qu'on sait qu'elle se sentait déjà menacée il y a un mois. Mais tenez-moi au courant, OK ? »

Nous sommes tous sortis dans la chaleur, à pas traînants. Quand nous sommes montés en voiture, Rand et moi, Boney a lancé : « Hé, Nick, elle fait toujours du 36, Amy ? »

Je l'ai regardée sans comprendre.

« Sa taille ?

— Oui, je crois. Oui. C'est ça. »

Boney a répondu d'une grimace et est montée dans sa voiture.

« C'était quoi, ce cinéma, d'après toi ? a demandé Rand.

— Avec ces deux-là, qui sait ? »

Nous sommes restés silencieux la plus grande partie du trajet jusqu'à l'hôtel. Rand regardait par la vitre les rangées de fast-foods qui défilaient, tandis que je pensais à mon mensonge – à mes mensonges. Nous avons dû tourner pour trouver une place au Days Inn ; apparemment, la convention de comptables marchait du tonnerre.

« Tu sais, c'est bizarre, je suis très provincial, moi qui ai passé toute ma vie à New York, a dit Rand, la main sur la poignée. Quand Amy a parlé de venir s'installer ici, au bord du vieux Mississippi, avec toi, je me suis imaginé… de la verdure, des terres, des pommiers et des vieilles granges rouges. Mais faut que je te dise, c'est très moche, en fait, ici. » Il a ri. « Je n'arrive pas à penser à une seule belle chose dans toute cette ville. À part ma fille. »

Il est sorti et s'est dirigé à grands pas vers l'hôtel. Je n'ai pas essayé de le rattraper. J'ai attendu un instant puis je suis entré dans le QG et me suis installé à une table isolée vers le fond de la salle. Il fallait que je termine rapidement la chasse au trésor, que je découvre où Amy avait voulu m'emmener. Après quelques heures de présence ici, je m'attaquerais à l'indice n° 3. Entre-temps… j'ai composé un numéro.

« Oui », a fait une voix impatiente. Un bébé pleurait dans le fond. J'ai entendu la femme écarter une mèche de cheveux de son visage d'un souffle.

« Bonjour, est-ce que… vous êtes bien Hilary Handy ? »

Elle a raccroché. J'ai rappelé.

« Allô ?

— Bonjour, je crois qu'on a été coupés.

— Je ne veux pas être démarchée…

— Hilary, je n'ai rien à vendre. J'appelle au sujet d'Amy Dunne… Amy Elliott. »

Silence. Le bébé a braillé de nouveau, un vagissement qui hésitait entre le rire et la crise de rage.

« Eh bien ?

— Je ne sais pas si vous l'avez vu à la télé, mais elle a disparu. Ça fait quatre jours qu'elle a disparu maintenant, et c'est possible que ce soit dans des circonstances violentes.

— Oh ! Je suis désolée.

— Je suis Nick Dunne, son mari. J'appelle ses vieux amis.

— Ah bon ?

— Je me demandais si vous aviez eu des contacts avec elle. Récemment. »

Elle a respiré dans le téléphone, trois profondes respirations.

« Est-ce que c'est à cause de… de ces conneries de l'époque du lycée ? » Plus loin, une voix geignarde d'enfant : *Ma-man, j'ai besoin de toi.*

« Une minute, Jack », a-t-elle lancé dans le vide derrière elle. Puis elle est revenue à moi avec une voix chauffée à blanc : « C'est pour ça ? C'est pour ça que vous m'appelez ? Parce qu'il y a vingt ans qui sont passés, bordel !

— Je sais, je sais. Écoutez, je suis obligé de demander. Je serais un vrai con si je ne demandais pas.

— Non mais, putain de bordel de merde ! J'ai *deux* enfants, maintenant. Je n'ai pas parlé à Amy depuis le lycée. J'ai retenu ma leçon. Si je la croisais dans la rue, je courrais en sens inverse. » Le bébé a crié. « Je dois y aller.

— Juste une question rapide, Hilary. »

Elle a raccroché, et immédiatement mon deuxième téléphone s'est mis à sonner. Je l'ai ignoré. Il fallait que je trouve un endroit pour planquer cette saloperie.

Je sentais une présence, féminine, près de moi, mais je n'ai pas levé les yeux, espérant qu'elle s'en aille.

« Pauvre chou. Il est à peine midi, et on dirait déjà que vous avez eu une longue journée. »

Shawna Kelly. Elle avait relevé ses cheveux sur le haut de son crâne en une queue-de-cheval de collégienne. Elle a avancé vers moi ses lèvres couvertes de gloss, en une moue de sympathie.

« Vous êtes prêt pour un morceau de tourte aux Fritos ? » Elle portait un plat creux, qu'elle tenait juste sous ses seins. Le scellofrais était taché de condensation. Elle a prononcé ces mots comme si elle était la vedette d'une vidéo de glam metal des années 1980 : Tu veux goûter ma *tourte* ?

« J'ai pris un petit déjeuner copieux. Mais merci. C'est très gentil de votre part. »

Au lieu de s'en aller, elle s'est assise. Sous sa jupette turquoise, ses jambes étaient si bien imbibées de lotion qu'on se voyait dedans. Elle m'a donné un petit coup avec le bout d'une tennis immaculée.

« Vous dormez, mon petit ?

— Je tiens le coup.

— Il faut dormir, Nick. Vous ne pouvez servir à rien si vous êtes épuisé.

— Je vais peut-être partir dans un petit moment, voir si je peux grappiller quelques heures de sommeil.

— À mon avis, vraiment, vous devriez. »

J'ai soudain éprouvé une fervente gratitude pour elle. C'était mon côté fils à sa maman qui reprenait le dessus. Dangereux. *Arrête ça, Nick.*

J'attendais qu'elle s'en aille. Il fallait qu'elle s'en aille – les gens commençaient à nous regarder.

« Si vous voulez, je peux vous ramener chez vous tout de suite, a-t-elle dit. Une sieste, c'est exactement ce qu'il vous faut. »

Elle a avancé la main pour me toucher le genou et j'ai ressenti une montée de colère en voyant qu'elle ne comprenait pas qu'il fallait qu'elle s'en aille. *Oublie-moi avec ta tourte, espèce de salope de groupie collante, et fous le camp !* Mon côté fils à papa, qui reprenait le dessus. Guère mieux.

« Pourquoi vous n'allez pas voir comment va Marybeth ? ai-je fait brusquement, et j'ai désigné ma belle-mère à la photocopieuse, qui reproduisait inlassablement le portrait d'Amy.

— OK. » Elle s'est attardée, aussi me suis-je mis à l'ignorer ouvertement. « Je vais vous laisser, alors. J'espère que la tourte vous plaira. »

Ma rebuffade l'avait piquée, je l'ai vu, car elle ne m'a pas regardé dans les yeux en partant, elle a juste fait demi-tour et s'est éloignée d'un pas nonchalant. Je m'en suis voulu, j'ai hésité à m'excuser, à faire la paix. *Ne rappelle pas cette femme*, me suis-je ordonné.

« Des nouvelles ? » C'était Noelle Hawthorne, qui venait occuper l'espace tout juste libéré par Shawna. Elle était plus jeune que cette dernière, mais elle paraissait plus vieille – un corps grassouillet avec des monticules austères et écartés en guise de seins. L'air mécontent.

« Rien pour l'instant.

— Apparemment, vous prenez bien la chose, vous, hein ? »

J'ai secoué la tête dans sa direction, ne sachant que dire.

« Vous savez seulement qui je suis ?
— Bien sûr. Vous êtes Noelle Hawthorne.
— Je suis la *meilleure* amie d'Amy ici. »

Il fallait que je le rappelle à la police : il n'y avait que deux possibilités au sujet de Noelle. Soit c'était une salope, prête à tout pour un peu de publicité – elle trouvait que ça faisait classe d'être copine avec une femme disparue –, soit c'était une folle. Une obsessionnelle, déterminée à sympathiser avec Amy, et quand Amy l'avait esquivée…

« Vous avez des renseignements, sur Amy, Noelle ?
— Bien sûr que j'en ai, *Nick.* C'était ma *meilleure amie.* »

Nous nous sommes toisés pendant quelques secondes.

« Vous avez l'intention de les partager ?
— La police sait où me trouver. S'ils se décident un jour.
— C'est une aide précieuse, Noelle. Je m'assurerai qu'ils viennent vous parler. »

Ses joues ont viré au rouge vif, telles deux taches de couleur expressionnistes.

Elle est partie. L'idée désagréable m'est venue à l'esprit, une de celles qui jaillissaient contre ma volonté. J'ai pensé : *Les femmes sont cinglées, putain.* Pas de qualificatif : pas *certaines* femmes, ou *beaucoup de* femmes. Les femmes sont cinglées.

À la nuit noire, complètement, je suis parti pour la maison vide de mon père, l'indice d'Amy sur le siège à côté de moi.

Peut-être te sens-tu coupable de m'amener ici
Je dois reconnaître que ça me fait un peu bizarre
Mais ce n'est pas comme si on avait beaucoup de choix
Nous avons pris notre décision : nous en avons fait notre espace
Menons notre amour à cette petite maison brune
Fais-moi voir un peu tes bonnes œuvres : ton épouse ardente !

Celui-ci était plus cryptique que les autres, mais j'étais sûr tout de même de l'avoir déchiffré correctement. Amy me donnait Carthage, me pardonnait enfin pour notre installation ici : *Peut-être te sens-tu coupable de m'amener ici... mais nous en avons fait notre espace*. La petite maison brune, c'était la maison de mon père, qui, en fait, était bleue, mais Amy faisait encore une *private joke*. C'est toujours ce que j'avais préféré, nos *private jokes* – elles me donnaient toujours le sentiment d'être plus proche d'Amy que toutes les heures du monde à s'avouer nos secrets les plus intimes, à faire l'amour passionnément ou à parler jusqu'au lever du soleil. L'histoire de la petite maison brune concernait mon père, et Amy était la seule personne à qui je l'avais jamais dit : qu'après le divorce je le voyais tellement petit que j'avais décidé de le considérer comme un personnage d'un livre pour enfants. Il n'était pas mon véritable père – qui m'aurait aimé et aurait passé du temps avec moi – mais une figure bienveillante et vaguement importante du nom de M. Brown, qui faisait des choses très importantes pour les États-Unis, et qui, (très) occasionnellement, m'utilisait comme couverture afin de garder l'anonymat en ville. Amy avait eu les larmes aux yeux quand je lui avais raconté cette histoire, que je n'avais pas racontée pour ça, que j'avais racontée pour illustrer que *les gamins sont bizarres.* Elle m'a dit qu'elle était ma famille, maintenant – qu'elle m'aimait assez pour rattraper dix pères merdiques, et que, maintenant, les Dunne, c'étaient *nous*, nous deux. Puis elle m'a murmuré à l'oreille : « Mais j'ai une mission qui pourrait te faire du bien, justement… »

Quant à remettre les bonnes œuvres sur le tapis, c'était également un geste d'apaisement. Lorsque Alzheimer avait pris complètement possession de mon père, nous avions décidé de vendre sa maison, et Amy et moi étions passés chez lui faire des cartons pour les bonnes œuvres. Amy, bien sûr, abattait le travail comme un derviche tourneur – emballer, ranger, jeter – pendant que j'examinais les affaires de mon père d'un œil glacial. Pour moi, chaque chose était un indice. Un mug avec des taches de café plus marquées que les autres devait être son préféré – était-ce un cadeau ? Qui lui avait offert ? Ou est-ce qu'il l'avait acheté lui-même ? Je m'imaginais que, pour mon père, le simple acte de faire des courses était dévirilisant. Pourtant, une inspection de son placard m'a révélé cinq paires de chaussures, flambant neuves, toujours dans leurs boîtes. Les avait-il achetées lui-même, s'imaginant un Bill Dunne différent, plus sociable que celui qui se défaisait lentement, seul ? Était-il allé à Shoe-Be-Doo-Be, avait-il sollicité l'aide de ma mère, tel un simple inconnu dans la longue série de ses politesses sans conséquence ? Bien sûr, je n'ai partagé aucune de ces méditations avec Amy, donc je suis persuadé que j'ai eu l'air du tire-au-flanc que je suis si souvent.

« Tiens. Un carton. Pour les bonnes œuvres, a-t-elle dit, me surprenant assis par terre, contre un mur, en train de regarder fixement une chaussure. Tu mets les chaussures dans le carton, OK ? » J'étais gêné, j'ai répondu d'un ton hargneux, elle l'a mal pris et… comme d'habitude.

Je devrais ajouter, pour la défense d'Amy, qu'elle m'avait demandé par deux fois si je voulais parler, si j'étais sûr de vouloir faire ça. Il m'arrive d'omettre ce genre de détails. C'est plus commode pour moi. En vérité, j'aurais voulu qu'elle lise dans mes pensées afin que je n'aie pas besoin de m'abaisser à l'art féminin de l'expression verbale. Parfois, j'étais tout aussi coupable qu'Amy pour ce qui est de jouer au petit jeu de Devine ce que j'ai dans la tête. Cette information, je l'ai omise également.

Je me suis garé devant la maison de mon père juste après 23 heures. C'était un petit endroit propret, un bon endroit pour commencer (ou finir) sa vie. Deux chambres, deux salles de bains, une salle à manger, une cuisine vieillotte mais correcte. Une pancarte « À vendre » rouillait devant l'entrée. Un an, et pas un acheteur potentiel.

Quand je suis entré dans la maison mal aérée, la chaleur a fondu sur moi. Le système d'alarme premier prix que nous avions installé après le troisième cambriolage s'est mis à biper comme le compte à rebours d'une bombe. J'ai entré le code, celui qui rendait Amy dingue parce qu'il bafouait toutes les règles en matière de codes : c'était ma date de naissance. 150877.

Code refusé. J'ai essayé de nouveau. Code refusé. Une perle de sueur a coulé dans mon dos. Amy avait toujours menacé de changer le code : elle disait qu'il était inutile d'avoir un code aussi facile à deviner, mais je connaissais la vraie raison. Elle m'en voulait d'avoir privilégié mon anniversaire, et non notre anniversaire de mariage : une fois de plus, j'avais choisi *moi* plutôt que *nous*. Ma nostalgie douce-amère pour Amy s'est évanouie. J'ai pianoté le clavier de nouveau, sentant la panique monter en moi tandis que l'alarme lançait son compte à rebours – bip, bip, bip – avant de se mettre à brailler son alerte anti-intrus à plein tube.

Woooooonk-wooooooonk-woooooonk !

Mon portable était censé sonner pour que je puisse donner le feu vert : *C'est juste moi, le débile.* Mais il n'a pas sonné. J'ai attendu une minute entière. L'alarme me rappelait un film de sous-marin qui se fait torpiller. La chaleur suffocante d'une maison fermée en plein mois de juillet grésillait sur moi. Le dos de ma chemise était déjà trempé. *Putain, Amy.* J'ai examiné l'alarme en quête du numéro de la compagnie, en vain. J'ai approché une chaise et j'ai commencé à tirer sur l'alarme – je l'avais décrochée du mur, elle pendait par ses fils lorsque mon téléphone a enfin sonné. Une voix hargneuse m'a demandé le nom du premier animal de compagnie d'Amy.

Woooooonk-wooooooonk-woooooonk !

C'était exactement le mauvais ton – arrogant, irascible, profondément indifférent – et exactement la mauvaise question, car je ne connaissais pas la réponse, ce qui m'a mis en rage. Je pouvais comprendre tous les indices que je voulais, je me prendrais toujours une saloperie d'Amy pour m'émasculer.

« Écoutez, je suis Nick Dunne, c'est la maison de mon père, c'est moi qui ai ouvert ce compte, ai-je dit d'un ton brusque. Alors on s'en fout bien, du nom du premier animal de compagnie de ma femme. »

Woooooonk-wooooooonk-woooooonk !

« Ne prenez pas ce ton-là avec moi, s'il vous plaît, monsieur.

— Écoutez, je suis juste venu prendre un truc chez mon père, et maintenant je m'en vais, OK ?

— Je dois faire un signalement à la police immédiatement.

— Vous ne pouvez pas juste éteindre cette fichue alarme, que je m'entende penser ? »

Woooooonk-wooooooonk-woooooonk !

« L'alarme est éteinte.

— L'alarme n'est pas éteinte.

— Monsieur, je vous ai déjà prévenu, ne me parlez pas sur ce ton-là. »

Espèce de salope.

« Vous savez quoi ? Merde, merde, *merde.* »

J'ai raccroché, pile à l'instant où je me rappelais le nom du chat d'Amy, le tout premier chat : Stuart.

J'ai rappelé, je suis tombé sur une autre opératrice, qui a coupé l'alarme et, Dieu la bénisse ! a annulé le signalement à la police. Je n'étais pas franchement d'humeur à m'expliquer.

Je me suis assis sur la fine moquette bon marché et me suis forcé à respirer. Mon cœur battait encore la chamade. Au bout d'une minute, quand mes épaules se sont relâchées, ma mâchoire et mes poings desserrés, et que mon cœur est revenu à son rythme normal, je me suis relevé et j'ai hésité un instant à partir tout de suite, comme si ça pouvait donner une leçon à Amy. Mais en me redressant, j'ai vu une enveloppe bleue posée sur la table de la cuisine comme une lettre de rupture.

J'ai pris une profonde inspiration, j'ai soufflé – nouvelle attitude –, et j'ai ouvert l'enveloppe et lu la lettre dans la chaleur de la maison de mon père.

Hello, chéri,

Ainsi, nous avons tous les deux des choses sur lesquelles il nous faut travailler. Moi, ce serait mon perfectionnisme, ma suffisance occasionnelle (je me berce d'illusions ?). Toi, je sais que tu crains parfois d'être trop distant, trop renfermé, incapable d'être tendre ou présent. Eh bien, je veux te dire – ici, dans la maison de ton père – que ce n'est pas vrai. Tu n'es pas ton père. Il faut que tu saches que tu es un homme bon, un homme doux, attentionné. Il m'est arrivé de te punir parce que tu n'étais pas capable de lire dans mes pensées, pas capable de te comporter exactement comme je le souhaitais à un moment précis. Je t'ai puni parce que tu es un homme, un vrai, en chair et en os. Je t'ai donné des ordres au lieu de compter sur toi pour trouver ta voie. Je n'ai pas laissé le bénéfice du doute : nous pouvons faire tous les faux pas du monde, tu m'aimes toujours et tu veux mon bonheur. Et ça devrait suffire à n'importe quelle fille, pas vrai ? J'ai peur d'avoir dit de toi des choses qui ne sont pas vraies, en fait, et que tu te sois mis à les croire. Alors je suis là pour dire aujourd'hui : tu es CHALEUREUX. Tu es mon soleil.

Si Amy était avec moi, comme elle l'avait prévu, elle se serait blottie contre moi comme elle le faisait autrefois, elle aurait enfoui son visage dans le creux de mon cou, elle m'aurait embrassé, elle aurait souri, et elle aurait dit : *Tu l'es, tu sais. Mon soleil.* La gorge serrée, j'ai jeté un dernier coup d'œil circulaire sur la maison de mon père et je suis sorti, refermant la porte sur la fournaise. Dans ma voiture, j'ai fébrilement ouvert le dernier indice. Nous devions être près de la fin.

Imagine-moi : je suis une fille très méchante
Il faut me corriger, et par corriger je veux dire prendre
C'est là que tu gardes les petits cadeaux pour notre cinquième bougie
Pardonne-moi si ça devient tiré par les cheveux.
On y a pris du bon temps en plein après-midi
On est sortis boire des cocktails, c'était très gai.
Alors cours-y maintenant, plein de doux soupirs
Ouvre la porte et prépare-toi à une belle surprise.

Mon estomac s'est noué : je ne savais pas ce qu'il signifiait celui-là.

J'ai senti une montée d'angoisse : Boney était à mes trousses, Noelle était dingue, Shawna était en colère, Hilary m'en voulait, la femme de la compagnie d'alarme était une salope, et ma femme m'avait collé avec son énigme, finalement. Il était temps de terminer cette putain de journée. Il n'y avait qu'une seule femme que je pouvais supporter pour le moment.

Go m'a jeté un seul regard – j'étais ébranlé, lèvres serrées, et épuisé par la chaleur de la maison de mon père – et m'a installé d'office sur le canapé. Elle a annoncé qu'elle allait nous préparer un dîner de minuit. Cinq minutes plus tard, elle s'est approchée de moi d'un pas prudent, portant mon repas en équilibre sur un vieux plateau télé. Un classique chez les Dunne : un sandwich au fromage grillé et des chips goût BBQ, un gobelet en plastique de…

« Ce n'est pas du Kool-Aid, a dit Go. C'est de la bière. Le Kool-Aid, ça me semblait un peu trop régressif.

— C'est très attentionné et très étrange de ta part, Go.

— Demain, c'est toi qui fais la cuisine.

— J'espère que t'aimes la soupe en boîte. »

Elle s'est assise sur le canapé à côté de moi, a volé une chips dans mon assiette et m'a demandé sur un ton trop désinvolte : « T'as une idée de la raison pour laquelle les flics m'ont demandé, à *moi*, si Amy faisait toujours du 36 ?

— Putain, mais ils vont pas lâcher le morceau.

— Ça te fait pas flipper ? T'as pas peur qu'ils aient retrouvé ses vêtements, ou un truc comme ça ?

— Ils m'auraient demandé de les identifier. Pas vrai ? »

Elle y a réfléchi une seconde, l'air préoccupé.

« C'est logique », a-t-elle dit. Elle a gardé son air sérieux jusqu'à ce qu'elle surprenne mon regard, puis elle a souri. « On se trouve un match à mater, d'accord ? Ça va ?

— Ça va. » Je me sentais affreusement mal, j'avais mal au cœur, mon esprit se craquelait. Peut-être était-ce l'indice que je n'avais pas réussi à piger, mais j'avais soudain l'impression d'avoir négligé quelque chose. J'avais fait une énorme erreur et mon erreur allait provoquer un désastre. Peut-être était-ce ma conscience, qui remontait à la surface depuis sa planque secrète.

Go a trouvé un match à la télé et, pendant les dix minutes qui ont suivi, elle n'a parlé que de ça, et encore, seulement entre deux gorgées de bière. Go n'aimait pas le fromage grillé, elle piochait dans le pot de beurre de cacahuètes avec des crackers. Lorsque la pub a commencé, elle a dit : « Si j'avais une bite, je la fourrerais dans ce beurre de cacahuètes », en envoyant délibérément des miettes dans ma direction.

« Je crois que si t'avais une bite, ce serait la catastrophe. »

Le match a repris, les Cards menaient de 5 points. À la coupure suivante, Go a dit : « Au fait, j'ai changé mon forfait de portable aujourd'hui, et la chanson d'attente, c'était du Lionel Richie – ça t'arrive, d'écouter Lionel Richie ? Moi, j'aime bien "Penny Lover", mais c'était pas celle-là, en tout cas –, bref, une nana a fini par décrocher, elle a dit que tous les employés du service client sont basés à Baton Rouge, ce qui était bizarre parce qu'elle a dit qu'elle avait grandi à

La Nouvelle-Orléans, et c'est un fait peu connu, mais les gens de La Nouvelle-Orléans – comment on dit, les Néo-Orléanais ? –, en tout cas, ils n'ont quasiment pas d'accent. Et elle a dit que, pour mon forfait, le forfait A… »

Go et moi, nous avions un petit jeu inspiré par notre mère, qui avait l'habitude de raconter des trucs tellement sans intérêt, des histoires tellement interminables que Go était persuadée qu'elle se foutait secrètement de notre gueule. Depuis environ dix ans à présent, à chaque fois que la conversation entre Go et moi menaçait de se tarir, l'un de nous deux se lançait dans une anecdote sur la réparation d'électroménager ou le remboursement de coupons. Mais Go était plus résistante que moi. Ses histoires pouvaient se prolonger indéfiniment, comme un bourdonnement – elles duraient si longtemps qu'elles devenaient véritablement agaçantes avant de déboucher de nouveau sur un effet hilarant.

Go a enchaîné sur une anecdote concernant la lumière de son frigo et elle ne montrait aucun signe de lassitude. Empli d'une soudaine, d'une puissante gratitude, je me suis penché en travers du canapé et l'ai embrassée sur la joue.

« C'est pour quoi, ça ?

— Merci, c'est tout. » J'ai senti les larmes monter. J'ai détourné le regard un instant pour les chasser d'un clignement de paupières, et Go a repris : « Donc il me fallait une pile AAA, ce qui n'est pas la même chose, en fait, qu'une pile 9V, donc il a fallu que je retrouve le ticket de caisse pour rendre la pile 9V… »

Le match s'est terminé. Les Cards ont perdu. À la fin, Go a coupé le son de la télé. « Tu veux parler, ou tu veux encore de la distraction ? Comme tu préfères.

— Va te coucher, Go. Je vais traîner encore un peu. Sans doute dormir, j'ai besoin de sommeil.

— Tu veux un Stilnox ? »

Ma sœur jumelle croyait profondément aux vertus de la solution de facilité. Pas de cassettes de relaxation ou de CD du chant des baleines pour elle ; avale un cachet, assomme-toi.

« Nan.

— Ils sont dans l'armoire à pharmacie, si tu changes d'avis. »

Elle a hésité, quelques secondes seulement, puis, de façon caractéristique, a pris le couloir en trottinant, n'ayant visiblement pas sommeil, et a fermé sa porte, sachant que ce qu'elle pouvait faire de plus charitable était de me laisser tranquille.

Ce don manquait à beaucoup de gens : celui de savoir quand il faut se casser. Les gens adorent parler, or je n'ai jamais été très loquace. Je poursuis sans cesse un monologue intérieur, mais il arrive souvent que les mots n'atteignent pas mes lèvres. *Elle est jolie aujourd'hui*, je pense, mais, pour une raison ou pour une autre, ça ne me viendrait pas à l'esprit de le dire à haute voix. Ma mère parlait, ma sœur parlait. J'avais été élevé pour écouter. Aussi, être assis sur le canapé, tout seul, sans parler, me faisait l'effet d'un luxe. J'ai feuilleté un des magazines de Go, zappé sur les chaînes de télé, avant de m'arrêter finalement sur une vieille série en noir et blanc, où des hommes en feutre mou prenaient des notes tandis qu'une jolie femme au foyer expliquait que son mari était en voyage à Fresno. Les deux flics hochaient la tête en se regardant d'un air entendu. J'ai pensé à Gilpin et Boney, et j'ai eu un haut-le-cœur.

Dans ma poche, mon deuxième téléphone a fait un petit bruit comme une machine à sous quand on touche le jackpot – j'avais reçu un SMS :

suis dehors ouvre la porte

Amy Elliott Dunne

28 avril 2011

Journal

Faut persévérer dans la persévérance, c'est ce que dit Mama Mo, et, quand elle le dit – son assurance, sa façon de souligner chaque mot, comme si c'était une stratégie de vie viable –, l'expression toute faite cesse d'être un cliché et se transforme en quelque chose de vrai. De valable. Persévérer dans la persévérance : *exactement !*

C'est une chose que j'aime dans le Midwest : les gens ne se mettent pas dans tous leurs états à tout bout de champ. Même pas quand il s'agit de la mort. Mama Mo va simplement persévérer dans la persévérance jusqu'à ce que le cancer l'éteigne, puis elle va mourir.

Ainsi, *je garde un profil bas* et *je fais contre mauvaise fortune bon cœur*, et j'emploie ces expressions dans le sens profond, littéral qui est celui de Mama Mo. Je garde un profil bas et je fais mon boulot : je conduis Ma à ses rendez-vous chez les médecins, à ses séances de chimio. Je change l'eau croupie des fleurs dans la chambre du père de Nick, et j'offre des cookies au personnel afin qu'on prenne bien soin de lui.

Je fais contre très mauvaise fortune bon cœur, et ma fortune est surtout mauvaise parce que mon mari, qui m'a emmenée ici, qui m'a déracinée pour être plus près de ses parents malades, semble s'être complètement désintéressé et de moi et de ses parents malades.

Nick a complètement répudié son père : il refuse même de prononcer son nom. Je sais que, à chaque fois que nous recevons un coup de téléphone de Comfort Hill, Nick espère que c'est pour lui annoncer la mort de son père. Quant à Mo, Nick n'est resté avec sa mère que pendant une seule séance de chimio et il a déclaré que c'était insupportable. Il a décrété qu'il détestait les hôpitaux, qu'il détestait les malades, qu'il détestait le temps qui s'écoule, le goutte-à-goutte affreusement lent de l'intraveineuse. Il était incapable de faire ça, voilà tout. Et quand j'ai essayé de le convaincre de recommencer, quand j'ai essayé de le pousser à s'endurcir en lui rappelant que *c'est la vie, on n'a pas le choix*, il m'a dit d'y aller, moi. Et je l'ai fait, j'y suis allée. Mama Mo, bien sûr, prend sur elle ses manquements. Un jour, on regardait d'un œil distrait une comédie romantique sur mon ordinateur portable en bavardant pendant que l'intraveineuse coulait... si... lentement, et, tandis que la courageuse héroïne trébuchait sur un canapé, Mo s'est tournée vers moi. « Ne sois pas trop dure avec Nick, a-t-elle dit. Parce qu'il refuse de faire ce genre de choses. C'est que je l'ai toujours dorloté, je l'ai traité comme un bébé – comment faire *autrement* ? Avec ce *visage*. Alors il a du mal à affronter les difficultés. Mais ça ne me gêne pas, vraiment, Amy.

— Ça devrait vous gêner.

— Nick n'a pas besoin de me prouver son amour, a-t-elle répliqué en me tapotant la main. Je sais qu'il m'aime. »

J'admire l'amour inconditionnel de Mo, je le jure. Alors je ne lui parle pas de ce que j'ai trouvé sur l'ordinateur de Nick, le projet de livre, un récit autobiographique sur un journaliste travaillant dans un magazine à Manhattan qui retourne à ses racines dans le Missouri pour s'occuper de ses deux parents malades. Il y a toutes sortes de trucs bizarres sur l'ordinateur de Nick, et parfois je ne peux pas résister à la tentation d'aller fureter un petit peu – ça me permet de me faire une petite idée de ce qu'il y a dans la tête de mon mari. Son historique de recherche m'a donné les résultats les plus récents : des films noirs, le site de son ancien magazine, et une étude sur le fleuve Mississippi – « Est-il possible de se laisser dériver d'ici au golfe en barque ? » Je sais ce qu'il s'imagine : se laisser dériver le long du Mississippi, comme Huck Finn, et écrire un article sur le sujet. Nick est perpétuellement à la recherche d'un bon sujet. Je fouinais dans tout ça lorsque j'ai trouvé le projet de livre.

« *Doubles vies : une expérience des fins et des débuts* éveillera un écho profond chez les hommes et les femmes de la génération X, qui commencent juste à faire l'expérience du stress et de la pression liés au fait de s'occuper de ses parents vieillissants. Dans *Doubles vies*, je raconterai en détail :

- ma compréhension de plus en plus intime d'un père perturbé, avec lequel je n'avais presque pas de lien autrefois

- ma transformation douloureuse, contrainte et forcée, d'un jeune homme insouciant en un chef de famille tandis que je suis confronté à la mort imminente d'une mère adorée

- le ressentiment éprouvé par ma femme, la New-Yorkaise de Manhattan, devant ce retournement imprévu dans sa vie de rêve. Ma femme, il faut le signaler, est Amy Elliott Dunne, l'inspiration de la série de best-sellers *L'Épatante Amy*. »

Le projet n'a jamais été mené à bien, parce que Nick a réalisé qu'il n'allait jamais comprendre intimement ce père autrefois si distant (qui est perturbé, mais pas assez pour sceller un contrat d'édition), j'imagine ; et parce qu'il était clair que Nick esquivait tous ses devoirs de « chef de famille » ; et parce que je n'exprimais pas la moindre colère à l'égard de ma nouvelle vie. Un peu de frustration, oui, mais pas le genre de rage qui suffit à nourrir un bouquin. Pendant tant d'années, mon mari a chanté les louanges de la solidité affective des gens du Midwest : ils sont stoïques, humbles, sans affectation ! Mais ce ne sont pas le genre d'individus qui donnent matière à un bon récit. Imaginez le pitch : « Globalement, les gens ont bien agi, puis ils sont morts. »

N'empêche, « Le ressentiment éprouvé par ma femme, la New-Yorkaise de Manhattan », ça fait un peu mal. C'est vrai que j'éprouve du ressentiment. Quand je pense à Maureen, qui est constamment adorable, je crains que Nick et moi ne soyons pas faits l'un pour l'autre. Il serait peut-être plus heureux avec une femme qui n'aime rien tant que s'occuper de son mari et de son foyer, et je ne veux pas dénigrer ce talent : j'aimerais bien le posséder. J'aimerais bien que ce soit plus important pour moi que Nick ait toujours son dentifrice préféré, connaître son tour de cou par cœur, être une femme pleine d'un amour inconditionnel, dont le plus grand bonheur soit de rendre mon homme heureux.

J'ai été ainsi, pendant un certain temps, avec Nick. Mais ça ne pouvait pas durer. Je ne suis pas assez altruiste. Une enfant unique, comme Nick le souligne régulièrement.

Mais j'essaie. Je persévère dans la persévérance, et Nick batifole de nouveau en ville comme un gamin. Il est content d'avoir retrouvé la place de roi du bal de fin d'année qui lui revient de droit – il a perdu dans les cinq kilos, il a changé de coupe de cheveux, il s'est acheté un nouveau jean, il a une sacrée allure. Mais je ne le sais que pour le peu que je l'aperçois entre deux portes, toujours pressé, soi-disant. *Ça ne te plairait pas*, sa réponse réglementaire à chaque fois que je lui demande de venir avec lui, où qu'il aille. Exactement comme il s'est défaussé de ses parents quand ils ont cessé de lui être utiles, il me laisse choir parce que je cadre mal avec sa nouvelle vie. Il serait obligé de faire des efforts pour m'aider à me sentir à l'aise ici, et ça ne l'intéresse pas. Il a envie de s'amuser.

Arrête, arrête. Je dois *voir les choses du bon côté.* Littéralement. Je dois sortir mon mari de mes pensées sombres et sinistres, et l'éclairer d'une lumière dorée, brillante. Je dois m'efforcer de l'adorer comme avant. Je voudrais juste avoir le sentiment que c'est plus équitable. Mon cerveau est tellement agité de pensées au sujet de Nick que ça grouille dans ma tête :

nicknicknicknicknick ! Or quand je me représente son esprit, mon nom n'y figure que comme un timide tintement cristallin qui ne se fait entendre qu'une fois, peut-être deux fois par jour et s'estompe bien vite. Je voudrais juste qu'il pense autant à moi que je pense à lui.

Est-ce mal ? Je ne sais même plus.

Nick Dunne

Quatre jours après

Elle se tenait là dans la lueur orange des réverbères, dans une mince robe bain de soleil, les cheveux ondulés par l'humidité. Andie. Elle s'est précipitée à l'intérieur, les bras écartés pour m'étreindre, et j'ai sifflé : « Attends, attends ! », et refermé la porte juste avant qu'elle se blottisse contre moi. Elle a pressé sa joue contre mon torse et j'ai mis la main sur son dos nu et fermé les yeux. Je ressentais un mélange troublant de soulagement et d'horreur : comme quand on cesse enfin de se gratter et qu'on s'aperçoit que c'est parce qu'on a percé un trou dans sa peau.

J'ai une maîtresse. Maintenant, c'est le moment où je dois vous dire que j'ai une maîtresse, et vous allez cesser de me trouver sympa. Si toutefois vous me trouviez sympa. J'ai une jeune maîtresse, très jeune, très jolie, et elle s'appelle Andie.

Je sais. C'est mal.

« Putain, chéri, pourquoi tu m'as pas appelée ?

— Je sais, mon cœur, je sais. C'est que, tu peux pas imaginer… C'est un vrai cauchemar. Comment tu m'as trouvé ? »

Elle me tenait toujours contre elle.

« Il n'y avait pas de lumière chez toi, alors je me suis dit que j'allais essayer chez Go. »

Andie connaissait mes habitudes, elle connaissait mes habitats. Ça fait un moment qu'on est ensemble. J'ai une très jeune et jolie maîtresse, et ça fait un moment qu'on est ensemble.

« Je m'inquiétais pour toi, Nick. *Comme une folle.* J'étais chez Madi et, genre, la télé était allumée, comme ça, et tout à coup, à la télé, je vois, genre, ce *mec* qui te ressemble, qui parle de la disparition de sa femme. Et là je comprends que *c'est* toi. T'imagines un peu le flip que je me suis fait ? Et t'as même pas essayé de me joindre ?

— Je t'ai appelée.

— "*Ne dis rien, ne bouge pas, ne dis rien avant qu'on ait parlé tous les deux.*" C'est un ordre, ça, c'est pas comme si t'avais cherché à me *joindre*.

— J'ai quasiment jamais eu une minute à moi, il y a tout le temps du monde avec moi. Les parents d'Amy, Go, les flics. »

J'ai respiré ses cheveux.

« Amy est partie comme ça ?

— Elle est partie comme ça. » Je me suis arraché à son étreinte, me suis assis sur le canapé et elle s'est assise à côté de moi, sa jambe pressée contre la mienne, son bras effleurant le mien. « Enfin, on dirait que quelqu'un l'a enlevée, plutôt.

— Nick, ça va ? »

Ses cheveux brun chocolat tombaient en vagues sur son menton, sa clavicule, ses seins, et je regardais une mèche qui tremblotait sous l'effet de son souffle.

« Non, pas vraiment. » Je lui ai fait chut ! et j'ai montré le couloir. « Ma sœur. »

Nous sommes restés côte à côte, silencieux, les images dansaient toujours à la télévision. J'ai senti sa main se glisser dans la mienne. Elle s'est appuyée contre moi comme si nous nous installions pour une soirée DVD, comme un couple paresseux et sans souci, puis elle a attiré mon visage vers elle et elle m'a embrassé.

« Andie, non, j'ai chuchoté.

— Si, j'ai besoin de toi. » Elle m'a embrassé de nouveau, et s'est hissée à califourchon sur mes genoux. Sa robe de coton a glissé par-dessus ses genoux, une de ses sandales est tombée par terre. « Nick, je me suis fait tellement de souci pour toi. J'ai besoin de sentir tes mains sur moi, je n'arrive pas à penser à autre chose. J'ai peur. »

Andie était une fille tactile, et ce n'est pas une façon codée de dire qu'*elle ne pensait qu'au sexe.* Elle aimait me prendre dans ses bras, me toucher, promener ses doigts dans mes cheveux ou le long de mon dos pour me gratter affectueusement. Le fait de toucher la rassurait et la réconfortait. Oui, et bon, elle aimait aussi le sexe.

D'un petit coup sec, elle a enlevé le haut de sa robe et placé mes mains sur ses seins. Ma lubricité de bon chien s'est réveillée.

J'ai envie de te baiser. J'ai failli le dire tout haut. *Tu es CHALEUREUX*, a soufflé ma femme à mon oreille. Je me suis écarté en sursaut.

« Nick ? » Sa lèvre inférieure était trempée par ma salive. « Quoi ? Il y a un problème avec *nous* ? C'est à cause d'Amy ? »

Andie m'avait toujours semblé jeune – elle avait 23 ans, bien sûr qu'elle me semblait jeune – mais tout à coup j'ai réalisé à quel point elle *était* grotesquement jeune, d'une jeunesse irresponsable, désastreuse. Dévastatrice. Entendre le nom de ma femme de sa bouche me secouait toujours un peu. Elle le prononçait souvent. Elle aimait parler d'Amy, comme si Amy était l'héroïne d'un soap opera nocturne. Andie ne faisait jamais d'Amy une ennemie ; elle en faisait un personnage. Elle posait des questions, tout le temps, sur notre vie commune, sur Amy : « Qu'est-ce que vous faisiez, quand vous étiez à New York, genre le week-end, vous faisiez quoi ? » Andie était restée bouche bée un jour quand je lui avais dit qu'on était allés à l'opéra. « Vous êtes allés à *l'opéra* ? Qu'est-ce qu'elle portait ? Une robe longue ? Avec un châle ou une fourrure ? Et les bijoux ? Et la coiffure ? » Et aussi : « Ils étaient comment, ses amis, à Amy ? De quoi on parlait ? Et Amy, elle était comment, tu vois, *au fond* ? Elle est comme la fille des bouquins, parfaite ? » C'était l'histoire favorite d'Andie pour s'endormir : Amy.

« Ma sœur est dans la pièce d'à côté, mon cœur. Tu ne devrais même pas être là. Dieu sait que j'ai envie d'être avec toi, mais tu n'aurais vraiment pas dû venir, ma chérie. Tant qu'on ne connaît pas le fond du problème. »

TU ES BRILLANT TU ES SPIRITUEL TU ES CHALEUREUX. Maintenant embrasse-moi !

Elle est restée au-dessus de moi, les seins nus, les tétons durcis par le souffle de la clim.

« Chéri, le fond du problème, pour l'instant, c'est que j'ai besoin d'être sûre que tout va bien entre nous.

C'est tout ce que je demande. » Elle s'est pressée contre moi, chaude et douce. « C'est tout ce que je demande. Je t'en prie, Nick. Je perds les pédales. Je te connais, je sais que t'as pas envie de parler pour l'instant, et c'est pas grave. Mais j'ai besoin que tu sois… avec moi. »

Et j'avais envie de l'embrasser, comme je l'avais embrassée, la toute première fois : nos dents s'étaient cognées, son visage s'était incliné vers le mien, ses cheveux chatouillaient mes bras, c'était un baiser mouillé, avec la langue, et je ne pensais à rien d'autre qu'au baiser, car ça aurait été dangereux de penser à quoi que ce soit d'autre qu'à cette sensation incroyable. La seule chose qui me retenait de l'attirer dans la chambre, ce n'était pas que c'était mal – à divers degrés, c'était mal depuis le début – mais que, maintenant, c'était dangereux pour de bon.

Et aussi, il y avait Amy. Finalement, à présent, il y avait Amy, cette voix qui s'était installée dans mon oreille pendant la moitié d'une décennie, la voix de ma femme, sauf qu'à l'heure actuelle elle n'était pas pleine de reproches, mais de tendresse, de nouveau. Ça me rendait dingue que trois petits mots de ma femme puissent me mettre dans cet état et me rendre soudain mou et sentimental.

Je n'avais absolument aucun droit d'être sentimental.

Andie s'est pelotonnée contre moi et je me suis demandé si la police avait placé la maison de Go sous surveillance, si je devais m'attendre à ce qu'on cogne à la porte. J'ai une maîtresse, très jeune, et très jolie.

Ma mère nous disait toujours : si vous vous apprêtez à faire quelque chose et que vous voulez savoir si c'est une erreur, imaginez l'effet que ça ferait si on l'annonçait noir sur blanc dans le journal.

Nick Dunne, ancien rédacteur de magazine toujours blessé dans sa fierté par son licenciement en 2010, a accepté de donner un cours de journalisme à la faculté de Carthage. Cet homme de 35 ans n'a pas perdu de temps et s'est lancé dans une aventure torride avec une de ses étudiantes, âgée de 23 ans.

J'étais l'incarnation de la pire terreur de tout écrivain : un cliché.

Et à présent, permettez-moi d'enfiler d'autres clichés, pour votre amusement : ça s'est fait peu à peu. Je n'ai jamais voulu faire de mal à personne. Je me suis engagé plus que je n'aurais cru. Mais c'était plus qu'une simple passade. C'était plus qu'une tentative de regonfler mon ego. J'aime Andie. Je le jure.

Le cours que je donnais – Comment commencer une carrière de rédacteur de magazine – accueillait quatorze étudiantes de niveaux différents. Que des filles. J'aurais bien dit « femmes », mais je pense que *filles* est le terme qui convient, factuellement. Elles voulaient toutes travailler dans des magazines. Ce n'étaient pas des filles pour les quotidiens tachés d'encre – c'étaient des filles pour le papier glacé. Elles avaient vu le film : elles s'imaginaient en train de courir à droite, à gauche dans Manhattan, un *latte* dans une main, un portable dans l'autre, cassant avec une charmante maladresse le talon de leur chaussure de créateur en arrêtant un taxi – et tombant dans les bras de leur âme sœur, un garçon charmant, désarmant avec une mèche engageante. Elles ne se doutaient pas une minute de l'inconscience, de l'ignorance que trahissait leur spécialisation. J'avais prévu de leur annoncer la nouvelle, en me servant de mon licenciement en guise de récit édifiant. Même si je ne tenais pas le moins du monde à passer pour une figure tragique : je comptais raconter l'histoire sur un ton plaisant, plein de nonchalance – pas de quoi en faire tout un plat. Ça me laissait du temps pour bosser sur mon roman.

Mais j'ai passé le premier cours à répondre à un si grand nombre de questions émues, et je suis devenu un tel poseur prétentieux, un tel minable en mal de reconnaissance, que je n'ai pas pu me résoudre à dire la vérité : la convocation dans le bureau du rédacteur en chef lors de la seconde vague de licenciements, la traversée maudite de la longue rangée de bureaux dans l'open-space, tous les yeux rivés sur moi, le condamné à mort, tandis que j'espérais encore qu'on allait m'annoncer autre chose – que le magazine avait vraiment besoin de moi, *plus que jamais* –, oui ! un speech d'encouragement, un speech pour rappeler qu'on avait besoin de mettre les bouchées doubles, tous ! Mais non, mon patron avait seulement dit : *Je pense que vous savez, malheureusement, pourquoi je vous ai convoqué ici*, en se frottant les yeux derrière ses lunettes pour montrer sa lassitude et son abattement.

Je voulais avoir l'impression d'être un *winner*, le top du cool, aussi n'ai-je pas parlé à mes étudiantes des raisons de mon congé. Je leur ai raconté qu'une maladie dans notre famille exigeait ma présence ici, et c'était vrai, oui, me suis-je dit, entièrement vrai, et tout à fait héroïque. Et la jolie Andie, avec ses taches de rousseur, était assise à quelques dizaines de centimètres de moi, avec ses grands yeux bleus sous ses boucles chocolat, ses lèvres pulpeuses à peine entrouvertes, scandaleusement charnues, ses seins d'origine, ses bras, ses jambes fines et déliées – une vraie bombe sexuelle, débarquée d'un autre monde, il faut bien le dire, aussi différente que possible de mon épouse élégante et aristocratique –, et Andie, qui dégageait un mélange de chaleur corporelle et de lavande, prenait des notes sur son portable et posait des questions d'une voix un peu rauque, des questions comme : « Comment vous débrouillez-vous pour gagner la confiance d'une source, pour convaincre les gens de se confier à vous ? » Et je me suis dit, sur-le-champ : *Elle débarque d'où, cette fille, putain ? C'est une blague ?*

Vous vous demandez pourquoi j'avais été fidèle à Amy pendant sept ans ? J'étais le mec qui quittait le bar plus tôt si une femme flirtait un peu trop, si le contact de sa main était trop agréable. Je n'étais pas un mari infidèle. Je n'aime (n'aimais ?) pas les maris infidèles : je les trouvais malhonnêtes, irrespectueux, vils, égoïstes. Je n'avais jamais succombé. Mais c'était l'époque où j'étais heureux. Je déteste me dire que la réponse est si facile que ça, mais j'avais été heureux toute ma vie, et là je ne l'étais plus, et Andie était là, elle s'attardait après les cours, me posait des questions qu'Amy ne s'était jamais souciée de me poser, en tout cas pas récemment. Elle me donnait l'impression d'être un homme de valeur, pas un crétin qui a perdu son boulot, un nase qui a oublié de baisser la cuvette des toilettes, un gaffeur qui n'arrive jamais à faire les choses tout à fait correctement, quelles qu'elles soient. Un jour, Andie m'a apporté une pomme. Une Red Delicious (ce serait le titre du récit de notre aventure, si je devais l'écrire). Elle m'a demandé de jeter un œil au premier jet de son article. C'était le portrait d'une stripteaseuse d'un club de Saint-Louis, ça ressemblait à un récit érotique du forum de *Penthouse*, et Andie s'est mise à manger ma pomme pendant que je le lisais, appuyée sur mon épaule, et le jus lui restait bizarrement suspendu aux lèvres. Et je me suis dit : « Putain de merde, cette fille est en train d'essayer de me séduire », stupidement choqué, tel un Benjamin Braddock vieillissant.

Et ça a marché. J'ai commencé à voir en Andie une échappatoire, une opportunité. Une possibilité. Quand je rentrais, Amy était recroquevillée sur le canapé, Amy regardait fixement le mur, silencieuse, elle n'entamait jamais la conversation avec moi, elle attendait, systématiquement, comme s'il s'agissait perpétuellement de briser la glace, dans un constant casse-tête mental – qu'est-ce qui va faire plaisir à Amy aujourd'hui ? Et je me disais : Andie ne ferait jamais ça. Comme si je connaissais Andie. Cette blague ferait rire Andie, cette histoire plairait à Andie. Andie était une jeune Irlandaise de chez moi, une jolie fille, gentille, gironde, sans prétention et gaie. Andie était assise au premier rang de mon cours et elle avait l'air douce, elle avait l'air intéressée.

Quand je pensais à Andie, mon estomac ne se serrait pas de la même façon que quand je pensais à ma femme – la terreur constante de retourner chez moi, où je n'étais pas le bienvenu.

J'ai commencé à imaginer comment ça pourrait se produire. J'ai commencé à penser constamment au contact de sa peau – oui, ça s'est passé comme ça, comme dans les paroles d'un mauvais tube des années 1980 –, je pensais constamment au contact de sa peau. Je pensais constamment au contact d'une peau en général, car ma femme évitait tout contact physique avec moi : chez nous, elle filait devant moi avec la vivacité d'un poisson, s'écartant de façon que je ne puisse même pas l'effleurer dans la cuisine, dans l'escalier. Nous regardions la télé en silence assis chacun sur notre coussin du canapé, et les deux coussins étaient aussi séparés que deux canots de sauvetage. Au lit, elle me tournait le dos et poussait les couvertures et les draps entre nous. Une nuit, je me suis réveillé, et, sachant qu'elle dormait, j'ai fait glisser imperceptiblement la bretelle de son dos nu et j'ai posé la joue et la main contre son épaule nue. Je n'ai pas pu me rendormir cette nuit-là, tant je me dégoûtais. Je me suis levé et me suis masturbé dans la douche, en pensant à Amy, au regard lubrique qu'elle me jetait autrefois, ses yeux de lune sous ses lourdes paupières qui me prenaient tout entier, qui me donnaient l'impression d'être vu. Quand j'ai eu fini, je me suis assis dans la baignoire et j'ai contemplé la bonde à travers les gouttes d'eau. Mon pénis gisait, pathétique, le long de ma cuisse gauche, tel un petit animal échoué sur le rivage. Assis au fond de la baignoire, humilié, j'ai essayé de retenir mes larmes.

Et c'est arrivé. Lors d'une étrange, d'une soudaine tempête de neige au début du mois d'avril. Pas avril de cette année. Avril de l'an *dernier*. Je tenais le bar tout seul parce que Go passait la soirée avec maman ; on se relayait pour rester à la maison regarder des conneries à la télé avec notre mère au lieu d'aller au boulot. Maman déclinait vite, elle ne tiendrait pas l'année, loin de là.

En cet instant précis, à vrai dire, je me sentais plutôt bien – maman et Go étaient bien au chaud à la maison en train de regarder un film de plage avec Annette Funicello, et la soirée au Bar avait été animée, une de ces soirées où tout le monde semblait venir après avoir passé une bonne journée. Les jolies filles étaient sympas avec les mecs moches. Les gens payaient des tournées à des inconnus, pour le plaisir. C'était festif. Puis la fin de soirée était arrivée, l'heure de la fermeture, tout le monde dehors. Je m'apprêtais à verrouiller la porte lorsque Andie l'avait ouverte à la volée et était entrée, me heurtant presque, et j'avais senti la douceur de la bière légère dans son haleine, l'odeur de feu de bois dans ses cheveux. J'étais resté interdit pendant cet instant troublant où on tâche de situer quelqu'un qu'on a vu seulement dans un unique cadre et qu'on doit placer dans un nouveau contexte. Andie au Bar. OK. Elle a fait un rire de femme-pirate et m'a repoussé à l'intérieur.

« Je viens d'avoir le rencard le plus formidablement atroce de ma vie, faut que tu boives un verre avec moi. » Des flocons de neige s'accumulaient dans les vagues sombres de ses cheveux, sa douce constellation de taches de rousseur brillait, ses joues étaient rose vif, comme si quelqu'un lui avait administré une paire de claques. Elle a une voix superbe, une voix de petit caneton, qui paraît au premier abord incroyablement touchante et se révèle totalement sexy. « S'il te plaît, Nick. Faut que je chasse le goût de ce rencard pourri de ma bouche. »

Elle a fait une blague, je ne me souviens plus ce que c'était, mais je me souviens que nous avons ri, et que je me suis dit que c'était bon d'être avec une femme et de l'entendre rire. Elle portait un jean et un pull en V en cachemire ; Andie fait partie de ces filles qui sont plus belles en jean qu'en robe. Son visage, son corps étaient naturels, au meilleur sens du terme. J'ai repris ma place derrière le bar, et elle s'est installée sur un tabouret, examinant toutes les bouteilles d'alcool derrière moi.

« Vous désirez, ma bonne dame ?

— Surprenez-moi.

— Bouh ! » j'ai fait. Les mots ont quitté mes lèvres comme un baiser.

« Maintenant, surprenez-moi avec un verre. »

Elle s'est penchée en avant, de sorte que son décolleté était surélevé par le comptoir, ses seins poussés en avant. Elle portait un pendentif au bout d'une fine chaîne en or ; celui-ci a glissé entre ses seins sous son pull. *Ne sois pas ce type-là*, me suis-je dit. *Le mec qui louche sur l'emplacement du pendentif.*

« Qu'est-ce qui vous ferait plaisir ?

— Tout ce que tu me donneras, ça me plaira. »

C'est cette phrase qui m'a saisi, sa simplicité. L'idée que je pouvais faire quelque chose qui rendrait une femme heureuse, et que ce serait facile. *Tout ce que tu me donneras, ça me plaira.* J'ai été envahi par une irrésistible vague de soulagement. C'est là que j'ai su que je n'aimais plus Amy.

Je n'aime plus ma femme, j'ai pensé, en me tournant pour attraper deux verres. *Plus du tout, toute trace d'amour est effacée en moi, je suis sans tache.* J'ai préparé ma boisson favorite : un Christmas Morning, café noir et liqueur de menthe poivrée froide. J'en ai bu un avec elle, et, lorsqu'elle a frissonné et ri – ce grand rire convulsif –, je nous ai servi une deuxième tournée. Nous avons bu ensemble pendant une heure après la fermeture ; et j'ai prononcé les mots *ma femme* trois fois, parce que, en regardant Andie, je l'imaginais en train d'ôter ses vêtements. Un avertissement, c'était le moins que je pouvais faire : je suis marié. Fais ce que tu veux de cette information.

Assise en face de moi, le menton entre les mains, elle me souriait.

« Tu me raccompagnes ? » a-t-elle dit. Elle avait déjà signalé qu'elle habitait près du centre, qu'il fallait qu'elle passe au Bar un soir pour dire bonjour. Mon esprit était préparé : plus d'une fois, j'avais mentalement parcouru les quelques rues qui me séparaient des immeubles en brique terne où elle vivait. Aussi, quand je me suis soudain retrouvé dehors, en train de la raccompagner, ça ne m'a pas du tout paru inhabituel – il n'y a pas eu de sonnette d'alarme pour me souffler : ce n'est pas normal, on n'est pas censés faire ça.

Je l'ai raccompagnée chez elle, contre le vent, dans la neige qui voletait en tous sens. Je l'ai aidée à remettre son écharpe en tricot une fois, deux fois, et, la troisième fois, je l'ai rentrée dans son manteau et nos visages se sont retrouvés tout près, et ses joues étaient joyeusement empourprées comme après une course de luge, et c'était le genre de choses qui n'auraient jamais pu se produire en cent nuits, mais, cette nuit-là, c'était possible. La conversation, l'alcool, la tempête, l'écharpe.

Nous nous sommes enlacés en même temps, je l'ai poussée contre un arbre pour avoir une meilleure prise, les branches grêles ont lâché sur nous un tas de neige, un instant étourdissant, comique qui n'a fait que me donner encore plus envie de la toucher, de toucher tout à la fois, une main sous son pull, l'autre entre ses jambes. Et elle m'a laissé faire.

Elle s'est reculée, elle claquait des dents. « Monte avec moi. »

J'ai hésité.

« Monte avec moi, a-t-elle répété. J'ai envie d'être avec toi. »

Le sexe n'a pas été si extraordinaire que ça la première fois. Nos deux corps étaient calés sur des rythmes différents, et nous ne nous comprenions jamais tout à fait. Ça faisait si longtemps que je n'avais pas pénétré une femme que j'ai joui d'abord, très vite, et j'ai continué à remuer, trente secondes cruciales tandis que je commençais à m'amollir en elle, juste assez longtemps pour qu'elle puisse prendre son pied avant que je devienne complètement flasque.

Alors c'était bien, mais décevant, sans réelle chute. C'est ainsi que doivent se sentir les filles quand elles renoncent finalement à leur virginité : tout ça pour ça ? Mais j'ai aimé sa façon de s'enrouler autour de moi, et j'ai aimé la trouver aussi douce que je l'avais imaginée. Une nouvelle peau. Jeune, j'ai pensé, honteusement, en pensant à Amy qui passait son temps à se tartiner de crèmes, assise sur le lit pour s'enduire la peau avec colère.

Je suis allé dans sa salle de bains, j'ai pissé, et je me suis regardé dans la glace en me forçant à le dire : *Tu as trompé ta femme. Tu as échoué à l'un des tests les plus fondamentaux de la virilité. Tu n'es pas un mec bien.* Et comme ça ne me faisait rien, j'ai pensé : *Tu n'es* vraiment pas *un mec bien.*

Ce qui était effrayant, c'est que si le sexe avait été délirant, ça aurait pu être mon unique indiscrétion. Mais ça avait été seulement correct, et, maintenant que je trompais ma femme, je ne pouvais pas ruiner mon passé de fidélité pour une aventure tout juste moyenne. C'est comme ça que j'ai su qu'il y aurait une prochaine fois. Je ne me suis pas fait la promesse de ne jamais recommencer. La fois suivante a été très, très bien, et la suivante, incroyable. Et bientôt Andie est devenue le contrepoint physique de tout ce qu'était Amy. Elle riait avec moi et elle me faisait rire, elle ne me contredisait pas systématiquement et n'essayait pas toujours d'anticiper mes réactions. Elle ne me parlait jamais avec hargne. Elle était facile à vivre. Tout était tellement facile, bon Dieu ! Et je me suis dit : *l'amour vous donne envie d'être un homme meilleur – d'accord, d'accord. Mais peut-être que l'amour, l'amour vrai, vous donne aussi la permission d'être tout bonnement celui que vous êtes.*

J'allais le dire à Amy. Je savais qu'il fallait que ça se fasse. J'ai continué à ne pas le dire à Amy, pendant des mois et des mois. Et encore des mois. En grande partie, c'était de la lâcheté. Je ne supportais pas l'idée d'avoir cette discussion, d'avoir à *m'expliquer*. Je ne pouvais pas imaginer être forcé de parler du divorce avec Rand et Marybeth, qui allaient certainement entrer en lice. Mais en vérité, ça tenait aussi à ma forte tendance au pragmatisme – je pouvais être tellement pragmatique (intéressé) que c'en était presque grotesque. Je n'avais pas demandé le divorce à Amy, en partie, parce que c'est son argent qui avait financé Le Bar. Fondamentalement, elle le possédait, et elle le reprendrait sans doute. Et je ne pouvais pas supporter de voir ma sœur essayer de garder son courage après avoir perdu encore deux ans de sa vie. Alors je me suis laissé m'enliser dans cette situation misérable, présumant que, un jour ou l'autre, Amy prendrait les choses en main, qu'elle demanderait le divorce, et que je pourrais garder le beau rôle.

Ce désir – d'échapper à la situation sans reproche – était méprisable. Plus je devenais méprisable, plus fort je désirais Andie, qui savait que je n'étais pas si mauvais que j'en aurais eu l'air, si mon histoire était passée dans le journal pour être jugée par des inconnus. *Amy va demander le divorce*, je ne cessais de me le répéter. *Elle ne peut pas laisser les choses traîner beaucoup plus longtemps*. Mais quand le printemps a laissé place à l'été, puis à l'automne, puis à l'hiver, quand je suis devenu un homme qui trompe sa femme en toutes saisons – un mari adultérin, avec une maîtresse à l'impatience charmante –, il est devenu clair qu'il allait falloir faire quelque chose.

« Sérieux, je t'aime, Nick, a dit Andie, une réplique surréaliste, là, sur le canapé de ma sœur. Quoi qu'il arrive. Je ne sais pas vraiment quoi dire d'autre, je me sens assez… » Elle a levé les mains en signe d'impuissance. « Stupide.

— Tu n'as pas à te sentir stupide. Je ne sais pas quoi dire non plus. Il n'y a rien à dire.

— Tu peux dire que tu m'aimes quoi qu'il puisse arriver. »

J'ai pensé : *Je ne peux plus dire ça tout haut.* Je l'avais dit une fois ou deux, un murmure baveux contre son cou, nostalgie d'un pays perdu. Mais les mots avaient été dits, et il n'y avait pas que ça, loin de là. J'ai pensé alors au chemin que nous avions quitté, notre histoire d'amour assidue, à moitié cachée, de laquelle je ne m'étais pas assez inquiété. Si son immeuble avait une caméra de surveillance, j'étais dessus. J'avais acheté un second téléphone rien que pour ses appels, mais mes messages et mes SMS allaient sur son mobile tout à fait permanent. Je lui avais écrit un message cochon pour la Saint-Valentin, que j'imaginais déjà étalé dans les journaux : je faisais rimer *tentation* avec *con*. Et il y avait plus : Andie avait 23 ans. Sans doute mes mots, ma voix et même des photos de moi étaient-ils captifs de divers supports électroniques. J'avais regardé les photos de son téléphone un soir, jaloux, possessif, curieux, et j'avais vu pléthore de photos d'un ex ou deux souriant fièrement dans son lit ; je m'étais dit qu'un jour ou l'autre je rentrerais dans ce club – quelque part, je *voulais* rentrer dans ce club – et je ne sais pas pourquoi, ça ne m'avait pas inquiété, bien qu'il soit possible de télécharger et d'envoyer ces images à un million de personnes en l'espace d'une seconde de rancœur.

« C'est une situation extrêmement bizarre, Andie. J'ai juste besoin que tu sois patiente. »

Elle s'est écartée de moi. « Tu ne peux pas dire que tu m'aimes quoi qu'il puisse arriver ?

— Je t'aime, Andie. Je te le jure. » J'ai soutenu son regard. Dire *je t'aime* était dangereux pour l'heure, mais ne pas le dire l'était aussi.

« Baise-moi, alors », a-t-elle murmuré. Elle s'est mise à tirer sur ma ceinture.

« Il faut qu'on soit vraiment prudents en ce moment. Je… Ce ne serait vraiment pas, mais vraiment pas bon pour moi si la police découvrait notre histoire. Ça ferait pire que mauvais effet.

— C'est ça qui t'inquiète ?

— Je suis un homme dont la femme a disparu et qui a une… petite amie en secret. Oui, ça fait mauvais effet. Ça me donne l'air d'un criminel.

— On dirait que c'est sordide, comme tu en parles. » Elle avait toujours les seins à l'air.

« Les gens ne nous connaissent pas, Andie. Ils *vont* trouver ça sordide.

— La vache ! on se croirait dans un mauvais film noir. »

J'ai souri. J'avais fait découvrir les films noirs à Andie – Bogart et *Le Grand Sommeil*, *Assurance sur la mort*, tous les classiques. C'était un des trucs que je préférais dans notre histoire, de pouvoir lui faire découvrir des choses.

« Et si on le disait tout simplement à la police ? a-t-elle dit. Est-ce que ça ne vaudrait pas mieux…

— Non. Andie, n'y pense même pas. Non.

— Ils vont trouver tout seuls…

— Pourquoi ? Pourquoi trouveraient-ils ? Tu as parlé de nous à quelqu'un, mon cœur ? »

Elle m'a jeté un coup d'œil nerveux. Je m'en suis voulu : ce n'est pas comme ça qu'elle avait envisagé la soirée. Elle était contente de me voir, elle avait imaginé des retrouvailles lubriques, un réconfort physique, et tout ce qui m'intéressait, c'était de protéger mes fesses.

« Ma chérie, je suis désolé. J'ai besoin de savoir, c'est tout.

— Pas nommément.

— Comment ça, "pas nommément" ?

— Je veux dire, a-t-elle dit en remontant finalement sa robe, mes amis, ma mère, ils savent que je vois quelqu'un, mais ils ne connaissent pas ton nom.

— Et tu ne leur as fait aucune description, n'est-ce pas ? » ai-je dit sur un ton plus pressant que je ne l'aurais souhaité. J'avais l'impression de tenir un plafond en train de s'écrouler. « Deux personnes sont au courant, Andie. Toi et moi. Si tu m'aides, si tu m'aimes, ça va rester entre nous, et la police ne nous découvrira jamais. »

Elle a passé un doigt le long de ma mâchoire. « Et si… et s'ils ne retrouvent jamais Amy ?

— Toi et moi, Andie, on sera ensemble quoi qu'il arrive. Mais *seulement* si on est prudents. Si on n'est pas prudents, il est possible… j'aurais l'air tellement coupable que je risque d'aller en prison.

— Peut-être qu'elle s'est enfuie avec quelqu'un, a-t-elle dit, appuyant sa joue contre mon épaule. Peut-être… »

Je sentais son cerveau de fille qui s'emballait, transformant la disparition d'Amy en une romance chimérique et scandaleuse, ignorant toute réalité qui ne cadrait pas avec sa petite histoire.

« Elle ne s'est pas enfuie. C'est beaucoup plus grave que ça. » J'ai mis un doigt sous son menton pour tourner son visage vers moi. « Andie ? J'ai absolument besoin que tu prennes ça très au sérieux, OK ?

— Bien sûr, que je prends ça au sérieux. Mais moi, j'ai besoin de pouvoir te parler plus souvent. De te voir. Je pète les plombs, Nick.

— Il faut juste qu'on se tienne à carreau pour l'instant. » Je l'ai prise par les épaules pour qu'elle ne puisse pas faire autrement que de me regarder. « Ma femme a disparu, Andie.

— Mais tu ne… »

Je savais ce qu'elle s'apprêtait à dire – *tu ne l'aimes même pas* – mais elle a eu le bon sens de s'arrêter.

Elle m'a entouré de ses bras. « Écoute, je ne veux pas qu'on se dispute. Je sais qu'Amy compte pour toi, et je sais que tu dois être très inquiet. Je sais que tu subis… je n'imagine même pas la pression. Alors je veux bien faire profil encore plus bas qu'avant, si c'est possible. Mais n'oublie pas, ça m'affecte aussi. J'ai besoin de t'entendre. Une fois par jour. Appelle dès que tu peux, même si c'est seulement quelques secondes, pour que je puisse entendre ta voix. Une fois par jour, Nick. Chaque jour que Dieu fait. Sinon je vais devenir dingue. Je vais devenir dingue. » Elle a souri, chuchoté : « Maintenant, embrasse-moi. »

Je l'ai embrassée très doucement.

« Je t'aime », a-t-elle dit. Je l'ai embrassée dans le cou et j'ai marmonné ma réponse. Nous sommes restés assis en silence devant la télé allumée.

J'ai laissé mes yeux se fermer. *Maintenant, embrasse-moi*, qui avait dit ça ?

Je me suis réveillé en sursaut juste après 5 heures du matin. Go était levée, je l'entendais faire couler de l'eau dans la salle de bains au bout du couloir. J'ai secoué Andie – *il est 5 heures, il est 5 heures* – et, en lui promettant l'amour et des coups de téléphone, je l'ai traînée jusqu'à la porte comme un vulgaire coup d'un soir.

« Rappelle-toi, appelle tous les jours », a chuchoté Andie.

J'ai entendu la porte de la salle de bains s'ouvrir.

« Tous les jours », j'ai dit, et je me suis effacé derrière la porte pour la laisser sortir.

Quand je me suis retourné, Go était plantée dans le salon. Elle avait la mâchoire pendante sous l'effet de la stupéfaction, mais le reste de son corps était clairement en position furie : mains sur les hanches, sourcils en V.

« Nick. T'es vraiment trop con. »

Amy Elliott Dunne

21 juillet 2011

Journal

Je suis vraiment trop conne. Parfois, quand je me regarde, je me dis : *Pas étonnant que Nick me trouve ridicule, frivole et gâtée, comparée à sa mère.* Maureen est en train de mourir. Elle cache sa maladie derrière de grands sourires et d'amples sweet-shirts brodés, répond à toutes les questions sur sa santé en disant : « Oh, moi, ça va, mais et *toi*, mon chou ? » Elle est en train de mourir, mais elle ne va pas l'avouer, pas encore. Ainsi, hier, elle m'appelle dans la matinée, et me demande si ça me tente, une sortie avec elle et ses copines – elle est en forme aujourd'hui, elle veut sortir de chez elle aussi souvent que possible –, et j'accepte sur-le-champ, même si je sais qu'elles ne vont rien faire qui m'intéresse particulièrement : belote, bridge, activités pour l'église, qui consistent généralement à faire du tri.

« On est là dans quinze minutes, dit-elle. Mets des manches courtes. »

Du nettoyage. Ça doit être du nettoyage. Une activité qui nécessite de l'huile de coude. Je passe une chemisette et, quinze minutes tapantes plus tard, j'ouvre la porte à Maureen, chauve sous sa calotte en tricot, qui glousse avec ses deux amies. Elles portent toutes le même tee-shirt couvert de clochettes et de rubans, avec les mots « Les PlasmMamas » peints à la bombe en travers de leur poitrine.

Je me dis qu'elles ont monté un groupe de doo-wop. Mais alors nous montons toutes dans la vieille Chrysler de Rose – vieille-*vieille*, avec une banquette avant d'une seule pièce, une voiture de grand-mère qui sent les cigarettes de dame – et nous partons joyeusement pour le *centre de don de plasma.*

« C'est ouvert du lundi au jeudi, explique Rose en me regardant dans le rétroviseur.

— Oh ! » je fais.

Que répondre d'autre ? *Oh, c'est super, comme jours, pour le plasma !*

« On a le droit de donner deux fois par semaine », dit Maureen. Les clochettes de son sweat-shirt tintent. « La première fois, tu gagnes 20 dollars, la seconde, 30. C'est pour ça qu'on est toutes de si bonne humeur aujourd'hui.

— Tu vas adorer ça, dit Vicky. Tout le monde bavarde tranquillement, on se croirait à l'institut de beauté. »

Maureen m'a pressé le bras et a dit tranquillement : « Je ne peux plus donner, mais j'ai pensé que tu pourrais le faire pour moi. Ce serait un bon moyen de te faire un peu d'argent de poche – c'est bien pour une fille d'avoir un peu d'argent à elle. »

J'ai refoulé une brève flambée de colère : *Avant, j'avais un peu plus qu'un peu d'argent de poche, mais j'ai tout donné à ton fils.*

Un homme maigre en veste en jean étriquée traîne sur le parking comme un chien errant. À l'intérieur, cependant, c'est propre. Bien éclairé, ça sent le pin, il y a des posters chrétiens aux murs, tout de colombes et de brume. Mais je sais que je ne peux pas faire ça. Les aiguilles. Le sang. Je ne supporte ni les premières ni le second. Je n'ai pas vraiment d'autres phobies, mais ces deux-là sont indéfectibles – je suis le genre de fille à m'évanouir pour une petite coupure de rien du tout. Ça doit avoir un rapport avec le fait d'ouvrir la peau : peler, trancher, percer. Pendant les séances de chimio de Maureen, je ne regarde jamais quand ils plantent l'aiguille.

« Bonjour, Cayleese ! lance Maureen quand nous entrons, et une grosse femme noire en uniforme vaguement médical répond :

— Bonjour, Maureen ! Comment tu te sens ?

— Oh, ça va, ça va – mais *toi*, comment vas-tu ?

— Ça fait combien de temps que vous faites ça ? je demande.

— Un petit moment, répond Maureen. Cayleese est la préférée de tout le monde, elle ne fait pas du tout mal quand elle pique. Et ça c'est toujours mieux pour moi, parce que j'ai les veines qui roulent sous la peau. » Elle tend son avant-bras avec ses veines bleues et noueuses. Quand j'ai rencontré Mo, elle était grosse, mais plus maintenant. C'est bizarre, mais ça lui va mieux d'être grosse. « Tu as vu ? Essaie d'en coincer une. »

Je regarde autour de moi, dans l'espoir que Cayleese va nous faire entrer.

« Vas-y, essaie. »

Je pose un doigt sur une veine et je la sens rouler par en dessous. Une bouffée de chaleur me submerge.

« Alors c'est votre nouvelle recrue ? demande Cayleese, soudain à côté de moi. Maureen n'arrête pas de chanter vos louanges. Il faudrait que vous remplissiez quelques papiers…

— Je suis désolée, je ne peux pas. Je ne supporte pas les aiguilles, je ne supporte pas le sang. J'ai une phobie sévère. Je ne peux *littéralement* pas le faire… »

Je réalise que je n'ai pas mangé de la journée, et une vague de faiblesse m'envahit. Mon cou est sans force.

« Tout est très hygiénique ici, vous êtes en de très bonnes mains, dit Cayleese.

— Non, ce n'est pas ça, je vous jure. Je n'ai jamais donné mon sang. Mon médecin me gronde parce que je n'arrive même pas à faire un bilan sanguin une fois par an pour, je ne sais pas, le cholestérol. »

Alors nous attendons. Ça prend deux heures, Vicky et Rose sont reliées à des machines qui produisent un bruit de baratte. Comme si on les moissonnait. On leur a même fait une marque sur les doigts, pour être sûr qu'elles ne donnent pas plus d'une fois par semaine où que ce soit – c'est une marque qui se voit sous une lumière mauve.

« C'est le côté James Bond », dit Vicky, et elles se mettent toutes à glousser. Maureen fredonne le thème de James Bond (je crois), et Rose fait semblant de tirer au pistolet avec ses doigts.

« Vous pourriez pas la mettre en sourdine, vieilles biques, pour une fois ? » lance une femme aux cheveux blancs quatre chaises plus loin. Elle se penche par-dessus les corps inclinés de trois hommes graisseux – tatouages bleu-vert sur les bras, barbe de plusieurs jours, le genre d'hommes que j'imaginais bien donner du plasma – et fait non du doigt avec sa main libre.

« Mary ! Je pensais que tu venais demain.

— C'est ce que j'avais prévu, mais mon chèque de chômage n'arrive pas avant une semaine, et je n'avais plus qu'un paquet de céréales et une boîte de crème de maïs ! »

Elles s'esclaffent toutes, comme si le fait de quasiment mourir de faim était amusant – elle est trop, parfois, cette ville, tellement désespérée et dans un tel déni. Je commence à me sentir malade, le son du sang qui baratte, les longs rubans de sang qui courent des corps aux machines, les gens qui sont, quoi, qui sont exploités, comme du bétail. Du sang partout où je regarde, en pleine vue, là où le sang n'est pas censé se trouver. Épais et foncé, presque violet.

Je me lève pour aller aux toilettes, me passer de l'eau fraîche sur le visage. Je fais deux pas et mes oreilles se bouchent, mon champ de vision se rétrécit, je sens le battement de mon propre cœur, de mon propre sang et, en tombant, je dis : « Oh ! pardon. »

Je me rappelle à peine le trajet du retour. Maureen me met au lit, un verre de jus de pomme et un bol de soupe sur la table de chevet. Nous essayons d'appeler Nick. Go dit qu'il n'est pas au Bar, et il ne répond pas sur son portable.

L'homme disparaît.

« Il était déjà comme ça quand il était petit – c'est un chat de gouttière, dit Maureen. La pire chose qu'on pouvait faire pour le punir, c'était lui interdire de sortir de sa chambre. » Elle place une serviette fraîche sur mon front ; son haleine a l'odeur acidulée de l'aspirine. « Ce que t'as à faire, c'est te reposer, OK ? Je vais continuer d'appeler jusqu'à ce que j'arrive à faire rentrer ce garçon au bercail. »

Quand Nick rentre, je suis endormie. Je me réveille en l'entendant prendre une douche, et je regarde l'heure : 23 h 04. Il a dû passer au Bar, après tout – il aime bien prendre une douche après le service, pour se débarrasser de l'odeur de bière et de pop-corn. (Dit-il.)

Il se glisse dans le lit, et quand je me tourne vers lui, les yeux ouverts, il a l'air consterné de me trouver éveillée.

« On a essayé de te joindre pendant des heures.

— J'avais plus de batterie. Tu t'es évanouie ?

— Je croyais que t'avais plus de batterie ? »

Il hésite, et je sais qu'il s'apprête à mentir. C'est la pire des impressions : quand il n'y a plus qu'à attendre et à se préparer pour le mensonge. Nick est un mec à l'ancienne, il a besoin de sa liberté, il n'aime pas s'expliquer. Il peut savoir qu'il a une sortie prévue avec ses potes une semaine à l'avance, il attendra quand même l'heure qui précède sa partie de poker pour me lâcher nonchalamment : « Au fait, je pensais que j'irais rejoindre les copains au poker ce soir, si ça te dérange pas », afin de me laisser jouer le mauvais rôle si j'avais fait d'autres projets. Personne ne veut être la femme qui empêche son mari de jouer au poker – personne ne veut être la mégère avec les bigoudis et le rouleau à pâtisserie. Alors on ravale sa déception, et on dit d'accord. Je ne pense pas qu'il le fasse par méchanceté, c'est juste qu'il a été élevé comme ça. Son père faisait ce qui lui chantait, toujours, et sa mère encaissait. Jusqu'au jour où elle a divorcé.

Il se lance dans son mensonge. Je n'écoute même pas.

Nick Dunne

Cinq jours après

Je me suis appuyé contre la porte, les yeux fixés sur ma sœur. Je sentais encore le parfum d'Andie, et je voulais savourer ce moment pendant une seconde, parce que, maintenant qu'elle était partie, je pouvais apprécier l'idée de sa présence. Elle avait un goût de caramel et sentait la lavande. Shampooings à la lavande, crèmes à la lavande. *La lavande, ça porte chance*, m'avait-elle expliqué un jour. J'en avais bien besoin, de chance.

« Elle a quel âge ? m'a demandé Go d'une voix autoritaire, les mains sur les hanches.

— C'est par là que tu veux commencer ?

— Elle a *quel* âge, Nick ?

— 23 ans.

— 23 ans. Génial.

— Go, ne…

— Nick. Tu ne vois pas dans quelle *merde* tu es ? Et t'es *débile* par-dessus le marché. » Elle a prononcé le mot *débile* – un mot d'enfant – de telle sorte qu'il m'a blessé autant que si j'étais de nouveau un gamin de 10 ans.

« La situation n'est pas idéale, ai-je concédé d'une voix calme.

— Tu parles de situation idéale ! Tu es… tu *trompes* ta femme, Nick. Franchement, qu'est-ce qui t'arrive ? T'as toujours été un mec bien. Ou est-ce que je me mets le doigt dans l'œil depuis le début ?

— Non. » Je gardais les yeux rivés au sol, sur le même point que je regardais fixement quand j'étais petit, quand ma mère me faisait asseoir sur le canapé et m'expliquait que je valais mieux que telle ou telle bêtise que je venais de faire.

« Maintenant ? T'es un *homme qui trompe sa femme*, tu ne pourras jamais défaire ça. Bon Dieu, même *papa* ne trompait pas maman ! T'es tellement… franchement, ta femme a disparu, Amy est Dieu sait où, et toi tu batifoles avec une petite…

— Go, j'adore ta version révisionniste de l'histoire, où tu prends la défense d'Amy. Sérieusement, tu l'as jamais aimée, Amy, même pas au début, et depuis tout ça, c'est comme si…

— Comme si j'éprouvais de la sympathie pour ta femme disparue, eh bien, ouais, Nick. Je m'inquiète. Oui, c'est vrai. Tu te souviens que je t'ai dit que t'étais bizarre ? T'es… c'est insensé, ta manière de te comporter. » Elle s'est mise à faire les cent pas en se rongeant l'ongle du pouce. « Si la police découvre ça, et je sais même pas… Je suis *terrifiée*, putain, Nick. C'est la première fois que j'ai vraiment peur pour toi. J'ai du mal à croire qu'ils n'ont même pas encore trouvé ça. Ils ont dû consulter tes relevés téléphoniques.

— J'ai un deuxième téléphone. »

Elle est restée interdite une seconde. « C'est encore pire. C'est… comme de la préméditation.

— Adultère prémédité, Go. Oui, je suis coupable de ça. »

Elle a encaissé le coup un instant et s'est laissée tomber sur le canapé. Elle s'habituait à la nouvelle réalité. En vérité, j'étais soulagé que Go soit au courant.

« Ça fait combien de temps ?

— Un peu plus d'un an. » Je me suis forcé à détacher les yeux du sol pour la regarder en face.

« Plus d'*un an* ? Et tu ne m'en as jamais parlé.

— J'avais peur que tu me dises d'arrêter. Peur que tu penses du mal de moi et d'être obligé d'arrêter. Et je ne voulais pas arrêter. La situation avec Amy…

— Plus d'un an. Et je ne m'en suis jamais doutée. Huit mille conversations d'ivrognes, et tu ne m'as jamais fait assez confiance pour m'en parler. Je ne savais pas que tu en étais capable, de me cacher quelque chose d'aussi énorme.

— C'est la seule chose. »

Go a haussé les épaules : *Comment puis-je te croire à présent ?* « Tu l'aimes ? » Elle a dit ces mots d'un ton un peu badin, pour montrer à quel point c'était peu probable.

« Oui, je crois vraiment que oui. Je l'aimais. Je l'aime.

— Tu te rends bien compte que si tu sortais vraiment avec elle, si tu la voyais régulièrement, si tu *vivais* avec elle, elle te trouverait des défauts, n'est-ce pas ? Qu'elle découvrirait des aspects de toi qui la rendraient dingue. Qu'elle exigerait des trucs qui ne te plairaient pas. Qu'elle se mettrait en colère contre toi ?

— J'ai pas 10 ans, Go. Je sais comment ça marche les relations amoureuses. »

Elle a de nouveau haussé les épaules : *Vraiment ?*

« Il nous faut un avocat. Un bon avocat, doué pour les relations publiques, parce que les chaînes de télé, les émissions du câble, ils fouinent partout. Il faut qu'on s'assure que les médias ne te transforment pas en vilain mari volage, parce que si ça se produit, je crois que c'est carrément foutu pour toi.

— Go, tu dramatises un peu. » En réalité, j'étais d'accord avec elle, mais je ne supportais pas d'entendre ces mots prononcés à haute voix, de la bouche de Go. Il me fallait leur ôter du poids.

« Nick, la situation est dramatique, là. Je vais passer des coups de fil.

— Comme tu veux, si ça peut te rassurer. »

Go m'a planté deux doigts raidis dans le sternum. « Joue pas à ça avec moi, *Lance*. "Oh ! les filles sont hyper émotives." C'est des grosses conneries. T'es vraiment dans la merde, mon pote. Sors-toi la tête du cul et aide-moi à rattraper les dégâts. »

Sous ma chemise, j'ai senti le point où elle m'avait touché brûler sur ma peau tandis que Go me tournait le dos et, Dieu merci ! regagnait sa chambre. Je me suis assis sur le canapé, hébété. Puis je me suis allongé en me promettant de me lever bientôt.

J'ai rêvé d'Amy : elle se traînait sur le sol de notre cuisine, à quatre pattes, essayant de rejoindre la porte de derrière, mais elle était aveuglée par le sang et elle avançait lentement, trop lentement. Sa jolie tête était étrangement déformée, enfoncée sur le côté droit. Du sang dégoulinait d'une longue mèche de cheveux, et elle gémissait mon nom.

Quand je me suis réveillé, j'ai su qu'il était temps de rentrer chez moi. J'avais besoin de voir les lieux – la scène de crime –, j'avais besoin d'affronter ça.

Il n'y avait personne dehors dans la chaleur. Notre lotissement était aussi vide et solitaire que le jour de la disparition d'Amy. Je suis entré chez moi et me suis forcé à respirer. Étrange qu'une maison si neuve puisse sembler hantée, et pas de façon romantique, comme dans un roman victorien, mais comme une ruine affreuse, merdique. Une maison avec une histoire, et elle n'avait que 3 ans. La police scientifique était passée partout ; chaque surface était pleine de traces, collantes et tachées. Je me suis assis sur le canapé, et il avait une odeur humaine, une odeur inconnue, un after-shave épicé. J'ai ouvert les fenêtres malgré la chaleur pour faire rentrer un peu d'air. Bleecker est descendu au petit trot, et je l'ai pris dans mes bras et caressé ; il ronronnait. Quelqu'un, un flic, avait rempli à ras bord son bol de croquettes. Charmante attention, après avoir mis ma maison à sac. Je l'ai reposé avec précaution sur la première marche de l'escalier, puis je suis monté dans la chambre en déboutonnant ma chemise. Je me suis allongé en travers du lit et j'ai enfoui mon visage dans l'oreiller, la même taie d'oreiller bleu marine que j'avais contemplée le matin de notre anniversaire. Le matin où.

Mon portable a sonné. Go. J'ai décroché.

« *Ellen Abbott* fait une émission spéciale à midi. C'est sur Amy. Et toi. Je, heu, ça se présente mal. Tu veux que je vienne ?

— Non, je peux regarder ça tout seul, merci. »

Nous avons prolongé l'appel un instant. Chacun attendant les excuses de l'autre.

« OK, on se rappelle après », a dit Go.

Ellen Abbott Live était une émission du câble spécialisée dans les femmes disparues, assassinées, dont la présentatrice était la perpétuellement furieuse Ellen Abbott, une ancienne procureure et défenseure du droit des victimes. L'émission a commencé par un plan d'Ellen, avec son brushing et ses lèvres enduites de gloss, qui jetait un regard sinistre à la caméra. « Un récit choquant aujourd'hui : une belle jeune femme qui a été l'inspiration de la série de livres *L'Épatante Amy*. *Disparue.* Maison *sens dessus dessous.* Le mari, c'est Lance Nicholas Dunne, un *écrivain au chômage* qui possède maintenant un *bar* acheté avec *l'argent de sa femme.* Vous vous demandez s'il tient le coup ? Voici des photos prises depuis que sa femme, Amy Elliott Dunne, a disparu le 5 juillet – le jour de *leurs cinq ans de mariage.* »

Fondu sur une photo de moi à la conférence de presse, avec le sourire crétin. Une autre de moi en train de saluer et de sourire comme une reine de beauté en descendant de voiture (je *rendais* son salut à Marybeth, je souriais parce que je souris quand je salue quelqu'un).

Puis venait la photo de moi avec Shawna Kelly, reine de la tourte aux Fritos, prise avec son portable. Nous deux, joue contre joue, sourire Ultrabrite. Puis Shawna apparaissait à l'écran en chair et en os, bronzée, sculpturale et lugubre tandis qu'Ellen la présentait à l'Amérique. Tout mon corps s'est soudain couvert de gouttelettes de sueur.

ELLEN : Alors revenons à ce Lance Nicholas Dunne… Pouvez-vous décrire son comportement pour nous, Shawna ? Vous le rencontrez alors que tout le monde se met en quatre pour chercher sa femme disparue, et Lance Nicholas Dunne est… comment ?

SHAWNA : Il était très calme, très amical.

ELLEN : *Excusez*-moi, *excusez*-moi. Il était *amical* et *calme* ? Sa femme est *portée disparue*, Shawna. Quel genre d'homme se montre *amical* et *calme* dans ce genre de situation ?

La photo grotesque apparaissait de nouveau à l'écran. Pour une raison ou pour une autre, nous avions l'air encore plus joyeux.

SHAWNA : Il était un peu charmeur, en fait…

T'aurais dû être plus sympa avec elle, Nick. T'aurais dû la bouffer, sa putain de tourte.

ELLEN : *Charmeur ?* Pendant que sa femme est Dieu sait *où*, Lance Dunne est… je suis désolée, Shawna, mais cette photo est juste… je ne trouve pas d'autre mot que *répugnante*. Ce n'est pas cette tête-là que fait un *innocent*…

Tout le reste du sujet, en gros, se résumait à Ellen Abbott, incitatrice à la haine professionnelle, qui ressassait mon absence d'alibi sur tous les tons : « *Pourquoi Lance Nicholas Dunne* n'a-t-il pas d'alibi avant *midi* ? Où était-il *ce matin-là* ? » rabâchait-elle avec son accent traînant de shérif du Texas. Ses invités en convenaient, ça ne sentait pas bon.

J'ai appelé Go et elle a dit : « Eh bien, t'as réussi à tenir presque une semaine avant qu'elles se retournent contre toi », et nous avons échangé des jurons pendant un moment. *Quelle putain de salope cinglée, cette Shawna.*

« Fais quelque chose de vraiment, vraiment utile aujourd'hui, m'a conseillé Go. Active-toi. Tous les regards vont être braqués sur toi.

— Même si je le voulais, je suis incapable de rester sans rien faire. »

J'ai fait la route de Saint-Louis dans un état proche de la rage. Mentalement, je me repassais l'émission, je répondais à toutes les questions d'Ellen, je lui clouais le bec. *Aujourd'hui, Ellen Abbott, espèce de connasse, j'ai localisé un des types qui harcelaient Amy, Desi Collings. Je l'ai retrouvé pour découvrir la vérité.* Moi, le mari héroïque. Si j'avais eu la « Chevauchée des Walkyries », je l'aurais mise à fond. Moi, le gentil fils d'ouvrier, qui allais m'attaquer au fils à papa pourri gâté. Les médias allaient bien devoir mordre à l'hameçon : les cinglés obsessionnels sont plus intrigants que le tout-venant des maris meurtriers. Les Elliott, au moins, allaient apprécier. J'ai fait le numéro de Marybeth, mais je suis tombé sur la messagerie. J'ai continué.

En arrivant dans son quartier, j'ai dû changer ma vision de Desi : il n'était pas riche, il était richissime, d'une richesse écœurante. Ce mec vivait à Ladue, dans un château qui coûtait sans doute 5 millions de dollars au bas mot. Briques passées à la chaux, volets en laqué noir, lampes à gaz et lierre. Je m'étais habillé pour l'occasion, j'avais passé un costume correct et une cravate, mais j'ai réalisé en sonnant à sa porte qu'un costume à 400 dollars dans son quartier était plus pathétique que si je m'étais pointé en jean. J'ai entendu le bruit feutré de chaussures de ville s'approcher depuis l'arrière de la maison, et la porte s'est ouverte avec un bruit de succion inversé, comme un frigo. De l'air froid m'a jailli au visage.

Desi était le portrait de ce à quoi j'aurais toujours voulu ressembler : un type très beau, un type très bien. Quelque chose dans les yeux ou la mâchoire. Il avait des yeux enfoncés, en amande, des yeux de nounours, et des fossettes sur les deux joues. Si vous nous aviez vus côte à côte, vous auriez pensé que c'était lui le gentil.

« Oh ! a fait Desi en étudiant mon visage. Vous êtes Nick. Nick Dunne. Grands dieux ! je suis vraiment désolé pour Amy. Entrez, entrez. »

Il m'a fait entrer dans un salon sobre, l'image de la virilité telle que la conçoit un décorateur d'intérieur. Beaucoup de cuir foncé et inconfortable. Il m'a indiqué un fauteuil au dossier particulièrement rigide ; j'ai essayé de me mettre à l'aise, comme il m'y invitait, mais la seule posture autorisée par ce siège était celle d'un écolier puni : *écoute et tiens-toi droit.*

Desi ne m'a pas demandé ce que je faisais dans son salon. Il n'a pas non plus expliqué comment il m'avait reconnu immédiatement. Mais enfin, cela devenait habituel. On murmurait sur mon passage.

« Je peux vous offrir un verre ? a demandé Desi, pressant ses deux mains l'une contre l'autre : les affaires avant tout.

— Ça va. »

Il s'est assis face à moi. Il était vêtu d'un ensemble marine et beige impeccablement coordonné ; on aurait dit que même ses lacets étaient repassés. Ce n'était pas le dandy négligeable que j'avais espéré. Desi ressemblait à la définition du gentleman : un type capable de citer un grand poète, de commander un scotch rare et de dénicher pour une femme le bijou ancien de ses rêves. Il avait l'air, en fait, d'un homme qui sait de naissance ce que veulent les femmes – face à lui, j'ai senti mon costume se flétrir, mes manières devenir maladroites. J'éprouvais un besoin de plus en plus pressant de parler de foot et de pets. C'était le genre de mecs qui me foutaient dedans à tous les coups.

« Alors du nouveau au sujet d'Amy ? Des pistes ? » a demandé Desi.

Il avait l'air d'une connaissance. Un acteur, peut-être.

« Aucune de valable.

— Elle a été enlevée… du foyer. C'est bien ça ?

— De notre maison, oui. »

C'est là que j'ai su qui il était : c'était le type qui s'était présenté tout seul le premier jour des recherches, le type qui ne cessait pas de jeter des regards en biais à la photo d'Amy.

« Vous êtes venu au QG des volontaires, n'est-ce pas ? Le premier jour.

— J'étais là, a dit Desi, honnête. J'allais le dire. Je regrette de n'avoir pu me présenter ce jour-là, vous exprimer ma sympathie.

— Ah ! oui, ça faisait du chemin à parcourir.

— Je pourrais vous dire la même chose. » Il a souri. « Écoutez, je suis très attaché à Amy. Quand j'ai appris ce qui s'était passé, eh bien, il fallait que je fasse quelque chose. J'ai juste… c'est terrible de dire ça, Nick, mais, quand j'ai vu les informations, je me suis dit : *C'était prévisible.*

— C'était prévisible ?

— C'était prévisible que quelqu'un veuille… l'avoir pour lui. » Il avait une voix grave, une voix à raconter des histoires au coin du feu. « Vous savez, elle a toujours été comme ça. Elle a toujours eu cette manière de susciter le désir chez les autres. Toujours. Vous connaissez ce vieux cliché : les hommes la veulent, et les femmes veulent être elle. Avec Amy, ça se vérifiait. »

Desi a plié ses grandes mains en travers de sa culotte bouffante. Pas un pantalon, une culotte bouffante. Je n'arrivais pas à décider s'il se foutait de ma gueule. Je me suis dicté d'y aller sur la pointe des pieds. C'est la règle dans tous les entretiens potentiellement épineux : ne pas passer à l'attaque à moins d'y être forcé, attendre d'abord de voir si l'autre ne va pas s'enfoncer tout seul.

« Vous aviez une relation très intense, avec Amy, pas vrai ?

— Ce n'était pas seulement sa beauté. » Il s'est appuyé sur un genou, les yeux dans le vague. « J'y ai beaucoup pensé, bien sûr. Le premier amour. J'y ai pensé, pas de doute. Mon côté nombriliste. Trop de philosophie. » Il a esquissé un sourire modeste. Ses fossettes se sont creusées. « Vous comprenez, quand Amy vous aime, quand elle s'intéresse à vous, son attention est incroyablement chaleureuse et rassurante, tout à fait enveloppante. Comme un bain chaud. »

J'ai levé un sourcil perplexe.

« Soyez indulgent. Vous vous sentez bien dans votre peau. Complètement bien, peut-être pour la première fois. Et là, elle commence à voir vos défauts, elle s'aperçoit que vous n'êtes rien de plus qu'un individu ordinaire de plus qu'elle doit se coltiner – en réalité, vous êtes l'Habile Andy, et, dans la vraie vie, l'Habile Andy et l'Épatante Amy, ça ne marcherait jamais. Alors son intérêt s'étiole, et vous ressentez de nouveau ce froid ancien, comme si vous étiez tout nu sur le carrelage de la salle de bains, et que tout ce que vous désiriez, c'était de retourner dans le bain. »

Je connaissais cette impression – cela faisait environ trois ans que j'étais sur le carrelage de la salle de bains – et une bouffée de dégoût m'a parcouru à l'idée de partager cette émotion avec cet homme.

« Je suis sûr que vous voyez ce que je veux dire », a dit Desi en me souriant d'un air entendu.

Quel homme étrange, me suis-je dit. *Quelle idée de comparer la femme d'un autre à un bain chaud dans lequel il voudrait se plonger ? La femme* portée disparue *d'un autre homme ?*

Derrière Desi, il y avait une longue table basse, bien astiquée, sur laquelle étaient posées plusieurs photos dans des cadres argentés. Au centre était un agrandissement d'un cliché de Desi et Amy à l'époque du lycée, en tenue de tennis – ils étaient tellement élégants que c'en était ridicule, respiraient tellement l'opulence qu'ils auraient pu sortir d'un film d'Hitchcock. Je me suis représenté Desi, le Desi adolescent, se faufiler dans la chambre d'Amy au pensionnat, laisser tomber ses vêtements à terre, et se glisser sous les draps froids en avalant des cachets enrobés de plastique. Et attendre d'être découvert. C'était une forme de punition, de rage, mais pas le genre de rage qui se produisait sous mon toit. Je comprenais pourquoi la police ne s'intéressait pas plus que ça à son cas. Desi a suivi mon regard.

« Ah, oh ! vous ne pouvez pas m'en vouloir pour ça. » Il a souri. « Sérieusement, vous jetteriez une photo d'une telle perfection ?

— D'une fille que je ne connais plus depuis vingt ans ? » ai-je rétorqué avant de pouvoir m'arrêter. J'ai réalisé que j'avais un peu dépassé les bornes.

Desi a répondu au quart de tour. « Je connais Amy. » Il a respiré un coup. « Je l'ai connue, je l'ai très bien connue. Il n'y a aucune piste ? Il faut que je vous demande… Son père, il est… là-bas ?

— Bien sûr que oui.

— Je suppose que ce n'est… Il était à New York quand ça s'est produit, on en est sûr, n'est-ce pas ?

— Il était à New York. Pourquoi ? »

Desi a haussé les épaules. *Sans raison. Simple curiosité.* Nous avons gardé le silence pendant une demi-minute, jouant à celui qui ferait baisser les yeux à l'autre. Nous n'avons cillé ni l'un ni l'autre.

« Je suis venu ici, Desi, pour voir ce que vous pouviez me dire. »

J'ai encore essayé de me représenter Desi en train de se tirer avec Amy. Avait-il un chalet au bord d'un lac dans les environs, par hasard ? Ils en ont tous un, ces mecs-là. Serait-ce crédible que cet homme raffiné, sophistiqué, garde Amy dans quelque sous-sol BCBG…

Amy réduite à faire les cent pas sur la moquette, à dormir sur un canapé poussiéreux d'une couleur vive considérée comme sélecte dans les années 1960, jaune citron ou corail. J'aurais voulu que Boney et Gilpin soient là pour entendre les accents de propriétaire de Desi : *Je connais Amy.*

« Moi ? » Il a ri. *Un rire riche.* L'expression parfaite pour décrire le son. « Je ne peux rien vous dire. Comme vous l'avez noté, je ne la connais pas.

— Mais vous venez de dire le contraire.

— Je ne la connais pas comme vous la connaissez, c'est un fait.

— Vous la harceliez au lycée.

— Je la *harcelais* ? Nick. C'était ma copine.

— Mais ça s'est terminé. Et vous refusiez de laisser tomber.

— Oh ! je me suis langui d'elle, sans doute. Mais tout ça est très banal.

— Essayer de vous tuer dans sa chambre, vous trouvez ça banal ? »

Il a eu un mouvement convulsif de la tête, il a plissé les paupières. Il a ouvert la bouche pour parler, puis baissé les yeux sur ses mains. « Je ne sais pas de quoi vous parlez, Nick, a-t-il dit finalement.

— Je vous parle du fait que vous harceliez ma femme. Au lycée. Maintenant.

— C'est *vraiment* ça que vous avez en tête ? » Il a ri de nouveau. « Grands dieux ! je croyais que vous récoltiez des fonds pour offrir une récompense, quelque chose comme ça. Je serais heureux de financer une telle initiative, d'ailleurs. Comme je l'ai dit, je n'ai jamais cessé de vouloir le meilleur pour Amy. Est-ce que je l'aime ? Non. Je ne la connais plus, plus vraiment. On échange des lettres de temps à autre. Mais c'est intéressant, de vous voir ici. De voir que vous vous trompez sur la nature du problème. Parce que je dois vous dire, Nick, à la télé, et bon sang ! *ici*, vous n'avez pas l'air d'un mari affligé prêt à remuer ciel et terre. Vous avez l'air… arrogant. La police, au fait, m'a déjà interrogé, grâce à vous, je suppose. Ou aux parents d'Amy. C'est bizarre que vous ne soyez pas au courant – on pourrait croire qu'ils diraient tout au mari, s'il est au-dessus de tout soupçon. »

Mon estomac s'est contracté. « Je suis là parce que je voulais voir de mes propres yeux votre visage quand vous parlez d'Amy. Je dois vous le dire, ça m'inquiète. Vous êtes un peu… dans la lune.

— Il faut bien qu'un de nous deux y soit, a dit Desi, faisant encore preuve de franchise.

— Chéri ? »

Une voix s'est élevée du fond de la maison, et une autre paire de chaussures hors de prix a claqué en direction du salon. « Quel était le titre de ce *bouquin*… »

Cette femme était comme une image trouble d'Amy, Amy dans un miroir embué – exactement le même teint, des traits fort semblables, mais un quart de siècle plus âgée, sa chair, ses traits un peu relâchés comme une étoffe luxueuse. Elle était foutue comme une espèce d'origami : les coudes extrêmement pointus, la clavicule en portemanteau. Elle portait un fourreau bleu de Chine et elle avait le même magnétisme qu'Amy : quand elle était dans une pièce, on ne pouvait que se tourner vers elle. Elle m'a adressé un sourire assez carnassier.

« Bonjour, je suis Jacqueline Collings.

— Mère, je vous présente Nick, le mari d'Amy.

— Amy. » La femme a souri de nouveau. Elle avait une voix caverneuse, grave et étrangement sonore. « On s'est beaucoup intéressés à cette histoire ici. Oui, beaucoup. » Elle s'est retournée froidement vers son fils : « On n'arrête jamais de penser à la superbe Amy Elliott, n'est-ce pas ?

— Amy Dunne, maintenant, j'ai dit.

— Bien sûr, a approuvé Jacqueline. Je suis désolée, Nick, pour ce que vous traversez. » Elle m'a dévisagé un instant. « Je suis désolée, je dois... je ne m'imaginais pas Amy avec un garçon si... *américain.* » On aurait dit qu'elle ne s'adressait ni à moi ni à Desi. « Grand Dieu ! il a même une fossette au menton.

— Je suis venu voir si votre fils n'avait pas des informations. Je sais qu'il a écrit beaucoup de lettres à ma femme au fil des années.

— Oh, les *lettres* ! a dit Jacqueline avec un sourire courroucé. Quelle façon intéressante de passer le temps, vous ne trouvez pas ?

— Amy vous les a fait lire ? a demandé Desi. Ça m'étonne.

— Non. Elle les jetait sans les ouvrir, systématiquement.

— Toutes ? Systématiquement ? Vous en êtes sûr ? a dit Desi sans cesser de sourire.

— Un jour, j'en ai récupéré une dans la poubelle. » Je me suis retourné vers Jacqueline. « Juste pour voir de quoi il s'agissait exactement.

— Vous avez bien raison, a dit Jacqueline d'une voix câline. Je ne voudrais pas que mon mari en fasse moins dans un cas pareil.

— Amy et moi, on s'est toujours écrit des lettres », a dit Desi. Il avait la même cadence que sa mère, l'élocution qui indiquait que tout ce qu'il disait allait vous faire plaisir. « C'était notre truc. Je trouve que les mails c'est tellement... vulgaire. Et personne ne les garde. Personne ne garde les e-mails, parce que c'est tellement impersonnel par nature. Je me préoccupe de la postérité de manière générale. Toutes les grandes lettres d'amour – de Simone de Beauvoir à Sartre, de Samuel Clemens à sa femme, Olivia –, je ne sais pas, je m'interroge toujours sur ce qui va être perdu...

— Vous avez gardé toutes mes lettres ? » a demandé Jacqueline.

Debout près de la cheminée, elle nous regardait d'en haut, un long bras délié courant le long du chambranle.

« Bien sûr. »

Elle s'est tournée vers moi avec un haussement d'épaules élégant. « Simple curiosité. »

J'ai frissonné, et je m'apprêtais à m'approcher de la cheminée pour me réchauffer, quand je me suis souvenu que nous étions en juillet. « Ça me paraît assez étrange, d'entretenir une telle dévotion pendant toutes ces années, ai-je dit. C'est vrai, quoi, elle ne vous répondait pas. »

Les yeux de Desi se sont illuminés. « Oh ! », c'est tout ce qu'il a dit, le son qu'émet quelqu'un qui tombe par hasard sur un feu d'artifice.

« Ce que je trouve singulier, Nick, c'est que vous débarquiez ici pour interroger Desi sur sa relation – ou son absence de relation – avec votre femme, a dit Jacqueline Collings. Vous ne partagez pas votre intimité, avec Amy ? Je peux vous le garantir : Desi n'a pas eu de contact véritable avec Amy depuis des décennies. Des décennies. »

Jacqueline s'est dirigée vers la porte ; elle s'est tournée et m'a adressé un unique coup de menton pour me signifier qu'il était temps de prendre congé.

« Comme vous êtes *intrépide*, Nick ! Très système D. Vous avez construit votre *véranda* vous-mêmes, aussi ? »

Elle a ri de son bon mot et m'a ouvert la porte. J'ai regardé son cou et me suis demandé pourquoi elle ne portait pas un collier de perles. Les femmes comme elle ont toujours d'épais rangs de perles à faire cliqueter les uns contre les autres. Je sentais son odeur, toutefois, une odeur femelle, vaginale et curieusement obscène.

« C'était intéressant de vous rencontrer, Nick. Espérons qu'Amy rentrera saine et sauve. D'ici là, la prochaine fois que vous voulez contacter Desi… » Elle a poussé une épaisse carte couleur crème dans mes mains. « Appelez notre avocat, s'il vous plaît. »

Amy Elliott Dunne

17 août 2011

Journal

Je sais que je vais sonner comme une ado dans les nuages, mais je fais la charte des humeurs de Nick. À mon égard. Juste pour m'assurer que je ne suis pas folle. J'ai un calendrier, et je mets des cœurs les jours où Nick a l'air de m'aimer de nouveau, et des carrés noirs dans le cas contraire. L'année passée n'a été que carrés noirs, *grosso modo*.

Mais maintenant ? Neuf jours de cœurs. De suite. Peut-être que tout ce qu'il avait besoin de savoir, c'était combien je l'aimais et combien j'étais devenue malheureuse. Peut-être a-t-il eu un *retour de flamme*. Je n'ai jamais autant aimé une expression.

Quizz : après plus d'un an de froideur, votre mari a soudain l'air de vous aimer de nouveau. Vous :

a) Ne cessez pas de rabâcher tout le mal qu'il vous a fait afin qu'il puisse s'excuser encore plus.

b) Lui faites encore un peu la tête – pour qu'il apprenne sa leçon !

c) Ne le questionnez pas sur sa nouvelle attitude – vous savez qu'il se confiera à vous le moment venu, et, entre-temps, vous l'inondez d'affection pour qu'il se sente aimé et sécurisé, parce que c'est comme ça que ça marche, le mariage.

d) Demandez à savoir ce qui s'est passé ; vous le faites parler inlassablement afin de calmer vos propres névroses.

(Réponse : C.)

Nous sommes en août, il fait un temps tellement splendide que je n'aurais pas pu supporter davantage de carrés noirs, mais non, il n'y a plus que des cœurs, Nick se comporte comme un vrai mari, il est doux, aimant et déconneur. Il me commande des chocolats de ma boutique préférée à New York pour le plaisir, et il m'écrit un petit poème rigolo. Un limerick, en fait :

Il était une fois une fille de Manhattan
Qui dormait seulement dans des draps de satin
Son mari a glissé et lui est rentré dedans
Leurs corps se réchauffant
C'est en latin qu'ils ont fait les coquins

Ça serait plus savoureux si notre vie sexuelle était aussi légère que le suggère sa comptine. Mais la semaine dernière, on a… *baisé ? couché ?* Plus romantique qu'un *rapport* mais moins cucul que *l'amour*. Quand il est rentré du boulot, il m'a embrassée à pleine bouche, et il m'a touchée comme si j'étais réellement là. J'en ai presque pleuré, j'étais tellement esseulée.

Être embrassée sur la bouche par votre mari, il n'y a pas de plaisir plus doucement décadent.

Quoi d'autre ? Il m'emmène nager dans l'étang où il allait quand il était petit. J'imagine le petit Nick en train de battre des bras frénétiquement dans l'eau, le visage et les épaules cramoisis parce que (tout comme aujourd'hui) il refuse de se mettre de la crème solaire, forçant Mama Mo à lui courir après avec de l'écran total dont elle le barbouille grossièrement quand elle arrive à lui mettre la main dessus.

Il m'a fait faire une tournée complète de ses repaires d'enfant, comme je le lui réclamais depuis des lustres. Il m'emmène au bord du fleuve, et il m'embrasse tandis que le vent fouette mes cheveux (« J'ai sous les yeux les deux choses que je préfère regarder au monde », me murmure-t-il à l'oreille). Il m'embrasse dans un drôle de petit fortin, sur un terrain de jeux, qu'il considérait autrefois comme son club personnel (« J'ai toujours voulu emmener une fille ici, une fille parfaite, et regarde-moi maintenant », me murmure-t-il à l'oreille). Deux jours avant que le centre commercial ferme ses portes pour de bon, nous faisons un tour de manège sur deux lapins jumeaux, côte à côte, et nos rires résonnent dans les hectares vides.

Il m'emmène manger un sundae chez son glacier préféré, et nous avons l'endroit pour nous, en matinée, il y a tellement de sucreries que l'air est poisseux. Il m'embrasse et raconte que c'est ici qu'il a bégayé et souffert pendant tant de rendez-vous galants, et qu'il regrette de ne pouvoir dire à celui qu'il était à l'époque du lycée qu'il reviendrait un jour ici avec la fille de ses rêves. Nous mangeons tellement de glace que nous sommes forcés de rentrer nous mettre sous la couette. Sa main sur mon ventre, une sieste fortuite.

Avec mon côté névrosé, bien sûr, je me demande : où est le piège ? Le revirement de Nick est si soudain et si grandiose qu'on dirait… qu'on dirait qu'il veut quelque chose. Ou il a déjà fait quelque chose et il est adorable à titre préventif pour le jour où je découvrirai ce que c'est. Je m'inquiète. Je l'ai surpris la semaine dernière en train de farfouiller dans mon épais classeur qui porte le titre : LES DUNNE ! (écrit de ma plus belle écriture en des jours plus heureux), une boîte pleine de tous les papiers bizarres qui établissent un mariage, la combinaison de deux vies. Je crains qu'il ne me demande un second emprunt pour Le Bar, ou qu'il ne veuille encore toucher à notre assurance vie ou vendre des actions qui ne doivent pas l'être avant trente ans. Il a prétendu qu'il voulait juste s'assurer que tout était en ordre, mais il a bafouillé. Ça me briserait le cœur, vraiment, si, entre deux bouchées de crème glacée au malabar, il me disait : *Tu sais, ce qu'il y a de bien quand on prend un second emprunt immobilier, c'est que…*

Il fallait que j'écrive ça, il fallait que ça sorte. Et rien qu'à le voir noir sur blanc, je me rends bien compte que ça paraît dingue. Une névrosée parano qui manque de confiance en elle.

Je ne vais pas laisser le pire aspect de ma personnalité ruiner mon mariage. Mon mari m'aime. Il m'aime, il m'est revenu, et c'est pour ça qu'il est si gentil avec moi. C'est la seule raison.

D'un coup d'un seul : *Voilà ma vie. Elle est enfin revenue.*

Nick Dunne

Cinq jours après

Assis dans la fournaise de ma voiture devant la maison de Desi, vitres baissées, j'ai consulté mon répondeur. Un message de Gilpin : « Bonjour, Nick. Il faut qu'on se voie aujourd'hui, pour vous mettre au courant des dernières évolutions, passer quelques questions en revue. Retrouvez-nous à 16 heures chez vous, OK ? Heu… Merci. »

C'était la première fois qu'on me donnait des ordres. Pas *est-ce qu'on pourrait, nous aimerions, si ça ne vous dérange pas*. Mais *il faut que*. *Retrouvez-nous*…

J'ai jeté un coup d'œil à ma montre. 15 heures. Mieux valait ne pas être en retard.

On était à trois jours de la foire aérienne de l'été – une parade de jets et d'avions à hélices qui faisaient des loopings au-dessus du Mississippi, faisant vibrer les vapeurs pleins de touristes –, et les vols d'entraînement allaient bon train lorsque Gilpin et Rhonda sont arrivés. C'était la première fois depuis Le Jour Où que nous nous retrouvions tous dans mon salon.

Ma maison était pile sur un itinéraire de vol ; le bruit était entre celui d'un marteau-piqueur et celui d'une avalanche. Mes potes flics et moi, nous avons essayé de caser une conversation dans les espaces qui séparaient les détonations. Rhonda ressemblait davantage à un oiseau que d'habitude – elle se perchait sur une jambe, puis l'autre, et sa tête bougeait de tout côté tandis que son regard se posait sur différents objets, à différents angles –, une pie qui cherche à aligner son nid. Planté à côté d'elle, hésitant, Gilpin se mâchouillait la lèvre et tapait du pied. Même la pièce semblait agitée : le soleil de l'après-midi éclairait un ballet atomique de boules de poussière. Un jet a passé le mur du son au-dessus de la maison, avec un bruit affreux, comme s'il déchirait le ciel.

« OK, deux, trois choses », a dit Rhonda une fois le silence revenu. Gilpin et elle se sont assis en même temps, comme s'ils venaient brusquement de décider de rester un moment. « Des trucs à éclaircir, des trucs à vous dire. La routine. Et comme d'habitude, si vous voulez un avocat… »

Mais je savais par mes séries télé, par mes films, que seuls les coupables prennent un avocat. Les vrais maris innocents, endeuillés, inquiets, non.

« Non, merci. D'ailleurs, j'ai des informations à vous communiquer. Sur le type qui harcelait Amy, celui avec qui elle sortait au lycée.

— Desi… euh, Collins, a commencé Gilpin.

— Collings. Je sais que vous l'avez interrogé, je sais que, pour une raison ou pour une autre, vous ne vous intéressez pas tellement à lui, alors je suis allé lui rendre visite moi-même aujourd'hui. Pour m'assurer qu'il avait l'air… inoffensif. Eh bien, je ne trouve pas qu'il a l'air inoffensif. Je trouve que vous devriez vraiment vous pencher sur lui. Sérieusement. C'est vrai, quoi, il s'installe à Saint-Louis…

— Il habitait à Saint-Louis depuis trois ans quand vous êtes revenus dans la région, a dit Gilpin.

— OK, mais il est à Saint-Louis. Le trajet est vite fait. Amy a acheté un revolver parce qu'elle avait peur…

— Desi ne pose pas de problème, Nick. C'est un type sympa, a coupé Rhonda. Vous ne trouvez pas ? Il me fait penser à vous, d'ailleurs. Le vrai golden boy, le bébé de la famille.

— J'ai une sœur jumelle. Je ne suis pas le bébé. Je suis plus vieux de trois minutes, en réalité. »

C'était flagrant, Rhonda essayait de me provoquer, de voir si elle arrivait à me faire sortir de mes gonds, mais le fait d'en être conscient n'empêchait pas la bouffée de colère dans mon ventre à chaque fois qu'elle me traitait de bébé.

« Bref, a coupé Gilpin. Lui et sa mère nient tous deux qu'il ait jamais harcelé Amy, ou même qu'il ait été réellement en contact avec elle ces dernières années à part un petit mot de temps en temps.

— Ma femme ne vous dirait pas la même chose. Il a écrit à Amy pendant des années – des *années* – et paf ! il se pointe *ici* pour les recherches, Rhonda. Vous le saviez, ça ? Il était là le premier jour. Vous disiez que vous teniez à l'œil les hommes qui s'immisçaient dans l'enquête…

— Desi Collings n'est pas un suspect, a-t-elle tranché, une main levée.

— Mais… »

Elle a répété :

« Desi Collings n'est pas un suspect. »

La nouvelle m'a piqué au vif. Un peu plus, je l'accusais de se laisser influencer par *Ellen Abbott*, mais il valait sans doute mieux éviter de mentionner *Ellen Abbott*.

« OK, et ceux-là, ces *types* qui ont encombré notre numéro vert ? » Je me suis avancé et j'ai pris la liste de noms et de numéros que j'avais jetée négligemment sur la table de la salle à manger. J'ai commencé à lire les noms. « S'immiscent dans l'enquête : David Samson, Murphy Clark – ce sont des ex –, Tommy O'Hara, Tommy O'Hara, Tommy O'Hara, ça fait trois appels, Tito Puente – c'est juste une blague débile.

— Vous les avez rappelés ? a demandé Boney.

— Non. C'est pas votre boulot ? Je ne sais pas lesquels sont fiables et lesquels sont cinglés. Je n'ai pas de temps à perdre à appeler un crétin qui se fait passer pour Tito Puente.

— Je serais vous, je ne me ferais pas trop d'illusions sur le numéro vert, Nick. C'est le genre de situation où les gens aiment bien se manifester. Vous voyez, on a reçu beaucoup d'appels d'ex à *vous*. Elles voulaient juste dire bonjour. Voir comment vous allez. Les gens sont bizarres.

— Peut-être qu'on devrait commencer à passer nos questions en revue, a dit Gilpin.

— OK. Bon, il me semble qu'on ferait bien de commencer par là où vous étiez le matin où votre femme a disparu », a dit Boney, soudain l'air navré, plein de déférence. Elle jouait le bon flic, et nous savions tous les deux qu'elle jouait le bon flic. À moins qu'elle ne soit vraiment de mon côté. Ça semblait possible qu'un flic, parfois, soit tout simplement de votre côté. Non ?

« Quand j'étais *à la plage.*

— Et vous ne vous rappelez toujours pas d'une personne qui vous aurait vu là-bas ? Ça nous aiderait tellement si on pouvait rayer ce petit détail de notre liste. » Elle a laissé un silence plein de sympathie. Non seulement Rhonda savait garder le silence, mais elle savait insuffler dans la pièce l'atmosphère qu'elle souhaitait, comme une pieuvre avec son encre.

« Croyez-moi, j'aimerais ça autant que vous. Mais non. Je ne me rappelle personne. »

Boney a fait un sourire inquiet. « C'est bizarre, on a mentionné le fait que vous étiez à la plage – juste en passant – à plusieurs personnes et elles ont toutes dit… Disons qu'ils étaient tous surpris. Ils disent que ça ne vous ressemble pas. Vous n'êtes pas très plage. »

J'ai haussé les épaules. « Enfin, passer la journée à cramer au soleil ? Non. Mais aller à la plage pour boire mon café le matin ? Ça, oui.

— Tiens, ça pourrait nous aider, ça, a dit Boney, joviale. Où est-ce que vous avez acheté votre café, ce matin-là ? » Elle s'est tournée vers Gilpin, comme pour chercher son approbation. « Ça pourrait rétrécir le trou dans l'emploi du temps, non ?

— Je l'ai préparé ici.

— Oh ! » Elle a froncé les sourcils. « C'est bizarre, parce que vous n'avez pas de café ici. Nulle part dans la maison. Je me souviens d'avoir pensé que c'était curieux. Quand on est accro à la caféine, on remarque ce genre de trucs. »

C'est ça, t'as remarqué ça par hasard, j'ai pensé. *J'ai connu une flic du nom de Bony Moronie… Ses ficelles sont si grosses que l'effet est mini…*

« Il m'en restait une tasse au frigo, je l'ai réchauffée au micro-ondes. » J'ai de nouveau haussé les épaules : *Pas de quoi en faire une affaire.*

« Ah ! Elle devait y être depuis un bout de temps – j'ai remarqué qu'il n'y avait pas non plus de paquet de café vide dans la poubelle.

— Quelques jours. Elle était encore bonne. »

Nous avons échangé un sourire : *je sais, tu sais. La partie commence.* Ces mots stupides me sont réellement venus à l'esprit : *La partie commence.* Pourtant, j'étais content en un sens : on passait au chapitre suivant.

Boney s'est tournée vers Gilpin, les mains sur les genoux, et lui a adressé un petit signe de tête. Gilpin a continué un instant de se mâchouiller la lèvre, puis a finalement montré du doigt l'ottomane, la table d'appoint, le salon maintenant remis en ordre.

« Vous voyez, notre problème est le suivant, Nick. On a vu des dizaines d'effractions…

— Des dizaines et des dizaines et des dizaines, a coupé Boney.

— Des tas d'effractions. Ça – toute cette zone, là, dans le salon –, vous vous rappelez ? L'ottomane renversée, le vase par terre… » Il a plaqué une photo de la scène sur la table devant moi. « … Toute cette zone, c'était censé donner l'impression qu'il y avait eu une lutte, pas vrai ? »

Ma tête a failli éclater. *Reste calme.* « Censé ?

— Il y avait quelque chose qui clochait. Dès la seconde où on l'a vue. Pour être honnête, toute la scène avait l'air bidonné. Tout d'abord, il y a le fait que tout était concentré dans cet unique point. Pourquoi est-ce que *rien* n'était dérangé à part dans cette pièce ? C'est particulier. » Il a sorti une autre photo, un gros plan. « Et regardez, là, cette pile de livres. Ils devraient être en face de la table d'appoint – c'est sur la table d'appoint qu'ils étaient posés, pas vrai ? »

J'ai acquiescé.

« Alors quand la table d'appoint a été renversée, ils auraient dû tomber surtout devant, suivant la trajectoire de la chute de la table. Au lieu de ça, ils sont derrière, comme si quelqu'un les avait balayés *avant* de renverser la table. »

J'ai regardé la photo en silence.

« Et regardez ça. Je trouve ça très curieux », a continué Gilpin. Il a désigné trois étroits cadres anciens sur le manteau de la cheminée. Il a martelé le sol lourdement, et ils sont tombés immédiatement face contre terre. « Mais comme par hasard, ils sont restés en place pendant tout ce temps. »

Il m'a montré une photo des cadres bien droits. J'avais espéré – même après qu'ils avaient repéré ma bourde sur les réservations au Houston's – que c'étaient des flics débiles, des flics comme au cinéma, des ploucs bien intentionnés, qui feraient confiance au mec du coin : *Si vous le dites, mon gars.* Mais ce n'étaient pas des flics débiles.

« Je ne sais pas ce que vous voulez que je dise, j'ai marmonné. C'est complètement… Je ne sais pas quoi en penser. Tout ce que je veux, c'est retrouver ma femme.

— Nous aussi, Nick, nous aussi, a répliqué Rhonda. Mais il y a autre chose. L'ottomane – vous vous rappelez qu'elle était renversée ? » Elle a tapoté l'ottomane trapue, désigné ses quatre pieds, qui ne faisaient que trois centimètres chacun. « Vous voyez, le fond est très lourd, à cause de ses pieds minuscules. Le coussin est pratiquement posé par terre. Essayez de la renverser. » J'ai hésité. « Allez-y, essayez », a insisté Boney.

J'ai poussé l'ottomane, mais elle a glissé sur la moquette au lieu de basculer. J'ai hoché la tête. J'étais d'accord. Le fond était lourd.

« Sérieusement, mettez-vous à quatre pattes s'il le faut, et faites basculer ce truc », a ordonné Boney.

Je me suis mis à genoux, j'ai poussé en prenant de plus en plus bas, puis j'ai fini par mettre une main sous l'ottomane et j'ai tiré. Même comme ça elle s'est soulevée, a vacillé sur un côté, puis est retombée sur ses pieds ; j'ai finalement dû la retourner et la faire basculer à la main.

« Bizarre, hein ? a dit Boney, d'une voix pas si perplexe que ça.

— Nick, vous avez fait du ménage le jour où votre femme a disparu ? a demandé Gilpin.

— Non.

— OK, parce que la police scientifique a pulvérisé la maison de luminol, et je suis désolé de vous l'apprendre, mais le sol de la cuisine s'est éclairé. Une bonne quantité de sang a été répandue là.

— Le groupe sanguin d'Amy – *B* +, a coupé Boney. Et je ne parle pas d'une petite coupure en faisant la vaisselle. Je parle de *sang*.

— Oh, mon Dieu ! » Un caillot de chaleur s'est cristallisé au milieu de ma poitrine. « Mais…

— Oui, votre femme a réussi à sortir de cette pièce, a dit Gilpin. D'une manière ou d'une autre, en théorie, elle a réussi à se rendre dans la cuisine – sans déranger aucun de ces bibelots posés sur cette table juste devant la cuisine – et elle s'est écroulée dans la cuisine, où elle a perdu beaucoup de sang.

— Que quelqu'un a soigneusement nettoyée, a dit Rhonda, les yeux fixés sur moi.

— Attendez. Attendez. Pourquoi est-ce que quelqu'un essaierait de cacher le sang pour ensuite aller mettre le salon sens dessus dessous… ?

— On va le découvrir, ne vous en faites pas, Nick, a dit tranquillement Rhonda.

— Je ne comprends pas, je ne comprends vraiment…

— Retournons nous asseoir », a dit Boney. Elle m'a poussé vers une chaise dans la salle à manger. « Vous avez mangé aujourd'hui ? Vous voulez un sandwich, quelque chose ? »

J'ai secoué la tête. Boney jouait tour à tour différents personnages féminins : la femme dominatrice, la nourrice attentionnée, pour voir ce qui marchait le mieux.

« Comment ça va, votre mariage, Nick ? a-t-elle demandé. C'est vrai, cinq ans, vous n'êtes pas loin du fameux cap des sept ans.

— Mon mariage allait bien, j'ai répété. Mon mariage va bien. Ce n'est pas parfait, mais ça va très bien. »

Elle a froncé le nez : *tu mens.*

« Vous pensez qu'elle est susceptible de s'être enfuie ? j'ai demandé, avec un espoir trop visible.

D'avoir maquillé ça en scène de crime et foutu le camp ? Ce serait juste une affaire de fugue ? »

Boney a entrepris d'énumérer les raisons pour lesquelles ça ne collait pas : « Elle ne s'est pas servie de son portable, elle ne s'est pas servie de ses cartes de crédit. Elle n'a pas fait de retrait important à la banque dans les semaines qui ont précédé.

— Et il y a le sang, a ajouté Gilpin. Vous comprenez, une fois de plus, je ne veux pas en rajouter, mais la quantité de sang versé ? Ça implique beaucoup de… Je veux dire, moi, je n'aurais pas pu me faire ça à moi-même. Je parle de blessures graves, là. Votre femme a des nerfs d'acier ?

— Oui. Tout à fait. » Elle avait aussi une profonde phobie du sang, mais j'ai laissé le soin aux brillants inspecteurs de le découvrir par eux-mêmes.

« C'est extrêmement improbable, a dit Gilpin. Même si elle s'était blessée si gravement, pourquoi aurait-elle pris la peine de nettoyer ?

— Alors franchement, jouons cartes sur table, Nick, a dit Boney, se penchant sur ses genoux pour pouvoir croiser mon regard fixé sur le sol. Comment ça allait, votre mariage, ces derniers temps ? On est de votre côté, mais on a besoin de savoir la vérité. La seule chose qui vous rend suspect, c'est que vous nous cachez certains éléments.

— On avait des accrochages. » J'ai revu Amy dans la chambre cette dernière nuit, le visage marbré des taches rouges qui lui venaient quand elle était en colère. Elle crachait les mots – des mots méchants, furieux – et je l'écoutais, essayant d'accepter ces mots parce qu'ils étaient vrais, techniquement vrais, tout ce qu'elle disait.

« Décrivez-nous ces accrochages.

— Rien de précis, des désaccords, c'est tout. Je veux dire, Amy, c'est une vraie cocotte-minute. Elle emmagasine une ribambelle de petits trucs et boum ! – mais ça passe aussi vite que c'est venu. On n'allait jamais se coucher fâchés.

— Même pas mercredi soir ? »

J'ai menti : « Jamais.

— C'est surtout à propos d'argent, que vous vous disputez ?

— Je ne sais même pas à propos de quoi on se dispute. Des bricoles.

— De quelle bricole il s'agissait le soir de sa disparition ? »

Gilpin a prononcé ces mots avec un sourire en coin, comme s'il venait de lancer la plus imparable des attaques.

« Comme je vous l'ai dit, il y avait cette histoire de homard.

— Et quoi d'autre ? Je suis sûr que vous n'avez pas passé une heure complète là-dessus. »

À ce moment-là, Bleecker a descendu quelques marches et regardé entre les barreaux de la rambarde.

« D'autres trucs de la maison. Des trucs de couples mariés. La litière du chat. Qui devait nettoyer la litière du chat.

— Vous vous hurliez dessus au sujet de la litière du chat, a dit Boney.

— Vous savez, une question de principe. Je fais beaucoup d'heures au boulot, et puisque Amy ne bosse pas, je pense que ça ne lui ferait pas de mal d'entretenir un peu la maison. Les trucs de base. »

Gilpin a sursauté comme un invalide tiré de sa sieste. « Vous êtes un type à l'ancienne, pas vrai ? Je suis pareil. Je le dis tout le temps à ma femme : "Je ne sais pas repasser, je ne sais pas faire la vaisselle. Je ne sais pas faire la cuisine. Alors, chérie, je me charge d'attraper les méchants, ça, c'est dans mes cordes, et toi, tu fais une machine de temps en temps." Rhonda, t'as été mariée, c'est toi qui t'occupais du ménage ? »

Boney a eu l'air sincèrement agacée : « J'attrape les méchants, moi aussi, imbécile. »

Gilpin a roulé les yeux dans ma direction : j'ai presque cru qu'il allait faire une blague – *on dirait que* quelqu'un *est chiffonné*– tellement il en faisait des tonnes.

Il a frotté son menton de renard. « Donc vous vouliez juste une femme d'intérieur, m'a-t-il dit, sur un ton qui laissait penser que c'était une proposition légitime.

— Je voulais… je voulais ce qu'Amy voulait. Ça ne faisait pas vraiment de différence pour moi. » Je faisais appel à Boney à présent, l'inspecteur Rhonda Boney, dont la sympathie affichée semblait au moins partiellement authentique. (*Elle ne l'est pas*, me suis-je forcé à me rappeler.) « Amy n'arrivait pas à trouver quoi faire ici. Elle ne trouvait pas de boulot, le Bar ne l'intéressait pas. Et ce n'était pas grave : "Si tu veux rester à la maison, pas de problème", je lui ai dit. Mais rester à la maison, ça ne la rendait pas heureuse non plus. Et elle attendait que j'y remédie. C'était comme si j'avais la responsabilité de son bonheur. »

Boney n'a rien dit, m'a regardé avec un visage aussi dépourvu d'expression qu'un verre d'eau.

« Et je veux dire, c'est agréable de jouer les héros pendant un moment, d'être le chevalier blanc, mais ça ne marche pas pendant très longtemps, en réalité. Je ne pouvais pas la *forcer* à être heureuse. Elle ne voulait pas être heureuse. Alors je me disais que si elle commençait à prendre en charge deux ou trois trucs pratiques…

— Comme la litière du chat, a dit Boney.

— Oui, changer la litière du chat, faire quelques courses, appeler un plombier pour réparer le robinet qui fuyait et qui la rendait dingue…

— Ouah ! ça, c'est un projet de bonheur. Le pied total.

— Mais mon raisonnement, c'était qu'il fallait *faire quelque chose.* N'importe quoi, mais fais quelque chose. Tire parti de la situation. N'attends pas que je vienne réparer tout pour toi. » Je parlais fort, je m'en suis rendu compte, et j'avais l'air en colère, moralisateur, en tout cas, mais c'était un tel soulagement. J'avais commencé par un mensonge – la litière du chat – mais ma tirade s'était transformée en un surprenant éclat de vérité pure, et j'ai compris pourquoi les criminels parlent trop : c'est parce que ça fait tellement de bien de raconter son histoire à un inconnu, quelqu'un qui ne va pas vous mettre le nez dans vos contradictions, quelqu'un qui est forcé d'écouter votre version. (Je me suis corrigé mentalement ; quelqu'un qui fait *semblant* d'écouter votre version.)

« Et le retour dans le Missouri ? a demandé Boney. Vous avez fait venir Amy ici contre sa volonté ?

— *Contre sa volonté ?* Non. On a fait le choix qui s'imposait. Je n'avais pas de boulot, Amy n'avait pas de boulot, ma mère était malade. J'aurais fait la même chose pour Amy.

— C'est sympa de *dire* ça », a murmuré Boney. Et tout à coup, elle m'a rappelé Amy trait pour trait : les reproches accablants marmonnés dans sa barbe, au niveau idéal, de sorte que j'étais presque certain de les avoir entendus, mais ne pouvais en jurer. Et si je posais la question que j'étais censé poser – *Qu'est-ce que tu as dit ?* –, elle répondait toujours la même chose – *Rien.* J'ai jeté un regard mauvais à Boney, la bouche serrée, puis je me suis dit : *Peut-être que ça fait partie de sa stratégie, pour voir comment tu te comportes vis-à-vis des femmes en colère, insatisfaites.* J'ai essayé de me forcer à sourire, mais ça n'a eu l'air que de lui répugner encore plus.

« Et vous pouvez vous le permettre, Amy qui bosse ou pas, vous vous en sortiez sur le plan financier ? a demandé Gilpin.

— On a eu des problèmes d'argent ces derniers temps. Au début de notre mariage, Amy était riche, extrêmement riche, en fait.

— Ah ! oui, a dit Boney. *L'Épatante Amy*, les bouquins.

— Oui, ils ont rapporté beaucoup de fric dans les années 1980 et 1990. Mais l'éditeur les a lâchés. Il a dit qu'*Amy* avait fait son temps. Et tout s'est mis à se casser la gueule. Les parents d'Amy ont dû nous emprunter de l'argent pour se maintenir à flot…

— Emprunter de l'argent à votre femme, vous voulez dire ?

— Oui, OK, si vous voulez. Puis on a utilisé la plus grande partie du fidéicommis d'Amy pour acheter le bar, et depuis c'est moi qui gagne l'argent du ménage.

— Donc quand vous avez épousé Amy, elle était très riche », a dit Gilpin. J'ai hoché la tête. Je pensais à mon récit héroïque : le mari qui soutient sa femme pendant le terrible naufrage de sa fortune familiale.

« Donc vous aviez un mode de vie très agréable.

— Oui, c'était super, c'était génial.

— Et maintenant elle est presque fauchée et vous voilà confronté à un mode de vie qui n'a rien à voir avec celui que vous épousiez en vous mariant. Avec celui pour lequel vous avez signé. »

J'ai réalisé que je me plantais complètement dans ma réécriture de l'histoire.

« Parce que, disons-le, on a examiné vos comptes, Nick, et bon sang ! c'est pas fameux, a commencé Gilpin, transformant presque son accusation en souci, en sollicitude.

— Le Bar fait une recette correcte. Il faut en général trois ou quatre ans à une nouvelle affaire pour se sortir du rouge.

— C'est les cartes de crédit qui ont retenu mon attention, a dit Boney. Deux cent douze mille dollars de dettes en cartes de crédit. Franchement, ça m'a coupé la chique. » Elle a déployé une liasse de relevés de compte à l'encre rouge sous mon nez.

Mes parents étaient inflexibles au sujet des cartes de crédit – il fallait ne s'en servir que ponctuellement, payer ses traites tous les mois. *Ce qu'on ne peut pas se payer, on ne l'achète pas.* C'était la devise de la famille Dunne.

J'ai bégayé : « Nous ne… en tout cas moi… mais je ne crois pas qu'Amy… Je peux voir ça ? » Au même moment, un bombardier volant à basse altitude a fait trembler les vitres. Une plante posée sur le manteau de la cheminée a aussitôt perdu cinq ravissantes feuilles mauves. Réduits au silence pendant dix secondes de vacarme, nous avons tous trois regardé les feuilles tomber par terre en voletant.

« Et on est censés croire qu'il y a eu une grosse bagarre ici, pourtant il n'y avait pas un pétale par terre », a marmonné Gilpin, dégoûté.

J'ai pris les papiers des mains de Boney, et j'ai vu mon nom, mon nom seulement, sous différentes formes – Nick Dunne, Lance Dunne, Lance N. Dunne, Lance Nicholas Dunne –, sur une douzaine de cartes de crédit, solde débiteur entre 62,78 dollars et 45 602,33 dollars, à différents stades de retard, des menaces laconiques en grosses lettres imprimées en haut des feuilles, fatidiques : À PAYER IMMÉDIATEMENT.

« Putain de merde ! C'est, mais, c'est du vol d'identité, ou quoi ! Ces relevés ne sont pas à moi. Non mais regardez un peu les trucs : je ne joue même pas au golf. » Quelqu'un avait casqué plus de 7 000 dollars pour un ensemble de clubs. « N'importe qui vous le dira : je ne joue pas au golf, *c'est vrai.* » J'ai essayé de prendre un air modeste – *encore un domaine dans lequel je suis nul* – mais ça n'a pas pris.

« Vous connaissez Noelle Hawthorne ? a demandé Boney. L'amie d'Amy que vous nous avez dit d'interroger ?

— Attendez, je veux parler de ces factures, parce qu'elles ne sont pas à moi. Non mais, s'il vous plaît, sérieusement, il faut qu'on mette ça au clair.

— On va tirer ça au clair, pas de problème, a dit Boney, sans expression. Noelle Hawthorne ?

— OK. Je vous ai dit de l'interroger parce qu'elle se balade dans toute la ville en pleurnichant au sujet d'Amy. »

Boney a pris un air dubitatif. « On dirait que ça vous énerve.

— Non, comme je vous l'ai dit, elle a l'air un petit peu trop atteinte, ça fait faux. Ostentatoire. On dirait qu'elle fait tout pour se faire remarquer. Ça tourne un peu à l'obsession.

— On a interrogé Noelle. Elle dit que votre femme était extrêmement perturbée par vos problèmes de couple, qu'elle s'inquiétait pour les questions d'argent, qu'elle avait peur que vous l'ayez épousée pour son argent. Elle dit que votre femme avait peur de vos crises de colère.

— Je ne vois pas pourquoi Noelle irait raconter une chose pareille; je ne crois pas qu'elle ait jamais échangé plus de cinq mots avec Amy.

— C'est curieux, parce que le salon des Hawthorne est couvert de photos de Noelle avec votre femme. » Boney a froncé les sourcils. Je l'ai imitée : des vraies photos d'elle et Amy?

Boney a repris :

« Au zoo de Saint-Louis en octobre dernier, en pique-nique avec les triplés, en week-end en barque sur le fleuve en juin dernier. *Le mois dernier*, quoi.

— Amy n'a jamais prononcé le nom de Noelle de tout le temps que nous avons habité là. Je suis sérieux. » En fouillant ma mémoire pour me rappeler le mois de juin, il m'est revenu un week-end d'escapade avec Andie. J'avais raconté à Amy que je partais pour une virée entre mecs à Saint-Louis. Quand j'étais rentré, elle avait les joues roses, elle était en rogne, et elle m'avait affirmé qu'elle avait passé le week-end à regarder des conneries sur le câble et à bouquiner sur le ponton. En fait, elle avait fait une excursion en barque ? Non. Je ne pouvais imaginer une activité qui aurait moins plu à Amy qu'une excursion en barque à la façon du Midwest : des bières qui tanguent dans des glacières attachées au canoë, de la musique forte, des gros lourds bourrés, des campings constellés de vomi. « Vous êtes sûrs que c'était ma femme, sur ces photos ? »

Ils se sont regardés en même temps : *il se fout de notre gueule ?*

« Nick, a dit Boney. Nous n'avons aucune raison de penser que la femme sur ces photos, qui ressemble trait pour trait à votre femme, et dont Noelle Hawthorne, mère de trois enfants, meilleure amie de votre femme en ville, affirme qu'elle est votre femme, n'est pas votre femme.

— Votre femme que – je dois le dire –, selon Noelle, vous avez épousée pour son argent, a ajouté Gilpin.

— Je ne plaisante pas, j'ai dit. De nos jours, n'importe qui peut trafiquer des photos avec un ordinateur portable.

— OK, donc il y a une minute vous étiez persuadé que Desi Collings était dans le coup, et maintenant vous êtes passé à Noelle Hawthorne. On dirait que vous tenez vraiment à rejeter la faute sur quelqu'un, hein ?

— À part moi ? Oui, effectivement. Écoutez, je n'ai pas épousé Amy pour son argent. Vous devriez vraiment interroger les parents d'Amy. Ils me connaissent, ils connaissent mon caractère. » *Ils ne savent pas tout*, me suis-je dit, et mon estomac s'est serré. Boney m'observait ; elle avait l'air presque désolée pour moi. Gilpin n'avait même pas l'air d'écouter.

« Vous avez fait grimper la couverture de l'assurance vie pour votre femme à 1,2 million », a dit Gilpin d'un ton faussement las. Il a même passé une main sur son visage en pointe.

« C'est Amy qui a fait ça ! » ai-je dit tout de suite. Les flics se sont contentés de me regarder, d'attendre. « Enfin, j'ai rempli les paperasses, mais c'était l'idée d'Amy. Elle a insisté. Je le jure, je m'en fichais complètement, mais Amy a dit… elle a dit qu'étant donné sa baisse de revenus, elle se sentirait plus en sécurité comme ça, ou que c'était plus avantageux. Merde, je sais plus, je sais pas pourquoi elle a voulu faire ça. Mais c'est pas moi qui lui ai demandé.

— Il y a deux mois, quelqu'un a fait une recherche sur votre ordinateur portable, a poursuivi Boney. *Flottaison Corps Fleuve Mississippi.* Vous pouvez nous expliquer ça ? »

J'ai pris deux profondes inspirations, neuf secondes pour me reprendre.

« Bon Dieu ! c'était juste une stupide idée de bouquin. J'envisageais d'écrire un bouquin.

— Ah ! ouais, a répliqué Boney.

— Écoutez, voilà ce qui est en train de se passer. Je crois que beaucoup de gens regardent ces émissions d'actualité où le mari est toujours le type affreux qui tue sa femme, et ils me voient à travers ce prisme, du coup il y a des choses tout à fait innocentes, normales, qui sont déformées. Ça tourne à la chasse aux sorcières.

— C'est comme ça que vous expliquez vos relevés de cartes de crédit ? a demandé Gilpin.

— Je vous l'ai déjà dit, je ne peux pas les expliquer, ces foutus relevés, pour la bonne raison que je n'ai rien à voir là-dedans. C'est votre putain de boulot, de trouver d'où ils sortent ! »

Ils sont restés silencieux, sans broncher, côte à côte. En attente.

« Qu'est-ce qui est fait pour retrouver ma femme, en ce moment ? À part moi, vous explorez quoi, comme pistes ? »

La maison s'est mise à trembler, un avion a franchi le mur du son, et, par la fenêtre de derrière, on a aperçu un jet qui passait en flèche, faisant vibrer les murs.

« Un F-10, a dit Rhonda.

— Nan, trop petit, a dit Gilpin. Ça devait être un…

— C'est un F-10. »

Boney s'est penchée vers moi, les mains croisées. « C'est notre boulot de vérifier que vous n'avez rien du tout à vous reprocher, Nick. Je sais que c'est ce que vous voulez aussi. Maintenant, si vous pouviez simplement nous aider à démêler les quelques petits nœuds qui restent – parce que c'est de ça qu'il s'agit, et on n'arrête pas de trébucher dessus.

— Peut-être que c'est le moment pour moi de prendre un avocat. » Les flics ont de nouveau échangé un regard, comme s'ils venaient d'avoir le résultat d'un pari.

Amy Elliott Dunne

21 octobre 2011

Journal

La mère de Nick est morte. Je n'ai pas pu écrire parce que la mère de Nick est morte, et son fils est complètement largué. La douce Maureen, la coriace Maureen. Elle était sur pied et s'agitait en tous sens quelques jours avant sa mort, et refusait d'évoquer le moindre ralentissement. « Je veux juste vivre jusqu'à ce que je ne puisse plus », a-t-elle dit. Elle s'était mise à tricoter des calottes pour les autres malades qui suivaient une chimio (pour sa part, elle avait décrété *plus jamais ça* après la première série, elle ne voyait pas l'intérêt de prolonger sa vie si ça signifiait « encore des tuyaux »), et je me la rappellerai toujours entourée de pelotes de laine de couleurs vives : rouge, jaune, vert, et ses doigts qui remuaient, les aiguilles qui s'entrechoquaient tandis qu'elle parlait de sa voix de matou satisfait, une voix profonde comme un ronronnement ensommeillé.

Puis un matin de septembre, elle s'est réveillée, mais ne s'est pas vraiment réveillée, pas en Maureen. D'un jour à l'autre, elle s'est transformée en petit oiseau, c'est allé très vite, il ne restait que les rides et la carcasse, ses yeux s'agitaient fébrilement sans pouvoir se poser, elle était incapable de situer quoi que ce soit, incapable de s'orienter. Alors est venu l'hospice, un endroit à l'éclairage doux, joyeux, avec des tableaux représentant des femmes en coiffe et des collines verdoyantes, avec des distributeurs de confiseries et une machine à expresso. L'hospice n'avait pas pour vocation de la guérir ou de l'aider, mais simplement de s'assurer qu'elle mourrait à son aise et, trois jours plus tard, elle est morte. Sans plus de cérémonie, comme l'aurait souhaité Maureen (même si je suis sûre qu'elle aurait levé les yeux au ciel en lisant ces mots : *comme l'aurait souhaité Maureen*).

La veillée a été modeste, mais belle – des centaines de personnes ont fait le déplacement, sa sœur d'Omaha, qui lui ressemble comme deux gouttes d'eau, s'affairait pour deux, à servir cafés et Bailey's, à proposer des cookies et à raconter des histoires drôles sur Mo. Nous l'avons enterrée par une chaude matinée, il y avait du vent. Go et Nick s'appuyaient l'un sur l'autre, et moi, juste à côté, je me sentais importune. Cette nuit-là, au lit, Nick, dos à moi, m'a laissée passer mes bras autour de lui, mais, au bout de quelques minutes, il s'est relevé, a murmuré : « J'ai besoin de prendre l'air », et il est parti de la maison.

Sa mère l'a toujours *materné* – elle insistait pour passer une fois par semaine faire notre repassage, et elle disait : « Je vais juste vous aider à faire un peu le ménage » quand elle avait fini, et, quand j'ouvrais le frigo, je découvrais qu'elle avait pelé et tranché un pamplemousse, et qu'elle avait mis les morceaux dans un Tupperware. Quand j'ouvrais le pain de mie, je découvrais que toute la croûte avait été ôtée, et chaque tranche replacée dans le paquet à moitié nue. Je suis mariée à un homme de 34 ans qui est toujours offusqué s'il y a de la croûte sur son pain.

J'ai essayé de faire la même chose les semaines qui ont suivi la mort de sa mère. J'ai découpé la croûte du pain, j'ai repassé ses tee-shirts, j'ai fait une tarte aux myrtilles avec la recette de sa mère. « Tu n'as pas besoin de me traiter comme un bébé, je te jure, Amy, a-t-il dit en contemplant le pain de mie dépouillé. Je laissais ma mère le faire parce que ça lui faisait plaisir, mais je sais que le maternage, c'est pas ton truc. »

Donc nous voilà revenus aux carrés noirs. Le Nick doux, attentionné, aimant a disparu. Le Nick bourru, irascible, colérique est de retour. C'est normal de s'appuyer sur son épouse dans les passes difficiles, mais Nick semble s'être éloigné encore plus. C'est un fils à sa maman dont la maman est morte. Il ne veut rien avoir à faire avec moi.

Il se sert de moi pour le sexe quand il en a besoin. Il me pousse contre une table ou le cadre du lit et il me baise, silencieux jusqu'aux derniers instants, quelques grognements rapides, puis il me lâche, il pose une main sur le creux de mes reins, son seul geste d'intimité, et il dit quelque chose pour essayer de rendre la chose ludique : « T'es tellement sexy que des fois j'arrive pas à me contrôler. » Mais il dit ces mots d'une voix morte.

Quizz : Votre mari, avec lequel vous partagiez autrefois une vie sexuelle merveilleuse, est devenu distant et froid – il ne veut faire l'amour que selon ses termes, quand ça lui chante.

a) Vous refusez tout rapport sexuel – il ne va pas gagner à ce jeu-là !

b) Vous pleurez, vous gémissez et vous exigez des explications qu'il n'est pas encore prêt à donner, ce qui a pour effet de l'éloigner encore davantage.

c) Vous gardez confiance : ce n'est qu'un accident de parcours dans une longue vie commune – il ne va pas bien en ce moment –, et vous essayez de vous montrer compréhensive et d'attendre que ça passe.

(Réponse : C. Non ?)

Cela m'ennuie de voir que mon mariage se désintègre et de ne savoir que faire. On pourrait croire que mes parents, le doublet de psychologues, seraient les interlocuteurs tout indiqués à qui m'adresser, mais j'ai trop de fierté. Ils ne seraient pas doués pour donner des conseils matrimoniaux : ils sont faits l'un pour l'autre, vous vous rappelez ? Pour eux, il n'y a que des hauts, pas de bas – une éruption infinie d'extase conjugale. Je ne peux pas leur avouer que je suis en train de foutre en l'air la seule chose qui me reste : mon mariage. Ils se débrouilleraient pour écrire un autre livre, un reproche fictionnalisé dans lequel l'Épatante Amy profiterait des joies du petit mariage le plus fantastique, le plus épanouissant, le plus serein du monde… *parce qu'elle s'y est appliquée.*

Mais je m'inquiète. En permanence. Je sais que je suis déjà trop vieille pour les goûts de mon mari.

Parce que j'étais son idéal, il y a six ans, du coup j'ai entendu ses commentaires impitoyables sur les femmes qui approchent de la quarantaine : je sais à quel point il les trouve pathétiques, ces femmes qui sortent dans les bars, trop habillées, sans réaliser leur manque d'attraits. Quand il rentrait d'une soirée entre copains, si je lui demandais comment était le bar, il répondait souvent : « Complètement submergé de Causes perdues » : c'est son code secret pour parler des femmes de mon âge. À l'époque, ayant à peine plus de 30 ans, je ricanais avec lui comme si ça ne devait jamais m'arriver, à moi. Maintenant, je suis sa Cause perdue et il est coincé avec moi, et c'est peut-être ça qui le met tellement en colère.

Je me soigne par la compagnie des tout-petits. Je vais chez Noelle tous les jours et je me laisse tripoter. Les petites mains potelées dans mes cheveux, l'haleine collante sur mon cou. On comprend pourquoi les femmes menacent toujours de dévorer les enfants : *Elle est belle à croquer ! On n'en ferait qu'une bouchée !* Même si regarder ses trois enfants accourir vers elle de leur pas maladroit, frottant leurs yeux crottés par la sieste en allant retrouver leur maman, touchant son genou ou son bras comme s'ils venaient d'atteindre le port, comme s'ils étaient en sécurité… parfois ça me fait mal à voir.

Hier, mon après-midi chez Noelle m'a semblé particulièrement indispensable, c'est peut-être pour ça que j'ai fait une bêtise.

En rentrant, Nick me trouve dans la chambre, je viens de prendre une douche, et très vite il me pousse contre le mur, pousse son sexe en moi. Quand il a terminé, quand il me relâche, je vois la trace mouillée que ma bouche a laissée sur la peinture bleue. Il s'assoit sur le rebord du lit, haletant, et dit : « Désolé. C'est que j'avais besoin de toi. »

Sans me regarder.

Je m'approche de lui et l'entoure de mes bras, comme si ce que nous venons de faire était normal, un rituel conjugal agréable, et je dis : « J'ai réfléchi.

— Oui, à quoi ?

— Eh bien, peut-être que c'est le bon moment. Pour commencer une famille. Essayer d'avoir un bébé. » Je sais que c'est dingue même en le disant, mais je ne peux pas m'en empêcher – je suis devenue la folle qui veut tomber enceinte pour sauver son mariage.

C'est humiliant, de devenir exactement ce qu'on méprisait le plus autrefois.

Il s'écarte brusquement. « Maintenant ? Maintenant, c'est à peu près le pire moment possible pour commencer une famille, Amy. Tu n'as pas de travail…

— Je sais, mais je voudrais rester à la maison avec le bébé de toute façon au début…

— Ma mère vient de mourir, Amy.

— Et ça serait une nouvelle vie, un nouveau départ. »

Il m'attrape par les deux bras et me regarde droit dans les yeux pour la première fois en une semaine. « Amy, je crois que tu t'imagines que maintenant que ma mère est morte, on va rentrer à New York comme des fleurs et faire des bébés, et que tu vas pouvoir reprendre ton ancienne vie. Mais on n'a pas assez *d'argent*. On a à peine assez d'argent pour vivre *ici* tous les deux. Tu ne peux pas t'imaginer la pression que je ressens, quotidiennement, parce que je dois nous sortir de ce merdier. *Subvenir à nos besoins*, putain. Je ne peux pas payer pour toi, moi *et* des gamins. Tu voudras leur donner tout ce que t'as eu quand t'étais petite, et *je ne peux pas*. Pas d'école privée pour les petits Dunne, pas de tennis, pas de cours de violon, pas de résidence secondaire. Tu détesterais notre pauvreté. Tu détesterais cette vie.

— Je ne suis pas si superficielle que ça, Nick…

— Tu crois réellement que c'est le meilleur moment, nous deux, pour faire des mômes ? »

C'est ce qui s'approche le plus d'une discussion sur notre couple, et je vois qu'il regrette déjà d'avoir mis le sujet sur le tapis.

« On est sous pression, chéri. On a eu quelques accrochages, et je sais que c'est en grande partie ma faute. Je suis tellement désemparée, ici…

— Alors tu veux qu'on soit comme ces couples qui font un môme pour sauver leur mariage ? C'est connu, ça marche du tonnerre.

— Nous aurons un enfant parce que… »

Ses yeux deviennent sombres, canins, et il me prend de nouveau par les bras.

« Non, Amy. Pas pour l'instant. Je ne peux pas supporter le moindre stress supplémentaire. Je ne peux pas me rajouter un sujet d'inquiétude. La pression me fait déjà craquer. Je vais péter les plombs. »

Pour une fois, je sais qu'il dit la vérité.

Nick Dunne

Six jours après

Les quarante-huit premières heures sont cruciales dans une enquête. Amy avait disparu, à présent, depuis près d'une semaine. Une veillée à la bougie devait se tenir ce soir-là au parc Tom-Sawyer qui, selon la presse, était « l'une des promenades préférées d'Amy Elliott Dunne ». (À ma connaissance, Amy n'avait jamais mis le pied dans le parc ; malgré son nom, il n'a absolument rien de pittoresque. C'est un jardin public anonyme, dépourvu d'arbres, avec un bac à sable rempli de déjections animales ; il est foncièrement antitwainien.) Au cours des dernières vingt-quatre heures, l'histoire s'était répandue au niveau national – comme par enchantement, on ne parlait plus que de ça partout.

Dieu bénisse les Elliott, pour leur fidélité ! Marybeth m'a appelé la veille au soir, tandis que j'essayais de me remettre de mes émotions après l'interrogatoire. Ma belle-mère avait vu *Ellen Abbott*, et son verdict était que cette femme était « une salope opportuniste qui court après l'audimat ». Néanmoins, nous avions passé la plus grande partie de la journée à établir une stratégie d'endiguement des médias.

Les médias (mon ancien clan, mon peuple !) brodaient leur récit, et les médias adoraient l'angle *Épatante Amy* et l'indéfectible union des Elliott. Pas de commentaires fielleux sur le démantèlement de la série ou la quasi-banqueroute des auteurs – pour l'instant, ils étaient tout miel avec les Elliott. Les médias les adoraient.

Moi, pas trop. Les médias commençaient à déterrer des *sujets d'inquiétude*. Pas seulement ce qui avait fuité – mon absence d'alibi, la possibilité d'une mise en scène – mais des traits de caractère. Ils racontaient que, au lycée, je n'étais jamais sorti avec une fille pendant plus de quelques mois, ce qui faisait indubitablement de moi un homme à femmes. Ils ont découvert que nous avions mis notre père à Comfort Hill et que je n'allais pas souvent le voir, ce qui faisait de moi un fils ingrat. « C'est un problème – ils ne t'aiment pas », disait Go après chaque flash d'infos, chaque article. « C'est un gros, gros problème, Lance. » Les médias avaient ressuscité mon vrai prénom, que je détestais depuis la maternelle : je suffoquais à chaque début d'année quand le prof faisait l'appel : « C'est Nick ! Je m'appelle Nick ! » Chaque mois de septembre, un rituel de rentrée : « Nick-je-m'appelle-Nick ! » Il y avait toujours un petit malin pour passer la récré à prendre des poses efféminées en disant d'une voix affectée : « Bonjour, je m'appelle Laaaaaannce. » Puis tout le monde oubliait jusqu'à l'année suivante.

Mais pas cette fois. À présent, mon nom s'étalait dans toute la presse, et on me réservait le jugement réservé aux serial killers et aux assassins – on l'imprimait en entier : Lance Nicholas Dunne –, et je ne pouvais rien y faire.

Rand, Marybeth, Go et moi, nous sommes partis pour le QG à une seule voiture. Je ne savais pas au juste quelle quantité d'informations, combien de détails accablants sur leur gendre recevaient les Elliott. Je savais qu'ils étaient au courant pour la « mise en scène » : « Je vais faire venir mes propres experts, et ils vont nous dire tout le contraire – que, de toute évidence, il y a bien eu lutte, disait Rand avec confiance. La vérité est malléable. Il suffit de trouver l'expert qui dit ce qui vous convient. »

Rand n'était pas au courant pour les autres trucs, les cartes de crédit, l'assurance vie, le sang et Noelle, la meilleure amie de ma femme, la mégère aux allégations infamantes : maltraitance, cupidité, terreur. Elle devait passer chez Ellen Abbott ce soir-là, après la veillée. Noelle et Ellen pourraient faire étalage de leur dégoût à mon égard.

Mais je ne dégoûtais pas tout le monde. La dernière semaine, les affaires du Bar étaient en pleine explosion : des centaines de clients entassés pour boire des bières et grignoter du pop-corn dans l'établissement de Lance Nicholas Dunne, le tueur potentiel. Go avait dû engager quatre jeunes pour faire le service ; après y être passée une fois, elle avait décrété qu'elle ne pouvait pas y retourner. Elle ne pouvait pas supporter de voir l'affluence, les curieux, les croque-morts qui buvaient notre gnôle en échangeant des anecdotes à mon sujet. C'était répugnant. Mais enfin, ajoutait Go, l'argent ne serait pas de trop si…

Si. Amy avait disparu depuis six jours, et nous pensions tous en termes de *si*.

Quand nous nous sommes approchés du parc, la voiture était tombée dans le silence, à part le martèlement constant des ongles de Marybeth contre la vitre.

« On se croirait presque à un double rencard. » Rand a éclaté de rire, d'un rire qui frisait l'hystérie : suraigu et criard. Rand Elliott, psychologue génial, auteur de best-sellers, ami de tout un chacun, se décomposait.

Marybeth s'était mise à l'automédication : des shots d'alcool blanc administrés avec une précision absolue, assez pour adoucir les aspérités sans perdre son acuité. Rand, à l'inverse, perdait littéralement la tête ; je m'attendais à moitié à la voir sauter de ses épaules comme celle d'un diable à ressort – coucouuuuu ! La nature excessivement liante de Rand se transformait en manie : il essayait de faire ami-ami avec tous ceux qu'il rencontrait, donnait l'accolade indifféremment aux flics, aux journalistes, aux volontaires. Il était particulièrement lié avec notre « contact » au Days Inn, un gamin timide, empoté, nommé Donnie, que Rand aimait charrier et informer qu'il le charriait. « Ah ! je te charrie, Donnie », il disait. Et Donnie se fendait d'un grand sourire joyeux.

« Ce gamin pourrait pas trouver l'approbation dont il a besoin ailleurs ? » avais-je râlé auprès de Go un soir. Elle avait répliqué que j'étais simplement jaloux que ma figure paternelle préfère quelqu'un d'autre. Je l'étais.

Marybeth a tapoté le dos de Rand tandis que nous nous dirigions vers le parc, et je me suis aperçu à quel point j'avais envie que quelqu'un me fasse ça, un simple contact, rapide, et soudain j'ai laissé échapper un sanglot étranglé, un gémissement bref et douloureux. J'avais envie de quelqu'un, mais je ne savais plus si c'était Amy ou Andie.

« Nick ? » a dit Go. Elle a avancé une main vers mon épaule, mais je l'ai repoussée d'un haussement d'épaules.

« Désolé. Ouah ! désolé pour ça, j'ai dit. Drôle d'accès, tout à fait anti-Dunne.

— Pas de problème. Tous les deux, on tombe en miettes… » Elle a détourné les yeux. Depuis qu'elle avait découvert ma *situation* – c'est ainsi que nous nommions mon infidélité –, elle était devenue un peu lointaine, les yeux distants, l'air constamment indéchiffrable. Je me donnais beaucoup de mal pour ne pas lui en vouloir.

Quand nous sommes entrés dans le parc, les équipes de télévision étaient partout, plus seulement les chaînes locales, mais aussi les nationales. Les Dunne et les Elliott ont suivi le périmètre de la foule. Rand souriait et saluait comme un dignitaire en visite. Boney et Gilpin sont apparus presque immédiatement sur nos talons, comme d'affectueux chiens de chasse ; ils devenaient familiers, faisaient partie des meubles, et c'était visiblement leur intention. Boney portait les mêmes vêtements que pour toutes les occasions publiques : une jupe noire, un chemisier à rayures grises, des barrettes de chaque côté de ses cheveux mous… *Ma copine s'appelle Bonie Pas Jolie Jolie*… La nuit était torride ; sous les aisselles, Boney avait une trace sombre de transpiration en forme de smiley. Elle m'a fait un grand sourire comme si, la veille, les accusations – c'étaient des accusations, non ? – ne s'étaient jamais produites.

Les Elliott et moi avons monté les marches de l'estrade de fortune, un peu branlante. J'ai regardé ma jumelle derrière moi, elle m'a adressé un hochement de tête et mimé une profonde inspiration, et je me suis souvenu de respirer. Des centaines de visages étaient tournés vers nous, et les flashes crépitaient. *Ne souris pas*, me suis-je dit. *Ne souris pas.*

Depuis le devant de la scène, où s'agglutinaient des dizaines de personnes portant les tee-shirts « Retrouvez Amy », ma femme m'observait.

Go avait décrété qu'il fallait que je fasse un discours (« Il faut que tu t'humanises, et vite »), alors je l'ai fait, je me suis avancé vers le micro. Il était réglé trop bas, à mi-ventre, et je me suis escrimé dessus pendant quelques secondes, et il ne s'est élevé que de quelques centimètres, soit le genre de dysfonctionnement qui me mettrait normalement en rage, mais je ne pouvais plus me permettre d'enrager en public, alors j'ai pris une inspiration, je me suis penché, et j'ai lu les mots que ma sœur avait écrits pour moi : « Ma femme, Amy Dunne, a disparu depuis presque une semaine. Je ne peux pas vous exprimer l'angoisse profonde qu'éprouve notre famille, le grand trou laissé dans nos vies par la disparition d'Amy. Pour ceux qui ne l'ont pas encore rencontrée, elle est drôle, charmante et tendre. Elle est sage et chaleureuse. C'est mon épouse et ma partenaire dans tous les domaines. »

J'ai levé les yeux sur la foule et, comme par magie, j'ai aperçu Andie, une expression de dégoût au visage, et j'ai rapidement baissé les yeux sur mes notes.

« Amy est la femme avec laquelle je veux vieillir, et je sais que ça va arriver. »

FAIS UNE PAUSE. RESPIRE. NE SOURIS PAS. Go avait carrément écrit ces mots sur ma fiche. *Arriver arriver arriver.* Ma voix résonnait dans les haut-parleurs, l'écho s'en allait vers le fleuve.

« Nous vous demandons de nous contacter si vous avez la moindre information. Nous allumons des bougies ce soir dans l'espoir de la voir revenir bientôt saine et sauve. Je t'aime, Amy. »

J'ai continué à bouger les yeux de toute part, en évitant le regard d'Andie. Le parc scintillait de bougies. On était censés observer une minute de silence, mais des bébés pleuraient, et un SDF titubant ne cessait de demander : « Hé, qu'est-ce qui se passe ? C'est pour quoi tout ça ? » Quelqu'un murmurait le nom d'Amy, et le type répétait plus fort : « Quoi ? C'est pour *quoi* ? »

Depuis le milieu de la foule, Noelle Hawthorne a commencé à s'avancer, ses triplés collés à elle, un sur une hanche, les deux autres accrochés à sa jupe, l'air tous trois ridiculement petits aux yeux d'un homme qui ne passait jamais de temps avec les enfants. Noelle a forcé la foule à s'écarter pour leur laisser la place, à elle et à ses enfants, et elle est venue se poster juste au bord de l'estrade, où elle a levé les yeux sur moi. Je lui ai jeté un regard noir – la femme m'avait calomnié – et là, j'ai remarqué pour la première fois le renflement de son ventre et me suis rendu compte qu'elle était encore enceinte. Pendant un instant, je suis resté bouche bée – quatre enfants de moins de 4 ans, doux Jésus ! – et, plus tard, ce regard allait être analysé et débattu. La plupart des gens allaient réaliser qu'il s'agissait d'un duel de colère et de peur.

« Hé ! *Nick.* » Sa voix a été prise par le micro à demi levé et a résonné dans l'assistance.

Je me suis mis à tripoter fébrilement le micro, mais je n'ai pas trouvé le bouton off.

« Je voulais juste voir votre visage », a-t-elle dit, puis elle a fondu en larmes. Un sanglot mouillé a rejailli sur l'assistance captivée. « Où est-elle ? Qu'est-ce que vous avez fait d'Amy ? Qu'est-ce que vous avez fait de votre femme ! »

Femme, femme, a fait l'écho de sa voix. Deux de ses enfants, en panique, se sont mis à brailler.

Pendant une seconde, Noelle n'a pas pu ajouter un mot tellement elle pleurait fort. Elle était hors d'elle, furieuse. Puis elle a empoigné le pied de micro et l'a tiré à son niveau. J'ai hésité à le lui reprendre, mais je *savais* que je ne pouvais rien faire à cette femme en robe de grossesse avec ses trois bambins. J'ai parcouru la foule du regard à la recherche de Mike Hawthorne – *contrôle ta femme* – mais il n'était nulle part. Noelle s'est tournée pour s'adresser à la foule.

« Je suis la meilleure amie d'Amy ! » *Amy, Amy, Amy.* Les mots résonnaient dans tout le parc avec le chœur funèbre de ses marmots. « Malgré tous mes efforts, la police ne semble pas me prendre au sérieux. Alors je veux amener notre cause devant cette ville, cette ville qu'aimait Amy, et qui le lui rendait bien ! Cet homme, Nick Dunne, doit répondre à certaines questions. Il doit nous dire ce qu'il a fait à sa femme ! »

Boney s'est élancée du côté de la scène pour arriver à son niveau, Noelle a fait volte-face, et leurs regards se sont croisés. Boney a passé sa main frénétiquement devant sa gorge : *Arrêtez de parler.*

« Sa femme *enceinte* ! »

Et personne n'a plus vu les bougies, parce que les flashes se déchaînaient. À côté de moi, Rand a fait un bruit de ballon qui se dégonfle. Au-dessous de moi, Boney a placé ses doigts entre ses sourcils comme pour étancher un mal de crâne. Je voyais tout le monde par flashes stroboscopiques qui se calaient sur mon pouls.

J'ai cherché Andie des yeux parmi la foule. Elle me regardait fixement, le visage rose et chiffonné, les joues trempées, et, lorsque nos yeux se sont croisés, elle a articulé : « Salopard ! », et s'est éloignée d'un pas mal assuré.

« On ferait mieux d'y aller. » Ma sœur, soudain à côté de moi, qui chuchotait à mon oreille, me tirait par le bras. Les photographes me mitraillaient comme si j'étais une espèce de monstre de Frankenstein, terrorisé et agité par les torches des villageois. *Clic, clac !* Nous nous sommes mis en mouvement, nous divisant en deux groupes : ma sœur et moi, nous sommes partis vers la voiture de Go, tandis que les Elliott, bouche bée, restaient sur l'estrade, abandonnés, *sauvez-vous*. Les reporters me bombardaient indéfiniment de la même question : *Nick, Amy était-elle enceinte ? Nick, ça vous dérangeait qu'Amy soit enceinte ?* Je suis sorti du parc en zigzaguant comme si j'étais pris dans une averse de grêle : *Enceinte, enceinte, enceinte*, le mot palpitait dans la nuit d'été en mesure avec le chant des cigales.

Amy Elliott Dunne

15 février 2012

Journal

Quelle période étrange. Il faut que je pense comme ça, que j'essaie de regarder les choses avec du recul : Ha-*ha* ! comme ce sera curieux de repenser à cette époque, est-ce que ça ne m'amusera pas, quand j'aurai 80 ans, quand je serai une vieille dame sage, amusée, qui s'enfile des martinis dans sa robe lavande fanée, est-ce que ça ne fera pas une *anecdote* ? Une étrange, une affreuse anecdote sur quelque chose à quoi j'ai survécu.

Parce qu'il y a quelque chose qui ne va pas chez mon mari, quelque chose d'horriblement grave, de ça, j'en suis certaine à présent. Certes, il pleure sa mère, mais il y a quelque chose de plus. Ça semble dirigé contre moi, pas une tristesse, mais… je le sens parfois qui m'observe et, quand je lève les yeux, je vois son visage déformé par le dégoût, comme s'il venait de me surprendre en train de faire quelque chose d'abominable, et non pas simplement en train de manger mes céréales le matin ou de peigner mes cheveux le soir. Il est tellement en colère, tellement instable, que je me suis même demandé si ses humeurs sont liées à un problème physique – une de ces allergies au gluten qui rendent les gens cinglés, ou une colonie de spores de moisissures qui lui ont encrassé la cervelle.

L'autre soir, en descendant, je l'ai trouvé à la table de la salle à manger, la tête entre les mains, en train de contempler une pile de relevés de cartes de crédit. J'ai regardé mon mari, tout seul, sous la lumière d'un chandelier. J'avais envie d'aller le rejoindre, de m'asseoir avec lui et de trouver une solution ensemble, comme un vrai couple. Mais je ne l'ai pas fait, je savais que ça allait le mettre en rogne. Je me demande parfois si ce n'est pas de là que vient son animosité : il m'a laissée voir ses défauts, et il me déteste parce que je les connais.

Il m'a poussée. Fort. Il y a deux jours, il m'a poussée. Je suis tombée, je me suis cogné la tête contre l'îlot de cuisine et je suis restée aveugle pendant trois secondes. Je ne sais pas vraiment quoi en dire. C'était plus choquant que douloureux. J'étais en train de lui dire que je pourrais prendre un boulot, un truc en free-lance, pour qu'on puisse fonder une famille, avoir une vraie vie…

« Parce que ça, c'est quoi, d'après toi ? »

Le purgatoire, me suis-je dit. J'ai gardé le silence.

« C'est quoi, d'après toi, Amy ? Hein ? C'est quoi, d'après toi ? C'est pas la vie, d'après Mademoiselle l'Épatante ?

— Ce n'est pas *mon* idée de la vie », j'ai dit. Il a fait trois grandes enjambées dans ma direction et je me suis dit : *On dirait qu'il va me…* Et tout à coup, il m'a poussée violemment et je suis tombée.

Nous sommes restés tous deux le souffle coupé. Il tenait son poing dans son autre main et semblait au bord des larmes. Il était plus que désolé, il était atterré. Mais voilà la chose sur laquelle je tiens à être claire : je savais ce que je faisais, je faisais tout ce que je pouvais pour le provoquer. Je le regardais se recroqueviller de plus en plus – je voulais qu'il *dise* enfin quelque chose, qu'il *fasse* quelque chose. Même si c'est mal, même si on ne peut pas faire pire, *fais quelque chose, Nick.* Ne me laisse pas ici comme un fantôme.

Mais je n'avais pas réalisé qu'il allait faire *ça.*

Je n'ai jamais réfléchi à ce que je ferais si mon mari m'agressait, parce que je n'ai jamais franchement évolué dans un milieu de tabasseurs. (Je sais, je sais, les émissions télé : la violence franchit toutes les barrières socio-économiques. Mais quand même : Nick ?) J'ai l'air de prendre ça à la légère. Mais c'est que ça paraît si effroyablement ridicule : je suis une femme battue. *L'Épatante Amy et le Mari violent.*

Il s'est répandu en excuses. (Est-ce qu'on se *répand* jamais en autre chose qu'en excuses ? En injures, je suppose.) Il a accepté d'envisager d'aller voir un thérapeute, ce que je n'aurais jamais cru possible. C'est un homme tellement bon, au fond, que je suis prête à oublier cet épisode, à croire que c'était réellement un instant d'égarement déclenché par la pression que nous subissons. J'oublie parfois que tout le stress que je ressens atteint également Nick : il porte la lourde responsabilité de m'avoir amenée ici, il supporte la fatigue nerveuse de vouloir me satisfaire, moi qui ne cesse de me morfondre, et pour un homme tel que Nick – qui croit profondément qu'on peut obtenir le bonheur à la force du poignet – il y a de quoi sortir de ses gonds.

Alors cette violente bourrade, si rapide, si brève, elle ne m'a pas fait peur en elle-même. Ce qui m'a fait peur, c'est son regard pendant que je clignais des yeux par terre, sonnée. C'est son regard pendant qu'il s'empêchait de me donner un second coup. À quel point il avait envie de me pousser de nouveau. À quel point c'était dur de s'abstenir. La façon dont il me regarde depuis : pleine de culpabilité, et de dégoût vis-à-vis de cette culpabilité. Un dégoût absolu.

Voici le plus inquiétant. Hier, je suis allée au centre commercial, où environ la moitié de la ville achète ses drogues, car c'est aussi facile que d'aller à la pharmacie avec une ordonnance ; je le sais parce que Noelle me l'a dit : son mari s'y rend de temps à autre pour s'acheter un peu d'herbe. Mais je ne voulais pas d'herbe, je voulais un revolver, juste au cas où. Au cas où ça dégénérerait vraiment avec Nick. Je n'ai pas réalisé avant d'être presque arrivée là-bas que c'était la Saint-Valentin. C'était la Saint-Valentin, et j'allais acheter un revolver avant de préparer le dîner pour mon mari. Et je me suis dit : *Le père de Nick avait raison à ton sujet. Tu es une pauvre salope. Parce que si tu crois que ton mari va te faire du mal, tu* t'en vas. *Et pourtant tu ne peux pas quitter ton mari, qui pleure la mort de sa mère. Tu ne peux pas. Il faudrait que je sois une femme d'une méchanceté biblique pour faire une chose pareille*, à moins *qu'il n'y ait vraiment un grave problème. Il faudrait que tu croies* vraiment *que ton mari va te faire du mal.*

Mais je ne crois pas vraiment que Nick me ferait du mal.

Je me sentirais plus en sécurité avec un revolver, c'est tout.

Nick Dunne

Six jours après

Go m'a poussé dans la voiture et s'est éloignée du parc. Nous sommes passés à toute vitesse devant Noelle, qui marchait avec Boney et Gilpin vers leur véhicule. Ses triplés soigneusement vêtus cahotaient derrière elle comme les rubans d'un cerf-volant. Nous avons dépassé la foule en faisant grincer les freins : des centaines de visages, un pointillisme charnu de colère dirigée contre moi. Nous nous sommes enfuis, foncièrement. Techniquement.

« Ouah ! l'embuscade, a marmonné Go.

— Embuscade ? j'ai répété, sonné.

— Tu crois que c'était un accident, Nick ? La connasse aux triplés a déjà fait sa déposition à la police. Elle n'a rien dit sur la grossesse.

— Ou bien ils nous lâchent les bombes dessus, l'une après l'autre, petit à petit. »

Boney et Gilpin avaient déjà appris que ma femme était enceinte et avaient décidé d'en faire une stratégie. De toute évidence, ils croyaient vraiment que je l'avais tuée.

« Noelle va être dans toutes les émissions du câble pendant une semaine, à raconter que tu es un meurtrier, et qu'elle est la meilleure amie d'Amy, en croisade pour demander justice. Elle est prête à tout pour se faire mousser, cette salope. À *tout*, putain. »

J'ai pressé ma joue contre la vitre et me suis affalé dans mon siège. Plusieurs camionnettes de reporters nous suivaient. Nous avons roulé en silence. La respiration de Go s'est calmée petit à petit. Je regardais le fleuve, une branche d'arbre qui dépassait.

« Nick ? a-t-elle fait finalement. C'est – euh… est-ce que tu…

— Je ne sais pas, Go. Amy ne m'a rien dit. Si elle était enceinte, pourquoi elle l'aurait dit à Noelle et pas à moi ?

— Pourquoi aurait-elle essayé de se procurer un revolver sans t'en parler ? a rétorqué Go. Tout cela n'a pas de sens. »

Nous sommes allés nous réfugier chez Go – les caméras allaient envahir ma maison – et, dès que nous avons passé la porte, mon portable a sonné, le vrai. C'étaient les Elliott. J'ai aspiré une grande bouffée d'air, me suis glissé dans mon ancienne chambre, et j'ai répondu.

« Il faut que je te pose une question, Nick. » C'était Rand, avec le marmonnement de la télé en fond. « Il faut que tu me répondes. Tu savais qu'Amy était enceinte ? »

J'ai hésité, essayant de trouver les bons mots pour exprimer ce que j'avais à dire, l'improbabilité d'une grossesse.

« Réponds-moi, nom de Dieu ! »

La véhémence de Rand m'a fait baisser la voix. J'ai parlé d'une voix douce, apaisante, une voix feutrée. « Amy et moi, nous n'essayions pas d'avoir un enfant. Elle ne voulait pas tomber enceinte, Rand. On ne… on n'avait même pas des rapports si fréquents que ça. Je serais… très étonné qu'elle soit enceinte.

— Noelle affirme qu'Amy est allée chez le médecin pour confirmer sa grossesse. La police a déjà soumis une assignation pour consulter son dossier. On saura ce soir. »

J'ai trouvé Go dans le salon, assise avec une tasse de café froid à la table de jeu de ma mère. Elle s'est tournée dans ma direction juste assez pour montrer qu'elle était consciente de ma présence, mais elle ne m'a pas laissé voir son visage.

« Pourquoi tu mens comme ça, Nick ? Les Elliott ne sont pas tes ennemis. Est-ce que tu ne devrais pas au moins leur dire que c'est toi qui ne voulais pas d'enfants ? Pourquoi donner à tout prix le mauvais rôle à Amy ? »

Une fois de plus, j'ai ravalé la rage qui me rongeait le ventre.

« Je suis épuisé, Go. Bon Dieu ! On est obligés de parler de ça maintenant ?

— Parce que tu penses trouver un meilleur moment ?

— Je voulais des enfants. On a essayé pendant un moment, ça n'a pas marché. On a même envisagé la procréation assistée. Mais Amy a alors décidé qu'elle ne voulait pas d'enfants.

— Tu m'as dit que c'est *toi* qui n'en voulais pas.

— J'essayais de sauver les apparences.

— Oh ! génial, encore un mensonge. Je ne savais pas que tu étais tellement… Ce que tu racontes, Nick, ça n'a pas de sens. J'étais là, au dîner pour fêter Le Bar, et maman a mal compris, elle a cru que vous annonciez que vous attendiez un bébé, et ça a fait pleurer Amy.

— Oui, eh bien, je ne peux pas expliquer tous les comportements d'Amy, Go. Je ne sais pas pourquoi, il y a un an, elle a pleuré comme ça, putain. OK ? »

Go s'est tue. La lueur orange des réverbères créait autour de son profil un halo qui lui donnait l'air d'une rock star. « Ça va être un vrai test pour toi, Nick, a-t-elle murmuré sans me regarder. Tu as toujours eu du mal avec la vérité – tu choisis toujours de raconter un petit bobard si tu penses que ça t'évitera une vraie confrontation. Tu as toujours choisi la solution de facilité. Tu racontais à maman que tu allais à l'entraînement de base-ball alors qu'en fait tu avais quitté l'équipe ; tu racontais à maman que tu allais à l'église alors qu'en fait tu étais au cinéma. C'est une compulsion bizarre.

— Ça n'a rien à voir avec le base-ball, là, Go.

— Ça n'a rien à voir. Mais tu continues à raconter des bobards comme un petit garçon. Tu crèves toujours d'envie que tout le monde te croie parfait. Tu ne veux jamais endosser le mauvais rôle. Alors tu racontes aux parents d'Amy qu'elle ne voulait pas d'enfants. Tu ne me racontes *pas* que tu trompes ta femme. Tu jures que les cartes de crédit à ton nom ne sont pas à toi, tu jures que tu traînais à la plage alors que tu détestes la plage, tu jures que ton mariage était heureux. Je ne sais plus que croire, là.

— Tu plaisantes, pas vrai ?

— Depuis qu'Amy a disparu, tout ce que tu as fait, c'est mentir. Forcément, je m'inquiète. Je me demande ce qui se passe. »

Silence complet pendant un instant.

« Go, est-ce que tu es en train de dire ce que je crois que tu es en train de dire ? Parce que si c'est le cas, putain, il y a quelque chose qui est mort entre nous.

— Rappelle-toi ce petit jeu auquel tu jouais tout le temps avec maman quand on était petits : *Tu m'aimerais quand même si ? Tu m'aimerais quand même si* je donnais une claque à Go ? *Tu m'aimerais quand même si* je braquais une banque ? *Tu m'aimerais quand même si* je tuais quelqu'un ? »

Je n'ai rien dit. J'étais trop suffoqué.

« Je t'aimerais quand même.

— Go, tu as vraiment besoin que je le dise ? »

Elle a gardé le silence.

« Je n'ai pas tué Amy. »

Elle a gardé le silence.

« Tu me crois ?

— Je t'aime. »

Elle a posé une main sur mon épaule puis elle est partie dans sa chambre et a fermé la porte. J'ai attendu de voir la lumière s'allumer dans la pièce, mais elle est restée plongée dans le noir.

Deux secondes plus tard, mon portable a sonné. Cette fois, c'était mon second téléphone. J'aurais dû m'en débarrasser mais je devais toujours, toujours décrocher pour Andie. *Une fois par jour, Nick. Il faut qu'on se parle une fois par jour.*

J'ai réalisé que je grinçais des dents.

J'ai repris mon souffle.

À la lisière extérieure de la ville, il y avait les vestiges d'un fort du Vieil Ouest, désormais encore un parc que ne fréquentait personne. Tout ce qu'il en restait, c'était la tour de garde en bois sur deux niveaux, entourée par des balançoires et des jeux de bascule rouillés. Andie et moi, nous nous y étions retrouvés une fois pour une séance de pelotage à l'ombre de la tour de garde.

J'ai fait trois grandes boucles en ville dans l'ancienne voiture de ma mère pour m'assurer que personne ne me suivait. C'était de la folie d'y aller – il n'était pas encore 22 heures – mais je n'avais plus mon mot à dire pour ce rendez-vous. *J'ai besoin de te voir, Nick, ce soir, tout de suite, ou je te le jure, je vais péter les plombs.* En m'arrêtant devant le fort, j'ai été frappé par son isolement et ce que ça signifiait : Andie était toujours prête à me retrouver dans un endroit désert et mal éclairé, moi le tueur de femme enceinte. En traversant les herbes épaisses et rêches, j'ai distingué sa silhouette par la minuscule fenêtre de la tour.

Elle va te détruire, Nick. J'ai pressé le pas.

Une heure plus tard, j'étais terré dans ma maison infestée de paparazzis, j'attendais. Rand avait dit qu'ils sauraient avant minuit si ma femme était enceinte. Lorsque le téléphone a sonné, j'ai décroché immédiatement, mais c'était la fichue maison de retraite. Mon père s'était encore enfui. Les flics étaient prévenus. Comme toujours, dans leur bouche, on aurait dit que c'était moi le salaud. *Si ça se reproduit, nous allons être obligés de mettre fin au séjour de votre père chez nous.* J'ai eu un frisson d'écœurement : si mon père emménageait avec moi – deux salopards pathétiques, aigris –, ça donnerait sans doute lieu à la pire comédie sur la camaraderie masculine du monde. Ça se terminerait par un meurtre/suicide. Pan, pan ! Lancez les rires préenregistrés.

Je venais de raccrocher, et regardais le fleuve par la fenêtre de derrière – *reste calme, Nick* – lorsque j'ai aperçu une silhouette tassée à côté de l'abri à bateau. J'ai pensé que ça devait être un journaliste égaré, mais j'ai alors reconnu quelque chose dans ces poings serrés et ces épaules raides. Comfort Hill était à environ trente minutes de marche par River Road. Dieu sait comment, il s'était rappelé notre maison alors qu'il ne pouvait même pas me remettre, moi.

Je suis sorti dans la pénombre. Il balançait ses pieds au-dessus de la rive et contemplait le fleuve. Moins débraillé qu'avant, même s'il dégageait une odeur douceâtre de sueur.

« Papa ? Qu'est-ce que tu fais là ? Tout le monde s'inquiète. »

Il m'a regardé de ses yeux marron foncé, des yeux perçants, pas laiteux comme ceux de certains vieillards. Ç'aurait été moins déconcertant s'il avait eu les yeux laiteux.

« Elle m'a dit de venir, a-t-il répliqué d'une voix cassante. Elle m'a dit de venir. C'est ma maison, je peux venir quand je veux.

— Tu as fait tout ce chemin à pied ?

— Je peux venir quand je veux. Toi, tu me détestes peut-être, mais elle, elle m'aime. »

J'ai failli éclater de rire. Même mon père réinventait une relation avec Amy.

Quelques photographes sur ma pelouse ont commencé à mitrailler. Je devais ramener mon père à la maison de retraite. Je m'imaginais parfaitement l'article qu'ils allaient devoir mitonner pour accompagner ces images en exclusivité : quel genre de père était Bill Dunne, quel genre d'homme avait-il élevé ? Bon sang ! si mon père se lançait dans une de ses tirades contre les *salopes*... J'ai composé le numéro de Comfort Hill, et, après avoir un peu traîné des pieds, ils ont envoyé un aide-soignant pour venir le chercher. J'ai bien pris garde à l'accompagner ostensiblement à la berline, à lui murmurer des mots rassurants à l'oreille sous l'œil des photographes.

Mon père. Je lui ai souri tandis que la voiture s'éloignait. J'ai tout fait pour avoir l'air d'un bon fils, fier de son père. Les journalistes m'ont demandé si j'avais tué ma femme. J'étais en train de me replier dans la maison lorsqu'une voiture de flics s'est arrêtée.

C'était Boney qui venait chez moi, bravant les paparazzis, pour m'annoncer la nouvelle. Elle l'a fait gentiment, d'une voix pleine de tact.

Amy était enceinte.

Ma femme avait disparu avec mon bébé dans son ventre. Boney m'observait, dans l'attente de ma réaction – qui ferait partie du rapport de police –, et je me suis dit : *Agis correctement, ne te plante pas, agis comme agit un homme qui apprend une nouvelle pareille.* J'ai fourré ma tête entre mes mains et murmuré : *Oh, mon Dieu ! oh, mon Dieu !* et, ce faisant, j'ai vu ma femme sur le sol de notre cuisine, les mains sur le ventre, après s'être heurté la tête.

Amy Elliott Dunne

26 juin 2012

Journal

De toute ma vie, je ne me suis jamais sentie plus vivante. Le ciel est bleu, les oiseaux sont ivres de chaleur, le fleuve coule à gros bouillons, et je suis complètement vivante. J'ai peur, je suis aux anges, mais je suis *vivante.*

Ce matin, quand je me suis réveillée, Nick était parti. Je suis restée au lit à regarder le plafond, le soleil qui venait le dorer centimètre par centimètre, les merles bleus qui chantaient juste devant notre fenêtre, et j'ai eu envie de vomir. Ma gorge se serrait et se desserrait comme un cœur. Je me suis dit que je n'allais pas vomir, puis j'ai couru dans la salle de bains et j'ai vomi : de la bile, de l'eau chaude et un petit pois flottant. Tandis que mon estomac se contractait, que mes yeux s'emplissaient de larmes et que je suffoquais, je me suis mise à faire le genre de calculs que fait une femme, penchée sur une cuvette de W.-C. Je prends la pilule, mais j'en ai quand même oublié une ou deux – qu'est-ce que ça peut faire ? J'ai 38 ans, je prends la pilule depuis près de vingt ans. Je ne vais pas tomber enceinte par accident.

J'ai trouvé les tests dans une vitrine fermée à clef. J'ai dû trouver une femme moustachue, débordée, pour me l'ouvrir, et désigner celui que je voulais pendant qu'elle attendait impatiemment. Elle me l'a tendu avec un regard clinique et m'a dit : « Bonne chance. »

Je ne savais pas ce que ça aurait signifié : positif ou négatif. En rentrant à la maison, j'ai lu les instructions trois fois, puis j'ai tenu le bâtonnet à l'angle indiqué pendant le nombre de secondes indiqué, puis je l'ai posé sur le rebord du lavabo et je me suis enfuie comme s'il s'agissait d'une bombe. Trois minutes, c'est le temps qu'il fallait tuer, aussi j'ai allumé la radio et, bien sûr, c'était une chanson de Tom Petty – ça vous arrive, d'allumer la radio et de tomber sur autre chose qu'une chanson de Tom Petty ? –, alors j'ai chanté l'intégralité des paroles de « American Girl » et je me suis glissée de nouveau dans la salle de bains, comme si le test était une bestiole que je devais surprendre, mon cœur battait plus vite, plus fort qu'il ne l'aurait dû. J'étais enceinte.

Soudain, je me suis retrouvée à traverser en courant la pelouse, à courir jusqu'au bout de la rue, à cogner à la porte de Noelle, et, quand elle a ouvert, j'ai fondu en larmes, je lui ai montré le test et j'ai crié : je suis enceinte !

Tout à coup, quelqu'un d'autre que moi était au courant, et j'ai commencé à avoir peur.

Une fois que je suis rentrée, deux idées me sont venues.

Un : Notre anniversaire de mariage tombe la semaine prochaine. Je vais écrire des indices sous forme de lettres d'amour et un magnifique berceau ancien en bois attendra au bout. Je vais le convaincre que nous sommes faits pour être ensemble. Pour être une famille.

Deux : Dommage que je n'ai pas réussi à me procurer ce revolver.

Dorénavant, il m'arrive d'avoir peur lorsque mon mari rentre à la maison. Il y a quelques semaines, Nick m'a proposé de faire une sortie en barque avec lui, d'aller dériver au gré du courant. J'ai littéralement refermé mes mains sur la rampe de notre escalier lorsqu'il m'a demandé ça, je m'y suis accrochée. Parce que je l'ai vu en train de faire vaciller la barque – au début par jeu, il riait de ma panique, puis son visage devenait de plus en plus fermé, déterminé, et je tombais à l'eau, dans ces eaux marron, boueuses, pleines de ronces et de sable, il était sur moi et me maintenait sous l'eau d'un bras puissant jusqu'à ce que je cesse de me débattre.

Je ne peux pas m'en empêcher. Nick m'a épousée lorsque j'étais une femme jeune, riche et belle, et, à présent, je suis pauvre, je suis au chômage, et plus près de la quarantaine que de la trentaine ; je ne suis plus jolie tout court, je suis *jolie pour mon âge.* C'est la vérité : ma valeur a diminué. Je le vois à la façon dont Nick me regarde. Mais ce n'est pas le regard d'un type qui s'est ramassé sur un pari honnête. C'est le regard d'un type qui a l'impression de s'être fait berner. Bientôt, ça pourrait bien être le regard d'un homme piégé. Il aurait peut-être pu demander le divorce avant le bébé. Mais il ne ferait jamais une chose pareille maintenant, pas Nick le Héros. Il ne pourrait pas supporter que tout le monde, dans cette ville pétrie de valeurs familiales, le regarde comme le genre de mec qui abandonne sa femme et son enfant. Il préférera rester et souffrir avec moi. Souffrir, et ressasser sa rancœur et sa rage.

Je n'avorterai pas. Le bébé a six semaines dans mon ventre aujourd'hui, il fait la taille d'une lentille, et ses yeux, ses poumons et ses oreilles commencent à pousser. Il y a quelques heures, dans la cuisine, j'ai trouvé un Tupperware plein de lentilles sèches que Maureen m'avait données pour faire la soupe préférée de Nick, et j'ai sorti une lentille et l'ai posée sur le plan de travail. Elle était plus petite que l'ongle de mon petit doigt, minuscule. Je n'ai pas supporté de la laisser sur le carrelage froid, alors je l'ai ramassée, je l'ai placée au creux de ma paume et caressée du bout du doigt. Maintenant, elle est dans la poche avant de mon tee-shirt, contre mon cœur.

Je n'avorterai pas et je ne demanderai pas le divorce, pas encore, parce que je me rappelle encore sa façon de plonger dans l'océan par une journée d'été et de se mettre sur les mains, les jambes battant l'air au-dessus de l'eau, pour ressortir d'un bond avec le plus beau coquillage rien que pour moi ; j'ai laissé le soleil m'éblouir, et, en fermant les yeux, j'ai vu les couleurs clignoter à l'intérieur de mes paupières tandis que Nick m'embrassait avec ses lèvres salées et je me suis dit : *J'ai tellement de chance, c'est mon mari, cet homme va être le père de mes enfants. Nous allons être heureux.*

Mais je me plante peut-être, je me plante peut-être complètement. Parce que, parfois, sa façon de me regarder… Ce gentil garçon de la plage, l'homme de mes rêves, le père de mon enfant. Je le surprends à me regarder avec des yeux attentifs, des yeux d'insecte, froids et calculateurs, et je me dis : *Cet homme est capable de me tuer.*

Donc si vous trouvez ça et que je suis morte, eh bien…

Pardon, ce n'est pas drôle.

Nick Dunne

Sept jours après

C'était l'heure. À exactement 8 heures du matin à notre pendule, 9 heures à New York, j'ai pris mon téléphone. Ma femme était enceinte, ça ne faisait plus aucun doute. J'étais le principal – voire l'unique – suspect. J'allais prendre un avocat, *aujourd'hui*, et ce serait exactement l'avocat que je ne voulais pas, mais l'avocat dont j'avais absolument besoin.

Tanner Bolt. Une sinistre nécessité. Il n'y avait qu'à zapper sur les chaînes judiciaires, les reconstitutions de faits divers, et le visage bronzé au spray de Tanner Bolt apparaissait, indigné et préoccupé au nom du cinglé qu'il représentait ce jour-là. Il était devenu célèbre à l'âge de 34 ans en assurant la défense de Cody Olsen, un restaurateur de Chicago accusé d'avoir étranglé sa femme, enceinte jusqu'aux yeux, et d'avoir largué son corps dans un site d'enfouissement des déchets. Les chiens policiers avaient détecté une odeur humaine dans le coffre de la Mercedes de Cody ; une fouille de son portable avait révélé que quelqu'un avait imprimé un plan du site d'enfouissement le plus proche le matin de la disparition de la femme de Cody. Une affaire évidente.

Une fois que Tanner Bolt avait fini son intervention, tout le monde était impliqué – la police, deux membres d'un gang des quartiers ouest de Chicago et un videur de boîte de nuit patibulaire –, à l'exception de Cody Olsen, qui avait payé sa tournée de cocktails en sortant, libre comme l'air, de la salle d'audience.

Dans la décennie qui avait suivi, Tanner Bolt s'était fait connaître sous le surnom de Chevalier Blanc Des Maris En Déroute – sa spécialité était d'arriver au grand galop dans les affaires médiatisées pour défendre les maris accusés d'avoir tué leurs femmes. Il l'emportait environ la moitié du temps, ce qui n'était pas un mauvais score, étant donné que les dossiers étaient en général accablants, les accusés extrêmement antipathiques – volages, narcissiques, sociopathes. L'autre surnom de Tanner Bolt, c'était « Le Défenseur Des Gros Cons ».

J'ai pris rendez-vous pour 14 heures.

« Ici Marybeth Elliott. Laissez-moi un message, et je vous rappellerai au plus vite… » disait-elle d'une voix exactement semblable à celle d'Amy. Amy, qui n'allait pas rappeler au plus vite, visiblement.

J'étais en train de foncer à l'aéroport pour prendre l'avion pour New York afin de rencontrer Tanner Bolt. Lorsque j'avais demandé à Boney l'autorisation de quitter la ville, elle avait semblé amusée : *Les flics n'interviennent pas là-dedans, en fait. C'est pas comme à la télé.*

« Bonjour, Marybeth, c'est encore Nick. J'ai vraiment hâte de vous parler. Je voulais vous dire… euh, je n'étais vraiment pas au courant pour la grossesse, je suis aussi stupéfait que vous devez l'être… euh, et sinon, pour information, je prends un avocat. Je crois que même Rand me l'avait conseillé. Bon voilà… vous savez que je ne suis vraiment pas doué avec les messages. J'espère que vous me rappellerez. »

Le bureau de Tanner Bolt était situé dans le secteur de la 42e Rue, non loin de là où je travaillais avant. L'ascenseur m'a propulsé vingt-cinq étages plus haut, mais il était tellement feutré que je n'étais pas sûr qu'il bougeait jusqu'à ce que mes oreilles commencent à siffler. Au vingt-cinquième, une blonde à l'air pincé en tailleur impeccable est montée. Elle a tapé impatiemment du pied en attendant que les portes se ferment, puis m'a sorti d'un ton cassant : « Pourquoi vous n'appuyez pas sur "fermeture des portes" ? » Je lui ai décoché le sourire que je réserve aux femmes irascibles, mon sourire le plus lumineux, celui qu'Amy appelait mon « sourire de gendre idéal », et la femme m'a reconnu. « Oh ! » a-t-elle fait. On aurait dit qu'elle venait de sentir une odeur de pourri. Quand je suis arrivé à l'étage de Tanner, on aurait pu croire que c'était pour elle une victoire personnelle.

Ce type était le meilleur, et j'avais besoin du meilleur, mais cela me faisait mal d'être associé avec lui – cette ordure, ce frimeur, cet avocat des coupables. Je préhaïssais tellement Tanner Bolt que je m'attendais à ce que son bureau ressemble à un décor de *Deux flics à Miami*. Mais les locaux de Bolt & Bolt étaient tout l'inverse – ils étaient empreints de la dignité que l'on est en droit d'exiger d'un cabinet de juristes. Derrière des portes vitrées impeccables, des individus extrêmement bien vêtus se déplaçaient, l'air affairé, d'un bureau à l'autre.

Un homme jeune au beau visage avec une cravate de la couleur d'un fruit tropical m'a salué et installé dans la salle d'attente faite de verre et de miroirs, et m'a pompeusement proposé de l'eau (refusée), avant de retourner à son bureau miroitant pour décrocher son téléphone miroitant. Je me suis assis sur le sofa et j'ai regardé les gratte-ciel, les grues qui montaient et descendaient tels des oiseaux mécaniques. Puis j'ai sorti de ma poche le papier qui contenait le dernier indice d'Amy et l'ai déplié. Cinq ans, c'est le bois. Est-ce que ça allait être la récompense finale de la chasse au trésor ? Quelque chose pour le bébé : un berceau en chêne gravé, un hochet en bois ? Quelque chose pour notre bébé et pour nous, pour recommencer, relancer les Dunne.

J'examinais toujours l'indice lorsque Go a téléphoné.

« Tout va bien entre nous ? » a-t-elle demandé immédiatement.

Ma sœur pensait que j'étais peut-être un assassin.

« Tout va aussi bien entre nous que ça ira jamais dorénavant, je pense, étant donné les circonstances.

— Nick. Je suis désolée. J'appelle pour dire que je suis désolée. En me réveillant, j'ai eu l'impression d'avoir été complètement dingue. Et je m'en veux affreusement. J'ai perdu la tête. J'ai momentanément pété les plombs. Je te présente mes excuses les plus sincères, vraiment. »

Je n'ai rien dit.

« Tu dois m'accorder ça, Nick : l'épuisement, le stress et… Je suis désolée… Vraiment. »

J'ai menti :

« OK.

— Mais je suis contente, en fait. Comme ça, l'abcès est crevé…

— Elle était enceinte, on en est sûrs. »

J'ai eu un haut-le-cœur. Une fois de plus, j'ai eu le sentiment d'avoir oublié un élément crucial. J'avais négligé quelque chose, et j'allais le payer.

« Je suis désolée », a dit Go. Elle a attendu quelques secondes. « Le fait est que…

— Je ne peux pas en parler. Je ne peux pas.

— OK.

— En fait, je suis à New York. J'ai rendez-vous avec Tanner Bolt. »

Elle a poussé un soupir de soulagement.

« Dieu merci ! T'as pu avoir un rendez-vous si vite que ça ?

— Ça montre à quel point je suis dans la merde. »

On m'avait immédiatement passé Tanner – j'étais resté en attente pendant trois secondes après avoir dit mon nom – et, lorsque je lui avais parlé de l'interrogatoire dans mon salon et de la grossesse, il m'avait ordonné de sauter dans le premier avion. « Je panique un peu.

— Tu fais le bon choix. Sérieusement. »

Nouveau silence.

« Il ne peut pas réellement s'appeler Tanner Bolt, si ? j'ai dit, tentant de détendre l'atmosphère.

— Il paraît que c'est une anagramme de Ratner Tolb.

— C'est vrai ?

— Non. »

J'ai ri. C'était un peu déplacé, mais ça faisait du bien. Puis l'anagramme s'est matérialisée à l'autre bout de la pièce et s'est dirigée vers moi – costume noir à rayures et cravate vert-jaune, sourire carnassier. Il avançait la main tendue, prêt à conclure.

« Nick Dunne, je suis Tanner Bolt. Venez avec moi, mettons-nous au travail. »

Le bureau de Tanner Bolt semblait conçu pour ressembler à la salle de réunion d'un club de golf strictement réservé aux hommes – fauteuils en cuir confortables, étagères garnies de livres de droit, cheminée à gaz avec des flammes qui dansaient dans l'air climatisé. Asseyez-vous, prenez un cigare, plaignez-vous de la bourgeoise, racontez des blagues douteuses, *on est entre hommes.*

Bolt a délibérément choisi de ne pas s'asseoir derrière son bureau. Il m'a guidé à une petite table comme si nous nous apprêtions à faire une partie d'échecs. *C'est une conversation d'homme à homme*, disait Bolt sans avoir besoin de le dire. *Nous allons nous installer à notre petite table et passer aux choses sérieuses.*

« Mon avance sur honoraires, monsieur Dunne, est de 100 000 dollars. Ça fait beaucoup d'argent, c'est évident. Alors je veux vous expliquer clairement ce que j'offre et ce que j'attendrai de vous, OK ? »

Il a braqué sur moi ses yeux impassibles, m'a fait un sourire de sympathie et a attendu mon approbation. Seul Tanner Bolt pouvait me contraindre, moi, un *client*, à prendre l'avion pour venir *le* voir, puis m'expliquer quel genre de danse du ventre j'allais devoir exécuter pour avoir le privilège de lui donner mon argent.

« Je gagne, monsieur Dunne. Je gagne dans des affaires ingagnables, et l'accusation que vous allez, sans doute, devoir affronter bientôt – je ne veux pas vous cacher la vérité – sera difficile à contrer. Problèmes d'argent, mariage en crise, femme enceinte. Les médias se sont braqués contre vous, le public s'est braqué contre vous. »

Il a tourné une chevalière à sa main droite et attendu que je lui montre qu'il avait toute mon attention. J'avais toujours entendu l'expression : *à 40 ans, on a le visage qu'on mérite.* Le visage de Bolt à la quarantaine était bien soigné, sans rides, agréablement rebondi par la suffisance. Le visage d'un homme sûr de lui, le meilleur dans sa partie, un homme qui aimait sa vie.

« Il n'y aura plus d'interrogatoires sans ma présence. Je regrette vraiment que vous ayez accepté auparavant. Mais avant même d'en arriver à la question juridique, il faut qu'on commence à s'occuper de l'opinion publique, parce que, au train où vont les choses, on est obligés de considérer que tout va se savoir : vos cartes de crédit, l'assurance vie, la scène de crime bidonnée, le sang nettoyé. Ça fait très mauvais effet, tout ça, mon ami. Et c'est un cercle vicieux : les flics croient que vous avez fait le coup et ils le font savoir à la population. La population est scandalisée, elle exige une arrestation. Alors, un : il faut qu'on trouve un suspect alternatif. Deux : il *faut* qu'on conserve le soutien des parents d'Amy, je n'insisterai jamais assez là-dessus. Et trois : il faut qu'on redore votre image, parce que si jamais cette affaire va au procès, ça va influencer les jurés. Même changer de juridiction, ça n'a plus de sens, de nos jours – avec le câble vingt-quatre heures sur vingt-quatre et Internet, le monde entier est une seule et même juridiction. Alors je ne peux même pas vous dire à quel point il est essentiel de retourner l'opinion publique.

— J'aimerais bien aussi, croyez-moi.

— Comment ça va, avec les parents d'Amy ? Est-ce qu'on peut les convaincre de faire une déclaration de soutien ?

— Je ne leur ai pas parlé depuis qu'il a été confirmé qu'Amy était enceinte.

— Est enceinte. » Tanner m'a fait les gros yeux. « Est. Elle *est* enceinte. Ne parlez jamais, mais jamais de votre femme au passé.

— Merde. » J'ai enfoui le visage dans ma main un instant. Je n'avais même pas fait attention à ce que j'avais dit.

« Avec moi, ça n'a pas d'importance, ne vous en faites pas, a fait Bolt, balayant l'incident d'un revers de main magnanime. Mais partout ailleurs, faites attention. Faites très attention. À partir de maintenant, je ne veux plus que vous ouvriez la bouche si vous n'avez pas bien réfléchi à ce que vous allez dire. Comme ça, vous n'avez pas parlé aux parents d'Amy. Je n'aime pas ça. Vous avez essayé de les contacter, j'imagine ?

— J'ai laissé quelques messages. »

Bolt a griffonné quelques mots sur un carnet jaune. « OK, on va être obligés de supposer que ce n'est pas bon pour nous. Mais il vous faut tout faire pour entrer en contact avec eux. Pas dans un endroit public, n'importe quel abruti peut vous filmer avec un portable – on ne peut pas se permettre une nouvelle Shawna Kelly pour l'instant. Ou envoyez votre sœur en reconnaissance, histoire de voir ce qui se passe. Oui, faites comme ça, ça vaudra mieux, d'ailleurs.

— OK.

— J'ai besoin que vous me fassiez une liste, Nick. De toutes les choses gentilles que vous avez faites pour Amy au fil des ans. Des choses romantiques, en particulier cette dernière année. Vous lui avez préparé du bouillon de poule quand elle était malade, ou vous lui avez envoyé des lettres d'amour pendant que vous étiez en voyage d'affaires. Rien de trop ostentatoire. Les bijoux, ça ne m'intéresse pas, sauf si vous les avez choisis ensemble en vacances, ou un truc comme ça. Il nous faut des choses vraiment personnelles, là, des trucs de comédie romantique.

— Et si la comédie romantique, ce n'est pas mon genre ? »

Tanner s'est mordu les lèvres. « Trouvez quelque chose, OK, Nick ? Vous avez l'air d'un brave type. Je suis sûr que vous avez fait un truc prévenant dans l'année. »

Je n'arrivais pas à penser à un seul truc bien que j'aie fait dans les deux dernières années. À New York, durant les premières années de mariage, j'étais prêt à tout pour faire plaisir à ma femme, retourner à ces jours de grâce où elle traversait le parking du drugstore en courant pour sauter dans mes bras, célébration spontanée de l'achat de sa nouvelle laque. Sa joue qui se pressait tout le temps contre la mienne, ses grands yeux bleus brillants et ses cils jaunes qui s'accrochaient dans les miens, la chaleur de son haleine juste sous mon nez, notre insouciance. Pendant deux ans, j'avais fait de mon mieux tandis que mon ancienne femme s'évanouissait petit à petit, j'avais vraiment fait de mon mieux – pas de colères, pas de disputes, des courbettes constantes, la capitulation, la version sitcom du mari que j'étais : *Oui, chérie. Bien sûr, mon cœur.* Cette putain d'énergie avait quitté peu à peu mon corps à mesure que mon cerveau moulinait frénétiquement pour essayer de trouver un moyen de la rendre heureuse, et que chaque action, chaque tentative était accueillie par un regard atterré ou un petit soupir triste. Un soupir qui disait : *Tu ne comprends vraiment rien.*

Lorsque nous sommes partis pour le Missouri, j'en avais tout bonnement ma claque. J'avais honte de me rappeler à moi-même le laquais voûté et dérisoire que j'étais devenu. Alors je n'étais pas romantique ; je n'étais même pas gentil.

« Et aussi, j'aurais besoin d'une liste des gens susceptibles d'avoir fait du mal à Amy, d'avoir quelque chose contre elle.

— Il faut que je vous dise : apparemment, Amy a essayé d'acheter un revolver plus tôt dans l'année.

— Les flics sont au courant ?

— Oui.

— Et vous, vous étiez au courant ?

— Pas avant que le type à qui elle a essayé de l'acheter me l'ait dit. »

Il a pris exactement deux secondes pour réfléchir. « Alors je parie que leur théorie, c'est qu'elle voulait un revolver pour se protéger de vous. Elle était isolée, elle avait peur. Elle avait envie de croire en vous, mais elle sentait qu'il y avait un gros problème qui couvait, et elle voulait un revolver au cas où son pire cauchemar se réaliserait.

— Ouah ! vous êtes fort.

— Mon père était flic. Mais ça me plaît, cette idée de revolver – maintenant, il nous faut juste trouver un autre individu qui corresponde à un danger potentiel. Rien n'est trop farfelu. Si elle s'engueulait constamment avec un voisin à cause d'un chien qui aboie, si elle a été obligée de rembarrer un type qui la draguait, tout ce que vous avez, j'en ai besoin. Que savez-vous sur Tommy O'Hara ?

— Ah oui ! Je sais qu'il a appelé le numéro vert à plusieurs reprises.

— Il a été accusé d'avoir violé Amy au cours d'un rencard en 2005. »

J'ai senti ma bouche s'ouvrir, mais je n'ai rien dit.

« Elle sortait un peu avec lui, rien de sérieux. Il l'avait invitée à dîner chez lui, ça a dégénéré, et il l'a violée, selon mes sources.

— Quand en 2005 ?

— En mai. »

C'était pendant les huit mois où j'avais perdu Amy – entre notre rencontre du nouvel an et le jour où je l'avais retrouvée sur la Septième Avenue.

Tanner a redressé sa cravate et tripoté son alliance incrustée de diamant en m'observant attentivement. « Elle ne vous en a jamais parlé.

— Je n'ai jamais entendu parler de ça. Par personne. Mais surtout pas par Amy.

— Vous seriez étonné par le nombre de femmes qui considèrent encore le viol comme un stigmate. Elles ont honte.

— Je n'arrive pas à croire que je…

— Je m'efforce de ne jamais me présenter à un rendez-vous sans une nouvelle information pour mon client. Je veux vous montrer que je prends votre affaire très au sérieux. Et à quel point vous avez besoin de moi.

— Ce type pourrait être un suspect ?

— Bien sûr, pourquoi pas ? a dit Tanner trop jovialement. Il a des antécédents de violence à l'égard de votre femme.

— Il a fait de la prison ?

— Elle a retiré sa plainte. Elle ne voulait pas témoigner, j'imagine. Si nous décidons de travailler ensemble, vous et moi, je ferai examiner son cas. Entre-temps, pensez à *quiconque* s'intéressait à votre femme de près ou de loin. C'est mieux si c'est quelqu'un de Carthage, cela dit. Plus crédible. Maintenant... » Tanner a croisé une jambe, et a exposé sa rangée de dents inférieure, trop tassées et tachées par rapport à sa rangée supérieure, blanche et impeccable. Il a maintenu une dent tordue contre sa lèvre supérieure pendant un instant. « Maintenant, voilà le plus difficile, Nick. J'ai besoin que vous soyez d'une honnêteté totale avec moi, ça ne peut pas fonctionner autrement. Alors dites-moi tout sur votre mariage, dites-moi le pire. Parce que si je connais le pire, je peux m'y préparer. Mais si je suis surpris, on est foutus. Et si on est foutus, *vous* êtes foutu. Parce que moi, je remonte dans mon avion et je m'en lave les mains. »

J'ai pris une profonde inspiration. Je l'ai regardé dans les yeux.

« J'ai trompé Amy. Je trompe Amy.

— OK. Avec plusieurs femmes ou une seule ?

— Non, pas plusieurs. Je n'avais jamais été infidèle avant.

— Donc avec *une* femme ? »

Il a détourné les yeux, et son regard s'est posé sur une aquarelle de voilier tandis qu'il tripotait son alliance. Je l'imaginais parfaitement en train de téléphoner à sa femme un peu plus tard, en disant : *Une fois, juste une fois, j'aimerais bien avoir un type qui ne soit pas un connard.*

« Oui, juste une fille, elle est très…

— Ne dites pas *fille*, ne dites jamais *fille.* Femme. Une femme qui est très chère à votre cœur. C'est ce que vous alliez dire ? »

Bien sûr, c'était ça.

« Vous vous rendez compte, Nick, que "chère à votre cœur", c'est en fait pire que… bref. Ça fait combien de temps ?

— Un peu plus d'un an.

— Vous lui avez parlé depuis qu'Amy a disparu ?

— Oui, sur un téléphone, un portable à carte prépayée. Et je l'ai vue une fois. Deux fois. Mais…

— Vous l'avez vue ?

— Personne ne nous a vus, je peux le garantir. À part ma sœur. »

Il a repris son souffle, regardé de nouveau le voilier.

« Et comment s'appelle cette… comment s'appelle-t-elle ?

— Andie.

— Comment réagit-elle à tout ça ?

— Elle a été formidable – jusqu'à l'annonce… de la grossesse. Maintenant, je crois qu'elle est un peu… à cran. Très à cran. Très, euh… *collante*, c'est trop fort…

— Dites ce que vous avez à dire, Nick. Si elle est collante, dans ce cas…

— Elle est collante. Possessive. Elle a énormément besoin d'être rassurée. C'est une fille adorable, mais elle est jeune et c'est – ce n'est pas facile, évidemment. »

Tanner Bolt est allé à son minibar et en a sorti un Clamato[1]. Le frigo entier était plein de Clamato. Il a ouvert la bouteille et l'a vidée en trois gorgées, puis il s'est essuyé délicatement les lèvres avec une serviette en tissu. « Vous allez devoir cesser de manière complète et définitive tout contact avec Andie. » J'ai commencé à parler, mais il a levé la main. « Immédiatement.

— Je ne peux pas couper tout lien avec elle comme ça. Sans préavis.

— Il n'y a pas de discussion à avoir sur ce sujet, *Nick*. Franchement, mon vieux, j'ai vraiment besoin de vous le dire ? Vous ne pouvez pas faire le joli cœur pendant que votre femme enceinte est portée disparue. Maintenant, la question, c'est comment arriver à faire ça sans la monter contre nous. Sans lui donner des envies de vengeance ou un besoin irrépressible d'aller trouver la presse. Il faut qu'elle ne garde que de tendres souvenirs. Faites en sorte qu'elle croie que c'est la seule solution, donnez-lui envie de vous protéger. Vous êtes bon, en ruptures ? »

J'ai ouvert la bouche, mais il n'a pas attendu.

« On va vous préparer pour cette discussion exactement comme on vous préparerait pour les questions de

1. Jus de tomate et de palourde, boisson populaire dans le Sud des États-Unis.

l'accusation, OK ? Maintenant, si vous voulez, je viens dans le Missouri, j'installe mes quartiers là-bas, et on peut vraiment se mettre au boulot. Je peux être avec vous dès demain si vous voulez de moi comme avocat. Vous voulez ?

— Oui. »

J'étais de retour à Carthage avant le dîner. C'était curieux, mais, une fois que Tanner avait rayé Andie des cadres – une fois qu'il était devenu évident qu'elle ne pouvait pas rester –, je l'ai accepté avec une rapidité stupéfiante, et je ne l'ai guère regrettée. En l'espace d'un seul vol de deux heures, je suis passé d'*amoureux d'Andie* à *pas amoureux d'Andie.* Comme si j'avais franchi une porte. Notre histoire s'est tout de suite parée d'une tonalité sépia : le passé. Comme c'était curieux, que j'aie détruit mon mariage pour cette petite nana avec laquelle je n'avais rien de commun, à part que nous aimions bien rigoler et boire une bière fraîche après l'amour.

Bien sûr, que ça ne te dérange pas d'y mettre fin, aurait dit Go. *Ça commençait à se compliquer.*

Mais il y avait une autre raison : Amy s'épanouissait en cinémascope dans mon esprit. Elle avait disparu, mais elle était plus présente que tout le monde. J'étais tombé amoureux d'Amy parce que, avec elle, j'étais le Nick parfait. L'aimer me donnait l'impression d'être surhumain, d'être en vie. Même quand elle était facile, elle était dure, car son cerveau ne cessait de mouliner, de mouliner, de mouliner – j'étais obligé de m'appliquer rien que pour tenir la cadence. Je passais une heure pour rédiger un e-mail anodin, je me mettais à étudier les arcanes du monde pour entretenir son intérêt : les poètes des Lacs, les codes du duel, la Révolution française. Elle avait un esprit à la fois large et profond, et être avec elle me rendait plus intelligent. Et plus attentionné, plus actif, et plus vivant, et presque électrique, parce que, pour Amy, l'amour était comme la drogue, l'alcool ou le porno : la progression ne s'arrêtait jamais. Chaque prise devait être plus intense que la précédente pour parvenir au même résultat.

Amy m'avait fait croire que j'étais exceptionnel, que je pouvais prétendre au même niveau de jeu qu'elle. C'était ce qui nous avait faits, c'était ce qui nous avait perdus. Parce que je ne parvenais pas à être à la hauteur de ses exigences de grandeur. J'avais commencé à éprouver une violente nostalgie pour la facilité et la moyenne, je me détestais pour ça et, au final, je m'en apercevais, je l'avais punie pour cette même raison. Je l'avais transformée en cette créature sèche et irascible qu'elle était devenue. J'avais prétendu être un certain genre d'homme, et je m'étais révélé tout autre. Pire, je m'étais convaincu que notre tragédie était entièrement de son fait. J'avais passé des années à me métamorphoser tant bien que mal en cela, exactement en ce que je jurais qu'elle était : une boule de haine hypocrite.

Sur le vol du retour, j'ai regardé l'indice n° 4 pendant si longtemps que je l'ai mémorisé. Je voulais me torturer. Rien d'étonnant à ce que ses mots soient si différents cette fois : ma femme était enceinte, elle voulait repartir à zéro, nous ramener à notre vie de gaieté éblouissante. Je l'imaginais parfaitement en train de courir dans toute la ville pour cacher ces mots doux, pressée comme une écolière que j'arrive à la fin – l'annonce qu'elle était enceinte de mon enfant. Du bois. Ça devait être un berceau ancien. Je connaissais ma femme : ça ne pouvait être qu'un berceau ancien. Même si le ton de l'indice n'était pas tout à fait celui d'une future mère :

Imagine-moi : je suis une fille très méchante
Il faut me corriger, et par corriger je veux dire prendre
C'est là que tu gardes les petits cadeaux pour notre cinquième bougie
Pardonne-moi si ça devient tiré par les cheveux.
On y a pris du bon temps en plein après-midi
On est sortis boire des cocktails, c'était très gai.
Alors cours-y maintenant, plein de doux soupirs
Ouvre la porte et prépare toi à une belle surprise.

J'étais presque rentré lorsque j'ai compris : *Garder les petits cadeaux pour notre cinquième bougie* – les petits cadeaux devaient être en bois. Il y a un vieux dicton campagnard qui veut que les punitions aient lieu autrefois dans la remise. C'était la remise derrière la maison de ma sœur – où l'on stockait pièces détachées de tondeuse et outils rouillés –, une vieille cabane décrépite qui semblait sortie d'un film gore où des campeurs se font rectifier l'un après l'autre. Go ne s'y rendait jamais ; elle disait souvent pour plaisanter qu'elle allait la brûler depuis qu'elle s'était installée dans la maison. Au lieu de ça, elle laissait les mauvaises herbes et les toiles d'araignées l'envahir graduellement. Nous avions souvent dit pour rire que ce serait un endroit rêvé pour planquer un cadavre.

Ce n'était pas possible.

Sur le chemin du retour de l'aéroport, j'avais le visage engourdi, les mains froides. La voiture de Go était dans le passage, mais j'ai dépassé furtivement la fenêtre éclairée du salon et j'ai descendu la pente raide dans le jardin, et bien vite je me suis retrouvé hors de portée de sa vue, hors de portée de vue de quiconque. J'avais toute l'intimité que je voulais.

Tout au fond du terrain, en lisière de la bordure d'arbres, il y avait la cabane.

J'ai ouvert la porte.

Nonnonnonnonnonnon.

DEUXIÈME PARTIE

Le garçon rencontre la fille

AMY ELLIOTT DUNNE

Le jour où

Je suis tellement plus heureuse depuis que je suis morte.

Techniquement, disparue. Bientôt présumée morte. Mais pour faire bref, nous dirons « morte ». Cela ne fait que quelques heures, mais je me sens déjà mieux : mes articulations se délient, mes muscles se décontractent. À un moment donné, ce matin, je me suis aperçue que je ne sentais plus mon visage de la même façon, il y avait quelque chose de bizarre. J'ai regardé dans le rétro – la redoutable bourgade de Carthage était soixante-dix kilomètres derrière moi, mon mari suffisant se prélassait dans son bar poisseux tandis que le chaos pendait à une fine corde de piano juste au-dessus de sa pauvre tête de minable inconscient – et je me suis aperçue que je souriais. Ha ! Ça, c'est nouveau.

Ma liste de choses à faire pour la journée – une des nombreuses listes que j'ai faites depuis un an – est posée à côté de moi sur le siège passager, une tache de sang à côté de l'article 22 : m'infliger une plaie. *Mais Amy a peur du sang*, diront les lecteurs du journal. (Le journal, oui ! Nous reviendrons sur cette idée géniale.) Non, je n'en ai pas peur, pas du tout, mais, depuis un an, je raconte que j'en ai peur, et j'ai dit à Nick au moins une demi-douzaine de fois que le sang me terrorise, et, quand il a fait : « Je ne me rappelais pas que tu avais peur du sang comme ça », j'ai joué les offusquées : « Je te l'ai dit, je te l'ai dit je ne sais pas combien de fois ! » Nick a une mémoire tellement imperméable aux problèmes des autres qu'il n'a pas cherché plus loin. M'évanouir au centre de don de plasma, c'était un petit plus. Je l'ai réellement fait, je ne me suis pas contentée de l'écrire. (Pas d'impatience, nous éclaircirons tout ça : ce qui est vrai, ce qui ne l'est pas, et ce qui pourrait aussi bien être vrai que faux.)

L'article 22 : M'infliger une plaie est sur la liste depuis longtemps. Maintenant, c'est une réalité, et j'ai mal au bras. Très mal. Il faut une discipline hors du commun pour s'administrer une coupure qui n'est pas superficielle, pour aller jusqu'au muscle. Le but, c'est de faire couler une grande quantité de sang, mais pas assez pour s'évanouir et être retrouvée plusieurs heures après dans une mare rouge avec beaucoup d'explications à donner. J'ai d'abord placé un cutter de chantier contre mon poignet, mais, en regardant cet enchevêtrement de veines, j'ai eu l'impression d'être comme un technicien qui essaie de désamorcer une bombe dans un film d'action : il suffisait de se tromper de branchement et j'y passais. J'ai fini par couper l'intérieur de mon bras, en mordant un torchon pour éviter de hurler. Une coupure, longue et profonde, a suffi. Je suis restée assise, jambes croisées, sur le sol de ma cuisine pendant dix minutes, laissant le sang goutter régulièrement jusqu'à ce que ça fasse une belle flaque, bien épaisse. Puis j'ai nettoyé aussi mal que Nick l'aurait fait après m'avoir défoncé le crâne. Je veux que la maison raconte l'histoire d'un conflit entre le vrai et le faux. *Dans le salon, on dirait une mise en scène, mais le sang a été nettoyé : ça ne peut pas être Amy !*

Donc l'automutilation valait le coup. Cependant, plusieurs heures après, la coupure me brûle sous mes manches, sous le garrot. (Article 30 : Panser soigneusement la blessure, en m'assurant que le sang n'a pas coulé là où il n'a rien à faire. Envelopper le cutter et le ranger dans ma poche pour m'en débarrasser ultérieurement.)

Article 18 : Déranger le salon. Renverser l'ottomane. Fait.

Article 12 : Envelopper le premier indice dans sa boîte et le ranger grossièrement de sorte que la police le trouve avant que le mari hébété ne pense à le chercher. Il doit faire partie du rapport de police. Je veux qu'il soit forcé de commencer la chasse au trésor. (Son ego le poussera à aller jusqu'au bout.) Fait.

Article 32 : Enfiler des vêtements passe-partout, cacher mes cheveux sous une casquette, descendre sur la rive du fleuve et la longer, à quelques centimètres de l'eau, jusqu'à la lisière du lotissement. Fais comme ça bien que tu saches que les Teverer, les seuls voisins qui ont vue sur le fleuve, seront à l'église. Fais comme ça parce qu'on ne sait jamais. Tu prends toujours la précaution supplémentaire que les autres négligent, c'est ta personnalité.

Article 29 : Dire au revoir à Bleecker. Sentir une dernière fois son haleine un peu fétide de chat. Remplir sa gamelle de croquettes au cas où on oublierait de le nourrir une fois que ça va se déclencher.

Article 33 : Tire-toi de ce merdier.

Fait, fait, fait.

Je peux vous en dire davantage sur la façon dont je m'y suis prise, mais j'aimerais d'abord que vous me connaissiez. Pas l'Amy du Journal, qui est une œuvre de fiction (et Nick qui disait que je n'étais pas vraiment une écrivaine, pourquoi je l'ai jamais écouté ?), mais moi, la Véritable Amy. Quel genre de femme faut-il être pour faire une chose pareille ? Laissez-moi vous raconter une histoire, une histoire *vraie* de façon que vous puissiez commencer à comprendre.

Pour commencer : je n'aurais jamais dû voir le jour.

Ma mère a fait cinq fausses couches et accouché de deux enfants mort-nés avant moi.

Une fois par an, à l'automne, comme si c'était une obligation saisonnière, comme la rotation des cultures. C'étaient toutes des filles ; elles s'appelaient toutes Hope, l'« espoir ». Je suis sûre que c'était une idée de mon père – son tempérament optimiste, son ardeur indécrottable. *Nous ne pouvons pas abandonner tout espoir, Marybeth.* Mais ils ont bien dû abandonner Hope, encore et encore.

Les médecins ont ordonné à mes parents de cesser d'essayer ; ils ont refusé. Ils ne sont pas du genre à baisser les bras. Ils ont essayé inlassablement, et, finalement, je suis arrivée. Ma mère ne s'attendait pas à ce que je sois en vie, elle ne pouvait pas supporter de m'envisager comme un vrai bébé, un enfant vivant, une fille qui rentrerait à la maison avec eux. Si les choses avaient mal tourné, j'aurais été Hope, huitième du nom. Mais je suis entrée dans le monde en braillant à pleins poumons – le corps d'un rose électrique, fluo. Mes parents étaient tellement surpris qu'ils se sont aperçus qu'ils n'avaient jamais discuté d'un prénom, d'un vrai prénom, pour un véritable bébé. Pendant mes deux premiers jours à l'hôpital, ils ne m'ont pas donné de nom. Chaque matin, ma mère entendait la porte de sa chambre s'ouvrir et l'infirmière s'attarder sur le seuil (je l'imaginais toujours en infirmière à l'ancienne, avec une ample jupe blanche et une toque pliable qui ressemble à une boîte de nourriture chinoise à emporter). À l'infirmière qui s'attardait, ma mère demandait, sans même lever les yeux : « Elle est toujours vivante ? »

Comme je suis restée en vie, ils m'ont appelée Amy, parce que c'était un prénom ordinaire, un prénom populaire, le prénom qu'avaient reçu un millier d'autres filles nées cette année-là : peut-être les dieux ne remarqueraient ils pas ce petit bébé niché parmi ses semblables. Marybeth disait que si c'était à refaire, elle m'appellerait Lydia.

J'ai grandi avec le sentiment d'être à part, et j'en étais fière. J'étais la fille qui avait affronté le néant et l'avait emporté. Les chances étaient d'environ 1 %, mais j'avais réussi. J'ai ruiné l'utérus de ma mère au passage – c'était ma marche de Sherman prénatale à moi. Marybeth n'aurait jamais d'autre enfant. Quand j'étais petite, cette idée me procurait un vif plaisir : juste moi, seulement moi, rien que moi.

Le jour anniversaire de la mort des Hope, ma mère s'installait dans un rocking-chair avec du thé chaud et une couverture, et disait qu'elle « [prenait] juste un peu de temps pour [elle] ». Rien d'outrancier, ma mère est trop raisonnable pour jouer les pleureuses, mais elle devenait pensive, elle se retirait en elle-même, et je ne le supportais pas, avide d'affection comme je l'étais. Je grimpais sur ses genoux, lui poussais un dessin au crayon de couleur sous le nez, ou me rappelais un mot pour l'école qui avait besoin d'être rempli sur-le-champ. Mon père s'efforçait de me distraire, de m'emmener au cinéma ou d'acheter sa tranquillité à coups de confiseries. Mais quelle que soit la ruse, ça ne fonctionnait jamais. Je refusais d'accorder ces quelques minutes à ma mère.

J'ai toujours été meilleure que les Hope, j'étais celle qui avait réussi. Mais j'ai toujours été jalouse, aussi – toujours –, des sept princesses dansantes mortes. Elles peuvent se permettre d'être parfaites sans même lever le petit doigt, sans même affronter une seule minute d'existence, tandis que, coincée ici, sur terre, chaque jour, je dois faire des efforts, et chaque jour est une occasion de déchoir.

C'est une manière de vivre épuisante. J'ai vécu ainsi jusqu'à mes 31 ans.

Puis, pendant deux ans, tout s'est passé à merveille. Grâce à Nick.

Nick *m'aimait.* Un amour bêlant : *l'ammmûûûûûr*. Mais il ne m'aimait pas, moi. Nick aimait une fille qui n'existe pas. Je faisais semblant, comme je l'ai souvent fait, d'avoir une personnalité. Je n'y peux rien, c'est comme ça que j'ai toujours fait : de même que certaines femmes changent régulièrement de coiffure ou de style, moi, je change de personnalité. Quel personnage est valorisant, quel personnage est admiré, quel personnage est *à la pointe* ? Je pense que la plupart des gens font comme ça, c'est juste qu'ils refusent de le reconnaître, ou bien ils se fixent sur une personnalité parce qu'ils sont trop paresseux ou trop stupides pour en changer d'un tour de passe-passe.

Ce soir-là, à la fête à Brooklyn, je jouais la fille à la mode, la fille dont un homme comme Nick rêve, la Fille cool. Pour les hommes, c'est toujours *le* compliment définitif, non ? *C'est une fille cool.* Être la Fille cool, ça signifie que je suis belle, intelligente, drôle, que j'adore le football américain, le poker, les blagues salaces, et les concours de rots, que je joue aux jeux vidéo, que je bois de la bière bon marché, que j'aime les plans à trois et la sodomie, et que je me fourre dans la bouche des hot dogs et des hamburgers comme si c'était le plus grand gang bang culinaire du monde, tout en continuant à m'habiller en 36, parce que les Filles cool, avant toutes choses, sont sexy. Sexy et compréhensives. Les Filles cool ne se mettent jamais en colère ; elles font un sourire chagrin et aimant, et laissent leurs mecs faire tout ce qu'ils veulent. *Vas-y, traite-moi comme une merde, ça m'est égal, je suis une Fille cool.*

Les hommes croient réellement que cette fille existe. Peut-être que s'ils gobent ce bobard, c'est parce qu'il y a tant de femmes qui ne demandent qu'à faire semblant d'être cette fille. Pendant longtemps, la Fille cool m'a choquée. Je voyais les hommes – amis, collègues, inconnus – se laisser berner par ces atroces usurpatrices, et j'avais envie de les prendre à part pour leur expliquer calmement le topo : *Vous ne sortez pas avec une femme, vous sortez avec une femme qui a regardé trop de films écrits par des hommes maladivement timides qui aimeraient croire que ce genre de femmes existent et sont susceptibles de les embrasser.* J'avais envie d'attraper le pauvre bougre par le colback et lui dire : *Cette salope, elle n'aime même pas tant que ça les hot dogs au chili – d'ailleurs, personne n'aime les hot dogs au chili à ce point-là !* Et les Filles cool sont encore plus pathétiques : elles ne font même pas semblant d'être la femme qu'elles voudraient être, elles font semblant d'être la femme qu'un homme voudrait qu'elles soient. Oh ! et si vous n'êtes *pas* une Fille cool, je vous supplie de ne pas aller imaginer que votre homme ne désire pas la Fille cool. Ça sera peut-être une version un peu différente – peut-être qu'il est végétarien, auquel cas la Fille cool aime le seitan et s'entend super bien avec les chiens ; ou peut-être que c'est un artiste branchouille, auquel cas la Fille cool est une *nerd* à lunettes tatouée passionnée par les comics. La vitrine peut varier mais, croyez-moi, il veut la Fille cool, qui foncièrement est la fille qui partage le moindre de ses engouements débiles et ne se plaint jamais. (Comment savez-vous que vous n'êtes *pas* la Fille cool ? Parce qu'il dit des trucs comme : « J'aime les femmes à poigne. » S'il vous dit ça, un jour ou l'autre, il baisera quelqu'un d'autre. Parce que : « J'aime les femmes à poigne », c'est un code pour dire : « Je déteste les femmes à poigne. »)

J'ai attendu patiemment – des *années* – que la balance penche de l'autre côté, que les hommes se mettent à lire Jane Austen, à tricoter, à faire semblant d'aimer le cosmos, à organiser des concours de carnets de voyage, et à se rouler des pelles sous nos yeux goguenards. Là, nous dirions : *Ah ! ça, c'est un Mec cool.*

Mais ça ne s'est jamais produit. Au contraire, les femmes de tous les pays se sont unies dans leur dégradation ! Bien vite, la Fille cool est devenue la fille normale. Les hommes croyaient dur comme fer à son existence – elle n'était plus seulement l'exception enchantée. Chaque fille était censée être cette fille, et si ce n'était pas votre cas, eh bien, c'est que *vous* aviez un problème.

Mais c'est tentant, d'être la Fille cool. Pour quelqu'un comme moi, qui aime gagner, il est tentant d'être la fille que veulent tous les mecs. Quand j'ai rencontré Nick, j'ai su immédiatement que c'était ce qu'il voulait, et, pour lui, je suppose que j'étais prête à essayer. Je veux bien prendre ma part de responsabilité. Ce qu'il y a, c'est que, au départ, j'étais *folle* de lui. Je lui trouvais un exotisme paradoxal, à ce bon petit gars du vieux Missouri. C'était tellement chouette d'être à ses côtés. Il faisait ressortir chez moi des traits dont j'ignorais jusqu'à l'existence : une légèreté, un humour, une aisance. C'était comme s'il m'avait vidée pour me remplir de plumes. Il m'aidait à être la Fille cool – je n'aurais pu être cool avec personne d'autre. Je n'aurais pas voulu. Je ne peux pas dire que ça ne m'a pas plu, par certains côtés : j'ai mangé des profiteroles aux marshmallows, j'ai marché pieds nus, j'ai cessé de m'en faire. J'ai regardé des films débiles et mangé des aliments complètement synthétiques. Je ne réfléchissais absolument pas à l'impact que pouvaient avoir les choses, c'était la clef. Quand je buvais un Coca, je ne me souciais pas de recycler la canette ou de l'acide qui s'accumulait dans mon ventre, un acide si puissant qu'il peut suffire à désoxyder une pièce de 25 cents. Si nous allions voir un film débile, je ne me souciais pas de son sexisme éhonté ou du manque de minorités dans les rôles principaux. Je ne me souciais même pas de savoir si le film tenait debout. Je ne me souciais jamais de la suite. Rien n'avait de conséquence, je vivais dans l'instant, et je me rendais compte que je devenais de plus en plus superficielle et idiote. Mais heureuse, aussi.

Jusqu'à Nick, je n'avais jamais vraiment eu le sentiment d'être un individu, parce que j'avais toujours été un produit. L'Épatante Amy se doit d'être brillante, créative, gentille, attentionnée, spirituelle et heureuse. *Tout ce que nous voulons, c'est ton bonheur.* Rand et Marybeth répétaient ça constamment, mais ils n'expliquaient jamais la marche à suivre. Avec toutes ces leçons, ces opportunités et ces avantages, ils ne m'ont jamais enseigné la voie du bonheur. Je me souviens que j'étais toujours déconcertée par les autres enfants. Quand j'allais à un anniversaire, par exemple, je regardais les autres glousser et faire des grimaces, mais je ne comprenais pas *pourquoi*. Assise dans un coin, avec l'élastique serré de mon chapeau d'anniversaire qui me cisaillait le gras du cou et le glaçage granuleux qui me bleuissait les dents, j'essayais de comprendre ce qu'il y avait de si amusant.

Avec Nick, j'ai enfin compris. Parce qu'il était tellement génial. C'était comme de sortir avec un clown. C'était la première personne d'une nature heureuse que j'aie rencontrée qui soit mon égal. Il était brillant, splendide et drôle, charmant et magique. Les gens l'aimaient. Les femmes l'adoraient. Je pensais que nous ferions le plus parfait des tandems : le plus heureux des couples en présence. Ce n'est pas que l'amour soit une compétition. Mais je ne vois pas l'intérêt d'être ensemble si vous n'êtes pas les plus heureux.

Pendant ces quelques années – à faire semblant d'être quelqu'un d'autre –, j'ai sans doute été plus heureuse que je ne l'ai jamais été avant ou après. Je ne sais pas trop quoi en conclure.

Mais il fallait bien que ça cesse, car ce n'était pas réel, ce n'était pas moi. Ce n'était pas *moi*, Nick ! Je croyais que tu le savais. Je croyais que c'était un petit jeu. Je croyais que c'était notre petit secret à nous, qu'on n'avait pas besoin d'en parler. J'ai fait des efforts démesurés pour être facile à vivre. Mais c'était intenable. D'ailleurs, finalement, il n'était pas capable de maintenir son propre rôle, lui non plus : le badinage facétieux, les jeux d'esprit, la romance, la cour. Tout a commencé à s'effondrer. J'en ai voulu à Nick pour sa surprise quand je suis devenue moi. Je lui en ai voulu parce qu'il ne savait pas que ça devait se terminer, parce qu'il croyait sérieusement avoir épousé cette créature, cette création de l'imagination d'un million de masturbateurs suffisants aux doigts couverts de sperme. Il a eu l'air franchement ahuri quand je lui ai demandé de *m'écouter*. Il n'en revenait pas d'apprendre que je n'aimais pas m'épiler intégralement et le sucer sur commande. Que ça me *dérangeait*, en fait, quand il ne venait pas me rejoindre pour boire un verre avec mes amis. Cette ridicule page de journal ? *Je n'ai pas besoin de petits scénarios pathétiques mettant en scène mon pantin pour les rabâcher à mes copines, je ne demande pas mieux que de le laisser être lui-même.* C'était le baratin débile de la Fille cool, dans toute sa splendeur. Non mais quelle conne ! Une fois de plus, je ne pige pas : si vous laissez un homme annuler une sortie ou refuser de faire quelque chose pour vous, vous *perdez*. Vous n'obtenez pas ce que vous désirez. Ça tombe sous le sens. Bien sûr, il sera peut-être heureux, il vous dira peut-être que *vous êtes la fille la plus cool du monde*, mais il le dit parce qu'il *fait ce qu'il veut*. Il vous dit que vous êtes cool pour vous rouler dans la farine ! C'est ça, la stratégie des hommes : ils tâchent de vous renvoyer une image de fille cool afin que vous vous pliiez à leurs quatre volontés. Comme un vendeur de voitures qui dit : *Combien voulez-vous payer pour cette beauté ?*, alors que vous n'avez pas encore accepté de l'acheter. Cette phrase atroce qu'emploient les hommes : « Je veux dire, je sais que *toi* ça ne te dérange pas si je… » *Si, ça me dérange*. Vas-y, dis-le. N'abdique pas, pauvre petite connasse.

Alors il fallait que ça cesse. M'engager avec Nick, me sentir en sécurité avec lui, être heureuse avec lui, ça m'a permis de me rendre compte qu'il y avait une Véritable Amy à l'intérieur, et qu'elle était incroyablement plus riche, plus intéressante, plus complexe et plus stimulante que la Version cool. Mais Nick voulait la Version cool quand même. Vous imaginez un peu, montrer enfin votre vraie personnalité à votre époux, votre frère d'âme, et constater qu'elle *ne lui plaît pas* ? C'est comme ça que la haine a commencé à s'installer. J'y ai beaucoup réfléchi, et c'est là que ça a démarré, je crois.

Nick Dunne

Sept jours après

J'ai fait quelques pas dans la remise avant d'être obligé de m'appuyer contre le mur pour reprendre ma respiration.

Je savais que ça n'allait pas être bon. Je l'avais compris dès que j'avais déchiffré l'indice : la remise. Du bon temps en plein après-midi. Des cocktails. Parce que cette description, ce n'étaient pas Amy et moi. C'étaient Andie et moi. La remise était juste l'un des nombreux endroits insolites où j'avais couché avec Andie. Notre choix de lieux était limité. Son immeuble très fréquenté était globalement à exclure. Les motels se voient sur les relevés de cartes de crédit, et ma femme n'était pas stupide. (Andie avait une MasterCard, mais c'est sa mère qui recevait les relevés de compte. Ça me fait mal de le reconnaître.) Aussi, la remise, bien cachée derrière la maison de ma sœur, était très sûre quand Go était au travail. Ainsi que la maison abandonnée de mon père (*Peut-être te sens-tu coupable de m'amener ici / Je dois reconnaître que ça me fait un peu bizarre / Mais ce n'est pas comme si on avait beaucoup de choix / Nous avons pris notre décision : nous en avons fait notre espace*), et, quelques fois, mon bureau à la fac (*Je m'imagine ton étudiante /Avec un professeur si beau et si savant / Mon esprit s'ouvre [sans parler de mes cuisses !]*), et, une fois, la voiture d'Andie, garée au bout d'un chemin de terre à Hannibal après que je l'avais emmenée visiter la ville un jour, lors d'une reconstitution de mon excursion banale avec Amy, bien plus satisfaisante que l'originale (*Tu m'as emmenée ici, pour que je puisse t'écouter raconter / Tes aventures de petit garçon : jean cradingue et casquette*).

Chaque indice était caché dans un endroit où j'avais trompé Amy. Elle s'était servie de la chasse au trésor pour me faire faire une visite guidée de mes infidélités. Une onde de nausée m'a traversé lorsque j'ai imaginé Amy dans sa voiture en train de suivre l'imbécile heureux que j'étais – chez mon père, chez Go, à Hannibal, putain –, en train de me regarder baiser cette adorable jeune fille. Lorsque j'ai imaginé les lèvres de ma femme tordues de dégoût et de triomphe.

Parce qu'elle savait qu'elle me punirait comme il se doit. Maintenant que nous étions à la dernière étape, Amy était prête à me laisser découvrir l'étendue de sa stratégie. Car la remise était remplie d'à peu près tous les gadgets en tout genre que j'avais juré à Boney et Gilpin n'avoir jamais achetés avec les cartes de crédit dont j'avais juré n'avoir jamais entendu parler. Les clubs de golf d'un prix exorbitant étaient là, les montres et les consoles de jeu, les vêtements de créateurs, tout était là, à m'attendre, sur la propriété de ma sœur. Où on aurait dit que je les avais stockés en attendant que ma femme meure pour pouvoir m'amuser un peu.

J'ai frappé chez Go, et quand elle m'a ouvert, cigarette aux lèvres, je lui ai dit que j'avais quelque chose à lui montrer. Sans un mot, j'ai fait demi-tour et l'ai conduite à la remise.

« Regarde, ai-je dit en la guidant à l'intérieur.

— Est-ce que c'est – est-ce que c'est tous les trucs… des cartes de crédit ? » La voix de Go est partie dans les aigus. Elle a mis une main sur sa bouche et s'est écartée d'un pas, et j'ai compris que, pendant une fraction de seconde, elle avait cru que j'étais en train de lui faire mes aveux.

Nous n'arriverions jamais à défaire cet instant. Rien que pour ça, j'en voulais à ma femme.

« Amy a monté un coup contre moi, Go. Go, c'est Amy qui a acheté tous ces trucs. C'est un *coup monté.* »

Elle a repris brusquement ses esprits. Ses paupières ont cligné une fois, deux fois, et elle a secoué légèrement la tête, comme pour se débarrasser de cette image : Nick en assassin.

« Amy essaie de me faire coffrer pour son meurtre. Tu comprends ? Son dernier indice, il m'a emmené droit ici, et non, je n'étais pas *du tout* au courant de l'existence de ces machins. C'est le morceau de bravoure de son petit scénario tordu. *Je vous présente : Nick va en prison !* » Une énorme bulle d'air s'est formée au fond de ma gorge – j'allais fondre en larmes ou éclater de rire. J'ai ri. « Sérieusement, tu piges ? Putain, tu piges ? »

Alors dépêche-toi, lance-toi, de grâce / Et peut-être que, cette fois, je t'apprendrai aussi un tour. Les derniers mots du premier indice d'Amy. Comment avais-je pu passer à côté ?

« Si son but, c'est que tu te fasses coincer, pourquoi te mettre au courant ? » Go avait toujours les yeux écarquillés, fascinés par le contenu de sa remise.

« Parce qu'elle a procédé à la perfection. Elle a toujours eu besoin de reconnaissance, de compliments, systématiquement. Elle veut que je sache que je me fais niquer. Elle peut pas résister. Ça l'amuserait pas, sinon.

— Non, a fait Go en se rongeant un ongle. Il y a autre chose. Quelque chose de plus. Tu as touché quelque chose ici ?

— Non.

— Très bien. Dans ce cas, la question devient…

— Qu'est-ce qu'elle pense que je vais faire en trouvant tout ça, ces preuves accablantes, sur la propriété de ma sœur ? C'est la question, parce que quoi qu'elle suppose que je vais faire, quoi qu'elle veuille que je fasse, il faut que je fasse le contraire. Si elle estime que je vais flipper et essayer de me débarrasser de tout ce bordel, je te garantis qu'elle sait que je me ferai choper avec, et comment.

— Oui, mais tu ne peux pas laisser ça là. Là, c'est sûr que tu te feras choper. T'es sûr que c'était le dernier indice ? Où est ton cadeau ?

— Oh ! merde. Non. Il doit être à l'intérieur, quelque part.

— Ne rentre pas là-dedans.

— Je n'ai pas le choix. Dieu seul sait quel sale tour elle me réserve encore. »

Je suis entré prudemment dans l'atmosphère moite de la remise, les mains contre le corps, sur la pointe des pieds pour ne pas laisser de traces de pas. Juste derrière une télé à écran plat, l'enveloppe bleue d'Amy était posée sur un volumineux paquet-cadeau emballé dans son beau papier argenté. J'ai sorti l'enveloppe et la boîte dans l'air tiède du dehors. L'objet empaqueté était lourd, facilement quinze kilos, et composé de plusieurs morceaux qui ont glissé avec un drôle de raclement lorsque j'ai posé le paquet sur le sol à nos pieds. Involontairement, Go s'est reculée en sursautant.

> Cher mari,
>
> C'est maintenant que je prends le temps de te dire que je te connais mieux que tu ne pourrais jamais l'imaginer. Je sais qu'il t'arrive de croire que tu te déplaces dans ce monde tout seul, ni vu ni connu. Mais n'y crois pas une seconde. Je t'ai bien étudié. Je sais ce que tu vas faire avant que tu le fasses. Je sais où tu as été, et je sais où tu vas aller. Pour cet anniversaire, j'ai préparé une excursion : suis ton fleuve adoré, bien à l'ombre des arbres ! Et tu n'as même pas besoin de te casser la tête à essayer de trouver ton cadeau. Cette fois, le cadeau viendra à toi ! Alors tu peux te détendre un bon coup, car c'en est FINI pour toi.

« Qu'est-ce qu'il y a, à l'ombre des arbres ?

— À l'ombre des arbres ? À l'ombre, oui, elle m'expédie *à l'ombre.*

— Quelle salope. Ouvre le paquet. »

Je me suis mis à genoux et j'ai soulevé doucement le dessus du bout des doigts, comme si j'attendais une explosion. Silence. J'ai regardé à l'intérieur. Au fond du paquet, il y avait deux marionnettes en bois, côte à côte. Le mari et la femme, apparemment. Le mari arborait un costume bariolé et un sourire féroce, il tenait une canne ou un bâton à la main. Quand je l'ai sorti, ses membres se sont mis à tressauter frénétiquement, comme ceux d'un danseur qui fait ses assouplissements. La femme était plus jolie, plus délicate et plus raide. Elle avait l'air choquée, comme si elle venait de voir quelque chose d'inquiétant. Sous elle, il y avait un minuscule bébé qui pouvait être rattaché à elle par un ruban. Les marionnettes étaient anciennes, lourdes et volumineuses, presque aussi grosses que celles d'un ventriloque. J'ai attrapé le mari, agrippé l'épaisse poignée qui servait à l'actionner, et ses bras et ses jambes se sont mis à frétiller dans tous les sens.

« C'est flippant, a dit Go. Arrête. »

Sous eux, une feuille de papier bleu crème pliée en deux. Son écriture accidentée, toute de triangles et de points. Ça disait :

> Le début d'une nouvelle histoire merveilleuse, Nick !
> « *That's the way to do it !* »
> Profite bien.

Sur la table de cuisine de notre mère, nous avons étalé tous les indices de la chasse au trésor d'Amy et le paquet contenant les pantins. Nous avons examiné les objets comme si nous assemblions un puzzle.

« Pourquoi se fatiguer à faire une chasse au trésor si elle avait prévu… ça ? » a dit Go.

Ça… c'était devenu immédiatement le raccourci de *simuler sa disparition et te faire accuser de meurtre.* Ça paraissait moins insensé.

« Pour détourner mon attention, déjà. Me faire croire qu'elle m'aimait encore. Je cherche ses petits indices partout, je me persuade que ma femme voulait se racheter, faire repartir notre mariage… »

La fébrilité de jeune fille dans laquelle ses petits mots m'avaient plongé m'écœurait. Elle me faisait honte. Une honte qui s'enfonçait jusqu'à ma moelle, le genre de honte qui devient partie intégrante de votre ADN, qui vous transforme. Après toutes ces années, Amy pouvait encore me faire marcher. Il lui suffisait de griffonner trois petits mots pour me regagner complètement. J'étais son petit pantin, au bout d'une ficelle.

Je vais te retrouver, Amy. Les mots du mal d'amour, des intentions haineuses.

« Comme ça, je ne prends pas le temps de me dire : *Dis donc, c'est sûr qu'on dirait que j'ai assassiné ma femme, je me demande comment ça se fait ?*

— Et la police aurait trouvé bizarre – tu aurais trouvé bizarre – qu'elle ne respecte pas cette tradition, la chasse au trésor, a ajouté Go. Dans ce cas, ça aurait fait comme si elle savait qu'elle allait disparaître.

— Ça, ça m'inquiète, cela dit, ai-je rétorqué en montrant les pantins. Ils sont assez insolites pour avoir forcément une signification. C'est vrai, quoi, si elle voulait simplement détourner mon attention pendant un moment, n'importe quel truc en bois aurait fait l'affaire pour le dernier cadeau. »

Go a passé un doigt sur l'uniforme bariolé du pantin. « C'est clair qu'ils sont très vieux. Vintage. » Elle a mis leur tenue à l'envers pour révéler la poignée de la marionnette du mari. La femme avait seulement un trou carré à la tête. « C'est censé être sexuel ? L'homme a cette énorme poignée en bois, comme une bite. Et il manque celle de la femme. Elle n'a que le trou.

— C'est un peu trop évident, non : les hommes ont un pénis et les femmes ont un vagin ? »

Go a exploré le pantin femelle pour voir s'il n'y avait rien de caché. « Alors qu'est-ce qu'elle est en train de nous dire ?

— Quand je les ai vus, je me suis dit : *Elle a acheté des jouets d'enfants*. La maman, le papa, le bébé. Parce qu'elle était enceinte.

— Est-ce qu'elle est vraiment enceinte ? »

Une vague de désespoir s'est abattue sur moi. Ou plutôt l'inverse. Ce n'était pas une vague qui arrivait pour m'emporter, mais le reflux : comme si quelque chose s'arrachait brusquement, et moi avec. Il ne m'était plus possible d'espérer que ma femme était enceinte, mais je ne parvenais pas non plus à espérer qu'elle ne l'était pas.

Go a saisi le pantin mâle, s'est gratté le nez, puis s'est éclairée soudain : « Tu es un pantin au bout d'une ficelle. »

J'ai ri. « J'ai pensé exactement les mêmes mots. Mais pourquoi un homme et une femme ? Amy n'est pas une marionnette, c'est clair, c'est la marionnettiste.

— Et *That's the way to do it*, c'est quoi ? "C'est comme ça qu'on fait" quoi ?

— Me niquer à vie ?

— Ce n'est pas une expression qu'Amy employait ? Ou une citation des livres d'*Amy*, ou… » Elle s'est précipitée sur l'ordinateur et a cherché *That's the way to do it*. Les paroles de « That's the Way to Do It » de Madness sont apparues. « Oh ! je me souviens d'eux, a dit Go. Super groupe de ska.

— Du ska », j'ai dit. Mon rire tournait à l'hystérie. « Génial. »

La chanson parlait d'un homme à tout faire qui pouvait accomplir toutes sortes de travaux dans la maison – y compris l'électricité et la plomberie – et qui préférait être payé en cash.

« Putain, je déteste les années 1980, bordel ! j'ai dit. y avait pas une chanson qui voulait dire quelque chose.

— "Le réflexe est un enfant unique", a acquiescé Go.

— "Il attend près du parc[1]", ai-je complété automatiquement.

— Alors si c'est ça, qu'est-ce que ça signifie ? a repris Go, se tournant vers moi pour scruter mes yeux. C'est une chanson sur un homme à tout faire. Quelqu'un qui aurait pu avoir accès à ta maison, pour réparer des appareils. Ou les *truquer*. Qui aurait été payé en cash, ce qui fait qu'il n'y aurait aucune trace.

— Et il aurait installé des caméras vidéo ? Amy est partie plusieurs fois quelques jours pendant la… la liaison. Peut-être qu'elle pensait nous surprendre comme ça ?

— Tu l'as amenée chez vous ?

— Non, jamais, jamais chez nous.

— Est-ce que ça pourrait être une porte secrète ? Un panneau invisible derrière lequel Amy aurait caché quelque chose qui te… je ne sais pas, qui t'innocenterait ?

— T'as raison, ça doit être ça. Oui, Amy se sert d'une chanson de Madness pour me donner la clef de

1. Extraits des paroles de « The Reflex » de Duran Duran (1984).

ma propre liberté, à condition que je puisse déchiffrer leurs codes sibyllins à la sauce ska. »

Go a éclaté de rire à son tour. « Bon Dieu ! peut-être que c'est nous qui sommes complètement givrés. Franchement, tu crois ? Est-ce que c'est pas totalement dingue ?

— Ce n'est pas dingue. Elle m'a piégé. Il n'y a pas d'autre manière d'expliquer ce *hangar* plein de saloperies sur *ton* terrain. Et c'est typique d'Amy de t'entraîner là-dedans, de t'éclabousser un peu avec mon immondice. Non, c'est Amy. Le cadeau, ce putain de mot sournois, imbitable, que je suis censé comprendre. Non, et ça doit avoir un rapport avec les marionnettes. Essaie de taper la citation avec le mot *marionnettes.* »

Je me suis laissé tomber sur le canapé. Tout mon corps était parcouru d'une douleur lancinante et monotone. Go faisait la secrétaire. « Oh, mon Dieu ! C'est les marionnettes de Punch et Judy[1], Nick ! On est bêtes. Cette phrase, c'est le refrain de Punch ! *That's the way to do it !*

— Ah ! OK. Ce vieux spectacle de marionnettes – c'est super violent, pas vrai ?

— Putain, qu'est-ce que c'est tordu.

— Go, c'est violent, pas vrai ?

— Ouais. Violent. Putain, elle est complètement tarée.

— Il la bat, c'est ça ?

— Je suis en train de lire… OK. Punch tue leur bébé. » Elle a levé les yeux sur moi. « Puis quand Judy lui demande des comptes, il la frappe. À mort. »

1. Spectacle de marionnettes populaire dans les pays anglo-saxons, cousin de notre Guignol, très violent.

J'ai eu un afflux de salive dans la gorge.

« Et à chaque fois qu'il fait un truc atroce et qu'il s'en sort impuni, il dit : *That's the way to do it* – c'est comme ça qu'on fait ! » Elle a attrapé la marionnette de Punch et l'a placée sur ses genoux, prenant les mains de bois avec ses doigts comme si elle tenait un nourrisson. « Il reste désinvolte, même quand il assassine sa femme et son enfant. »

J'ai regardé les pantins. « Donc elle me fait cadeau du récit de sa machination.

— Je n'arrive même pas à réfléchir. Quelle *tarée*, putain !

— Go ?

— Ouais, c'est ça : tu ne voulais pas qu'elle tombe enceinte, tu t'es mis en rogne et tu l'as tuée, elle et l'enfant à naître.

— C'est presque décevant, c'est tellement simple.

— Le feu d'artifice, ça sera quand tu recevras la leçon que Punch n'apprend jamais : tu vas être attrapé et accusé de meurtre.

— Et la peine de mort est toujours en vigueur dans le Missouri. Trop drôle, comme jeu. »

Amy Elliott Dunne

Le jour où

Vous savez comment je l'ai appris ? Je les ai *vus*. Telle est l'étendue de la stupidité de mon mari. En avril, un soir de neige, je me sentais affreusement seule. Je buvais de l'amaretto tiède avec Bleecker, je lisais, allongée par terre, tandis que la neige tombait, en écoutant des vieux disques qui craquaient, comme on faisait autrefois, avec Nick (ça, c'était vrai). J'ai eu une bouffée de joie romantique : j'allais le surprendre au Bar, nous boirions quelques verres et irions nous promener ensemble dans les rues désertes, main dans la main. Nous marcherions dans le centre-ville silencieux, et il me pousserait contre un mur et m'embrasserait dans la neige qui formait des nuages de sucre. C'est exact, je voulais si fort qu'il revienne que j'étais prête à recréer cet instant. J'étais prête à faire de nouveau semblant d'être quelqu'un d'autre. Je me souviens de m'être dit : *Nous pouvons encore trouver un moyen de faire en sorte que ça marche. Un peu de foi !* Je l'ai suivi jusque dans le Missouri, parce que je croyais encore qu'il recommencerait à m'aimer, d'une manière ou d'une autre, à m'aimer avec cette intensité, cette plénitude des débuts, de cet amour qui faisait que tout allait bien. Un peu de foi !

Je suis arrivée juste à temps pour le voir partir avec elle. J'étais dans ce foutu parking, à six mètres derrière lui, et il ne m'a même pas remarquée, j'étais un fantôme. Il n'avait pas les mains sur elle, pas encore, mais j'ai su. Je le voyais bien, car il était tellement *conscient* de sa présence. Je les ai suivis, et, soudain, il l'a poussée contre un arbre – *en pleine rue* – et l'a embrassée. *Nick me trompe*, je me suis dit, hébétée, et, avant que j'aie pu me forcer à dire quelque chose, ils montaient chez elle. J'ai attendu pendant une heure, assise sur le pas de sa porte, puis j'ai eu trop froid – mes ongles étaient bleus, je claquais des dents – et je suis rentrée. Il n'a même pas su que je savais, jamais.

J'avais un nouveau rôle, sauf que celui-là, je ne l'avais pas choisi. J'étais l'Idiote de Base Mariée Au Connard De Base. À lui tout seul, il avait annihilé tout ce qu'il y avait d'épatant chez l'Épatante Amy.

Je connais des femmes dont le personnage est entièrement le résultat d'une médiocrité tiède. Leurs vies sont une suite de petites défaites : le petit ami ingrat, les cinq kilos en trop, le patron méprisant, la sœur calculatrice, le mari volage. J'ai toujours hésité devant leurs histoires, hochant la tête avec sympathie tout en pensant en moi-même : comme elles sont stupides, ces femmes, pour laisser se produire tout ça, comme elles manquent de discipline. Tout ça pour être une d'entre elles maintenant ! Une de ces femmes dont l'histoire interminable provoque chez tout le monde des hochements de tête de sympathie, accompagnés d'une même pensée : *quelle pauvre débile.*

J'entendais déjà le récit, tel que tout le monde aimerait à le raconter : comment l'Épatante Amy, la fille qui n'avait jamais fait la moindre erreur, s'était laissé entraîner, sur la paille, dans le trou du cul du monde par un mari qui l'avait ensuite plaquée pour une femme plus jeune. Comme c'était prévisible, d'une banalité parfaite, comme c'était amusant. Et son mari ? Il avait fini plus heureux que jamais. Non, je ne pouvais pas permettre ça. Non. Jamais. Jamais. Il n'a pas le droit de me faire ça et d'en sortir vainqueur, putain. Non.

J'ai changé mon *nom* pour ce connard. Les registres historiques ont été *altérés* – Amy Elliott est devenue Amy Dunne – comme si ça comptait pour du beurre. Non, il n'a pas *le droit* de gagner.

Alors j'ai commencé à réfléchir à une autre histoire, une meilleure histoire, qui détruirait Nick pour m'avoir fait ça. Une histoire qui restaurerait ma perfection. Ce serait moi l'héroïne, sans défaut et adorée.

Parce que tout le monde aime la Fille morte.

C'est assez extrême, de faire coincer votre mari pour votre propre meurtre. Je veux que vous sachiez que j'en suis consciente. Tous les donneurs de leçons le diront : *Elle aurait dû se tirer, emballer ce qu'il lui restait de dignité, et se tirer. Faire preuve de hauteur ! Une injustice n'en répare pas une autre !* Toutes ces choses que disent les femmes sans caractère, prenant leur faiblesse pour une preuve de moralité.

Je ne demanderai pas le divorce, parce que c'est exactement ce qu'il voudrait. Et je ne lui pardonnerai pas, car je n'ai pas envie de *tendre l'autre joue*. Ai-je besoin d'être plus claire ? Je ne trouverais pas cette fin satisfaisante. Le salaud qui gagne ? Pas question, putain.

Depuis plus d'un an maintenant, je sens l'odeur de sa chatte sur ses doigts quand il se glisse au lit à côté de moi. Je le vois se reluquer dans le miroir et se pomponner comme un babouin en chaleur pour leurs rencards. J'écoute mensonge sur mensonge sur mensonge – des mensonges qui vont de bobards simplistes et puérils à des supercheries d'une complexité digne de Rube Goldberg. Ses baisers du bout des lèvres ont un goût de caramel, une saveur écœurante qui n'avait jamais été là auparavant. Sa barbe de trois jours, qu'il sait que je n'aime pas, contrairement à elle, visiblement, me pique les joues. Sa trahison m'atteint par les cinq sens. Depuis plus d'un an.

Alors j'ai peut-être un peu perdu la tête. Je sais que faire accuser son mari de son propre meurtre dépasse les bornes de ce qu'on admet d'une femme ordinaire.

Mais c'est tellement *nécessaire*. Nick doit recevoir une bonne leçon. Il n'a *jamais* reçu de leçon ! Il glisse dans l'existence avec son sourire charmeur, son aplomb d'enfant gâté persuadé que tout lui est dû, ses petits mensonges et ses dérobades, ses promesses non tenues et son égoïsme, et personne ne lui met *jamais* le nez dans sa merde. Je crois que cette expérience va faire de lui un être meilleur. Ou, au moins, un être qui la ramène pas à tout bout de champ. Crevure.

J'ai toujours pensé que j'étais capable de commettre le meurtre parfait. Les gens qui se font attraper se font attraper parce qu'ils manquent de patience : ils refusent de tout prévoir. Je souris de nouveau en passant la cinquième dans le vieux tacot qui me sert à fuir (Carthage est maintenant à cent vingt-cinq kilomètres, dans la poussière), et je m'arc-boute pour me préparer au passage d'un camion – on dirait que cette bagnole va s'envoler à chaque fois qu'on croise un semi-remorque. Mais je souris, parce que cette voiture montre bien la prudence dont j'ai fait preuve : je l'ai achetée 1 200 dollars en cash sur une petite annonce de Craigslist. Il y a cinq mois, ce qui fait que le souvenir se sera estompé pour tout le monde. Une Ford Festiva de 1992, la voiture la plus petite, la moins mémorable du monde. J'ai rencontré les vendeurs un soir, dans le parking d'un Walmart à Jonesboro, dans l'Arkansas. J'y suis allée en train avec une grosse liasse de billets dans mon sac à main – huit heures aller, huit heures retour, pendant que Nick était en virée avec des potes (et par *virée avec des potes*, j'entends *partie de jambes en l'air avec la pouffiasse*). J'ai dîné dans le wagon-restaurant, une petite touffe de laitue avec deux tomates cerises que le menu décrivait comme une *salade*. J'étais assise à côté d'un paysan mélancolique qui rentrait chez lui après avoir rendu sa première visite à sa petite-fille qui venait de naître.

Le couple qui vendait la Ford avait l'air de tenir autant que moi à la discrétion. La femme est restée dans la voiture tout le temps, un bambin avec tétine dans les bras, à regarder son mari et moi échanger les clefs contre le liquide. (C'est la forme grammaticale correcte, vous savez : son mari et moi.) Puis elle est sortie et je suis montée. Et voilà le travail. Dans le rétro, je les ai vus entrer dans le Walmart avec leur argent. Je la gare dans des parkings longue durée à Saint-Louis. Je m'y rends deux fois par mois pour la changer de place. Je paie en liquide. Je porte une casquette de base-ball. Ce n'est pas sorcier.

Et c'est juste un exemple. De patience, de préparation et d'ingéniosité. Je suis contente de moi ; j'ai encore trois heures de route avant d'atteindre le cœur des monts Ozark et ma destination, un petit archipel de cabanes dans les bois qui accepte les paiements en liquide pour les locations à la semaine et propose le câble, un must. Je projette de me terrer là pendant une semaine ou deux ; je ne veux pas être en vadrouille lorsque la nouvelle va se répandre, et c'est le dernier endroit où Nick imaginera que j'irais me cacher une fois qu'il aura compris que je me cache.

Cette portion de la nationale est particulièrement moche. L'Amérique profonde dans toute sa désolation. Après encore trente kilomètres, j'aperçois, sur la bretelle de sortie, les restes d'une vieille station-service familiale isolée, vide, mais pas condamnée, et, quand je m'arrête devant, je vois que la porte des toilettes des femmes est grande ouverte. J'entre – il n'y a pas d'électricité, mais il y a un miroir cabossé en métal et de l'eau au robinet. Dans la lumière de l'après-midi et la chaleur torride, je sors de mon sac une paire de ciseaux et une teinture brune. J'élague généreusement ma tignasse. Tous les cheveux blonds vont dans un sac en plastique. L'air vient me frapper la nuque, et je me sens légère, comme un ballon – je décris plusieurs cercles avec ma tête pour apprécier cette sensation. J'applique la couleur, regarde l'heure, et m'attarde dans l'embrasure de la porte, contemplant des kilomètres de plaines constellées de chaînes de fast-foods et de motels. J'entends un Indien qui pleure. (Nick détesterait cette blague. Éculée ! Puis il ajouterait : « même si le mot "éculé" employé comme critique est lui-même éculé. » Il faut que je me le sorte de la tête – à plus de cent kilomètres, il me pique quand même mes répliques.) Je me lave les cheveux dans l'évier, l'eau chaude me fait transpirer, et je retourne dans la voiture avec mon sac de cheveux et de déchets. Je chausse une paire de lunettes démodées à monture de fer, je regarde dans le rétro, et je souris de nouveau. Nick et moi, nous ne nous serions jamais mariés si j'avais ressemblé à ça quand nous nous sommes connus. Tout ce cirque aurait pu être évité si j'étais moins jolie.

Article 34 : Changer de tête. Fait.

Je ne sais pas au juste comment être Amy la Morte. J'essaie de réfléchir à ce que ça signifie pour moi, ce que je vais devenir les mois qui vont suivre. N'importe qui, je suppose, sauf celles que j'ai déjà été : l'Épatante Amy. L'ado BCBG des années 1980. L'écolo engagée. L'ingénue rougissante et l'espiègle sophistiquée à la Audrey Hepburn. La championne de l'ironie et la Belle des Bobos (version mise à jour de l'écolo engagée). La Fille cool et l'Épouse adorée, et l'Épouse mal aimée, et L'Épouse méprisée revancharde. L'Amy du Journal.

J'espère que vous avez aimé l'Amy du Journal. Elle était conçue pour être aimable. Conçue pour plaire à quelqu'un comme vous. Elle est *facile* à aimer. Je n'ai jamais compris pourquoi c'était considéré comme un compliment – de pouvoir être appréciée par le premier venu. N'importe. J'ai trouvé que les pages du journal rendaient bien, et ce n'était pas évident. Je devais entretenir un personnage affable, malgré une certaine naïveté, une femme qui aimait son mari et voyait certains de ses défauts (sans quoi elle aurait été trop cruche) mais ne lui en était pas moins sincèrement dévouée – conduisant pendant tout ce temps le lecteur (dans le cas présent, les flics, j'ai hâte qu'ils le retrouvent) vers la conclusion que Nick projetait de me tuer. Tellement d'indices à déterrer, tant de surprises à venir !

Nick s'est toujours moqué de mes listes interminables. (« On dirait que tu veux être bien certaine que tu ne seras jamais satisfaite, qu'il reste toujours quelque chose à perfectionner, au lieu de profiter simplement de l'instant. ») Mais qui c'est qui gagne, cette fois-ci ? C'est moi, parce que ma liste, la liste maîtresse intitulée *Niquer Nick Dunne*, était d'une rigueur redoutable – c'était la liste la plus complète, la plus méticuleuse qui ait jamais été dressée. Sur ma liste, il y avait : *Écrire des pages de journal pour une période allant de 2005 à 2012.* Sept ans de journal intime, pas tous les jours, mais au moins deux fois par mois. Vous savez un peu la discipline que ça demande ? Est-ce qu'Amy la Fille cool aurait été capable d'une chose pareille ? De reconstituer l'actualité de chaque semaine, de faire les recoupements avec mes vieux agendas pour m'assurer que je n'oubliais rien d'important, puis de reconstruire la façon dont l'Amy du Journal aurait réagi à chaque événement ? C'était assez amusant, en fait. J'attendais que Nick parte pour le Bar, ou pour retrouver sa maîtresse, cette insipide maîtresse qui passe son temps à mâcher des chewing-gums et à envoyer des SMS, avec ses faux ongles et son pantalon de survêt avec un logo en travers des fesses (elle n'est pas comme ça, pas exactement, mais ça revient au même), et je me versais du café ou m'ouvrais une bouteille de vin, je sélectionnais un de mes trente-deux stylos, et je réécrivais un ou deux chapitres de ma vie.

C'est vrai qu'il m'arrivait de haïr un peu moins Nick quand je faisais ça. Prendre le point de vue de la Fille cool évaporée, ça peut avoir des effets pervers. Parfois, quand Nick rentrait, puant la bière ou le gel antiseptique qu'il se passait sur le corps *post coitum* avec sa maîtresse (l'odeur ne disparaissait jamais complètement, pourtant – elle doit schlinguer grave de la chatte), quand il me faisait son sourire coupable de chien battu en redoublant de gentillesse, je me disais presque : *Je ne vais pas aller jusqu'au bout.* Puis je l'imaginais, elle, dans son string de stripteaseuse, en train de se laisser avilir par lui parce qu'elle faisait semblant d'être la Fille cool, elle faisait semblant d'adorer le sucer, regarder le foot et se *bourrer la gueule.* Et je pensais : *Je suis mariée à un imbécile. Je suis mariée à un homme qui fera toujours ce choix-là, et, quand il en aura marre de cette pauvre pouffiasse, il en trouvera une autre qui fera semblant d'être cette même fille, et il n'aura jamais besoin de faire un seul truc difficile de sa vie.*

Ma résolution se raffermissait.

Cent cinquante-deux entrées au total, et je pense que je ne perds sa voix à aucun moment. Je l'ai élaborée avec grand soin, l'Amy du Journal. Elle est conçue pour plaire aux flics, pour plaire au public, si des extraits devaient être publiés. Il faut qu'ils lisent ce journal comme si c'était une espèce de tragédie gothique. Une femme merveilleuse, une femme bonne – *elle avait la vie devant elle, elle avait tout pour elle*, le baratin habituel sur les femmes qui meurent –, choisit le mauvais compagnon et *le paie de sa vie.* Ils ne peuvent pas ne pas m'aimer. L'aimer.

Mes parents sont inquiets, bien sûr, mais comment pourrais-je m'apitoyer sur leur sort, puisqu'ils m'ont faite comme ça pour m'abandonner ensuite ? Jamais, au grand jamais, ils n'ont réalisé pleinement que c'est mon existence qui leur rapportait de l'argent, et que par conséquent j'aurais dû toucher des droits d'auteur. Par-dessus le marché, une fois qu'ils ont siphonné *mon* argent, mes parents, ces « féministes », ont laissé Nick m'embarquer dans le Missouri comme une vulgaire armoire, une fiancée achetée par correspondance, l'objet d'une simple transaction. Ils m'ont filé un putain de coucou en souvenir. *Merci pour tes 36 ans de bons et loyaux services !* Ils méritent de croire que je suis morte, parce que c'est pour ainsi dire l'état auquel ils m'ont réduite : pas d'argent, pas de maison, pas d'amis. Ils méritent de souffrir, eux aussi. En vous montrant incapables de vous occuper de moi de mon vivant, vous avez causé ma mort de toute façon. Tout comme Nick, qui a détruit et rejeté celle que je suis vraiment morceau par morceau – *tu es trop sérieuse, Amy, tu es trop tendue, Amy, tu réfléchis trop, tu analyses trop, t'es devenue chiante, tu me donnes l'impression d'être nul, Amy, tu me fous le moral à zéro, Amy.* Il a arraché des morceaux de moi à coups de piques maussades – mon indépendance, ma fierté, mon amour-propre. J'ai donné, et il a pris, et pris encore. Tel l'Enfant Devant l'Arbre Généreux du conte, il m'a vidée peu à peu de ma substance.

Cette pouffiasse, il m'a préféré cette petite pouffiasse. Il a assassiné mon âme, ce qui devrait être un crime. D'ailleurs, c'est un crime. Selon moi, du moins.

Nick Dunne

Sept jours après

J'ai dû téléphoner à Tanner, à peine quelques heures après l'avoir engagé, et prononcer les mots qui devaient lui faire regretter d'avoir accepté mon argent : *Je crois que ma femme a monté un coup contre moi.* Je n'ai pas vu son visage, mais je l'imaginais parfaitement – les yeux au ciel, la grimace, la lassitude d'un homme qui n'entend que des mensonges à longueur de journée.

« Eh bien, a-t-il dit finalement après un silence vertigineux. Je serai là demain matin à la première heure, et on éclaircira tout ça – il faut tout mettre sur la table. D'ici là, restez tranquille, OK ? Allez vous coucher et restez tranquille. »

Go a suivi ce conseil ; elle a gobé deux somnifères et m'a laissé juste avant 23 heures, pendant que je m'efforçais de rester tranquille, moi aussi, recroquevillé, furieux, sur son canapé. De temps en temps, je sortais jeter un regard noir à la remise, les mains sur les hanches, comme s'il s'agissait d'un prédateur que j'aurais pu effrayer. Je ne sais pas ce que je m'imaginais être en train de faire, mais je ne pouvais pas m'en empêcher. Je parvenais à rester assis cinq minutes, grand maximum, avant de retourner regarder dehors.

Je venais de rentrer lorsqu'on a frappé un petit coup à la porte de derrière. Putain de merde. Pas tout à fait minuit. Les flics passeraient par la porte principale – non ? – et les journalistes n'avaient pas encore mis la maison de Go sous surveillance (ça allait changer, en l'espace de quelques jours, voire de quelques heures). J'étais planté dans le salon, troublé, indécis, lorsque ça a frappé de nouveau, plus fort, et je me suis mis à grogner, essayant de me contraindre à remplacer ma peur par de la colère. *Assume, Dunne.*

J'ai ouvert grand la porte. C'était cette fichue Andie, jolie comme une image, sapée pour l'occasion, qui ne pigeait toujours pas – qu'elle me poussait droit sur la chaise électrique.

« Sur la chaise électrique, Andie. » Je l'ai tirée à l'intérieur, et elle a regardé fixement ma main sur son bras. « Tu vas m'envoyer droit sur la chaise électrique.

— Je suis passée par la porte de derrière. » Quand je l'ai défiée du regard, elle ne s'est pas excusée, elle s'est cuirassée. J'ai vu littéralement ses traits se durcir. « J'avais besoin de te voir, Nick. Je te l'ai dit. Je t'ai dit que j'ai besoin de te voir ou te parler tous les jours, et aujourd'hui tu as disparu. Messagerie, messagerie, messagerie.

— Si tu n'as pas de mes nouvelles, c'est parce que je ne peux pas parler, Andie, bon Dieu ! j'étais à New York pour engager un avocat. Il sera là à la première heure demain matin.

— T'as pris un avocat. C'est ça qui t'a pris tellement de temps que tu n'as pas pu prendre dix secondes pour m'appeler ? »

J'avais envie de la cogner. J'ai respiré profondément. Je devais rompre avec Andie. Ce n'était pas seulement l'avertissement de Tanner que j'avais en tête. Ma femme me connaissait : elle savait que j'étais prêt à faire à peu près n'importe quoi pour éviter un affrontement. Le plan d'Amy reposait sur ma stupidité, qui me pousserait à laisser traîner cette liaison – et à me faire finalement surprendre. Je devais y mettre fin. Mais je devais le faire exactement comme il faut. *Lui faire croire que c'est la meilleure solution.*

« Il m'a donné des conseils importants, en fait. Des conseils que je ne peux pas ignorer. »

J'étais tellement tendre et aimant la nuit précédente encore, lors de ma convocation obligatoire à notre petit fortin. J'avais fait tellement de promesses, pour essayer de la calmer. Elle ne s'y attendait pas. Elle n'allait pas prendre bien la chose.

« Des conseils ? Super. Il t'a conseillé d'arrêter de te comporter comme un connard avec moi ? »

J'ai senti la fureur monter ; c'était déjà en train de se transformer en bagarre de cour d'école. J'étais un homme de 34 ans, je passais la pire nuit de ma vie, et j'étais en train de me chamailler avec une fille en pétard qui me défiait en gros d'aller régler ça devant les casiers. Je l'ai secouée, une fois, fort, et une petite gouttelette de salive a atterri sur sa lèvre inférieure.

« Je… tu ne comprends pas, Andie. Ce n'est pas une blague, c'est ma vie.

— J'ai juste… j'ai besoin de toi, a-t-elle dit, les yeux baissés. Je sais que je n'arrête pas de dire ça, mais c'est vrai. Je n'y arrive pas, Nick. Je ne peux pas continuer comme ça. Je m'effondre. J'ai tellement peur tout le temps. »

Elle avait peur, *elle.* J'ai imaginé la scène si la police frappait à la porte – j'étais là avec une fille que je baisais le matin de la disparition de ma femme. C'est moi qui étais allé la voir ce jour-là – je n'étais jamais retourné à son appartement depuis la première nuit, mais, ce matin-là, j'y étais allé directement, parce que j'avais passé des heures à sentir le battement de mon cœur dans mes oreilles, essayant de me convaincre de parler enfin à Amy : *Je veux divorcer. Je suis amoureux de quelqu'un d'autre. Il faut qu'on se sépare. Je ne peux pas faire semblant de t'aimer, je ne peux pas fêter cet anniversaire – ce serait encore plus pervers que de te tromper.* (Je sais : ça se discute.) Mais pendant que je rassemblais mon courage, Amy m'avait coupé la chique avec son baratin comme quoi elle m'aimait encore (sale menteuse !) et je m'étais dégonflé. J'avais l'impression d'être le comble des salauds et des lâches, et – cercle vicieux – j'avais maladivement besoin qu'Andie me fasse me sentir mieux.

Mais Andie n'était plus l'antidote de mes sautes d'humeur. Bien au contraire.

Encore maintenant, cette nana s'enveloppait autour de moi, aussi inconsciente qu'une plante grimpante.

« Écoute, Andie, j'ai dit, avec un grand soupir, sans la laisser s'asseoir, en la maintenant près de la porte. Tu es vraiment une fille à part, pour moi. Tu as géré la situation avec un sang-froid épatant… » *Donnez-lui envie de vous protéger.*

« Je veux dire… » Sa voix tremblait. « Je suis vraiment désolée, pour Amy. Et c'est dingue. Je sais que je n'ai même pas le droit d'être triste pour elle, ou inquiète. Et en plus d'être triste, je me sens tellement coupable. » Elle a appuyé la tête contre ma poitrine. Je me suis écarté, et l'ai maintenue à bout de bras pour qu'elle soit obligée de m'écouter.

« Eh bien, c'est une chose que je crois qu'on peut régler. Je crois qu'il faut qu'on la règle, ai-je dit, reprenant les mots exacts de Tanner.

— On devrait aller à la police, a-t-elle dit. Je suis ton alibi pour ce matin-là, on n'a qu'à leur dire.

— Tu es mon alibi pour environ une heure ce matin-là. Personne n'a vu ou entendu Amy après 11 heures du soir la nuit précédente. La police peut dire que je l'ai tuée avant de te voir.

— C'est dégoûtant. »

J'ai haussé les épaules. J'ai pensé, pendant une seconde, lui parler d'Amy – *ma femme a monté une machination contre moi* – mais j'ai bien vite rejeté l'idée. Andie n'était pas capable de jouer dans la même cour qu'Amy. Elle voudrait faire équipe avec moi et me ferait plonger. Andie serait une bombe à retardement. J'ai de nouveau posé les mains sur ses bras et j'ai repris mon laïus.

« Écoute, Andie, nous sommes tous deux soumis à un stress et à une pression incroyables, en grande partie à cause de nos sentiments de culpabilité. Andie, tu sais, nous sommes des gens bien, c'est un fait. Nous avons été attirés l'un par l'autre, je pense, parce que nous partageons les mêmes valeurs. Nous pensons qu'il faut être juste avec les gens, qu'il faut faire notre devoir. Et là, maintenant, nous savons que ce que nous faisons n'est pas bien. »

Son expression brisée, pleine d'espoir, a changé – les yeux mouillés, la douceur, tout cela a disparu : un drôle de sursaut, un rideau tiré, quelque chose de plus sombre dans son visage.

« Il faut qu'on arrête, toi et moi, Andie. Je crois qu'on le sait tous les deux. C'est terriblement dur, mais c'est le choix qui s'impose. Je crois que c'est le conseil que nous nous donnerions à nous-mêmes, si nous avions les idées claires. Malgré tout l'amour que j'ai pour toi, je suis toujours marié à Amy. Je suis obligé d'agir en conséquence.

— Et si on la retrouve ? » Elle n'a pas dit *morte* ou *vivante.*

« On n'aura qu'à en parler à ce moment-là.

— À ce moment-là ! Et d'ici là, on fait quoi ? »

J'ai haussé les épaules en signe d'impuissance : *d'ici là, on ne fait rien.*

« Quoi, Nick ? D'ici là, je peux aller me faire foutre ?

— Tu n'as pas besoin d'employer des mots aussi laids.

— Mais c'est ce que tu veux dire. » Elle a fait un petit sourire mauvais.

« Je suis désolé, Andie. Je ne crois pas que ça soit correct pour moi d'être avec toi en ce moment. C'est dangereux pour toi, c'est dangereux pour moi. Je ne peux pas avoir ça sur la conscience. C'est mon sentiment.

— Ah ouais ? Et mon sentiment, tu le connais ? » Ses yeux ont éclaté en larmes qui ont dégouliné le long de ses joues. « J'ai l'impression d'être une pauvre étudiante débile que tu t'es mis à baiser parce que tu t'ennuyais avec ta femme et que j'ai rendu la chose extrêmement commode pour toi. Tu pouvais rentrer à la maison, dîner avec Amy et aller t'amuser dans ton petit bar que tu as acheté avec sa thune, puis tu pouvais me retrouver dans la maison de ton père mourant et éjaculer sur mes nibards parce que, pauvre chou, ta harpie de bonne femme ne te laisserait jamais faire ça.

— Andie, tu sais que ce n'est pas…

— Quel minable tu fais. Quel genre d'homme tu es ?

— Andie, je t'en prie. » *Endigue ça, Nick.* « Je crois que, parce que tu n'as pas pu parler de tout ça, tout est devenu un peu disproportionné pour toi, un peu…

— Je t'emmerde. Tu me prends pour une gamine débile, une étudiante pathétique que tu peux *maîtriser* ? Je te soutiens – alors que tout le monde raconte que t'es peut-être un *assassin*– et toi, dès que ça se complique un peu pour toi, tu me tournes le dos ? Non, *non.* Tu t'en sortiras pas en parlant de conscience, de décence et de culpabilité, persuadé que tu as fait le choix de la raison. C'est compris ? Parce que t'es un *minable*, un menteur, un lâche et un égoïste. »

Elle s'est détournée, en sanglots, aspirant péniblement des gorgées d'air et poussant des vagissements, et j'ai essayé de l'arrêter, je l'ai prise par le bras. « Andie, ce n'est pas comme ça que je veux…

— Me touche pas ! Me touche pas ! »

Elle s'est dirigée vers la porte du fond, et j'ai vu ce qui allait se passer, la haine et la honte émanaient d'elle comme de la chaleur : je savais qu'elle allait ouvrir une bouteille de vin ou deux, puis tout raconter à une amie ou à sa mère ; notre histoire se répandrait comme une épidémie.

Je me suis placé devant elle pour lui barrer la route – *Andie, je t'en prie*. Elle a pris son élan pour me gifler mais j'ai agrippé son bras, pour me défendre. Nos bras joints se sont lancés dans un petit ballet comme des danseurs pris de frénésie.

« Lâche-moi, Nick, ou je te jure que…

— Reste seulement une minute. Écoute-moi, c'est tout.

— Toi, lâche-moi ! »

Elle a tourné son visage vers le mien comme si elle allait m'embrasser. Elle m'a mordu. J'ai reculé d'un bond et elle est sortie.

Amy Elliott Dunne

Cinq jours après

Vous pouvez m'appeler Amy des Ozark. Je suis bien installée à *La Cachette* (peut-on imaginer nom plus adapté ?) et je regarde tranquillement les leviers et verrous que j'ai mis en place s'actionner à merveille.

Je me suis débarrassée de Nick, et pourtant je pense à lui plus que jamais. Hier soir à 22 h 04, mon téléphone à carte prépayée a sonné. (Eh oui, Nick, tu n'es pas le seul à connaître le coup du « portable secret ».) C'était la compagnie d'alarme. Je n'ai pas répondu, bien sûr, mais maintenant je sais que Nick est remonté jusqu'à la maison de son père. Indice 3. J'ai changé le code deux semaines avant ma disparition et j'ai donné mon nouveau téléphone comme premier numéro à appeler en cas d'urgence. Je vois très bien Nick, mon indice à la main, entrer dans la maison poussiéreuse, confinée de son père et s'escrimer avec le code de l'alarme… mais le temps s'écoule. Biiip, biiiip, biiiiip ! Ils doivent appeler son portable si je suis injoignable (et c'est bien sûr le cas).

Donc il a déclenché l'alarme, et il a parlé à quelqu'un à la compagnie d'alarme, de sorte qu'il y a une trace de sa présence dans la maison de son père après ma disparition. Ce qui est bon pour mes affaires. Ce n'est pas infaillible, mais ce n'est pas indispensable que ce soit infaillible. J'ai déjà laissé suffisamment d'éléments à la police pour monter un dossier solide contre Nick : la scène de crime bidonnée, le sang mal nettoyé, les relevés de cartes de crédit. Tout ça, même la brigade la plus incompétente le trouvera. Noelle ne tardera pas à éventer la nouvelle de ma grossesse (si ce n'est pas déjà fait). Ça suffit, surtout une fois que les flics auront retrouvé L'Habile Andie (qui taille des pipes sur commande). Alors tous ces suppléments, ce ne sont que des petits bonus, pour le niquer encore plus. Des petits pièges à con amusants. Ça me plaît beaucoup, en tant que femme, de pourvoir les pièges à con.

Ellen Abbott fait également partie de mon plan. La plus grande émission de faits divers du câble de tout le pays. J'adore Ellen Abbott, j'adore sa façon d'être protectrice et maternelle lorsqu'elle parle des femmes disparues dans son émission, et sa méchanceté de chien enragé une fois qu'elle a un suspect, en général le mari, dans le collimateur. C'est la voix de l'indignation vertueuse de toutes les femmes d'Amérique. C'est pour ça que j'aimerais vraiment beaucoup qu'elle se charge de mon histoire. Il faut que le Public se monte contre Nick. C'est un aspect du châtiment aussi important que la prison, pour Nicky chéri – qui passe tellement de temps à se soucier de savoir si les gens l'apprécient –, d'apprendre qu'il est universellement détesté. Et j'ai besoin d'Ellen pour me tenir au fait des évolutions de l'enquête. Les flics ont-ils déjà retrouvé mon journal ? Est-ce qu'ils sont au courant de l'existence d'Andie ?

Est-ce qu'ils ont découvert la majoration de l'assurance vie ? C'est ce qu'il y a de plus pénible : attendre que des imbéciles comprennent ce qu'ils ont sous le nez.

J'allume la télé dans ma petite chambre environ une fois par heure, pressée de voir si Ellen a repris mon histoire. Elle est obligée, je ne vois pas comment elle pourrait résister. Je suis jolie, Nick est beau gosse, et j'ai inspiré *L'Épatante Amy*. Juste avant midi, elle apparaît, promettant un dossier spécial sur un ton véhément. Je ne change pas de chaîne, je regarde la télé d'un air sinistre : Dépêche-toi, Ellen. Ou : Dépêche-toi, *Ellen*. Nous avons ça en commun : nous sommes à la fois des individus et des entités. Amy et *Amy*. Ellen et *Ellen*.

Pub pour des tampons, du détergent, des serviettes hygiéniques, de l'Ajax. On croirait que tout ce que font les femmes, c'est nettoyer et saigner.

Et enfin ! Me voilà ! Mes débuts à la télé !

Je sais à la seconde où Ellen apparaît, ténébreuse comme Elvis, que ça va être excellent. Quelques superbes photos de moi, un plan fixe sur Nick avec son sourire insensé qui semble crier : *Aimez-moi*, à la première conférence de presse. La nouvelle : une battue a été menée sans succès sur plusieurs sites autour de la ville pour retrouver « La belle jeune femme qui avait tout pour elle ». La nouvelle : Nick s'est déjà tiré une balle dans le pied. Il apparaît sur des photos prises sur le vif avec une femme de la ville pendant une des battues. C'est visiblement ce qui a harponné Ellen, parce qu'elle est *fumasse*. Et le voilà, Nick, en mode *petit chéri de ces dames*, le visage pressé contre celui de l'inconnue, comme s'ils faisaient l'happy hour ensemble dans un bar minable.

Quel crétin. J'adore.

Ellen Abbott insiste lourdement sur le fait que notre jardin donne sur le Mississippi. Je me demande si l'information a été divulguée – l'historique de recherches de l'ordinateur de Nick, où j'ai fait en sorte que figure une étude sur les boucles et les barrages du Mississippi, ainsi qu'une recherche Google des mots *Flottaison Corps Fleuve Mississippi*. Pardon, mais je n'y vais pas par quatre chemins. Ça serait possible – improbable, sans doute, mais il y a des précédents – que le fleuve entraîne mon corps jusqu'à l'océan. J'ai même eu pitié de moi, en m'imaginant mon petit corps nu et pâle flottant juste au-dessous de la surface de l'eau, une colonie d'escargots accrochée à ma jambe, mes cheveux traînant derrière moi comme des algues jusqu'à ce que j'atteigne l'océan et m'enfonce jusqu'au fond. Ma chair délavée s'arracherait par bandes et je disparaîtrais petit à petit dans le courant telle une aquarelle jusqu'à ce qu'il ne reste que les os.

Mais je suis une romantique. Dans la vraie vie, si Nick m'avait tuée, je pense qu'il aurait simplement emballé mon corps dans un sac-poubelle et m'aurait conduite dans un des sites d'enfouissement des déchets qui se trouvent dans un rayon de cent kilomètres. Il se serait débarrassé, tout simplement. Il aurait même pris quelques objets à mettre au rebut avec lui – le grille-pain cassé que ça ne vaut pas la peine de réparer, un tas de vieilles VHS qu'il voulait jeter depuis longtemps –, histoire de rentabiliser le voyage.

J'apprends à rentabiliser tout ce que je peux, moi aussi. Une fille doit se serrer la ceinture, quand elle est morte. J'ai eu le temps de m'organiser, d'emmagasiner un peu de cash : je me suis donné douze bons mois entre le moment où j'ai décidé de disparaître et ma disparition. C'est pour ça que la plupart des gens se font attraper, dans les affaires de meurtres : ils n'ont pas la discipline d'attendre. J'ai 10 200 dollars en liquide. Si j'avais retiré 10 200 dollars en un mois, ça se serait vu. Mais j'ai pris des avances sur des cartes de crédit que j'ai fait mettre au nom de Nick – les cartes qui allaient lui donner l'air d'un petit menteur cupide – et j'ai encore siphonné 4 400 dollars sur nos différents comptes au fil des mois : des retraits de 200 ou 300 dollars, pas de quoi attirer l'attention. J'ai volé Nick, je lui ai fait les poches, 20 dollars par-ci, 20 dollars par-là, une réserve lente, délibérée – un peu comme quand on prend la résolution de mettre l'argent de son Starbucks du matin dans une tirelire : à la fin de l'année on se retrouve avec 1 500 dollars. Et je volais toujours dans les pourboires quand j'allais au Bar. Je suis certaine que Nick pensait que c'était Go, et que Go pensait que c'était Nick, mais ni l'un ni l'autre ne disaient rien car ils étaient trop désolés pour l'autre.

Mais bref, je fais attention à l'argent. J'en ai assez pour continuer à vivre jusqu'à ce que je me tue. Je vais me cacher assez longtemps pour regarder Lance Nicholas Dunne devenir un paria d'envergure planétaire, regarder Nick être arrêté, jugé, traîné en prison, hébété, dans un survêt orange, menottes aux poings. Regarder Nick se tortiller, transpirer et jurer qu'il est innocent, et se faire quand même coincer. Puis je longerai le fleuve vers le sud, où j'irai rejoindre mon corps, le corps fictif de l'Autre Amy, dans le golfe du Mexique. Je m'embarquerai pour une croisière festive – ce qui me permettra de rejoindre le grand bain sans avoir besoin de montrer trop de paperasses. Je boirai un grand shaker glacé de gin, j'avalerai des somnifères, et, quand tout le monde aura le dos tourné, je me laisserai tomber par-dessus bord en silence, les poches pleines de cailloux, comme Virginia Woolf. Cela demande de la discipline, de se noyer, mais de la discipline, j'en ai à revendre. Mon corps ne sera peut-être jamais découvert, ou bien il fera surface des semaines, des mois plus tard – tellement dégradé que ma mort ne pourra pas être datée –, et je fournirai ainsi la preuve ultime qui me garantira qu'on accompagne Nick à sa croix, la table de prison où il se fera injecter du poison et mourra.

J'aimerais bien tenir assez longtemps pour le voir mort, mais, vu l'état de notre système judiciaire, cela risque de prendre des années, et je n'en ai ni le temps ni l'énergie. Je suis prête à aller retrouver les Hope.

J'ai déjà fait un petit écart de budget. J'ai dépensé environ 500 dollars en babioles pour enjoliver ma cabane – des bons draps, une lampe correcte, des serviettes qui ne tiennent pas debout toutes seules. Mais je tâche d'accepter ce qu'on me donne. Il y a un homme, quelques cabanes plus loin, un type taciturne, un hippie qu'on croirait échappé de Grizzly Adams[1], version archi-écolo – barbe longue, bagues turquoise, et guitare dont il joue parfois sur son perron le soir. Il dit s'appeler Jeff, tout comme je dis m'appeler Lydia. Nous nous sourions seulement en passant, mais il m'apporte du

1. Grizzly Adams est le personnage principal de *The Life and Times of Grizzly Adams*, film américain sorti en 1974 qui a ensuite donné naissance à une série télé intitulée *Grizzly Adams*. Le film et la série s'inspiraient de la vie d'un trappeur. *(N.d.É.)*

poisson. Deux ou trois fois maintenant, il m'a apporté un poisson, fraîchement pêché mais écaillé et étêté. Il me l'offre dans un énorme sac de congélation plein de glace. « Poisson frais ! » dit-il en frappant à la porte ; si je n'ouvre pas sur-le-champ, il disparaît et laisse le sachet sur mes marches. Je fais cuire le poisson dans une poêle correcte que j'ai achetée dans un autre Walmart ; ce n'est pas mauvais, et c'est gratuit.

« Où est-ce que tu trouves tout ce poisson ? je lui demande.

— Dans l'aquarium », il répond.

Dorothy, qui tient l'accueil et m'a déjà prise en sympathie, m'apporte des tomates de son jardin. Je mange les tomates qui sentent la terre et le poisson qui sent le lac. Je me dis que, d'ici à l'an prochain, Nick sera enfermé dans un endroit qui ne sent que le renfermé. Des odeurs fabriquées : déodorants, vieilles godasses et féculents, matelas moisis. Sa peur la plus terrible, son cauchemar privé : il se retrouve en prison, il sait qu'il n'a rien fait de mal mais il est incapable de le prouver. Les cauchemars de Nick ont toujours tourné autour du fait d'être floué, d'être piégé, d'être victime de forces sur lesquelles il n'a aucune prise.

Quand il fait ce genre de rêve, il se lève toujours. Il fait les cent pas dans la maison, puis enfile des vêtements et sort errer dans les rues voisines, dans un parc – un parc du Missouri, un parc de New York –, à sa guise. C'est un homme d'extérieur, même si ce n'est pas exactement un passionné des grands espaces. Ce n'est pas un randonneur, pas un campeur, il ne sait même pas faire un feu. Il serait incapable d'attraper un poisson pour me l'offrir. Mais il aime bien pouvoir, il aime bien avoir le choix. Il a besoin de savoir qu'il peut sortir, même s'il choisit à la place de rester sur le canapé pour regarder *L'Ultime Combat* pendant trois heures.

Je m'interroge quand même sur la petite pute, Andie. Je pensais qu'elle tiendrait exactement trois jours. Après quoi elle ne résisterait pas à la tentation de *se confier*. Je sais qu'elle aime partager ce qu'elle a dans la tête, car je suis amie avec elle sur Facebook. – mon nom de profil est inventé (Madeleine Elster, ha !), j'ai piqué la photo dans un pop-up publicitaire pour les crédits immobiliers (une blonde, souriante, qui bénéficie de taux d'intérêt historiquement bas). Il y a quatre mois, Madeleine a demandé Andie comme amie, au hasard, et Andie, comme un malheureux chiot, a accepté, aussi connais-je fort bien la petiote, ainsi que ses copines qui s'enthousiasment pour la moindre petite broutille, qui font souvent la sieste, adorent le yaourt grec et le pinot grigio, et aiment le faire savoir. Andie est une fille sage, c'est-à-dire qu'elle ne poste pas de photos d'elle en train de « faire la fête » ni de messages lascifs. Et c'est dommage. Lorsque ça se saura qu'elle est la maîtresse de Nick, j'aurais préféré que les médias dénichent des photos d'elle en train de descendre des shots, de rouler des pelles à des filles ou de montrer son string ; ça cimenterait plus facilement son image de briseuse de ménage. Qu'elle est.

Briseuse de ménage. Mon ménage était certes branlant, mais pas encore détruit lorsqu'elle a commencé à embrasser mon mari, à fourrer sa main dans son pantalon, à se glisser au lit avec lui. À prendre sa bite dans sa bouche, jusqu'à la garde pour qu'il ait l'impression d'en avoir une énorme à la faire suffoquer. À se faire enculer, bien profond. À se faire éjaculer sur le visage et les nichons, puis à lécher son foutre, *miam*. À recevoir, à recevoir résolument. C'est son genre. Ils sont ensemble depuis plus d'un an. Ils ont passé chaque fête ensemble. J'ai épluché ses relevés de cartes de crédit (les vrais) pour voir ce qu'il lui a acheté pour Noël, mais il a fait preuve d'une prudence stupéfiante. Je me demande ce que ça fait d'être une femme dont le cadeau de Noël doit être acheté en liquide. C'est libérateur. Être sous les radars, pour une fille, ça veut dire qu'on n'a pas besoin d'appeler le plombier, d'écouter son homme râler à cause du boulot, de lui rabâcher de penser à rapporter des croquettes pour le chat, bordel !

J'ai besoin qu'elle craque. J'ai besoin 1) que Noelle parle de ma grossesse à quelqu'un ; 2) que la police trouve le journal intime ; 3) qu'Andie parle de leur liaison. J'avais des préjugés – je pensais qu'une fille qui poste des statuts sur sa vie cinq fois par jour au vu et au su de tous n'aurait aucune compréhension réelle de l'essence du secret. Il lui est arrivé d'évoquer mon mari de manière voilée sur sa page :

J'ai vu M. Beau Gosse aujourd'hui.

(Oh, raconte !)

(Alors on le rencontre quand cet étalon ?)

(Bridget aime ce statut !)

Un baiser d'un mec canon, et tout va mieux.

(Trop vrai !)

(Alors quand est-ce qu'on le rencontre, M. Canon ?!)

(Bridget aime ce statut !)

Mais elle a fait preuve d'une discrétion surprenante pour une fille de sa génération. Elle est sage (pour une pouffe). Je l'imagine parfaitement, son visage en forme de cœur incliné sur le côté, le front doucement plissé par l'inquiétude. *Je veux juste que tu saches que je suis de ton côté, Nick. Je suis là pour toi.* Elle a dû lui préparer des cookies.

Les caméras d'*Ellen Abbott* sont maintenant sur le QG des volontaires, qui fait un peu miteux. Une envoyée spéciale explique que ma disparition a « bouleversé l'existence de cette petite ville », et, derrière elle, je vois une table chargée de petits plats maison et de gâteaux pour ce pauvre Nicky. Même maintenant, ce connard a des femmes pour s'occuper de lui. Des femmes avides qui voient une ouverture. Un bel homme, vulnérable – et bon, OK, il a peut-être tué sa femme, mais ça, on ne le *sait* pas. Pas avec certitude. Pour l'instant, c'est un soulagement d'avoir un homme pour qui préparer des petits plats, c'est l'équivalent chez les quadragénaires de passer à vélo devant la maison du joli garçon du lycée.

On voit de nouveau la photo du grand sourire de Nick prise avec un portable. Je m'imagine parfaitement la salope provinciale dans sa cuisine solitaire scintillante – une cuisine-trophée financée avec sa pension alimentaire – en train de préparer et de faire cuire sa pâte tout en ayant une conversation imaginaire avec Nick : *Non, j'ai 43 ans, en fait. Non, vraiment, je vous le jure ! Non, je ne suis pas poursuivie par des hordes d'hommes, pas du tout, d'ailleurs les hommes d'ici ne sont pas très intéressants, dans l'ensemble…*

J'ai un accès de jalousie à l'égard de la femme qui est joue contre joue avec mon mari. Elle est plus jolie que moi telle que je suis maintenant. Je mange des Kit-Kat et je me laisse flotter dans la piscine pendant des heures sous un soleil brûlant. Le chlore rend ma peau aussi glissante que celle d'un phoque. Je suis bronzée, ce que je n'ai jamais été auparavant – du moins pas à ce point-là, un bronzage sombre, profond, fier. Une peau bronzée est une peau abîmée, et personne n'aime les filles à la peau fripée ; j'ai passé ma vie enduite d'écran total. Mais je me suis laissée foncer un peu avant ma disparition, et à présent, au bout de cinq jours, je suis presque brune. « Comme un fruit mûr ! » dit cette vieille Dorothy, qui tient l'accueil. « Tu es brune comme un fruit mûr, ma fille ! » dit-elle avec délice lorsque je viens payer le loyer de la semaine prochaine en cash.

J'ai la peau foncée, ma coupe au bol brunâtre, mes lunettes d'intello. Au cours des mois qui ont précédé ma disparition, j'ai pris six kilos – soigneusement dissimulés sous d'amples robes bain de soleil, même si mon mari inattentif ne risquait pas de remarquer – et encore un kilo depuis. J'ai fait attention à ne pas me faire prendre en photo dans les mois qui ont précédé ma disparition, de sorte que le public ne connaisse que la version pâle et mince d'Amy. Ce n'est plus du tout moi, c'est certain. Parfois, je sens mes fesses remuer toutes seules quand je marche. Se tortiller le popotin, c'est ça qu'on dit ? Je n'en aurais jamais eu les moyens auparavant. Mon corps était une économie superbe, parfaite, chaque trait était calibré, parfaitement harmonieux. Il ne me manque pas. Ça ne me manque pas, les hommes qui me regardent. C'est un soulagement d'entrer dans une supérette et de ressortir sans qu'un clampin en chemise à carreaux sans manches me lorgne en laissant échapper à voix basse une quelconque remarque misogyne qui lui vient comme un rot chargé de fromage à nachos. À présent, personne n'est grossier avec moi, mais personne n'est gentil non plus. Personne ne se donne tellement de mal, pas vraiment, pas comme autrefois.

Je suis le contraire d'Amy.

Nick Dunne

Huit jours après

Quand le soleil s'est levé, je tenais un glaçon contre ma joue. Des heures plus tard, je sentais toujours la morsure : deux petites rides en forme d'agrafe. Je ne pouvais pas aller à la recherche d'Andie – un risque plus grand que sa colère –, alors, finalement, je l'ai appelée. Messagerie.

Maîtriser, il faut maîtriser ce problème.

« Andie, je suis tellement désolé, je ne sais pas quoi faire, je ne comprends rien à ce qui se passe. Je t'en prie, pardonne-moi. Je t'en prie. »

Je n'aurais pas dû laisser un message, mais je me suis alors dit : *À ma connaissance, elle peut très bien avoir gardé des centaines de messages vocaux de moi.* Bon Dieu ! si elle passait un best of des plus torrides, des plus lubriques, des plus amoureux… n'importe quelle femme dans n'importe quel jury m'enverrait en taule rien que pour ça. C'est une chose de savoir que je suis infidèle, c'en est une autre d'entendre ma voix sonore de prof en train de parler à une jeune étudiante de mon énorme… si dure…

J'ai rougi dans la lumière de l'aube. Le glaçon fondait.

Je me suis assis sur le perron de Go, et j'ai commencé à appeler Andie toutes les dix minutes, sans résultat. Je n'avais pas dormi, j'avais les nerfs en pelote lorsque Boney s'est garée dans l'allée, à 6 h 12. Je n'ai rien dit lorsqu'elle s'est approchée de moi, deux gobelets en carton dans la main.

« Bonjour, Nick, je vous ai apporté du café. Je passais juste voir comment ça allait.

— J'imagine.

— Je sais que vous devez être ébranlé. Après l'annonce de la grossesse. » Avec beaucoup d'ostentation, elle a versé deux sachets de crème dans mon café, comme j'aime, et me l'a tendu. « Qu'est-ce que c'est que ça ? a-t-elle demandé en désignant ma joue.

— Que voulez-vous dire ?

— Je veux dire, Nick, qu'est-ce qui ne va pas avec votre visage ? Vous avez une énorme trace rose… » Elle s'est penchée en avant, m'a pris le menton. « On dirait une trace de morsure.

— Ça doit être de l'urticaire. Je fais de l'urticaire quand je suis stressé.

— Mmh, mmh. » Elle a remué son café. « Vous savez que je suis de votre côté, pas vrai, Nick ?

— Oui, oui.

— Je le suis. Vraiment. Je voudrais que vous me fassiez confiance. C'est juste que je – j'arrive à un point où je ne vais pas être en mesure de vous aider si vous ne me faites pas confiance. Je sais qu'on dirait du baratin, mais c'est la vérité. »

Nous avons gardé un silence semi-complice en buvant notre café à petites gorgées.

« Au fait, je voulais vous l'apprendre avant que vous l'entendiez ailleurs, a-t-elle dit gaiement. Nous avons retrouvé le sac à main d'Amy.

— Quoi ?

— Eh oui. Pas de liquide, mais ses papiers, son portable. À Hannibal, figurez-vous. Sur les berges du fleuve, au sud du port à vapeurs. Notre hypothèse : quelqu'un voulait faire croire que le coupable l'a jeté dans le fleuve en quittant la ville, sur la route du pont qui mène en Illinois.

— *Faire croire ?*

— Il n'a jamais été complètement immergé. Il y a encore des empreintes digitales sur le dessus, autour de la fermeture Éclair. C'est vrai qu'il arrive que les empreintes digitales résistent à l'eau, mais… Je vais vous épargner les détails scientifiques, mais notre théorie, c'est que ce sac à main a été placé sur la rive de sorte que nous ne puissions pas manquer de le trouver.

— On dirait que vous avez une idée derrière la tête en me disant ça.

— Les empreintes sont les vôtres, Nick. Ce qui n'a rien d'extraordinaire en soi – les hommes mettent tout le temps les pattes dans le sac de leurs femmes. Mais quand même… » Elle a ri comme si elle venait d'avoir une idée géniale. « Il faut que je vous pose la question. Vous n'êtes pas allé à Hannibal récemment, si ? »

Elle a dit ça avec une telle assurance, une telle tranquillité, que j'ai eu un flash : un GPS de la police planqué quelque part sous ma voiture, qu'on m'avait restituée le matin où j'étais allé à Hannibal.

« Pourquoi, au juste, est-ce que j'irais à Hannibal pour me débarrasser du sac de ma femme ?

— Mettons que vous avez tué votre femme et bidonné la scène de crime chez vous, en essayant de nous faire croire qu'elle avait été attaquée par un étranger. Mais vous avez alors compris qu'on commençait à vous soupçonner, donc vous avez voulu nous mettre quelque chose dans les pattes pour détourner de nouveau notre attention. C'est la théorie. Mais à l'heure qu'il est, certains de mes collègues sont tellement persuadés que c'est vous qui avez fait le coup qu'ils sont prêts à inventer n'importe quelle théorie qui colle avec leur scénario. Alors laissez-moi vous aider : vous êtes allé à Hannibal, récemment ? »

J'ai secoué la tête. « Il faut vous adresser à mon avocat. Tanner Bolt.

— *Tanner Bolt ?* Vous êtes sûr que vous voulez prendre cette pente, Nick ? J'ai le sentiment qu'on a été très justes avec vous jusque-là, assez réceptifs. Bolt… c'est le dernier recours. C'est le type qu'engagent les coupables.

— Heu. De toute évidence, je suis votre principal suspect, Rhonda. Je suis bien obligé de veiller à mes intérêts.

— Réunissons nous quand il arrive, OK ? Histoire de mettre les choses à plat.

— Absolument, c'est ce qu'on a prévu.

— Un homme prévoyant. Parfait. Je vous verrai donc à ce moment-là. » Elle s'est levée et, en partant, elle a lancé par-dessus son épaule : « L'hamamélis, c'est bon pour l'urticaire. »

Une heure plus tard, on a sonné à la porte. C'était Tanner Bolt, dans un costume bleu layette, et quelque chose m'a dit que c'était la tenue qu'il portait quand il allait « dans le vieux Sud ». Il inspectait le quartier, examinait les voitures garées dans les allées, évaluait les maisons. Il me rappelait les Elliott, en un sens – tout le temps à examiner et à analyser. Un cerveau qui ne s'arrêtait jamais.

« Montrez-moi, a fait Tanner avant que j'aie pu le saluer. Indiquez-moi la remise – ne venez pas avec moi et ne vous en approchez plus. Ensuite, vous me raconterez tout. »

Nous nous sommes installés à la table de la cuisine – moi, Tanner, et Go, à peine réveillée, penchée sur sa première tasse de café. J'ai étalé tous les indices d'Amy comme une mauvaise cartomancienne.

Tanner s'est penché vers moi, les muscles de son cou tendus. « OK, Nick, présentez-moi vos arguments. Votre femme a orchestré tout ça. Convainquez-moi ! » Il a frappé la table de l'index. « Parce que je ne vais pas avancer sur ce terrain avec en tout et pour tout une histoire farfelue de machination. À moins que vous ne me convainquiez. À moins que ça fonctionne. »

J'ai pris une profonde inspiration et rassemblé mes idées. J'ai toujours été meilleur à l'écrit qu'à l'oral.

« Avant tout, vous devez comprendre une chose tout à fait cruciale au sujet d'Amy : elle est foutrement brillante. Son cerveau fonctionne en permanence, et toujours sur plein de niveaux à la fois. Elle est comme un site archéologique inépuisable : on croit avoir atteint la dernière couche, et, quand on donne un dernier coup de pioche, on découvre un nouveau puits de richesses en dessous. Avec un labyrinthe de tunnels et de gouffres sans fond.

— Bien. Et…

— La deuxième chose que vous devez savoir sur Amy, c'est qu'elle est irréprochable. C'est une de ces personnes qui ne se trompent jamais, et elle aime donner des leçons, distribuer des punitions.

— OK, très bien, et…

— Laissez-moi vous raconter une histoire, rapidement. Un jour, il y a à peu près trois ans, on était en route pour le Massachusetts. La circulation était épouvantable, super agressive, et un camionneur a fait un doigt à Amy – elle ne voulait pas le laisser passer – puis il a appuyé sur le champignon et il lui a fait une queue-de-poisson. Rien de dangereux, mais c'était flippant pendant une seconde. Vous voyez les panneaux à l'arrière des camions : « Comment est ma conduite ? » Elle m'a fait appeler pour leur donner le numéro de plaque. Je pensais que ça s'arrêtait là. Deux mois plus tard – *deux mois* –, je suis entré dans notre chambre, et Amy était au téléphone, elle répétait ce numéro de plaque. Elle avait inventé toute une histoire : elle voyageait avec son enfant de 2 ans, et le chauffeur avait failli lui faire quitter la route. Elle m'a dit que c'était son quatrième appel. Elle était allée jusqu'à se renseigner sur les itinéraires de la compagnie de transport routier afin de choisir des routes qui en faisaient partie pour les accidents qu'elle avait soi-disant failli avoir. Elle avait pensé à tout. Elle était super fière. Elle allait faire virer ce type.

— Bon Dieu ! Nick… a marmonné Go.

— C'est une histoire très… instructive, Nick, a dit Tanner.

— C'est juste un exemple.

— OK, maintenant, aidez-moi à reconstituer le puzzle. Amy découvre que vous la trompez. Elle simule sa mort. Elle donne à la supposée scène de crime l'air assez louche pour éveiller les soupçons. Elle a déjà achevé de vous niquer en amont avec les cartes de crédit, l'assurance vie et votre petite caverne d'Ali Baba de l'homme moderne derrière…

— Elle déclenche une dispute la nuit précédant sa disparition, et elle se débrouille pour le faire à côté d'une fenêtre ouverte pour que notre voisine entende tout.

— À quel sujet, la dispute ?

— Je suis un sale égoïste. En gros, la même dispute que d'habitude. Ce que notre voisine n'entend pas, c'est qu'Amy s'est excusée plus tard – parce que Amy ne veut pas qu'elle entende cette partie. Franchement, je me souviens que j'ai été très surpris, parce qu'on ne s'était jamais rabibochés aussi vite. Le lendemain matin, elle me préparait des crêpes, nom de Dieu ! »

Je l'ai revue devant le fourneau, léchant du sucre en poudre sur son pouce en fredonnant pour elle-même, et je me suis vu, moi, m'avancer vers elle et la secouer jusqu'à ce que…

« OK, et la chasse au trésor ? Quelle est votre théorie, là-dessus ? »

Chaque indice était déplié sur la table. Tanner en a soulevé un ou deux puis les a laissés retomber.

« C'est juste des petits pièges à con pour me niquer encore plus. Je connais ma femme, croyez-moi. Elle savait qu'elle était obligée de faire une chasse au trésor, sans quoi ça paraîtrait louche. Alors elle le fait, et bien sûr il y a, genre, dix-huit significations possibles. Regardez le premier indice. »

Je m'imagine ton étudiante,
Avec un professeur si beau et si savant
Mon esprit s'ouvre (sans parler de mes cuisses !)
Si j'étais ton élève, les fleurs seraient superflues
Peut-être juste un rendez-vous coquin pendant tes heures de bureau,
Alors dépêche-toi, lance-toi, de grâce
Et peut-être que, cette fois, je t'apprendrai aussi un tour.

« C'est du pur Amy. Je lis ça, je me dis : *Tiens, ma femme flirte avec moi.* Non. En fait, elle parle de mon… infidélité avec Andie. Premier doigt d'honneur. Alors j'y vais, à mon bureau, avec Gilpin, et qu'est-ce qui m'attend ? Une petite culotte. Pas du tout de la taille d'Amy – les flics n'arrêtaient pas de demander à tout le monde quelle taille faisait Amy, je ne comprenais pas pourquoi.

— Mais Amy ne pouvait pas savoir que Gilpin serait avec vous, a observé Tanner, dubitatif.

— C'est un excellent pari, a coupé Go. L'indice n° 1 faisait partie de la *scène de crime à proprement parler* – donc les flics en auraient forcément connaissance – et elle y a fait figurer les mots *heures de bureau.* C'est logique qu'ils y aillent, avec ou sans Nick.

— Alors elle est à qui, cette petite culotte ? » a demandé Tanner.

Go a froncé le nez au mot *culotte.*

« Qui sait ? J'aurais pensé qu'elle était à Andie, mais… Amy l'a sans doute achetée. L'important, c'est qu'elle n'est pas à sa taille. Avec ça, n'importe qui va s'imaginer que quelque chose d'inapproprié s'est produit dans mon bureau avec quelqu'un qui n'est pas mon épouse. Doigt d'honneur numéro 2.

— Et si les flics n'avaient pas été avec vous quand vous êtes allé à votre bureau ? Ou si personne n'avait remarqué la petite culotte ?

— Elle s'en *fiche*, Tanner ! Cette chasse au trésor, c'est autant pour son amusement que pour autre chose. Elle n'en a pas besoin. Elle a chargé la mule juste pour s'assurer qu'il y a un million de petits indices accablants en circulation. Une fois de plus, il faut connaître ma femme : elle est du genre à porter une ceinture *et* des bretelles.

— OK. Indice n° 2 », a dit Tanner.

Regarde-moi : je suis folle de toi
L'avenir est tout sauf flou avec toi
Tu m'as emmenée ici, pour que je puisse t'écouter raconter
Tes aventures de petit garçon : jean cradingue et casquette
On emmerde les autres, pour nous ils sont largués
Et volons un baiser… comme de jeunes mariés.

« Ça, c'est Hannibal. Amy et moi, nous y sommes allés une fois, alors c'est à ça que j'ai pensé, mais, là encore, c'est aussi un endroit où j'ai eu des… relations avec Andie.

— Et ça ne vous a pas mis la puce à l'oreille ?

— Non, pas encore, les petits mots que m'avait laissés Amy m'avaient complètement amolli. Bon sang ! elle me connaît comme si elle m'avait fait, cette garce. Elle sait exactement ce que je veux entendre. Tu es *brillant*. Tu es *spirituel*. Et comme ça a dû l'amuser de savoir qu'elle pouvait *encore* me mettre dans tous mes états. Même à distance. Je veux dire, j'étais… bon Dieu ! j'étais pratiquement en train de retomber amoureux d'elle. »

Ma gorge s'est serrée un instant. L'histoire rigolote sur le bébé à demi nu, dégoûtant de son amie Insley. Amy savait que c'est ce que j'aimais le plus chez nous quand je croyais encore en nous : pas les grands moments, pas les moments Romantiques avec un grand R, mais nos petites *private jokes*. Et maintenant elle les retournait contre moi.

« Et devinez quoi ?… Ils viennent de retrouver le sac à main d'Amy à Hannibal. Je suis persuadé que quelqu'un m'aura vu là-bas. Putain, j'ai payé la visite avec ma carte de crédit. Une fois de plus, une preuve surgit, et Amy s'assure qu'on peut établir un lien avec moi.

— Et si personne n'avait trouvé le sac ?

— Ça ne change rien, a dit Go. Elle se débrouille pour que Nick tourne en rond, elle s'amuse. Je suis sûre qu'elle était ravie rien qu'à l'idée de la culpabilité qu'allait ressentir Nick en lisant ses mots doux alors qu'il sait qu'il la trompe et qu'elle est portée disparue. »

J'ai tenté de ne pas sursauter à son ton dégoûté : il la *trompe*.

« Et si Gilpin avait également accompagné Nick à Hannibal ? a insisté Tanner. Et si Gilpin était resté tout le temps avec Nick, il aurait su qu'il n'avait pas planqué le sac ?

— Amy me connaît suffisamment bien pour savoir que je me débarrasserais de Gilpin. Elle sait que je ne voudrais pas qu'un inconnu me regarde lire ces trucs en évaluant ma réaction.

— Vraiment ? Comment savez-vous ça ?

— Je le sais, c'est tout. » J'ai haussé les épaules. Je savais, voilà tout. « Indice n° 3 », j'ai dit. Je l'ai fourré dans la main de Tanner.

Peut-être te sens-tu coupable de m'amener ici
Je dois reconnaître que ça me fait un peu bizarre
Mais ce n'est pas comme si on avait beaucoup de choix
Nous avons pris notre décision : nous en avons fait notre espace
Menons notre amour à cette petite maison brune
Fais-moi voir un peu tes bonnes œuvres : ton épouse ardente !

« Vous voyez, j'ai mal compris. J'ai cru que *m'amener ici*, c'était l'amener à Carthage, mais, en fait, elle parle de la maison de mon père, et…

— C'est encore un endroit où vous avez sauté cette Andie. » Il s'est tourné vers ma sœur. « Pardonnez ma vulgarité. »

Go a fait signe que ça n'avait pas d'importance.

Tanner a repris : « Donc, Nick. Il y a une petite culotte compromettante à votre bureau, où vous avez sauté Andie, et il y a le sac d'Amy, également compromettant, à Hannibal, où vous avez encore sauté Andie, et il y a un trésor en babioles achetées avec des cartes de crédit secrètes, lui aussi fort incriminant, dans la remise, où vous avez sauté Andie.

— Heu, oui. Oui, c'est ça.

— Dans ce cas, chez votre père, il y a quoi ? »

Amy Elliott Dunne

Sept jours après

Je suis enceinte ! Merci, Noelle Hawthorne, pauvre idiote, le monde est au courant maintenant. Depuis le jour où elle a fait son numéro à ma veillée (j'aurais quand même préféré qu'elle n'éclipse pas la veillée, cela dit – les filles moches ont vraiment le chic pour chiper la vedette), la haine contre Nick a enflé comme un ballon. Je savais que la clef pour une médiatisation maximale, une couverture non-stop, une campagne frénétique d'une Ellen Abbott assoiffée de sang, c'était la grossesse. L'Épatante Amy, c'est déjà tentant. L'Épatante Amy en cloque, c'est irrésistible. Les Américains aiment ce qui est facile, or aimer les femmes enceintes, c'est facile – c'est comme les canetons, les lapins nains et les chiens. Néanmoins, ça ne me lasse pas de m'épater que ces grosses dindes suffisantes et autocentrées reçoivent un tel traitement de faveur. Comme si c'était hyper compliqué d'écarter les jambes et de laisser un homme éjaculer entre.

Vous savez ce qui *est* compliqué ? Simuler une grossesse.

Écoutez bien, parce que c'est impressionnant. Ça a commencé avec mon amie décérébrée, Noelle.

Le Midwest regorge de ce genre de personnages : les gens *assez sympas*. Assez sympas, mais avec une âme en caoutchouc – facile à modeler, facile à essuyer. La discothèque de cette femme est constituée intégralement de compilations Starbucks. Ses étagères sont remplies de « beaux livres » merdiques : *Les Irlandais en Amérique. Le Football américain dans le Missouri : une histoire en images. In Memoriam, 11-Septembre. Chatons mignons.* Je savais qu'il me fallait une amie malléable pour mettre mon plan à exécution, quelqu'un que je puisse surcharger d'histoires affreuses sur Nick, quelqu'un qui deviendrait excessivement attaché à moi, quelqu'un qui serait facile à manipuler, qui ne réfléchirait pas trop à ce que je pourrais lui raconter tellement elle se sentirait privilégiée de recevoir mes confidences. Le choix de Noelle s'imposait, et, quand elle m'a annoncé qu'elle était de nouveau enceinte – des triplés, ça ne suffisait pas, apparemment –, j'ai réalisé que je pouvais l'être aussi.

Rechercher sur le Net : comment vidanger vos toilettes avant une réparation.

Inviter Noelle à boire de la limonade. Beaucoup de limonade.

Noelle qui pisse dans mes toilettes asséchées, impossible de tirer la chasse, nous sommes toutes deux affreusement gênées !

Prendre un petit bocal en verre, transvaser le pipi de mes toilettes au bocal en verre.

Orchestrer parfaitement une histoire de phobie des aiguilles et du sang.

Le bocal de pisse caché dans mon sac à main, prendre rendez-vous chez le médecin (oh ! je ne peux pas faire une prise de sang, j'ai une vraie phobie des aiguilles… un test urinaire, ça ira très bien, merci).

Et voilà le travail : une grossesse dans mon dossier médical.

Et courir chez Noelle pour annoncer la bonne nouvelle.

Imparable. Nick se retrouve avec un mobile supplémentaire, je deviens l'adorable femme enceinte disparue, mes parents souffrent encore plus, Ellen Abbott ne peut pas résister. Franchement, c'était exaltant d'être enfin sélectionnée officiellement pour *Ellen*, parmi les centaines d'autres affaires du même tonneau. C'est un peu comme un radio-crochet : vous faites du mieux que vous pouvez, puis ça vous échappe, la décision revient aux juges.

Et, bon Dieu ! qu'est-ce qu'elle déteste Nick, et qu'est-ce qu'elle *m'adore*. Je regrette que mes parents bénéficient d'un tel traitement de faveur, cela dit. Je les vois dans les flashes d'info : ma mère mince, filiforme, les veines de son cou semblables à des branches grêles, toujours tendues. Je vois la peur colorer les joues de mon père, agrandir un peu trop ses yeux, figer son sourire. C'est un bel homme, en général, mais il commence à ressembler à une caricature, une poupée de clown possédé. Je sais que je devrais les prendre en pitié, mais non. Je n'ai jamais été plus qu'un symbole pour eux, de toute façon, l'incarnation d'un idéal. L'Épatante Amy en chair et en os. Ne merde pas, tu es l'Épatante Amy. Notre fille unique. C'est une responsabilité injuste qui accompagne l'état d'enfant unique – vous grandissez en sachant que vous n'avez pas le droit de décevoir, vous n'avez même pas le droit de mourir. Il n'y a pas de remplaçant pour accourir après vous ; c'est vous, et point. Ça vous donne un besoin irrépressible d'être parfait, et vous vous enivrez du pouvoir qui va avec. C'est de cette étoffe-là qu'on fait les despotes.

Ce matin, je suis allée au bureau de Dorothy pour chercher un soda. C'est une petite pièce lambrissée. Le bureau paraît avoir pour toute fonction de porter la collection de boules à neige que Dorothy a ramenées de villes qui semblent peu dignes de commémoration. Gulf Shores, dans l'Alabama. Hilo, dans l'Arkansas. Quand je vois ces boules à neige, je ne vois pas le paradis, je vois des ploucs avec des coups de soleil qui traînent des gamins maladroits et geignards, et s'arrêtent pour les gifler d'une main, un énorme gobelet en plastique non biodégradable de boisson au sirop de maïs dans l'autre.

Dorothy a un de ces posters hyper années 1970 avec un chaton dans un arbre – *Accroche-toi !* Elle l'affiche en toute sincérité. J'aime l'imaginer en train de croiser une petite garce prétentieuse de Williamsburg, avec la frange à la Bettie Page et les lunettes en pointes, qui posséderait le même poster par ironie. J'aimerais les écouter essayer de se jauger. Les individus ironiques se dissolvent toujours quand ils sont confrontés à la sincérité, c'est leur kryptonite. Dorothy a un autre joyau scotché au mur à côté du distributeur de boissons : un petit enfant endormi sur les toilettes – *Trop fatigué pour faire pipi.* J'ai envisagé de le voler, celui-là – un petit coup d'ongle sous le vieux scotch jaune pendant que je distrais Dorothy par mes bavardages. Je parie que je pourrais en tirer une jolie petite somme sur eBay – ça serait bien que l'argent continue de rentrer – mais je ne peux pas, parce que ça créerait une *trace électronique*, et j'ai lu beaucoup de choses là-dessus dans les innombrables bouquins d'histoire criminelle que je me suis enfilés. Les traces électroniques, c'est mauvais : n'utilisez pas un portable qui est enregistré à votre nom, parce que les antennes-relais peuvent donner votre situation géographique. N'utilisez pas vos cartes de crédit. Connectez-vous uniquement dans des lieux publics, où il y a beaucoup de passage. Attention au nombre de caméras qu'il peut y avoir dans n'importe quelle rue donnée, en particulier à côté d'une banque, d'un carrefour fréquenté ou d'une *bodega*. Cela dit, il n'y a pas de *bodega* dans la région. Il n'y a pas de caméras non plus, dans notre archipel de cabanes. Je le sais – j'ai demandé à Dorothy, prétextant m'inquiéter de la sécurité.

« Nos clients ne sont pas vraiment fanas de Big Brother, a-t-elle fait. Ce n'est pas que c'est des criminels, mais, en général, ils n'aiment pas trop qu'on se mêle de leurs affaires. »

Effectivement, ça m'étonnerait qu'ils aiment ça. Il y a mon ami Jeff, qui part à des heures indues et revient avec des quantités suspectes de poisson de provenance inconnue, qu'il stocke dans d'énormes caisses de glace. Ça, il est louche. Dans la cabane du fond, il y a un couple qui doit avoir une quarantaine d'années, mais qui en paraît soixante avec le passage de la tornade méthamphétamines. Ils restent enfermés la plupart du temps, à part de sporadiques expéditions à la buanderie, les yeux fous – ils s'élancent dans le parking gravillonné avec leurs vêtements dans des sacs-poubelle, comme pour une espèce de ménage de printemps légèrement faussé. Bonjour, bonjour, disent-ils, toujours deux fois, en hochant deux fois la tête, puis ils continuent leur chemin. Parfois, l'homme a un boa constrictor enroulé autour du cou, mais nous ne l'évoquons pas, ni moi ni lui. En plus de ces habitués, une bonne quantité de femmes seules viennent s'échouer. En général, elles ont des traces de coups. Certaines ont l'air d'avoir honte, d'autres semblent affreusement tristes.

Il y en a une qui s'est installée hier, une fille blonde, très jeune, avec les yeux au beurre noir et la lèvre fendue. Elle fumait une cigarette sous son porche – devant la cabine à côté de la mienne – et, quand nos regards se sont croisés, elle s'est redressée, fièrement, le menton en avant. Elle assumait pleinement. J'ai pensé : *Il faut que je sois comme elle. Je vais l'étudier : elle est celle que je peux être pendant un certain temps – la fille battue, mais coriace, qui se planque en attendant que la tempête soit passée.*

Le matin, après quelques heures de télé – en quête de toute nouvelle information sur l'affaire Amy Elliott Dunne –, je me glisse dans mon bikini moite. Je vais à la piscine. L'amorce de la grossesse a été gratifiante, mais il y a encore énormément de choses que j'ignore. J'ai tout planifié avec un soin extrême, mais il y a des choses qui échappent à mon contrôle, et qui faussent ma vision de la suite des événements. Andie n'a pas joué son rôle. Il faudrait peut-être un petit coup de pouce pour qu'on retrouve le journal. La police n'a pas encore parlé d'arrêter Nick. Je ne sais pas ce qu'ils ont découvert d'autre, et je n'aime pas ça. Je suis tentée d'appeler, d'appeler le numéro vert, pour les pousser dans la bonne direction. Je vais attendre encore quelques jours. J'ai un calendrier au mur, et j'inscris les mots *APPELER AUJOURD'HUI* à la date d'après-après-demain. Pour me rappeler que j'ai accepté d'attendre ce temps-là. Une fois qu'ils auront trouvé le journal, ça va aller vite.

Dehors, une fois de plus, c'est la fournaise, et le chant des cigales est étouffant. Mon matelas pneumatique est rose, avec des sirènes dessus, et il est trop petit pour moi – mes mollets traînent dans l'eau – mais il me permet de flotter sans but pendant une bonne heure, ce qui est une chose que j'ai découvert « aimer faire ».

J'aperçois une tête blonde qui s'approche dans le parking, et la fille à la lèvre fendue passe la porte grillagée avec une des serviettes fournies avec la cabane, pas plus grandes qu'un mouchoir de poche, un paquet de Merit, un livre et de l'écran total. Cancer des poumons, OK, mais la peau, non. Elle s'installe, s'applique soigneusement sa crème, ce qui change des autres femmes battues – elles se tartinent d'huile d'amande douce et laissent des halos graisseux sur les pliants.

La fille m'adresse un hochement de tête, le genre de hochement de tête que s'adressent les hommes lorsqu'ils s'installent dans un bar. Elle lit *Chroniques martiennes*, de Ray Bradbury. Une fan de S.-F. Les femmes battues ont soif d'évasion, bien sûr.

« Bon bouquin. » Je lui lance ces mots négligemment, comme pour engager une inoffensive partie de beach ball verbal.

« Quelqu'un l'a oublié dans ma cabane. C'était ça ou *Black Beauty*. » Elle chausse d'épaisses lunettes noires de mauvaise qualité.

« Pas mal non plus. *L'Étalon noir*, c'est mieux, cela dit. »

Elle lève les yeux sur moi sans retirer ses lunettes. Deux grands yeux de mouche, noirs. « Hum. »

Elle retourne à son livre, avec le geste appuyé des passagers qui ne veulent pas qu'on les embête dans les avions. Et je suis l'agaçante curieuse à côté d'elle, qui monopolise l'accoudoir et dit des choses comme : « Boulot ou vacances ? »

« Je m'appelle Nancy », je dis. Un nouveau nom – pas Lydia –, ce qui n'est pas malin dans un endroit aussi étriqué, mais c'est sorti tout seul. Parfois, mon cerveau va trop vite, ça me joue des tours. Je pensais à la lèvre fendue de la fille, à son côté « usagé », puis je me suis mise à penser à la violence conjugale et à la prostitution, puis je me suis mise à penser à *Oliver !*, ma comédie musicale préférée quand j'étais petite, et à Nancy, la pute tragique qui aime l'homme qui la tabasse jusqu'à ce qu'il finisse par la tuer, puis je me suis demandé pourquoi ma féministe de mère regardait *Oliver !*, étant donné que « As Long As He Needs Me » est foncièrement un hymne à la violence domestique, puis je me suis dit que l'Amy du Journal se faisait elle aussi tuer par son homme, que, en fait, elle ressemblait beaucoup à…

« Je m'appelle Nancy.

— Greta. »

Ça sonne faux.

« Enchantée, Greta. »

Je m'éloigne un peu sur mon matelas. Derrière moi, j'entends le déclic de son briquet, puis des volutes de fumée s'élèvent au-dessus de moi comme des embruns.

Quarante minutes plus tard, Greta est assise sur le rebord de la piscine, les pieds dans l'eau. « Elle est chaude, dit-elle. L'eau. » Elle a une voix rauque, un peu rustique – cigarettes et bonne terre.

« On se croirait dans une baignoire.

— C'est pas très rafraîchissant.

— Le lac n'est pas beaucoup moins chaud.

— Je ne sais pas nager, de toute façon. »

Je n'ai jamais rencontré quelqu'un qui ne sait pas nager. Je mens : « Je suis pas très à l'aise non plus. Je nage en chien. »

Elle remue les jambes, l'onde berce doucement mon matelas.

« Alors c'est comment, ici ?

— Sympa. Calme.

— Parfait, c'est ce qu'il me faut. »

Je tourne la tête pour bien la voir. Elle a deux colliers en or, un bleu parfaitement rond, de la taille d'une prune, près du sein gauche, et un trèfle tatoué juste au-dessus du haut de son bikini. Son maillot de bain est tout neuf, cerise, bon marché. Il vient du bazar de la marina, où j'ai acheté mon matelas.

« Vous êtes seule ? je demande.

— Très. »

Je ne sais pas comment enchaîner. Existe-t-il une espèce de code que les femmes battues emploient entre elles, un langage inconnu de moi ?

« Problème de mec ? »

Un de ses sourcils se contracte convulsivement. J'interprète ça comme un oui.

« Moi aussi.

— C'est pas comme si on n'avait pas été prévenues. » Elle puise de l'eau dans ses mains en coupe, la laisse dégouliner sur son ventre. « Ma mère, une des premières choses qu'elle m'a dites, sur le chemin de l'école, pour mon premier jour : *Tiens-toi à l'écart des garçons. Soit ils vont te balancer des cailloux, soit ils vont regarder sous ta jupe.*

— Vous devriez en faire un slogan et l'imprimer sur des tee-shirts. »

Elle rit. « Mais c'est vrai. C'est toujours vrai. Ma mère habite dans un village lesbien au Texas. J'arrête pas de me dire que je devrais aller la rejoindre. Tout le monde a l'air heureux là-bas.

— Un village lesbien ?

— Genre, comment on dit ? Une communauté. Une bande de lesbiennes a acheté des terres et elles ont lancé leur propre société, en quelque sorte. Les hommes ne sont pas autorisés. C'est le paradis, putain, pour moi, un monde sans hommes. » Elle puise encore de l'eau, enlève ses lunettes et se mouille le visage. « Dommage que j'aime pas bouffer de la chatte. » Elle rit, un aboiement rageur de vieille femme. « Alors y a des connards ici, que je me remette en ménage ? C'est, genre, une constante chez moi. J'en ai à peine semé un que je tombe sur le suivant.

— C'est à moitié désert la plupart du temps. Il y a Jeff, le barbu, il est très sympa, d'ailleurs. Il est là depuis plus longtemps que moi.

— Vous restez combien de temps ? »

J'hésite. C'est bizarre, je ne sais pas exactement pour combien de temps je suis là. J'avais prévu de rester jusqu'à ce que Nick se fasse arrêter, mais je ne sais pas du tout si on va l'arrêter bientôt.

« Jusqu'à ce qu'il arrête de vous chercher, hein ? devine Greta.

— Quelque chose comme ça. »

Elle m'examine attentivement, fronce les sourcils. Mon estomac se noue. J'attends qu'elle le dise : j'ai l'impression de vous avoir déjà vue quelque part.

« Ne retourne jamais chez ton homme avec des marques de coups. Ne lui donne pas cette satisfaction », entonne Greta. Elle se lève, rassemble ses affaires. Essuie ses jambes avec la serviette minuscule.

« Et une journée en moins », dit-elle.

Dieu sait pourquoi, je lève les pouces, un geste que je n'ai jamais fait de ma vie.

« Viens dans ma cabane quand tu sors, si tu veux, dit-elle. On regardera la télé. »

J'apporte une tomate de chez Dorothy, je la tiens dans ma paume comme un cadeau qu'on offre pour une pendaison de crémaillère. Greta ouvre la porte et me salue à peine, comme si je passais tout le temps chez elle depuis des années. Elle cueille la tomate dans ma main.

« Parfait, j'étais en train de préparer des sandwichs. Assieds-toi. » Elle désigne le lit – nous n'avons pas de chaises, ici – et retourne dans sa kitchenette, qui a la même planche à découper en plastique, le même couteau émoussé que la mienne. Elle coupe la tomate en tranches. Un sachet de jambon est posé sur le comptoir, l'odeur écœurante remplit la pièce. Elle dispose deux sandwichs gluants sur des assiettes en carton, avec une pile de crackers en forme de poisson rouge, et les apporte du côté chambre, la main déjà sur la télécommande, zappant d'une chaîne à l'autre. Nous nous installons côte à côte sur le rebord du lit pour regarder la télé.

« Arrête-moi si tu vois quelque chose », dit Greta.

Je croque dans mon sandwich. Ma tomate glisse par le bord et tombe sur ma cuisse.

Les Beverly Hillbillies, *Susan*, *Armageddon*.

Ellen Abbott Live. Une photo de moi remplit l'écran. Je suis le sujet principal. Une fois de plus. Je suis splendide.

« T'as vu ça ? » demande Greta, sans me regarder. Elle parle comme si ma disparition était une rediffusion d'une série télé potable. « Cette femme disparaît le jour de son cinquième anniversaire de mariage. Le mari se comporte hyper bizarrement dès le début, tout sourires, et tout et tout. Eh ben, il avait fait grimper le plafond de l'assurance vie de sa femme, et ils viennent de découvrir qu'elle était *enceinte*. Et le mec ne voulait pas du bébé. »

À l'écran, on voit maintenant une autre photo de moi juxtaposée avec *L'Épatante Amy*.

Greta se tourne vers moi.

« Tu te souviens de ces bouquins ?

— Bien sûr !

— Tu les *aimes*, ces livres ?

— Tout le monde les aime, ces livres, ils sont trop mignons. »

Greta renâcle avec mépris. « Ils sont trop bidons. »

Gros plan sur moi.

J'attends qu'elle dise à quel point je suis belle.

« Elle est pas mal, heu, pour, genre, son âge, dit-elle. J'espère que je serai aussi bien conservée que ça à 40 ans. »

Ellen récapitule l'histoire pour les téléspectateurs ; ma photo reste à l'écran.

« Pour moi, c'était une pauvre petite fille riche. Prise de tête. Chiante. »

C'est une pure injustice. Je n'ai laissé aucun indice permettant d'arriver à une telle conclusion. Depuis que je me suis installée dans le Missouri – enfin, depuis que j'ai élaboré mon plan –, j'ai fait attention à ne pas être prise de tête, à être facile à vivre, gaie, toutes ces choses que les gens veulent que les femmes soient. Je saluais les voisins, je faisais des courses pour les amies de Mo, un jour, j'ai même apporté un soda à ce gros porc de Stucks Buckley. Je rendais visite au père de Nick afin que toutes les infirmières puissent témoigner de ma gentillesse, de façon à pouvoir souffler encore et encore à l'esprit d'escalier de Bill Dunne : *Je t'aime, viens vivre avec nous, je t'aime, viens vivre avec nous.* Juste pour voir si ça prendrait. Le père de Nick est ce que le personnel de Comfort Hill appelle un « vagabond » – il fugue constamment. J'aime l'idée que Bill Dunne, l'emblème vivant de tout ce que Nick redoute de devenir, l'objet de son plus profond désespoir, puisse se présenter encore et encore sur le pas de notre porte.

« Pourquoi chiante ? »

Elle hausse les épaules. L'émission laisse place à une pub pour un désodorisant d'intérieur. Une femme vaporise du désodorisant d'intérieur pour le bonheur de toute sa famille. Puis c'est une pub pour protège-slip pour qu'une femme puisse se mettre en robe, aller danser et rencontrer l'homme pour lequel elle vaporisera plus tard le désodorisant d'intérieur.

Nettoie et saigne. Saigne et nettoie.

« Oh ! ça se voit. Ça, c'est une pétasse friquée qui s'ennuie. Comme ces salopes pétées de thunes qui ouvrent, genre, des entreprises de *cupcakes* et des magasins de *cartes postales*, et toute cette merde avec le fric de leurs maris. Des *petites boutiques.* »

À New York, j'avais des amies qui tenaient ce genre de business – ça leur plaisait de pouvoir dire qu'elles bossaient, même si elles ne se chargeaient que des petits trucs marrants : nommer le cupcake, commander les cartes, porter la robe adorable qui venait *de leur propre boutique.*

« Elle est comme ça, aucun doute. Une pouffiasse qui se la pète. »

Greta se lève pour aller aux toilettes, et je me glisse dans sa kitchenette sur la pointe des pieds, j'ouvre son frigo, et crache dans son lait, son jus d'orange, et une barquette de salade de pommes de terre, puis je retourne m'asseoir.

La chasse d'eau retentit. Greta revient. « Enfin, tout ça, ça n'excuse pas qu'il l'ait *tuée.* C'est une femme comme tant d'autres, qui a très mal choisi son homme. »

Elle me regarde droit dans les yeux, et je m'attends à ce qu'elle dise : « Hé ! attends une minute… »

Mais elle se tourne de nouveau vers la télé et change de position. Elle s'étend sur le ventre comme une enfant, le menton entre les mains, le visage levé vers mon image à l'écran.

« Oh, merde, c'est parti ! Les gens l'ont vraiment pris en grippe, le mec. »

L'émission se poursuit, et je me sens un peu mieux. C'est l'apothéose d'Amy.

Campbell McIntosh, amie d'enfance : « Amy est une femme très généreuse, maternelle. Elle adorait la vie de femme mariée. Et je sais qu'elle aurait fait une mère formidable. Mais Nick – on voyait tout de suite qu'il y avait quelque chose de pas clair chez lui. Il était froid, distant et hyper calculateur –, on sentait bien qu'il était parfaitement conscient de l'étendue de la fortune d'Amy. »

(Campbell ment : à chaque fois qu'elle voyait Nick, elle se mettait à roucouler, elle était complètement folle de lui. Mais je suis sûre que ça lui faisait plaisir de penser qu'il ne m'avait épousée que pour mon argent.)

Shawna Kelly, habitante de North Carthage : « Pendant les recherches sur le terrain, il avait l'air complètement détaché, comme si ça ne le concernait pas, j'ai trouvé ça très, très bizarre. Il bavardait, vous savez, il passait le temps. Il flirtait avec moi, alors qu'il ne me connaissait ni d'Ève ni d'Adam. J'essayais de ramener la conversation sur Amy, mais il – ça ne l'intéressait pas. »

(Je suis certaine que cette vieille pouffiasse en mal d'affection n'a absolument pas tenté de ramener la conversation sur moi.)

Steven « Stucks » Buckley, ami de longue date de Nick Dunne : « Elle était adorable. A-Do-Rable. Et Nick ? Il n'avait pas l'air de s'inquiéter tant que ça de la disparition d'Amy. Il a toujours été comme ça : égoïste. Un peu prétentieux. Monsieur avait si bien réussi à New York, on n'avait plus qu'à s'incliner, tous autant qu'on est. »

(Je méprise Stucks Buckley, et puis qu'est-ce que c'est que ce nom débile, déjà ?)

Noelle Hawthorne, qui venait visiblement de se faire faire un balayage : « Je pense qu'il l'a tuée. Personne n'ose le dire, eh bien, moi je le dis. Il la maltraitait, il la terrorisait, et il a fini par la tuer. »

(Bon chien.)

Greta me regarde du coin de l'œil, les joues plissées sous ses mains, le reflet de la télé dansant sur son visage.

« J'espère que ce n'est pas vrai, dit-elle. Qu'il l'a tuée. Ça serait sympa de pouvoir penser qu'elle s'est juste enfuie, qu'elle lui a échappé et qu'elle se planque quelque part dans un coin sûr. »

Elle bat lentement des jambes comme une nageuse paresseuse. Je ne saurais dire si elle me fait marcher.

Nick Dunne

Huit jours après

Nous avons fouillé la moindre fente de la maison de mon père, ce qui n'a pas pris très longtemps, puisqu'elle est d'un vide pathétique. Les armoires, les placards. J'ai tiré les coins de la moquette pour voir si elle se soulevait. J'ai regardé dans son lave-linge séchant, engouffré la main dans le conduit de la cheminée. J'ai même regardé derrière le réservoir des toilettes.

« Tu te crois dans *Le Parrain* ? a dit Go.

— Si on était dans *Le Parrain*, j'aurais trouvé ce qu'on cherche et je serais ressorti en canardant. »

Tanner, planté au centre du salon de mon père, tiraillait le bout de sa cravate vert-jaune. Go et moi, nous étions couverts de poussière et de crasse, mais, je ne sais comment, la chemise blanche de Tanner jetait littéralement un éclat fluorescent, comme si elle avait conservé un peu du glamour des lumières stroboscopiques de New York. Il regardait fixement le coin d'une armoire, en se mordillant la lèvre et en tiraillant sur sa cravate. Il *réfléchissait*. Cet homme avait sans doute passé des années à perfectionner cette expression, qui semblait dire : *Boucle-la, client, je réfléchis.*

« Je n'aime pas ça, a-t-il fini par dire. Il y a beaucoup de problèmes qui nous échappent, ici, et je ne veux pas aller voir les flics tant que nous ne maîtrisons pas tout au mieux. D'instinct, au départ, j'aurais eu tendance à vouloir prendre les devants – signaler les trucs qui sont dans la remise avant qu'on se fasse pincer avec. Mais si nous ne savons pas ce qu'Amy veut que nous trouvions ici, et que nous ne savons pas dans quel état d'esprit se trouve Andie… Nick, vous avez une *petite idée* de l'état d'esprit d'Andie ? »

J'ai haussé les épaules.

« Furieuse.

— Oui, eh bien, ça, je trouve ça très, très inquiétant. Nous sommes dans une situation très épineuse, là. Il faut qu'on parle de la remise aux flics. Il faut qu'on soit à l'origine de cette découverte. Mais je dois vous expliquer ce qui va se produire quand on va le faire : ils vont s'en prendre à Go. Selon un de ces deux scénarios. Un : Go est votre complice, elle vous aidait à cacher ce bazar sur son terrain et, en toute probabilité, elle sait que vous avez tué Amy.

— Quoi ? Vous n'êtes pas sérieux, là.

— Nick, on aurait de la chance si c'était cette version. Ils peuvent interpréter ça comme ils veulent. Que dites-vous de ça : c'est Go qui a usurpé votre identité, qui a pris toutes ces cartes de crédit. Elle a acheté tous ces machins. Amy l'a démasquée, il y a eu une confrontation, Go a tué Amy.

— Dans ce cas, on va encore plus loin. On leur parle de la remise, et on leur dit qu'Amy a tout manigancé pour me faire jeter en prison.

— Je pense que c'est une mauvaise idée en général, et, pour l'heure, c'est une très mauvaise idée si Andie n'est pas de notre côté, parce qu'on serait obligés de leur parler d'Andie.

— Pourquoi ?

— Parce que si on va chez les flics avec votre scénario, la machination d'Amy…

— Pourquoi vous dites tout le temps mon *scénario*, comme si j'avais tout inventé ?

— Ha ! Bien vu. Si on explique aux flics qu'Amy a manigancé tout ça pour vous couler, il faut qu'on leur explique *pourquoi* elle fait ça. Pourquoi ? Parce qu'elle a découvert que vous avez une très jeune et très jolie petite copine.

— On est vraiment obligés de leur dire ça ?

— Amy vous fait accuser de son meurtre parce que… quoi, elle se faisait chier dans la vie ? »

J'ai pincé mes lèvres.

« Il faut qu'on leur donne le mobile d'Amy, ça ne peut pas fonctionner autrement. Mais le problème, c'est que si on leur livre Andie dans un paquet-cadeau sur le pas de leur porte, et qu'ils ne croient pas à la théorie du coup monté, on leur aura donné votre mobile pour l'assassinat. Problèmes d'argent, oui. Femme enceinte, oui. Jeune maîtresse, oui. C'est le triumvirat du meurtrier. Vous tomberez. Des femmes feront la queue pour vous mettre en pièces à coups d'ongle. » Il s'est mis à faire les cent pas. « Mais si on ne fait rien et qu'Andie va les trouver de son côté…

— Alors on fait quoi ?

— Je pense que les flics vont nous rire au nez si on dit tout de suite qu'Amy a tout manigancé. Ce n'est pas assez solide. Je vous crois, mais ce n'est pas assez solide.

— Mais les indices de la chasse au trésor…

— Nick, même moi je ne comprends pas ces indices, a coupé Go. C'est comme une partie de base-ball mental entre toi et Amy. Il n'y a que ta parole pour confirmer qu'ils t'ont guidé vers des… lieux compromettants. C'est vrai, franchement : jean cradingue plus casquette égale Hannibal ?

— Petite maison marron égale la maison de votre père, qui est *bleue* », a ajouté Tanner.

Je sentais que Tanner doutait. Je devais lui montrer le véritable caractère d'Amy. Ses mensonges, son délire de vengeance, ses règlements de comptes. J'avais besoin que quelqu'un en convienne avec moi – ma femme n'était pas l'*Épatante Amy*, mais la *Vindicative Amy.*

« Voyons si on peut joindre Andie aujourd'hui, a finalement dit Tanner.

— Ça ne craint pas d'attendre ? » a demandé Go.

Tanner a hoché la tête.

« C'est risqué. Il faut qu'on avance vite. Si un autre indice apparaît, si la police demande un mandat de perquisition pour la remise, si Andie va voir les flics…

— Elle n'ira pas.

— Elle vous a mordu, Nick.

— Elle n'ira pas. Elle est furieuse pour l'instant, mais elle… Je ne peux pas croire qu'elle me ferait une chose pareille. Elle sait que je suis innocent.

— Nick, vous avez dit que vous étiez avec Andie pendant environ une heure le matin de la disparition d'Amy, c'est ça ?

— Oui. De dix heures et demie à peu près à presque midi.

— Alors vous étiez où entre sept heures et demie et dix heures ? Vous avez dit que vous aviez quitté la maison à sept heures et demie, pas vrai ? Vous êtes allé où ? »

Je me suis mordu la joue.

« Vous êtes allé où, Nick ?... j'ai besoin de le savoir.

— Ce n'est pas pertinent.

— *Nick !* a aboyé Go.

— J'ai juste fait ce que je fais certains matins. J'ai fait semblant de partir, puis je suis allé me garer dans le coin le plus désert de notre lotissement, et je... il y a une des maisons dont le garage n'est pas verrouillé.

— Et ? a dit Tanner.

— Et j'ai lu des magazines.

— Pardon ?

— J'ai lu des vieux numéros de mon ancien magazine. »

Mon magazine me manquait encore – je cachais des vieux numéros comme si c'était du porno et je les lisais en secret, parce que je ne voulais pas qu'on ait pitié de moi.

Quand j'ai levé les yeux, j'ai vu que Tanner et Go avaient tous deux très, très pitié de moi.

Je suis rentré chez moi juste après midi. J'ai été accueilli par une rue pleine de fourgons de la télé. Les reporters campaient sur ma pelouse. Je n'ai pas pu accéder à mon allée, j'ai dû me garer devant la maison.

J'ai respiré un grand coup et je me suis lancé dehors. Ils se sont jetés sur moi comme des oiseaux affamés : ils attaquaient, s'agitaient, se dispersaient et se rassemblaient de nouveau. *Nick, est-ce que vous saviez qu'Amy attendait un enfant ? Nick, quel est votre alibi ? Nick, est-ce que vous avez tué Amy ?*

J'ai réussi à entrer et je me suis enfermé. Il y avait des fenêtres de chaque côté de la porte : je les ai bravées rapidement pour baisser les stores, tandis que les photographes ne cessaient de me mitrailler et les questions de fuser. *Nick, est-ce que vous avez tué Amy ?* Une fois les stores baissés, on aurait dit que j'avais couvert la cage d'un canari pour la nuit : le bruit s'est arrêté.

Je suis monté et j'ai satisfait mon envie impérieuse de prendre une douche. J'ai fermé les yeux et laissé le jet dissoudre la crasse de la maison de mon père. Quand je les ai rouverts, la première chose que j'ai vue, c'est le rasoir rose d'Amy sur le porte-savon. Il avait l'air lugubre, malveillant. Ma femme était folle. J'étais marié avec une folle. C'est la devise de tous les connards : *J'ai épousé une garce cinglée.* Mais j'ai ressenti un petit pincement vicieux de gratification : j'avais vraiment épousé une garce cinglée, authenticité garantie. *Nick, voilà ta femme : la plus grande perverse du monde.* Je n'étais pas aussi salaud que je l'avais cru. Salaud, oui, mais pas d'une envergure exceptionnelle. Mon infidélité, c'était une mesure préventive, une réaction inconsciente à cinq ans passés sous le joug d'une démente : rien d'étonnant à ce que je me retrouve attiré par une petite provinciale pas compliquée et coulante. C'est pareil que quand les gens qui manquent de fer ont des envies de viande rouge.

J'étais en train de m'essuyer lorsqu'on a sonné à la porte. J'ai passé la tête par la porte de la salle de bains : les reporters donnaient de nouveau de la voix. *Est-ce que vous croyez votre gendre, Marybeth ? Qu'est-ce que ça vous fait de savoir que vous allez être grand-père, Rand ? Est-ce que vous pensez que Nick a tué votre fille, Marybeth ?*

Ils se tenaient côte à côte sur le pas de ma porte, l'air sinistre, le dos raide. Il y avait environ une douzaine de journalistes et de paparazzis mais, à les entendre, on les aurait cru deux fois plus nombreux.

Les Elliott sont entrés en marmonnant bonjour, les yeux baissés, et j'ai claqué la porte au nez des caméras. Rand a posé une main sur mon bras et l'a aussitôt retirée sous le regard de Marybeth.

« Désolé, j'étais sous la douche. » Mes cheveux dégoulinaient encore, mouillant les épaules de mon tee-shirt. Les cheveux de Marybeth étaient gras, ses vêtements froissés. Elle m'a regardé comme si j'étais fou.

« Tanner Bolt ? Tu as perdu la tête ?

— Que veux-tu dire ?

— Je veux dire, Nick : Tanner Bolt, tu as perdu la tête. Il ne représente que les coupables. » Elle s'est penchée sur moi, a pris mon menton dans sa main. « Qu'est-ce que tu as à la joue ?

— De l'urticaire. C'est le stress. » Je me suis détourné d'elle. « Ce n'est pas vrai, ce que tu dis sur Tanner, Marybeth. Pas du tout. C'est le meilleur de la profession. J'ai besoin de lui maintenant. La police – tout ce qu'ils font, c'est chercher à me coincer.

— Ça, ça m'en a tout l'air. On dirait une marque de morsure.

— C'est de l'urticaire. »

Marybeth a poussé un soupir agacé, elle s'est détournée pour entrer dans le salon.

« C'est là que ça s'est passé ? » Son visage s'était effondré en une série de crevasses charnues – poches sous les yeux, bajoues, lèvres tombantes.

« C'est ce qu'on pense. Une espèce... d'altercation, de lutte a eu lieu dans la cuisine, aussi.

— À cause du sang. » Marybeth a touché l'ottomane, l'a testée, soulevée de quelques centimètres et laissée retomber. « Je regrette que tu aies tout remis en ordre. Comme ça, on dirait qu'il ne s'est rien passé.

— Marybeth, c'est sa maison, il vit ici, a dit Rand.

— Je ne comprends toujours pas comment – je veux dire, et si la police n'a rien trouvé ? Et si... Je ne sais pas. On dirait qu'ils ont laissé tomber. S'ils abandonnent la maison, comme ça. Ouverte à tout le monde.

— Je suis sûr qu'ils ont noté tout ce qu'il y avait à noter », a dit Rand. Il a pressé sa main. « Et si on demandait à regarder les affaires d'Amy pour que tu puisses choisir un souvenir, OK ? » Il m'a jeté un coup d'œil. « Ça ne te dérange pas, Nick ? Ce serait réconfortant d'avoir quelque chose qui lui appartient. » Il s'est retourné vers sa femme. « Ce pull bleu que Nana lui avait tricoté.

— Je ne veux pas de ce fichu pull, Rand ! »

Elle a repoussé brusquement sa main, s'est mise à faire les cent pas dans la maison en s'arrêtant sur une chose après l'autre. Elle a poussé l'ottomane du bout du pied. « C'est l'ottomane, Nick ? Celle dont ils disent qu'elle était renversée alors qu'elle n'aurait pas dû ?

— Oui, c'est l'ottomane. »

Elle a cessé d'arpenter, a donné un nouveau petit coup de pied dans l'ottomane, qui n'a pas bougé.

« Marybeth, je suis sûr que Nick est épuisé – il m'a lancé un coup d'œil complice –, comme nous tous. Je pense qu'on devrait faire ce pour quoi on est venus et…

— C'est pour ça que je suis venue, Rand. Pas pour récupérer un stupide pull pour me pelotonner dedans comme une gamine de 3 ans. Je veux ma fille. Je ne veux pas de ses affaires. Ses affaires, je m'en fous complètement. Je veux que Nick nous explique ce qui se passe, bon sang ! parce que ça commence à sentir mauvais, tout ça. Je me suis jamais sentie aussi stupide de ma vie, jamais ! » Elle s'est mise à pleurer. Elle a essuyé ses larmes, visiblement furieuse contre elle-même. « On te faisait confiance pour t'occuper de notre fille. On te faisait confiance, Nick. Dis-nous la vérité, enfin ! » Elle a pointé un index frémissant sous mon nez. « Est-ce que c'est vrai ? Tu ne voulais pas du bébé ? Tu n'aimais plus Amy ? Tu lui as fait quelque chose ? »

J'ai eu envie de lui mettre une claque. Marybeth et Rand avaient élevé Amy. Elle était littéralement le fruit de leurs œuvres. Ils l'avaient créée. J'avais envie de dire tout haut : *Le monstre, c'est votre fille, là*, mais je ne pouvais pas – pas avant qu'on parle à la police – et je suis resté interdit, essayant de trouver quelque chose à dire. Mais j'avais l'air d'éviter de répondre franchement. « Marybeth, je ne pourrais jamais…

— *Je n'aurais jamais, je ne pourrais jamais*, tu n'as que ces mots à la bouche. Tu sais quoi ? je ne supporte même plus de te *regarder*. Vraiment. Il y a quelque chose qui cloche chez toi. Il te manque quelque chose à l'intérieur, pour agir comme tu le fais. Même s'il est prouvé que tu n'as rien à te reprocher, je ne te pardonnerai jamais le détachement avec lequel tu prends tout ça. On dirait que t'as égaré un parapluie, bon sang ! Après tout ce qu'Amy a abandonné pour toi, après tout ce qu'elle a fait pour toi, c'est ce que tu lui accordes en échange. C'est – tu – je ne te crois pas, Nick. C'est ce que je suis venue te dire. Je ne crois plus en toi. C'est fini. »

Elle s'est mise à sangloter, s'est détournée et s'est précipitée dehors par la porte principale sous l'œil ravi des caméras. Elle est montée en voiture, et deux journalistes se sont mis à cogner contre la vitre pour essayer d'obtenir une déclaration. Depuis le salon, nous les entendions répéter son nom encore et encore. *Marybeth – Marybeth.*

Rand est resté, les mains dans les poches. Il essayait de décider quel rôle il devait jouer. La voix de Tanner retentissait à mes oreilles comme le chœur d'une tragédie grecque – *il faut garder le soutien des parents*.

Rand a ouvert la bouche, mais je l'ai devancé :

« Rand, dis-moi ce que je peux faire.

— Dis-le, c'est tout, Nick.

— Dire *quoi* ?

— Je ne veux pas poser la question, et tu ne veux pas répondre. J'ai pigé. Mais j'ai besoin de te l'entendre dire. Tu n'as pas tué notre fille. »

Il s'est mis à pleurer et à rire à la fois.

« Bon sang ! je n'arrive plus à réfléchir. » Son visage rosissait, rougissait comme un coup de soleil nucléaire. « Je ne sais pas comment on en est arrivés là. Je ne comprends pas ! » Il souriait toujours. Une larme s'est détachée de son menton et est allée s'écraser sur son col de chemise. « Mais dis-le, Nick.

— Rand, je n'ai pas tué Amy, et je ne lui ai pas fait le moindre mal. » Il gardait les yeux fixés sur moi. « Vous me croyez, au moins : je n'ai pas touché un seul de ses *cheveux* ! »

Rand a ri de nouveau. « Tu sais ce que je m'apprêtais à dire ? Je m'apprêtais à dire que je ne sais plus que croire. Puis je me suis dit : *ce n'est pas moi, cette phrase*. C'est une réplique de film, pas quelque chose que je devrais dire, et je me demande : est-ce que je suis dans un film ? Est-ce que je peux sortir de ce film ? Mais je sais que je ne peux pas. Mais pendant une seconde, on se dit : *je vais dire autre chose, et ça va tout changer*. Mais ce n'est pas le cas, si ? »

Avec un bref hochement de tête de jack-russell, il a fait demi-tour et est allé rejoindre sa femme dans la voiture.

Au lieu d'être triste, j'étais inquiet. Avant que les Elliott soient même sortis de mon allée, je pensais déjà : *Il faut qu'on aille trouver les flics rapidement, sans traîner*. Avant que les Elliott commencent à parler en public de leur confiance perdue. J'avais besoin de prouver que ma femme n'était pas celle qu'elle prétendait être. *Pas l'Épatante Amy mais Amy la Rancune*. En un flash, j'ai pensé à Tommy O'Hara – le mec qui avait appelé trois fois le numéro vert, le mec qu'Amy avait accusé de viol. Tanner avait déniché des informations sur lui : ce n'était pas l'Irlandais macho que je m'étais imaginé, pas un pompier ni un flic. Il écrivait pour un site humoristique basé à Brooklyn, un site correct, et sa photo dans la liste des collaborateurs montrait un type maigrichon avec des lunettes à monture foncée et une quantité excessive de cheveux noirs épais, avec un sourire ironique, et un tee-shirt d'un groupe nommé les Bingos.

Il a décroché à la première sonnerie. « Oui ?

— Ici Nick Dunne. Vous avez appelé au sujet de ma femme. Amy Dunne. Amy Elliott. Il faut que je vous parle. »

J'ai entendu une pause, et j'ai pensé qu'il allait me raccrocher au nez comme Hilary Handy.

« Rappelez-moi dans dix minutes. »

Je l'ai fait. Il était dans un bar, je reconnaissais parfaitement le son : le murmure des buveurs, le cliquetis des glaçons, les étranges éruptions sonores lorsque les gens commandaient des verres ou s'interpellaient. J'ai eu une bouffée de nostalgie pour mon bar.

« OK, merci. Il fallait que j'aille dans un bar. C'est le genre de conversation qui va mieux avec un scotch. » Sa voix est peu à peu devenue plus proche, plus épaisse : je l'imaginais tassé au-dessus de son verre, protégeant l'écouteur du téléphone.

« J'ai bien eu vos messages.

— Bien sûr. Elle n'a pas reparu, pas vrai ? Amy ?

— Non.

— Je peux vous demander ce qui lui est arrivé, d'après vous ? À Amy ? »

Et puis merde. J'avais besoin d'un verre. Je me suis rendu dans ma cuisine – faute de Bar – et je m'en suis versé un. J'essayais de faire plus attention à l'alcool, ces derniers temps, mais ça m'a fait du bien : l'amertume du scotch, une pièce sombre avec le soleil aveuglant juste dehors.

« Je peux vous demander pourquoi vous avez appelé ? j'ai répliqué.

— J'ai regardé le traitement de l'info à la télé. Vous êtes foutu.

— Oui. Je voulais vous parler parce que je trouvais… intéressant que vous ayez essayé de nous contacter. Étant donné… la plainte pour viol.

— Ah ! vous êtes au courant.

— Je sais qu'il y a eu une plainte pour viol mais je ne vous prends pas nécessairement pour un violeur. Je voulais entendre ce que vous avez à dire.

— OK. » Je l'ai entendu prendre une gorgée de scotch, vider son verre, remuer ses glaçons. « Je suis tombé sur un sujet aux infos un soir. Sur vous. Amy. J'étais au lit, je mangeais de la bouffe thaïe. Je ne demandais rien à personne. Ça m'a complètement retourné. *Elle* après toutes ces années. » Il a demandé un autre verre. « Alors mon avocat m'a dit qu'il était hors de question que je vous appelle mais… qu'est-ce que je peux dire ? Je suis trop sympa. Je ne peux pas vous laisser partir en vrille. Bon Dieu ! dommage qu'on ne puisse plus fumer dans les bars. C'est une conversation qui appelle un scotch *et* une cigarette.

— Dites-moi. Pour la plainte pour agression. Le viol.

— Comme je disais, j'ai vu la manière dont l'affaire est présentée, les médias vous traînent dans la boue.

C'est vrai, quoi, vous êtes le *mec.* Alors je ferais mieux de m'en laver les mains – je n'ai pas besoin de voir cette fille ressurgir dans ma vie. Même, heu, indirectement. Mais merde. J'aurais bien aimé que quelqu'un me rende ce service.

— Alors rendez-moi ce service.

— Avant tout, elle a retiré sa plainte – vous le savez, pas vrai ?

— Je sais. Vous l'avez fait ?

— Allez vous faire foutre. Bien sûr que je ne l'ai pas fait. Et *vous*, vous l'avez fait ?

— Non.

— Eh bien. »

Tommy a redemandé son scotch. « Laissez-moi vous poser une question : votre mariage marchait bien ? Amy était heureuse ? »

J'ai gardé le silence.

« Vous n'êtes pas obligé de répondre, mais je vais supposer que non. Amy n'était pas heureuse. Quelle qu'en soit la raison. Je ne vais même pas vous poser la question. J'ai ma petite idée, mais je ne vous poserai pas la question. Mais une chose que je sais, c'est que vous devez savoir ça : Amy aime bien jouer au bon Dieu quand elle n'est pas heureuse. Le Dieu de l'Ancien Testament.

— C'est-à-dire ?

— Elle distribue les châtiments, a dit Tommy. Impitoyablement. » Il a ri dans le téléphone. « Franchement, vous devriez me voir. Je n'ai rien d'un mâle dominant. J'ai l'air d'une andouille. Je suis une andouille. Ma chanson de karaoké, c'est "Sister Christian", juste ciel !

Je pleure devant *Le Parrain 2*. À tous les coups. » Il a toussé après avoir avalé une gorgée.

C'était le moment de détendre un peu l'atmosphère.

« Fredo ? j'ai demandé.

— Oui, Fredo, la vache ! Pauvre Fredo.

— Il se fait piétiner. »

La plupart des hommes considèrent le sport comme la *lingua franca* des conversations entre mecs. En tant que cinéphiles coincés, c'était comme si nous étions en train de discuter une belle action dans un grand match de foot. Nous connaissions tous deux la réplique, et le fait que nous la connaissions nous dispensait de plusieurs heures d'autocongratulation superficielle.

Il a pris un autre verre. « C'était tellement absurde, putain.

— Racontez-moi.

— Vous n'enregistrez pas cette conversation, pas vrai ? Personne n'écoute ? Parce que ça, je ne veux pas.

— On est entre nous. Je suis de votre côté.

— Donc, je rencontre Amy à une fête – c'était, genre, il y a sept ans maintenant – et elle est incroyablement cool. Hilarante, fantaisiste et… cool. On a accroché tout de suite, vous savez, et ça ne m'arrive pas souvent, en tout cas pas avec des filles qui ressemblent à Amy. Alors je me suis dit… eh bien, d'abord, j'ai cru que je me faisais rouler dans la farine. Vous savez : où est le hic ? Mais on commence à sortir ensemble, on se fréquente pendant quelques mois, deux, trois mois, puis je découvre le hic : elle n'est pas la fille que je croyais. Elle peut *citer* des trucs drôles, mais elle n'aime même pas les trucs drôles. Rigoler, ce n'est pas son truc, de toute façon. En fait, elle aimerait autant que je ne rigole pas non plus et que je ne sois pas drôle. C'est un peu gênant, vu que c'est mon boulot, mais, pour elle, c'est juste une perte de temps. Franchement, je ne sais même pas pourquoi elle s'est mise avec moi au départ, parce que ça semble assez évident que je ne lui plais même pas. Vous me suivez ? »

J'ai hoché la tête, avalé une gorgée de scotch. « Oui, tout à fait.

— Donc je commence à prendre des prétextes pour la voir moins. Je ne romps pas, parce que je suis stupide, et qu'elle est splendide. J'espère que ça va peut-être s'arranger. Mais bon, j'annule assez régulièrement : je suis coincé au boulot, je suis charrette, j'ai un pote en visite, mon singe est malade, n'importe quoi. Et je commence à fréquenter une autre fille, plus ou moins, rien de bien grave. Du moins, c'est ce que je *crois*. Mais Amy l'apprend – comment, je ne le sais toujours pas –, pour ce que j'en sais, elle devait épier mon appartement. Mais… *merde*…

— Buvez un coup. »

Nous avons tous deux pris une gorgée.

« Amy débarque chez moi un soir – ça faisait genre un mois que je voyais l'autre nana –, elle arrive et, tout à coup, elle est comme avant. Elle a apporté un DVD pirate d'un comique que j'aime bien, un spectacle underground à Durham, et un sachet de burgers. On regarde le DVD, et elle allonge une jambe sur la mienne, elle se colle à moi et… désolé. C'est votre femme. L'important, c'est de savoir qu'elle avait l'art de me manœuvrer. Et finalement…

— Vous avez couché ensemble.

— Oui, *par consentement mutuel.* Elle s'en va, et tout va bien. On s'embrasse sur le pas de la porte en se disant au revoir, tout le toutim.

— Et ensuite ?

— Tout à coup, deux flics sont à ma porte, Amy a passé un examen médical et elle a des blessures "qui correspondent à un viol". Et elle a des traces de ligatures aux poignets, et, quand ils fouillent mon appartement, ils trouvent deux cravates à ma tête de lit, fourrées derrière le matelas, et les cravates, je cite, "correspondent aux marques de ligatures".

— Vous l'aviez attachée ?

— Non, le sexe n'était même pas tellement… *pas tellement*, vous comprenez ? Ça m'a pris complètement par surprise. Elle a dû les attacher là quand je me suis levé pour aller pisser ou un truc comme ça. Franchement, j'étais dans une merde noire. Ça se présentait très mal. Puis tout à coup, elle a retiré sa plainte. Deux semaines après, j'ai reçu un mot, anonyme, tapé à la machine : *Peut-être que la prochaine fois tu y réfléchiras à deux fois.*

— Et vous n'avez plus jamais entendu parler d'elle ?

— Plus jamais.

— Et vous n'avez pas essayé de porter plainte contre elle ou quelque chose ?

— Heu, non. Putain, non. J'étais juste content qu'elle soit partie. Puis la semaine dernière, je suis en train de manger mon dîner thaï tranquillement, assis dans mon lit, et je vois les infos. Sur Amy. Sur vous. L'épouse parfaite, l'anniversaire de mariage, l'absence de corps, un vrai merdier. Je vous le jure, ça m'a filé des sueurs froides. Je me suis dit : *C'est Amy, elle est passée au meurtre. Nom de Dieu !* Je suis sérieux, mon vieux, je parie que, quel que soit le traitement qu'elle vous a préparé, c'est orchestré au millimètre. Vous devriez crever de trouille. »

AMY ELLIOTT DUNNE

Huit jours après

Je suis trempée à cause des bateaux gonflables ; on en a eu plus que pour nos 5 dollars parce que les deux adolescentes abruties par le soleil préféraient feuilleter leurs magazines people et fumer des cigarettes qu'essayer de nous faire sortir de l'eau. Alors nous avons passé une bonne demi-heure sur nos bateaux propulsés par des moteurs de tondeuse, à nous rentrer dedans et à prendre des virages serrés, puis on en a eu marre et on est partis de notre plein gré.

Greta, Jeff et moi, une équipe insolite dans un endroit peu familier. Greta et Jeff sont devenus très amis en l'espace d'une journée, ça va vite ici, vu qu'il n'y a rien d'autre à faire. Je pense que Greta se demande si elle va faire rentrer Jeff dans la procession de ses choix désastreux de compagnons. Jeff serait content. Il préfère Greta. Elle est beaucoup plus belle que moi, pour l'heure, dans ce décor. Une beauté un peu vulgaire. Elle porte un haut de bikini et un short en jean, avec un chemisier enfoncé dans sa poche arrière pour quand elle veut entrer dans une boutique (tee-shirts, gravure sur bois, cailloux décoratifs) ou un restaurant (burgers, grillades, caramels). Elle veut qu'on se fasse prendre en photo dans un décor western, mais il n'en est pas question, et pas seulement parce que je n'ai pas envie de mettre un chapeau plein de poux des ploucs du coin.

Finalement, nous décidons de faire quelques parties sur un golf miniature décrépit. Le gazon artificiel s'en va par touffes, et les alligators et les moulins mécaniques sont immobiles. Jeff se charge de les animer : il fait tourner le moulin, il ouvre et referme les mâchoires de l'alligator. Certains des trous sont tout simplement impraticables – le gazon est roulé comme un tapis, la ferme, avec son tentant trou de souris, s'est effondrée sur elle-même. Nous avançons entre les trajectoires sans ordre particulier. Personne ne prend la peine de compter les points.

Cela aurait agacé l'Ancienne Amy au plus haut point : le côté désordonné, vain, de tout ça. Mais j'apprends à me laisser porter, et j'y arrive fort bien. Je suis la championne du désœuvrement, la reine de la procrastination, la meneuse d'un gang de jeunes cœurs brisés qui s'ébattent dans ce parc d'attractions solitaire, blessés par la trahison d'un être cher. Je surprends Jeff (cocu, divorcé, problèmes de garde d'enfants) à plisser le front lorsque nous passons devant un testeur d'amour : « Serrez la poignée métallique et vous verrez la température s'élever de “juste une passade” à “l'amour de votre vie” ». Cette singulière équation – plus on serre fort, plus on se rapproche de l'amour vrai – me rappelle la pauvre Greta, avec tous les coups qu'elle a pris, qui pose souvent son pouce sur l'hématome qu'elle a sur la poitrine comme s'il s'agissait d'un bouton qu'elle pourrait enfoncer.

« À toi », me dit Greta. Elle essuie sa balle sur son short – ça fait deux fois qu'elle tombe dans la flaque d'eau croupie.

Je me mets en position, lève une ou deux fois mon club, puis expédie ma balle rouge vif droit dans l'ouverture de la volière. Elle disparaît un instant, puis ressort d'un creux et va se ficher dans le trou. Elle disparaît, elle réapparaît. Une vague d'angoisse me saisit – tout réapparaît à un moment ou à un autre, même moi. Je m'angoisse à l'idée que mon plan a changé.

Je n'ai varié dans mon plan qu'à deux reprises, jusque-là. D'abord, le revolver. Je devais me procurer un revolver et, le matin de ma disparition, je me serais tirée dessus. Pas un point vital : un mollet ou un poignet. J'aurais laissé une balle couverte de ma chair et de mon sang. Il y a eu une lutte ! Amy a reçu une balle ! Mais j'ai réalisé que c'était un peu trop « viril », même pour moi. Ça allait me faire mal pendant des semaines, or je n'aime pas la douleur (ma coupure au bras, ça va mieux, merci beaucoup). Mais l'idée du revolver me plaisait toujours. Ça faisait un McGuffin sympa. Pas : *On a tiré sur Amy !* Mais : *Amy avait peur !* Alors je me suis pomponnée et je suis allée au centre commercial le jour de la Saint-Valentin, histoire de marquer les esprits. Je n'ai pas pu en trouver un, mais ce n'était pas bien grave étant donné que mon plan avait changé.

L'autre changement est nettement plus extrême. J'ai décidé que je ne vais pas mourir.

J'ai la discipline nécessaire pour me tuer, mais je ne peux pas encaisser l'injustice. Ce n'est pas juste que je sois obligée de mourir. De mourir *vraiment.* Je n'en ai pas envie. Je n'ai rien fait de mal, moi.

Le problème, maintenant, cela dit, c'est l'argent. C'est tellement ridicule, que ce soit l'argent, justement, qui me pose problème. À moi. Mais je n'ai qu'une somme limitée – 9 132 dollars, pour l'instant. Il va m'en falloir davantage. Ce matin, je suis allée bavarder avec Dorothy, comme toujours munie d'un mouchoir afin de ne pas laisser d'empreintes digitales. (Je lui ai dit qu'il était à ma grand-mère – je tâche de lui donner l'impression d'une fortune familiale dilapidée, très Blanche DuBois.) Je me suis appuyée contre son bureau tandis qu'elle me parlait, avec force détails bureaucratiques, d'un anticoagulant qu'elle ne pouvait pas se payer – cette femme est une encyclopédie des inégalités en matière de pharmacie –, et j'ai dit, pour tâter le terrain : « Je vois très bien ce que tu veux dire. Je ne sais même pas comment je vais trouver de quoi payer le loyer d'ici à une semaine ou deux. »

Elle m'a jeté un coup d'œil, puis s'est tournée vers la télé, où passait un jeu dans lequel les gens hurlaient et criaient beaucoup. Elle me regardait avec une bienveillance de grand-mère, elle allait sûrement me laisser rester, indéfiniment : la moitié des cabanes étaient vides, cela ne ferait de mal à personne.

« Tu ferais mieux de trouver un boulot, alors », a dit Dorothy sans se détourner de la télé. Une candidate avait fait un mauvais choix, le gros lot était perdu, et un « ouuuh-aaaaah » surajouté venait souligner sa déception.

« Un boulot, quoi par exemple ? Qu'est-ce qu'on peut trouver comme boulot, dans le coin ?

— Des ménages, du baby-sitting. »

En gros, j'étais censée jouer les femmes au foyer contre salaire. Ça valait l'ironie d'un million de posters *Accroche-toi*.

C'est vrai que même dans notre humble État du Missouri, je n'avais jamais eu besoin de faire vraiment attention à l'argent. Je ne pouvais pas m'acheter une voiture sur un coup de tête, mais je n'étais jamais obligée de penser aux trucs du quotidien, collectionner les bons de réduction, acheter les produits sans marque et connaître le cours exact du litre de lait. Mes parents n'avaient jamais pris la peine de m'apprendre tout ça, et ne m'avaient jamais préparée au monde réel. Par exemple, lorsque Greta s'est plainte que l'épicerie de la marina vendait le gallon de lait 5 dollars, j'ai sursauté, car le petit caissier me faisait toujours payer 10. J'avais bien pensé que c'était cher, mais il ne m'était pas venu à l'idée que ce petit ado boutonneux balançait les chiffres au hasard pour voir si j'allais casquer.

Alors j'avais fait attention, mais le budget que j'avais prévu – qui garantissait, selon Internet, de me permettre de tenir six mois – ne tient pas la route, c'est clair. Et moi non plus, du coup.

Quand on en a eu marre de golfer – je gagne, bien sûr que je gagne, je le sais parce que je compte les points dans ma tête –, nous allons au kiosque à hot dogs, à côté, pour déjeuner, et je me glisse par-derrière pour puiser dans ma ceinture-portefeuille, sous ma chemise. Quand je jette un coup d'œil par-dessus mon épaule, je vois que Greta m'a suivie, elle me surprend juste avant que je puisse ranger mon matériel.

« Les sacs à main, tu connais pas, mademoiselle Banane ? » me lance-t-elle. Ça va être un problème constant – un fuyard a besoin de beaucoup de liquide, mais, par définition, un fuyard n'a nulle part où le cacher. Heureusement, Greta n'insiste pas – elle sait que nous sommes toutes deux des victimes dans cette histoire. Nous nous asseyons au soleil sur un banc de pique-nique en métal et mangeons nos hot dogs, des petits pains blancs qui enveloppent des cylindres de phosphate et une sauce tellement verte qu'elle a l'air toxique, et c'est peut-être la meilleure chose que j'aie jamais mangée car je suis Amy la Morte, et je m'en fiche.

« Devine ce que Jeff m'a trouvé dans sa cabane ? dit Greta. Un autre livre par le type des *Chroniques martiennes*.

— Ray Bradburrow », renchérit Jeff. Je corrige intérieurement : *Bradbury*.

« Ouais, c'est ça. *La Foire des ténèbres*. C'est bien. » Elle découpe bien ces derniers mots, comme si c'était la seule chose qu'il y avait à dire sur un livre. C'est bien ou c'est pas bien. Ça m'a plu ou ça m'a pas plu. Pas un mot sur l'écriture, les thèmes, les nuances, la structure. C'est bon ou c'est pas bon, c'est tout. Comme un hot dog.

« Je l'ai lu quand je suis arrivé ici, a dit Jeff. C'est bien. Flippant. » Il me surprend à le regarder et fait une tête de lutin, yeux écarquillés et langue pendante. Il n'est pas mon genre – sa barbe est trop rêche, il fait des trucs suspects avec le poisson – mais il n'est pas mal. Séduisant. Ses yeux sont très chaleureux, pas comme les yeux bleu acier de Nick. Je me demande si ça « me » plairait de coucher avec lui – une bonne partie de baise, lente, avec son corps pressé contre le mien et son souffle dans mon oreille, sa barbe rêche sur ma joue, pas une baise solitaire comme avec Nick, quand nos corps se touchent à peine : à angle droit par-derrière, en L par-devant, après quoi il sort du lit presque immédiatement pour aller prendre une douche, me laissant pantelante à la place humide qu'il a laissée.

« T'as perdu ta langue ? » demande Jeff. Il ne m'appelle jamais par mon prénom, comme pour bien montrer que nous savons tous deux que j'ai menti. Il dit *la petite dame*, ou *beauté*, ou *toi*. Je me demande comment il m'appellerait au lit. *Bébé*, peut-être.

« Je réfléchissais.

— Oh-oh ! » fait-il. Il sourit de nouveau.

« Tu pensais à un garçon, je le vois, dit Greta.

— Peut-être.

— Je croyais qu'on se tenait à l'écart des salauds pendant un petit moment. Qu'on s'occupait un peu de nos poules. » Hier soir, après *Ellen Abbott*, j'étais trop excitée pour rentrer, alors on a partagé un pack de six bières et imaginé notre vie recluse de seules filles hétéros dans la communauté lesbienne de la mère de Greta, à élever des poules et à suspendre le linge à sécher au soleil. Objets de la cour bienveillante, platonique, de femmes plus âgées aux doigts tordus et aux rires indulgents. Denim, velours côtelé et sabots, jamais besoin de s'en faire pour le maquillage, les poils ou les ongles, notre tour de poitrine ou de hanches, et jamais besoin de faire semblant d'être la femme compréhensive, la petite amie encourageante qui adore tout ce que fait son homme.

« Tous les mecs ne sont pas des salauds », dit Jeff. Greta fait un bruit évasif.

Quand nous rentrons, nous avons les jambes en coton. J'ai l'impression d'être une bombe à eau abandonnée trop longtemps au soleil. Tout ce que j'ai envie de faire, c'est m'asseoir sous la clim qui crachote dans ma fenêtre pour prendre un grand coup de frais sur la peau en regardant la télé. J'ai trouvé une chaîne de redifs qui ne passe que des vieilles séries des années 1970 et 1980, *Quincy*, *La croisière s'amuse* et *Huit, ça suffit*, mais, avant tout, il y a *Ellen Abbott*, ma nouvelle émission préférée !

Rien de neuf, que du vieux. Ellen n'a pas peur de faire des conjectures, croyez-moi, elle a invité une tripotée de semi-inconnus tirés de mon passé qui jurent être mes amis, et ils ont tous des choses adorables à raconter sur moi, même ceux qui ne m'ont jamais tellement aimée. Une tendresse *post mortem*.

On frappe à la porte, et je sais que ça va être Greta et Jeff. J'éteins la télé, et ils sont sur le perron, désœuvrés.

« Qu'est-ce tu fais ? » demande Jeff.

Je mens : « Je bouquine. »

Il pose un pack de bières sur le comptoir de ma cuisine, et Greta le suit d'un pas léger. « Ah ! je croyais qu'on avait entendu la télé. »

Trois, ça fait littéralement une foule dans ces petites cabines. Ils bloquent la porte pendant une seconde, ce qui m'envoie une onde de nervosité dans l'échine – pourquoi ils bloquent la porte ? –, mais ils continuent d'avancer jusqu'à ce qu'ils bloquent ma table de chevet. À l'intérieur, il y a ma ceinture-portefeuille garnie de 8 000 dollars en cash. Des billets de 100, de 50 et de

20. La ceinture-portefeuille est hideuse, couleur chair et volumineuse. Il m'est impossible de trimballer tout mon argent d'un coup – j'en ai dispersé un peu ici et là dans la cabane – mais j'essaie d'en garder la plus grande partie sur moi, et, quand je le fais, je suis aussi obsédée par la ceinture que si j'étais une ado avec une serviette hygiénique maxi à la plage. Quelque part, j'éprouve un plaisir pervers à dépenser l'argent, parce que, chaque fois que je claque une liasse de billets de 20, ça fait moins d'argent à cacher, et à craindre de perdre ou de me faire voler.

Jeff allume la télé et Ellen Abbott et Amy apparaissent à l'écran. Il hoche la tête, se sourit à lui-même.

« Tu veux regarder… Amy ? » demande Greta.

Je ne sais pas si elle a utilisé une virgule : *Tu veux regarder, Amy ?* ou : *Tu veux regarder Amy ?*

« Nan ! Jeff, pourquoi tu vas pas chercher ta guitare ? On pourrait s'installer sous le porche ? »

Ils échangent un regard.

« Oooh !… mais c'est ce que tu regardais, non ? » dit Greta. Elle indique l'écran. C'est Nick et moi à un gala de bienfaisance. En robe de soirée, avec les cheveux tirés en chignon, je ressemble plus à mon apparence actuelle avec les cheveux courts.

« C'est chiant, je fais.

— Oh ! moi je trouve pas ça chiant du tout », dit Greta en se laissant tomber sur mon lit.

Je me dis : quelle imbécile je suis, d'avoir laissé rentrer ces deux-là. D'avoir supposé que je pouvais les contrôler, alors que ce sont des créatures sauvages, des individus habitués à trouver l'angle d'attaque, à exploiter les faiblesses, toujours dans le besoin, tandis que c'est nouveau pour moi. Le besoin. Ces gens qui gardent un puma dans leur jardin et un chimpanzé dans leur salon – ça doit être ça qu'ils éprouvent au moment où ils se font éventrer par leur adorable petite bête.

« Vous savez quoi ? Ça vous dérangerait de... Je suis un peu patraque. Trop de soleil, je crois. »

Ils ont l'air surpris et un peu vexés, et je me demande si j'ai mal interprété la situation – peut-être sont-ils inoffensifs et moi paranoïaque. J'aimerais le croire.

« OK, OK, pas de problème », dit Jeff. Ils sortent de ma cabane d'un pas traînant, Jeff prend sa bière au passage. Une minute plus tard, j'entends la voix hargneuse d'Ellen Abbott qui s'élève de la cabane de Greta. Les questions accusatrices. *Pourquoi a-t-il... Pourquoi n'a-t-il pas... Comment peut-on expliquer...*

Mais *qu'est-ce* qui m'a *pris* d'aller sympathiser avec d'autres locataires ? Pourquoi je ne suis pas restée dans mon coin ? *Comment puis-je expliquer* mes actes si je suis découverte ?

Je ne peux pas être découverte. Si on me retrouvait, je deviendrais la femme la plus honnie de la planète. De belle femme aimante et aimable, enceinte et victime d'un salaud égoïste et infidèle, je deviendrais la pouffiasse aigrie qui a exploité le bon cœur de tous les citoyens d'Amérique. Ellen Abbott me consacrerait toute une série d'émissions, elle laisserait la parole aux téléspectateurs qui appelleraient pour crier leur haine : « C'est un nouvel exemple de pauvre petite fille riche qui fait ce qu'elle veut, quand elle veut sans se soucier de ce que peuvent ressentir les autres. Je trouve qu'elle devrait disparaître une fois pour toutes – dans une cellule de prison. » Comme ça, c'est comme ça que ça se passerait. J'ai lu des informations contradictoires sur Internet sur les peines encourues à simuler sa mort ou à faire accuser de meurtre son époux pour ladite mort, mais je sais que l'opinion publique serait brutale. Je pourrais faire ce que je voudrais après ça – nourrir des orphelins, embrasser des lépreux – mais, quand je mourrais, on me connaîtrait comme La Femme Qui Avait Simulé Sa Mort Pour Faire Accuser Son Mari, Vous Vous Rappelez ? C'est uniquement ce qui resterait.

Je ne peux pas permettre une chose pareille.

Quelques heures plus tard, je suis toujours réveillée, je réfléchis dans le noir, lorsqu'on cogne doucement à ma porte, discrètement. C'est Jeff. J'hésite, puis j'ouvre, prête à m'excuser pour mon comportement. Il tire sur sa barbe, perdu dans la contemplation de mon paillasson. Puis il lève sur moi ses yeux couleur ambre.

« Dorothy m'a dit que tu cherchais du boulot, dit-il.

— Ouais. Je suppose. J'en cherche.

— J'ai un truc ce soir, ça te rapportera 50 dollars. »

Amy Elliott Dunne ne quitterait pas sa cabane pour 50 dollars, mais Lydia et/ou Nancy a besoin de boulot. Je suis forcée de dire oui.

« Deux heures, 50 dollars. » Il hausse les épaules. « Moi, ça m'est égal, mais je voulais te le proposer.

— C'est quoi ?

— De la pêche. »

J'étais persuadée que Jeff conduisait un pick-up, mais il me guide à une Ford à hayon rutilante, la voiture d'un jeune diplômé désargenté plein de grands projets, pas la voiture que devrait conduire un adulte.

Je porte mon maillot de bain sous ma robe, comme il me l'a demandé. (« Pas le bikini, le une pièce, celui avec lequel tu peux vraiment nager », a ânonné Jeff; je ne l'avais jamais remarqué près de la piscine mais il connaissait par cœur ma garde-robe aquatique, ce qui était à la fois flatteur et inquiétant.)

Il laisse les vitres baissées tandis que nous conduisons à travers les collines boisées, la poussière de la route recouvre mes cheveux courts et épais. On se croirait dans un clip de country : la fille en robe qui se penche par la fenêtre pour profiter de la brise d'une nuit d'été dans l'Amérique profonde. Je regarde les étoiles. Jeff fredonne par intermittence.

Il se gare à l'entrée de l'allée qui mène à un restaurant perché sur des pilotis au-dessus du lac, un grill connu pour ses énormes gobelets de boissons alcoolisées aux noms vaseux : jus d'alligator et blitz de perche. Je le sais par les gobelets abandonnés qui flottent le long des rives du lac, fendus, et colorés du logo fluo du restaurant : Catfish Carl's. Le Catfish Carl's a un ponton au-dessus de l'eau – les dîneurs peuvent se charger de poignées de croquettes pour chats dans les broyeuses à manivelle et les jeter dans la bouche béante de centaines de poissons-chats géants qui attendent en dessous.

« On va faire quoi, exactement, Jeff?

— Tu les prends au filet, je les achève. » Il sort de la voiture, et je le suis au coffre, qui est rempli de glacières. « On les met là-dessus, sur la glace, et on les revend.

— On les revend. Qui va acheter du poisson volé? »

Jeff fait son sourire de chat paresseux. « J'ai une espèce de filière. »

Et soudain je réalise : ce n'est pas un écolo pacifiste à la Grizzly Adams, qui joue de la guitare et tout ça. Pas du tout. C'est un plouc voleur qui veut se croire plus complexe qu'il n'est.

Il sort un filet, une boîte de croquettes pour chats 9 Lives et un seau en plastique sale.

Je n'ai pas la moindre intention de prendre part à cette économie piscicole illégale, mais « je » suis assez intéressée. Combien de femmes peuvent-elles dire qu'elles ont fait partie d'un gang de voleurs de poissons ? « Je » suis partante. Je suis de nouveau partante, depuis que je suis morte. Toutes les choses que je détestais ou craignais, toutes les limites que j'avais, elles m'ont glissé dessus. « Je » peux faire pratiquement n'importe quoi. Un fantôme a cette liberté.

Nous descendons la petite colline, passons sous le ponton du Catfish Carl's, et sautons sur les docks, qui flottent avec un bruit de succion dans le sillage d'un bateau qui passe, Jimmy Buffett à fond.

Jeff me tend un filet. « Il faut qu'on soit rapide – tu sautes dans l'eau, tu plonges le filet, tu chopes les poissons, puis tu soulèves le filet vers moi. Ça sera lourd, et ils vont gigoter, hein, alors prépare-toi ! Et ne crie pas ni rien.

— Je ne vais pas crier. Mais je ne veux pas aller dans l'eau. Je peux faire ça du bord.

— Tu devrais enlever ta robe, au moins, tu vas la bousiller.

— Ça va. »

Il a l'air agacé pendant un instant – c'est le patron, je suis l'employée, et jusque-là je ne l'écoute pas – mais, très vite, il se détourne pudiquement et enlève son tee-shirt. Il me passe la boîte de croquettes sans me faire totalement face, comme par pudeur. Je tiens la boîte avec son ouverture étroite au-dessus de l'eau, et, immédiatement, une centaine de dos arqués et luisants roulent vers moi, une bande de serpents, la queue fendant furieusement la surface de l'eau, puis les bouches sont au-dessous de moi, les poissons se bousculent pour avaler les boulettes et, comme des animaux dressés, ils tendent la bouche vers moi pour la prochaine ration.

Je plonge le filet au milieu du banc de poissons et je m'arc-boute sur le ponton pour renforcer ma prise et lever la récolte. Quand je tire, le filet est plein d'une demi-douzaine de poissons-chats, glissants et moustachus, qui tentent tous frénétiquement de regagner l'eau. Leurs lèvres énormes s'ouvrent et se ferment entre les mailles de nylon, et leur agitation collective fait vaciller le filet de haut en bas.

« Tire, tire, ma grande ! »

Je pousse un genou sous la poignée du filet et je le laisse pendre là. Jeff met les mains dedans et attrape un poisson de ses deux mains, toutes deux couvertes de gants-éponges pour améliorer sa prise. Il glisse ses mains autour de la queue puis abat le poisson comme un gourdin, écrasant sa tête sur le côté du quai. Le sang jaillit. Une brève giclée vient fouetter mes jambes, un morceau de chair, plus dur, atterrit dans mes cheveux. Jeff jette le poisson dans le seau et en attrape un autre avec la régularité d'un travailleur à la chaîne.

Nous travaillons avec des grognements et des sifflements pendant une demi-heure, quatre filets pleins, jusqu'à ce que mes mains deviennent glissantes et que les glacières débordent. Jeff prend le seau vide et le remplit d'eau du lac, qu'il verse sur les entrailles gluantes et dans les enclos à poisson. Les poissons-chats gobent les tripes de leurs camarades déchus. Le ponton est propre. Il verse un dernier seau d'eau sur nos pieds pleins de sang.

« Pourquoi t'es obligé de les écrabouiller ?

— Je ne peux pas supporter de voir une bête souffrir. Tu veux piquer une tête rapide ?

— Ça va, merci.

— Non, tu peux pas monter dans ma voiture comme ça – viens, on va piquer une tête, tu te rends pas compte de la crasse que t'as sur toi. »

Nous quittons le ponton et courons vers la plage de galets un peu plus loin. Tandis que j'entre péniblement dans l'eau jusqu'aux chevilles, Jeff court à grandes foulées dans l'eau et se jette en avant, en papillon. Dès qu'il est assez loin, je détache ma ceinture-portefeuille et l'enroule dans ma robe bain de soleil, la pose sur le bord de la plage avec mes lunettes dessus. Je me baisse jusqu'à sentir l'eau tiède toucher mes cuisses, mon ventre, mon cou, puis je retiens ma respiration et plonge la tête. Je nage loin et vite, je reste sous l'eau plus longtemps que je ne devrais afin de me rappeler ce que ça ferait de se noyer – je sais que je pourrais le faire en cas de nécessité – et, quand je sors la tête avec un unique soupir discipliné, je vois Jeff qui se hâte vers la rive, et je dois nager aussi vite qu'un marsouin pour récupérer ma ceinture-portefeuille et me hisser sur les galets juste avant lui.

NICK DUNNE

Huit jours après

Aussitôt que j'ai raccroché avec Tommy, j'ai appelé Hilary Handy. Si mon « meurtre » d'Amy était un mensonge, et que le « viol » de Tommy O'Hara était un mensonge, pourquoi en serait-il allé autrement du « harcèlement » d'Hilary Handy ? Une sociopathe doit se faire les dents quelque part, par exemple sur les austères couloirs de marbre de la Wickshire Academy.

Quand elle a décroché, j'ai lâché d'une traite : « Ici Nick Dunne, le mari d'Amy Elliott. J'ai vraiment besoin de vous parler.

— Pourquoi ?

— J'ai vraiment, vraiment besoin d'informations. Sur votre…

— Ne dites pas *amitié.* » J'ai entendu une grimace de colère dans sa voix.

« Non. Je ne me permettrais pas. Je veux simplement entendre votre version. Je n'appelle pas parce que je pense que vous avez *quoi que ce soit* à voir avec la situation actuelle de ma femme. Mais je voudrais vraiment entendre ce qui s'est passé. La vérité. Parce que je crois que vous pourriez être en mesure de faire la lumière sur… un comportement récurrent d'Amy.

— Quel genre de comportement ?

— Quand des choses terribles arrivent aux gens qui la dérangent. »

Elle a respiré lourdement dans le téléphone. « Il y a deux jours, j'aurais refusé de vous parler. Mais l'autre jour, j'ai pris un verre avec des amis, la télé était allumée, et vous êtes apparu, c'était au sujet de la grossesse d'Amy. Tous les gens avec qui j'étais étaient incroyablement *en colère* contre vous. Ils vous *détestaient.* Et je me suis dit : "Je sais ce que ça fait." Parce qu'elle n'est pas morte, si ? Enfin pour l'instant, elle est juste portée disparue ? Pas de corps ?

— C'est exact.

— Alors laissez-moi vous raconter. Amy. Et le lycée. Et ce qui s'est passé. Attendez. » En fond, j'entendais un dessin animé – des voix artificielles et une musique d'orgue à vapeur – puis ça s'est soudain arrêté. Des voix pleurnichardes se sont élevées. *Allez regarder en bas. En bas, s'il vous plaît.* « Donc, l'année de seconde. J'étais la gamine de Memphis. *Tous les autres* étaient de la côte est. Je me sentais bizarre, différente, vous savez ? Toutes les filles de Wickshire, on aurait dit qu'elles avaient été élevées ensemble – leur façon de parler, leurs vêtements, leur coiffure. Je n'étais pas vraiment une paria pour autant, mais je n'avais pas… très confiance en moi, c'est sûr. Amy était déjà *La* star. Genre, le premier jour, je me souviens, tout le monde la connaissait, tout le monde parlait d'elle. C'était l'Épatante Amy – on avait tous lu ces livres quand on était petits – et, en plus, elle était sublime. Vraiment, elle était…

— Oui, je sais.

— Évidemment. Et bientôt elle a montré de l'intérêt à mon égard, comme si elle me prenait sous son aile, un truc comme ça. Elle blaguait en disant qu'elle, elle était l'Épatante Amy, donc j'étais Suzy, son acolyte. Elle s'est mise à m'appeler Suzy, et très vite tout le monde l'a imitée. En soi, ça ne me dérangeait pas. Vous comprenez, j'étais à ses ordres : j'allais chercher un soda à Amy si elle avait soif, je lançais une machine si elle avait besoin de dessous propres. Un instant s'il vous plaît. »

Marybeth avait apporté tous les albums photo des Elliott avec elle au cas où on aurait besoin d'autres images. Elle m'avait montré une photo d'Amy et Hilary, tout sourires, joue contre joue. Je pouvais donc m'imaginer Hilary maintenant, les mêmes cheveux beurre frais que ma femme, encadrant un visage plus ordinaire, avec des yeux noisette ternes.

« *Jason, je suis au téléphone – donne-leur juste un bâton de glace. C'est quand même pas compliqué.* »

« Désolée. Nos enfants n'ont pas école, et mon mari ne s'occupe jamais, jamais d'eux, alors il a l'air de ne pas du tout savoir quoi en faire pendant les dix minutes que je passe au téléphone avec vous. Désolée. Donc… donc j'étais la petite Suzy, tout marchait à merveille, et pendant quelques mois – août, septembre, octobre – ça a été génial. Une amitié *intense*, on était tout le temps fourrées ensemble. Puis il s'est passé quelques trucs un peu bizarres en même temps, des trucs qui l'ont un peu dérangée, je le sais.

— Quoi ?

— Un mec de l'école de garçons : il nous rencontre toutes les deux au bal de l'automne et, le lendemain, il m'appelle, *moi*, au lieu d'Amy. Je suis persuadée qu'il a fait ça parce que Amy était trop intimidante, mais peu importe… Et quelques jours plus tard, nos notes de mi-semestre tombent, et les miennes sont un peu meilleures… genre 19,5 contre 19,25. Peu après, une de nos amies m'invite à passer Thanksgiving dans sa famille. Moi, pas Amy. Une fois de plus, je suis persuadée que c'est parce que Amy intimidait les gens. Elle n'était pas facile à vivre, on sentait tout le temps qu'il fallait faire bonne impression devant elle. Mais bref, je sens les choses changer un peu. Je vois qu'elle est profondément agacée, même si elle ne l'admet pas.

Par contre, elle commence à me faire faire des choses. Je ne m'en rends pas compte sur le coup, mais elle commence à me piéger. Elle me demande si elle peut me teindre les cheveux de la même couleur que les siens, parce que les miens sont ternes et ce serait *tellement joli* un ton plus clair. Et elle se met à se plaindre de ses parents. Enfin, elle s'est toujours plainte de ses parents, mais, maintenant, elle se lâche vraiment sur eux – ils ne l'aiment qu'en tant qu'idée, pas pour ce qu'elle est vraiment – et elle dit qu'elle veut leur jouer un mauvais tour. Elle me demande d'appeler chez elle pour dire à ses parents que je suis la nouvelle Épatante Amy. Certains week-ends, on prend le train pour New York et elle me demande de faire le pied de grue devant sa maison – une fois, elle m'a poussée à aller trouver sa mère pour lui dire que j'allais me débarrasser d'Amy ou une connerie comme ça.

— Et vous l'avez fait ?

— C'étaient des idioties d'adolescentes. Avant l'époque des portables et du harcèlement sur le Net.

Une façon de passer le temps. On faisait ce genre de farces tout le temps, c'étaient juste des bêtises. C'était à celle qui serait la plus culottée et dingue.

— Et ensuite ?

— Ensuite, elle commence à prendre ses distances. Elle devient froide. Et je crois… je crois qu'elle ne m'aime plus. Les filles de l'école se mettent à me regarder bizarrement. Je suis exclue du cercle. Bon, d'accord. Mais un jour, je suis convoquée chez la directrice. Amy a eu un terrible accident – cheville foulée, bras cassé, côtes fêlées. Elle est tombée dans un grand escalier, et elle a dit que c'était *moi* qui l'avais poussée. Deux secondes.

Retournez en bas maintenant. Allez. Des-cen-dez ! Allez.

Pardon. Me voilà. Ne faites jamais d'enfants.

— Alors Amy a dit que vous l'aviez poussée ?

— Oui, parce que j'étais *folllllle*. J'étais obsédée par elle, je voulais être Suzy, puis ça ne m'avait plus suffi – il avait fallu que je sois Amy. Et elle avait toutes les preuves qu'elle m'avait fait créer en plusieurs *mois*. Ses parents, bien sûr, m'avaient vue *rôder* autour de sa maison. En pratique, j'avais accosté sa mère. Mes cheveux étaient teints en blond, j'avais acheté des vêtements semblables à ceux d'Amy – je les avais achetés *avec* elle, mais ça, je ne pouvais pas le prouver. Toutes ses copines sont intervenues pour expliquer qu'Amy était terrorisée par moi depuis plusieurs mois. Toutes ces conneries. J'avais l'air *totalement cinglée.* Complètement cinglée. Ses parents ont obtenu un ordre de restriction contre moi. Et je n'ai cessé de jurer que ce n'était pas moi, mais j'étais déjà tellement malheureuse que je voulais quitter le lycée de toute façon. Alors on n'a pas lutté contre l'expulsion. Je voulais m'éloigner d'elle à tout prix. Sérieusement, elle s'était *fêlé volontairement les côtes*, cette fille. J'avais peur. Une petite nana de 15 ans, qui fait avaler un truc pareil. Elle a dupé ses amies, ses parents, les profs.

— Et tout ça, c'était à cause d'un garçon, de quelques notes et d'une invitation pour Thanksgiving ?

— Environ un mois après m'être réinstallée à Memphis, j'ai reçu une lettre. Elle n'était pas signée, elle était tapée à la machine, mais c'était Amy, de toute évidence. C'était une liste de tous mes manquements à son égard : *Oublié de m'attendre après le cours d'anglais, deux fois. Oublié que je suis allergique aux fraises, deux fois.*

— Oh, la vache !

— Mais je pense que la vraie raison n'était même pas là-dedans.

— C'était quoi, la vraie raison ?

— J'ai le sentiment qu'Amy voulait que les gens croient qu'elle était vraiment parfaite. Et à mesure qu'on est devenues amies, j'ai appris à la connaître. Et elle n'était pas parfaite. Vous comprenez ? Elle était brillante, elle était charmante et tout ça, mais elle était aussi très dominatrice, maniaque, hystérique et un peu menteuse. Ça ne me dérangeait pas, d'ailleurs. Mais elle, si. Elle s'est débarrassée de moi parce que je savais qu'elle n'était pas parfaite. Et du coup, je me suis posé des questions sur vous.

— Sur moi ? Pourquoi ?

— Les amis connaissent la plupart des défauts de quelqu'un. Les époux voient les sales petits secrets jusqu'au dernier. Si elle a puni une amie de quelques mois en se jetant au bas d'une volée de marches, qu'est-ce qu'elle ferait à un homme qui aurait été assez bête pour l'épouser ? »

J'ai raccroché tandis qu'un des enfants d'Hilary décrochait le second téléphone et entonnait une comptine. J'ai immédiatement appelé Tanner pour lui rapporter mes conversations avec Hilary et Tommy.

« Bon, on a deux histoires qui corroborent votre version, c'est excellent ! a dit Tanner d'un ton qui me laissait entendre que ce n'était pas excellent. Vous avez des nouvelles d'Andie ? »

Je n'en avais pas.

« Il y a un de mes gars qui l'attend devant son immeuble, a-t-il dit. Discrètement.

— Je ne savais pas que vous aviez des gars sur place.

— Ce qu'il nous faut vraiment, c'est *trouver Amy*, a-t-il dit, sans répondre. Une fille comme ça, je ne la vois pas capable de rester en planque trop longtemps. Vous avez des idées ? »

Je ne cessais pas de l'imaginer sur le balcon d'un hôtel chic près de l'océan, enveloppée dans un peignoir blanc épais comme un tapis, sirotant un très bon montrachet en épiant ma chute sur Internet, le câble, dans les journaux à scandale. Profiter pleinement de la couverture médiatique incessante, de l'exultation d'Amy Elliott Dunne. Assister à son propre enterrement. Je me demandais si elle était assez lucide pour s'apercevoir qu'elle avait volé une page de Mark Twain.

« Je la vois bien près de l'océan », j'ai dit. Puis je me suis interrompu, me donnant l'impression d'une voyante de bas étage. « Non. Je ne sais pas du tout. Elle pourrait littéralement être n'importe où. Je ne crois pas qu'on la reverra à moins qu'elle décide de revenir.

— Ça semble peu probable, a soupiré Tanner, agacé. Alors essayons de trouver Andie pour voir ce qu'elle a derrière la tête. Notre marge de manœuvre se réduit de jour en jour, là. »

Puis l'heure du dîner est arrivée, le soleil s'est couché, et je me suis retrouvé seul dans ma maison hantée. Je réfléchissais à tous les mensonges d'Amy et me demandais si la grossesse en faisait partie. Nous avions couché ensemble assez sporadiquement pour que ce soit possible. Mais bon, elle savait que je ferais le calcul.

Vérité ou mensonge ? Si c'était un mensonge, il était destiné à m'anéantir.

J'avais toujours pensé que nous aurions des enfants, Amy et moi. C'était une des raisons qui m'avaient poussé à l'épouser : je nous voyais avoir des enfants ensemble. Je me souviens de la première fois que j'ai imaginé ça, pas deux mois après qu'on avait commencé à se fréquenter : je sortais de mon appartement de Kips Bay pour aller dans un square que j'aimais bien le long de l'East River, et, sur le chemin, je suis passé devant l'immense bloc en forme de Lego du siège de l'Onu ; les drapeaux d'innombrables pays flottaient dans le vent. *Ça serait super pour un gamin*, j'ai pensé. Toutes les couleurs différentes, le jeu de mémoire musclé consistant à essayer d'associer chaque drapeau à son pays.

Il y a la Finlande et il y a la Nouvelle-Zélande. Le sourire borgne de la Mauritanie. Et j'ai alors réalisé que ce n'était pas *un* gamin, pas n'importe lequel, mais *notre* enfant, à Amy et moi, qui aimerait ça. Notre enfant, allongé par terre avec une vieille encyclopédie, exactement comme moi quand j'étais petit, sauf que notre enfant ne serait pas seul, je serais allongé à côté de lui. Je l'aiderais à développer ses dons précoces pour la vexillologie – un mot qui fait moins penser à l'étude des drapeaux qu'à celle de la vexation, ce qui aurait bien résumé l'attitude de mon père à mon égard. Mais pas celle que j'aurais à l'égard de mon fils. Je m'imaginais Amy nous rejoindre par terre, à plat ventre, les pieds en l'air, montrant Palau, le point jaune juste à gauche du centre sur le fond bleu vif – j'étais sûr que ce serait son préféré.

À partir de là, ce petit garçon était devenu réel (c'était parfois une fille, mais en général un garçon). Il était inévitable. Je souffrais d'accès réguliers et insistants de désir de paternité. Des mois après le mariage, j'ai connu une bouffée d'étrangeté devant notre armoire à pharmacie, fil dentaire dans la bouche. Je me suis dit : *Elle veut des enfants, n'est-ce pas ? Je devrais lui poser la question. Bien sûr que je devrais lui poser la question.* Lorsque je l'ai posée – de manière détournée, vague –, elle a dit : *Bien sûr, bien sûr, un jour.* Mais chaque matin, elle se penchait devant le lavabo et avalait sa pilule. Pendant trois ans, elle a fait ça tous les matins, tandis que j'effleurais le sujet sans oser pour autant prononcer les mots : *Je veux qu'on ait un enfant.*

Après les licenciements, on aurait dit que c'était possible. Soudain, il y avait incontestablement un espace dans nos vies, et un jour, au petit déjeuner, Amy a levé les yeux de sa tartine et m'a dit : *J'ai arrêté la pilule.* D'un seul coup. Elle est restée sans contraception pendant trois mois, et il ne s'est rien passé, et, peu après notre installation dans le Missouri, elle a pris rendez-vous pour lancer le processus de procréation assistée. Une fois qu'Amy se lançait dans un projet, elle n'aimait pas que ça traîne : « On va leur dire qu'on essaie depuis un an », a-t-elle dit. Bêtement, j'ai accepté – nous nous touchions à peine à ce moment-là, mais nous pensions encore que ça avait du sens d'avoir un enfant.

« Il va falloir que tu participes aussi, tu sais, a-t-elle dit sur la route de Saint-Louis. Il va falloir que tu donnes du sperme.

— Je sais. Pourquoi tu dis ça comme ça ?

— Je pensais juste que tu serais trop fier. Complexé et fier. »

Je possédais certes un cocktail assez carabiné de ces deux traits de caractère, mais, à la clinique, je suis consciencieusement entré dans la petite salle étrange dédiée à la masturbation : un endroit où des centaines d'hommes étaient entrés dans l'unique but de se secouer le poireau, de s'étrangler le borgne, de faire cracher le cyclope, de s'ébouriffer le dindon, de faire pleurer Popaul, d'épouser la veuve Poignet, de se chatouiller le perroquet, de serrer la main au père de leurs enfants.

(Il m'arrive aussi d'utiliser l'humour comme défense.)

La pièce contenait un fauteuil recouvert de vinyle, une télé, et une table garnie d'un assortiment de magazines pornos et une boîte de Kleenex. Les magazines dataient du début des années 1990, à en juger par la pilosité des femmes (oui : les cheveux, et le reste), et l'action des scènes moyennement corsée. (Encore un bon sujet d'article : qui sélectionne les pornos pour les centres de fécondation *in vitro* ? Qui juge ce qui va exciter les hommes sans être trop dégradant pour toutes les femmes à l'extérieur de la salle des branlettes – les infirmières, les médecins et les épouses pleines d'espoir, et d'hormones ?)

Je me suis rendu dans cette salle à trois occasions différentes – ils aiment bien en avoir de rechange – tandis qu'Amy n'a rien fait. Elle était censée commencer un traitement, mais elle ne l'a pas fait, et le temps a passé, et elle ne l'a toujours pas fait. C'était elle qui serait enceinte, elle qui prêterait son corps au bébé, donc j'ai attendu quelques mois avant d'insister. Je gardais un œil sur le flacon de cachets pour voir si leur nombre diminuait. Finalement, après quelques bières, un soir d'hiver, j'ai monté les marches crissantes du perron, retiré mes vêtements couverts d'une croûte de neige, et suis allé me pelotonner à côté d'elle dans le lit, le visage près de son épaule, je l'ai respirée, réchauffant le bout de mon nez sur sa peau. J'ai murmuré les mots : *Viens, Amy, faisons-le, faisons un bébé*, et elle a dit non. J'attendais de la nervosité, de l'appréhension, de l'inquiétude – *Nick, tu crois que je ferais une bonne mère ?* – mais je n'ai eu droit qu'à un *non* sec et froid. Sans appel. Rien de dramatique, pas de scène, simplement ce n'était plus quelque chose qui l'intéressait. « Parce que j'ai réalisé que je serais coincée à faire tout le sale boulot, a-t-elle expliqué. Je me taperais les couches, les rendez-vous chez le médecin, la discipline, et toi tu passerais en coup de vent pour jouer le Papa sympa. Je ferais tout le boulot pour en faire des adultes responsables, et toi, tu déferais tout ça, et ils t'aimeraient, et moi, ils me détesteraient. »

J'ai dit à Amy que ce n'était pas vrai, mais elle ne m'a pas cru. Je lui ai dit que je n'avais pas seulement *envie* d'avoir un enfant, j'avais *besoin* d'avoir un enfant. J'avais besoin de savoir que j'étais capable d'aimer quelqu'un d'un amour inconditionnel, de donner à une petite créature le sentiment d'être toujours bienvenue et désirée quoi qu'il arrive. Que je pouvais être un père différent du mien. Que je pouvais élever un petit garçon différent de moi.

Je l'ai suppliée. Amy ne s'est pas laissé émouvoir.

Un an plus tard, j'ai reçu un avis par courrier : la clinique allait détruire mon sperme si nous ne donnions pas de nouvelles. J'ai laissé la lettre sur la table de la salle à manger, tel un reproche. Trois jours après, je l'ai vue dans la poubelle. Ce fut notre dernier échange sur le sujet.

J'avais entre-temps commencé à fréquenter Andie depuis quelques mois, je n'avais donc pas le droit d'être choqué. Mais ça n'a pas empêché ma souffrance, et ça ne m'a pas empêché de fantasmer sur notre garçon, l'enfant que nous aurions, Amy et moi. Je m'étais attaché à lui. Le fait est que nous aurions conçu un bel enfant, tous les deux.

Les marionnettes me regardaient fixement avec des yeux noirs inquiets. J'ai regardé par la fenêtre, constaté que les camions de la télé étaient partis, et je suis sorti dans la nuit tiède. C'était une bonne heure pour marcher. Peut-être qu'un journaliste isolé me suivait ; si c'était le cas, je m'en fichais. J'ai traversé notre lotissement, puis j'ai suivi River Road pendant quarante-cinq minutes, et j'ai pris la nationale qui coupait au beau milieu de Carthage. Trente minutes de bruit et de gaz d'échappement – je suis passé devant des concessionnaires automobiles avec des camions disposés de manière appétissante, comme des desserts, devant des chaînes de fast-foods, des magasins d'alcool, des supermarchés et des stations-service – jusqu'à l'embranchement pour le centre-ville. Pendant tout ce temps, je n'avais pas croisé un seul autre piéton, seulement des silhouettes sans visage qui me dépassaient en voiture.

Il était près de minuit. Je suis passé devant Le Bar. J'ai été tenté d'entrer, mais la foule m'a découragé. Un ou deux reporters devaient y avoir établi leur QG. C'est ce que j'aurais fait. Mais j'avais envie d'être dans un bar. J'avais envie d'être entouré par des gens qui s'amusent, qui relâchent la pression. J'ai encore marché quinze minutes jusqu'à l'autre bout du centre, jusqu'à un bar plus miteux, plus turbulent, plus jeune, où les toilettes étaient toujours tapissées de vomi le samedi soir. C'était un bar où les potes d'Andie étaient susceptibles d'aller, voire de l'entraîner. Ça aurait été un joli coup de bol de la voir là, histoire au moins d'évaluer son humeur depuis l'autre bout de la salle. Et puis si elle n'était pas là, j'allais boire un coup, putain.

Je me suis frayé un chemin aussi près du fond que j'ai pu – pas d'Andie. Mon visage était partiellement dissimulé par une casquette de base-ball. Mais même ainsi, j'ai senti quelques remous en traversant les groupes de buveurs : des têtes qui se tournaient brusquement vers moi, les yeux écarquillés : *C'est lui ! Pas vrai ?*

Mi-juillet. Je me suis demandé si d'ici à octobre, je serais tellement maléfique que quelque lourdaud me choisirait pour déguisement de mauvais goût : une mèche de cheveux blonds, un épisode de *L'Épatante Amy* sous le bras. Go m'a dit qu'elle avait reçu une demi-douzaine de coups de fil demandant si Le Bar avait mis en vente un tee-shirt officiel. (Ce n'était pas le cas, Dieu merci !)

Je me suis assis et j'ai commandé un scotch au barman, un type d'à peu près mon âge qui m'a dévisagé une seconde de trop, hésitant à me servir. Finalement, à contrecœur, il a placé devant moi un petit verre, les narines dilatées. Lorsque j'ai sorti mon portefeuille, il a levé une main alarmée : « Je ne veux pas de votre argent, vieux. Pas du tout. »

J'ai quand même laissé les billets. Connard.

Lorsque j'ai essayé de lui faire signe de me remettre un verre, il a jeté un coup d'œil dans ma direction, a secoué la tête et s'est penché vers la femme avec qui il discutait. Quelques secondes plus tard, elle a discrètement regardé dans ma direction, en faisant semblant de s'étirer. Les coins de sa bouche sont retombés pendant qu'elle hochait la tête. *C'est lui. Nick Dunne.* Le barman n'est jamais revenu.

Vous ne pouvez pas gueuler, vous ne pouvez pas y aller au forcing : *Hé, ducon, tu me donnes mon verre, ou quoi ?* Vous ne pouvez pas vous comporter comme le salopard qu'ils croient que vous êtes. Vous êtes obligé d'encaisser sans rien dire. Mais il n'était pas question que je m'en aille. Je suis resté assis devant mon verre vide et j'ai fait semblant d'être perdu dans mes pensées. J'ai consulté mon second téléphone, au cas où Andie aurait appelé. Aucun appel. Puis j'ai sorti mon vrai téléphone et j'ai fait une partie de solitaire, l'air absorbé. C'est ma femme qui m'avait fait ça : elle m'avait transformé en un type qui n'arrive pas à se faire servir un verre dans sa ville natale. Bon Dieu ! je la détestais.

« C'était un scotch ? »

Une fille de l'âge d'Andie, à peu près, se tenait devant moi. Asiatique, cheveux noirs aux épaules, mignonne, en tenue de bureau.

« Pardon ?

— Qu'est-ce que vous buviez ? Un scotch ?

— Oui. J'ai du mal à… »

Elle était déjà partie à l'autre bout du bar, et elle s'immisçait dans le champ de vision du barman avec un grand sourire suppliant de fille habituée à se faire remarquer. Elle est revenue avec un scotch dans un grand verre.

« Prenez ça, m'a-t-elle encouragé, et je me suis exécuté. Santé ! » Elle a levé son propre verre, une boisson gazeuse transparente. Nous avons trinqué. « Je peux m'asseoir ?

— Je ne vais pas rester bien longtemps, en fait… »

J'ai regardé autour de moi pour m'assurer que personne ne braquait sur nous un téléphone portable.

« Bon, OK, a-t-elle dit avec un sourire détaché. Je pourrais faire semblant d'ignorer que vous êtes Nick Dunne, mais je ne vais pas vous faire cet affront. Je suis pour vous, au fait. On vous fait un mauvais procès.

— Merci. C'est, euh, c'est une période bizarre.

— Je suis sérieuse. Vous savez ce qu'on raconte, dans les tribunaux, sur l'effet *Les Experts* ? Que tous les membres du jury ont tellement regardé *Les Experts* qu'ils croient que la science a le pouvoir de tout expliquer !

— Oui.

— Eh bien, je pense que c'est pareil pour le coup du Mari malfaisant. Tout le monde a vu trop de reconstitutions de faits divers où le mari est toujours, toujours le tueur, les gens s'imaginent automatiquement que c'est le mari qui a fait le coup.

— C'est exactement ça. Merci. C'est exactement ça. Et Ellen Abbott…

— On l'emmerde, Ellen Abbott, a dit ma nouvelle amie. À elle toute seule, elle représente l'incarnation vivante de la perversion du système judiciaire et de la haine des hommes. » Elle a levé son verre de nouveau. « Vous vous appelez comment ?

— Un autre scotch ?

— C'est un très joli nom. »

En fait, elle s'appelait Rebecca. Elle avait la carte de crédit généreuse et était assoiffée. (*Un autre ? Un autre ? Un autre ?*) Elle était de Muscatine, dans l'Iowa (une autre ville en bordure du Mississippi), et elle s'était installée à New York après sa licence pour devenir journaliste (là encore, comme moi). Elle avait été assistante éditoriale dans trois magazines différents – un magazine sur le mariage, un magazine pour mères qui travaillent et un magazine pour adolescentes – qui avaient tous mis la clef sous la porte ces dernières années, aussi travaillait-elle dorénavant pour un blog de faits divers intitulé Whodunnit, et elle était en ville (gloussements) pour essayer d'obtenir une interview avec moi. Bon Dieu ! j'étais obligé d'aimer son culot de jeune ambitieuse : *Payez-moi un billet pour Carthage – les grandes chaînes n'ont pas réussi à l'avoir, mais je suis sûre que je peux y arriver !*

« J'ai attendu devant chez vous avec tous les autres, puis au commissariat, puis j'ai décidé qu'un verre ne me ferait pas de mal. Et vous entrez. C'est trop parfait. Bizarre, hein ? » Elle portait des petits anneaux d'or qu'elle ne cessait de tripoter, les cheveux derrière les oreilles.

« Je devrais y aller. » Mes mots commençaient à devenir un peu indistincts, ma voix serait bientôt pâteuse.

« Mais vous ne m'avez jamais dit ce que vous, vous faisiez là. Dans votre position, ça demande beaucoup de courage, je trouve, de sortir sans le renfort d'un ami ou d'un autre soutien. Je parie qu'on vous regarde souvent de travers. »

J'ai haussé les épaules : *pas de quoi en faire un drame.*

« Les gens jugent tout ce que vous faites sans même vous connaître. Comme le coup de la photo prise avec un portable dans le parc. Franchement, vous êtes sans doute comme moi : on vous a enseigné la politesse. Mais personne ne s'intéresse à la vérité. Tout ce qu'ils veulent, c'est… vous *choper.* Vous comprenez ?

— J'en ai marre que les gens me jugent parce que je corresponds à telle ou telle idée prédéfinie. »

Elle a haussé les sourcils ; ses boucles d'oreilles se sont agitées.

J'ai pensé à Amy, assise à son mystérieux poste de commande, où qu'elle puisse bien être, qui me jugeait sous chaque angle, qui me prenait en faute même de loin. Était-il possible de lui faire voir quelque chose qui lui fasse mettre fin à cette folie ?

J'ai commencé : « C'est vrai, les gens s'imaginent que notre mariage battait de l'aile, mais en réalité, juste avant de disparaître, elle a préparé une chasse au trésor pour moi. »

Amy voudrait une de ces deux choses : que j'apprenne ma leçon et que je crame comme le mauvais garçon que j'étais ; ou que j'apprenne ma leçon et que je l'aime comme elle le méritait, comme une bonne petite lavette obéissante et disciplinée.

« Cette merveilleuse chasse au trésor. » J'ai souri. Rebecca a secoué la tête, sans comprendre. « Ma femme, elle préparait toujours une chasse au trésor pour notre anniversaire de mariage. Un indice mène à un endroit spécial où je trouve le suivant, et ainsi de suite. Amy… » J'ai essayé de me faire monter les larmes aux yeux, mais j'ai dû me contenter de les essuyer. La pendule au-dessus de la porte disait 0 h 37. « Avant de disparaître, elle a caché tous les indices. Pour cette année.

— Avant de disparaître le jour de votre anniversaire de mariage.

— Et c'est ça qui m'a permis de tenir. Ça m'a vraiment aidé à me sentir plus proche d'elle. »

Rebecca a sorti une petite caméra Flip. « Laissez-moi vous interviewer. Devant la caméra.

— Mauvaise idée.

— Je vais recontextualiser tout ça. C'est exactement de ça que vous avez besoin, Nick, je vous le jure. Replacer les choses dans leur contexte. Vous en avez affreusement besoin. Allez, juste quelques mots. »

J'ai secoué la tête. « Trop dangereux.

— Dites juste ce que vous venez de dire. Je suis sérieuse, Nick. Je suis l'opposée d'Ellen Abbott. L'anti-Ellen Abbott. Vous avez besoin de moi dans votre vie. » Elle a levé la caméra. La petite lumière rouge me regardait.

« Sérieusement, éteignez ça.

— Donnez un coup de main à une demoiselle en détresse. J'obtiens une interview exclusive de Nick Dunne ? Ma carrière est faite. Vous avez fait votre bonne action de l'année. S'il vous plaît ? Vous ne risquez rien, Nick, une minute. Juste une minute. Je vous jure que je ne vous montrerai qu'à votre avantage. »

Elle a indiqué une table où nous pourrions être à l'abri des curieux. J'ai hoché la tête et nous nous sommes installés. La petite lumière rouge est restée braquée sur moi tout ce temps.

« Vous voulez savoir quoi ? j'ai demandé.

— Parlez-moi de la chasse au trésor. Ça a l'air romantique. Original, super romantique. »

Prends le contrôle de l'histoire, Nick. À la fois pour le public avec un grand P et pour l'Épouse avec un grand S. Comme Salope. *En cet instant*, j'ai pensé, *je suis un homme qui aime sa femme et va la retrouver. Je suis un homme qui aime sa femme, et je suis le gentil. Je suis le mec à soutenir. Je suis un homme qui n'est pas parfait, mais ma femme l'est, et je serai très, très obéissant à partir de maintenant.*

C'était plus facile pour moi que de feindre la tristesse. Comme je l'ai dit, je suis bon au grand jour. Cependant, j'ai senti ma gorge se serrer alors que je me préparais à prononcer les mots.

« Ma femme, il se trouve que c'est la fille la plus cool que j'aie jamais rencontrée. Combien de mecs peuvent dire ça ? *J'ai épousé la fille la plus cool que j'aie jamais rencontrée.* »

PauvresalopeavecungrandS. Reviens que je puisse te buter.

Amy Elliott Dunne

Neuf jours après

À mon réveil, j'ai immédiatement été prise de nervosité. Quelque chose n'allait pas. *Il ne faut pas qu'on me retrouve ici*, c'est la première pensée que j'ai eue en me réveillant, une rafale de mots, comme un flash dans mon cerveau. L'enquête ne va pas assez vite, et, à l'inverse, ma situation financière se dégrade de jour en jour, et l'avidité de Jeff et Greta est en éveil. Ça ne sent pas bon, comme le poisson sur ma peau.

Il y a quelque chose de bizarre avec Jeff, et cette course jusqu'à la rive, vers ma ceinture-portefeuille enroulée dans ma robe. Quelque chose dans la façon dont Greta ne cesse de revenir à *Ellen Abbott.* Ça me rend nerveuse. Ou suis-je parano ? On dirait l'Amy du Journal : *Est-ce que mon mari va m'assassiner ou est-ce que je me fais des idées !?!?* Pour la première fois, j'ai même pitié d'elle.

J'appelle deux fois le numéro vert, je parle à deux personnes différentes, et je donne deux tuyaux différents. Difficile de dire combien de temps ça va leur prendre de contacter la police – les volontaires ont l'air de s'en foutre royalement. D'humeur lugubre, je prends la voiture pour aller à la bibliothèque. Il me faut faire mon sac et m'en aller. Nettoyer ma cabane à l'eau de Javel, essuyer mes empreintes digitales partout, passer l'aspirateur pour récupérer tous les cheveux qui peuvent traîner. Effacer Amy, ainsi que Lydia et Nancy, et partir. Si je m'en vais, je ne risque rien. Même si Greta et Jeff se doutent de mon identité, tant qu'on ne m'attrape pas en chair et en os, il n'y a pas de mal. Amy Elliott Dunne est comme un yeti – convoitée et folklorique – et eux, ce sont deux magouilleurs des Ozark dont l'histoire confuse sera vite discréditée. Je vais m'en aller aujourd'hui. C'est ce que je décide quand j'entre, tête baissée, dans la bibliothèque glacée et presque déserte avec ses trois ordinateurs libres, et que je vais sur le Net pour voir où en est Nick.

Depuis la veille, les infos sur Nick tournent en rond – les mêmes faits, en boucle, encore et encore, répétés de plus en plus fort, mais sans rien de nouveau. Mais aujourd'hui, quelque chose a changé. Je tape le nom de Nick sur le moteur de recherche, et les blogs s'emballent, parce que mon mari s'est soûlé et a donné une interview insensée, dans un bar, avec une nana quelconque munie d'une caméra. Bon sang ! il n'apprendra jamais, cet imbécile.

LES CONFESSIONS VIDÉO DE NICK DUNNE !!!

NICK DUNNE, DÉCLARATIONS ARROSÉES !!!

Mon cœur fait un tel bond que ma luette se met à palpiter. Mon mari s'est encore foutu dedans.

La vidéo se charge, et voilà Nick. Il a ses yeux ensommeillés de quand il a bu, les paupières lourdes, il fait son sourire en coin, il parle de moi, et il a l'air humain. Il a l'air heureux. « Ma femme, il se trouve que c'est la fille la plus cool que j'aie jamais rencontrée, dit-il. Combien de mecs peuvent dire ça ? *J'ai épousé la fille la plus cool que j'aie jamais rencontrée.* »

Mon estomac se contracte délicatement. Je ne m'attendais pas à ça. Je souris presque.

« Qu'est-ce qu'elle a de si cool que ça ? » demande la fille hors champ. Elle a une voix aiguë, une voix d'étudiante enthousiaste.

Nick se lance sur la chasse au trésor : c'était notre tradition, je me rappelais toujours les *private jokes* hilarantes qu'on partageait, et, à l'heure actuelle, c'est tout ce qu'il lui reste de moi, donc il a fallu qu'il aille jusqu'au bout de la chasse au trésor. C'était sa mission.

« J'ai terminé ce matin », dit-il. Sa voix est rauque. Il parle par-dessus le brouhaha. Quand il va rentrer, il va se gargariser avec de l'eau chaude salée, comme sa mère le lui faisait toujours faire. Si j'étais à la maison avec lui, il me demanderait de chauffer l'eau et de la préparer pour lui, parce qu'il n'arrive jamais à mettre la bonne quantité de sel. « Et ça m'a fait… prendre conscience de beaucoup de choses. C'est la seule personne au monde qui ait le pouvoir de me surprendre, vous comprenez ? Les gens, je sais toujours ce qu'ils vont dire, parce que tout le monde dit la même chose. On regarde tous les mêmes émissions, on lit les mêmes trucs, on recycle tout. Mais Amy, elle n'a pas besoin de tout ça. Elle est parfaite. Et elle a un tel *pouvoir* sur moi.

— Où est-elle d'après vous, Nick ? »

Mon mari baisse les yeux sur son alliance et la fait tourner deux fois sur son doigt.

« Ça va, Nick ?

— La vérité ? Non. Je n'ai pas été du tout à la hauteur des attentes de ma femme. J'ai eu tellement tort. J'espère juste qu'il n'est pas trop tard. Pour moi. Pour nous.

— Vous êtes au bout du rouleau. Émotionnellement. »

Nick regarde droit dans l'objectif. « Je veux ma femme. Je voudrais qu'elle soit là, à mes côtés. » Il reprend sa respiration. « Je ne suis pas très doué pour montrer mes émotions. Je le sais. Mais je l'aime. J'ai besoin qu'elle aille bien. Il faut qu'elle aille bien. J'ai tellement de choses à me faire pardonner.

— Comme quoi ? »

Il rit, de son rire chagrin que même maintenant je trouve séduisant. En des jours meilleurs, j'appelais ça son « rire de talk-show » : cette façon de regarder furtivement vers le bas, de se gratter négligemment le coin de la bouche avec son pouce et de glousser discrètement, comme les font toujours les acteurs séduisants avant de raconter une histoire mortelle.

« Comme, ça ne vous regarde pas. » Il sourit. « J'ai juste beaucoup de choses à me faire pardonner. Je n'ai pas été le mari que j'aurais pu être. On a eu quelques années difficiles et je… et j'ai merdé. J'ai arrêté d'essayer. J'ai entendu cette phrase tellement de fois : *On a arrêté d'essayer.* Tout le monde sait que c'est l'arrêt de mort d'un mariage – c'est mathématique. Mais j'ai arrêté d'essayer. Moi, j'ai fait ça. Je n'ai pas été l'homme que j'aurais dû être. » Son élocution est confuse et on voit bien qu'il n'est pas dans son état normal. Il est plus que pompette, un verre de plus, et il sera soûl. Ses joues sont rosies par l'alcool. Mes doigts vibrent au souvenir de la chaleur de sa peau quand il avait vidé quelques cocktails.

« Alors comment vous feriez-vous pardonner ? » La caméra tremblote un instant ; la fille prend son verre.

« Comment je *vais* me faire pardonner ? D'abord, je vais la retrouver et la ramener à la maison. Vous pouvez compter là-dessus. Ensuite ? Tout ce dont elle aura besoin, je lui donnerai. À partir de maintenant. Parce que je suis arrivé au bout de la chasse au trésor, et ça m'a mis à genoux. Ça m'a rendu humble. Ma femme n'a jamais été plus claire avec moi que maintenant. Je n'ai jamais été aussi sûr de ce que j'avais à faire.

— Si vous pouviez parler à Amy maintenant, que lui diriez-vous ?

— Je t'aime. Je vais te retrouver. Je le *jure*… »

Je vois qu'il s'apprête à balancer la réplique de Daniel Day-Lewis dans *Le Dernier des Mohicans* : « Reste en vie… Je *vais* te retrouver. » Il ne peut pas s'empêcher de désamorcer tout début de sincérité en dégainant un dialogue de film. Je sens bien qu'il n'en est pas loin. Il se reprend.

« Je t'aime pour toujours, Amy. »

Quelle sincérité. Tout l'opposé de mon mari.

Trois gros ploucs d'une obésité maladive sur des déambulateurs motorisés se tiennent entre moi et mon café du matin. Leurs culs débordent sur les côtés de leurs engins, mais il leur faut quand même un autre Egg McMuffin. Il y a littéralement trois personnes, *garées* devant moi, dans la queue, *à l'intérieur* du McDonald's.

Ça m'est égal, en fait. Je suis bizarrement joyeuse malgré le changement de programme. Sur le Net, la vidéo est devenue virale, et les réactions sont étonnamment positives. D'un optimisme prudent : *Peut-être qu'il n'a pas tué sa femme, ce mec, en fait.* C'est, mot pour mot, le refrain le plus répandu. Parce que, une fois que Nick baisse la garde et montre un peu d'émotion, il a tout bon. Personne ne pourrait croire, en regardant cette vidéo, qu'il jouait la comédie. Ce n'était pas du théâtre amateur de bas étage. Mon mari m'aime. Ou du moins hier soir il m'aimait. Pendant que je manigançais sa perte dans ma petite cabane miteuse qui sent les serviettes moisies, il m'aimait.

Ça ne suffit pas. Je le sais, bien sûr. Je ne peux pas changer mes plans. Mais ça me fait réfléchir. Mon mari a terminé la chasse au trésor et il est amoureux. Il est aussi profondément malheureux : sur une de ses joues, je suis sûre d'avoir repéré une plaque d'urticaire.

Quand je me gare devant ma cabane, Dorothy est en train de frapper à ma porte. Elle a les cheveux mouillés par la sueur, plaqués en arrière comme une courtière de Wall Street. Elle a l'habitude d'essuyer sa lèvre supérieure, puis de lécher la sueur sur ses doigts, et elle a l'index dans la bouche comme un épi de maïs crémeux quand elle se tourne vers moi.

« La voilà, dit-elle. La fraudeuse. »

J'ai du retard pour le paiement de la cabane. Deux jours. Ça me fait presque rire : j'ai un loyer en retard.

« Je suis désolée, Dorothy. Je viens te régler dans dix minutes.

— Je vais attendre là, si ça ne te dérange pas.

— Je ne sais pas si je vais rester. Je vais peut-être devoir continuer ma route.

— Tu me dois quand même les deux jours. Quatre-vingts dollars, s'il te plaît. »

Je me glisse dans ma cabane, défais ma maigre ceinture-portefeuille. J'ai compté mon argent sur le lit ce matin, en prenant un long moment pour étaler chaque billet, un strip-tease économique affolant, et la grande révélation, c'est qu'il me reste, je ne sais pas comment, il ne me reste que 8 849 dollars. Ça coûte cher, de vivre.

Quand j'ai ouvert la porte pour tendre son dû à Dorothy (plus que 8 769 dollars), j'ai vu Greta et Jeff, sous le porche de Greta, regarder l'argent changer de main. Jeff ne joue pas de guitare, Greta ne fume pas. On dirait qu'ils se tiennent là, debout, juste pour mieux m'observer. Ils m'adressent tous deux un salut : *salut, chérie*, et je leur réponds d'un geste sans énergie. Je ferme la porte et commence à faire mes sacs.

C'est étrange de posséder si peu de choses alors que, autrefois, on possédait tant. Je ne possède pas de fouet à œufs ou de bol à soupe. Je possède des draps et des serviettes de toilette, mais je ne possède pas de couverture digne de ce nom. Je possède une paire de ciseaux de façon à pouvoir continuer à massacrer ma tignasse. Ça me fait sourire, car Nick ne possédait pas de ciseaux lorsque nous nous sommes installés ensemble. Pas de ciseaux, pas de fer à repasser, pas d'agrafeuse, et je me souviens lui avoir demandé comment il pouvait se considérer comme civilisé sans posséder une paire de ciseaux, et il m'a dit qu'il ne l'était pas, bien sûr, et il m'a soulevée dans ses bras, m'a jetée sur le lit et m'a sauté dessus, et j'ai ri parce que j'étais encore la Fille cool. J'ai ri au lieu de penser à ce que ça signifiait.

On ne devrait jamais épouser un homme qui ne possède pas une bonne paire de ciseaux. Ce serait mon conseil. Ça n'attire que des ennuis.

Je plie mes vêtements et les fourre dans mon petit sac à dos – toujours les trois tenues que j'ai achetées et planquées dans la voiture il y a un mois de façon à n'avoir rien besoin de prendre à la maison. J'ajoute ma brosse à dents de voyage, mon calendrier, mon peigne, ma crème, les somnifères que j'ai achetés à l'époque où je voulais m'abrutir pour me noyer. Mes maillots de bain bon marché. Tout cela va très vite.

J'enfile mes gants en latex et j'essuie tout. Je démonte le siphon des lavabos pour enlever tous cheveux qui auraient pu rester piégés. Je ne pense pas vraiment que Greta et Jeff sachent qui je suis, mais, si jamais je me trompe, je ne veux pas laisser la moindre preuve, et, pendant tout ce temps, je me dis : *Voilà ce qui arrive quand tu te relâches, voilà ta punition pour ne pas penser* tout le temps, en continu. *Tu mérites de te faire attraper, une fille qui agit avec une telle stupidité, et si tu as laissé des cheveux au bureau d'accueil, hein, et s'il y a tes empreintes dans la voiture de Jeff ou la cuisine de Greta, hein, quoi, qu'est-ce qui t'a pris de croire que tu pouvais être insouciante ?* Je m'imagine la police en train de fouiller les cabanes sans rien trouver, puis, comme dans un film, je vois un gros plan d'un long cheveu châtain qui dérive sur le béton du fond de la piscine, attendant de signer ma perte.

Puis mon esprit bascule complètement de l'autre côté : *Bien sûr que personne ne va venir te chercher ici.* Tout ce qu'a la police, c'est les racontars de deux magouilleurs qui affirment avoir vu la vraie Amy Elliott Dunne dans un îlot de cabanes pourries et bon marché au milieu de nulle part. Des petites gens qui essaient de se sentir importants, voilà ce qu'ils penseront.

On a frappé à la porte avec autorité. Un peu comme un parent qui frappe avant d'ouvrir la porte en grand : *Tu es chez moi ici.* Plantée au milieu de ma pièce, j'hésite à ouvrir. Bam, bam, bam ! Je comprends maintenant pourquoi tellement de films d'horreur utilisent ce procédé – le mystérieux coup frappé à la porte – parce qu'il a le poids d'un cauchemar. Vous ne savez pas ce qu'il y a dehors, mais vous savez que vous allez ouvrir. Vous penserez ce que je pense : *Les gens mal intentionnés ne frappent jamais à la porte.*

Je retire mes gants en latex, j'ouvre la porte. Jeff et Greta se tiennent sur mon perron, le soleil dans le dos, les traits dans l'ombre.

« Salut, la belle. On peut entrer ? demande Jeff.

— En fait, je… j'allais venir vous voir. » J'essaie d'avoir l'air brusque, débordée. « Je pars ce soir – demain ou ce soir. J'ai reçu un coup de fil de chez moi, il faut que je rentre.

— Chez toi en Louisiane, ou chez toi à Savannah ? » dit Greta.

Elle et Jeff ont parlé de moi.

« Louisi…

— Ça n'a pas d'importance, dit Jeff, laisse-nous entrer une seconde, on est venus dire au revoir. »

Il s'avance vers moi, et je pense à hurler ou à claquer la porte, mais je ne pense pas que ça soit une bonne idée. Mieux vaut faire comme si tout allait bien et espérer que ce soit le cas.

Greta ferme la porte derrière eux et s'y adosse tandis que Jeff entre dans la minuscule chambre, puis dans la cuisine, en parlant du temps qu'il fait. Il ouvre les portes et les placards.

« Faut que tu vires tout, sinon Dorothy va garder ta caution ; elle est hyper tatillonne. » Il ouvre le frigo, regarde dans le bac à légumes, le freezer. « Tu ne peux même pas laisser une bouteille de ketchup. J'ai toujours trouvé ça bizarre. Le ketchup, ça ne se périme pas. »

Il ouvre le placard et soulève les draps que j'ai pliés, les secoue. « Je secoue toujours, toujours les draps. Juste pour être sûr qu'il ne reste rien dedans – une chaussette, un slip ou un truc comme ça. »

Il ouvre le tiroir de ma table de nuit, s'agenouille et regarde bien au fond. « On dirait que t'as fait du bon boulot, dit-il en se relevant. Il s'essuie les mains sur son jean. T'as tout récupéré. »

Il me regarde de haut en bas, puis de bas en haut.

« Il est où, mon petit cœur ?

— Où est quoi ?

— Ton fric. » Il hausse les épaules. « Ne complique pas les choses. Elle et moi, on en a vraiment besoin. »

Greta reste silencieuse derrière moi.

« Je dois avoir 20 dollars.

— Mensonge. Tu paies tout en cash, même le loyer. Greta a vu ta grosse liasse de billets. Alors tu nous donnes ça, et tu peux t'en aller, et on n'a plus jamais besoin de se revoir.

— J'appellerai la police !

— Vas-y ! Te gêne pas. » Jeff attend, les bras croisés, les pouces sous les aisselles.

« Tes lunettes, c'est des fausses, dit Greta. C'est du verre neutre. »

Je ne dis rien, je la dévisage en espérant lui faire baisser les yeux. Tous les deux, ils ont l'air juste assez nerveux pour pouvoir changer d'avis, dire qu'ils me font marcher, et tous trois, on va éclater de rire, et, bien qu'on sache qu'il en va autrement, on acceptera tacitement de faire semblant.

« Et tes cheveux, les racines repoussent, et ils sont blonds, nettement plus jolis que ta teinture, là – c'est quoi, la couleur : *hamster ?* –, et cette coupe de cheveux est atroce, au passage. Tu te caches – de je ne sais pas quoi. Je ne sais pas si c'est vraiment d'un mec ou d'autre chose, mais tu ne vas pas appeler les flics. Alors donne-nous ton fric.

— C'est Jeff qui t'a entraînée là-dedans ?

— C'est moi qui ai entraîné Jeff. »

Je tente d'atteindre la porte, mais Greta se précipite sur moi et me pousse contre le mur. Elle plaque une main sur mon visage et, de l'autre, soulève ma robe et arrache la ceinture-portefeuille.

« Arrête, Greta, sans déconner, arrête ! »

Sa main chaude et salée me recouvre le visage, me bouche le nez ; un de ses ongles m'égratigne l'œil. Puis elle me repousse contre le mur, je me cogne la tête, je me mords le bout de la langue. La lutte est très silencieuse.

J'ai encore en main la boucle de ma ceinture, mais je ne vois pas assez pour me défendre, mon œil pleure trop, et, très vite, elle s'arrache à ma prise. Elle me bouscule de nouveau et défait la fermeture Éclair, palpe les billets.

« Putain de merde. Il y a genre – elle compte – plus de 1 000 dollars, 2 000, 3 000… Putain de merde. Dis donc, mais t'as dévalisé une banque ou quoi ?

— C'est peut-être ça, dit Jeff. Détournement de fonds. »

Dans un film, un des films qu'aime tant Nick, je donnerais un grand coup par en dessous sur le nez de Greta, je la jetterais au sol, pleine de sang, inconsciente, puis j'administrerais un crochet circulaire à Jeff. Mais en vérité, je ne sais pas me battre, et puis ils sont deux, ça semble vain. Si j'essaie de me jeter sur eux, ils vont m'attraper par les poignets pendant que j'essaie de les taper comme une gamine ridicule, ou ils vont vraiment sortir de leurs gonds et me casser la figure. Je n'ai jamais reçu de coups. J'ai peur d'être blessée par quelqu'un d'autre.

« Si tu veux appeler la police, te gêne surtout pas, répète Jeff.

— Je t'emmerde, je murmure.

— Désolée pour ça, dit Greta. À ta prochaine étape, sois plus prudente, OK ? Faut que t'évites d'avoir l'air d'une nana qui voyage toute seule pour se planquer.

— Ça va aller », dit Jeff.

Il me tapote le bras tandis qu'ils s'en vont.

Il reste une pièce de 25 et une pièce de 10 cents sur la table de nuit. C'est tout l'argent qui me reste au monde.

Nick Dunne

Neuf jours après

Bonjour ! J'étais assis dans mon lit avec mon ordinateur portable à côté de moi, je me délectais des comptes rendus de mon interview improvisée sur la Toile. La nuit dernière, j'ai lancé le premier appât pour faire revenir ma femme. *Je suis désolé, je saurai me faire pardonner, je ferai tout ce que tu veux à partir de maintenant, je dirai au monde entier quel être exceptionnel tu es.*

Parce que j'étais foutu, à moins qu'Amy ne décide de sortir du bois. L'enquêteur de Tanner (un type mince et propre sur lui, pas le privé alcoolisé et glamour que j'avais espéré) n'avait rien trouvé jusqu'ici – ma femme avait parfaitement orchestré sa disparition. Je devais convaincre Amy de me revenir, l'attendrir à coups de compliments et de capitulation.

Si les commentaires étaient fiables, j'avais fait le bon choix, car ils étaient positifs. Très positifs :

Le glacier fond !

Je SAVAIS que c'était un brave mec.

In vino veritas !

Peut-être qu'il ne l'a pas tuée, en fait.

Peut-être qu'il ne l'a pas tuée, en fait.

Peut-être qu'il ne l'a pas tuée, en fait.

Et ils avaient cessé de m'appeler Lance.

Devant chez moi, les cameramen et les journalistes étaient en ébullition, ils voulaient une déclaration du type qui Ne L'Avait Peut-Être Pas Tuée, En Fait. Ils gueulaient en direction de mes stores baissés : *Hé ! Nick, sortez, venez nous parler d'Amy. Hé ! Nick, parlez-nous de votre chasse au trésor.* Pour eux, c'était juste une micropéripétie dans une manne de taux d'audience, mais c'était toujours mieux que : *Nick, est-ce que vous avez tué votre femme ?*

Puis, tout à coup, ils se sont mis à hurler le nom de Go – ils adoraient Go, elle était incapable de masquer ses émotions, on voyait si Go était triste, en colère ou inquiète ; il suffisait de coller une petite légende sous sa photo, et l'article s'écrivait tout seul. *Margo, est-ce que votre frère est innocent ? Margo, parlez-nous de... Tanner, est-ce que votre client est innocent ? Tanner...*

La sonnette a retenti et j'ai ouvert la porte en restant dissimulé derrière car j'étais encore en vrac ; mes cheveux hirsutes et mon caleçon de travers parlaient tout seuls. La veille, sur la vidéo, j'étais adorablement amoureux, un poil pompette, d'humeur *in vino veritas*. Mais là, j'avais juste l'air d'un poivrot. J'ai refermé la porte et attendu de nouveaux compliments sur ma performance.

« Vous ne me refaites jamais – *jamais* – un coup pareil, a commencé Tanner. Mais qu'est-ce qui ne va pas, dans votre tête, Nick ? J'ai l'impression qu'il faudrait que je vous mette une laisse, comme à un chiot. C'est pas possible, d'être con à ce point-là.

— Vous avez vu les commentaires sur Internet ? Les gens ont adoré. Je renverse l'opinion publique, comme vous m'avez dit de le faire.

— On ne fait pas ce genre de choses dans un environnement qu'on ne maîtrise pas. Et si elle avait bossé pour Ellen Abbott ? Et si elle avait commencé à vous poser des questions plus difficiles que : *Qu'est-ce que vous voudriez dire à votre femme, trésor ?* » Il a dit ces mots d'une voix chantante de petite fille. Sous le bronzage artificiel orange, son visage était rouge, ce qui faisait une palette quasi radioactive.

« J'ai fait confiance à mon instinct. Je suis journaliste, Tanner, vous devez me croire, je sais flairer une arnaque. Elle était vraiment gentille. »

Il s'est assis sur le canapé, a mis les pieds sur l'ottomane qui ne se serait jamais renversée toute seule. « Oui, ben, votre femme aussi, elle l'était, autrefois. Et Andie, pareil. Comment va votre joue ? »

Elle me faisait encore mal ; j'ai eu l'impression que la morsure me lançait quand il me l'a rappelée. Je me suis tourné vers Go, en quête de soutien.

« Cc n'était pas malin, Nick, a-t-elle dit en s'asseyant en face de Tanner. T'as eu *vraiment* beaucoup de chance – ça a *très* bien tourné, mais ce n'était pas gagné.

— Vous dramatisez *vraiment*, tous les deux. On ne peut pas profiter un peu des bonnes nouvelles, pour une fois ? Trente secondes de bonnes nouvelles en neuf jours ? S'il vous plaît ? »

Tanner a regardé sa montre d'un geste appuyé. « OK, c'est parti. »

Quand j'ai commencé à parler, il a levé l'index et a fait le petit bruit que les adultes font lorsque des enfants essaient de les interrompre. Lentement, son index s'est abaissé, pour atterrir sur le cadran de sa montre.

« OK, trente secondes. Ça vous a plu ? » Il a marqué une pause pour voir si j'allais dire quelque chose – le silence lourd que laisse un prof après avoir demandé à un élève turbulent : *Tu as fini de parler ?* « Maintenant, il faut qu'on parle. Là où nous en sommes, un timing impeccable est absolument primordial.

— Je suis d'accord.

— Dingue, merci. » Il m'a regardé, sourcils froncés. « Je veux aller à la police très, très bientôt pour leur parler du contenu de la remise. Pendant que le plèbe… »

La plèbe, j'ai pensé. C'était une chose que m'avait apprise Amy.

« … vous a de nouveau dans ses bonnes grâces. Ou, pardon, pas *de nouveau*, enfin. Les journalistes ont trouvé la maison de Go, et je trouve ça trop risqué de cacher encore longtemps la remise et son contenu. Les Elliott sont… ?

— On ne peut plus compter sur le soutien des Elliott, j'ai dit. Plus du tout. »

Nouveau silence. Tanner a décidé de ne pas me faire la morale, ni même me demander ce qui s'était passé.

« Alors il faut qu'on passe à l'offensive », j'ai dit. Je me sentais intouchable, remonté, prêt.

« Nick, ne te sens pas indestructible au premier virage en ta faveur », a dit Go. Elle m'a glissé dans la main de quoi reprendre des forces. « Débarrasse-toi de cette gueule de bois. Il faut que tu sois opérationnel aujourd'hui.

— Ça va aller. » J'ai avalé les cachets, me suis tourné vers Tanner. « Qu'est-ce qu'on fait ? Préparons un plan d'attaque.

— Super. Alors voilà. C'est pas très orthodoxe, mais je suis comme ça. Demain, on fait une interview avec Sharon Schieber.

— Ouah, c'est… sûr ? »

Sharon Schieber, je pouvais difficilement demander mieux : *la* présentatrice télé (pour prouver que je pouvais avoir des relations respectueuses avec des individus dotés d'un vagin) la plus cotée (chez les 30-55 ans) sur une chaîne nationale (plus généraliste que le câble). Elle était connue pour ne s'aventurer que rarement dans les eaux troubles du fait divers, mais, quand elle s'y mettait, c'était toute indignation dehors. Deux ans plus tôt, elle avait pris sous ses ailes de soie une jeune mère qui avait été emprisonnée pour avoir causé la mort de son bébé en le secouant. Sharon Schieber avait présenté tout un dossier à décharge très documenté – et très émouvant – sur plusieurs émissions. La femme était maintenant rentrée chez elle dans le Nebraska, elle s'était remariée et attendait un enfant.

« C'est certain. Elle a pris contact avec moi quand la vidéo est devenue virale.

— Alors elle a aidé, la vidéo. »

Je n'ai pas pu résister.

« Elle vous a donné un nouveau visage intéressant : avant la vidéo, c'était clair que vous aviez fait le coup. Maintenant, il existe une mince possibilité que vous ne l'ayez pas fait. Je ne sais pas comment ça se fait que vous ayez enfin réussi à paraître sincère…

— C'est parce que, hier soir, c'était pour un but pratique : faire revenir Amy, a dit Go. C'était une manœuvre offensive. Alors qu'avant ça aurait juste été une démonstration d'émotion complaisante, imméritée et malhonnête. »

Je lui ai adressé un sourire reconnaissant.

« Eh bien, n'oubliez jamais que nous avons un but pratique, a fait Tanner. Nick, je ne déconne pas, là : ce n'est pas du tout orthodoxe. La plupart des avocats vous obligeraient à la boucler, maintenant. Mais c'est quelque chose que je voulais essayer depuis longtemps. Les médias ont saturé l'univers juridique. Avec Internet, Facebook, YouTube, les jurys impartiaux, ça n'existe plus. On ne part jamais de zéro. 80, 90 % d'une affaire se décide avant même d'entrer dans une salle d'audience. Alors pourquoi ne pas s'en servir – contrôler le *storytelling* ? Mais c'est un risque. Je veux que chaque mot, chaque geste, chaque information soit planifié en amont. Mais vous devez être naturel, aimable, ou ça va se retourner contre nous.

— Oh ! ça a pas l'air compliqué. 100 % bidon, mais complètement authentique.

— Vous devez faire très attention aux mots que vous employez, et nous préviendrons Sharon que vous ne répondrez pas à certaines questions. Elle les posera quand même, mais nous vous apprendrons à dire : *à cause de certaines actions préjudiciables entreprises par la police qui s'occupe de cette affaire, je ne peux malheureusement pas répondre à cette question pour l'instant, bien que ce soit mon souhait le plus cher* – et à le dire de façon convaincante.

— Comme un chien savant.

— Oui, comme un chien savant qui ne veut pas aller en prison. Si on arrive à ce que Sharon Schieber fasse de vous sa cause personnelle, Nick, on a tout bon. C'est incroyablement peu orthodoxe, mais je suis comme ça », a répété Tanner. Il aimait cette phrase ; c'était son jingle. Il a marqué une pause et plissé le front, comme quand il faisait semblant de réfléchir. Il allait ajouter quelque chose qui n'allait pas me plaire.

« Quoi ? j'ai demandé.

— Il faut que vous parliez d'Andie à Sharon – parce que ça va se savoir, cette liaison, c'est mathématique.

— Juste au moment où les gens commencent à me trouver sympathique. Vous voulez que je bousille ça ?

— Je vous le *jure*, Nick. De combien d'affaires me suis-je occupé ? Ça finit toujours, *toujours* par se savoir, ces choses-là – d'une manière ou d'une autre. De cette façon, c'est nous qui contrôlons les choses. Vous lui parlez d'Andie et vous demandez pardon. Vous demandez pardon littéralement, comme si votre vie en dépendait. Vous avez eu une liaison, vous êtes un homme, vous êtes faible et stupide. *Mais* vous aimez votre femme, et vous ferez tout pour vous racheter. Vous faites l'interview, elle passe le lendemain soir. Tout le contenu est bloqué en exclusivité – de façon que la chaîne ne puisse pas faire la pub de l'émission en suggérant la liaison. Ils ont juste le droit d'employer le mot *scoop*.

— Alors vous leur avez déjà parlé d'Andie ?

— Grands dieux ! non. Je leur ai dit : *On a un scoop à vous livrer.* Alors vous faites l'interview, et on a environ vingt-quatre heures. Juste avant qu'elle passe à la télé, on parle à Boney et Gilpin d'Andie et de notre découverte dans la remise. *Oh, mon Dieu ! on a tout reconstitué pour vous : Amy est en vie et elle a monté tout ça pour faire accuser Nick ! L'humanité, tout de même !*

— Pourquoi ne pas le dire à Sharon, alors ? Qu'Amy a tout manigancé ?

— Raison n° 1. Vous avouez tout pour Andie, vous implorez le pardon, la nation est prête à vous pardonner, ils auront pitié de vous – les Américains adorent voir les pécheurs faire acte de contrition. Mais vous ne pouvez rien révéler qui ternisse l'image de votre femme ; personne ne veut voir le mari infidèle accuser sa femme de quoi que ce soit. Laissez quelqu'un d'autre s'en charger le lendemain. *Des sources proches de l'enquête* révèlent que la femme de Nick – celle qu'il a juré aimer de tout son cœur – a monté une machination contre lui ! Grand moment de télévision.

— Et la raison n° 2 ?

— C'est trop compliqué à expliquer dans les détails la façon dont elle vous a piégé. Ça ne peut pas se résumer en une petite phrase accrocheuse. Ça ferait un flop, à la télé.

— Je crois que je vais me trouver mal, j'ai dit.

— Nick, c'est…

— Je sais, je sais, il faut le faire. Mais tu imagines, aller raconter ton plus grand secret à la face du monde ? Je sais qu'il faut que je le fasse. Et ça joue en notre faveur, je crois, au final. C'est la seule chose qui pourrait faire revenir Amy. Elle veut que je sois humilié publiquement…

— Puni, a coupé Tanner. Si vous dites "humilié", on dirait que vous vous apitoyez sur votre sort.

— … et que je présente mes excuses publiques. Mais putain, ça va être affreux.

— Avant d'aller plus loin, je veux être honnête, ici. Raconter toute l'histoire aux flics – Amy a monté une machination contre Nick –, c'est un risque. Les flics en général, ils se fixent sur un suspect et ils ne veulent pas en dévier. Ils ne sont pas réceptifs aux autres scénarios possibles. Alors il y a un risque que si on leur explique, ils nous jettent du commissariat en nous riant au nez et qu'ils vous arrêtent – et là, en pratique, on leur a juste donné un aperçu de notre défense. Et ils peuvent chercher les arguments les plus pertinents pour la détruire au procès.

— OK, attendez, ça a l'air de sentir très mauvais, ça, Tanner, a dit Go. À déconseiller formellement, si je comprends bien.

— Laissez-moi finir. *Primo*, je pense que vous avez raison, Nick, je pense que Boney n'est pas convaincue que vous êtes un tueur. Je pense qu'elle serait prête à écouter une théorie alternative. Elle a une bonne réputation, on dit que c'est un flic équitable. Qu'elle a de l'instinct. Je lui ai parlé et je l'ai bien sentie. Je pense que les indices la poussent dans votre direction, mais que, dans son for intérieur, elle trouve qu'il y a quelque chose qui ne colle pas. Plus important, si on va au procès, je n'utiliserai pas la machination d'Amy pour vous défendre, de toute façon.

— Comment ça ?

— Comme je l'ai dit, c'est trop compliqué, le jury n'arriverait pas à suivre. Si ça ne passe pas bien à la télé, croyez-moi, ça ne passera pas bien devant un jury. On choisirait une ligne de défense à la OJ, plutôt. Une intrigue simplissime : les flics sont incompétents et ils vous en veulent, tout repose sur des présomptions, si le gant n'est pas à sa taille, bla-bla-bla.

— Bla-bla-bla, ça me rassure vachement. »

Tanner m'a décoché un sourire. « Les jurys m'adorent, Nick. Je suis comme eux.

— Vous êtes l'opposé d'eux, Tanner.

— Inversez la chose : ils aiment se dire qu'ils sont comme moi. »

Tout ce que nous faisions dorénavant, nous le faisions devant des petites grappes de paparazzis, aussi Go, Tanner et moi sommes sortis de la maison sous des crépitements lumineux. (« Ne baissez pas les yeux, m'avait conseillé Tanner. Ne souriez pas, mais n'ayez pas l'air honteux. Ne vous précipitez pas non plus, marchez normalement, laissez-les faire leurs photos, et fermez la portière avant de vous mettre à les insulter. Une fois en voiture, vous pourrez les traiter de tous les noms si ça peut vous soulager. ») Nous sommes partis pour Saint-Louis, où l'entretien devait avoir lieu, afin que je puisse me préparer avec la femme de Tanner, Betsy, une ancienne présentatrice d'info reconvertie en avocate. C'était elle, l'autre Bolt de Bolt & Bolt.

C'était une procession sinistre : Tanner et moi, suivis par Go, suivie par une demi-douzaine de fourgons de la télé. Mais lorsque l'Arche est apparue à l'horizon, je ne pensais plus aux paparazzis.

En arrivant à la suite luxueuse de Tanner, j'étais prêt à faire le travail requis pour emporter le morceau pendant l'interview. Une fois de plus, j'ai regretté de n'avoir pas mon propre jingle wagnérien : sur un montage d'images de moi me préparant pour le grand combat. Quel est l'équivalent mental d'un sac de sable ?

Une splendide femme noire de 1,80 mètre a ouvert la porte.

« Bonjour, Nick. Je suis Betsy Bolt. »

Dans mon esprit, Betsy Bolt était une minuscule beauté blonde du vieux Sud.

« Ne vous en faites pas, les gens sont toujours étonnés quand ils me rencontrent », a souri Betsy en surprenant mon regard. Elle m'a serré la main. « Tanner et Betsy, hein, on a des noms à faire la couverture du *Preppy Guide*, pas vrai ?

— Le *Preppy Handbook*[1], a corrigé Tanner en l'embrassant sur la joue.

— Vous avez vu ? Il connaît vraiment ces trucs-là. »

Elle nous a guidés à travers une impressionnante suite en terrasse – le salon était inondé de soleil par les fenêtres panoramiques, avec des chambres de chaque côté. Tanner avait juré qu'il ne pouvait pas dormir à Carthage, au Days Inn, par respect pour les parents d'Amy, mais nous soupçonnions, Go et moi, que c'était surtout parce que le cinq étoiles le plus proche se trouvait à Saint-Louis.

Nous avons entamé les préliminaires : nous avons échangé quelques menus propos sur la famille de Betsy, ses études, sa carrière (parfait, top niveau, formidable), et des boissons ont été servies à tout le monde : des boissons gazeuses et du Clamato, ce que Go et moi pensions maintenant être une coquetterie de la part de Tanner, une originalité dont il pensait qu'elle lui donnait du caractère, comme moi quand je portais des fausses lunettes à la fac. Puis Go et moi, nous nous sommes

1. Guide humoristique de savoir-vivre pour l'étudiant modèle des écoles huppées, paru en 1980.

enfoncés dans le canapé en cuir. Betsy était assise en face de nous les jambes pressées ensemble sur le côté. Jolie / professionnelle. Tanner faisait les cent pas derrière nous.

« OK. Bon, Nick, a dit Betsy. Je vais être franche, d'accord ?

— D'accord.

— La télé et vous. À part votre petit machin pour le blog dans le bar, le truc de whodunnit.com, vous êtes *minable*.

— Ce n'est pas pour rien que j'ai choisi la presse écrite. Dès que je vois une caméra, mon visage se fige.

— Exactement, a dit Betsy. Vous êtes tellement raide, vous avez l'air d'un croque-mort. Mais j'ai un truc pour arranger ça.

— L'alcool ? Ça a marché pour le blog.

— Ça ne marchera pas ici », a dit Betsy. Elle a commencé à installer une caméra vidéo. « J'ai pensé qu'on allait débuter par une répétition. Je serai Sharon. Je vais poser les questions qu'elle posera sans doute, et vous me répondrez comme vous le feriez normalement. Comme ça, on va voir jusqu'à quel point vous êtes à côté de la plaque. » Elle a ri de nouveau. « Deux secondes. » Elle portait un fourreau bleu, et d'un énorme sac à main en cuir elle a sorti un rang de perles. L'uniforme de Sharon Schieber. « Tanner ? »

Son mari lui a attaché le collier de perles, et, quand elles ont été en place, elle a fait un grand sourire. « Je vise l'authenticité absolue. À part mon accent de Géorgie. Et ma peau noire.

— Je ne vois que Sharon Schieber. »

Elle a allumé la caméra, s'est assise en face de moi, a poussé un soupir, baissé les yeux, puis les a relevés. « Nick, il y a beaucoup de contradictions dans cette affaire, a dit Betsy de la voix maniérée de Sharon Schieber à l'écran. Pour commencer, pouvez-vous retracer pour les téléspectateurs le jour où votre femme a disparu ?

— Ici, Nick, vous parlez seulement du petit déjeuner que vous avez pris ensemble le jour de votre anniversaire, a coupé Tanner. Vu que ça se sait déjà. Mais vous ne donnez pas d'horaires, vous ne parlez pas de ce qui s'est passé avant et après le petit déjeuner. Vous insistez seulement sur ce merveilleux petit déjeuner que vous avez partagé ce jour-là. OK, allez-y.

— Oui. » Je me suis éclairci la gorge. Le voyant rouge de la caméra clignotait ; Betsy avait son expression interrogatrice de journaliste. « Heu, comme vous le savez, c'était notre cinquième anniversaire de mariage, Amy s'est levée tôt, elle préparait des crêpes… »

Le bras de Betsy a fusé et j'ai senti un objet heurter ma joue.

« Qu'est-ce que vous foutez ? » j'ai dit, essayant de comprendre ce qui s'était passé. Une dragée rouge cerise était sur mes genoux. Je l'ai ramassée.

« À chaque fois que vous vous tendez, à chaque fois que votre beau visage se transforme en masque de croque-mort, je vais vous jeter une dragée, a expliqué Betsy, comme si c'était la chose la plus raisonnable du monde.

— Et c'est censé m'aider à me *détendre* ?

— Ça marche, est intervenu Tanner. C'est comme ça qu'elle m'a tout appris. Mais avec moi, c'étaient des cailloux. » Ils ont échangé un sourire de vieux couple marié, l'air de dire : *Oh ! toi.* Je le voyais déjà : c'était un de ces couples qui ont perpétuellement l'air d'être en train d'animer leur propre talk-show matinal.

« Maintenant, recommencez, mais attardez-vous sur les crêpes. C'était votre plat préféré pour le petit déjeuner ? Ou le sien ? Et qu'est-ce que vous faisiez pour votre femme ce matin-là pendant qu'elle vous préparait des crêpes ?

— Je dormais.

— Qu'est-ce que vous lui aviez acheté comme cadeau ?

— Rien, encore.

— Oh, zut ! » Elle a glissé un regard en coulisse à son mari. « Eh bien, soyez vraiment, *vraiment* élogieux au sujet de ces crêpes, OK ? Et insistez sur ce que vous *alliez* lui acheter comme cadeau ce jour-là. Parce que je sais que vous n'alliez pas revenir dans cette maison les mains vides. »

Nous avons recommencé, et j'ai décrit notre inexistante tradition des crêpes, et j'ai raconté le soin et l'à-propos merveilleux dont Amy faisait preuve dans le choix des cadeaux (là, une autre dragée a ricoché juste à droite de mon nez, et j'ai immédiatement desserré ma mâchoire), et que moi, pauvre imbécile que j'étais (« Surjouez absolument le côté mari imbécile », a conseillé Betsy), j'essayais toujours de trouver une idée géniale.

« Ce n'était même pas qu'elle aimait les cadeaux chers ou sophistiqués », j'ai commencé. J'ai reçu une boulette de papier lancée par Tanner.

« Quoi ?

— Le passé. Arrêtez de parler au passé quand vous parlez de votre femme, putain.

— Si je comprends bien, vous avez eu quelques difficultés, votre femme et vous, a continué Betsy.

— Les dernières années ont été rudes. On avait tous les deux perdu notre boulot.

— Oui, très bien ! a lancé Tanner. *Tous les deux.*

— On s'était réinstallés dans la région pour soutenir mon père, qui est atteint d'Alzheimer, et ma défunte mère, qui avait un cancer, et par-dessus le marché je travaillais très dur à mon nouveau boulot.

— Bien, Nick, bien, a fait Tanner.

— Pensez bien à dire que vous étiez très proche de votre mère, a dit Betsy », bien que je ne lui aie jamais parlé de ma mère.

Personne ne va sortir du bois pour le nier, pas vrai ? Personne va me faire le coup de me sortir un truc tordu de cruauté mentale ?

« Oui, nous étions très liés, ma mère et moi.

— Bien. Parlez beaucoup d'elle, alors. Et précisez bien que vous possédez le bar avec votre sœur – parlez toujours de votre sœur quand vous parlez du bar. Si vous possédez un bar, tout seul, vous êtes un cavaleur ; si vous possédez un bar avec votre sœur jumelle adorée, vous êtes…

— Irlandais.

— Continuez.

— Et la pression s'est accumulée…

— Non, m'a coupé Tanner. Si la pression s'accumule, ça implique qu'il va y avoir une explosion.

— Donc nous nous étions un peu égarés, mais je considérais notre cinquième anniversaire comme l'occasion de ressusciter notre relation…

— *De renouveler notre engagement*, a lancé Tanner. *Ressusciter*, ça implique que quelque chose était mort.

— De renouveler notre engagement…

— Et le fait de baiser une fille de 23 ans, ça rentre dans ce programme de rajeunissement ? » a demandé Betsy.

Tanner a lancé une dragée dans sa direction. « T'y vas un peu fort, Bets.

— Je suis désolée, mais je suis une femme, et là, ce que j'entends, ça sent le pipeau à plein nez. "Renouveler notre engagement", *pitié*. Cette fille était toujours dans votre vie quand Amy a disparu. Les femmes vont vous détester, Nick, à moins que vous n'assumiez. Soyez franc, ne tergiversez pas. Vous pouvez ajouter ça après : *On a tous les deux perdu notre boulot, on a déménagé, mes parents étaient mourants. Puis j'ai déconné. J'ai fait une énorme connerie. J'ai oublié qui j'étais, et, malheureusement, il a fallu que je perde Amy pour le réaliser.* Il faut que vous reconnaissiez que vous êtes un connard, et que tout est votre faute.

— Genre, ce que les hommes sont censés faire en général, quoi », j'ai dit.

Betsy a levé les yeux au plafond, excédée. « Et c'est une attitude, Nick, que vous devriez vraiment surveiller. »

Amy Elliott Dunne

Neuf jours après

Je suis sans le sou et en cavale. Si on n'est pas en plein film noir… Sauf que je suis assise dans la Festiva au bout du parking d'un énorme complexe de fast-foods sur les berges du Mississippi ; l'odeur du sel et de la viande d'élevage industriel flotte dans le vent chaud. C'est le soir maintenant – j'ai perdu des heures – mais je ne peux pas bouger. Je ne sais pas où aller. La voiture rétrécit d'heure en heure – je suis obligée de me recroqueviller comme un fœtus sans quoi mes jambes s'engourdissent. Je ne vais pas dormir ce soir, ça, c'est certain. La portière est verrouillée, mais j'attends toujours qu'on frappe à la vitre, et je sais que ce sera soit un serial killer enjôleur aux dents tordues (est-ce que ça ne serait pas le comble de l'ironie, que je me fasse assassiner ?) ou un flic sévère qui me demandera mes papiers (est-ce que ça ne serait pas encore pire, d'être retrouvée dans un parking dans un accoutrement de vagabonde ?). Les enseignes lumineuses des restaurants ne s'éteignent jamais ici ; le parking est éclairé comme un stade de foot – je pense de nouveau au suicide, à la façon dont les prisonniers à risque suicidaire sont exposés à la lumière vingt-quatre heures sur vingt-quatre ; une idée terrible. Mon réservoir d'essence est en dessous du quart, idée encore plus terrible : je ne peux rouler qu'environ une heure dans n'importe quelle direction, aussi dois-je choisir ma destination avec soin. Au sud, c'est l'Arkansas, au nord, l'Iowa, et à l'ouest, les Ozark de nouveau. Ou je pourrais aller vers l'est, traverser le fleuve et rejoindre l'Illinois. Partout où je vais, il y a le fleuve. Je le suis, ou il me suit.

Tout à coup, je sais ce que je dois faire.

NICK DUNNE

Dix jours après

Nous avons passé la journée de l'interview dans la chambre libre de la suite de Tanner, à préparer mes répliques et à revoir mon apparence. Betsy s'est affairée sur mes vêtements, puis Go m'a coupé les cheveux qui dépassaient au-dessus des oreilles tandis que Betsy tentait de me convaincre de mettre du maquillage – de la poudre – pour me matifier la peau. Nous parlions tous à voix basse car l'équipe de Sharon était en train d'installer le plateau à côté ; l'interview se tiendrait dans le salon de la suite, avec vue sur l'Arche de Saint-Louis. La porte d'Occident. Je ne sais pas trop à quoi servait un tel symbole, si ce n'est à suggérer vaguement le centre du pays : *Vous êtes ici.*

« Il vous faut au moins un peu de poudre, Nick, a finalement dit Betsy, s'approchant de moi avec le pinceau. Vous avez le nez qui transpire quand vous êtes nerveux. Nixon a perdu une élection parce qu'il transpirait du nez. » Tanner supervisait les opérations comme un chef d'orchestre. « Pas trop de ce côté-là. Betsy, vas-y mollo avec la poudre. Vaut mieux pas assez que trop.

— On aurait dû lui faire une injection de Botox. » Apparemment, le Botox combat la transpiration aussi bien que les rides – certains de leurs clients avaient reçu une série d'injections sous les bras avant un procès, et ils suggéraient déjà que j'en fasse de même. Tout en douceur et en subtilité : *au cas où* il y aurait procès.

« C'est ça, j'ai vraiment besoin que la presse apprenne que je me suis fait faire des injections de Botox pendant que ma femme avait disparu. A disparu. » Je savais qu'Amy n'était pas morte, mais je savais aussi qu'elle était tellement hors de portée qu'elle aurait tout aussi bien pu l'être, en ce qui me concernait. En tant qu'épouse, elle se conjuguait au passé.

« Bien vu, a dit Tanner. La prochaine fois, essayez de vous rattraper avant d'avoir parlé. »

À 17 heures, le portable de Tanner a sonné. Il a regardé l'identité de l'appelant : « Boney. » Il l'a laissée partir sur messagerie. « Je la rappellerai après. » Il ne voulait pas d'une nouvelle info, d'une nouvelle question, d'un nouveau ragot pour nous forcer à reformuler notre message. J'étais d'accord : je n'avais pas envie de penser à Boney pour l'instant.

« T'es sûr qu'on devrait pas écouter ce qu'elle veut ? a dit Go.

— Elle veut encore jouer au chat et à la souris avec moi. On la rappellera. Elle peut bien attendre quelques heures. »

Nous nous sommes tous rassis, nous rassurant mutuellement en nous disant qu'il n'y avait pas de quoi s'inquiéter. La pièce est restée silencieuse pendant une demi-minute.

Go a rompu le silence : « Je dois dire que je suis étrangement émue à l'idée de rencontrer Sharon Schieber. C'est une dame très classe. *Pas comme cette Connie Chung.* »

J'ai ri, ce qui était le but recherché. Notre mère adorait Sharon Schieber et détestait Connie Chung – elle ne lui avait pas pardonné d'avoir fait honte à la mère de Newt Gingrich à la télé, sous prétexte que Newt avait traité Hillary Clinton de s-a-l-o-p-e. Je ne me souviens pas de l'interview elle-même, juste que ça avait mis notre mère dans tous ses états.

À 18 heures, nous sommes entrés dans la pièce, où deux chaises étaient installées face à face, avec l'Arche en fond. Le timing avait été choisi précisément pour que l'Arche soit illuminée mais qu'il n'y ait plus de reflet sur les vitres. C'est l'un des moments les plus importants de ma vie, me suis-je dit, et il est dicté par l'angle du soleil. Une productrice dont je ne parvenais pas à retenir le nom s'est approchée de nous sur des talons dangereusement hauts et m'a expliqué à quoi m'attendre. Les questions pouvaient être posées plusieurs fois, pour que l'interview semble aussi homogène que possible, et pour laisser le temps de filmer les réactions de Sharon. Je ne pouvais pas parler à mon avocat avant de répondre à une question. Je pouvais reformuler une réponse, mais pas changer la substance de ladite réponse. « Voilà une bouteille d'eau, on va vous fixer un micro-cravate. »

Nous nous sommes dirigés vers ma chaise, et Betsy m'a donné un coup de coude. Elle m'a montré un sachet de dragées. « N'oubliez pas… » m'a-t-elle dit en agitant son index comme une maîtresse d'école.

Soudain, la porte de la suite s'est ouverte en grand et Sharon Schieber a fait son entrée, d'un pas aussi gracieux que si elle était portée par un troupeau de cygnes. C'était une belle femme, une femme qui n'avait sans doute jamais eu l'air d'une petite fille. Une femme dont le nez ne transpirait probablement jamais. Elle avait d'épais cheveux bruns et d'immenses yeux marron qui pouvaient passer de la plus grande tendresse à la plus extrême férocité.

« C'est Sharon ! » a dit Go dans un soupir d'admiration pour imiter notre mère.

Sharon s'est tournée vers elle et lui a fait un majestueux signe de tête, puis elle s'est approchée pour nous saluer. « Je suis Sharon, a-t-elle dit d'une voix profonde et chaude, prenant les deux mains de Go.

— Notre mère vous adorait.

— Ça me fait très plaisir », a dit Sharon, parvenant à paraître chaleureuse.

Elle s'est tournée vers moi et elle s'apprêtait à parler lorsque sa productrice est arrivée dans un grand fracas de talons pour lui chuchoter quelque chose à l'oreille. Elle a attendu la réaction de Sharon puis a ajouté quelque chose.

« Oh ! Oh ! mon Dieu ! » a dit Sharon. Quand elle s'est de nouveau tournée vers moi, elle ne souriait plus du tout.

Amy Elliott Dunne

Dix jours après

J'ai pris une décision : passer un coup de téléphone. La rencontre ne peut pas avoir lieu avant ce soir – il y a des complications prévisibles –, alors je tue le temps en me pomponnant et en me préparant mentalement.

Je me lave dans les toilettes d'un McDonald's – avec du gel vert sur des serviettes en papier humides – et j'enfile une robe bon marché fine comme du papier. Je réfléchis à ce que je vais dire. J'éprouve une hâte étrange. Cette vie merdique commençait à me taper sur le système : la machine à laver commune avec toujours le slip mouillé de quelqu'un coincé dans le tambour, qu'il faut retirer avec des doigts hésitants ; la moquette de ma cabane qui était toujours mystérieusement trempée dans un coin ; le robinet qui fuyait dans la salle de bains.

À 17 heures, je me mets en route vers le nord pour rejoindre le point de rencontre, un casino du nom de Horseshoe Alley en bordure du fleuve. Il apparaît soudain, surgi de nulle part, un massif de néons au milieu d'une forêt. Mon réservoir est pratiquement à sec – ce qui ne m'arrive jamais. Je gare la voiture et contemple le paysage : une migration de vieux, qui trottinent, appuyés sur déambulateurs et cannes, pour traîner leurs bouteilles d'oxygène vers les lumières brillantes, tels des insectes amochés. Parmi les groupes d'octogénaires se glissent de jeunes voyous trop habillés qui ont regardé trop de films qui se passent à Vegas et ne se rendent pas compte à quel point ils sont pathétiques à essayer d'imiter la dégaine cool du Rat Pack avec leurs costumes minables dans les bois du Missouri.

J'entre, passant sous un panneau d'affichage illuminé qui annonce – pour deux soirs seulement – la réunion d'un groupe de doo-wop des années 1950. À l'intérieur, le casino est glacial et mal aéré. Les machines à sous font entendre leur tintement, un joyeux gazouillis électronique qui ne va guère avec les visages mornes et avachis des gens assis devant, qui fument des clopes au-dessus de leur masque à oxygène. Une pièce, une pièce, une pièce, une pièce, ding-ding-ding ! Et une autre et une autre. Le fric qu'ils gaspillent va dans les caisses des écoles publiques désargentées qui accueillent leurs ahuris de petits-enfants. Une pièce, et une autre. Un groupe de jeunes mecs bourrés me dépasse en titubant : un enterrement de vie de garçon. Leurs lèvres sont encore humides de whisky. Ils ne me remarquent même pas, avec mes kilos en trop et ma coupe de cheveux années 1980. Ils parlent de filles, *faut qu'on se trouve des nanas*, mais, à part moi, les seules filles que je vois ne sont plus de première fraîcheur. Les garçons vont noyer leur déception dans l'alcool et essayer de ne pas tuer d'autres automobilistes en rentrant chez eux.

J'attends dans un petit bar à l'extrême gauche de l'entrée du casino, comme convenu, et regarde le boys band décati chanter pour un public fourni de vieillards qui claquent des doigts et tapent dans leurs mains, glissant leurs doigts noueux dans des bols de cacahuètes offerts par la maison. Les chanteurs squelettiques, flétris sous leurs smokings couverts de strass, tournent lentement, prudemment sur leurs prothèses – la danse des moribonds.

Au départ, le casino semblait une bonne idée – juste à la sortie de la nationale, plein d'ivrognes et de vieux, qui ne sont pas précisément réputés pour leur vue perçante. Mais je me sens cernée, et je ne tiens pas en place, douloureusement consciente des caméras dans tous les coins, des portes qui pourraient se fermer d'un coup.

Je suis sur le point de m'en aller quand il arrive d'un pas tranquille.

« Amy. »

J'ai appelé le dévoué Desi à mon aide (et pour en faire mon complice). Desi, que je n'ai jamais complètement perdu de vue, et qui – contrairement à ce que j'ai raconté à Nick et à mes parents – ne me fait pas peur le moins du monde. Desi, encore un homme sur les bords du Mississippi. J'ai toujours su qu'il pourrait m'être utile. C'est bien d'avoir au moins un homme qu'on peut utiliser pour n'importe quoi. Desi est un chevalier blanc, par vocation. Il aime les femmes à problèmes. Depuis des années, depuis Wickshire, quand on se parle, je lui demande des nouvelles de sa dernière copine, et, quelle que soit la fille, il répond : « Oh ! elle ne va pas très bien, malheureusement. » Mais je sais que c'est une aubaine pour Desi – les troubles alimentaires, les addictions aux antidouleurs, les dépressions invalidantes. Il n'est jamais plus heureux qu'au chevet de quelqu'un. Pas au lit, juste penché à côté avec un bol de bouillon, un verre de jus d'orange, et une voix doucement empesée. *Pauvre chérie.*

À présent, il est là, éblouissant dans un costume blanc de milieu d'été (Desi change de garde-robe tous les mois – ce qui allait parfaitement en juin n'ira pas pour juillet –, j'ai toujours admiré la discipline, la précision des Collings dans leur choix de tenues). Il est beau. Pas moi. Je suis trop consciente de mes lunettes humides, de la bouée de chair autour de ma taille.

« Amy. » Il me touche la joue, puis m'attire dans ses bras. Ce n'est pas une simple accolade, ce n'est pas le genre de Desi, c'est plutôt comme d'être enveloppée dans un étui sur mesure. « Ma chérie. Tu ne peux pas imaginer. Cet appel. J'ai cru que j'étais devenu fou. J'ai cru que je délirais ! J'en rêvais, j'espérais que tu étais encore en vie et… cet appel. Est-ce que ça va ?

— Maintenant, oui. Maintenant, je me sens en sécurité. Ça a été affreux. » Puis je fonds en larmes, des larmes réelles, ce qui n'était pas prévu, mais c'est un tel soulagement, et ça colle tellement bien avec cet instant que je me laisse complètement aller. Tout le stress s'écoule de moi : le courage de mettre mon plan à exécution, la peur de me faire prendre, la perte de mon argent, la trahison, la lutte, la violence pure de me retrouver toute seule pour la première fois de ma vie.

J'ai l'air assez jolie après une crise de larmes d'environ deux minutes – après ça, le nez se met à couler, les joues deviennent bouffies, mais, au début, mes lèvres deviennent plus pleines, mes yeux plus grands, mes joues rougissent. Je compte pendant que je pleure sur l'épaule ferme de Desi, *un Mississippi, deux Mississippi* – encore ce fleuve –, et je freine mes larmes à 1 minute 48 secondes.

« Je suis désolé de n'avoir pas pu venir plus tôt, mon chou. »

Je proteste : « Je sais que Jacqueline te tient très occupé. » La mère de Desi est un sujet sensible dans notre relation.

Il m'observe. « Tu as *beaucoup*... changé. Tu as le visage beaucoup plus plein, surtout. Et tes pauvres cheveux sont... » Il se reprend. « Amy. Je ne croyais pas que je pourrais jamais éprouver une telle gratitude. Dis-moi ce qui s'est passé. »

Je raconte une histoire gothique de possessivité et de colère, de violence domestique version Midwest profond, de grossesse imposée, de domination bestiale. De viol, de cachets, d'alcool et de coups. Coups de bottes de cow-boy pointues dans les côtes, peur et trahison, apathie parentale, isolement, et les derniers mots si révélateurs de Nick. « Tu ne pourras jamais me quitter. Je te tuerai. Je te retrouverai coûte que coûte. Tu es à moi. »

Comment j'ai été obligée de disparaître pour ma propre sécurité et celle de mon enfant à naître, et comment j'ai besoin de l'aide de Desi. Mon sauveur. Mon histoire devrait satisfaire sa passion pour les femmes amochées – je suis désormais la plus abîmée de toutes. Il y a longtemps, en pension, je lui ai parlé des visites nocturnes de mon père dans ma chambre, je lui ai raconté comment je regardais le plafond, dans ma chemise de nuit rose froissée, en attendant qu'il ait fini.

Desi n'a pas cessé de m'aimer depuis ce mensonge, je sais qu'il s'imagine en train de me faire l'amour, qu'il pense comme il serait doux et rassurant tandis qu'il plongerait en moi en me caressant les cheveux. Je sais qu'il s'imagine que je pleurerais doucement en me donnant à lui.

« Je ne peux plus jamais retourner à mon ancienne vie, Desi. Nick me tuera. Je ne me sentirai jamais en sécurité. Mais je ne peux pas le laisser aller en prison. Je voulais simplement disparaître. Je n'avais pas prévu que la police s'imaginerait que c'est *lui* qui avait fait le coup. »

Je jette un coup d'œil charmant vers le groupe sur scène, où un septuagénaire squelettique chante une chanson d'amour. Pas loin de notre table, un type qui se tient très droit, avec une moustache bien taillée, balance son gobelet en direction d'une poubelle et fait un air-ball (un terme que Nick m'a appris). Je regrette de n'avoir pas choisi un cadre plus pittoresque. Et maintenant, le type me regarde, la tête penchée, en surjouant l'embarras. Si c'était un cartoon, il se gratterait la tête et ça ferait un son caoutchouteux, du genre *wiiiik-wiikk*. Je ne sais pas pourquoi, je me dis : *Il a une tête de flic*. Je lui tourne le dos.

« Nick est la dernière chose dont tu doives te préoccuper, dit Desi. Laisse-moi ce soin, je vais m'en charger. » Il me présente sa main ouverte, un geste ancien entre nous. C'est le gardien de mes soucis ; c'est un jeu rituel auquel nous jouions dans notre adolescence. Je fais semblant de placer quelque chose dans sa paume, il referme ses doigts dessus et je me sens mieux. Ça marche vraiment. « Ou plutôt non, je ne m'en chargerai pas. Je voudrais que Nick meure pour ce qu'il t'a fait. Dans une société saine, c'est ce qui lui arriverait.

— Oui, eh bien, nous ne sommes pas dans une société saine, et il me faut rester cachée. Tu me trouves horrible ? »

Je connais déjà la réponse.

« Bien sûr que non, mon chou. Tu as été forcée d'agir ainsi. Ça serait de la folie de faire quoi que ce soit d'autre. »

Il ne pose pas de questions sur la grossesse. Je savais qu'il n'en poserait pas.

« Tu es le seul à savoir.

— Je vais m'occuper de toi. Qu'est-ce que je peux faire ? »

Je fais semblant d'hésiter, me mâchonne le coin de la lèvre, détourne les yeux puis les repose sur Desi. « J'ai besoin d'argent pour tenir un petit moment. Je pensais prendre un boulot, mais…

— Oh ! non, ne fais pas ça. Tu es *partout*, Amy – toutes les infos, tous les magazines ne parlent que de toi. Quelqu'un te reconnaîtrait. Même avec cette… » (Il effleure mes cheveux.) « … nouvelle coupe sportive. Tu es une belle femme et pour une belle femme, c'est difficile de disparaître.

— Malheureusement, je crois que tu as raison. Mais je ne veux pas que tu penses que je profite de la situation. C'est que je ne savais pas où… »

La serveuse, une brune quelconque déguisée en jolie brune, s'arrête et pose nos verres sur la table. Je me détourne un peu et vois que le curieux à moustache s'est un peu approché. Il m'observe avec un demi-sourire.

Je ne suis pas au top de ma forme. L'Ancienne Amy ne serait jamais venue là. Le Coca light et l'odeur de ma propre sueur m'embrouillent le cerveau.

« Je t'ai commandé un gin tonic. »

Desi fait une grimace délicate.

« Que se passe-t-il ? je demande poliment, mais je connais déjà la réponse.

— C'est ma boisson de printemps. Maintenant, je suis au Jack et au ginger ale.

— Alors on va t'en commander un, et je boirai ton gin.

— Non, ça ira très bien, ne t'en fais pas. »

Le fouineur apparaît de nouveau sur le bord de mon champ de vision. « Est-ce que ce type, le type avec la moustache – ne te retourne pas tout de suite –, est-ce qu'il me regarde toujours ? »

Desi jette un bref coup d'œil, secoue la tête. « Il regarde les… *chanteurs.* » Il prononce ce mot d'un ton dubitatif. « Ce n'est pas seulement un peu de fric, qu'il te faut. Tu vas te lasser de ce subterfuge. De ne pas pouvoir regarder les gens dans les yeux. De vivre parmi… » Il fait un grand geste pour embrasser tout le casino. « … des gens avec qui je suppose que tu n'as pas grand-chose en commun. De vivre en dessous de tes moyens.

— C'est ce qui m'attend pour les dix prochaines années. Jusqu'à ce que j'aie assez vieilli, que l'histoire soit oubliée et que je puisse me sentir à l'aise.

— Ha ! Tu es prête à faire ça pendant *dix* ans ? Amy ?

— Chuuut ! Ne dis pas ce nom.

— Cathy, Jenny ou Megan, n'importe, ne sois pas ridicule. »

La serveuse revient. Desi lui donne un billet de 20 et refuse la monnaie. Elle repart avec un grand sourire. Elle tient le billet de 20 comme si elle n'en avait jamais vu de sa vie. Je prends une gorgée de mon verre. Ça ne dérangera pas le bébé.

« Je ne crois pas que Nick porterait plainte si tu rentrais.

— Quoi ?

— Il est venu me voir. Je crois qu'il sait que c'est lui le responsable...

— Il est venu te voir ? Quand ?

— La semaine dernière. Avant que je t'aie parlé, Dieu merci ! »

Nick a montré davantage d'intérêt ces dix derniers jours que ces dernières années. J'ai toujours voulu qu'un homme se batte pour moi – un combat brutal, sanglant. Nick qui va interroger Desi, c'est un beau début.

« Qu'est-ce qu'il a dit ? Il avait l'air de quoi ?

— Il avait l'air d'un connard de premier ordre. Il voulait me mettre ça sur le dos, à *moi.* Il m'a raconté une histoire abracadabrante comme quoi je... »

J'ai toujours aimé ce mensonge sur Desi essayant de se tuer pour moi. Il avait effectivement été anéanti par notre rupture, et il s'était montré vraiment agaçant, collant ; il hantait le campus dans l'espoir que je le reprenne. Il aurait tout aussi bien pu essayer de se suicider.

« Qu'est-ce qu'il a dit sur moi ?

— Je crois qu'il sait qu'il ne pourra jamais te faire de mal maintenant que tout le monde sait qui tu es et se soucie de toi. Il serait obligé de te laisser tranquille, et tu pourrais demander le divorce et épouser l'homme qu'il te faut. » Il a pris une gorgée de gin. « Enfin.

— Je ne peux pas revenir, Desi. Même si les gens me croyaient sur la violence de Nick. Je serais quand même celle qu'ils détesteraient – parce que je les ai dupés. Je serais la plus grande paria du monde.

— Tu serais ma paria, et je t'aimerais quoi qu'il arrive, et je te protégerais de tout. Tu n'aurais jamais besoin de te confronter à ça.

— On ne pourrait plus jamais fréquenter qui que ce soit.

— On pourrait quitter le pays, si tu veux. Vivre en Espagne, en Italie, où tu voudras, passer nos journées à manger des mangues au soleil. Nous lever tard, jouer au Scrabble, feuilleter distraitement des bouquins, nager dans l'océan.

— Et quand je mourrais, je serais un détail bizarre dans un livre d'histoire locale – une cinglée. Non. J'ai ma fierté, Desi.

— Je ne te laisserai pas retourner à ta vie de zonarde. Pas question. Viens avec moi, on va t'installer dans le chalet du lac. C'est très isolé. Je t'apporterai des vivres et tout ce dont tu auras besoin, dès que tu voudras. Tu peux rester cachée, toute seule, jusqu'à ce qu'on décide de la suite des événements. »

Le *chalet du lac* de Desi était *un manoir*, et *apporter des vivres* voulait dire *devenir mon amant*. Je sentais le besoin émaner de lui comme de la chaleur. Il se tortillait un peu dans son costume, impatient de voir son point de vue triompher. Desi était un collectionneur : il avait quatre voitures, trois maisons, des séries de costumes et de chaussures. Cela lui plairait de savoir que j'étais rangée sous une cloche de verre. Le fantasme ultime du chevalier blanc : il arrache la princesse maltraitée à sa situation sordide et la place sous sa protection dorée dans un château qu'il est le seul à pouvoir pénétrer.

« Je ne peux pas faire ça. Et si les flics l'apprennent et qu'ils viennent faire une descente ?

— Amy, les flics pensent que tu es morte.

— Non, il vaut mieux que je sois seule pour l'instant. Tu peux juste me donner un peu de liquide ?

— Et si je refuse ?

— Eh bien, je saurai que tu n'es pas sincère quand tu proposes de m'aider. Que tu es comme Nick et que tu veux simplement pouvoir me contrôler, par n'importe quel moyen. »

Desi a gardé le silence. Il a avalé une gorgée avec la mâchoire serrée. « C'est assez monstrueux, de dire ça.

— C'est assez monstrueux d'agir comme ça.

— Je n'agis pas comme ça. Je m'inquiète pour toi. Installe-toi un peu au chalet du lac. Si tu as l'impression que je t'entrave, si tu te sens mal à l'aise, tu t'en vas. Au pire, tu auras toujours eu quelques jours de repos et de détente. »

Le type à moustache est soudain à notre table, un faible sourire aux lèvres. « M'dame, est-ce que par hasard vous n'auriez pas des liens avec la famille Enloe ?

— Non. » Je me détourne.

« Désolé, vous ressemblez comme deux gouttes d'eau à… »

Desi le coupe sèchement : « Nous sommes canadiens, maintenant excusez-nous. » Le type lève les yeux au ciel, marmonne un *bon Dieu !* et retourne vers le bar. Mais il continue de jeter des coups d'œil dans ma direction.

« On devrait y aller, dit Desi. Viens au chalet. Je t'y emmène maintenant. » Il se lève.

Le chalet de Desi aurait une cuisine immense, des pièces où je pourrais déambuler – je pourrais y tournoyer sur moi-même en chantant la « Chanson des collines », comme dans *La Mélodie du bonheur*, tellement les pièces seraient spacieuses. Il y aurait la Wi-Fi et le câble – tout ce qu'il me fallait pour improviser un poste de contrôle –, une énorme baignoire, des peignoirs épais et un lit qui ne menacerait pas de s'effondrer.

Il y aurait Desi, aussi, mais je pouvais le gérer.

Au bar, le type me regarde toujours, d'un air moins bienveillant à présent.

Je me penche en avant et j'embrasse doucement Desi sur les lèvres. Il faut que la décision ait l'air d'être mienne. « Tu es vraiment un homme merveilleux. Je suis désolée de te mettre dans cette situation.

— Je veux être dans cette situation, Amy. »

Nous sommes sur le chemin de la sortie, nous longeons un bar particulièrement déprimant, avec des télés qui bourdonnent dans tous les coins, lorsque je vois la Pouffiasse.

La Pouffiasse donne une conférence de presse.

Andie a l'air toute frêle et inoffensive. Elle a l'air d'une baby-sitter, et pas une baby-sitter sexy de film porno, une baby-sitter tout ce qu'il y a de plus ordinaire, la fille qui joue vraiment avec les enfants. Je sais que ce n'est pas la vraie Andie, parce que je l'ai suivie dans la vraie vie. Dans la vraie vie, elle porte des tops archiserrés qui lui moulent les seins, des jeans moulants, et elle laisse ses boucles pendre librement. Dans la vraie vie, elle a l'air baisable.

Là, elle porte une robe-tunique froissée et les cheveux coincés derrière les oreilles, et on dirait qu'elle vient de pleurer, on le voit aux petites poches roses sous ses yeux. Elle a l'air épuisée et nerveuse, mais elle est très jolie. Plus jolie que je n'avais pensé. Je ne l'ai jamais vue de si près. Elle a des taches de rousseur.

« Ohhhh ! merde, dit une femme à son amie, une vieille aux cheveux couleur lie-de-vin.

— Oh ! nooooon, je commençais juste à avoir pitié de ce type.

— Dans mon frigo, y a des trucs plus vieux que cette fille. Quel salopard. »

Andie, debout au micro, ses longs cils bruns baissés, lit une déclaration qui tremble comme une feuille morte dans sa main. Sa lèvre supérieure est humide ; elle brille sous les projecteurs. Elle s'essuie du bout de l'index. « Hum. Ma déclaration est la suivante : j'ai eu une aventure avec Nick Dunne d'avril 2011 à juillet de cette année, quand sa femme, Amy Dunne, a disparu. Nick était mon professeur à l'université de North Carthage, nous avons sympathisé, puis la relation est devenue plus intime. »

Andie s'interrompt pour s'éclaircir la gorge. Derrière elle, une femme brune guère plus âgée que moi lui tend un verre d'eau, qu'elle vide d'un trait. Le verre tremble dans sa main.

« J'ai profondément honte d'avoir eu une liaison avec un homme marié. C'est contre toutes mes valeurs. Je croyais vraiment être amoureuse – elle commence à pleurer, sa voix chevrote – de Nick Dunne, et qu'il était amoureux de moi. Il m'a dit que sa relation avec sa femme était terminée et qu'ils allaient bientôt divorcer. Je ne savais pas qu'Amy Dunne était enceinte. Je coopère avec la police dans l'enquête sur la disparition d'Amy Dunne, et je ferai tout ce qui est en mon pouvoir pour les aider. »

Sa voix est frêle, enfantine. Elle lève les yeux sur le mur de caméras devant elle et semble choquée, les baisse de nouveau. Deux pommes rouges éclosent sur ses joues rondes.

« Je… je… » Elle se met à sangloter et sa mère – cette femme doit être sa mère, elles ont les mêmes grands yeux de personnages de manga – pose un bras sur son épaule. Andie reprend sa lecture. « Je suis profondément désolée et honteuse de ce que j'ai fait. Et je veux présenter mes excuses à la famille d'Amy pour le rôle que j'ai joué dans leur malheur. Je coopère avec la police dans l'enquête… Oh ! j'ai déjà dit ça. »

Elle fait un sourire faible, gêné, et les journalistes poussent un petit gloussement d'encouragement.

« Pauvre petite », dit la rousse.

Cette petite pouffe, elle ne mérite pas de pitié. Je n'arrive pas à croire qu'on puisse avoir de la peine pour Andie. Je refuse littéralement de le croire.

« Je suis étudiante, j'ai 23 ans, continue-t-elle. Tout ce que je demande, c'est un peu d'intimité pour pouvoir me remettre de cette épreuve très douloureuse.

— Je te souhaite bien du plaisir, je murmure tandis qu'Andie se recule et qu'un officier de police refuse de répondre à aucune question et qu'ils quittent le champ.

— Pauvre petite biquette, dit la plus vieille. Elle a l'air terrifié.

— Il a dû faire le coup, en fin de compte.

— Pendant plus d'un *an*, il a couché avec elle.

— Quelle ordure. »

Desi me donne un coup de coude et écarquille les yeux en une interrogation muette : est-ce que j'étais au courant de la liaison ? Est-ce que ça va ? Mon visage est un masque de fureur – *pauvre petite biquette, mon cul* – mais je peux prétendre que c'est à cause de cette trahison. Je hoche la tête, esquisse un sourire las. Ça va. Nous sommes sur le point de partir quand je vois mes parents, main dans la main comme toujours, se diriger vers le micro. Ma mère a l'air de sortir de chez le coiffeur. Je me demande si je dois prendre ombrage du fait qu'elle ait pris une pause au milieu de ma disparition pour s'occuper d'elle-même. Quand quelqu'un meurt et que les proches continuent leurs petites affaires, on les entend toujours dire : *C'est ce que Machin aurait voulu.* Ce n'est pas ce que je veux.

Ma mère prend la parole. « Notre déclaration est brève, et nous ne répondrons à aucune question. Premièrement, merci pour le soutien formidable à l'égard de notre famille. On dirait que le monde aime Amy autant que nous : ta voix chaude, ta bonne humeur, ton esprit vif et ton bon cœur nous manquent. Tu es *vraiment* épatante. Nous te ramènerons dans ta famille. Je sais que nous y arriverons. Deuxièmement, nous ne savions pas que notre gendre, Nick Dunne, avait une liaison avant ce matin. Depuis le début de ce cauchemar, il s'est montré moins actif, moins intéressé et moins inquiet qu'il ne l'aurait dû. Nous lui avons laissé le bénéfice du doute et avons attribué ce comportement au choc. Avec cette nouvelle information, ce n'est plus notre sentiment. Nous retirons donc notre soutien à Nick. Comme l'enquête progresse, nous ne pouvons qu'espérer qu'Amy nous revienne. Son histoire doit continuer. Le monde est prêt pour un nouveau chapitre. »

« *Amen* », dit quelqu'un.

Nick Dunne

Dix jours après

L'émission était terminée, Andie et les Elliott étaient sortis du champ de la caméra. La productrice de Sharon a éteint la télé de la pointe de son escarpin. Tout le monde dans la pièce me regardait comme si je venais de chier par terre. Sharon m'a fait un sourire trop éclatant, un sourire furieux qui a mis son Botox à rude épreuve. Son visage ne se plissait pas normalement.

« Eh bien ? a-t-elle dit d'une voix calme, snob. C'est quoi ce bordel ? »

Tanner est intervenu. « C'était ça, notre scoop. Nick était et est toujours tout à fait prêt à s'expliquer sur sa conduite. Je suis désolé pour le timing, mais, en un sens, c'est mieux pour vous, Sharon. Vous aurez la première réaction de Nick.

— Vous feriez mieux d'avoir des trucs intéressants à dire, Nick. » Elle s'est éloignée en lançant à personne en particulier : « Mettez-lui le micro, on commence. »

Sharon Schieber, en fin de compte, m'a carrément adoré. À New York, j'entendais toujours des rumeurs comme quoi elle avait elle-même trompé son mari avant de revenir dans le droit chemin, c'était une histoire qui se chuchotait dans le petit monde du journalisme. C'était presque dix ans plus tôt, mais je me suis dit que le besoin d'absolution était peut-être encore là. Il l'était. Elle était rayonnante, câline, cajoleuse et mutine. Elle m'a fait une moue d'une profonde sincérité avec ses lèvres pleines et luisantes – une main sous le menton –, et m'a posé des questions difficiles, et, pour une fois, j'ai bien répondu. Je ne suis pas un menteur aussi prestigieux qu'Amy, mais je me défends quand c'est nécessaire. J'ai eu l'air d'un homme qui a aimé sa femme, qui a honte de ses infidélités et qui est prêt à s'amender. La veille, insomniaque et nerveux, j'avais regardé sur Internet Hugh Grant chez Leno en 1995, quand il présentait ses excuses à la nation pour avoir couché avec une pute. Il bégayait, bafouillait, se tortillait comme si sa peau était deux fois trop petite pour lui. Mais il n'essayait pas de se dédouaner : « Je crois que, dans la vie, on sait distinguer le bien du mal, et j'ai fait quelque chose de mal… ça ne va pas chercher plus loin. » Bon sang ! qu'est-ce qu'il était bon – il avait l'air penaud, anxieux, tellement mal à l'aise qu'on avait envie de lui prendre la main et de lui dire : *Mon vieux, c'est pas si grave, te flagelle pas comme ça.* Ce qui était l'effet que je recherchais. J'avais regardé cette vidéo tellement de fois que je courais le risque de me mettre à emprunter un accent britannique.

J'étais le *nec plus ultra* du truqueur : le mari dont Amy avait toujours juré qu'il était incapable de s'excuser le faisait enfin, en empruntant ses mots et ses émotions à un acteur.

Mais ça a marché. *Sharon, j'ai fait une chose terrible, une chose impardonnable. Je ne peux pas me chercher d'excuses. Je me suis égaré – je ne me serais jamais vu comme un mari infidèle. C'est inexcusable, c'est impardonnable, et je veux juste qu'Amy revienne à la maison pour que je puisse passer le reste de ma vie à me racheter en la traitant comme elle le mérite.*

Oh ! ça, j'aimerais vraiment la traiter comme elle le mérite.

Mais il y a une chose, Sharon, c'est que je n'ai pas tué Amy. Je ne lui ferais jamais de mal. Je pense que ce qui se passe ici, c'est ce que j'ai mentalement baptisé [petit rire] *l'effet* Ellen Abbott. *Cette forme de journalisme irresponsable, dégradante. Nous sommes habitués à voir des meurtres de femmes présentés comme un divertissement, ce qui est répugnant, et, dans ces émissions, qui est coupable ? C'est toujours le mari. Alors je crois qu'on a tellement martelé ça que le public et, jusqu'à un certain point, même la police se mettent à croire que c'est toujours le cas. Dès le début, on a pratiquement tenu pour acquis que j'avais assassiné ma femme – parce que c'est l'histoire qu'on nous raconte perpétuellement – et c'est mal, moralement, c'est mal. Je n'ai pas tué ma femme. Je veux qu'elle revienne à la maison.*

Je savais que Sharon apprécierait l'opportunité de dépeindre Ellen Abbott comme une salope prête à tout pour un bon taux d'audimat. Je savais que la majestueuse Sharon, avec ses vingt ans de journalisme, ses interviews d'Arafat, Sarkozy et Obama, devait être choquée par l'idée même d'Ellen Abbott. Je suis (j'étais) journaliste, je sais comment ça fonctionne, et, quand j'ai prononcé ces mots – *l'effet* Ellen Abbott –, j'ai reconnu le tressaillement de la bouche de Sharon, les sourcils haussés délicatement, le visage qui s'est illuminé subitement. C'est le regard qu'on a quand on réalise qu'on a trouvé son angle d'attaque.

À la fin de l'interview, Sharon a pris mes deux mains dans les siennes – fraîches, un peu calleuses, j'avais lu que c'était une acharnée de golf – et m'a souhaité bonne chance. « Je surveille votre cas de près, mon ami », a-t-elle dit, puis elle a embrassé Go sur la joue et s'est éloignée brusquement. L'arrière de sa robe était un champ de bataille d'épingles destinées à empêcher l'avant de faire des plis disgracieux.

« Putain, t'as été parfait, a déclaré Go en se dirigeant vers la porte. T'es plus du tout comme avant. Tu as l'air maître de toi, mais pas insolent. Même ta mâchoire fait moins… sale con.

— J'ai viré ma fossette.

— Presque, ouais. On se voit à la maison. » Elle m'a donné un petit coup sur l'épaule, comme pour me dire : *vas-y, champion.*

J'ai fait suivre l'interview avec Sharon Schieber par deux autres, plus brèves – une pour le câble, une pour une chaîne nationale. Le lendemain, l'interview avec Schieber allait être diffusée, puis les autres prendraient la suite : une déferlante d'excuses et de remords. Je reprenais le contrôle de la situation. Je n'allais plus accepter de passer pour le mari peut-être coupable, le mari émotionnellement frigide ou le mari infidèle et sans cœur. J'étais le type que tout le monde connaît – le type que beaucoup d'hommes (et de femmes) ont été : *J'ai trompé ma femme, je me sens minable, je vais faire tout ce qu'il faudra pour réparer les dégâts parce que je suis un homme, un vrai.*

« On s'en sort correctement, a dit Tanner à la fin. Le truc avec Andie ne sera pas aussi terrible que ça aurait pu l'être, grâce à l'interview avec Sharon. Il faut dorénavant qu'on garde systématiquement une longueur d'avance. »

Go a appelé, sa voix était grêle et haut perchée.

« Les flics sont ici avec un mandat de perquisition pour la remise… ils sont chez papa aussi. Ils sont… J'ai peur. »

Go fumait une cigarette dans la cuisine quand nous sommes arrivés et, à en juger par l'encombrement de mégots dans le cendrier kitsch, elle en était à son second paquet. Un jeune type gauche aux épaules étroites avec une coupe en brosse et un uniforme d'officier de police était assis à côté d'elle sur un des tabourets de bar.

« Je vous présente Tyler, a-t-elle dit. Il a grandi dans le Tennessee, il a un cheval qui s'appelle Custard…

— Custer, a dit Tyler.

— Custer, et il est allergique aux cacahuètes. Pas le cheval, mais Tyler. Oh ! et il a une déchirure du labrum, ce qui est la blessure typique des lanceurs au base-ball, mais il ne sait pas comment il se l'est faite. » Elle a tiré sur sa cigarette. Ses yeux se sont remplis de larmes. « Il est là depuis un moment. »

Tyler a essayé de me jeter un coup d'œil dur, mais son regard a fini sur ses chaussures bien cirées.

Boney est apparue à travers les portes vitrées coulissantes au fond de la maison. « Grosse journée, les garçons, a-t-elle dit. On aurait bien aimé que vous preniez la peine de nous informer, Nick, que vous aviez une copine. Ça nous aurait fait gagner beaucoup de temps.

— Nous serons heureux d'en parler, ainsi que du contenu de la remise, et nous étions en route pour vous mettre au courant, a dit Tanner.

— Franchement, si vous aviez eu la courtoisie de nous parler d'Andie, beaucoup de douleur aurait pu être évitée. Mais vous aviez besoin de la conférence, de la publicité. C'est vraiment dégoûtant, d'exhiber cette fille comme ça.

— C'est bon, a dit Boney. Donc, la remise. Vous venez avec moi ? » Elle nous a tourné le dos et nous a devancés sur le gazon clairsemé de juillet jusqu'à la remise. Une toile d'araignée pendait à ses cheveux comme un voile de mariée. Elle a fait un signe impatient quand elle a vu que je ne la suivais pas. « Venez. On ne va pas vous mordre. »

La remise était éclairée par plusieurs torches portatives, ce qui lui donnait l'air encore plus sinistre.

« Quand êtes-vous venu là pour la dernière fois, Nick ?

— Je suis venu très récemment, quand la chasse au trésor de ma femme m'a guidé là. Mais ces affaires ne sont pas à moi, et je n'ai rien touché… »

Tanner m'a coupé : « Mon client et moi, nous avons une nouvelle théorie explosive… » a-t-il commencé. Puis il s'est repris. Son ton de présentateur télé sonnait affreusement faux et complètement inapproprié. Nous avons tous eu un mouvement de recul.

« Explosive, rien que ça, comme c'est intéressant, a dit Boney.

— Nous étions sur le point de vous informer…

— Vraiment ? Comme ça tombe bien. Restez là, s'il vous plaît. »

La porte se balançait sur ses gonds, un verrou brisé pendait sur le côté. À l'intérieur, Gilpin dressait l'inventaire des marchandises.

« C'est ça, les clubs de golf avec lesquels vous ne jouez pas ? a-t-il dit, bousculant les fers miroitants.

— Rien de tout cela ne m'appartient – ce n'est pas moi qui ai mis tout ça ici.

— C'est curieux, parce que tout ce qu'il y a ici correspond à des achats faits avec les cartes de crédit qui ne vous appartiennent pas non plus, a lâché Boney d'un ton cassant. C'est un peu, comment on appellerait ça, le "trésor du parfait petit célibataire" ? Un trésor en cours de constitution, attendant seulement que la femme disparaisse pour de bon. Vous avez des passe-temps sympas, Nick. » Elle a soulevé trois gros cartons et les a posés à mes pieds.

« Qu'est-ce que c'est que ça ? »

Boney les a ouverts du bout des doigts, avec un dégoût évident malgré les gants en caoutchouc qui protégeaient ses mains. À l'intérieur, des douzaines de DVD pornos.

Gilpin a gloussé. « Je dois vous l'accorder, Nick, c'est vrai, quoi, un homme a ses besoins…

— Les hommes sont extrêmement visuels, c'est ce que mon ex disait toujours quand je le chopais, a dit Boney.

— Les hommes sont extrêmement visuels, mais, Nick, ces trucs, ça m'a fait rougir. Ça m'a un petit peu écœuré, aussi, et je ne suis pas du genre à me laisser écœurer facilement. » Il a étalé quelques DVD comme un affreux jeu de cartes. La plupart des titres étaient empreints de violence : *Brutal Anal*, *Fellations brutales*, *Salopes humiliées*, *Salopes sadisées*, *Gang bang sur les chiennes*, et une série qui s'intitulait : *Abîme la pute*, volumes 1 à 18, avec, sur les jaquettes, des photos de femmes se tordant de douleur pendant que des hommes inséraient des objets en elles avec un sourire lubrique.

J'ai détourné les yeux.

« Oh ! maintenant, c'est lui qui est gêné. » Gilpin arborait un grand sourire.

Mais je n'ai pas réagi car j'ai vu qu'on faisait monter Go à l'arrière d'une voiture de police.

Nous nous sommes retrouvés une heure plus tard au commissariat. Tanner était contre – j'ai insisté. J'ai fait appel à son ego iconoclaste de cow-boy millionnaire. Nous allions dire la vérité à la police. Le temps était venu.

Je pouvais supporter qu'ils s'acharnent sur moi – mais pas sur ma sœur.

« Je donne mon accord parce que je pense que votre arrestation est inévitable, Nick, quoi que nous fassions. Si nous leur disons que nous sommes prêts à parler, peut-être qu'on obtiendra quelques informations sur le dossier qu'ils ont contre vous. En l'absence d'un corps, ils voudront vraiment des aveux, donc ils vont essayer de vous accabler avec des preuves. Et ça pourrait nous donner de quoi relancer notre défense.

— Et on leur donne tout, pas vrai ? On leur donne les indices, les marionnettes, et Amy. » J'étais paniqué, pressé d'y aller – je me représentais les flics en train de harceler ma sœur sous une ampoule nue au même instant.

« À condition que vous me laissiez parler. Si c'est moi qui parle de la machination, ils ne peuvent pas l'utiliser contre vous au procès… dans le cas où on choisisse un angle de défense différent. »

Cela m'inquiétait que mon avocat trouve la vérité si complètement impossible à croire.

Gilpin nous a accueillis sur les marches du commissariat, un Coca à la main, après un dîner tardif. Quand il s'est retourné pour nous guider à l'intérieur, j'ai vu que le dos de sa chemise était trempé de sueur. Le soleil était couché depuis longtemps, mais la moiteur restait. Il a écarté ses bras une fois, et la chemise a trembloté avant d'aller se recoller aussitôt à sa peau.

« Il fait encore chaud, a-t-il dit. Et le thermomètre est encore censé grimper d'ici à demain. »

Boney nous attendait dans la salle d'interrogatoire, celle du premier soir. La nuit du jour où. Elle avait fait une tresse indienne dans sa chevelure filasse et l'avait attachée à l'arrière de sa tête dans un chignon assez pathétique, et elle portait du rouge à lèvres. Je me suis demandé si elle avait un rencard. Le genre où on se retrouve après minuit.

« Vous avez des enfants ? » lui ai-je demandé en tirant une chaise.

Visiblement surprise, elle a levé un doigt. « Un. » Elle n'a pas donné de nom, d'âge, ou d'autre détail. Boney était en mode pro. Elle tâchait de patienter.

« Vous d'abord, a dit Tanner. Dites-nous ce que vous avez.

— Bien sûr, a dit Boney. OK. » Elle a déclenché le magnétophone, éludant les préliminaires. « Vous soutenez, Nick, que vous n'avez jamais acheté ou touché les marchandises qui se trouvent dans la remise de la propriété de votre sœur.

— C'est exact, a dit Tanner.

— Nick, il y a vos empreintes partout sur pratiquement tous les objets.

— C'est un mensonge ! Je n'ai *rien* touché, absolument *rien* là-dedans ! À part mon cadeau d'anniversaire, qu'*Amy avait déposé là.* »

Tanner m'a touché le bras : *Bouclez-la.*

« Nick, vos empreintes sont sur les DVD pornos, sur les clubs de golf, sur les étuis de montres, et même sur la télé. »

Et là j'ai vu à quel point Amy aurait apprécié la scène : mon sommeil profond, autosatisfait (avec lequel je la narguais, convaincu que si seulement elle était plus décontractée, comme moi, son insomnie disparaîtrait), se retournait contre moi. J'ai vu la chose, parfaitement : Amy à genoux, mon haleine chaude de ronfleur sur les joues, en train de poser le bout de mes doigts ici et là, sur plusieurs mois. Peut-être même qu'elle glissait des somnifères dans mon verre. Je me souviens que, un matin, elle m'a regardé pendant que je me réveillais, yeux et lèvres collés, et qu'elle m'a dit : « Tu dors du sommeil des damnés, tu sais. Ou des drogués. » J'étais les deux, et je ne le savais pas.

« Vous voulez nous expliquer comment ces empreintes sont arrivées là ? a demandé Gilpin.

— Dites-nous le reste », a dit Tanner.

Boney a posé un classeur à couverture de cuir épais comme une bible, carbonisé aux entournures, sur la table entre nous. « Vous reconnaissez ça ? »

J'ai haussé les épaules, secoué la tête.

« C'est le journal intime de votre femme.

— Heu, non. Amy ne tenait pas de journal.

— Eh bien, en fait, Nick, si. Elle a tenu un journal pendant environ sept ans.

— OK. »

Quelque chose de terrible était sur le point de se produire. Une fois de plus, ma femme avait fait marcher sa cervelle.

Amy Elliott Dunne

Dix jours après

Nous passons la frontière de l'Illinois avec ma voiture, jusqu'à un quartier particulièrement mal famé d'une petite ville en faillite au bord du fleuve, nous passons une heure à l'essuyer, puis nous la laissons avec les clefs sur le contact. Si ça ce n'est pas le cycle de la galère : le couple de l'Arkansas qui la conduisait avant moi était louche ; Amy des Ozark avait indubitablement des zones d'ombre ; avec un peu de chance, un quelconque paumé de l'Illinois allait l'apprécier à son tour.

Puis nous rentrons dans le Missouri avec la voiture de Desi, traversant des collines ondulées jusqu'à ce que j'aperçoive, entre les arbres, le miroitement du lac Hannafan. Comme Desi a de la famille à Saint-Louis, il aime à croire que cette région est occupée depuis longtemps, comme la côte est, mais il se trompe. Le lac Hannafan ne porte pas le nom d'un homme d'État du XIXe siècle ou d'un héros de la guerre de Sécession. C'est un lac privé, creusé à la machine en 2002 par un promoteur mielleux du nom de Mike Hannafan, qui s'était révélé pratiquer une activité parallèle de retraitement des déchets dangereux. La commune sens dessus dessous se déchire pour essayer de trouver un nouveau nom à son lac. Je suis certaine qu'on a envisagé lac Collings.

Donc, malgré le lac bien conçu – sur lequel quelques résidents triés sur le volet peuvent naviguer, mais seulement à la voile – et la demeure somptueuse mais pleine de goût de Desi – un chalet suisse, à l'échelle américaine –, je ne suis pas impressionnée. Ça a toujours été le problème avec Desi. On a le droit d'être du Missouri, mais ça n'est pas une raison suffisante pour prétendre que le lac Collings est le lac de Côme. Il s'appuie contre sa Jaguar et contemple sa maison, de sorte que je suis obligée de l'admirer également.

« Nous avons pris modèle sur ce merveilleux petit chalet que j'avais loué avec ma mère au lac de Brienz. Il lui manque juste la crête des montagnes. »

C'est une sacrée lacune, me dis-je, mais je pose la main sur son bras et dis : « Montre-moi l'intérieur, ça doit être fabuleux. »

Il me fait la visite à 5 cents, riant à l'idée d'une somme si ridicule. Une cuisine grande comme une cathédrale – toute de granit et de chrome –, un salon avec une cheminée pour madame et une cheminée pour monsieur, qui donne sur un espace extérieur (ce que les gens du Midwest appellent une « véranda »), ouvert sur les bois et le lac. Au sous-sol, une salle de jeux avec un billard, des fléchettes, une sono surround, un petit bar, et encore un espace extérieur (que les gens du Midwest appellent la « deuxième véranda »). Un sauna jouxtant la salle de détente, et, à côté, la cave à vins. À l'étage, cinq chambres. Il m'attribue la deuxième plus grande.

« Je l'ai fait repeindre, dit-il. Je sais que tu aimes le vieux rose. »

Je n'aime plus le vieux rose : c'était au lycée. « Tu es tellement adorable, Desi, merci », je fais avec toute la sincérité dont je suis capable. Mes remerciements sont toujours un peu laborieux. Souvent, je ne remercie pas du tout. Les gens font ce qu'ils ont à faire et ils s'attendent à ce qu'on s'appesantisse sur les louanges – on dirait les employés de chez Frozen Yogurt qui mettent des gobelets pour les pourboires.

Mais Desi réagit aux remerciements comme un chat qu'on brosse ; son dos s'arque presque de plaisir. Pour l'instant, c'est un geste qui en vaut la peine.

Je pose mon sac, tentant de signaler que je me retire pour la soirée – j'ai besoin de voir comment les gens réagissent aux confessions d'Andie et de savoir si Nick a été arrêté – mais, apparemment, je suis loin d'en avoir fini avec les remerciements. Desi s'est assuré que je lui sois éternellement redevable. Avec un petit sourire mystérieux, il prend ma main (*J'ai encore quelque chose à te montrer*) et me guide au rez-de-chaussée (*J'espère vraiment que ça va te plaire*) jusqu'à un couloir qui part de la cuisine (*Ça a demandé beaucoup de travail, mais ça valait vraiment la peine*).

« J'espère vraiment que ça va te plaire », répète-t-il. Et il ouvre grand la porte.

C'est une pièce de verre, une serre, en fait. À l'intérieur, des tulipes, des centaines de tulipes de toutes les couleurs. Les tulipes fleurissent mi-juillet dans le chalet lacustre de Desi. Dans leur pièce spéciale pour une fille très spéciale.

« Je sais que ce sont tes fleurs préférées, mais la saison est si courte. Alors j'ai préparé ça pour toi. Elles vont fleurir toute l'année. »

Il passe un bras autour de ma taille et me pousse vers les fleurs pour que je puisse les apprécier pleinement.

« Des tulipes tous les jours de l'année », je dis. Et j'essaie d'avoir les yeux qui pétillent. Les tulipes, c'étaient mes fleurs préférées au lycée. C'étaient les fleurs préférées de tout le monde, c'étaient les gerberas des années 1980. Maintenant, j'aime les orchidées, qui sont fondamentalement l'opposé des tulipes.

« Est-ce que Nick aurait seulement pensé à faire quelque chose comme ça pour toi ? me souffle Desi à l'oreille tandis que les tulipes ondulent sous une fine pluie de gouttelettes à déclenchement automatique.

— Nick ne savait même pas que j'aimais les tulipes. » C'est la vérité.

C'est adorable, plus qu'adorable, ce geste. Ma propre salle des fleurs, comme dans un conte de fées. Pourtant, j'ai un petit frisson : il n'y a que vingt-quatre heures que j'ai appelé Desi, or ces tulipes ne viennent pas d'être plantées, et la chambre ne sentait pas la peinture fraîche. Je suis bien forcée de me poser la question : la fréquence de ses lettres l'année passée, leur ton galant… depuis combien de temps voulait-il m'attirer ici ? Et combien de temps pense-t-il que je vais rester ? Assez longtemps pour profiter des tulipes qui fleurissent chaque jour pendant un an.

« Mon Dieu ! Desi. C'est comme un conte de fées.

— Ton conte de fées. Je veux que tu voies ce que peut être la vie. »

Dans les contes de fées, il y a toujours de l'or. J'attends qu'il me donne une liasse de billets, une mince carte de crédit, quelque chose d'utile. Nous finissons la visite en retraversant toutes les pièces, de façon que je puisse pousser des cris extatiques devant les détails qui m'ont échappés lors de notre premier passage. Puis nous retournons dans ma chambre, toute de satin et de soie, rose et duveteuse, une chambre de fille qui ressemble à du marshmallow et à de la barbe à papa. En regardant par la fenêtre, je remarque le mur haut qui entoure la maison.

Nerveusement, je lance : « Desi, est-ce que tu pourrais me laisser un peu d'argent ? »

Il fait semblant d'être surpris.

« Tu n'as pas besoin d'argent pour l'instant, si ? Tu n'as plus de loyer à payer ; la maison sera approvisionnée en nourriture. Je peux t'apporter des vêtements neufs. Enfin, ce n'est pas que tu ne me plaises pas avec ton chic de province.

— Je crois que je me sentirais plus à l'aise avec un petit peu de liquide. Au cas où il se passerait quelque chose. Au cas où je serais obligée de filer en vitesse. »

Il ouvre son portefeuille et en sort deux billets de 20 qu'il me glisse doucement dans la main. « Et voilà », dit-il avec indulgence.

Là, je me demande si je n'ai pas commis une très grosse erreur.

Nick Dunne

Dix jours après

J'avais fait une erreur, en péchant par excès de confiance. Quel que soit le contenu de ce journal, il allait me détruire. Je voyais déjà la couverture du bouquin qu'on en tirerait : en noir et blanc, une photo de nous le jour de notre mariage, un fond rouge sang, un bandeau : *Avec seize pages de photos inédites et des extraits du journal de la vraie Amy Elliott Dunne – une voix d'outre-tombe*… J'avais trouvé ça bizarre et plutôt charmant, cette nouvelle passion d'Amy, ces crapoteux récits de faits divers que je voyais de temps en temps traîner chez nous. Je pensais que peut-être elle lâchait un peu de lest et s'accordait quelques lectures de plage.

Non, mon capitaine. Elle se documentait.

Gilpin a pris une chaise, s'est assis à califourchon dessus et s'est penché vers moi en s'appuyant sur ses bras croisés – son attitude de flic de cinéma. Il était presque minuit ; on se serait cru encore plus tard.

« Parlez-nous de la maladie de votre femme ces derniers mois, a-t-il dit.

— Sa maladie ? Amy ne tombait jamais malade. Une fois par an, elle a un petit rhume au pire. »

Boney a pris le classeur et l'a ouvert à une page marquée. « Le mois dernier, vous avez préparé des verres pour Amy et vous, et vous vous êtes installés sous votre porche. Elle écrit ici que les cocktails étaient affreusement sucrés et décrit ce que je pense être une réaction allergique : *Mon cœur battait à toute vitesse, ma langue était pâteuse, collée au fond de ma bouche. J'avais les jambes en coton quand Nick m'a aidée à monter les escaliers.* » Elle a posé un doigt sur la page pour garder son passage, a levé les yeux comme pour vérifier que j'écoutais bien. « Quand elle s'est réveillée le lendemain matin : *J'avais mal à la tête et des brûlures d'estomac, mais plus bizarre, mes ongles étaient bleu clair, et, quand je me suis regardée dans la glace, j'ai vu que mes lèvres aussi. Je n'ai pas fait pipi pendant deux jours. Je me sentais incroyablement faible.* »

J'ai secoué la tête avec dégoût. Je m'étais attaché à Boney. J'attendais mieux de sa part.

« Est-ce l'écriture de votre femme ? » Boney a penché le classeur vers moi, et j'ai vu de l'encre noire et l'écriture d'Amy, accidentée comme une feuille de température.

« Oui, je crois.

— Notre expert en écriture également. »

Boney a prononcé ces mots avec une certaine fierté, et j'ai compris : c'était la première fois que ces deux-là héritaient d'une affaire qui nécessitait de faire appel à des experts extérieurs, qui exigeait qu'ils se mettent en contact avec des professionnels aux spécialités exotiques telle l'analyse en écriture.

« Vous savez ce qu'on a appris d'autre, Nick, quand on a montré cette page à notre expert médical ?

— Empoisonnement », j'ai répondu brusquement. Tanner m'a fait les gros yeux : *doucement*.

Boney a hésité un instant ; ce n'était pas une information que j'étais censé fournir.

« Oui, Nick, merci, empoisonnement à l'antigel. Cas d'école. Elle a eu de la chance de s'en tirer.

— Elle ne s'en est pas tirée, parce que ce n'est jamais arrivé. Comme vous dites, c'est un cas d'école – inventé à partir d'une recherche sur Internet. »

Boney a froncé les sourcils mais refusé de mordre. « Le journal ne fait pas un portrait flatteur de vous, Nick, a-t-elle continué en passant un doigt sur sa tresse. *Violence* – vous la bousculiez. *Stress* – vous vous mettiez facilement en colère. Des relations sexuelles à la limite du *viol*. Elle avait très peur de vous à la fin. Ça fait mal au cœur de lire ça. On se demandait à quoi ça rimait, ce revolver, eh bien, elle dit qu'elle en voulait un parce qu'elle avait peur de vous. Les derniers mots : *Cet homme est capable de me tuer. Cet homme est capable de me tuer*, ce sont ses propres mots. »

Ma gorge s'est serrée brusquement. J'ai cru que j'allais vomir. De la peur, principalement, puis une montée de rage. *Pauvre salope, pauvre salope, connasse, connasse, connasse.*

« Comme c'est malin de sa part de terminer là-dessus. C'est bien commode », j'ai dit. Tanner a posé une main sur la mienne pour me faire taire.

« On dirait que vous avez envie de la tuer de nouveau sur-le-champ, a dit Boney.

— Vous n'avez fait que nous mentir, Nick, a dit Gilpin. Vous dites que vous étiez à la plage ce matin-là. Tous les gens à qui on a posé la question disent que vous détestez la plage. Vous dites que vous n'avez pas la moindre idée d'où peuvent provenir ces achats sur vos cartes de crédit toutes poussées au maximum. Maintenant, nous avons une remise pleine des marchandises correspondantes, *et vos empreintes sont dessus*. Nous avons une femme qui souffre de ce qui semble être une intoxication à l'antigel quelques semaines avant de *disparaître*. N'en jetez plus, la cour est pleine. » Il a marqué une pause.

« Il y a d'autres éléments importants ? a demandé Tanner.

— Nous pouvons établir que vous étiez à Hannibal, où le sac de votre femme est réapparu quelques jours après, a dit Boney. Nous avons une voisine qui vous a entendus vous engueuler la veille au soir. Une grossesse que vous ne désiriez pas. Un bar acheté avec l'argent emprunté à votre femme, qui pouvait lui revenir en cas de divorce. Et bien sûr, *bien sûr* : une maîtresse depuis plus d'un an.

— Nous pouvons encore vous aider, Nick, a dit Gilpin. Une fois qu'on vous aura arrêté, on ne pourra plus.

— Où est-ce que vous avez trouvé le journal ? Dans la maison du père de Nick ? a demandé Tanner.

— Oui », a confirmé Boney.

Tanner m'a fait un signe de tête : *c'est ça qu'on n'a pas réussi à trouver*. « Laissez-moi deviner : un tuyau anonyme. »

Aucun des deux flics n'a répondu.

« Je peux demander où vous l'avez trouvé, dans la maison ?

— Dans la chaudière. Je sais que vous croyiez l'avoir brûlé. Il a pris feu, mais la chaudière était trop faible et s'est éteinte. Du coup, seuls les bords ont brûlé, a dit Gilpin. Un vrai coup de veine pour nous. »

La chaudière – encore une *private joke* d'Amy ! Elle avait toujours fait mine de s'émerveiller de mon peu de compréhension des choses que les hommes sont censés comprendre. Pendant notre fouille, j'avais même jeté un œil à la vieille chaudière de mon père, avec ses tuyaux, ses fils et ses robinets, et je m'étais reculé, intimidé.

« Ce n'est pas de veine. Vous étiez censés le trouver. »

Boney a laissé le côté gauche de sa bouche esquisser un sourire. Elle s'est bien calée sur son siège et a attendu, aussi décontractée que si elle était en train de jouer dans une pub pour du thé glacé. J'ai adressé à Tanner un hochement de tête rageur : *Allez-y.*

« Amy Elliott Dunne est en vie, et elle a monté un piège pour faire accuser Nick Dunne de l'avoir assassinée », a-t-il dit. J'ai joint les mains et me suis redressé, essayant de faire tout ce qui était en mon pouvoir pour me donner l'air raisonnable. Boney me dévisageait. Il m'aurait fallu une pipe, des lunettes que j'aurais pu ôter prestement pour faire mon effet, une pile d'encyclopédies sous le coude. J'avais la tête qui tournait. Ne ris *pas*.

Boney a froncé les sourcils : « Vous pouvez répéter ?

— Amy est en vie, elle va très bien, et elle fait accuser Nick volontairement », a dit mon porte-parole.

Ils ont échangé un regard, penchés au-dessus de la table : *il est vraiment pas croyable, ce mec.*

« Pourquoi ferait-elle une chose pareille ? a demandé Gilpin en se frottant les yeux.

— Parce qu'elle le déteste. C'est évident. C'était un mari de merde. »

Boney a regardé le sol, poussé un soupir. « Je suis bien d'accord avec vous sur ce point. »

En même temps, Gilpin a dit :

« Oh, pitié !

— Est-ce qu'elle est *folle*, Nick ? a dit Boney, en se penchant vers moi. Parce que ce dont vous parlez, c'est de la folie. Vous m'entendez ? Il aurait fallu, quoi ? six mois, un *an*, pour préparer une telle machination. Il aurait fallu qu'elle vous déteste, qu'elle vous veuille du mal – un mal définitif, grave, affreux – pendant un *an*. Vous savez combien il est difficile d'entretenir une haine aussi puissante pendant si longtemps ? »

Elle en était capable. Amy en était capable.

« Pourquoi elle n'aurait pas simplement divorcé ? a lancé Gilpin d'un ton cassant.

— Ça n'aurait pas satisfait son… sens de la justice », j'ai répliqué.

Tanner m'a de nouveau jeté un regard.

« Bon sang ! Nick, vous ne commencez pas à en avoir marre. C'est écrit noir sur blanc, de la main de votre femme : *Cet homme est capable de me tuer*. »

On avait dû leur enseigner ça, un jour ou l'autre : utilisez le plus possible le nom du suspect, cela le mettra à l'aise, lui donnera le sentiment d'être reconnu. C'est le même principe que dans la vente.

« Vous êtes allé dans la maison de votre père récemment, Nick ? a demandé Boney. Le 9 juillet, par exemple ? »

Merde. C'est pour *ça* qu'Amy avait changé le code de l'alarme. J'ai repoussé une nouvelle vague de dégoût de moi-même : ma femme m'avait baisé à deux reprises. Non seulement elle avait réussi à me faire croire qu'elle m'aimait encore, mais elle m'avait aussi *forcé à m'incriminer.* La pute. J'ai failli éclater de rire. Bon sang ! je la détestais, mais on était obligé de l'admirer, cette salope.

Tanner a commencé : « Amy s'est servie de sa chasse au trésor pour forcer mon client à se rendre dans ces différents endroits où elle avait disposé des indices – Hannibal, la maison de son père – de façon qu'il s'incrimine. Mon client et moi avons apporté ces indices avec nous. En gage de bonne foi. »

Il a sorti les indices et les mots d'amour, et les a étalés devant les flics comme s'il allait faire un tour de cartes. Je me suis pris une bonne suée pendant qu'ils les lisaient. J'espérais qu'ils me disent que tout était clair à présent.

« OK. Vous dites qu'Amy vous détestait tellement qu'elle a passé des mois à monter une machination pour vous faire accuser de son meurtre ? » a demandé Boney de la voix calme et mesurée d'un parent déçu.

Je l'ai regardée, sans expression.

« Pour moi, on ne dirait pas une femme en colère, Nick. Elle se donne un mal de chien pour s'excuser, pour vous proposer de repartir à zéro, tous les deux, pour vous faire bien savoir à quel point elle vous aime :

tu es chaleureux – tu es mon soleil. Tu es brillant, tu es spirituel.

— Oh ! de grâce, putain.

— Une fois de plus, Nick, votre réaction est incroyablement bizarre de la part d'un innocent, a dit Boney. Nous sommes là, en train de lire des mots doux, peut-être les derniers mots que vous adressera jamais votre femme, et vous, vous avez l'air furieux. Je me rappelle encore ce premier soir : Amy a disparu, vous venez ici, nous vous enfermons dans cette pièce pendant quarante-cinq minutes et vous avez l'air *de vous ennuyer*. Nous vous avons observé, vous avez failli vous endormir.

— Ça n'a rien à voir avec… a dit Tanner.

— J'essayais de rester calme.

— Vous aviez l'air très, très calme. Depuis le début, vous agissez de manière… inappropriée. Vous semblez sans émotion, désinvolte.

— C'est juste ma personnalité, vous ne voyez pas ? Je suis stoïque. Excessivement. Amy le sait… Elle s'en plaignait tout le temps. Elle disait que je n'avais pas assez d'empathie, que je me retirais en moi-même, que je ne savais pas gérer les émotions pénibles – la tristesse, la culpabilité. Elle *savait* que j'aurais l'air affreusement suspect. Bordel de merde ! Parlez à Hilary Handy, vous voulez bien ? Parlez à Tommy O'Hara. Je leur ai parlé, moi ! Ils vont vous le dire, comment elle est !

— Nous leur avons parlé, a dit Gilpin.

— Et ?

— Hilary Handy a fait deux tentatives de suicide depuis le lycée. Tommy O'Hara a fait deux cures de désintoxication.

— Sans doute à cause d'Amy.

— Ou parce que ce sont des individus profondément instables et rongés par la culpabilité, a dit Boney. Revenons à la chasse au trésor. »

Gilpin a lu à haute voix l'indice n° 2 d'une voix délibérément monotone.

Tu m'as emmenée ici, pour que je puisse t'écouter raconter
Tes aventures de petit garçon : jean cradingue et casquette
On emmerde les autres, pour nous ils sont largués
Et volons un baiser... comme de jeunes mariés.

« Vous dites qu'elle a écrit ça pour vous forcer à aller à Hannibal ? » a demandé Boney.

J'ai acquiescé.

« Il n'est pas question d'Hannibal là-dedans. Même pas de loin.

— La casquette, c'est une vieille *private joke* entre nous sur...

— Oh ! une *private joke*, a dit Gilpin.

— Et l'indice suivant, la petite maison marron ? a demandé Boney.

— Pour aller chez mon père. »

Boney a repris un visage sévère. « Nick, la maison de votre père est bleue. » Elle s'est tournée vers Tanner en levant les yeux au ciel : *Vous pensez vraiment me faire gober des bobards pareils ?*

« Moi, j'ai l'impression que vous inventez des "*private jokes*" dans ces indices, a-t-elle dit. Si ça c'est pas commode, pour le coup : nous découvrons que vous êtes allé à Hannibal, et, comme par enchantement, paf ! l'indice veut secrètement dire *aller à Hannibal.*

— Le cadeau final, que voici, a dit Tanner, posant le carton sur la table, est assez transparent. Des marionnettes de Punch et Judy. Comme vous le savez, j'en suis sûr, Punch tue Judy et son bébé. C'est mon client qui a découvert cette boîte. Nous tenions à vous la remettre. »

Boney a ouvert le carton, enfilé des gants en latex et sorti les marionnettes. « C'est lourd, a-t-elle dit, compact. » Elle a examiné la dentelle de la robe de la femme, l'habit bigarré de l'homme. Elle a soulevé l'homme, a examiné l'épaisse poignée de bois avec les encoches pour les doigts.

Elle s'est immobilisée, sourcils froncés, le pantin dans les mains. Puis elle a renversé la poupée femelle de sorte que sa jupe s'est soulevée d'un coup.

« Celle-ci n'a pas de poignée. » Elle s'est tournée vers moi. « Est-ce qu'il y avait une poignée ?

— Comment je le saurais ?

— Une poignée de cinq centimètres sur dix, très épaisse et très lourde, avec des encoches pour avoir une bonne prise ? Une poignée épaisse comme un fichu gourdin ? »

Elle m'a dévisagé et j'ai bien vu ce qu'elle pensait. *Vous êtes un manipulateur. Vous êtes un sociopathe. Vous êtes un assassin.*

Amy Elliott Dunne

Onze jours après

C'est ce soir que passe l'interview de Nick par Sharon Schieber dont on nous a tant rebattu les oreilles. Je m'apprêtais à la regarder avec une bouteille de bon vin après un bain chaud, tout en l'enregistrant, pour pouvoir prendre des notes sur ses mensonges. Je veux écrire toutes les exagérations, les demi-vérités, les bobards et les mensonges éhontés qu'il va proférer, de façon à pouvoir fortifier ma rage contre lui. Elle a vacillé après l'interview du blog – *une* interview improvisée, alcoolisée – et je ne peux pas autoriser ça. Je ne vais pas me ramollir. Je ne suis pas une poire. Cependant, j'ai hâte d'entendre ses réflexions sur Andie maintenant qu'elle a craqué. La version qu'il va donner.

Je veux regarder l'émission seule, mais Desi me tourne autour toute la journée, il ne cesse d'aller et venir dans toutes les pièces où j'essaie de me retirer, telle une averse soudaine, inévitable. Je ne peux pas lui dire de s'en aller, étant donné qu'il est chez lui. J'ai déjà essayé, et ça ne marche pas. Il dira qu'il veut jeter un œil sur la plomberie au sous-sol, ou regarder dans le frigo pour voir ce qu'il doit acheter.

Ça va continuer comme ça, je me dis. *C'est à ça que va ressembler ma vie. Il se pointera quand il veut et restera aussi longtemps qu'il veut, il se glissera jusqu'au salon en faisant la conversation puis il s'assoira, et me fera signe de m'asseoir, et il ouvrira une bouteille de vin, et tout à coup on sera en train de partager un repas et il n'y aura aucun moyen d'y mettre fin.*

« Je suis vraiment exténuée.

— Oblige encore un peu ton bienfaiteur », réplique-t-il, passant un doigt le long du pli de son pantalon.

Il sait pour l'interview de Nick ce soir, alors il s'en va et revient avec tous mes mets préférés : du manchego, des truffes au chocolat et une bouteille de sancerre frais, et, l'air narquois, il sort même un paquet de Fritos parfum chili et fromage : je suis devenue accro quand j'étais l'Amy des Ozark. Il sert le vin. Par accord tacite, nous ne rentrons pas dans les détails sur le bébé, nous savons tous deux que les fausses couches sont monnaie courante dans ma famille, et que ce serait affreux pour moi d'être obligée d'en parler.

« Je suis curieux de savoir ce qu'il a à dire pour sa défense, ce porc », dit-il. Desi dit rarement *salopard* ou *connard.* Il dit *porc*, un mot qui dans sa bouche semble plus vénéneux.

Une heure plus tard, nous avons mangé un dîner léger préparé par Desi, et bu le vin que Desi a apporté. Il m'a donné une bouchée de fromage et a partagé une truffe avec moi. Il m'a donné exactement dix Fritos puis il a planqué le sachet. Il n'aime pas l'odeur ; ça l'écœure, dit-il, mais en fait, ce qui ne lui plaît pas, c'est mon poids. Maintenant, nous sommes assis côte à côte sur le canapé, une couverture angora sur nous parce que Desi a mis l'air conditionné à fond, du coup c'est l'automne en juillet. Je pense qu'il l'a fait pour pouvoir allumer le feu dans la cheminée et nous forcer à nous blottir tous deux sous la couverture ; apparemment, pour lui, nous sommes un couple d'octobre. Il m'a même apporté un cadeau – un col roulé aubergine –, et je remarque qu'il est parfaitement assorti avec la couverture et le pull vert foncé de Desi.

« Tu sais, au cours des siècles, des hommes pathétiques ont toujours maltraité des femmes fortes qui menaçaient leur virilité, dit Desi. Ils ont un psychisme tellement fragile qu'ils ont besoin de ce genre d'emprise… »

Je pense à un autre genre d'emprise. Je pense à l'emprise qui se déguise en soin : *Voici un pull pour te tenir chaud, ma chérie, maintenant mets-le pour te conformer à ce que je veux voir.*

Nick, au moins, ne faisait pas ça. Nick me laissait faire ce que je voulais.

Je voudrais juste que Desi se tienne tranquille et qu'il la boucle. Il est nerveux, il ne tient pas en place, comme si son rival était dans la pièce avec nous.

« Chuttt ! je dis tandis que mon beau visage apparaît à l'écran, une photo, puis une autre, comme des feuilles qui tombent d'un collage d'Amy.

— C'était la fille que *toutes les filles* voulaient être, disait la voix de Sharon. Belle, brillante, originale et très riche. Il était l'homme que tous les hommes admiraient…

— Pas lui, a marmonné Desi.

— … beau gosse, drôle, intelligent et charmant.

Mais le 5 juillet, leur monde apparemment si parfait s'est écroulé lorsque Amy Elliott Dunne a disparu, le jour de leur cinquième anniversaire de mariage. »

Récap. Des photos de moi, d'Andie, de Nick. Des photos génériques de tests de grossesse et de factures impayées. J'ai vraiment fait du bon boulot. C'est comme de peindre une fresque sur un mur, de reculer d'un pas pour voir le résultat et de se dire : *Parfait*.

« Aujourd'hui, en exclusivité, Nick Dunne rompt le silence, non seulement sur la disparition de sa femme, mais sur son infidélité et *toutes les rumeurs*. »

J'ai une bouffée d'affection pour Nick parce qu'il porte ma cravate préférée. C'est moi qui lui ai offerte, et il pense, ou pensait, que la couleur est trop *girly*. C'est un mauve soutenu qui lui fait les yeux presque violets. Il a perdu sa brioche de connard content de lui au cours du dernier mois : son ventre est plat, son côté poupin a disparu et sa fossette au menton est moins saillante. On lui a rafraîchi sa coupe, mais il n'est pas allé chez le coiffeur – j'ai une image de Go en train de tailler ce qui dépasse juste avant l'émission, se glissant dans le rôle de Mama Mo, s'affairant autour de lui, frottant son pouce mouillé de salive sur une petite saleté près de son menton. Il porte ma cravate, et, quand il lève une main pour faire un geste, je vois qu'il porte ma montre, la Bulova Spaceview vintage que je lui ai achetée pour son trente-troisième anniversaire, qu'il n'a jamais portée parce que *ce n'était pas lui*, alors que c'est lui tout craché.

« Il est bien pomponné pour un homme qui croit sa femme disparue, a persiflé Desi. Content de voir qu'il n'a pas loupé une séance de manucure.

— Nick n'irait jamais chez une manucure, je réplique en jetant un coup d'œil sur les ongles polis de Desi.

— Rentrons directement dans le vif du sujet, dit Sharon. Avez-vous quelque chose à voir avec la disparition de votre femme ?

— Non. Non, 100 % non », dit Nick, sans baisser les yeux. Il a été bien préparé. « Mais laissez-moi vous dire, Sharon, je suis loin, très loin d'être innocent, ou irréprochable, loin d'être un bon mari. Si je n'avais pas tellement peur pour Amy, je dirais que ça a été une bonne chose, en un sens, sa disparition…

— Excusez-moi, Nick, mais je crois qu'un certain nombre de gens vont avoir beaucoup de mal à croire que vous disiez une chose pareille alors que votre femme est portée disparue…

— C'est l'impression la plus affreuse du monde, et je désire son retour plus que tout. Tout ce que je dis, c'est que ça m'a ouvert les yeux, brutalement. Ce n'est pas agréable de s'apercevoir qu'on est un homme si minable qu'il faut une tragédie comme celle-ci pour vous arracher à votre spirale d'égoïsme et vous ouvrir les yeux sur le fait que vous êtes le plus gros veinard du monde. Je veux dire, j'avais cette femme qui était mon égale, qui était *meilleure* que moi sur tous les plans, et j'ai laissé mes angoisses – de perdre mon boulot, de n'être pas capable de prendre soin de ma famille, de vieillir – ternir tout ça.

— Oh, pitié !… » commence Desi, mais je le fais taire. Pour Nick, admettre à la face du monde qu'il n'est pas un mec bien, c'est une petite mort.

« Et Sharon, laissez-moi le dire, laissez-moi le dire tout de suite : je l'ai trompée. J'ai manqué de respect envers ma femme. Je ne voulais pas être l'homme que j'étais devenu, mais, au lieu de faire un travail sur moi-même, j'ai choisi la solution de facilité. Je l'ai trompée avec une jeune femme qui me connaissait à peine. De façon à pouvoir faire *semblant* d'être un homme fort. Je pouvais faire *semblant* d'être l'homme que je voulais être – intelligent, sûr de lui, prospère – parce que cette jeune femme n'y voyait que du feu. Cette jeune fille, elle ne m'avait pas vu pleurnicher dans une serviette dans la salle de bains au milieu de la nuit parce que j'avais perdu mon boulot. Elle ne connaissait pas mes manies et mes défauts. J'étais un imbécile, je croyais que si je n'étais pas parfait, ma femme ne m'aimerait plus. Je voulais être le héros d'Amy, et, quand j'ai perdu mon boulot, j'ai perdu mon amour-propre. Sharon, je sais faire la différence entre le bien et le mal. Et ce que j'ai fait… c'était mal.

— Que voudriez-vous dire à votre femme, au cas où elle nous regarderait ce soir ?

— Je voudrais dire : "Amy, je t'aime. Tu es la femme la plus formidable que j'aie jamais connue. Tu es bien plus que je ne mérite, et si tu reviens, je passerai le restant de ma vie à me racheter. Nous trouverons le moyen de mettre toutes ces horreurs derrière nous, et je serai pour toi le meilleur mari du monde. Je t'en prie, reviens-moi, Amy." »

Pendant une microseconde, il place le bout de son index sur la fossette de son menton, notre vieux code secret, celui qu'on faisait à l'époque pour jurer qu'on ne se racontait pas de craques – telle robe était vraiment jolie, tel article était vraiment solide. *Je suis absolument 100 % sincère pour l'instant – je suis de ton côté, et je n'irais pas me foutre de ta gueule.*

Desi se penche devant moi pour m'empêcher de voir l'écran et attraper la bouteille de sancerre. « Encore du vin, ma chérie ?

— Chut ! »

Il couvre le son de l'émission. « Amy, tu as bon cœur. Je sais que tu es sensible aux… excuses. Mais tout ça, c'est un tissu de mensonges. »

Nick dit exactement ce que je veux entendre. *Enfin.*

Desi se déplace de façon à me regarder bien en face, obstruant complètement mon champ de vision. « C'est de la simulation, qu'il fait, là. Il veut se donner l'air du type bien, repentant. Je veux bien reconnaître qu'il fait de l'excellent boulot. Mais ce n'est pas vrai – il n'a même pas reconnu t'avoir battue, violée. Je ne comprends pas l'emprise que ce type a sur toi. Ça doit être le syndrome de Stockholm.

— Je sais. » Je sais exactement ce que Desi veut entendre. « Tu as raison. Tu as tout à fait raison. Cela fait bien longtemps que je ne me suis pas sentie autant en sécurité, Desi, mais je suis encore… je le vois et… je lutte, mais il m'a blessée… pendant des années.

— Peut-être qu'on devrait arrêter de regarder », dit-il. Il tortille une mèche de mes cheveux, s'approche trop près.

« Non, laisse. Il faut que j'affronte ça. Avec toi. Avec toi, je peux le faire. » Je mets ma main dans la sienne. *Maintenant, boucle-la.*

Je veux seulement qu'Amy revienne à la maison pour pouvoir passer le reste de ma vie à me racheter, à la traiter comme elle le mérite.

Nick me pardonne – *je t'ai fait une saloperie, tu m'as fait une saloperie, effaçons l'ardoise.* Et si son code était vrai ? Nick veut que je revienne. Nick veut que je revienne pour pouvoir prendre bien soin de moi. Pour pouvoir passer le reste de ma vie à me traiter comme il le doit. Perspective assez charmante. On pourrait retourner à New York. Les ventes de *L'Épatante Amy* ont grimpé en flèche depuis ma disparition – trois générations de lecteurs se sont rappelé à quel point ils m'aiment. Mes parents cupides, stupides, irresponsables pourront enfin me rembourser mon fidéicommis. Avec les intérêts.

Parce que je veux retourner à ma vie d'avant. Oui, à ma vie d'avant, avec mon argent d'avant et mon Nouveau Nick. Nick qui veut m'aimer, m'honorer et m'obéir. Peut-être a-t-il appris sa leçon. Peut-être sera-t-il comme il était avant. Parce que, ces derniers temps, j'ai beaucoup rêvassé – enfermée dans ma cabane dans les Ozark, enfermée dans le chalet gigantesque de Desi, j'ai eu tout le temps de rêvasser, et ce qui revient dans mes rêveries, c'est le Nick des premiers temps. Je pensais que je prendrais mon pied à me l'imaginer en train de se faire violer en prison, mais, en fait, pas trop, pas tellement, ces derniers jours. Je pense au tout, tout début, quand nous étions couchés côte à côte, chair nue sur le coton frais, et qu'il me regardait, traçant d'un doigt une ligne de mon menton à mon oreille. Elle me faisait gigoter, cette légère chatouille sur mon lobe, puis il passait son doigt dans tous les replis du pavillon de mon oreille, puis l'enfonçait dans mes cheveux. Il prenait une mèche de mes cheveux, comme il l'avait fait la première fois que nous nous étions embrassés, et la déroulait complètement et tirait deux fois, doucement, comme pour tirer une sonnette. Et il disait : « Tu es plus belle que n'importe quel bouquin, personne ne pourrait inventer une telle beauté. »

Nick me maintenait les pieds sur terre. Nick n'était pas comme Desi, qui m'apportait ce que je voulais (des tulipes, du vin) pour me faire faire ce qu'*il* voulait (l'aimer). Nick voulait simplement que je sois heureuse, c'est tout, c'était très pur. Peut-être que j'avais confondu ça avec de la paresse. *Je veux juste que tu sois heureuse, Amy.* Combien de fois m'a-t-il dit ça et que j'ai compris : *Je veux juste que tu sois heureuse, Amy, parce que ça me fait moins de boulot.* Mais peut-être étais-je injuste. Enfin, pas injuste, mais désorientée. Ça ne m'est jamais arrivé d'aimer quelqu'un qui n'avait pas des intentions cachées. Alors comment pourrais-je connaître la différence ?

En fait, c'est vrai. Il a fallu cette situation atroce pour que nous nous en rendions compte. Nick et moi, nous sommes faits pour être ensemble. Je suis un peu trop, et il n'est pas tout à fait assez. Je suis un buisson d'épines, hérissée par l'excès d'attention de mes parents, et il est transpercé d'un million de petits coups de poignards paternels. Mes épines logent parfaitement dans ses cicatrices.

Je dois rentrer le retrouver.

Nick Dunne

Quatorze jours après

Je me suis réveillé sur le canapé de ma sœur avec une méchante gueule de bois et une envie pressante de tuer ma femme. C'était assez commun dans les jours qui ont suivi l'interrogatoire au sujet du journal. Je me voyais retrouver Amy dans un quelconque spa de la côte ouest, sirotant du jus d'ananas, sur un divan, ses soucis disparaissant bien loin au-dessus d'un ciel bleu parfait ; moi, sale, puant après une longue traversée du pays en voiture, je me plantais devant elle et lui cachais le soleil jusqu'à ce qu'elle lève les yeux, puis je refermais mes mains sur son cou parfait, avec ses cordes vocales et ses cavités, le pouls qui battait d'abord précipitamment, puis plus lentement. Nous nous regardions dans les yeux et, *in extremis*, nous nous comprenions à peu près.

J'allais être arrêté. Si pas ce jour-là, le lendemain ; si pas le lendemain, le surlendemain. J'avais pris pour un bon signe le fait que les flics me laissent quitter le commissariat, mais Tanner avait calmé ma joie : « En l'absence d'un corps, c'est incroyablement dur d'obtenir une inculpation. Ils sont juste en train de vérifier les derniers points de détail pour la procédure. Profitez de ces quelques jours pour expédier vos affaires urgentes, parce qu'une fois que l'arrestation aura eu lieu, on aura du pain sur la planche. »

Juste derrière la fenêtre, j'entendais le brouhaha des équipes de télé – les types se saluaient comme s'ils pointaient à l'usine. Les appareils photo crépitaient comme des sauterelles hystériques. Ils prenaient des clichés de la maison de Go. Quelqu'un avait révélé la découverte de ma « caverne d'Ali Baba » sur la propriété de ma sœur, mon arrestation imminente. Ni l'un ni l'autre n'osions même écarter les rideaux.

Go est entrée dans la pièce en caleçon en flanelle et tee-shirt des Butthole Surfers qui datait du lycée, son ordinateur portable sous le bras.

« Tout le monde te déteste, de nouveau, a-t-elle dit.

— Quelle bande de girouettes.

— La nuit dernière, quelqu'un a révélé à la presse l'info sur la remise, le sac d'Amy et le journal intime. Maintenant, il n'y a plus que des : *Nick est un menteur, Nick est un tueur, Nick est un tueur qui ment comme il respire.* Sharon Schieber venait de déclarer dans un communiqué qu'elle était *très choquée et déçue* par la tournure que prenait l'affaire. Oh ! et tout le monde est au courant pour les DVD pornos – *Tuez les putes.*

— *Abîme la pute.*

– Oh ! pardon. *Abîme la pute*. Donc *Nick est un tueur qui ment comme il respire / Un sadique obsédé sexuel.* Ellen Abbott va se déchaîner, putain. Elle est hystériquement antiporno.

— Évidemment. Je suis sûr qu'Amy en a parfaitement conscience.

— Nick ? a-t-elle dit comme si elle voulait me réveiller. C'est grave.

— Go, ça n'a pas d'importance, ce que pensent les autres, il ne faut pas qu'on l'oublie. Tout ce qui compte, pour l'instant, c'est ce que pense Amy. Il faut *qu'elle* se radoucisse à mon égard.

— Nick. Tu crois vraiment qu'elle peut passer si vite de te détester à ce point à retomber amoureuse de toi ? »

C'était le cinquième anniversaire de notre conversation sur ce sujet.

« Go, oui, je le crois. Amy n'a jamais été super douée pour détecter quand on se fout de sa gueule. Si on lui disait qu'elle était belle, c'était un fait. Si on lui disait qu'elle était brillante, ce n'était pas de la flatterie, c'était son dû. Alors oui, je pense qu'une bonne partie d'elle croit encore sincèrement que si seulement j'arrive à voir mes erreurs, *bien sûr* que je retomberais amoureux d'elle. Parce que, nom de Dieu, pourquoi donc je ne l'aimerais pas ?

— Et si en fait elle a appris à flairer quand on se fout de sa gueule ?

— Tu connais Amy ; elle a besoin de gagner. C'est moins le fait que je l'ai trompée qui la fout en rogne que le fait que je lui ai préféré quelqu'un d'autre. Elle va vouloir me récupérer rien que pour prouver qu'elle l'a emporté. T'es pas d'accord ? Rien qu'à me voir la supplier de revenir pour que je puisse la vénérer comme il se doit, elle va avoir du mal à résister. Tu crois pas ?

— Je pense que c'est une idée qui se tient, a-t-elle dit sur le ton qu'elle aurait employé pour me souhaiter bonne chance à la loterie.

— Dis donc, si t'as une meilleure idée, je suis tout ouïe. »

Nous ne cessions pas de nous accrocher comme ça. Nous ne l'avions jamais fait auparavant. Après avoir découvert la remise, les flics avaient cuisiné Go, sans ménagement, comme l'avait prédit Tanner : *était-elle au courant ? M'avait-elle aidé ?*

Ce soir-là, je m'attendais qu'elle rentre écumante de rage, et qu'elle me crache jurons et reproches, mais je n'avais eu droit qu'à un sourire gêné quand elle était passée devant moi pour rejoindre sa chambre dans la maison sur laquelle elle avait placé une double hypothèque pour couvrir les honoraires de Tanner.

J'avais mis ma sœur en péril financier et judiciaire à cause de mes décisions de merde. Toute la situation remplissait Go de rancœur et moi de honte, une combinaison mortelle pour deux personnes qui sont confinées dans un espace si réduit.

J'ai essayé de changer de sujet : « Je pensais appeler Andie maintenant que…

— Oui, c'est une idée de génie, Nick. Comme ça, elle pourra repasser chez Ellen Abbott…

— Elle n'est pas allée chez Ellen Abbott. Elle a tenu une conférence retransmise par Ellen Abbott. Elle n'a pas un mauvais fond, Go.

— Elle a donné cette conférence de presse parce qu'elle était en colère contre toi. J'aurais presque préféré que tu continues à la baiser.

— Classe.

— Mais qu'est-ce que tu pourrais bien lui dire, de toute façon ?

— Que je regrette.

— Ben, putain, t'as de quoi regretter, c'est sûr, a-t-elle murmuré.

— Je… je n'aime pas la façon dont ça s'est terminé.

— La dernière fois que tu as vu Andie, elle t'a *mordu*, a dit Go d'une voix d'une patience exagérée. Je ne crois pas que vous ayez quoi que ce soit à ajouter, tous les deux. Tu es le suspect principal d'un meurtre en cours d'investigation. Tu as perdu le droit de rompre en douceur. Non mais, putain, Nick. »

Nous commencions à nous lasser l'un de l'autre, ce que je n'aurais jamais cru possible. Tout ça dépassait le stress normal, le danger que j'avais déposé à la porte de Go. Ces dix secondes, juste une semaine plus tôt, où j'avais ouvert la porte de la remise, en espérant que Go lise dans mes pensées, comme toujours, ces dix secondes où ce qu'elle avait lu, c'était que j'avais tué ma femme : je ne pouvais pas les dépasser, et elle non plus. Je la surprenais à me regarder avec la même froideur, la même insensibilité qu'elle réservait à notre père : encore un pauvre connard qui bouffe l'espace. Je suis certain que je la regardais parfois à travers les yeux de notre misérable père : encore une bonne femme mesquine qui m'en voulait.

J'ai poussé un petit soupir, me suis levé et lui ai pressé la main. Elle a répondu à ma pression.

« Je crois que je devrais rentrer chez moi », ai-je dit. J'ai eu une vague de nausée. « Je n'en peux plus. Attendre d'être arrêté, je ne supporte plus. »

Avant qu'elle ne puisse me stopper, j'ai attrapé mes clefs, ouvert la porte, et les appareils photo ont commencé à crépiter, les cris ont fusé dans une foule encore plus importante que je ne l'avais craint : *Hé, Nick, vous avez tué votre femme ? Hé, Margo, vous avez aidé votre frère à dissimuler des preuves ?*

« Bande de salopards », a craché Go. Elle est restée à côté de moi par solidarité, dans son tee-shirt Butthole Surfers et son caleçon. Quelques manifestants brandissaient des banderoles. Une femme aux cheveux blond filasse avec des lunettes noires agitait une pancarte : *Nick, où est AMY ?*

Les cris se sont faits plus forts, frénétiques. Ils ne lâchaient pas ma sœur : *Margo, est-ce que votre frère a tué sa femme ? Est-ce que Nick a tué sa femme et son bébé ? Margo, êtes-vous suspectée ? Est-ce que Nick a tué sa femme ? Est-ce que Nick a tué son bébé ?*

Je suis resté planté là, essayant de défendre mon territoire, refusant de m'autoriser à battre en retraite à l'intérieur. Soudain, Go s'est accroupie à côté de moi. Elle a tourné le robinet près du perron. Elle a allumé le jet au maximum – un jet dur, régulier – et a arrosé tous ces cameramen, ces manifestants et ces jolies journalistes dans leur tailleur impeccable : elle les a aspergés comme des animaux.

C'était un tir de couverture. Je me suis précipité dans ma voiture et je suis parti, laissant tout ce beau monde dégoutter de flotte sur la pelouse. Go riait à gorge déployée.

Il m'a fallu dix minutes pour avancer ma voiture de mon allée à mon garage. Je progressais centimètre par centimètre, séparant la marée humaine en furie – il y avait au moins vingt protestataires devant ma maison, en plus des équipes de télé. Ma voisine, Jan Teverer, en faisait partie. Nos regards se sont croisés, et elle a agité sa pancarte vers moi : *OÙ EST AMY, NICK ?*

Finalement, j'ai réussi à entrer, et la porte du garage s'est refermée avec un bourdonnement. Je suis resté assis dans la chaleur de l'espace bétonné, j'ai repris mon souffle.

Où que j'aille, à présent, j'avais l'impression d'être en prison – les portes s'ouvraient et se fermaient, s'ouvraient et se fermaient, et moi, je ne me sentais jamais en sécurité.

J'ai passé le reste de la journée à me représenter comment j'allais tuer Amy. Je n'arrivais pas à penser à autre chose : trouver un moyen de l'achever. Défoncer une bonne fois pour toutes son cerveau hyperactif. Je devais rendre à Amy la monnaie de sa pièce : j'avais peut-être somnolé ces dernières années, mais putain, j'étais parfaitement réveillé, à présent. J'étais électrique, de nouveau, comme je l'étais aux premiers temps de notre mariage.

Je voulais faire quelque chose, faire arriver quelque chose, mais il n'y avait rien à faire. En fin de soirée, toutes les équipes de télé sont parties, mais je ne pouvais pas prendre le risque de quitter la maison. J'ai dû me contenter de faire les cent pas. J'avais les nerfs dangereusement à vif.

Andie m'avait foutu dedans, Marybeth s'était retournée contre moi, Go avait perdu une dose essentielle de foi. Boney m'avait piégé. Amy m'avait détruit. Je me suis servi un verre. J'ai bu une gorgée, puis j'ai pressé mes doigts sur les courbes du verre et l'ai jeté contre le mur. J'ai regardé le verre éclater comme un feu d'artifice, écouté le formidable fracas, humé le nuage de bourbon. La fureur par les cinq sens. *Quelle bande de salopes !*

Toute ma vie, je m'étais efforcé d'être un type bien, un type qui aimait et respectait les femmes, un type sans complexes. Et voilà où j'en étais : à ruminer des pensées malveillantes envers ma sœur jumelle, ma belle-mère, ma maîtresse. En train d'imaginer défoncer le crâne de ma femme.

On a frappé à la porte, un bang-bang-bang furieux qui m'a fait sortir en sursaut de mon cerveau malade.

J'ai ouvert la porte, violemment, j'ai accueilli la fureur par la fureur.

C'était mon père, debout sur le seuil de ma porte comme un spectre abominable convoqué par ma haine. Il était hors d'haleine, en sueur. La manche de sa chemise était déchirée et il était hirsute, mais ses yeux, comme d'habitude, étaient empreints de cette vivacité sinistre qui lui donnait l'air affreusement lucide.

« Elle est là ? a-t-il lancé d'un ton sec.

— Tu cherches qui, papa ?

— Tu sais qui. » Il m'a poussé et est entré, a commencé à avancer d'un pas martial dans le salon, laissant de la boue partout, les poings serrés, le centre de gravité bien trop haut qui le forçait à continuer à marcher sous peine de tomber. *Salopesalopesalope*, marmonnait-il. Il sentait la menthe. La vraie menthe, pas un arôme artificiel, et j'ai vu une traînée verte sur son pantalon, comme s'il avait crapahuté dans un jardin.

Petite garce quelle petite garce, marmonnait-il sans cesse. Dans le salon, dans la cuisine, allumant toutes les lumières. Un cloporte s'est enfui le long du mur.

Je l'ai suivi en essayant de l'apaiser. *Papa, papa, et si tu t'asseyais, papa, tu veux un verre d'eau, papa…* Il est descendu au sous-sol d'un pas lourd. Des mottes de terre se détachaient de ses chaussures. J'ai serré les poings. Il fallait que ce salopard vienne encore empirer les choses.

« Papa ! Nom de Dieu, papa ! Il n'y a personne ici à part moi ! Je suis tout seul. » Il a ouvert la porte de la chambre d'amis, puis est retourné dans le salon, sans m'écouter… « Papa ! »

Je ne voulais pas le toucher. J'avais peur de le frapper. J'avais peur de fondre en larmes.

Je lui ai barré le passage lorsqu'il a essayé de monter à la chambre. J'ai placé une main sur le mur, l'autre sur la rambarde – telle une barricade humaine. « Papa ! Regarde-moi. »

Ses mots sont sortis dans une avalanche de crachats : « Tu lui diras, tu lui diras à cette affreuse petite garce que c'est pas terminé. Elle ne vaut pas mieux que moi, tu lui diras. Elle n'est pas trop bien pour moi. Elle n'a pas son *mot* à dire. Va falloir qu'elle apprenne, cette affreuse petite garce… »

Je jure que j'ai eu une illumination pendant une micro-seconde, un moment de clarté totale, choquante. J'ai cessé d'essayer de repousser la voix de mon père, pour une fois, et je l'ai laissée retentir à mes oreilles. Je n'étais pas cet homme : je ne détestais pas et ne craignais pas toutes les femmes. J'étais le misogyne d'une seule femme. Si je méprisais seulement Amy, concentrais toute ma fureur, ma rage et mon venin sur la seule femme qui le méritait, cela ne faisait pas de moi mon père. C'était une preuve de bonne santé.

Petite salope petite salope petite salope.

Je n'avais jamais autant détesté mon père de me faire aimer ces mots à ce point-là.

Putain de salope putain de salope.

Je l'ai pris par le bras, sans ménagement, et l'ai escorté à la voiture. J'ai claqué la portière. Il a répété son incantation sur tout le trajet jusqu'à Comfort Hill. Je me suis garé sur les places réservées aux ambulances, je suis passé de son côté, j'ai ouvert la portière, je l'ai tiré par le bras, et je l'ai accompagné à l'intérieur, juste derrière la porte.

Puis j'ai tourné le dos et je suis rentré.

Putain de salope putain de salope.

Mais il n'y avait rien que je puisse faire à part supplier. Ma salope de femme ne m'avait *rien* laissé d'autre que mes yeux pour pleurer et la supplier de revenir à la maison. Dans la presse, sur Internet, à la télé, n'importe où, tout ce que je pouvais espérer, c'était que ma femme me voie jouer les bons maris, dire les mots qu'elle voulait m'entendre dire : *capitulation, complète.Tu as raison et j'ai tort, systématiquement. Reviens-moi (pauvre connasse). Reviens pour que je puisse te buter.*

Amy Elliott Dunne

Vingt-six jours après

Desi est encore là. Il est là presque tous les jours, maintenant, il minaude dans la maison, il se met devant la fenêtre de la cuisine au moment où le soleil couchant éclaire son profil pour que je puisse l'admirer, il me prend par la main et m'emmène dans la salle des tulipes pour que je puisse le remercier de nouveau, il me rappelle constamment que je suis en sécurité, que je suis aimée.

Il dit que je suis en sécurité, que je suis aimée, mais il refuse de me laisser partir, ce qui ne me donne pas l'impression d'être en sécurité et aimée. Il ne m'a pas laissé de clefs de voiture. Pas de clefs de maison. Il ne m'a pas donné le code du portail. Je suis littéralement prisonnière – le portail fait trois mètres de haut, et il n'y a pas d'échelle dans la maison (j'ai regardé). Je pourrais, j'imagine, traîner quelques meubles au pied du mur, les empiler, grimper et l'enjamber, et m'échapper en boitillant ou en rampant, mais ce n'est pas le problème. Le problème, c'est que je suis une invitée précieuse et aimée dans sa maison, et une invitée devrait pouvoir s'en aller quand elle le désire. J'ai remis le sujet sur la table il y a quelques jours. « Et si j'ai besoin de m'en aller. Immédiatement ?

— Peut-être que je devrais m'installer ici, réplique-t-il. Comme ça, je pourrais être tout le temps là pour te protéger, et s'il se passe quoi que ce soit, nous pourrons fuir ensemble.

— Et si ta mère a des soupçons, et qu'elle vient jusqu'ici et découvre que tu me caches ? Ce serait épouvantable. »

Sa mère. Je mourrais si sa mère venait jusqu'ici, car elle me dénoncerait immédiatement. Cette femme me déteste, tout ça à cause de ce petit incident au lycée – après tout ce temps, elle m'en veut encore. Je m'étais écorché le visage et j'avais dit à Desi qu'elle m'avait griffée (elle était tellement possessive, et tellement froide à mon égard, que ça revient quasiment au même). Ils ne s'étaient pas parlé pendant un mois. Visiblement, ils se sont réconciliés.

« Jacqueline n'a pas le code. Le chalet est à *moi.* » Il s'interrompt et fait semblant de réfléchir. « Je devrais vraiment m'installer ici. Ce n'est pas sain pour toi de passer autant de temps toute seule. »

Mais je ne suis pas toute seule, pas tant que ça. En deux semaines seulement, nous avons établi une certaine routine. C'est une routine dictée par Desi, mon geôlier de luxe, mon prétendant gâté. Desi arrive juste après midi, il a toujours sur lui les relents d'un déjeuner hors de prix qu'il a dévoré avec Jacqueline dans un restaurant chic, le genre de restaurant où il pourrait m'emmener si nous allions nous installer en Grèce. (C'est l'autre option qu'il ressort régulièrement : nous pourrions aller nous installer en Grèce. Je ne sais pas pourquoi, il s'imagine qu'on ne me reconnaîtrait jamais dans un petit village de pêcheurs en Grèce où il a souvent passé l'été, et où je sais qu'il nous voit en train de siroter du vin et de faire paresseusement l'amour à la lueur du couchant, le ventre plein de poulpe.) Il sent la cuisine quand il entre, des relents de nourriture s'engouffrent avec lui. Il doit planquer du foie gras derrière ses oreilles (tout comme sa mère qui a toujours vaguement senti le vagin – la bouffe et le sexe, c'est ça que puent les Collings ; ce n'est pas une mauvaise stratégie).

Il entre, et je me mets à saliver. L'odeur. Il m'apporte quelque chose de bon à manger, mais pas aussi bon que ce qu'il a pris au restaurant : il m'a mise à la diète, il a toujours préféré les femmes squelettiques. Alors il m'apporte des fruits bios, des artichauts couverts d'épines, et du crabe dans sa carapace, toutes choses qui demandent une préparation compliquée et apportent peu en retour. J'ai presque retrouvé mon poids normal et mes cheveux repoussent. Je les porte en arrière sous un bandeau qu'il m'a apporté, et je les ai reteints en blond, grâce à la teinture qu'il m'a également apportée : « Je pense que tu te sentiras mieux dans ta peau quand tu commenceras à retrouver ton apparence, ma chérie », dit-il. Oui, tout ça, c'est pour mon bien-être, pas parce qu'il veut que je récupère exactement mon apparence d'autrefois. Amy autour de 1987.

Pendant que je déjeune, il me tourne autour, en attente de compliments. (Je voudrais ne plus jamais avoir à prononcer ce mot : *merci*. Je ne me rappelle pas d'avoir jamais vu Nick s'arrêter pour me laisser le temps de – me forcer à – le remercier.) Je finis de manger, et il nettoie du mieux qu'il peut. Tous deux, nous n'avons pas été habitués à nettoyer derrière nous ; la maison commence à avoir l'air habitée – des taches suspectes sur le bar, de la poussière sur l'évier.

Une fois le repas terminé, Desi s'amuse avec moi, pendant un petit moment : mes cheveux, ma peau, mes vêtements, mon esprit.

« Regarde comme tu es belle », dira-t-il, coinçant mes cheveux derrière mes oreilles comme il aime, défaisant un bouton de mon chemisier et écartant le col pour pouvoir admirer le creux de ma clavicule. Il met un doigt sur le petit creux, comble le trou. C'est obscène. « Comment Nick a-t-il pu te faire du mal, ne pas t'aimer, te tromper ? » Il ne cesse de revenir là-dessus, comme s'il grattait perpétuellement une écorchure. « Ça ne serait pas formidable d'oublier complètement Nick et ces cinq années terribles, et de commencer une nouvelle vie ? Tu as cette chance, tu sais, de recommencer à zéro avec l'homme qu'il te faut. Combien de femmes peuvent dire ça ? »

Je veux repartir à zéro avec l'homme qu'il me faut, le Nouveau Nick. Il est dans une situation fâcheuse, funeste. Je suis la seule à pouvoir le sauver de moi-même. Mais je suis piégée.

« Si tu partais d'ici et que je ne savais pas où tu es, je serais obligé de prévenir la police, dit Desi. Je n'aurais pas le choix. Je serais forcé de m'assurer que tu es en sécurité, que Nick ne te… retient pas quelque part contre ta volonté. Pour te brutaliser. »

Une menace sous le masque de la sollicitude.

Je regarde Desi avec un dégoût total désormais. Parfois, j'ai l'impression que ma peau doit brûler sous l'effet combiné de la répulsion et de mon effort pour la dissimuler. J'avais oublié comment il était. La manipulation, la persuasion insinuante, la violence feutrée. Un homme qui trouve la culpabilité sexy. Et s'il n'obtient pas ce qu'il veut, il actionne ses petites manettes pour mettre le châtiment en action. Au moins, Nick était assez viril pour aller planter sa queue ailleurs. Desi insistera sans cesse avec ses doigts cireux, effilés, jusqu'à ce que je lui donne ce qu'il désire.

Je croyais pouvoir contrôler Desi, mais non. J'ai le sentiment que quelque chose de terrible va se produire.

Nick Dunne

Trente-trois jours après

Les jours étaient longs et distendus, puis tout s'est fracassé dans le mur. Un matin d'août, en revenant de faire des courses, j'ai trouvé Tanner dans mon salon avec Boney et Gilpin. Sur la table, dans un sachet en plastique scellé, un long gourdin épais avec des encoches pour les doigts.

« Nous avons trouvé ça sur la rive du fleuve à quelques dizaines de mètres de chez vous le premier soir, a dit Boney. Ça n'avait l'air de rien sur le moment. Un de ces débris bizarres qu'on trouve toujours sur le bord d'un cours d'eau. Mais on garde tout, dans ce genre d'enquêtes. Quand vous nous avez montré vos marionnettes de Punch et Judy, ça a fait tilt. Alors on l'a fait examiner par la police scientifique.

— Et ? » j'ai dit. D'une voix blanche.

Boney s'est levée, m'a regardé droit dans les yeux. Elle avait l'air triste. « Nous avons pu détecter du sang d'Amy dessus. Cette affaire est maintenant considérée comme un homicide. Et nous pensons que c'est l'arme du meurtre.

— Rhonda, enfin !

— Ça y est, Nick, ça y est. »

Le chapitre suivant commençait.

Amy Elliott Dunne

Quarante jours après

J'ai trouvé un vieux bout de ficelle et une bouteille de vin vide, et je vais m'en servir pour mettre mon plan à exécution. Avec un peu de vermouth en prime, bien sûr. Je suis prête.

De la discipline. Il va me falloir de la discipline et de l'application. C'est dans mes cordes.

Je revêts la parure favorite de Desi : la fleur délicate. Mes boucles parfumées flottent librement. Ma peau a pâli après un mois en intérieur. Je ne porte presque pas de maquillage : un soupçon de mascara, du blush bien rose et du gloss transparent. Je porte une robe rose moulante qu'il m'a achetée. Pas de soutien-gorge. Pas de petite culotte. Pas de chaussures, malgré l'air gelé que dispense la clim. Un feu crépite dans l'âtre et l'air est parfumé, et, quand il arrive après le déjeuner sans être invité, je l'accueille avec plaisir. Je l'enveloppe de mes bras et j'enfouis mon visage dans son cou. Je frotte ma joue contre la sienne. Je me suis montrée de plus en plus douce à son égard ces dernières semaines, mais c'est nouveau, cette effusion.

« Qu'est-ce qui se passe, ma chérie ? » dit-il, surpris et tellement content que j'en ai presque honte.

Je chuchote : « J'ai fait un cauchemar affreux la nuit dernière. Au sujet de Nick. Quand je me suis réveillée, la seule chose dont j'avais envie, c'était de t'avoir près de moi. Et ce matin… J'ai passé la matinée à espérer ta venue.

— Je peux être là tout le temps, si tu veux.

— Oui, je veux », je dis, et je lui tends mon visage et le laisse m'embrasser.

Son baiser me dégoûte. Il me suçote, hésitant, comme un poisson. C'est que Desi respecte la femme violée, maltraitée. Il recommence à me téter de ses lèvres humides et froides, me touchant à peine, et mon seul désir, c'est que ça se termine, que ce soit fini, alors je l'attire contre moi et pousse ma langue entre ses lèvres. J'ai envie de le mordre.

Il se recule. « Amy, dit-il. Tu as vécu une terrible épreuve. C'est un peu rapide. Je ne veux pas aller si vite si tu n'en as pas envie. Si tu n'es pas sûre. »

Je sais qu'il va falloir qu'il me touche les seins, je sais qu'il va falloir qu'il me pénètre, et j'ai envie que ce soit fini, c'est tout juste si j'arrive à m'empêcher de le griffer : rien qu'à l'idée de le faire si lentement.

« Je suis sûre. Je crois que je suis sûre depuis nos 16 ans. C'est juste que j'avais peur. »

Ça ne veut strictement rien dire, mais je sais que ça va le faire bander.

Je l'embrasse de nouveau, puis je lui demande s'il veut bien m'emmener dans *notre* chambre.

Là, il entreprend de me déshabiller lentement, en embrassant des parties de mon corps qui n'ont rien à voir avec le sexe – mon épaule, mon oreille – tandis que je l'écarte délicatement de mes poignets et de mes chevilles. Mais baise-moi, bordel de merde ! Au bout de dix minutes, j'empoigne sa main et la fourre entre mes jambes.

« Tu es sûre ? » dit-il en se reculant, écarlate. Une mèche décoiffée lui retombe sur le front, exactement comme au lycée. On pourrait se croire encore dans ma chambre au pensionnat, à en juger par les progrès de Desi.

« Oui, chéri », je dis, et j'attrape sa queue d'une main pudique.

Encore dix minutes et il est enfin entre mes jambes, il fait ses pompes, doucement, lentement, très lentement : il *fait l'amour*. Il fait des pauses pour m'embrasser et me caresser jusqu'au moment où je l'attrape par les fesses et commence à le pousser. « Baise-moi, je murmure. Baise-moi fort. »

Il s'interrompt. « Ce n'est pas obligé de se passer comme ça, Amy. Je ne suis pas Nick. »

Très vrai. « Je sais, chéri, je veux juste que tu… me remplisses. Je me sens tellement vide. »

Ça marche. Je grimace par-dessus son épaule pendant qu'il pousse encore une poignée de fois et jouit. Je m'en aperçois presque trop tard – *Oh ! ce petit bruit pathétique, c'est ça qu'il fait quand il éjacule* – et me dépêche de faire des oooh et des ahhh, des petits bruits de chaton. J'essaie de faire venir quelques larmes parce que je sais qu'il s'imagine que je vais pleurer avec lui la première fois.

« Chérie, tu pleures », dit-il en se retirant. Il embrasse une larme.

« C'est que je suis si heureuse », je dis. Parce que c'est ça, que dit ce genre de nanas.

J'ai préparé des martinis, j'annonce. Desi aime bien le plaisir décadent de boire un alcool fort en plein après-midi – et quand il fait mine de prendre sa chemise pour aller les chercher, j'insiste pour qu'il reste au lit.

« J'ai envie de m'occuper de toi, pour changer. »

Alors je trottine jusqu'à la cuisine, je sors deux grands verres à martini, et, dans le mien, je mets du gin, et une seule olive. Dans le sien, je mets trois olives, du gin, du jus d'olive, du vermouth, et ce qu'il me reste comme somnifères, trois cachets, réduits en poudre.

J'apporte les martinis, nous nous faisons des câlins, et je vide mon gin pendant ce temps. Je suis à cran, j'ai besoin de me calmer un peu.

« Tu n'aimes pas mon martini ? » je demande. Il n'a pris qu'une gorgée. « Je me suis toujours imaginée comme ta petite femme, qui te prépare des martinis. Je sais que c'est idiot. »

Je fais une petite moue boudeuse.

« Oh ! chérie, ce n'est pas du tout idiot. Je prenais juste mon temps, je dégustais. Mais… » Il vide son verre d'un trait. « Si ça te fait plaisir ! »

Il est aux anges, triomphant. Sa bite est dopée à la conquête. Il est, foncièrement, comme tous les hommes. Bien vite, il pique du nez, puis il se met à ronfler.

Je peux alors commencer.

TROISIÈME PARTIE

Le garçon récupère la fille (et vice versa)

Nick Dunne

Quarante jours après

En liberté sous caution, j'attendais mon procès. J'avais été emprisonné et relâché, le circuit impersonnel entre la cellule et l'audience de fixation du montant de la caution, les empreintes digitales, la photo, la rotation, les déplacements, la *manipulation* ; cela ne me donnait pas l'impression d'être un animal, ça me donnait l'impression d'être un produit, fabriqué sur une chaîne de montage. Ce qu'ils étaient en train de fabriquer, c'était Nick Dunne, assassin. Il faudrait des mois avant que mon procès ne commence (mon procès : le mot menaçait encore de me faire perdre tous mes moyens, de me transformer en pantin qui pousse des gloussements suraigus, en dément). J'étais censé considérer la liberté sous caution comme un privilège : je n'avais pas essayé de m'enfuir même quand il était clair que j'allais me faire arrêter, donc on avait jugé le risque de fuite négligeable. Boney avait peut-être glissé un mot en ma faveur, aussi. Je pouvais ainsi rester dans mes foyers encore quelques mois avant d'être jeté en prison et assassiné par l'État.

Oui, j'avais beaucoup, beaucoup de chance.

Nous étions à la mi-août, ce que je ne me lassais de trouver bizarre : *C'est encore l'été*, je me disais. *Comment a-t-il pu se passer tant de choses sans qu'on soit même en automne ?* Il faisait une chaleur suffocante. Un temps à se balader en bras de chemise, aurait dit ma mère, qui s'inquiétait toujours davantage du bien-être de ses enfants que de la température exacte. Un temps à se balader en bras de chemise, un temps à veste, un temps à pardessus, un temps à parka – l'année se déclinait en termes vestimentaires. Pour moi, cette année, ce serait un temps à menottes, puis peut-être un temps à survêt orange de prisonnier. Ou un temps à costume d'enterrement, car je n'avais pas l'intention d'aller en prison. Je me tuerais avant.

Tanner avait chargé une équipe de cinq détectives de rechercher la trace d'Amy. Jusque-là, rien. C'était comme s'ils essayaient d'attraper de l'eau. Tous les jours, depuis des semaines, je remplissais mon petit rôle minable : j'enregistrais un message vidéo pour Amy et le postais sur Whodunnit, le blog de la jeune Rebecca (elle, au moins, était restée loyale). Sur les vidéos, je portais des vêtements que m'avait achetés Amy, je me peignais comme elle aimait, et j'essayais de déchiffrer ses pensées. Ma colère envers elle était comme du fil de fer chauffé à blanc.

Les équipes de télé se garaient devant chez moi presque tous les matins. Nous étions pareils à des soldats ennemis, campés à portée de feu pendant des mois, qui s'épient par-dessus un no man's land, jusqu'à partager une espèce de fraternité dévoyée. Je m'étais attaché à un type qui avait une voix d'hercule de dessin animé, sans même le voir. Il courtisait une fille qui lui plaisait vraiment beaucoup. Tous les matins, sa voix retentissait par mes fenêtres tandis qu'il analysait leurs rencards ; tout avait l'air de se passer à merveille. J'avais envie de connaître la fin de l'histoire.

J'ai terminé d'enregistrer mon message vespéral pour Amy. Je portais une chemise verte qu'elle aimait bien, et je lui avais fait le récit de notre première rencontre, cette fête à Brooklyn, mon entrée en matière minable, *rien qu'une olive*, qui me faisait honte à chaque fois qu'Amy me la rappelait. J'avais raconté comment nous étions sortis de l'appartement surchauffé dans le froid à pierre fendre, sa main dans la mienne, le baiser dans le nuage de sucre. C'était une des rares histoires que nous racontions de la même manière. Je parlais toujours à la même cadence que s'il s'agissait d'une histoire pour endormir un enfant : d'une voix apaisante, familière et répétitive. Et finissais toujours sur ces mots : *Reviens-moi, Amy.*

J'ai éteint la caméra et me suis rassis sur le canapé (je me filmais toujours assis sur le canapé, sous sa pernicieuse horloge-coucou, totalement imprévisible, parce que je savais que si je ne montrais pas son horloge, elle se demanderait si je m'étais finalement débarrassé de son horloge-coucou, après quoi elle cesserait de se demander si je m'étais finalement débarrassé de son horloge-coucou et se persuaderait simplement que c'était le cas, et, à partir de là, je pourrais proférer tous les mots doux du monde, elle riposterait en silence : « *et pourtant, il s'est débarrassé de mon horloge-coucou* »). Le coucou, d'ailleurs, n'allait pas tarder à sortir, le grincement mécanique commençait à se faire entendre au-dessus de ma tête – un son qui me faisait immanquablement serrer les dents – lorsque les équipes de télé, dehors, ont émis une clameur puissante, collective, océanique. Il y avait quelqu'un à la porte. J'ai entendu les cris d'orfraie de quelques présentatrices télé.

Il y a quelque chose qui ne va pas, j'ai pensé.

La sonnette a retenti trois fois de suite : Nick-nick ! Nick-nick ! Nick-nick !

Je n'ai pas hésité. Au cours du mois précédent, j'avais cessé d'hésiter : envoyer les ennuis sur-le-champ.

J'ai ouvert la porte.

C'était ma femme.

De retour.

Amy Elliott Dunne se tenait pieds nus sur le seuil de ma porte, vêtue d'une fine robe rose qui lui collait à la peau comme si elle était mouillée. Ses chevilles étaient cerclées de mauve foncé. D'un de ses poignets délicats pendait un morceau de ficelle. Ses cheveux étaient courts et abîmés au bout, comme s'ils avaient été taillés à la hâte avec des ciseaux émoussés. Son visage était contusionné, ses lèvres enflées. Elle sanglotait.

Lorsqu'elle a tendu ses bras vers moi, j'ai vu que tout son buste était maculé de sang séché. Elle a essayé de parler ; sa bouche s'est ouverte une fois, deux fois, en silence. Une sirène échouée.

« Nick ! » a-t-elle finalement entonné d'un ton funèbre – son gémissement a retenti contre les murs des maisons vides – et elle est tombée dans mes bras.

J'ai eu envie de la tuer.

Si nous avions été seuls, mes mains auraient peut-être trouvé le chemin de son cou, mes doigts repéré les creux fragiles de sa chair. Sentir ce pouls puissant sous mes doigts… Mais nous n'étions pas seuls, nous étions devant les caméras, et les journalistes étaient en train de réaliser qui était cette inconnue ; ils s'animaient aussi sûrement que le coucou à l'intérieur, quelques flashes, quelques questions, puis une avalanche de bruits et de lumières. Les appareils photo nous mitraillaient, les reporters nous assaillaient avec leurs micros, tout le monde braillait, ou plutôt hurlait, littéralement, le nom d'Amy. Alors j'ai fait ce que j'avais à faire, je l'ai serrée contre moi et, à mon tour, j'ai crié son nom : « Amy ! Oh, mon Dieu ! Mon Dieu ! Ma chérie ! », et j'ai enfoui mon visage dans son cou, en l'enlaçant étroitement, et j'ai laissé leurs quinze secondes aux caméras, et j'ai murmuré tout doucement au creux de son oreille : « Espèce de garce. » Puis je lui ai caressé les cheveux, j'ai pris son visage en coupe dans mes deux mains aimantes et je l'ai attirée à l'intérieur.

Devant notre porte, un concert de rock réclamait son rappel : *Amy ! Amy ! Amy !* Quelqu'un a balancé une pluie de cailloux sur notre fenêtre : *Amy ! Amy ! Amy !*

Ma femme prenait tout cela comme si cela lui était dû. Elle a agité une main dédaigneuse en direction de la cohue dehors. Elle s'est tournée vers moi avec un sourire épuisé mais triomphant – le sourire de la femme violée, de la femme qui a survécu à la maltraitance, la fin tragique mais juste des vieux films à la télé, le sourire qu'on fait quand le méchant a finalement été puni et qu'on sait que notre héroïne va pouvoir recommencer à *vivre* ! Arrêt sur image.

J'ai montré la ficelle, les cheveux taillés n'importe comment, le sang séché. « Alors c'est quoi, ton histoire, Amy ?

— Je suis revenue, a-t-elle gémi. J'ai réussi à revenir à toi. » Elle a fait un geste pour m'enlacer. Je me suis écarté.

« C'est quoi ton *histoire*, Amy ?

— Desi », a-t-elle murmuré. Sa lèvre inférieure tremblait. « Desi Collings m'a enlevée. C'était le matin. De. De notre anniversaire. On a sonné à la porte et j'ai cru… Je ne sais pas, j'ai cru que peut-être tu m'avais envoyé des fleurs. »

J'ai tressailli. Bien sûr, elle trouvait le moyen d'introduire un reproche : je ne lui envoyais pratiquement jamais de fleurs, tandis que son père en envoyait à sa mère toutes les semaines depuis qu'ils étaient mariés. Ça fait 2 444 bouquets de fleurs contre 4.

« Des fleurs ou… un truc comme ça. Alors je n'ai pas réfléchi, j'ai ouvert la porte. Et c'était Desi, avec un air… déterminé. Comme s'il s'était préparé pour ça depuis le début. Et je tenais la poignée… de la marionnette de Judy. Tu as trouvé les marionnettes ? » Elle m'a fait un sourire larmoyant. Elle avait l'air adorable.

« Oh ! j'ai trouvé tout ce que tu as laissé pour moi, Amy.

— Je venais de retrouver la poignée de la marionnette de Judy – elle s'était défaite –, je l'avais à la main quand j'ai ouvert la porte, et j'ai essayé de le frapper, on a lutté, et il m'a matraquée avec. Fort. Et avant que j'aie pu réagir…

— Tu m'avais fait accuser de meurtre et tu avais disparu.

— Je peux tout expliquer, Nick. »

Je l'ai dévisagée un long moment. J'ai vu *des journées sous le soleil brûlant* tandis que nous étions allongés sur la plage de sable fin, sa main sur mon torse, et j'ai vu des *dîners en famille* chez ses parents, avec Rand qui ne cessait de remplir mon verre et de me donner des petites tapes sur l'épaule, et je nous ai vus *affalés sur le tapis* dans mon appartement pourri, à New York, à discuter en regardant le ventilateur paresseux au plafond, et j'ai vu *la mère de mes enfants* et la vie merveilleuse que j'avais autrefois projetée pour nous. Pendant l'espace de deux battements de cœur, *un, deux*, j'ai violemment souhaité qu'elle dise la vérité.

« Justement, je ne crois pas que tu puisses tout expliquer. Mais je vais bien m'amuser à te regarder essayer.

— Demande-moi ce que tu veux. »

Elle a essayé de me prendre la main, et je l'ai repoussée. Je me suis écarté, j'ai pris une profonde inspiration, puis je me suis retourné pour lui faire face. Ma femme est quelqu'un à qui il faut toujours faire face.

« Vas-y, Nick. Demande-moi ce que tu veux.

— OK, très bien. Pourquoi tous les indices de la chasse au trésor étaient-ils cachés dans des endroits où j'avais eu des… relations avec Andie ? »

Elle a poussé un soupir, regardé le sol. Ses chevilles étaient à vif. « Je n'étais même pas au courant pour Andie avant de l'apprendre par la télé… quand j'étais attachée au lit de Desi, enfermée dans son chalet au bord du lac.

— Alors c'était quoi… une coïncidence ?

— C'étaient des endroits qui avaient un sens fort pour nous », a-t-elle dit. Une larme a roulé sur sa joue. « Ton bureau, où tu as rallumé ta passion pour le journalisme. »

J'ai reniflé avec mépris, elle a continué :

« Hannibal, où j'ai enfin compris tout ce que cette région signifie pour toi. La maison de ton père – pour t'aider à faire face à l'homme qui t'a fait tellement de mal. La maison de ta mère, qui est maintenant celle de Go, soit les deux personnes qui t'ont rendu si bon. Mais… je suppose que ça ne m'étonne pas que tu aies pris plaisir à partager ces lieux avec quelqu'un dont… » Elle a baissé la tête. « … Dont tu étais tombé amoureux. Tu as toujours aimé la répétition.

— Pourquoi dans chacun de ces endroits y avait-il au final des indices qui m'incriminaient dans ton meurtre ? Des dessous féminins, ton sac à main, ton *journal intime.* Explique ton *journal intime*, Amy, avec tous les mensonges. »

Elle s'est contentée de sourire et a secoué la tête comme si elle me plaignait. « Tout, je peux tout expliquer », a-t-elle dit.

J'ai regardé son doux visage baigné de larmes. Puis j'ai vu tout le sang. « Amy. Où est Desi ? »

Elle a secoué la tête de nouveau avec un petit sourire triste.

J'ai commencé à m'approcher du téléphone pour appeler les flics, mais un coup à notre porte m'a appris qu'ils étaient déjà là.

Amy Elliott Dunne

La nuit du retour

J'ai toujours le sperme de Desi à l'intérieur de moi de la dernière fois qu'il m'a violée, donc l'examen médical se passe à merveille. Mes poignets meurtris par les cordelettes, mon vagin abîmé, mes hématomes – le corps que je leur présente est un cas d'école. Un médecin âgé à l'haleine humide et aux doigts épais pratique l'examen pelvien – il racle mon sexe et halète en rythme – tandis que l'inspecteur Rhonda Boney me tient la main. On dirait l'étreinte de la serre froide d'un oiseau. Pas du tout rassurant. À un moment, quand elle croit que je ne la regarde pas, elle laisse échapper un grand sourire. Elle est absolument ravie que Nick ne soit pas un sale type après tout. Oui, les femmes d'Amérique poussent collectivement un soupir de soulagement.

Des policiers ont été dépêchés au domicile de Desi, où ils le trouveront nu et exsangue, une expression d'incrédulité totale sur le visage, quelques mèches de mes cheveux entre les doigts, le lit trempé de sang. Le couteau que j'ai utilisé sur lui, et sur les liens, sera à côté, par terre, là où je l'ai laissé tomber, hébétée, quand je suis sortie, pieds nus, de la maison, en n'emportant que ses clefs – les clefs de voiture, celles du portail –, quand je suis montée, encore gluante de son sang, dans sa Jaguar de collection pour rentrer comme un animal de compagnie fidèle perdu depuis longtemps, directement chez mon mari. J'avais été réduite à l'animalité ; je ne pensais à rien d'autre qu'à revenir à Nick.

Le vieux médecin m'annonce la bonne nouvelle ; pas de dégâts irréversibles, et pas besoin de curetage – la fausse couche est intervenue trop tôt. Boney continue de presser ma main en murmurant : *Mon Dieu, tout ce que vous avez dû subir, est-ce que vous pensez que vous êtes en état de répondre à quelques questions ?* Sans transition, elle passe de la commisération aux choses sérieuses. En général, je trouve, les femmes laides sont soit excessivement serviles, soit affreusement impolies.

Vous êtes l'Épatante Amy, et vous avez survécu à un kidnapping brutal ayant donné lieu à des viols à répétition. Vous avez tué votre ravisseur, et vous avez réussi à rentrer chez votre mari, dont vous venez d'apprendre qu'il vous trompe. Vous :

a) Pensez d'abord à vous et demandez un moment de solitude pour vous reprendre.

b) Tenez le coup encore un peu pour pouvoir aider la police.

c) Décidez quelle interview donner en premier – autant que ce supplice ait servi à quelque chose, un contrat d'édition, par exemple.

(Réponse : B. L'Épatante Amy place toujours les besoins des autres avant les siens.)

On me laisse le temps de faire un brin de toilette dans une chambre de l'hôpital, et j'enfile une tenue que Nick m'a préparée à la maison – un jean qui fait des plis pour être resté trop longtemps dans l'armoire, un joli chemisier qui sent la poussière. Boney et moi, nous faisons le trajet de l'hôpital au commissariat dans un silence presque complet. Je demande mollement des nouvelles de mes parents.

« Ils vous attendent au commissariat, répond Boney. Ils ont pleuré quand je leur ai appris la nouvelle. De joie. Une joie et un soulagement absolus. On leur laissera le temps de vous serrer un bon coup dans leurs bras avant de passer aux questions, ne vous en faites pas. »

Les caméras sont déjà au commissariat. Avec ses éclairages excessifs, joyeux, le parking ressemble à un stade de foot. Il n'y a pas de parking souterrain, et nous sommes obligées de nous arrêter juste devant, encerclées par la foule en délire : je vois des lèvres humides et des postillons tandis que tout le monde hurle des questions, les flashes et les projecteurs clignotent dans tous les sens. La foule se bouscule en masse, se déplaçant de quelques centimètres sur la droite, puis sur la gauche : tout le monde essaie d'arriver jusqu'à moi.

« Je ne peux pas », dis-je à Boney. La paume charnue d'un homme s'écrase contre la vitre de la voiture tandis qu'un photographe tente de garder l'équilibre. Je prends sa main froide. « C'est trop. »

Elle me tapote le bras et dit : « *Attendez.* » Les portes du commissariat s'ouvrent, et tous les flics du bâtiment se disposent en file le long des escaliers et forment un cordon de chaque côté, retenant les journalistes, comme une garde d'honneur. Rhonda et moi, nous courons à l'intérieur main dans la main, comme des jeunes mariées à rebours. Nous nous précipitons vers mes parents qui attendent juste derrière la porte, et tout le monde peut avoir les photos de nos embrassades, ma mère chuchote, *mapetitechériemapetitechériemapetitechérie*, et mon père sanglote si fort qu'il manque s'étouffer.

On me confine de nouveau, comme si on ne m'avait pas assez confinée ces derniers temps. On m'installe dans une pièce grande comme un placard avec des chaises de bureau confortables mais bon marché, le genre de chaises où l'on croirait toujours qu'il reste des vieux bouts de nourriture dans le tissu. Une caméra qui clignote dans un coin. Pas de fenêtres. Ce n'est pas ce que je m'étais imaginé. Ce n'est pas fait pour que je me sente en sécurité.

Je suis entourée par Boney, Gilpin, son équipier, et deux agents du FBI de Saint-Louis, qui restent presque silencieux. Ils me donnent de l'eau. Boney se lance.

B : OK, Amy, d'abord nous tenons à vous remercier sincèrement d'accepter de parler avec nous après ce que vous avez subi. Dans une affaire comme celle-ci, il est très important d'établir les faits tant qu'ils sont encore frais dans la mémoire. Vous ne pouvez pas imaginer à quel point c'est important. Alors c'est une bonne chose de parler maintenant. Si nous parvenons à recueillir tous les détails, nous pourrons clore l'enquête, et vous pourrez retourner à votre vie, vous et Nick.

A : C'est tout ce que je souhaite.

B : Vous le méritez. Alors si vous êtes prête, est-ce qu'on peut commencer par la chronologie : à quelle heure Desi s'est-il présenté à votre porte ? Vous vous en souvenez ?

A : Environ 10 heures. Un peu après, parce que je me rappelle avoir entendu les Teverer discuter en allant prendre leur voiture pour aller à la messe.

B : Que s'est-il passé quand vous avez ouvert la porte ?

A : J'ai vu immédiatement que quelque chose n'allait pas. D'abord, Desi m'a écrit des lettres toute ma vie. Mais son obsession avait semblé décroître au fil des années. Il semblait se considérer simplement comme un vieil ami, et, étant donné que la police ne pouvait rien contre ça, j'avais décidé de laisser courir. Je n'avais jamais eu l'impression qu'il me voulait activement du mal, mais ça ne me plaisait pas du tout de savoir qu'il était tellement proche. Géographiquement. Je crois que c'est ça qui l'a fait basculer. De savoir que j'étais si proche. Il est entré dans ma maison avec... Il était en sueur, il paraissait un peu nerveux, mais il avait également l'air extrêmement déterminé. J'étais en haut, je m'apprêtais à repasser ma robe, quand j'ai remarqué la poignée en bois de la marionnette de Judy par terre – je suppose qu'elle était tombée. J'étais vexée, parce que j'avais déjà caché les marionnettes dans la remise. Alors je l'ai ramassée, et je l'avais à la main quand j'ai ouvert la porte.

B : Excellente mémoire.

A : Merci.

B : Que s'est-il passé ensuite ?

A : Desi est entré de force et il s'est mis à faire les cent pas dans le salon. Il était très agité, un peu surexcité. Il a dit : *Qu'est-ce que vous faites pour votre anniversaire ?* Ça m'a effrayée, qu'il sache que c'était notre anniversaire, en plus ça avait l'air de le mettre en colère. Il a projeté sa main, m'a attrapé le poignet et me l'a tordu derrière le dos. On a lutté. Je me suis débattue comme une forcenée.

B : Et ensuite ?

A : Je lui ai donné un coup de pied et j'ai réussi à me dégager un instant. J'ai couru à la cuisine, nous nous sommes encore empoignés, et il m'a donné un grand coup sur la tête avec la grosse poignée en bois de la marionnette. J'ai valsé et il m'a encore cognée à deux ou trois reprises. Je me rappelle que, pendant un instant, je n'y voyais plus rien, ma tête me lançait terriblement. J'ai essayé d'attraper la poignée et il m'a donné un coup dans le bras avec son canif. J'ai encore la cicatrice. Vous voyez ?

B : Oui, ça a été relevé à l'examen médical. Vous avez eu de la chance que la blessure soit superficielle.

A : Croyez-moi, la douleur n'avait rien de superficiel.

B : Alors c'est lui qui vous a donné un coup de couteau ? L'angle est…

A : Je ne sais pas s'il l'a fait exprès ou si je me suis accidentellement jetée sur la lame – j'avais complètement perdu l'équilibre. Mais je me souviens que la poignée est tombée par terre et, quand j'ai baissé les yeux, j'ai vu qu'elle reposait dans une flaque de sang. Je crois que c'est là que je me suis évanouie.

B : Où étiez-vous quand vous vous êtes réveillée ?

A : Je me suis réveillée ligotée dans mon salon.

B : Vous avez crié, essayé d'attirer l'attention des voisins ?

A : Bien sûr que j'ai crié. Non, mais vous avez entendu ce que je viens de vous dire ? J'ai été battue, poignardée et ligotée par un homme qui était obsédé par moi depuis des décennies, qui avait essayé de se tuer dans ma chambre au pensionnat.

B : OK, OK, Amy. Je suis désolée. Cette question n'avait pas du tout pour but de vous donner l'impression que nous vous reprochons quoi que ce soit ; c'est juste que nous avons besoin de bien comprendre tout ce qui s'est passé afin de pouvoir boucler l'enquête et vous laisser reprendre votre vie. Vous voulez encore de l'eau ou un café, ou autre chose ?

A : Un truc chaud, ça serait bien. Je suis gelée.

B : Pas de problème. Vous pouvez lui apporter un café ? Alors qu'est-ce qui s'est passé ensuite ?

A : Je pense qu'à l'origine, il avait l'intention de me maîtriser en douceur, de me kidnapper et de laisser croire à une fuite volontaire, parce que, quand je me suis réveillée, il avait juste fini d'éponger le sang dans la cuisine, et il avait redressé la table de petits bibelots antiques qui était tombée quand j'avais couru dans la cuisine. Il s'était débarrassé de la poignée en bois. Mais il manquait de temps, et je crois que ce qui s'est passé, c'est qu'il a vu le salon en désordre, et il s'est dit : *Je vais laisser ça comme ça. Que ça donne l'impression qu'il s'est passé quelque chose de terrible.* Alors il a ouvert la porte d'entrée, et il a fait tomber encore quelques trucs dans le salon, renversé l'ottomane. C'est pour ça que la scène de crime avait l'air tellement bizarre : elle était à moitié réelle, à moitié fausse.

B : Est-ce que Desi a caché des articles incriminants dans chacun des sites de la chasse au trésor : le bureau de Nick, Hannibal, la maison de son père, la remise de Go ?

A : Je ne vois pas ce que vous voulez dire ?

B : Il y avait une culotte de femme, pas de votre taille, dans le bureau de Nick.

A : J'imagine qu'elle appartenait à la fille qu'il… voyait.

B : Pas à elle non plus.

A : Là-dessus, je ne peux pas vous aider. Peut-être qu'il sortait avec plusieurs filles à la fois.

B : On a retrouvé votre journal dans la maison de son père. Partiellement brûlé dans la chaudière.

A : Vous l'avez *lu*, ce journal ? Il est abominable. Je suis sûre que c'est Nick qui a voulu s'en débarrasser – je ne peux pas lui en vouloir, étant donné que vous l'avez immédiatement eu dans le collimateur.

B : Je me demande pourquoi il serait allé chez son père pour le brûler.

A : C'est à lui qu'il faut poser la question. (Silence.) Nick y allait souvent, pour être seul. Il aime bien avoir du temps à lui. Alors je suis sûre que, pour lui, ça n'avait rien de bizarre. Et puis, il ne pouvait pas faire ça chez nous, vu que c'était une scène de crime – vous auriez très bien pu revenir et retrouver des traces dans les cendres. Chez son père, c'était plus discret. Je trouve que c'était ce qu'il avait de mieux à faire, étant donné que vous l'aviez quasiment déjà expédié en prison.

B : Le journal est très, très inquiétant. Il allègue la maltraitance, et votre crainte que Nick ne veuille pas du bébé, qu'il risque de vouloir vous tuer.

A : J'aurais vraiment préféré qu'il ait brûlé complètement, ce journal. (Silence.) Laissez-moi être honnête : le journal parle de nos bagarres, à Nick et moi, ces dernières années. Il ne peint pas le portrait le plus flatteur de notre mariage ou de Nick, mais je dois l'avouer : je n'écrivais jamais dans ce journal sauf si j'étais super heureuse, *ou* si j'étais extrêmement, extrêmement malheureuse et que j'avais besoin de faire sortir la pression… Il m'arrive d'en rajouter un peu quand je ressasse les trucs qui m'énervent. Je veux dire, une grande partie de ce qu'il y a écrit est la triste réalité – il m'a poussée une fois, il ne voulait pas de bébé et il avait des problèmes d'argent. Mais de là à avoir peur de lui ? C'est vrai, ça me fait *mal* de l'avouer, mais c'est ma tendance à l'exagération. Je crois que le problème, c'est que ça m'est arrivé plusieurs fois d'être harcelée – ça a été un problème toute ma vie – par des gens qui développent une obsession à mon égard – et ça me rend un peu parano.

B : Vous avez essayé d'acheter un revolver.

A : Ça me rend *complètement* parano, OK ? Je suis désolée. Si vous aviez vécu ce que j'ai vécu, vous comprendriez.

B : Vous parlez d'une soirée où après avoir bu des verres vous souffrez de ce qui ressemble à une intoxication à l'antigel caractérisée.

A : (Long silence.) C'est bizarre. Oui, j'ai été malade.

B : OK, revenons à la chasse au trésor. Vous avez bien caché les marionnettes de Punch et Judy dans la remise ?

A : Oui.

B : Notre enquête s'est en grande partie appuyée sur les dettes de Nick, une grande quantité d'achats à crédit, et notre découverte des marchandises correspondantes dans la remise. Qu'est-ce que vous avez pensé lorsque vous avez ouvert la remise et vu tous ces objets ?

A : J'étais sur la propriété de Go, et Go et moi, nous ne sommes pas spécialement proches, donc, avant tout, j'ai eu l'impression de mettre le nez dans quelque chose qui ne me regardait pas. Je me rappelle avoir pensé à l'époque que ça devait être ses affaires de New York. Puis j'ai vu aux informations – Desi me forçait à tout regarder – que ça correspondait aux achats de Nick, et… je savais que Nick avait des problèmes d'argent, c'était un flambeur. Je pense qu'il devait avoir honte. Il ne pouvait pas revenir sur ses achats compulsifs, donc il me les avait cachés en attendant de pouvoir les revendre sur Internet.

B : Les marionnettes de Punch et Judy, c'est un peu sinistre, pour un cadeau.

A : Je sais ! Maintenant, je sais. Je ne me rappelais pas toute l'histoire de Punch et Judy. Tout ce que je voyais, c'était un mari, une femme et un bébé, et c'étaient des objets en bois, et j'étais enceinte. J'ai regardé vite fait sur Internet et j'ai trouvé la devise de Punch : *That's the way to do it !* J'ai trouvé ça mignon – je ne savais pas ce que ça signifiait.

B : Donc vous étiez ligotée. Comment est-ce que Desi vous a emmenée à la voiture ?

A : Il a rentré sa voiture dans le garage et il a baissé la porte. Il m'a traînée jusque-là, m'a jetée dans le coffre et s'en est allé.

B : Et est-ce que vous avez crié à ce moment-là ?

A : Oui, putain, j'ai hurlé. Et si j'avais su que, chaque soir du mois qui allait suivre, Desi allait me violer, puis se pelotonner à côté de moi avec un martini et un somnifère pour ne pas être réveillé par mes *sanglots*, et que la police allait l'interroger *sans* comprendre ce qui se tramait, mais rester là sans rien faire, j'aurais peut-être crié plus fort. Oui, sans doute.

B : Encore une fois, mes excuses. Est-ce qu'on peut apporter des mouchoirs à Mme Dunne, s'il vous plaît ? Et où est son caf… merci. OK, où êtes-vous allés après ça, Amy ?

A : Nous avons roulé en direction de Saint-Louis, et je me rappelle qu'en route il s'est arrêté à Hannibal – j'ai entendu le sifflet des bateaux à vapeur. C'est la seule autre chose qu'il ait faite pour laisser croire à une piste criminelle.

B : C'est très intéressant. Il y a énormément de coïncidences, dans cette affaire, à ce qu'il semble. Par exemple, le fait que Desi se débarrasse du sac à Hannibal, où votre indice avait envoyé Nick – et qu'à notre tour nous croyions que c'était Nick qui l'avait déposé là. Ou le fait que vous ayez décidé de cacher un cadeau justement à l'endroit où Nick cachait les marchandises qu'il avait achetées avec des cartes de crédit secrètes.

A : Vraiment ? Je dois vous dire, je ne vois pas spécialement de coïncidence là-dedans. Ce que je vois, c'est une bande de flics qui se sont mis dans la tête que mon mari était coupable, et, maintenant que je suis en vie et qu'il est donc évident qu'il n'est pas coupable, ils font des pieds et des mains pour couvrir leur connerie. Au lieu d'assumer le fait que si l'affaire était restée entre vos mains extrêmement incompétentes, Nick serait dans le couloir de la mort et je serais ligotée à un lit, violée tous les jours jusqu'à ma mort.

B : Je suis désolée, c'est…

A : Je me suis sauvée moi-même, ce qui a sauvé Nick, ce qui vous a sauvé la mise à vous aussi, pauvres incapables.

B : C'est un excellent argument, Amy, je suis désolée, nous sommes tellement… Nous avons passé tellement de temps sur cette affaire, nous voulons repérer tous les détails qui nous avaient échappé afin de ne pas reproduire nos erreurs. Mais vous avez parfaitement raison, nous passons à côté de l'essentiel : vous êtes une héroïne. Vous êtes une héroïne, rien de moins.

A : Merci. Je suis contente de vous l'entendre dire.

Nick Dunne

La nuit du retour

Quand je suis allé au commissariat pour chercher ma femme, j'ai été accueilli par la presse comme une rock star, un président qui vient d'être élu avec une majorité écrasante, le premier homme à marcher sur la lune, tout cela en un seul homme. J'ai dû me retenir de brandir mes mains jointes au-dessus de ma tête comme si j'avais remporté le championnat. *Je vois*, j'ai pensé, *on fait tous semblant d'être les meilleurs amis du monde, maintenant.* La scène qui m'attendait ressemblait à un pot de Noël qui aurait dégénéré – quelques bouteilles de champagne sur un bureau, entourées de minuscules gobelets en carton. Les flics se congratulaient à coups de claques dans le dos et de hourras. J'ai eu ma dose de hourras également, comme si ces gens n'étaient pas mes persécuteurs la veille encore. Mais je n'avais pas le choix, je devais jouer le jeu. Offrir mon dos à leurs claques amicales. *Mais oui, on est tous potes, maintenant.*

Tout ce qui compte, c'est qu'Amy soit en sécurité. Je m'étais entraîné inlassablement à dire cette phrase. Il fallait que j'aie l'air du mari soulagé, aimant, jusqu'à ce que je sache quelle tournure prenaient les choses. Jusqu'à ce que je sois certain que la police avait vu clair dans la trame poisseuse de ses mensonges. *Jusqu'à ce qu'elle soit arrêtée* – j'allais jusque-là : *jusqu'à ce qu'elle soit arrêtée*, et je sentais mon cerveau enfler et se dégonfler, simultanément – un zoom à la Hitchcock dans ma petite cervelle –, et je pensais : *Ma femme* a assassiné *un homme.*

« Elle l'a poignardé », a expliqué le jeune policier chargé de la liaison avec la famille. (J'espérais n'être plus jamais impliqué dans aucune sorte de liaison, avec personne, sous aucun prétexte.) C'était le même jeunot qui avait soûlé Go avec son cheval, sa déchirure au labrum et son allergie aux cacahuètes. « Elle lui a tranché la jugulaire. Si vous coupez comme ça, un homme se vide de son sang en, peut-être, soixante secondes. »

Soixante secondes, ça fait long quand on sait qu'on est en train de mourir. Je voyais parfaitement Desi en train de refermer ses mains autour de son cou, de sentir son sang s'échapper entre ses doigts à chaque battement de cœur, et Desi s'effrayer de plus en plus, et son pouls qui ne faisait que s'accélérer… jusqu'à ce qu'il se mette à ralentir, et Desi savait que c'était encore pire. Et pendant tout ce temps, Amy, juste hors d'atteinte, qui l'observait avec le regard dégoûté, plein de reproche, d'une prof de bio au lycée confrontée à un fœtus de porc qui dégoutte de sang. Son petit scalpel toujours à la main.

« Elle l'a eu avec un bon vieux couteau à viande. Le mec s'asseyait à côté d'elle sur le lit, il lui coupait sa viande, et il la *faisait manger à la fourchette.* » On aurait dit que ça le dégoûtait plus que le coup de couteau. « Un jour, le couteau est tombé de l'assiette, il s'en est pas aperçu…

— Comment a-t-elle pu se servir du couteau si elle était tout le temps attachée ? » j'ai demandé.

Le gamin m'a regardé comme si je venais de faire une blague sur sa mère. « Je ne sais pas, monsieur Dunne, je suis sûr qu'ils établissent les détails en ce moment même. Ce qui compte, c'est que votre femme soit en sécurité. »

Hourra ! Le jeunot m'a piqué ma réplique.

J'ai aperçu Rand et Marybeth par la porte de la salle où nous avions donné notre première conférence de presse six semaines plus tôt. Ils étaient en train de se faire des mamours, comme d'habitude. Rand embrassait le sommet du crâne de Marybeth, et elle se blottissait contre son cou. J'ai été tellement outré que j'ai failli leur jeter une agrafeuse au visage. *À vous deux, espèces de crétins fanatiques, vous avez créé cette* chose *au bout du couloir et vous l'avez lâchée sur le monde.* Regardez, c'est formidable, un monstre parfait ! Et est-ce qu'ils sont punis ? Non, pas une seule voix ne s'était élevée pour remettre en cause leur personnalité ; ils n'avaient eu droit qu'à un déversement d'amour et de soutien, Amy allait leur être rendue et tout le monde l'aimerait encore plus.

Ma femme était déjà une insatiable sociopathe. Qu'allait-elle devenir désormais ?

Vas-y sur la pointe des pieds, Nick, sois très prudent.

Rand a croisé mon regard et m'a fait signe de les rejoindre. Il m'a serré la main pour quelques reporters qui s'étaient vu accorder une audience. Marybeth ne cédait pas d'un pouce : j'étais toujours l'homme qui avait trompé sa fille. Elle m'a adressé un bref hochement de tête et elle a détourné les yeux.

Rand s'est penché sur moi. J'ai senti son chewing-gum à la menthe. « Laisse-moi te dire, Nick, nous sommes tellement soulagés qu'Amy soit revenue. Et nous te devons des excuses. Pas qu'un peu. Nous laisserons à Amy le soin de décider ce qu'elle veut pour votre mariage, mais je veux au moins m'excuser pour la tournure qu'ont prise les événements. Il faut que tu comprennes…

— Mais oui. Je comprends tout. »

Avant que Rand ne puisse s'excuser ou s'exprimer davantage, Tanner et Betsy sont arrivés ensemble, l'air de sortir d'une double page de *Vogue* – pantalons repassés, chemises de couleur précieuses, montres en or et bagues clinquantes –, et Tanner m'a chuchoté à l'oreille : *Laissez-moi voir où nous en sommes*. Puis Go, à son tour, est entrée précipitamment, les yeux alarmés, pleine d'interrogations : *Qu'est-ce que ça signifie ? Qu'est-ce qui est arrivé à Desi ? Elle est juste apparue comme ça sur le pas de ta porte ? Qu'est-ce que ça signifie ? Tu vas bien ? Qu'est-ce qui va suivre ?*

C'était une drôle d'assemblée – une drôle d'impression : pas tout à fait une réunion, pas tout à fait une salle d'attente d'hôpital. Festive, mais anxieuse, comme un jeu de société dont personne n'aurait possédé toutes les règles. Pendant ce temps, les deux reporters que les Elliott avaient laissés entrer dans le saint des saints ne cessaient de me bombarder de questions : *N'est-ce pas fabuleux qu'Amy soit revenue ? Vous devez être aux anges ? Vous devez être extrêmement soulagé, Nick, qu'Amy soit revenue ?*

Je suis extrêmement soulagé et très heureux, répondais-je, improvisant mon propre communiqué de presse le plus neutre possible, lorsque les portes se sont ouvertes pour laisser entrer Jacqueline Collings. Ses lèvres étaient pincées en une cicatrice rouge, sa poudre de riz était striée de larmes.

« Où est-elle ? m'a-t-elle demandé. Cette sale petite menteuse, où est-elle ? Elle a tué mon fils. Mon *fils.* » Elle s'est mise à pleurer tandis que le reporter volait quelques clichés.

« *Qu'est-ce que ça vous fait que votre fils soit accusé de kidnapping et de viol ?* a demandé un reporter d'une voix sèche.

— Qu'est-ce que ça me *fait* ? Vous êtes sérieux ? Vous croyez vraiment que je vais répondre à ce genre de questions ? Cette fille vicieuse, *sans âme*, a manipulé mon fils toute sa vie – *écrivez bien ça* –, elle l'a manipulé, elle a menti, et elle a fini par l'assassiner, et maintenant, même après sa mort, elle se sert encore de lui…

— Madame Collings, nous sommes les parents d'Amy », a commencé Marybeth. Elle a essayé de lui toucher l'épaule, mais Jacqueline s'est reculée brusquement. « Je suis désolée pour ce que vous devez endurer.

— Mais pas pour mon deuil. » Jacqueline faisait une bonne tête de plus que Marybeth ; elle la regardait de haut, avec un regard noir. « Mais *pas* pour mon deuil, a-t-elle répété.

— Je suis désolée pour… tout », a dit Marybeth, et Rand s'est approché d'elle. Il faisait lui-même une tête de plus que Jacqueline.

« Qu'est-ce que vous allez faire de votre fille ? » a demandé Jacqueline. Elle s'est tournée vers notre jeune officier de liaison, qui essayait de résister à ses assauts. « Qu'est-ce que vous faites au sujet d'Amy ? Parce qu'elle ment quand elle dit que mon fils l'a kidnappée. Elle ment. Elle l'a tué, elle l'a *assassiné* dans son sommeil, et personne ne semble prendre ça au sérieux.

— Nous prenons tout très, très au sérieux, madame, a dit le jeune homme.

— Je peux avoir une déclaration, madame Collings ? a demandé le journaliste.

— Je viens de vous la donner, ma déclaration. *Amy Elliott Dunne a assassiné mon fils.* Ce n'était pas de la légitime défense. Elle l'a *assassiné.*

— Vous pouvez le prouver ? »

Bien sûr, elle ne le pouvait pas.

L'article du reporter rendrait compte de l'épuisement du mari (*les traits tirés révélateurs de toutes les nuits d'angoisse*) et du soulagement des Elliott (*les parents s'accrochent l'un à l'autre en attendant que leur fille unique leur soit officiellement rendue*). Il débattrait de l'incompétence des flics (*l'affaire n'a pas été traitée avec impartialité, il y a eu beaucoup d'impasses et d'erreurs d'aiguillage, et les services de police se sont acharnés obstinément sur un innocent*). L'article expédierait Jacqueline Collings en une seule phrase : *Après une rencontre délicate avec les parents Elliott, Jacqueline Collings, pleine d'amertume, a été escortée hors de la pièce, clamant l'innocence de son fils.*

Effectivement, Jacqueline a été escortée dans une autre pièce où on allait prendre sa déposition, tout en la tenant à l'écart de la version plus glorieuse de l'histoire : *Le Triomphant Retour de l'Épatante Amy.*

Lorsqu'on nous a renvoyé Amy, c'est reparti de plus belle. Les photos, les larmes, les embrassades, le rire, pour le bénéfice d'inconnus qui voulaient voir et savoir : *C'était comment ? Amy, qu'est-ce que ça vous fait d'avoir échappé à votre ravisseur et d'avoir retrouvé votre mari ? Nick, qu'est-ce que ça vous fait de retrouver votre femme et votre liberté du même coup ?*

Je n'ai presque rien dit. Je réfléchissais à mes propres questions, les questions que je me posais depuis des années, le refrain funeste de notre mariage : *À quoi penses-tu, Amy ? Comment tu te sens ? Qui es-tu ? Que nous sommes-nous fait l'un à l'autre ? Qu'allons-nous faire ?*

C'était un acte gracieux, régalien, de la part d'Amy, de revenir à notre lit conjugal, auprès de son mari infidèle. Tout le monde en convenait. Les médias nous suivaient comme si nous étions un cortège nuptial princier, tandis que nous filions tous deux dans les rues bordées de fast-foods aux néons criards de Carthage pour rejoindre notre villa de nouveaux riches sur le fleuve. Quelle grâce, quel cran aussi, cette Amy. Une princesse de conte de fées. Et moi, bien sûr, j'étais le bossu, le lèche-bottes, le mari qui allait passer le reste de ses jours à faire des courbettes et à raser les murs. Jusqu'à ce qu'elle soit arrêtée. Si elle l'était un jour.

Le simple fait qu'elle soit relâchée était un souci. Plus qu'un souci, un vrai choc. Je les ai vus s'entasser dans la salle d'interrogatoire où ils l'ont questionnée pendant *quatre* heures avant de la laisser partir : deux types du FBI aux cheveux tellement ras que c'en était alarmant et au visage indéchiffrable ; Gilpin, la mine aussi réjouie que s'il venait de manger le meilleur steak de sa vie ; et Boney qui, seule, affichait un air soucieux. Elle m'a adressé un coup d'œil en passant et a levé un sourcil avant de disparaître.

Puis, trop vite, Amy et moi nous sommes retrouvés chez nous, seuls dans le salon, sous l'œil luisant de Bleecker. Derrière les rideaux, les projecteurs des caméras de télé étaient toujours là, baignant la pièce dans une lueur orange d'une étrange beauté. On se serait cru éclairés à la bougie, dans une atmosphère romantique. Amy était absolument splendide. Je la détestais. J'avais peur d'elle.

« On ne peut pas franchement dormir dans la même maison… j'ai commencé.

— Je veux rester là avec toi. » Elle m'a pris la main. « Je veux être avec mon mari. Je veux te donner la chance d'être le genre de mari que tu veux être. Je te pardonne.

— Tu me *pardonnes* ? Amy, pourquoi es-tu revenue ? À cause de ce que j'ai dit dans les interviews ? Les vidéos ?

— Ce n'était pas ce que tu voulais ? Ce n'était pas le but de ces vidéos ? Elles étaient parfaites – elles m'ont rappelé ce qu'on partageait autrefois, ce lien tellement fort.

— Si je disais ça, c'était juste parce que c'est ce que tu voulais entendre.

— Je sais – ça prouve à quel point tu me connais bien ! » Elle exultait.

Bleecker a commencé à faire des boucles en se frottant contre ses jambes. Elle l'a attrapé et s'est mise à le caresser. Ses ronronnements étaient assourdissants. « Réfléchis-y, Nick. Nous nous *connaissons*. Plus que personne au monde maintenant. »

C'était vrai que j'avais eu ce sentiment également, au cours du dernier mois, quand je n'étais pas occupé à lui souhaiter du mal. Ça me venait à des moments bizarres – au milieu de la nuit, quand je me levais pour pisser, ou le matin, quand je me préparais un bol de céréales –, je discernais un soupçon d'admiration, et, plus encore, de tendresse pour ma femme, en plein milieu de mon être, au fond de mes tripes. Pour savoir exactement ce que je voulais entendre dans ses petits mots, pour m'avoir reconquis, avoir prédit jusqu'à mes erreurs… Cette femme me connaissait par cœur. Mieux que personne au monde, elle me connaissait. Tout ce temps, j'avais pensé que nous étions des étrangers, et, en fait, nous nous connaissions intuitivement, dans nos os, dans notre sang.

Ce n'était pas sans un certain romantisme. Un romantisme catastrophique.

« On ne peut pas juste reprendre là où on en était, Amy.

— Non, pas là où on en était. Là où on en est maintenant. Là où tu m'aimes et tu ne quitteras plus jamais le droit chemin.

— Tu es folle, tu es littéralement folle si tu t'imagines que je vais rester. Tu as *tué* un homme ! » Je lui ai tourné le dos, et je me la suis imaginée un couteau dans la main, les lèvres qui se serraient tandis que je lui désobéissais. Je me suis retourné. Oui, ma femme est quelqu'un à qui il faut toujours faire face.

« Pour lui échapper.

— Tu as tué Desi pour avoir une nouvelle histoire à raconter, pour pouvoir revenir dans la peau d'Amy bien-aimée et ne jamais être obligée de payer pour ce que tu as fait. Tu ne vois pas, Amy, l'ironie de tout ça ? C'est ce que tu as toujours détesté chez moi – que je n'assumais jamais les conséquences de mes actes, pas vrai ? Et toi, alors ? Tu as *assassiné* un homme, un homme qui, je suppose, t'aimait et t'aidait, et maintenant tu veux que je prenne sa place, que je t'aide, que je t'aime et… je ne peux pas. Je ne peux pas faire ça. Je refuse.

— Nick, je crois que tes informations sont fausses. Ça ne me surprend pas, avec toutes les rumeurs qui circulent. Mais il nous faut oublier tout ça. Si nous voulons aller de l'avant. Et nous allons le faire. Toute l'Amérique veut que nous allions de l'avant. C'est l'histoire dont le monde a besoin, pour l'instant. Nous. Desi, c'est le méchant. Personne ne veut de deux méchants. Ils *veulent t'aimer*, Nick. La seule façon que tu as d'être aimé de nouveau est de rester avec moi. C'est la seule façon.

— Dis-moi ce qui s'est passé, Amy. Est-ce que Desi t'aidait depuis le début ? »

Elle s'est immédiatement échauffée : elle n'avait pas besoin de l'aide d'un homme, même s'il était très clair qu'elle avait eu besoin de l'aide d'un homme. « Bien sûr que non ! s'est-elle exclamée d'un ton outré.

— Raconte-moi. Quel mal ça peut faire, raconte-moi tout, parce qu'on ne peut pas aller de l'avant avec cette histoire abracadabrante, toi et moi. Je lutterai point par point contre toi. Je sais que tu as pensé à tout. Je n'essaie pas de te pousser à la faute – j'en ai assez d'essayer de deviner tes tactiques, je n'en ai pas la force. Je veux juste savoir ce qui s'est passé. J'étais à la porte du couloir de la mort, Amy. Tu es revenue, tu m'as sauvé, et je te remercie pour ça – tu m'entends ? Je te *remercie*, alors ne va pas dire que je ne l'ai pas fait. Je te *remercie*. Mais j'ai besoin de savoir. Tu sais que j'ai besoin de savoir.

— Déshabille-toi », a-t-elle dit.

Elle voulait s'assurer que je ne cachais pas de micro. J'ai ôté tous mes vêtements jusqu'au dernier, puis elle m'a examiné, a passé une main sur mon menton et mon torse, le long de mon dos. Elle m'a palpé les fesses et a glissé la main entre mes jambes, a empoigné mes testicules puis ma bite molle, qu'elle a gardée pendant un instant pour voir s'il allait se passer quelque chose. Il ne s'est rien passé.

« T'es clean. » C'était censé être une blague, une vanne, une référence cinématographique qui nous ferait rire tous les deux. Comme je n'ai pas réagi, elle a reculé et dit : « J'ai toujours aimé te regarder nu. Ça me rendait heureuse.

— Rien ne te rendait heureuse. Je peux me rhabiller ?

— Non. Je n'ai pas envie de me prendre la tête à penser à des micros cachés dans les revers ou les ourlets. Et on va aller dans la salle de bains et faire couler de l'eau. Au cas où tu aurais planqué des micros dans la maison.

— T'as regardé trop de films.

— Ha ! Je ne pensais pas t'entendre dire ça un jour. »

Nous nous sommes mis debout dans la baignoire et elle a fait couler l'eau. L'eau aspergeait mon dos et embuait le devant du chemisier d'Amy, qu'elle a fini par retirer. Elle a ôté tous ses vêtements en un strip-tease plein de jubilation, et les a jetés du même geste ludique, souriant que lorsque nous nous étions rencontrés – *je suis prête à tout !* –, et elle s'est tournée vers moi, et j'ai attendu qu'elle fasse ondoyer ses cheveux sur ses épaules comme elle le faisait quand elle flirtait avec moi. Mais ses cheveux étaient trop courts.

« Maintenant, on est quittes. Ça me semblait impoli d'être la seule à être habillée.

— Je crois qu'on n'est plus à ça près, Amy. »

Regarde seulement ses yeux, ne la touche pas, ne la laisse pas te toucher.

Elle a fait un geste vers moi, a posé une main sur mon torse, laissant l'eau dégouliner entre ses seins. Elle a léché une larme d'eau sur sa lèvre supérieure et a souri. Amy détestait être aspergée par la douche. Elle n'aimait pas se mouiller le visage, n'aimait pas sentir l'eau masser sa chair. Je le savais parce que j'étais marié avec elle, et je l'avais pelotée et asticotée sous la douche maintes fois, pour me faire systématiquement dégager. (*Je sais que ça a l'air sexy, Nick, mais ça ne l'est pas en fait, il n'y a qu'au cinéma que les gens font ça.*) Maintenant, elle prétendait le contraire, comme si elle avait oublié que je la connaissais. J'ai reculé.

« Dis-moi tout, Amy. Mais d'abord : y a-t-il jamais eu un bébé ? »

Le bébé était un mensonge. C'était la nouvelle la plus affligeante pour moi. Envisager ma femme dans la peau d'une meurtrière, c'était effrayant, repoussant, mais savoir que le bébé était un mensonge, c'était presque insupportable. Le bébé était un mensonge, la peur du sang était un mensonge – au cours de la dernière année, ma femme avait été elle aussi, en grande partie, un mensonge.

« Comment as-tu fait pour coincer Desi ? j'ai demandé.

— J'ai trouvé de la ficelle dans un coin de son sous-sol. Avec un couteau à steak, j'en ai fait quatre cordelettes…

— Il te laissait garder un couteau ?

— On était amis. Tu l'oublies. »

Elle avait raison. Je pensais à l'histoire qu'elle avait racontée aux flics : que Desi l'avait tenue captive. J'avais oublié. Elle savait raconter.

« Quand Desi n'était pas là, je les attachais le plus serré possible à mes chevilles et mes poignets pour laisser des marques. »

Elle m'a montré les cicatrices sanglantes de ses poignets, pareilles à des bracelets.

« J'ai pris une bouteille de vin, et je me suis violée moi-même avec tous les jours, de façon que l'intérieur de mon vagin ait l'air… comme il fallait. Pour une victime de viol. Puis un jour, je l'ai laissé coucher avec moi pour avoir son sperme, et j'ai mis des somnifères dans son martini.

— Il te laissait garder des somnifères ? »

Elle a poussé un soupir : je ne suivais pas.

« Ah ! oui, vous étiez amis.

— Puis j'ai… » Elle a mimé le geste de lui trancher la jugulaire.

« Aussi simple que ça, hein ?

— Il suffit de décider de le faire, puis de le faire. Faire preuve de discipline. Aller jusqu'au bout. C'est comme tout. Tu n'as jamais compris ça. »

Je sentais qu'elle se rembrunissait. Je ne l'admirais pas suffisamment.

« Dis-m'en plus. Dis-moi comment tu as fait. »

Au bout d'une heure, l'eau s'est refroidie, et Amy a mis fin à notre discussion.

« Tu dois reconnaître que c'est assez génial », a-t-elle dit.

Je l'ai dévisagée sans rien dire.

« Franchement, tu es obligé de m'admirer juste un peu, a-t-elle soufflé.

— Combien de temps a-t-il fallu à Desi pour se vider de son sang ?

— C'est l'heure de se coucher. On en reparlera demain, si tu veux. Pour l'instant, on devrait dormir. Ensemble. Je pense que c'est important. Pour tourner la page. Enfin, tout l'inverse.

— Amy, je vais rester ce soir parce que je n'ai pas envie d'affronter toutes les questions si je ne reste pas. Mais je vais dormir en bas. »

Elle a penché la tête sur le côté, m'a étudié.

« Nick, je peux encore te faire des choses terribles, ne l'oublie pas.

— Ha ! Pire que ce que tu as déjà fait ? »

Elle a eu l'air surprise : « Oh ! absolument.

— J'en doute, Amy. »

J'ai fait mine de quitter la pièce.

« Tentative de meurtre », a-t-elle dit.

J'ai hésité.

« C'était mon projet initial : je serais une pauvre femme malade avec des crises soudaines et intenses à répétition, jusqu'à ce qu'on s'aperçoive que tous les cocktails que lui préparait son mari…

— Comme dans le journal intime.

— Mais j'ai décidé qu'une *tentative* de meurtre, ce n'était pas suffisant pour toi. Il fallait que ce soit plus grave. Néanmoins, je n'ai pas pu me sortir de l'esprit cette idée d'empoisonnement. J'aimais l'idée que tu te résolves peu à peu à passer à l'acte. En essayant d'abord lâchement. Alors je l'ai fait.

— Tu t'imagines que je vais gober ça ?

— Tous ces vomissements, c'est hyper choquant. Une femme innocente, terrifiée aurait très bien pu en garder un échantillon, au cas où. Tu ne peux pas lui reprocher d'être un peu parano. » Elle a fait un sourire satisfait. « Il faut toujours avoir un plan B au plan B.

— Tu t'es empoisonnée.

— Nick, je t'en prie, ça te surprend ? Je me suis *tuée.*

— J'ai besoin d'un verre. » Je suis parti avant qu'elle puisse parler.

Je me suis versé un scotch et me suis assis sur le canapé du salon. Derrière les rideaux, la lumière stroboscopique des caméras illuminait le jardin. Bientôt, la nuit allait se terminer. J'en étais devenu à trouver le matin déprimant, sachant qu'il allait revenir encore et encore.

Tanner a décroché à la première sonnerie.

« Elle l'a tué, j'ai dit. Elle a tué Desi, foncièrement, parce qu'il… Il l'exaspérait, il essayait d'avoir de l'emprise sur elle, et elle s'est aperçue que si elle le tuait, elle pourrait revenir à son ancienne vie et rejeter toute la faute sur lui. Elle l'a *assassiné*, Tanner, elle vient de me le dire. Elle a *avoué*.

— Je suppose que vous n'avez pas pu… enregistrer tout ça ? Avec un portable, ou un truc comme ça ?

— Nous étions nus, avec un robinet qui coulait, et elle a dit tout ça à voix basse.

— Je ne veux pas savoir les détails. Vous êtes les deux individus les plus dérangés que j'aie jamais rencontrés, et je m'y connais en individus dérangés.

— Et du côté de la police, on en est où ? »

Il a poussé un soupir. « Elle a tout bétonné. Elle est ridicule, son histoire, mais pas plus ridicule que la nôtre. On peut dire qu'Amy exploite la maxime la plus fiable du sociopathe.

— À savoir ?

— "Plus gros est le mensonge, plus tout le monde le gobe."

— Allons, Tanner, il doit bien y avoir une solution. »

Je me suis approché de l'escalier pour vérifier qu'Amy n'était pas dans les parages. Nous chuchotions, mais, quand même, je devais faire attention à présent.

« À partir de maintenant, il faut qu'on évite tout faux pas, Nick. Elle a fait un sale portrait de vous. Elle a dit que tout était vrai dans son journal intime. Que tous les trucs dans la remise étaient à vous. Vous avez acheté les affaires avec ces cartes de crédit, et vous avez trop honte pour le reconnaître. C'est juste une petite fille riche surprotégée, comment lui serait-il venu à l'idée d'acquérir des cartes de crédit au nom de son mari en secret ? Et, mon Dieu, toute cette pornographie !

— Elle m'a dit qu'il n'y avait jamais eu de bébé, qu'elle avait simulé sa grossesse à l'aide de l'urine de Noelle Hawthorne.

— Pourquoi n'avez-vous rien dit… c'est énorme ! On va prendre appui sur Noelle Hawthorne.

— Noelle n'était pas au courant. »

J'ai entendu un profond soupir à l'autre bout du fil. Il ne s'est même pas fatigué à me demander comment elle s'y était prise.

« On va continuer à réfléchir, à chercher. On va bien trouver une ouverture.

— Je ne peux pas rester dans cette maison avec cette *chose.* Elle me menace de…

— La tentative de meurtre… l'antigel. Oui, j'ai appris que c'était sur le tapis.

— Ils ne peuvent pas m'arrêter pour ça, si ? Elle dit qu'elle a conservé du vomi. Une preuve. Mais est-ce qu'ils peuvent vraiment…

— Ne nous attardons pas là-dessus pour l'instant, OK, Nick ? Pour le moment, soyez sympa. Je déteste vous dire ça, je le déteste vraiment, mais c'est le meilleur conseil juridique que j'ai à vous donner : soyez sympa.

— Soyez sympa ? C'est ça, votre conseil ? Vous qui êtes ma dream team juridique à vous tout seul, c'est tout ce que vous trouvez à me dire ? *Soyez sympa ?* Allez vous faire foutre. »

J'ai raccroché, dans une rage noire.

Je vais la tuer, j'ai pensé. *Je vais la buter, cette garce.*

Je me suis plongé dans la rêverie sinistre que je nourrissais ces dernières années à chaque fois qu'Amy m'humiliait : je rêvais de la frapper avec un marteau, de lui fracasser le crâne jusqu'à ce qu'elle se taise *enfin*, qu'elle cesse de susurrer ses mots fielleux : banal, ennuyeux, médiocre, prévisible, insatisfaisant, quelconque. Dans mes rêves, je m'abattais sur elle avec le marteau jusqu'à ce qu'elle soit comme un jouet cassé, qui marmonne *hun, hun !* avant de s'arrêter dans un dernier crachat. Mais ça ne suffisait pas, alors je la restaurais à la perfection et recommençais à la tuer : je refermais mes doigts autour de son cou – elle avait toujours été en manque d'intimité – puis je serrais, serrais, et son pouls…

« Nick ? »

Je me suis retourné, et Amy était sur la dernière marche, en chemise de nuit, la tête penchée d'un côté.

« Sois sympa, Nick. »

Amy Elliott Dunne

La nuit du retour

Il se retourne et, quand il me voit plantée là, il semble effrayé. C'est une chose utile. Parce que je ne vais pas le laisser partir. Il pense peut-être qu'il mentait quand il a dit toutes ces gentillesses pour m'attirer à la maison. Mais je sais qu'il en va autrement. Je sais que Nick n'est pas aussi doué que ça pour mentir. Je sais que, pendant qu'il récitait ces mots, il a réalisé la vérité. *Pam!* Parce qu'on ne peut pas avoir été amoureux comme nous l'étions sans que ce sentiment s'infiltre jusque dans votre moelle. Un amour comme le nôtre peut connaître des rémissions, mais il attend toujours son heure. Comme le plus doux cancer du monde.

Vous n'y croyez pas? Alors que dites-vous de ça? Il a menti. Il ne pensait pas le moindre mot de ce qu'il a dit. Eh bien, dans ce cas, dommage pour lui, il a fait un trop bon boulot, parce que je le veux, exactement comme ça. L'homme qu'il faisait semblant d'être – les femmes aiment cet homme. J'aime cet homme. C'est l'homme que je veux pour mari. C'est celui pour lequel j'ai signé. C'est l'homme que je mérite.

Alors il peut choisir de m'aimer vraiment comme autrefois, ou bien je le mettrai au pas et le transformerai en l'homme que j'ai épousé. J'en ai ras le bol de ses conneries.

« Sois sympa », je lui dis.

Il ressemble à un enfant, un enfant enragé. Il serre les poings.

« Non, Amy.

— Je peux te détruire, Nick.

— C'est déjà fait, Amy. » Je vois la rage passer sur son visage, un frisson. « Pourquoi veux-tu donc être avec moi, de toute façon, nom de Dieu ? Je suis ennuyeux, banal, inintéressant, quelconque. Je ne suis pas à la hauteur. Tu as passé les dernières années à me répéter ça.

— Seulement parce que tu as arrêté de faire des *efforts*. Tu étais tellement parfait, avec moi. Nous étions si parfaits quand on a commencé, puis tu as arrêté de faire des efforts. Pourquoi as-tu fait une chose pareille ?

— J'ai arrêté de t'aimer.

— *Pourquoi ?*

— Tu as arrêté de m'aimer. Nous deux, c'est un putain de ruban de Möbius, malsain et toxique, Amy. Nous n'étions pas nous-mêmes quand nous sommes tombés amoureux, et, quand nous sommes devenus nous-mêmes – surprise ! –, nous étions un poison l'un pour l'autre. Nous nous complétons de la manière la plus abominable, la plus laide possible. Tu ne m'aimes pas vraiment, Amy. Je ne te plais même pas. Demande le divorce. Demande le divorce, et tâchons d'être heureux.

— Je ne divorcerai pas, Nick, pas question. Et je te le jure, si tu essaies de t'en aller, je consacrerai *ma* vie à rendre *ta* vie la plus affreuse possible. Et tu sais que je peux la rendre vraiment horrible. »

Il commence à tourner en rond comme un ours en cage.

« Réfléchis, Amy, tu vois bien que nous ne valons rien l'un pour l'autre : les deux êtres les plus pétris de besoin du monde, coincés ensemble. Je demanderai le divorce si tu ne le fais pas.

— Vraiment ?

— Je le ferai. Mais tu devrais le faire, toi. Parce que je sais ce que tu penses déjà, Amy. Tu penses que ça ne va pas faire une bonne histoire : l'Épatante Amy tue son violeur fou de ravisseur et rentre pour… un divorce tout ce qu'il y a de plus plan-plan. Tu te dis que ce n'est pas triomphal. »

Ce *n'est pas* triomphal.

« Mais voilà comment je vois les choses : ton histoire n'est pas une banale et dégoulinante histoire de survie. Ça, c'est du téléfilm des années 1990. Toi, ce n'est pas ça. Tu es une femme forte, pleine de vie, indépendante, Amy. Tu as tué ton ravisseur, puis tu continues à faire le ménage : tu te débarrasses de ton abruti de mari infidèle. Les femmes *t'applaudiront.* Tu n'es pas une petite fille apeurée. Tu es une *femme*, intraitable, qui ne se laisse pas marcher sur les pieds. Réfléchis-y. Tu sais que j'ai raison : l'ère du pardon, c'est fini. C'est dépassé. Pense à toutes les femmes – les femmes de politiciens, les actrices –, les femmes publiques qui ont été trompées, elles ne restent plus avec leurs maris, de nos jours. On ne dit plus *reste auprès de ton homme coûte que coûte*, on dit *plaque ce connard.* »

Je ressens une montée de haine contre lui, à voir qu'il essaie toujours de se débiner de notre mariage alors que je lui ai dit – par trois fois maintenant – qu'il n'en est pas question. Il croit toujours avoir du pouvoir.

« Et si je ne demande pas le divorce, tu vas le demander ?

— Je ne veux pas être marié avec une femme comme toi. Je veux être marié avec une femme normale. »

Pauvre minable.

« Je vois. Tu veux retrouver ta mollesse, ta fadeur, ta *décontraction* ? Tu veux juste *te barrer* ? Non ! Tu n'as pas le droit de redevenir un pauvre Américain moyen avec une pauvre fille ordinaire. T'as déjà essayé – tu te souviens, chéri ? Même si tu le voulais, tu ne pourrais plus le faire. Tout le monde te verra comme un sale cavaleur qui a plaqué sa femme après qu'elle a été kidnappée et violée. Tu penses qu'une femme *bien* te touchera ? Tout ce que tu pourras avoir, c'est…

— Les cinglées ? Les garces cinglées ? » Il agite son index dans ma direction.

« Ne m'appelle pas comme ça.

— Garce cinglée ? »

Ça serait tellement facile, de m'éliminer comme ça. Il adorerait pouvoir me discréditer aussi simplement que ça.

« Tout ce que je fais, je le fais pour une bonne raison, Nick. Ça me demande de la préparation, de la précision et de la discipline.

— Tu es mesquine, tu es égoïste, tu es manipulatrice, tu es disciplinée… Et tu es une garce, une cinglée…

— Tu es un homme. Tu es un homme moyen, paresseux, ennuyeux, lâche, et tu *as peur des femmes*. Sans moi, c'est ce que tu aurais continué à être *ad nauseam*. Mais j'ai fait quelque chose de toi. Avec moi, tu étais meilleur que tu ne le seras *jamais*. Et tu le sais. La seule fois de ta vie où tu t'es même *apprécié toi-même*, c'est quand tu *faisais semblant d'être* quelqu'un qui pourrait *me* plaire. Sans moi ? Tu es comme ton père.

— Ne dis pas ça, Amy. » Il serre les poings.

« Tu crois qu'il n'a pas été blessé par une femme, lui aussi, exactement comme toi ? » Je dis ça de ma voix la plus condescendante, comme si je parlais à un chiot. « Tu crois qu'il ne pensait pas qu'il méritait mieux que ce qu'il a eu, exactement comme toi ? Tu crois vraiment que ta mère était son premier choix ? À ton avis, pourquoi est-ce qu'il te détestait tant que ça ? »

Il avance vers moi : « Tais-toi, Amy.

— Réfléchis, Nick, tu sais que j'ai raison : même si tu trouvais une fille sympa, normale, tu penserais à *moi* tous les jours. Dis-moi que je me trompe.

— Tu te trompes.

— Il t'a fallu combien de temps pour oublier l'Habile Andie quand tu t'es mis à croire que je t'aimais encore ? » Je le dis d'une voix pleine de commisération : *pauvre chéri*. Je fais même une moue avec ma lèvre inférieure. « Une lettre d'amour, mon chou ? Une, ça a suffi ? Deux ? Deux lettres qui juraient que je *t'aimais* et que je voulais te *récupérer*, et que je pensais que tu étais *génial* après tout – c'est ça qui a fait ton affaire ?

Tu es tellement *SPIRITUEL*, tu es *CHALEUREUX*, tu es *BRILLANT*. Qu'est-ce que tu es pathétique. Tu crois que tu peux redevenir un type normal ? Même si tu trouves une gentille fille, tu penseras toujours à moi, et tu crèveras d'insatisfaction, enfermé dans ta petite vie normale et ennuyeuse, avec ta femme ordinaire et tes deux gamins moyens. Tu penseras à moi, tu regarderas ta femme et tu penseras : *Pauvre conne.*

— Tais-toi, Amy. Je ne plaisante pas.

— Exactement comme ton papa. On est toutes des connes, à la fin, pas vrai, Nick ? Des pauvres connes, des cinglées. »

Il me prend par le bras et me secoue violemment.

« Moi, je suis la salope qui te rend meilleur, Nick. »

Il cesse de parler. Il emploie toute son énergie à maintenir ses bras le long de son corps. Ses yeux sont pleins de larmes. Il tremble.

« Je suis la *connasse* qui fait de toi un homme. »

Soudain, ses mains sont sur mon cou.

NICK DUNNE

La nuit du retour

Son pouls palpitait finalement sous mes doigts, comme je l'avais imaginé. J'ai appuyé plus fort et l'ai obligée à mettre un genou au sol. Elle émettait de petits gloussements humides et me griffait les poignets. Nous étions tous deux à genoux, en prière face à face pendant dix secondes.

Espèce de pauvre cinglée.

Une larme est tombée de mon menton sur le sol.

Espèce de salope meurtrière, manipulatrice, démoniaque, cinglée.

Les yeux bleu vif d'Amy étaient plantés dans les miens, sans cligner.

Puis la plus étrange de toutes les pensées a déboulé, dans un fracas ivre, du fond de mon crâne à l'avant pour venir m'aveugler : *Si je tue Amy, qui serai-je ?*

J'ai vu un éclair blanc. J'ai lâché ma femme comme de l'acier chauffé à blanc.

Elle s'est laissée tomber lourdement sur les fesses, haletante, elle a toussé. Lorsqu'elle a repris son souffle, il ressemblait à une suite de grincements irréguliers, avec un petit vagissement bizarre et presque érotique à la fin.

Qui serai-je, alors ? La question n'était pas récriminatrice. Ce n'était pas comme si la réponse était une pieuse condamnation : *Alors tu seras un assassin, Nick. Tu ne vaudras pas mieux qu'Amy. Tu seras ce que tout le monde pensait que tu étais.* Non. La question était affreusement expressive et littérale : qui serai-je si je n'avais pas Amy pour me renvoyer la balle ? Car elle avait raison : en tant qu'homme, c'est quand je l'aimais que j'avais été le plus convaincant – et c'est quand je la détestais que je m'étais approché de nouveau de ces sommets. Je ne connaissais Amy que depuis sept ans, mais je ne pouvais pas retourner à ma vie sans elle. Car elle avait raison : je ne pouvais pas revenir à une vie ordinaire. Je le savais avant qu'elle ait ouvert la bouche. Je m'étais déjà imaginé avec une femme normale – une fille douce, simple, sans problème – et je m'étais déjà imaginé en train de raconter à cette femme normale l'histoire d'Amy, tout le mal qu'elle s'était donné – pour me punir et pour me revenir. Je m'étais déjà imaginé cette fille douce et médiocre faire une réflexion aussi passionnante que : *Oh, noooon, oh, mon Dieu !* et je savais déjà qu'une partie de moi la regarderait et penserait : *Tu n'as jamais tué pour moi. Tu ne m'as jamais piégé. Tu ne saurais même pas comment t'y prendre pour faire ce qu'a fait Amy. Tu ne pourrais jamais y mettre assez de cœur.* Le fifils à sa maman gâté que j'étais ne pourrait pas trouver la paix auprès de cette femme normale et, bien vite, elle ne serait plus seulement normale, elle serait inférieure, et alors la voix de mon père – *pauvre connasse* – s'élèverait pour prendre la relève.

Amy avait parfaitement raison.

Alors peut-être n'y avait-il pas pour moi de fin satisfaisante.

Amy était toxique, mais je ne pouvais pas imaginer un monde complètement sans elle. Qui serais-je si Amy était bel et bien disparue ? Il n'y aurait plus pour moi de choix valable. Mais je devais la mettre au pas. Amy en prison, c'était une fin satisfaisante pour elle. Rangée dans une boîte où elle ne pourrait pas s'imposer à moi mais où je pourrais lui rendre visite de temps à autre. Ou au moins l'imaginer. Un pouls, mon pouls, remisé quelque part dans le monde.

C'est moi qui devais la faire enfermer. C'était ma responsabilité. De même qu'Amy s'attribuait le mérite de faire ressortir le meilleur de moi-même, je devais assumer ma faute : j'avais fait éclore la folie en elle. Il y avait un million d'hommes qui l'auraient aimée, honorée, et lui auraient obéi et qui s'en seraient estimés heureux. Des hommes confiants, sûrs d'eux, des vrais hommes qui ne l'auraient pas forcée à faire semblant d'être autre chose que ce qu'elle était : parfaite, rigide, exigeante, brillante, créative, fascinante, avide, mégalomane.

Des hommes capables de tout le dévouement du monde.

Des hommes capables de veiller sur sa santé mentale.

L'histoire d'Amy aurait pu connaître un million d'autres évolutions, mais elle m'avait rencontré, et les choses avaient mal tourné. Donc c'était à moi de l'arrêter.

Pas la tuer, mais l'arrêter.

La mettre dans une de ses boîtes.

AMY ELLIOTT DUNNE

Cinq jours après le retour

Je sais, je sais maintenant avec certitude, que je dois davantage me méfier de Nick. Il n'est plus aussi docile qu'autrefois. Il y a en lui quelque chose d'électrique ; un fusible qui a sauté. Ça me plaît. Mais je dois prendre mes précautions. J'ai encore besoin d'une précaution spectaculaire.

Il va me falloir un peu de temps pour la mettre en place, cette précaution. Mais la planification, ça me connaît. Entre-temps, nous pouvons travailler à nous reconstruire. À commencer par la façade. Notre mariage sera un mariage heureux, même si ça doit le tuer.

« Tu vas devoir essayer de recommencer à m'aimer », lui ai-je dit. Le matin qui a suivi la nuit où il a essayé de me tuer. Il se trouve que c'était son trente-cinquième anniversaire, mais il n'en a pas soufflé mot. Mon mari en a assez de mes cadeaux.

« Je te pardonne pour la nuit dernière, lui ai-je dit. On est tous les deux sous pression. Mais maintenant, tu vas devoir réessayer.

— Je sais.

— Les choses vont devoir changer.

— Je sais. »

Il ne sait pas vraiment. Mais ça viendra.

Mes parents nous rendent visite tous les jours. Rand, Marybeth et Nick me couvrent d'attention. Des oreillers. Tout le monde veut m'offrir des oreillers : nous sommes tous victimes d'une psychose de masse qui nous fait croire que mon viol et ma fausse couche m'ont transformée pour toujours en une petite chose douloureuse et délicate. Je suis atteinte à vie du syndrome des os de verre – il faut me tenir très doucement dans sa paume, sans quoi je casse. Alors je prends appui sur cette satanée ottomane, et je marche délicatement jusqu'à la cuisine, où je me suis vidée de mon sang. On doit prendre grand soin de moi.

Cependant, Nick offre un spectacle étrangement tendu lorsqu'il parle avec quelqu'un d'autre que moi. Il a l'air perpétuellement sur le point de se mettre à vociférer – comme si ses poumons s'étranglaient de mots sur moi, des injures.

J'ai besoin de Nick, je m'en aperçois. J'ai littéralement besoin de lui pour qu'il confirme ma version des faits. Qu'il cesse ses accusations et ses dénégations, et reconnaisse que c'était lui : les cartes de crédit, les marchandises dans la remise, l'extension de l'assurance. Sans quoi je serai pour toujours nimbée d'un relent d'incertitude. Je n'ai que quelques maillons faibles, et ces maillons faibles sont des gens. La police, le FBI, ils décortiquent mon histoire. Boney, je le sais, se ferait un plaisir de m'arrêter. Mais ils ont tellement bâclé le travail en amont – ils ont l'air tellement cons – qu'ils ne peuvent pas me toucher sans une preuve en béton. Or ils n'ont pas de preuve. Ils ont Nick, qui jure qu'il n'a pas fait les choses que je jure qu'il a faites, et ce n'est pas grand-chose, mais c'est plus que je ne le souhaiterais.

Je me suis même préparée au cas où mes amis des Ozark, Jeff et Greta, pointeraient leur nez, attirés par la célébrité ou l'argent. Je l'ai déjà dit à la police : Desi ne nous a pas conduits directement chez lui. Il m'a gardée, les yeux bandés, bâillonnée, pendant plusieurs jours – je *crois* que c'étaient plusieurs jours – dans une chambre, peut-être une chambre de motel ? Ou un appartement ? Je ne sais pas trop, tout est flou. J'avais tellement peur, vous savez, et puis, les somnifères… Si Jeff et Greta montrent leur sale gueule de fouines, et se débrouillent pour convaincre les flics d'envoyer une équipe de la police scientifique à *La Cachette*, et qu'on retrouve un cheveu ou une empreinte à moi, cela ne fait que résoudre une partie de l'énigme. Pour le reste, ils mentent.

Donc Nick est vraiment le seul problème, et, bientôt, je vais le ramener dans mon camp. J'ai fait montre d'intelligence, je n'ai laissé aucune preuve. Les flics ne me croient peut-être pas complètement, mais ils ne feront rien. Je le sais au ton insolent de la voix de Boney – elle va vivre dans une exaspération permanente désormais et plus elle s'énervera, moins les gens la respecteront. Elle a déjà les tics moralisateurs, la façon de lever les yeux en cadence typique des fondus de la théorie du complot. Elle pourrait aussi bien s'envelopper la tête dans du papier alu.

Oui, l'enquête se tasse. Mais pour l'Épatante Amy, c'est tout le contraire. L'éditeur de mes parents, tout confus, leur a proposé un contrat pour un nouvel épisode, et ils ont accepté pour une somme rondelette. Une fois de plus, ils capitalisent sur ma psyché pour se faire de l'argent. Ils ont quitté Carthage ce matin. Ils disent que c'est important pour *Nick et moi* (grammaire correcte) d'avoir un peu de solitude pour nous reconstruire. Mais je connais la vérité. Ils veulent se mettre au boulot. Ils me disent qu'ils essaient de « trouver le ton juste ». Un ton qui dit : *Notre fille a été kidnappée et violée à répétition par un monstre qu'elle a dû égorger... mais nous n'essayons nullement d'en profiter à des fins commerciales.*

Je me fiche bien de la reconstruction de leur empire pathétique, parce que tous les jours je reçois des appels pour me proposer de raconter *mon* histoire. Mon histoire : la mienne, la mienne, la mienne. Il faut juste que je choisisse le tout meilleur deal et que je me mette à écrire. Il faut juste que j'obtienne l'accord de Nick pour que nous convenions tous deux de la fin de cette histoire : une fin heureuse.

Je sais que Nick n'est pas encore amoureux de moi, mais il le sera. J'en suis convaincue. « À force de faire semblant d'être amoureux, on le devient », ce n'est pas un dicton ? Pour l'instant, il se comporte comme l'ancien Nick, et je me comporte comme l'ancienne Amy. À l'époque où nous étions heureux. À l'époque où nous ne nous connaissions pas aussi bien qu'aujourd'hui. Hier, sous notre porche, je regardais le soleil se lever sur le fleuve, c'était une matinée étrangement fraîche pour le mois d'août. Quand je me suis retournée, Nick m'observait par la fenêtre de la cuisine. Il a levé une tasse de café avec une question :

T'en veux une ? J'ai hoché la tête, et, bien vite, il était près de moi. Ça sentait l'herbe sèche, et nous avons bu notre café ensemble en regardant l'eau, et tout semblait normal, heureux.

Il refuse encore de dormir avec moi. Il dort dans la chambre d'amis, en bas, la porte fermée à clef. Mais un jour, je l'aurai à l'usure, je le prendrai par surprise, et il perdra l'énergie de lutter tous les soirs, et il viendra se coucher près de moi. Au milieu de la nuit, je me tournerai vers lui et me collerai à lui. Je m'accrocherai à lui comme une vigne vierge insinuante jusqu'à ce que j'aie envahi le moindre atome de lui. Jusqu'à ce que je l'aie fait mien.

Nick Dunne

Trente jours après le retour

Amy croit qu'elle maîtrise la situation, mais elle a complètement tort. Ou : elle aura complètement tort.

Boney, Go et moi, nous travaillons ensemble. Les flics, le FBI, plus personne ne s'intéresse tellement à l'affaire. Mais hier, sans crier gare, Boney a appelé. Elle ne s'est pas présentée quand j'ai décroché, elle a attaqué directement comme si nous étions de vieux amis : *Je vous emmène boire un café ?* Je suis passé prendre Go, et nous nous sommes retrouvés au Pancake House. Elle était déjà attablée lorsque nous sommes arrivés. Elle s'est levée et a esquissé un sourire un peu las. Elle se faisait assassiner par la presse. Aussi mal à l'aise les uns que les autres, nous avons hésité à nous serrer la main ou à nous donner l'accolade. Boney s'est décidée pour un simple signe de tête.

La première chose qu'elle m'a dite lorsque nous avons été servis : « J'ai une fille. Elle a 13 ans. Elle s'appelle Mia. D'après Mia Hamm[1]. Elle est née le jour où on a gagné la Coupe du monde. Alors on a donné son nom à ma fille. »

1. Mia Hamm : célèbre joueuse de soccer. *(N.d.É.)*

J'ai haussé les sourcils : *Passionnant. Dites-m'en plus.*

« Vous m'avez posé la question un jour et je n'ai pas… j'ai été impolie. J'étais sûre que vous étiez innocent, mais… tout indiquait que vous ne l'étiez pas, alors j'étais vexée. D'avoir pu me planter à ce point-là. Alors je ne voulais même pas prononcer le nom de ma fille devant vous. » Elle nous a versé du café du thermos.

« Alors voilà, elle s'appelle Mia.

— Eh bien, merci.

— Non, je veux dire… Merde. » Elle a soufflé vers le haut pour écarter sa frange. « Je veux dire : je sais qu'Amy a tout manigancé pour vous faire tomber. Je sais qu'elle a assassiné Desi Collings. Je le *sais*. Mais je ne peux pas le prouver.

— Et les autres, ils font quoi pendant que vous travaillez sur l'affaire ? a demandé Go.

— Il n'y a pas d'affaire. Ils sont passés à autre chose. Gilpin est complètement sorti du coup. J'ai reçu l'ordre du haut de la hiérarchie, en fait : "*Bouclez* ce merdier. Bouclez l'enquête." Nous avons l'air des plus gros bouffons du monde dans la presse nationale. Je ne peux rien faire à moins que vous ne me donniez des éléments, Nick. Vous avez quelque chose ? *N'importe quoi ?* »

J'ai haussé les épaules.

« J'ai la même chose que vous. Elle m'a tout avoué, mais…

— Elle a *avoué* ? Eh bien, bon sang, Nick, on va planquer un micro sur vous !

— Ça ne marchera pas. Ça ne marchera pas. Elle pense à tout. Franchement, elle connaît par cœur les procédures policières. Elle se documente, Rhonda. »

Elle a versé du sirop bleu électrique sur ses gaufres. J'ai planté les dents de ma fourchette dans le jaune bulbeux de mes œufs et l'ai étalé, défaisant le soleil.

« Ça me rend dingue que vous m'appeliez Rhonda.

— Elle étudie, madame l'inspecteur Boney. »

Elle a de nouveau soulevé sa frange d'un soupir. A pris une bouchée.

« Je ne pourrais pas vous équiper d'un micro, de toute façon, à ce stade.

— Allez, quoi, il y a forcément quelque chose, a coupé Go. Nick, pourquoi diable restes-tu dans cette maison si tu ne peux rien en tirer ?

— Ça prend du temps, Go. Il faut que je regagne sa confiance. Si elle se met à me parler normalement, sans qu'on soit tous deux nus comme des vers… »

Boney s'est frotté les yeux et adressée à Go : « Je ne sais même pas si je dois poser la question ?

— Ils parlent toujours à poil sous la douche, robinet allumé. Vous ne pouvez pas mettre un micro dans la douche ?

— Elle me murmure à l'oreille, par-dessus le marché.

— Eh bien, c'est vrai qu'elle est documentée, a dit Boney. Elle a étudié son dossier. Je suis allée voir cette voiture avec laquelle elle est rentrée, la Jaguar de Desi. J'ai fait examiner le coffre, où elle avait juré que Desi l'avait planquée. J'étais persuadée qu'il n'y aurait rien – qu'on pourrait la prendre en flag de mensonge. Elle s'est roulée dans le coffre, Nick. Nos chiens ont senti son odeur. Et nous avons trouvé trois longs cheveux blonds. Des *longs* cheveux blonds. Ses cheveux, avant qu'elle ne les coupe. Comment elle s'y est prise…

— Elle est prévoyante. Je suis sûr qu'elle en avait gardé un sachet de sorte que si elle avait besoin d'en déposer quelque part pour m'incriminer, elle avait ce qu'il fallait.

— Bon Dieu, vous imaginez, l'avoir pour mère ? Impossible de raconter le moindre bobard. Elle aurait toujours trois longueurs d'avance sur vous.

— Boney, vous imaginez, l'avoir pour femme ?

— Elle va craquer. À un moment ou à un autre, elle va craquer.

— Non, elle ne craquera pas. Ça ne suffirait pas, que je témoigne contre elle ?

— Vous n'avez aucune crédibilité. Votre seule crédibilité vous vient d'Amy. C'est elle et elle seule qui vous a réhabilité. Et à elle toute seule, elle peut défaire ce qu'elle a fait. Si elle ressort l'histoire de l'antigel…

— Il faut que je trouve le vomi. Si je me débarrassais du vomi et que nous faisions ressortir d'autres mensonges au grand jour…

— On devrait examiner le journal intime de près, a dit Go. Sept ans ? Il doit bien y avoir quelques incohérences.

— Nous avons demandé à Rand et Marybeth de l'examiner, de voir s'il y avait des choses qui leur semblaient bizarres. Vous pouvez imaginer comment ça s'est passé. J'ai cru que Marybeth allait m'arracher les yeux.

— Et Jacqueline Collings ou Tommy O'Hara, ou Hilary Handy ? a dit Go. Ils connaissent tous le vrai visage d'Amy. Il doit bien y avoir une piste de ce côté-là. »

Boney a secoué la tête. « Croyez-moi, ça ne suffit pas. Ils sont tous moins crédibles qu'Amy. C'est une simple question d'opinion publique, mais c'est la seule chose qui intéresse les services de police pour l'instant : l'opinion publique. »

Elle avait raison. Jacqueline Collings était apparue dans quelques talk-shows pour clamer l'innocence de son fils. Au départ, elle était toujours très digne, mais son amour maternel jouait en sa défaveur : il ne fallait pas longtemps pour qu'elle apparaisse comme une pauvre femme prête à tout pour croire le meilleur de son fils mort, et plus les présentateurs la prenaient en pitié, plus elle s'égarait dans la rage et la morgue, ce qui lui faisait perdre tout son capital de sympathie. Tommy O'Hara et Hilary Handy m'avaient tous deux appelé, furieux qu'Amy reste impunie, déterminés à raconter leur histoire, mais personne ne voulait entendre les versions de deux *anciens* (fous, alcooliques) paumés. *Ne baissez pas les bras*, leur avais-je répondu, *on y travaille.* Hilary, Tommy, Jacqueline, Boney, Go et moi, notre heure viendrait. Je me forçais à y croire.

« Et si nous arrivions au moins à convaincre Andie ? j'ai demandé. De témoigner que tous les endroits où Amy avait caché ses indices étaient des endroits où nous, vous savez, où nous avons couché ensemble ? Andie est crédible ; les gens l'adorent. »

Andie avait retrouvé sa joie de vivre après le retour d'Amy. Je le savais uniquement à cause d'un ou deux clichés dans les tabloïds. Par ceux-ci, je savais qu'elle sortait avec un mec de son âge, un gamin mignon et hirsute avec des écouteurs perpétuellement pendus aux oreilles. Ils allaient bien ensemble, ils avaient l'air jeunes et sains. La presse les adorait. Le meilleur titre : *L'amour frappe Andie Hardy !*, d'après le titre d'un film de Mickey Rooney datant de 1938 – un jeu de mots qu'allaient comprendre environ vingt personnes. Je lui avais envoyé un SMS : *Je suis désolé. Pour tout.* Je n'avais pas eu de réponse. Grand bien lui en fasse. Je le pense vraiment.

« Ça peut être une coïncidence, a dit Boney avec un haussement d'épaules. Une coïncidence troublante, certes, mais… ce n'est pas assez concluant pour faire avancer les choses. Pas dans le climat actuel. Il faut que vous parveniez à pousser votre femme à vous dire quelque chose qu'on puisse utiliser, Nick. Vous êtes notre seule chance ici. »

Go a posé violemment son café sur la table. « J'hallucine qu'on ait même cette conversation. Nick, je ne veux pas que tu restes dans cette maison. Tu n'es pas flic, tu sais. Ce n'est pas ton boulot. Tu vis avec une meurtrière. Casse-toi, putain. Je suis désolée, mais qu'est-ce qu'on en a à foutre, qu'elle ait tué Desi ? Je ne veux pas qu'elle te tue, *toi*. Non mais, c'est vrai, quoi, un de ces quatre, tu vas brûler son croque-monsieur et, le temps de dire ouf !, je recevrai un coup de fil pour m'annoncer que tu es tombé de ton toit ou une merde comme ça. *Barre-toi.*

— Je ne peux pas. Pas encore. Elle ne me laissera jamais m'en aller. Elle aime trop le jeu.

— Alors arrête de jouer. »

Je ne peux pas. Je m'améliore tellement. Je vais rester près d'elle jusqu'à ce que je puisse la faire tomber. Je suis le seul à encore en avoir le pouvoir. Un jour, elle baissera sa garde et me dira quelque chose que je peux utiliser. Il y a une semaine, je me suis réinstallé dans notre chambre. Nous ne faisons pas l'amour, nous nous touchons à peine, mais nous sommes tels mari et femme dans le lit conjugal, et, pour l'heure, ça suffit à apaiser Amy. Je lui caresse les cheveux. Je prends une mèche entre mon index et mon pouce, je la déroule en entier et je tire doucement, comme si je sonnais une cloche, et nous aimons tous les deux ça. Ça, c'est un problème.

Nous faisons semblant d'être amoureux, et nous faisons les choses que nous aimons faire lorsque nous sommes amoureux, et, parfois, on croirait presque que c'est l'amour, parce que c'est imité avec une telle application. Nous ressuscitons la mémoire musculaire des débuts de notre histoire. Lorsque j'oublie – et j'arrive parfois à oublier le vrai visage de ma femme –, j'aime franchement bien passer du temps avec elle. *Elle*, ou ce qu'elle prétend être. C'est un fait, ma femme est une meurtrière qui sait parfois être très chouette. Je peux prendre un exemple ? Un soir, j'ai fait venir du homard par avion comme dans le temps, et elle a fait semblant de me poursuivre avec la bestiole vivante à la main, et j'ai fait semblant de me cacher, et nous avons tous deux fait une blague sur *Annie Hall en même temps* : c'était tellement parfait, tellement conforme à ce que nous aurions dû être que j'ai dû quitter la pièce un instant. Mon pouls cognait dans mes oreilles. J'ai été obligé de me répéter mon mantra : *Amy a tué un homme, et elle te tuera si tu ne fais pas très, très attention.* Ma femme, la très drôle, très belle meurtrière, qui me le fera payer cher si je la déçois. Je sursaute dans ma propre maison : je suis en train de me préparer un sandwich, dans la cuisine, vers midi, je lèche le beurre de cacahuètes sur le couteau, et, quand je me retourne et vois qu'Amy est dans la même pièce que moi – elle a des petits pieds de chat, silencieux –, je frémis. Moi, Nick Dunne, l'homme qui oubliait tant de détails, je passe maintenant mon temps à me répéter nos discussions pour m'assurer que je ne l'ai pas choquée, que je ne l'ai pas vexée. Je note tout de ses journées, ce qu'elle aime et ce qu'elle n'aime pas, au cas où il lui prendrait l'envie de me tester. Je suis un mari formidable, dans la mesure où j'ai très peur qu'elle ne me tue.

Nous n'avons jamais parlé de ma paranoïa, parce que nous faisons semblant d'être amoureux, et que je fais semblant de ne pas avoir peur d'elle. Mais elle y fait de petites allusions en passant : *Tu sais, Nick, tu peux dormir à côté de moi, je veux dire, dormir vraiment. Ça ne risque rien. Je te le promets. Ce qui s'est passé avec Desi, c'était un incident isolé. Ferme les yeux et dors.*

Mais je sais que je ne dormirai plus jamais. Je ne peux pas fermer les yeux quand je suis à côté d'elle. C'est comme de dormir à côté d'une mygale.

Amy Elliott Dunne

Huit semaines après le retour

Personne ne m'a arrêtée. La police a cessé de poser des questions. Je me sens en sécurité. Je me sentirai encore plus en sécurité très bientôt.

Pour vous dire à quel point je me sens bien : hier, quand je suis descendue à la cuisine pour le petit déjeuner, le pot qui contenait mon vomi était posé sur le plan de travail, vide. Nick – ce pique-assiette – s'était débarrassé de ce petit moyen de pression. J'ai cligné des yeux et j'ai jeté le pot.

Ça n'a guère d'importance désormais.

Les choses se présentent bien.

J'ai un contrat d'édition : j'ai officiellement le contrôle de notre histoire. C'est merveilleusement symbolique, je trouve. Est-ce que ce n'est pas l'essence même du mariage, de toute façon ? La parole de l'un contre la parole de l'autre, *ad vitam æternam*. Eh bien, *elle*, elle va parler, et le monde va l'écouter, et Nick n'aura qu'à acquiescer en souriant. Je vais le décrire tel que je veux qu'il soit : romantique, prévenant et très, très repentant – pour les cartes de crédit, les achats et la remise. Si je ne peux pas le convaincre de le dire dans la vie, il le dira dans mon livre. Puis me suivra, souriant, dans une série de signatures dans tout le pays.

J'appelle le livre simplement : *Épatante.* « Qui crée une grande surprise ou un fort émerveillement ; étourdissante. » Ça résume bien mon histoire, je trouve.

Nick Dunne

Neuf semaines après le retour

J'ai trouvé le vomi. Elle l'avait caché au fond du congélateur, dans un petit pot, à l'intérieur d'un paquet de choux de Bruxelles. Le paquet était couvert de givre ; il devait être là depuis des mois. Je sais que c'était une petite blague pour elle-même : *Nick ne mangera pas de légumes, Nick ne nettoie jamais le frigo, Nick ne pensera pas à regarder là.*

Mais Nick y a pensé.

Nick sait comment on nettoie le réfrigérateur, il se trouve, et Nick sait même comment on décongèle un plat : j'ai vidé la substance malsaine dans l'évier, et j'ai laissé le pot sur le plan de travail, pour qu'elle sache.

Elle l'a mis à la poubelle. Elle n'en a jamais reparlé.

Il y a quelque chose qui cloche. Je ne sais pas ce que c'est, mais il y a quelque chose qui cloche affreusement.

Ma vie commence à me faire l'effet d'un épilogue. Tanner a pris une nouvelle affaire : un chanteur de Nashville a découvert que sa femme le trompait, et on a retrouvé le corps de celle-ci dans une benne de chantier le lendemain, avec un marteau couvert d'empreintes du chanteur à côté d'elle. Tanner m'utilise dans sa stratégie de défense. *Je sais que toutes les apparences sont contre lui, mais Nick Dunne aussi, toutes les apparences étaient contre lui, et vous connaissez la fin de l'histoire.* Je pouvais presque le sentir me faire un clin d'œil à travers l'écran ! Il m'envoyait un SMS de temps à autre. *Tout va bien ?* ou : *Du neuf ?*

Non, rien du tout.

Boney, Go et moi nous retrouvions secrètement au Pancake House, où nous tamisions le sable impur de la version d'Amy en quête d'un élément utilisable. Nous épluchions le journal intime, traquant sans pitié tout anachronisme possible. Ce qui se ramenait à des pinaillages sans espoir : « Elle mentionne le Darfour, là, on en parlait déjà en 2010 ? » (Oui, nous avons trouvé un extrait de magazine télévisé où George Clooney abordait le sujet.) Ou ma plus piteuse tentative : « En juillet 2008, Amy fait une blague sur un meurtre de clochard, mais il me semble que les blagues sur les meurtres de clochards, ça n'a vraiment pris qu'en 2009. » Boney a répliqué : « Passez-moi le sirop, espèce de taré. »

Les gens s'étaient éloignés, avaient repris leur vie. Boney était restée. Go était restée.

Puis il s'est passé quelque chose. Mon père a fini par mourir. La nuit, dans son sommeil. Une femme lui a fait manger son dernier repas à la cuiller, une femme l'a nettoyé quand il est mort, et une femme m'a appelé pour m'annoncer la nouvelle.

« C'était un homme bon, a-t-elle dit, une platitude avec la dose obligatoire d'empathie.

— Non, pas du tout », j'ai dit, et elle a ri plus fort qu'elle n'avait ri depuis un mois, j'en suis certain.

Je pensais que ça me ferait du bien de savoir que le vieux avait disparu de la surface de la terre, mais, en fait, j'ai senti un vide énorme, effrayant s'ouvrir dans ma poitrine. J'avais passé ma vie à me comparer à mon père, et, maintenant qu'il était décédé, Amy était la seule adversaire de taille qu'il me restait. Après la petite cérémonie poussiéreuse et solitaire, je ne suis pas parti avec Go, je suis rentré avec Amy, et je l'ai serrée contre moi. C'est exact, je suis rentré chez moi avec ma femme.

Il faut que je quitte cette maison, me suis-je dit. *Il faut que j'en finisse avec Amy une fois pour toutes.* Nous réduire en cendres, pour ne jamais pouvoir revenir.

Qui serais-je sans toi ?

Je devais le découvrir. Je devais raconter ma propre histoire. C'était tellement évident.

Le lendemain matin, tandis qu'Amy, dans son bureau, tapait l'histoire *épatante* qu'elle allait livrer au monde, j'ai descendu mon ordinateur portable et contemplé l'écran blanc lumineux.

J'ai commencé par la première page de mon propre livre.

Je suis un lâche, un infidèle, un couard, j'ai peur des femmes, et je suis le héros de votre histoire. Parce que la femme que j'ai trompée – ma femme, Amy Elliott Dunne – est une sociopathe et une meurtrière.

Oui. Moi, je le lirais.

Amy Elliott Dunne

Dix semaines après le retour

Nick fait toujours semblant avec moi. Ensemble, nous faisons semblant d'être heureux, sans soucis et amoureux. Mais je l'entends qui tape sur son ordinateur tard dans la nuit. Il écrit. Il écrit sa version des faits, je le sais. Je le *sais*, je le devine à sa logorrhée, aux touches qui cliquettent sans cesse comme un million d'insectes. J'essaie d'aller regarder en douce quand il dort (même s'il dort comme moi, maintenant, d'un sommeil agité et inquiet, et que je dors comme lui). Mais il a appris sa leçon, il sait qu'il n'est plus Nicky adoré, à qui personne ne veut du mal – il ne prend plus son anniversaire, celui de sa mère ou celui de Bleecker comme mot de passe. Je n'arrive pas à y accéder.

Cependant, je l'entends qui tape, rapidement et sans interruption, et je l'imagine penché sur les touches, les épaules voûtées, la langue entre les dents, et je sais que j'ai bien fait de me protéger. De prendre mes précautions.

Parce qu'il n'est pas en train d'écrire une histoire d'amour.

Nick Dunne

Vingt semaines après le retour

Je n'ai pas quitté la maison. Je voulais que tout ça soit une surprise pour ma femme, qui n'est jamais surprise. Je voulais lui donner le manuscrit en partant pour signer un contrat d'édition. Lui donner ce frisson d'horreur qui vous prend lorsque vous savez que le monde est sur le point de déverser toute sa merde sur vous et que vous n'y pouvez rien. Non, elle n'ira peut-être jamais en prison, et ce sera toujours ma parole contre la sienne, mais mon dossier est convaincant. Il a une certaine résonance émotionnelle, à défaut d'avoir une valeur légale.

Alors que tout le monde choisisse son camp. Équipe Nick, équipe Amy. On pourrait en rajouter encore dans le côté ludique : commercialiser des tee-shirts.

J'avais les jambes en coton quand je suis allé l'annoncer à Amy : je ne faisais plus partie de son histoire.

Je lui ai montré le manuscrit, exhibé le titre menaçant : *Garce cinglée.* Une petite blague pour initiés. Nous avons tous les deux un faible pour les *private jokes*. Je m'attendais à ce qu'elle me griffe les joues, à ce qu'elle déchire mes vêtements, à ce qu'elle me morde.

« Oh ! Quel timing parfait, a-t-elle dit gaiement, et elle m'a fait un grand sourire. Je peux te montrer quelque chose ? »

Je l'ai forcée à le refaire devant moi. Pisser, tandis que, accroupi sur le sol de la salle de bains, je regardais l'urine sortir d'elle et mouiller le bâtonnet, qui virait au bleu : Enceinte.

Puis je l'ai traînée dans la voiture, j'ai foncé chez le médecin ; j'ai regardé le sang sortir d'elle – parce qu'elle n'a pas peur du sang, en fait – et nous avons attendu deux heures le résultat des tests.

Amy était enceinte.

« Il n'est pas de moi, c'est évident ?

— Oh ! que si. » Elle m'a fait un grand sourire. Elle a essayé de se lover dans mes bras. « Bon anniversaire, papa.

— Amy… » j'ai commencé, parce que, bien sûr, ce n'était pas vrai, je n'avais pas touché ma femme depuis son retour. Puis ça m'est apparu : les boîtes de Kleenex, le siège inclinable en vinyle, la télé et les magazines pornos, et mon sperme, dans le frigo d'un hôpital, quelque part. J'avais laissé cet avis de destruction imminente sur la table, pour essayer mollement de la faire culpabiliser, et l'avis avait disparu, parce que ma femme avait pris les mesures qui s'imposaient, comme toujours, et les mesures en question ne consistaient pas à se débarrasser de ma semence, mais à la conserver. Juste au cas où.

J'ai ressenti une énorme bulle de joie – je n'ai pas pu m'en empêcher – puis la joie s'est chaussée dans une terreur métallique.

« Je vais devoir prendre quelques mesures pour ma sécurité, Nick. Pour la simple raison, je dois le dire, qu'il est presque impossible de te faire confiance. Pour commencer, tu vas devoir effacer ton livre, évidemment. Et pour régler une bonne fois pour toutes un autre petit souci, nous allons avoir besoin d'une déclaration sur l'honneur, dans laquelle tu devras jurer que c'est toi qui as acheté et *planqué* les trucs de la remise, et que tu as cru à un moment que j'avais monté une machination contre toi, mais que *maintenant* tu m'aimes, je t'aime et tout va bien.

— Et si je refuse ? »

Elle a posé une main sur son petit ventre gonflé avec une grimace. « Je pense que ça serait affreux. »

Nous avions passé des années à nous disputer le contrôle de notre mariage, de notre histoire d'amour, de l'histoire de nos vies. Je m'étais fait dûment, définitivement dépasser. J'avais créé un manuscrit, elle avait créé une vie.

Je pouvais me battre pour avoir la garde, mais je savais déjà que je perdrais. Amy adorerait la bataille – Dieu sait ce qu'elle avait déjà préparé. Quand elle aurait fini ses manigances, je ne serais même pas un père qui voit son môme un week-end sur deux ; je ne verrais mon enfant que dans des pièces inconnues, sous la supervision d'un gardien qui siroterait son café en m'observant. Ou peut-être même pas. Je voyais déjà les accusations – de violence ou d'abus sexuels… je ne verrais jamais mon bébé, et je saurais que mon enfant était caché loin de moi, et que sa mère ne cessait de chuchoter des mensonges dans sa petite oreille rose.

« C'est un garçon, au fait. »

J'étais prisonnier, en fin de compte. Amy m'avait pour toujours, ou pour aussi longtemps qu'elle le souhaitait, car il me fallait sauver mon fils, essayer d'enlever les blocages, les verrous, les barbelés qu'elle implanterait en lui, essayer de défaire tout ce que ferait Amy. J'allais littéralement sacrifier ma vie pour mon enfant, et je le ferais avec joie. J'élèverais mon fils et il deviendrait un homme bon.

J'ai effacé mon récit.

Boney a décroché à la première sonnerie.

« Au Pancake House ? Dans vingt minutes ? a-t-elle demandé.

— Non. »

J'ai informé Rhonda Boney que j'allais être père et ne pouvais donc plus prendre part à une enquête – je comptais même, d'ailleurs, rétracter toutes les déclarations que j'avais faites concernant ma conviction erronée que ma femme avait monté une machination contre moi, et j'étais également prêt à reconnaître mon rôle dans les cartes de crédit.

Il y a eu un long silence. « Hummmm, a-t-elle fait. Hummmm. »

Je l'imaginais parfaitement en train de passer la main dans ses cheveux sans forme, mâchonnant l'intérieur de sa joue.

« Prenez soin de vous, OK, Nick ? Et prenez bien soin du petit aussi. » Puis elle a ri. « Amy, je m'en fous un peu. »

Je suis allé chez Go pour lui annoncer de vive voix. J'ai essayé de présenter la chose comme une nouvelle heureuse. Un bébé, ça ne peut pas être mauvais en soi. On peut détester la situation, mais on ne peut pas détester un enfant.

J'ai cru qu'elle allait me frapper. Elle était si près de moi que je sentais son haleine. Elle m'a poussé de l'index.

« Tout ce que tu veux, c'est une excuse pour rester. Vous deux, vous êtes accros l'un à l'autre, putain. Vous allez littéralement être une famille nucléaire, tu te rends compte de ça ? Vous allez exploser. Tout va péter, putain. Tu crois vraiment pouvoir jouer ce jeu pendant, quoi, les dix-huit prochaines années ? Tu ne comprends pas qu'elle va te tuer ?

— Pas tant que je suis l'homme qu'elle a épousé. Je ne l'étais plus, mais je peux le redevenir.

— Tu ne crois pas que tu vas la tuer, toi ? Tu veux devenir comme papa ?

— Tu ne comprends pas, Go ? C'est ma garantie de ne *jamais* devenir comme papa. Je serai obligé d'être le meilleur mari et le meilleur père du monde. »

Go a fondu en larmes – c'était la première fois que je la voyais pleurer depuis notre enfance. Elle s'est laissée tomber par terre, brusquement, comme si ses jambes avaient cédé. Je me suis assis près d'elle et j'ai appuyé ma tête contre la sienne. Elle a ravalé son dernier sanglot et m'a regardé. « Tu te souviens, Nick, quand je t'ai dit que je t'aimerais toujours *si* ? Que je t'aimerais quoi qu'il puisse y avoir après le *si* ?

— Oui.

— Eh bien, je t'aime toujours. Mais ça me brise le cœur, ça. » Elle a laissé échapper un sanglot déchirant, un sanglot d'enfant. « Les choses n'auraient pas dû tourner comme ça.

— C'est un drôle de rebondissement, j'ai dit, pour tenter d'alléger l'atmosphère.

— Elle ne va pas essayer de nous éloigner l'un de l'autre, si ?

— Non. Rappelle-toi, elle aussi, elle fait semblant d'être meilleure que ce qu'elle est. »

Oui, je suis finalement à la hauteur d'Amy. L'autre matin, je me suis réveillé à côté d'elle, et j'ai étudié l'arrière de son crâne. J'ai essayé de deviner ses pensées. Pour une fois, je n'ai pas eu l'impression d'être en train de regarder le soleil en face. Je suis en train de m'élever au même niveau de folie que ma femme. Parce que je sens parfaitement qu'elle est de nouveau en train de me transformer ; j'ai été un garçon maladroit, puis un homme, bon et mauvais. Maintenant, enfin, je suis le héros. Celui qu'il faut encourager dans l'histoire sans fin de la guerre qu'est notre mariage. Je peux vivre avec cette histoire. Bordel ! à ce stade, je ne peux pas imaginer mon histoire sans Amy. Mon éternelle adversaire.

Notre histoire est celle d'un interminable pic de terreur.

Amy Elliott Dunne

Dix mois, deux semaines, six jours après le retour

On m'a dit que l'amour se devait d'être inconditionnel. C'est la règle, tout le monde le dit. Mais si l'amour n'avait pas de frontières, pas de limites, pas de conditions, pourquoi essaierait-on jamais de faire de son mieux ? Si je sais que je suis aimée quoi qu'il arrive, où est l'enjeu ? Je suis censée aimer Nick malgré tous ses défauts. Et Nick est censé m'aimer malgré mes caprices. Mais, de toute évidence, ça ne marche ni pour lui ni pour moi. Ce qui me conduit à penser que tout le monde est complètement à côté de la plaque. L'amour devrait avoir de nombreuses conditions. L'amour inconditionnel est un amour sans discipline, et, comme nous l'avons tous vu, l'amour sans discipline est une chose désastreuse.

Vous en saurez davantage sur ma conception de l'amour en lisant *Épatante*. Bientôt chez votre libraire !

Mais d'abord : la maternité. Je suis censée accoucher demain. Demain, il se trouve que c'est notre anniversaire de mariage. L'an 6. L'acier. Je pensais offrir à Nick une jolie paire de menottes, mais il est possible que ça ne le fasse pas encore rire. C'est une pensée tellement étrange : il y a un an aujourd'hui, j'étais en train de défaire mon mari. À présent, j'ai presque fini de le refaire.

Nick a passé tout son temps libre ces derniers mois à enduire mon ventre de beurre de cacao, à aller m'acheter des cornichons à n'importe quelle heure et à me masser les pieds, toutes ces choses qu'un bon père est censé faire. Il me dorlote. Il est en train d'apprendre à m'aimer inconditionnellement, selon mes conditions. Je crois que nous sommes enfin en route pour le bonheur. J'ai enfin trouvé la formule.

Nous sommes à la veille de devenir la plus belle, la plus éclatante des familles nucléaires.

Il nous faut juste poursuivre dans cette voie. Nick n'a pas encore parfaitement compris son rôle. Ce matin, comme il me caressait la tête et me demandait ce qu'il pouvait faire d'autre pour moi, j'ai dit : « Mon Dieu, Nick, pourquoi est-ce que tu es tellement merveilleux avec moi ? »

Il était censé dire : *Tu le mérites. Je t'aime.*

Mais il a dit : « Parce que tu me fais de la peine.

— Pourquoi ?

— Parce que, tous les matins, tu es obligée de te réveiller dans ta peau. »

J'aurais vraiment, vraiment préféré qu'il s'abstienne de dire une chose pareille. J'y pense sans cesse. Je ne peux pas m'en empêcher.

Je n'ai rien d'autre à ajouter. Je voulais simplement m'assurer que j'avais le dernier mot. Je trouve que je l'ai bien mérité.

REMERCIEMENTS

Je dois commencer par Stephanie Kip Rostan, dont les suggestions avisées, les opinions solides et la bonne humeur m'ont aidée à achever trois livres à ce jour. Elle est aussi d'une compagnie extrêmement agréable. Merci pour les excellents conseils qu'elle m'a donnés toutes ces années. Un grand merci également à Jim Levine, Daniel Greenberg et toute l'équipe de la Levine Greenberg Literary Agency.

Lindsay Sagnette est l'éditrice idéale : merci de m'avoir accordé ton oreille experte, de m'avoir laissée être obstinée juste ce qu'il fallait, de m'avoir encouragée à faire mieux et de m'avoir soutenue sans faille pendant la dernière ligne droite – si tu n'étais pas là, je n'aurais jamais dépassé le stade du « fini à 82,6 % ».

Un grand merci à Molly Stern, éditrice chez Crown, pour ses retours, ses encouragements, ses sages remarques et son énergie inépuisable.

Toute ma gratitude également à Annsley Rosner, Christine Kopprasch, Linda Kaplan, Rachel Meier, Jay Sones, Karin Schulze, Cindy Berman, Jill Flaxman et E. Beth Thomas. Merci comme toujours à Kirsty Dunscath et toute la bande de chez Orion.

Pour mes nombreuses questions sur les procédures policières et légales, je me suis adressée à des experts extrêmement généreux. Merci à mon oncle, l'honorable Robert M. Schieber, et au lieutenant Emmet B. Helrich pour m'avoir permis de leur soumettre systématiquement mes idées. Un immense merci à l'avocate de la défense Molly Hastings, à Kansas City, qui m'a expliqué son travail avec beaucoup de générosité et de conviction. Et une gratitude infinie à l'inspecteur Craig Enloe de la police d'Overland Park pour avoir répondu à mes 42 000 e-mails (une estimation modeste) au cours des deux dernières années avec patience et bonne humeur, me donnant toujours toutes les informations dont j'avais besoin. Merci, pour d'innombrables raisons à : Trish et Chris Bauer, Katy Caldwell, Jessica et Ryan Cox, Sarah et Alex Eckert, Wade Elliott, Ryan Enright, Mike et Paula Hawthorne, Mike Hillgamyer, Sean Kelly, Sally Kim, Sarah Knight, Yocunda Lopez, Kameren et Sean Miller, Adam Nevens, Josh Noel, Jess et Jack O'Donnell, Lauren Oliver, Brian Raftery, Javier Ramirez, Kevin Robinett, Julie Sabo, G. G. Sakey, Joe Samson, Katie Sigelman, Matt Stearns, Susan et Errol Stone, Deborah Stone, Tessa et Gary Todd, Jenny Williams, Josh Wolk, Bill et Kelly Ye, l'Inner Town Pub de Chicago (qui abrite le matin de Noël) et l'indéboulonnable Courtney Maguire.

Pour ma merveilleuse famille dans le Missouri – tous les Schieber, les Welsh, les Flynn, et leurs descendants. Merci pour tout l'amour, le soutien, les rires, les cornichons, le bourbon glacé… parce qu'ils font du Missouri, au fond, comme dirait Nick, « un lieu magique ».

J'ai eu quelques retours incroyablement utiles de quelques lecteurs qui sont aussi de bons amis. Marcus Sakey m'a donné des conseils très pertinents sur Nick dès le début devant un dîner thaï et de la bière. David MacLean et Emily Stone (mes très chers !) ont eu la gentillesse de lire *Les Apparences* dans les mois précédant leur mariage. Apparemment, cela ne vous a pas nui, et le livre en est bien meilleur, alors merci. Rien ne vous empêchera d'arriver aux îles Caïmans !

Scott Brown : merci de m'avoir offert de formidables lieux d'isolement pour écrire pendant les années *Les Apparences*, en particulier dans les Ozark. Je suis contente qu'on n'ait pas coulé le canoë après tout. Merci pour tes lectures incroyablement perspicaces et d'être toujours prêt à intervenir pour m'aider à formuler ce que je cherche à dire. Tu es un Monstre gentil et un ami formidable. Merci à mon frère, Travis Flynn, d'être toujours là pour répondre à mes questions sur le fonctionnement des choses. Mille baisers à Ruth Flynn, Brandon Flynn et Holly Bailey.

À ma belle-famille, Cathy et Jim Nolan, Jennifer Nolan, Megan, Pablo et Xavy Marroquin – et tous les Nolan et Samson : je suis tout à fait consciente de la chance que j'ai eue en entrant dans votre famille quand je me suis mariée. Merci pour tout. Cathy, nous avons toujours su que tu avais un cœur gros comme ça, mais, cette dernière année, tu l'as prouvé remarquablement.

À mes parents, Matt et Judith Flynn. Encourageants, prévenants, drôles, gentils, créatifs, réconfortants, et toujours follement amoureux après plus de quarante ans. Je suis comme toujours en admiration devant vous. Merci d'être si gentils avec moi et de prendre toujours le temps de harceler des inconnus pour les inciter à acheter mes livres. Et merci d'être si adorables avec Flynn – il me suffit de vous observer pour devenir une meilleure mère.

Et enfin, mes hommes.

Roy : Bon chat.

Flynn : Mon garçon bien-aimé, je t'adore ! Et si tu lis ça avant l'année 2024, tu es trop petit. Repose ce livre et prends Bébé Lapin !

Brett : Mari ! Père de mon enfant ! Partenaire de danse, confectionneur de croque-monsieur en urgence ! Le genre d'homme qui sait choisir le vin. Le genre d'homme qui porte merveilleusement le smoking. Mais aussi le costume de zombie. Le mec au rire généreux et au sifflet hors pair. L'homme qui fait écrouler de rire mon enfant. L'homme qui me fait écrouler de rire. L'homme qui me laisse poser toutes sortes de questions envahissantes, gênantes et intrusives sur la condition masculine. L'homme qui lit, relit, relit, relit et relit encore, et ne m'a pas seulement donné des conseils, mais une application bourbon. Tu es parfait, chéri. Merci de m'avoir épousée.

Deux mots, pour toujours.

Nous allons mourir ce soir

TRADUIT DE L'ANGLAIS (ÉTATS-UNIS)
PAR HÉLOÏSE ESQUIÉ

SONATINE

Titre original :
THE GROWNUP

Publié en accord avec Crown Publishers,
une maison du groupe Crown Publishing, appartenant
à Penguin Random House LLC.

Texte paru pour la première fois en 2014 dans *Rogues*,
une anthologie dirigée par George R. R. Martin et Gardner Dozois,
aux éditions Bantam Books, une maison du groupe Random House,
appartenant à Penguin Random House LLC.

Si j'ai cessé de branler des mecs, ce n'est pas parce que je n'étais pas douée pour ça. J'ai cessé de branler des mecs parce que j'étais la meilleure.

Pendant trois ans, j'ai dispensé les meilleures branlettes de New York et ses environs. Le truc, c'est de ne pas trop réfléchir. Si vous commencez à vous prendre la tête avec la technique, si vous vous mêlez d'analyser le rythme et la pression, la nature fondamentale de l'acte vous échappe. Il faut se préparer mentalement en amont, ensuite il faut arrêter de penser et faire confiance à son corps pour prendre le relais.

Dans le fond, c'est un peu comme un swing au golf.

Je branlais des mecs six jours par semaine, huit heures par jour, avec une pause pour le déjeuner, et mon agenda était toujours plein. Je prenais deux semaines de vacances par an, et je ne travaillais jamais pendant les fêtes, parce que les branlettes, à cette période, c'est triste pour tout le monde. Donc, en trois ans, selon mes estimations, j'ai effectué à peu près 23 546 branlettes. Alors n'allez pas écouter pas cette salope de Shardelle, qui prétend que j'ai abandonné parce que je n'avais pas le talent nécessaire.

J'ai abandonné parce que, quand vous pratiquez 23 546 branlettes sur une période de trois ans, le syndrome du canal carpien, ça devient une réalité.

C'est honnêtement que je suis entrée dans le métier. Ou peut-être serait-il plus juste de dire « naturellement ». Dans ma vie, je n'ai jamais fait grand-chose honnêtement. J'ai été élevée en ville par une mère borgne (sacrée phrase d'intro pour ma future autobiographie sensationnaliste, non ?), et ce n'était pas une femme bien. Elle n'avait pas de problème de boisson ou de drogue, mais elle avait un problème avec le travail. C'était la pouffiasse la plus paresseuse que j'aie jamais rencontrée. Deux fois par semaine, on descendait dans les rues commerçantes pour faire la manche. Mais comme ma mère honnissait la station debout, il fallait faire preuve de stratégie. Récolter autant d'argent que possible en moins de temps possible, puis rentrer à la maison bouffer des Zebra Cakes en regardant des émissions de télé-réalité judiciaires sur notre matelas défoncé, parmi les taches. (Les taches, c'est mon principal souvenir d'enfance. Je ne saurais pas vous dire la couleur de l'œil de ma mère, mais je peux vous affirmer que la tache sur la moquette à poils longs était d'un marron poisseux, épais, que les taches du plafond étaient orange brûlé et que les taches sur le mur étaient du même jaune vif que la pisse qui accompagne une bonne gueule de bois.)

Ma mère et moi, on s'habillait en conséquence. Elle mettait une jolie robe en coton délavé élimée mais criante de bienséance, et m'affublait de n'importe quel habit devenu trop petit. On se postait sur un banc et on choisissait nos cibles. La combine est très simple. Le premier choix, c'est un car d'une église de province. Les bigots urbains, ils vont vous envoyer à l'église, c'est tout. Ceux qui viennent d'ailleurs, en général, ils se sentent obligés de donner, en particulier à une dame borgne flanquée d'une gamine à l'air triste. Le deuxième choix, ce sont les femmes qui se promènent par deux. (Les femmes seules peuvent s'esquiver trop vite ; un groupe de femmes, c'est trop dur à manœuvrer.) Le troisième choix, c'est une femme seule à l'air avenant. Ce n'est pas sorcier : la femme que vous arrêtez pour demander votre chemin ou l'heure qu'il est, c'est à elle que nous, nous demandions de l'argent. Les hommes assez jeunes avec des barbes ou des guitares, ça le fait aussi. Inutile d'accoster les types en costard : c'est peut-être cliché, mais il est incontestable que ce sont tous des connards. Laissez aussi tomber les bagues au pouce. Je ne sais pas pourquoi, mais les mecs qui portent une bague au pouce ne donnent jamais.

Ceux que nous choisissions ? Nous ne les appelions pas des cibles, des proies ou des victimes. Nous les appelions des Tony, parce que mon père s'appelait Tony et qu'il était incapable de dire non à qui que ce soit (même si je suppose qu'il a dit non à ma mère au moins une fois, quand elle lui a demandé de rester).

Une fois que vous avez abordé un Tony, il suffit de deux secondes pour déterminer la meilleure façon de mendier. Il y en a qui préfèrent que ça se termine vite, comme un vol à l'arraché. Vous lâchez à toute vitesse : « Onabesoindargentpourmangervousauriezdelamonnaie ? » Il y en a d'autres qui tiennent à savourer votre malheur. Ils ne vous donneront de l'argent que si vous leur donnez matière à être contents d'eux-mêmes : plus votre histoire est triste, plus ils seront fiers de vous aider, et plus d'argent vous récolterez. Je ne les blâme pas. Si on va au théâtre, c'est pour se divertir.

Ma mère avait grandi dans une ferme du sud de l'État. Sa mère était morte en couches ; son père cultivait du soja ; il l'avait élevée quand il n'était pas trop épuisé. Elle était montée à la ville pour la fac, mais son père avait eu un cancer, la ferme avait été vendue, l'argent était venu à manquer et elle avait été forcée de laisser tomber ses études. Elle avait travaillé comme serveuse pendant trois ans, mais sa petite fille était arrivée, puis le papa de sa petite fille s'était tiré et en un rien de temps… elle était devenue l'une d'entre eux. Les nécessiteux. Elle n'en était pas fière…

Vous voyez le topo. C'était juste le point de départ. Vous pouvez développer. Si la personne voulait une histoire édifiante, ça se voyait très vite : dans ce cas, j'étais une excellente élève scolarisée dans une école publique loin de chez moi (de fait, c'était le cas, mais la vérité n'entre pas ici en ligne de compte), et Maman avait juste besoin d'argent pour payer l'essence et m'y conduire (en fait, je prenais trois bus toute seule). Il y en avait aussi qui aimaient bien qu'on mette nos malheurs sur le dos du système : ces fois-là, j'étais affligée d'une maladie rare (nommée d'après le connard avec qui ma mère sortait à l'époque – le syndrome Todd Tychon, la maladie de Gregory Fisher), et mes soins nous avaient ruinées.

Ma mère était rusée, mais paresseuse. J'étais beaucoup plus ambitieuse. J'avais de l'énergie à revendre, et aucune fierté. Avant mes treize ans, j'arrivais à récolter plusieurs centaines de dollars de plus qu'elle par jour, et avant mes seize ans, je l'avais quittée, elle, les taches et la télé – et, oui, le lycée – pour me lancer à mon compte. Tous les matins, je sortais et je faisais la manche pendant six heures. Je savais exactement qui aborder, pendant combien de temps, et quoi dire. Je n'avais jamais honte. Mon activité était une transaction pure et simple : vous donniez une satisfaction à quelqu'un, et ce quelqu'un vous donnait de l'argent en échange.

Vous comprendrez donc pourquoi le business de la branlette à la chaîne m'est apparu comme une évolution de carrière tout à fait naturelle.

Spiritual Palms (ce n'est pas moi qui ai baptisé la boutique, ne me jugez pas) se trouvait dans un quartier plein de Tony, à l'ouest. Tarots et boules de cristal à l'avant, travail sexuel *soft* et illégal à l'arrière. J'avais répondu à une petite annonce pour un boulot de réceptionniste. En fin de compte, « réceptionniste », ça voulait dire « pute ». Ma patronne, Viveca, est une ancienne réceptionniste qui exerce maintenant la profession de chiromancienne en tout bien tout honneur. (Même si Viveca n'est pas son vrai nom : son vrai nom, c'est Jennifer, mais les gens ne font pas confiance à une Jennifer pour lire l'avenir ; une Jennifer, ça peut vous conseiller pour acheter d'adorables escarpins ou vous indiquer un marché pittoresque, mais ça n'a pas à se mêler de l'avenir des gens.) Viveca emploie quelques diseuses de bonne aventure à l'avant de la boutique et dirige une petite salle bien propre à l'arrière. La pièce du fond ressemble à un cabinet de médecin : il y a des serviettes en papier, du désinfectant et une table d'examen. Les filles l'ont arrangée en ajoutant des foulards sur les lampes, du pot-pourri et des coussins à paillettes – des trucs qui ne peuvent intéresser que des gamines super *girly*. Franchement, si j'étais un mec, je n'entrerais pas dans la pièce en m'exclamant : « Mon Dieu, ça sent bon le strudel et la noix de muscade... Vite, attrape-moi la bite ! » J'entrerais dans la pièce en en disant le moins possible et, pour la plupart, c'est ce qu'ils font.

Il est unique, l'homme qui vient se faire faire une branlette. (Et nous ne faisons que des branlettes ici, moi en tout cas – j'ai déjà un casier pour plusieurs petits vols, des bêtises que j'ai faites à dix-huit, dix-neuf, vingt ans, ce qui me garantit que je ne décrocherai *jamais* un boulot correct, alors je n'ai pas besoin d'une affaire de prostitution aggravée par-dessus.) Un type qui veut une branlette est une créature très différente d'un type qui veut se faire sucer ou qui veut baiser. C'est vrai, pour certains mecs, la branlette, ce n'est qu'une entrée en matière. Mais j'avais beaucoup de clients réguliers : ils ne voudront jamais davantage qu'une branlette. Ils ne considèrent pas qu'une branlette, c'est de l'infidélité. Soit ça, soit ils ont peur des maladies, soit ils n'ont pas le courage de demander plus. En général, ce sont des hommes mariés, tendus, nerveux, des hommes avec des boulots moyens, presque toujours sans influence. Je ne juge pas. Je donne juste mon point de vue. Ils vous veulent attirante, mais pas vulgaire. Par exemple, dans la vie, je porte des lunettes, mais je ne les mets pas quand je suis dans le fond parce que ça constitue une distraction – ils s'imaginent que vous allez leur faire le coup de la Bibliothécaire Sexy, et ça les perturbe, parce qu'ils attendent alors les premiers accords d'une chanson de ZZ Top, et quand ils ne les entendent pas, ils sont gênés d'avoir pensé que vous alliez faire le coup de la Bibliothécaire Sexy et ils se déconcentrent. Par conséquent toute l'affaire prend plus de temps qu'il ne serait souhaitable pour tout le monde.

Ils vous veulent amicale et agréable, mais pas faible. Ils ne veulent pas se donner l'impression d'être des prédateurs. Ils veulent une transaction. Une prestation de service. Alors vous échangez quelques propos polis sur le temps qu'il fait ou sur une équipe de sport qu'ils aiment bien. Je m'efforce en général d'instaurer une espèce de *private joke* que nous pouvons nous répéter à chaque visite – une *private joke*, ça permet de créer un semblant d'amitié sans avoir à effectuer le boulot nécessaire à entretenir une amitié véritable. Alors vous dites : « Je vois que c'est la saison des fraises ! » ou : « Il va nous falloir un plus gros bateau » (ce sont des exemples authentiques que je vous donne là) et la glace est brisée ; comme vous êtes amis, ils n'ont pas l'impression d'être des ordures, le ton est posé et vous pouvez vous y mettre.

Lorsque les gens me posaient la question que pose tout le monde : « Qu'est-ce que vous faites dans la vie ? », je répondais : « Je suis chargée de clientèle », ce qui était vrai. Pour moi, quand je fais sourire un maximum de clients, c'est une bonne journée de travail. Franchement, je préférerais être bibliothécaire, mais je m'inquiète pour la sécurité de l'emploi. Les livres, ça pourrait bien être temporaire ; les bites sont éternelles.

Le problème, c'était que mon poignet me faisait souffrir le martyre. À peine trente ans, et j'avais le poignet d'une octogénaire, et une attelle sportive bien tue-l'amour pour aller avec. Je la retirais avant de me mettre au boulot, mais le son du velcro stressait un peu les mecs. Un jour, Viveca est venue me trouver dans le fond. C'est une femme lourde, comme une pieuvre – il flotte autour d'elle quantité de perles, de foulards et de frou-frous, ainsi qu'une forte odeur d'eau de Cologne. Elle a les cheveux couleur grenadine et jure que c'est naturel. (*Viveca : benjamine d'une famille de la classe ouvrière ; indulgente avec les gens qu'elle aime ; engueule les commerciaux ; plusieurs tentatives infructueuses pour devenir végétarienne.* Simple supposition.)

« Hé, l'Intello, t'aurais pas le don de seconde vue ? » m'a-t-elle demandé. Elle m'appelait l'Intello parce que je portais des lunettes, lisais des livres et mangeais du yaourt à midi. Je ne suis pas vraiment une intello ; j'aspire à l'être, c'est tout. Comme j'ai abandonné le lycée, je suis autodidacte. (Ce n'est pas un gros mot, vous pouvez vérifier.) Je lis constamment. Je réfléchis. Mais l'éducation me fait défaut. Du coup, j'ai constamment l'impression que je suis plus intelligente que tous ceux qui m'entourent, mais que si je me retrouvais en présence de gens vraiment intelligents – des gens qui sont allés à l'université, qui boivent du vin et qui parlent latin – je les ennuierais à mourir. Cela donne une perspective solitaire sur l'existence. Alors je porte ce surnom comme un insigne de fierté. Comme si un jour, peut-être, il était possible que je n'ennuie pas à mourir des gens vraiment intelligents. La question, c'est : comment trouve-t-on des gens intelligents ?

« Seconde vue ? Non.

— Tu prophétises ? Tu as déjà eu des visions ?

— Non. » Je pensais que la voyance et tout le merdier, c'était *d'la connerie en boîte*, comme aurait dit ma mère. Elle venait vraiment d'une ferme du sud de l'État, ça, au moins, c'était vrai.

Viveca a arrêté de tripoter une de ses perles.

« Hé, oh, l'Intello, j'essaie de t'aider, là. »

J'ai pigé. Je ne suis pas si lente que ça en général, mais mon poignet me lançait terriblement. Le genre de douleur accaparante où l'on ne peut penser qu'à une seule chose, le moyen d'arrêter la douleur. En plus, à ma décharge, quand Viveca pose des questions, d'habitude, c'est seulement pour se donner l'occasion de parler – elle ne s'intéresse pas vraiment à vos réponses.

« À chaque fois que je rencontre des gens, j'ai immédiatement une vision, j'ai dit, en prenant sa voix empruntée et sage, qui ils sont, et de quoi ils ont besoin. Je vois ça comme une couleur, un halo, autour d'eux. » En réalité, tout était vrai, sauf la dernière partie.

« Tu vois les auras. » Elle a souri. « J'en étais sûre. »

C'est comme ça que j'ai appris que je passais à l'avant de la boutique. J'allais lire les auras, ce qui signifiait que je n'avais besoin d'aucune formation. « Tu n'as qu'à leur dire ce qu'ils veulent entendre, a dit Viveca. Travaille-les au corps. » Et lorsque les gens me demandaient :

« Qu'est-ce que vous faites dans la vie ? », je répondais : « Je suis spécialiste de la vision » ou : « Je suis dans les pratiques thérapeutiques. » Ce qui était vrai.

Les clientes voyance étant presque toutes des femmes, et les clients branlette étant bien sûr tous des hommes, nous faisions marcher la boutique avec une précision d'horloge. Ce n'était pas un grand espace : il fallait faire entrer et installer un mec dans la pièce du fond, et s'assurer qu'il jouissait juste avant que la nana arrive pour son rendez-vous. Il aurait été fâcheux que des glapissements orgasmiques s'élèvent de l'arrière-boutique pendant qu'une dame vous racontait que son mariage battait de l'aile. L'excuse du nouveau chiot, ça ne marche qu'une fois.

Toute l'entreprise était risquée, car les clientes de Viveca étaient pour la plupart issues de la classe moyenne supérieure et de la petite bourgeoisie. De ce fait, elles se choquaient facilement. Si les femmes au foyer riches et tristes ne veulent pas se faire dire l'avenir par une Jennifer, elles veulent encore moins s'en remettre à une ex-travailleuse sexuelle assidue au poignet usé. Tout est dans les apparences. Ce ne sont pas des femmes qui veulent s'encanailler. Ce sont des femmes dont le but principal est de vivre en ville, mais en gardant l'impression qu'elles sont dans une banlieue résidentielle. Le bureau à l'avant de la boutique ressemblait à une pub pour Pottery Barn[1]. Je m'habillais en conséquence, c'est-à-dire *grosso modo* comme une artiste bohème revue et corrigée par la marque Anthropologie. Les blouses paysannes, c'est la clef.

Les femmes qui venaient en groupe, elles étaient frivoles, sapées, pompettes, prêtes à s'amuser. Celles qui venaient toutes seules, par contre, elles voulaient vraiment y croire. Elles étaient désespérées, et leur assurance ne leur permettait pas de se payer un psy. Soit ça, soit elles ignoraient qu'elles étaient assez désespérées pour avoir besoin d'un psy. Il était difficile de les plaindre.

1. Chaîne populaire de magasins de décoration aux États-Unis. *(Toutes les notes sont de la traductrice.)*

J'essayais, parce que ça la fout mal si votre voyante, la gardienne de votre avenir, a l'air de se foutre de votre gueule. Mais franchement, merde. Grande maison en ville, des maris qui ne les battaient pas et les aidaient avec les enfants, un métier ou pas mais, en tout cas, toujours un club de lecture. Et elles étaient quand même tristes. C'est ce qu'elles finissaient toujours par dire : « Mais je suis juste... triste. » Quand on est triste, en général, ça veut dire qu'on a trop de temps à perdre. Sérieusement. Je n'ai pas de diplôme de psychologie, mais en général, ça veut dire trop de temps.

Alors je dis des choses comme : « Une grande passion est sur le point d'entrer dans votre vie. » Après quoi vous choisissez quelque chose à leur faire faire. Vous devinez ce qui peut les revaloriser à leurs propres yeux. Devenir tutrice d'un enfant, faire du bénévolat dans une bibliothèque, stériliser des chiens, militer pour l'écologie. Mais il ne faut pas que ça se présente sous la forme d'une suggestion, c'est ça le secret. Il faut présenter la chose comme un avertissement : « Une grande passion est sur le point d'entrer dans votre vie... il vous faut avancer prudemment, sans quoi elle éclipsera tout ce qui compte pour vous ! »

Je ne dis pas que c'est toujours aussi facile, mais souvent, ça l'est. Les gens veulent de la passion. Les gens veulent une raison d'être. Et quand ils obtiennent ces choses, ils reviennent vous voir, parce que vous avez prédit leur avenir, et qu'il était positif.

Susan Burke était différente. À la seconde où je l'ai vue, j'ai compris qu'elle était plus intelligente que les autres. Je suis entrée dans la pièce par un matin pluvieux d'avril, juste après un client branlette. J'en gardais encore quelques-uns – mes habitués préférés – et je venais donc d'assister un richard gentil et ringard qui se faisait appeler Michael Audley (je dis « se faisait appeler » parce que je pars du principe qu'un richard n'irait pas me donner son vrai nom). Mike Audley : *Éclipsé par un frère sportif ; arrivé en ville pour la fac ; extrêmement intelligent mais pas prétentieux ; joggeur compulsif.* Simple supposition. La seule chose que je savais vraiment de Mike, c'est qu'il aimait les livres. Il recommandait des bouquins avec la ferveur que j'avais toujours recherchée en tant qu'aspirante intello : avec empressement et sympathie. Il *faut* que tu lises ça ! Bien vite nous avons eu notre club de lecture privé (et parfois collant). C'était un grand fan des « Classiques de la littérature fantastique », et il voulait me convertir (« T'es une *voyante,* après tout », disait-il avec un sourire). Ce jour-là, donc, nous avons discuté des thèmes de la solitude et du besoin dans *Hantise,* de Shirley Jackson, il a joui, je me suis essuyée avec une lingette, et j'ai pris l'ouvrage qu'il me prêtait jusqu'à la prochaine fois : *La Femme en blanc.* (Il *faut* que tu le lises ! C'est un des meilleurs bouquins de tous les temps !)

Puis je me suis ébouriffé les cheveux pour me donner l'air plus intuitive, j'ai lissé ma blouse paysanne, calé le livre sous mon bras, et je me suis hâtée vers l'avant de la boutique. Pas tout à fait avec une précision d'horloge : j'avais trente-sept secondes de retard. Susan Burke attendait ; elle m'a serré la main en l'agitant nerveusement de haut en bas, et ce geste répétitif m'a fait tressaillir. J'ai laissé tomber mon livre et nous nous sommes cogné la tête en le ramassant. Un numéro de slapstick : tout l'inverse de ce qu'on vient chercher chez une voyante.

Je lui ai indiqué un siège. J'ai pris ma voix de sage et je lui ai demandé pourquoi elle était venue. C'est la façon la plus simple de dire aux gens ce qu'ils veulent entendre : leur poser la question.

Susan Burke a gardé le silence quelques instants. Puis elle a murmuré : « Ma vie est en train de s'écrouler. » Elle était extrêmement jolie, mais tellement méfiante et nerveuse qu'on ne réalisait pas qu'elle l'était avant de l'avoir bien regardée. Avant d'avoir sondé les yeux bleu clair derrière les lunettes. Imaginé les cheveux blond terne détachés. Elle était riche, pas de doute là-dessus. Son sac à main était trop quelconque pour ne pas être incroyablement coûteux. Sa robe était trop sage, mais bien coupée. En fait, ce n'était peut-être pas la robe, qui était trop sage – peut-être que c'est elle qui la portait comme ça.

Intelligente, mais sans imagination, je me suis dit. *Conformiste. Vit dans la peur de dire ou de faire ce qu'il ne faut pas. Manque de confiance en elle. Sans doute traitée avec mépris par ses parents, et maintenant par son mari. Mari colérique – son plus grand espoir quotidien doit être d'arriver à la fin de la journée sans explosion. Triste. Ça va être une des tristes.*

Là-dessus, Susan Burke s'est mise à sangloter. Elle a sangloté pendant une minute et demie. Je m'apprêtais à lui laisser deux minutes avant de l'interrompre, mais elle a arrêté toute seule.

« Je ne sais pas pourquoi je suis là », a-t-elle dit. Elle a sorti un mouchoir pastel de son sac mais ne l'a pas utilisé. « C'est dingue. Et ça ne fait qu'empirer. »

Je lui ai fait « là, là » de mon mieux, sans la toucher.

« Que se passe-t-il dans votre vie ? »

Elle s'est essuyé les yeux et m'a dévisagée pendant un instant. Elle a cligné des yeux. « Vous ne le savez pas ? »

Puis elle m'a souri. Sens de l'humour. Inattendu.

« Alors comment on fait ? » a-t-elle demandé, se renfonçant dans son siège. Elle a massé un point près de sa nuque. « Comment ça marche ? »

« Je suis une intuitive psychologique, j'ai commencé. Vous savez ce que ça signifie ?

— Vous savez bien lire les gens.

— Oui, c'est un peu ça, mais mes pouvoirs sont beaucoup plus forts que de simples suppositions. Tous mes sens jouent un rôle. Je sens les vibrations qui émanent des gens. Je vois les auras. Je discerne l'odeur du désespoir, de la malhonnêteté, ou de la dépression. C'est un don que j'ai depuis ma petite enfance. Ma mère était une femme profondément déprimée, déséquilibrée. Elle était entourée d'un halo bleu foncé. Quand elle était près de moi, ma peau faisait de petits bruits métalliques – comme les touches d'un piano – et elle sentait le désespoir, qui se présente à moi sous la forme d'une odeur de pain.

— De pain ?

— C'était juste son odeur, celle d'une âme désespérée. » Il fallait que je choisisse une nouvelle *eau de tristesse.* Pas un parfum de feuilles mortes, c'était trop évident, mais un truc terrien. Les champignons ? Non, inélégant.

« Du pain, c'est extrêmement étrange », a-t-elle dit.

En général, les gens demandaient quelle était leur odeur, ou leur aura. C'était le premier signe qu'ils se prenaient au jeu. Susan a gigoté, mal à l'aise. « Je ne veux pas être impolie, a-t-elle dit. Mais... je crois que ce n'est pas pour moi. »

Je l'ai laissée parler. Le silence empathique est l'une des armes les plus sous-employées au monde.

« OK », a fait Susan. Elle a coincé ses cheveux derrière ses oreilles des deux côtés – elle portait d'épais anneaux constellés de diamants qui brillaient comme la Voie lactée – et ça l'a aussitôt rajeunie de dix ans. Je pouvais l'imaginer enfant, peut-être toujours plongée dans les livres, jolie mais timide. Des parents exigeants. Dix-huit de moyenne, systématiquement. « Alors, qu'est-ce que vous lisez en moi ?

— Il se passe quelque chose à la maison.

— Je vous l'ai déjà dit. » Je la sentais avide, avide de croire en moi.

« Non, vous m'avez dit que votre vie s'écroulait. Je précise que c'est quelque chose qui a un rapport avec votre maison. Vous avez un mari, je sens beaucoup de discorde : je vous vois entourée d'un vert malsain, comme un jaune d'œuf pourri. Avec des volutes d'un turquoise vif et positif sur les bords. Ce que ça me dit, c'est que vous aviez quelque chose de bon et que ça a très mal tourné. C'est ça ? »

Évidemment, c'était une supposition facile, mais j'étais satisfaite de mon arrangement de couleurs ; je le trouvais juste.

Elle m'a jeté un regard noir. J'avais mis le doigt dans le mille.

« Je sens venant de vous les mêmes vibrations que ma mère : ces notes de piano perçantes, aiguës. Vous êtes désespérée. Vous êtes dans une douleur extrême. Vous ne dormez pas. »

L'allusion à l'insomnie était toujours risquée mais, en général, payante. Dans l'ensemble, les gens qui souffrent ne dorment pas bien. Les insomniaques sont extrêmement reconnaissants envers les gens qui font preuve de compréhension à l'égard de leur faiblesse.

« Non, non, je dors huit heures par nuit, a répliqué Susan.

— Ce n'est pas du vrai sommeil. Vous faites des rêves perturbants. Peut-être pas des cauchemars, peut-être que vous ne vous en souvenez même pas, mais au réveil vous êtes épuisée, vous avez mal partout. »

Vous voyez, on peut rattraper la plupart de ses suppositions hasardeuses. La femme avait dépassé la quarantaine ; les gens qui ont dépassé la quarantaine ont presque toujours mal partout au réveil. Je l'ai appris dans les pubs à la télé.

« Vous stockez l'anxiété au niveau de votre cou, j'ai continué. Et vous sentez la pivoine. Un enfant. Vous avez un enfant ? »

Si elle n'avait pas d'enfant, je dirais juste : « Mais vous en *voulez* un. » Et si elle niait – *je n'ai jamais, jamais même pensé à avoir des enfants* – j'insisterais, et sous peu, elle partirait en pensant que si, car rares sont les femmes chez qui la décision de ne pas procréer ne s'accompagne pas de quelques doutes. C'est une pensée facile à implanter. Sauf qu'elle était intelligente, cette femme.

« Oui. Enfin deux. Un fils et un beau-fils. »

Le beau-fils, pars sur le beau-fils.

« Quelque chose ne va pas dans votre maison. C'est votre beau-fils ? »

Elle s'est levée, a fouillé dans son sac de bonne facture. « Combien je vous dois ? »

J'ai fait erreur sur un point. Je pensais que je ne la reverrais jamais. Mais quatre jours plus tard, Susan Burke était de retour. (« Est-ce que les *choses* peuvent avoir une aura ? a-t-elle demandé. Les objets, quoi. Ou une maison ? ») Puis de nouveau trois jours plus tard. (« Vous croyez aux esprits maléfiques ? Ça existe, d'après vous ? ») Puis le jour suivant.

Dans l'ensemble, je ne m'étais pas trompée sur son compte. Des parents exigeants, autoritaires, des dix-huit de moyenne, une fac de l'Ivy League, un diplôme en rapport avec le commerce. Je lui ai posé la question : « Vous faites quoi ? » Elle m'a expliqué en long en large et en travers les arcanes des diminutions d'effectif, de la restructuration et des répercussions de celles-ci sur les clients et, devant ma mine interdite, elle s'est impatientée et elle a dit : « Je définis les problèmes et je les élimine. » Ses relations avec son mari étaient correctes, sauf pour tout ce qui touchait au beau-fils. Les Burke s'étaient installés en ville l'année précédente, et c'était là que le garçon, de perturbé, était devenu perturbant.

« Miles n'a jamais été un gentil garçon, a-t-elle dit. Je suis la seule maman qu'il ait connue – je suis avec son père depuis qu'il a quatre ans. Mais il a toujours été froid. Introverti. Il est vide, un point c'est tout. Je m'en veux de dire ça. En soi, être introverti, ce n'est pas un problème. Mais depuis un an, depuis le déménagement... il a changé. Il est devenu plus agressif. Il est tellement en colère. Tellement sombre. Menaçant. Il me fait peur. »

Le garçon avait quinze ans, et venait de déménager de force de la banlieue résidentielle à la ville où il ne connaissait personne, et c'était déjà un gamin mal dans sa peau, renfermé au départ. Bien sûr qu'il était en colère. Ça l'aurait aidée que je dise ça, mais je me suis abstenue. J'ai sauté sur une opportunité.

J'essayais de me lancer dans le business du nettoyage d'aura domestique. En gros, quand les gens s'installent dans une nouvelle maison, ils vous appellent. Vous parcourez la maison en brûlant de la sauge, en renversant du sel et en marmonnant force incantations. Un nouveau départ, histoire d'effacer toutes les mauvaises énergies qu'auraient pu laisser traîner les anciens propriétaires. Maintenant que les gens se réinstallaient dans le centre, dans des maisons anciennes, il me semblait que cette activité était sur le point d'exploser. Une maison vieille de cent ans, ça fait un sacré paquet de vibrations.

« Susan, avez-vous envisagé que la maison puisse affecter le comportement de votre fils ? »

Susan s'est penchée en avant, les yeux écarquillés. « Oui ! Oui, tout à fait. Est-ce que c'est de la folie ? C'est pour ça… pour ça que je suis revenue. Parce que… il y avait du sang sur le mur.

— Du sang ? »

Elle s'est penchée en avant et j'ai senti l'odeur de la menthe qui couvrait sa mauvaise haleine. « La semaine dernière. Je ne voulais pas en parler… Je pensais que vous alliez me prendre pour une folle. Mais il était bien là. Un long filet de sang, du sol au plafond. Est-ce que… est-ce que je suis folle ? »

Je l'ai retrouvée à sa maison le lendemain. En remontant sa rue dans mon fidèle pot de yaourt, j'ai pensé : *de la rouille*. Pas du sang. Une substance qui émanait des murs, du toit. Qui sait quels matériaux on employait dans la construction des vieilles maisons ? Qui sait ce qui pouvait filtrer après une centaine d'années ? Restait à savoir comment aborder la chose. Ça ne me tentait vraiment pas, de me lancer dans l'exorcisme et la démonologie, un truc de bigots à la con. Je ne pense pas non plus que c'était ce que voulait Susan. Mais elle m'avait quand même invitée chez elle, et des femmes comme elle n'invitent pas des femmes comme moi, sauf si elles veulent quelque chose. Du réconfort. J'allais dédramatiser le « filet de sang », trouver une explication rationnelle, et maintenir quand même qu'un petit nettoyage ne ferait pas de mal à la maison.

Des nettoyages répétés. Nous n'avions pas encore causé tarifs. Douze visites pour 2000 dollars, ça me semblait correct, comme gamme de prix. Il n'y avait qu'à étaler les interventions, une par mois, sur un an, et laisser au beau-fils le temps de s'adapter à sa nouvelle école, à ses nouveaux camarades. Puis il serait guéri, toute la gloire me serait attribuée et Susan ne tarderait pas à me recommander à toutes ses amies riches et flippées. Je pourrais me mettre à mon compte, et quand on me demanderait : « Qu'est-ce que vous faites ? », je dirais : « Je suis entrepreneuse » du ton hautain commun à tous les entrepreneurs. Peut-être que nous deviendrions amies, Susan et moi.

Peut-être qu'elle m'inviterait à un club de lecture. Assise au coin du feu en mâchonnant du brie, j'expliquerais : « Je dirige une petite boîte, je suis une entrepreneuse, si vous voulez. » Je me suis garée, je suis descendue de voiture et j'ai pris une bouffée d'air printanier, pleine d'optimisme.

Mais j'ai alors repéré la maison de Susan. Je me suis arrêtée net pour la contempler. Et j'ai frissonné.

Elle n'était pas comme les autres.

Elle avait un aspect menaçant. C'était la dernière maison victorienne d'une longue rangée de constructions récentes banales, et c'est peut-être pour cela qu'elle semblait vivante, calculatrice. La façade était entièrement en pierre sculptée, vertigineuse dans ses détails : des fleurs et de la dentelle, de délicates tiges et des spirales plongeantes. Deux anges de taille humaine encadraient la porte, bras levés, l'air absorbé par quelque chose que je ne pouvais voir.

J'ai regardé la maison. Elle m'a rendu mon regard à travers de longues fenêtres inquiétantes assez hautes pour qu'un enfant puisse se tenir debout sur le rebord. Or, précisément, il y en avait un. Je voyais toute la hauteur de son corps mince : pantalon gris, pull noir, cravate bordeaux impeccablement nouée. Une mèche de cheveux bruns lui recouvrait les yeux. Puis, un flou subit : il était rentré d'un bond et avait disparu derrière les lourds rideaux de brocart.

Les marches du manoir étaient larges et raides. Mon cœur battait à tout rompre quand je suis arrivée en haut. J'ai dépassé les anges ébahis, atteint la porte et sonné. En attendant, j'ai lu l'inscription gravée dans la pierre à mes pieds :

CARTERHOOK MANOR
ÉTABLI EN 1893
PATRICK CARTERHOOK

Elle était gravée en lettres cursives sévères et victoriennes, les deux O rebondis sectionnés chacun par une plume acérée. En les voyant, j'ai eu envie de me protéger le ventre.

Susan a ouvert la porte. Elle avait les yeux rouges.

« Bienvenue au Carterhook Manor », a-t-elle dit avec une emphase feinte. Elle a remarqué que je la dévisageais

– Susan n'avait jamais bonne mine quand je la voyais, mais là, elle n'avait même pas fait semblant de se brosser les cheveux et il émanait d'elle une odeur nauséabonde, âcre. (Elle ne sentait pas « le désespoir » ou « la dépression », juste la mauvaise haleine et la sueur rance.) Elle a haussé faiblement les épaules. « Ça y est, je ne dors plus du tout. »

L'intérieur de la maison contrastait du tout au tout avec l'extérieur. Seuls les murs avaient été conservés et la maison ressemblait maintenant à n'importe quelle demeure de riches. Ça m'a tout de suite ragaillardie. Un endroit comme ça, je pouvais le nettoyer : les lampes encastrées de bon goût, les plans de travail en granit, les appareils en acier inoxydable, les lambris neufs d'une régularité flippante, tel du chêne botoxé sur tous les murs.

« Commençons par la trace de sang », j'ai suggéré.

Nous sommes montées au premier. Il y avait deux autres étages. La cage d'escalier était ajourée, et en regardant à travers la rampe, j'ai aperçu un visage qui m'examinait du dernier. Cheveux et yeux noirs, sur une peau de porcelaine de poupée ancienne. Miles. Il m'a contemplée avec solennité pendant un instant, puis a disparu de nouveau. Ce gosse allait à merveille avec la maison d'origine.

Susan a décroché un tableau exquis du mur du palier pour que je puisse le voir dans son intégralité.

« Là. C'était là. » Elle a désigné une ligne imaginaire du plafond au sol.

J'ai fait semblant de l'examiner avec attention, mais il n'y avait pas grand-chose à voir. Elle l'avait complètement récurée. Je sentais encore l'odeur de javel.

« Je peux vous aider, j'ai dit. Il y a un extraordinaire sentiment de douleur ici. Dans toute la maison, mais ici, c'est vraiment flagrant. Je peux vous aider.

— La maison grince toute la nuit. Franchement, elle gémit, presque. Ça ne devrait pas être le cas. Tout à l'intérieur est neuf. La porte de Miles claque à des moments bizarres. Et lui... c'est de pire en pire. C'est comme si quelque chose s'était posé sur lui. Une obscurité qui pèse sur son dos. Comme une carapace. Il se déplace à toute vitesse comme un insecte. Comme un scarabée. Je serais prête à déménager, tellement j'ai peur, mais nous n'avons pas l'argent nécessaire. Nous ne l'avons plus. Nous avons acheté la maison trop cher, et les rénovations ont coûté presque autant et... mon mari ne veut pas, de toute façon. Il dit que Miles fait juste sa crise d'adolescence. Et que je suis une femme nerveuse, une idiote.

— Je peux vous aider, j'ai répété.

— Laissez-moi vous faire visiter le reste. »

Nous avons emprunté le long couloir étroit. La maison était sombre par nature. Il suffisait de s'éloigner de la fenêtre pour que descende la pénombre. Susan allumait les lumières au fur et à mesure que nous avancions.

« Miles les éteint à chaque fois, a-t-elle dit. Et je les rallume. Quand je lui demande de laisser allumé, il fait comme s'il ne voyait pas du tout de quoi je parle. Voilà notre cagibi. » Elle a ouvert une porte, révélant une pièce caverneuse avec une cheminée et des murs couverts de livres.

« C'est une *bibliothèque* ! » me suis-je exclamée. Ils devaient posséder un millier de bouquins, facile. Comment peut-on stocker un millier de bouquins dans une pièce et appeler ça un cagibi ?

Je suis entrée. J'ai été prise d'un tremblement violent. « Vous sentez ça ? Vous sentez la... lourdeur ici ?

— Je déteste cette pièce. » Elle a hoché la tête.

« Il faudra que je m'attarde particulièrement sur cette pièce », j'ai dit. J'allais y faire des séjours d'une heure complète juste pour lire, dévorer tout ce qui me tentait.

Nous sommes retournées dans le couloir, qui était de nouveau plongé dans l'obscurité. Susan a poussé un soupir et s'est mise à rallumer les lumières. J'ai entendu à l'étage le bruit d'une course effrénée d'un bout à l'autre du couloir. Nous sommes passées devant une porte fermée à ma droite. Susan a frappé – « Jack, c'est moi ». Le raclement d'une chaise qu'on repousse, le cliquètement d'une serrure, et un autre enfant, plus jeune que Miles de plusieurs années, a ouvert la porte. Il ressemblait à sa mère. Il a souri à Susan comme s'il ne l'avait pas vue depuis un an.

« Salut Maman », a-t-il dit. Il l'a entourée de ses bras. « Tu m'as manqué.

— C'est Jack, il a sept ans », a-t-elle fait. Elle lui a ébouriffé les cheveux.

« Maman doit aller faire un petit travail avec son amie », a dit Susan en s'agenouillant pour se mettre à son niveau. « Finis ta lecture et je préparerai un petit quelque chose à manger.

— Je ferme à clef ? a demandé Jack.

— Oui, ferme toujours à clef, chéri. »

Nous nous sommes remises en marche et nous avons entendu le cliquètement de la serrure derrière nous.

« Pourquoi la clef ?

— Miles n'aime pas son frère. »

Elle a dû sentir ma désapprobation : un ado qui aime son petit frère, ça n'existe pas.

« Vous devriez voir ce que Miles a fait à la baby-sitter qu'il n'aimait pas. C'est en partie pour ça que nous sommes fauchés. Les frais médicaux. » Elle s'est tournée brusquement vers moi. « Je n'aurais pas dû dire ça. Ce n'était pas… si grave. Peut-être un accident. Je n'en sais plus rien, en vérité. Peut-être que je suis juste folle à lier. »

Elle a eu un rire écorché. Elle s'est essuyé un œil.

Nous sommes arrivées au bout du couloir, où une autre porte était fermée à clef.

« Je vous montrerais bien la chambre de Miles, mais je n'ai pas la clef, a-t-elle dit simplement. Et puis j'ai trop peur. »

Elle a poussé un nouveau rire forcé. Il n'était pas convaincant ; pas assez d'énergie pour même évoquer un rire. Nous sommes montées à l'étage, une série de chambres tapissées et peintes, avec des meubles victoriens délicats disposés au petit bonheur la chance. Une des pièces contenait seulement un bac à litière. « Pour notre chat, Wilkie, a dit Susan. Le chat le plus chanceux du monde : une pièce à lui, rien que pour sa merde.

— Vous trouverez une utilisation pour cette pièce.

— C'est un chat adorable, en fait. Presque vingt ans. »

J'ai souri comme s'il s'agissait d'une information intéressante et positive.

« À l'évidence, nous avons plus de place qu'il ne nous en faut. Je crois que nous pensions qu'il pourrait y avoir un autre… peut-être adopter, mais je refuse d'introduire un autre enfant dans cette maison. Alors nous vivons dans un garde-meubles hors de prix. C'est vrai que mon mari adore les antiquités. » Je me l'imaginais bien, ce mari snob et coincé. Un homme qui achetait des antiquités mais ne les trouvait pas lui-même. Une décoratrice chic à lunettes d'écailles faisait sans doute le boulot pour lui. Ça devait être elle aussi qui choisissait les bouquins pour lui. J'ai entendu dire que ça se faisait – acheter des livres au mètre, les transformer en meubles. Les gens sont débiles. Une débilité pareille, ça m'épatera toujours.

Nous avons repris l'escalier. Le dernier étage n'était qu'un vaste grenier avec quelques vieilles malles disposées le long des murs.

« Elles sont ridicules, ces malles, non ? a-t-elle chuchoté. Il dit que ça donne un peu d'authenticité à la maison. Il n'a pas apprécié les rénovations. »

Donc la maison avait fait l'objet d'un compromis : le mari voulait de l'ancien, Susan voulait du neuf, et ils s'étaient dit que ce contraste intérieur/extérieur les ferait tomber d'accord. Mais au final, les Burke étaient plus amers que satisfaits. Des millions de dollars plus tard, ni l'un ni l'autre n'était content. Décidément, les riches ne mesurent pas leur chance.

Nous sommes descendues par l'escalier de derrière, étroit et vertigineux comme un terrier, et nous avons débouché dans une énorme cuisine moderne et étincelante.

Miles nous attendait, assis devant l'îlot central. Susan a sursauté en le voyant.

Il était petit pour son âge. Un visage pâle et un menton pointu, des yeux noirs qui s'agitaient nerveusement, comme ceux d'une araignée. Scrutateurs. *Extrêmement intelligent, mais déteste l'école*, j'ai pensé. *Ne reçoit jamais assez d'attention à son goût – même si Susan se consacrait entièrement à lui, ça ne suffirait toujours pas. Mesquin. Égocentrique.*

« Salut, Maman », a-t-il dit. Son visage s'est transformé, fendu par un grand sourire gauche. « Tu m'as manqué. » *Le bon petit Jack.* Il faisait une imitation parfaite de son petit frère. Miles s'est avancé pour enlacer Susan. Il marchait avec la posture voûtée, enfantine, de Jack. Il l'a entourée de ses bras, a enfoui son visage dans son flanc. Susan m'a jeté un regard par-dessus sa tête, les joues rouges, les lèvres pincées comme si une odeur épouvantable lui montait aux narines. Miles a levé les yeux sur elle. « Pourquoi tu veux pas m'embrasser ? »

Elle l'a serré brièvement. Miles l'a relâchée comme s'il venait de se faire échauder.

« J'ai entendu ce que tu lui as dit. À propos de Jack. À propos de la baby-sitter. À propos de tout. T'es vraiment une salope. »

Susan a tressailli. Miles s'est tourné vers moi.

« J'espère vraiment que vous allez partir pour ne plus revenir. Pour votre bien. » Il nous a souri. « C'est une affaire de famille. Tu ne crois pas, Maman ? »

Puis il est reparti par l'escalier de derrière dans un grand fracas avec ses grosses chaussures en cuir, se penchant lourdement en avant. C'était vrai qu'il filait de façon saccadée, comme s'il portait une carapace d'insecte, luisante et dure.

Susan a regardé le sol, pris une profonde inspiration et levé les yeux. « Il faut que vous m'aidlez.

— Qu'est-ce qu'il dit de tout ça, votre mari ?

— Nous n'en parlons pas. Miles est son fils. Il le protège. À chaque fois que je fais une remarque même vaguement critique, il dit que je suis folle. Il le dit souvent, que je suis folle. Une maison hantée. Peut-être que je le suis. De toute façon, il est tout le temps en voyage ; il ne saura même pas que vous êtes venue.

— Je peux vous aider. On peut parler tarifs, rapidement ? » Elle a été d'accord pour la somme, pas pour le délai : « Je ne peux pas attendre un an avant que Miles aille mieux ; il pourrait nous avoir tous assassinés d'ici là. » Elle a refait le rot désespéré qui lui tenait lieu de rire. J'ai accepté de venir deux fois par semaine.

Le plus souvent, je venais dans la journée, pendant que les enfants étaient à l'école et Susan au boulot. Je purifiais réellement la maison, dans la mesure où je la lavais. J'allumais ma sauge et répandais mon sel de mer. Je faisais bouillir ma lavande et mon romarin, et je récurais cette maison, murs et sols. Puis je m'installais dans la bibliothèque pour lire. Et je fouinais, aussi. J'ai trouvé un milliard de photos de Jack, lumineux, tout sourire, quelques vieux clichés de Miles boudeur, un ou deux de Susan, maussade, et aucun de son mari. Je plaignais Susan. Avec un beau-fils en colère et un mari toujours absent, rien d'étonnant à ce qu'elle se laisse gagner par les idées noires.

Et pourtant. Et pourtant, je la sentais également : la maison. Pas forcément malveillante, mais… consciente. Je la sentais qui m'observait, le croiriez-vous ? Elle me cernait. Un jour, je frottais le plancher quand j'ai ressenti une douleur vive, déchirante dans mon majeur – comme si j'avais été mordue – et lorsque je l'ai retiré, je saignais. J'ai enveloppé étroitement mon doigt dans un de mes chiffons de rechange et j'ai regardé le sang traverser le tissu. Et j'ai eu le sentiment que quelque chose dans la maison se réjouissait.

J'ai commencé à flipper. Je me suis forcée à combattre la peur. *C'est toi qui as tout inventé*, me disais-je. *Alors arrête.*

Un matin, six semaines après que j'ai commencé, je faisais bouillir ma lavande dans la cuisine – Susan était au travail, les enfants à l'école – quand j'ai senti une présence derrière moi. Je me suis retournée : c'était Miles, dans son uniforme d'école, qui m'examinait avec un petit sourire narquois. Il tenait mon exemplaire du *Tour d'écrou.*

« Vous aimez ça, les histoires de fantômes ? » Il souriait.

Il avait fouillé mon sac.

« Qu'est-ce que tu fais ici, Miles ?

— Je vous observais. Vous êtes intéressante. Vous savez que quelque chose de terrible est sur le point de se produire, n'est-ce pas ? Simple curiosité. »

Il s'est avancé, je me suis reculée. Il s'est arrêté à côté de la marmite d'eau bouillante. La chaleur lui rougissait les joues.

« J'essaie de rendre service, Miles.

— Mais vous êtes d'accord ? Vous le sentez ? Le mal ?

— Je le sens. »

Il a fixé des yeux la casserole d'eau. Passé un doigt sur le rebord puis l'en a écarté brusquement, rosi. Il m'a examinée de ses yeux noirs luisants d'araignée.

« Vous ne ressemblez pas à ce que je m'étais imaginé. Je pensais que vous seriez... *sexy*. » Il a dit ce mot d'un ton ironique, et j'ai compris ce qu'il entendait par là : sexy comme une diseuse de bonne aventure caricaturale. Gloss, longue chevelure et créoles. « Vous ressemblez à une baby-sitter. »

Je me suis encore écartée de lui. Il avait blessé la précédente baby-sitter.

« Tu essaies de me faire peur, Miles ? »

J'aurais bien voulu pouvoir m'approcher de la cuisinière, éteindre le brûleur.

« J'essaie de vous aider, a-t-il répliqué d'une voix posée. Je ne veux pas vous voir avec elle. Si vous revenez, vous allez mourir. Je ne veux pas en dire davantage. Mais je vous aurai prévenue. »

Il s'est retourné et il a quitté la pièce. Lorsque je l'ai entendu gravir l'escalier principal, j'ai versé l'eau bouillante dans l'évier, puis j'ai couru dans la salle à manger pour récupérer mon sac, mes clefs. Je devais partir. Quand j'ai attrapé mon sac, une odeur sucrée et nauséabonde a empli mes narines. Il avait vomi à l'intérieur – il y en avait partout, sur mes clefs, mon portefeuille et mon téléphone. Je n'ai pas pu me résoudre à attraper les clefs, à toucher cette infamie.

Susan est entrée en trombe, hors d'elle.

« Il est là ? Tout va bien ? a-t-elle dit. L'école m'a appelée pour dire que Miles ne s'était pas présenté. Il a dû entrer par la porte de devant et ressortir aussitôt par celle de derrière. Il n'aime pas vous savoir ici. Il vous a dit quelque chose ? »

Un violent fracas s'est fait entendre à l'étage. Un gémissement. Nous sommes montées en courant. Dans le couloir, pendue à un lustre, il y avait une minuscule figurine rudimentaire en tissu. Le visage dessiné au marqueur. Avec un nœud coulant en fil rouge. Des hurlements venaient de la chambre de Miles au bout du couloir. *Nonnononnnnnnn. Espèce de salope, espèce de salope !*

Nous nous sommes postées devant la porte.

« Vous voulez lui parler ? j'ai demandé.

— Non. »

Elle est repartie dans le couloir, en larmes. Elle a décroché la figurine du lustre.

« J'ai d'abord cru que c'était moi, a dit Susan en me la passant. Mais je ne suis pas brune.

— Je crois que c'est moi.

— J'en ai tellement marre d'avoir peur, a-t-elle murmuré.

— Je sais.

— Non, vous ne savez rien. Mais ça ne va pas tarder. »

Susan est allée à sa chambre. Je me suis remise au travail. Je jure que j'ai travaillé. J'ai nettoyé la maison – chaque centimètre carré de mur et de sol – avec du romarin et de la lavande, j'ai étalé la sauge et marmonné mes incantations bidon pendant que Miles hurlait et que Susan pleurait dans la chambre au-dessus de ma tête. Puis j'ai renversé le contenu de mon sac plein de vomi dans l'évier de la cuisine et j'ai laissé couler l'eau jusqu'à ce que tout soit propre.

Pendant que je déverrouillais ma voiture dans le crépuscule, une vieille dame, élégamment poudrée et les joues gonflées artificiellement, m'a interpellée depuis le bout de la rue. Elle s'est hâtée vers moi, un petit sourire aux lèvres.

« Je veux juste vous remercier pour ce que vous faites pour cette famille, a-t-elle dit. Pour l'aide que vous apportez au petit Miles. Merci. » Puis elle a porté ses doigts à ses lèvres et a fait mine de les verrouiller, et elle est repartie du même pas avant que je ne puisse lui dire que je ne faisais absolument rien pour aider cette famille.

Une semaine plus tard, tandis que je tuais le temps dans mon minuscule appartement (une chambre, quatorze livres), j'ai remarqué quelque chose. Une tache, comme une flaque rouillée sur le mur à côté de mon lit. Ça m'a fait penser à ma mère. À mon ancienne vie. Toutes ces transactions – une chose contre une autre, et inversement – et rien de tout cela n'avait fait la moindre différence jusqu'à maintenant. Une fois la transaction terminée, mon esprit redevenait une page blanche, en attente de la prochaine transaction. Mais Susan Burke et sa famille, je ne parvenais pas à les oublier. Susan Burke, sa famille et cette maison.

J'ai ouvert mon ordinateur portable antédiluvien et j'ai fait une recherche : Patrick Carterhook. Un ronronnement, un grincement et enfin est apparu le lien d'un article du département d'anglais de la fac : *« Fait divers victorien : La sinistre histoire de la famille Carterhook. »*

> Nous sommes en 1893 quand le magnat des grands magasins Patrick Carterhook emménage dans son splendide manoir de l'Âge d'Or au cœur de la ville avec son adorable épouse, Margaret, et leurs deux fils, Robert et Chester. Robert était un garçon perturbé, très enclin à tyranniser ses camarades de classe et à martyriser les animaux du quartier. À l'âge de douze ans, il incendia l'un des entrepôts de son père et resta sur les lieux pour contempler le désastre. Il ne cessait de tourmenter son petit frère, un enfant calme. À l'âge de quatorze ans, Robert se révéla incapable de se contrôler. Les Carterhook choisirent de le tenir à l'écart de la société : en 1895, ils l'enfermèrent dans le manoir. Il ne devait plus jamais mettre les pieds dehors. La violence de Robert ne cessa de s'accroître dans sa lugubre prison dorée. Il enduisait les biens de la famille de ses propres excréments et de son vomi. Une nurse fut envoyée à l'hôpital avec des contusions inexpliquées ; elle ne reprit jamais ses fonctions. La cuisinière, elle aussi, s'enfuit par un matin d'hiver. Selon les rumeurs, elle avait souffert de brûlures au troisième degré lors d'un « incident de cuisine ».
>
> Personne ne sait exactement ce qu'il se passa dans cette maison la nuit du 7 janvier 1897, mais les

résultats sanglants sont indiscutables. Patrick Carterhook fut découvert poignardé à mort dans son lit ; son corps présentait 117 marques de coups de couteau. Margaret, la femme de Patrick, fut retrouvée abattue avec une hache – restée plantée dans son dos – tandis qu'elle essayait de s'enfuir au grenier par l'escalier, et le jeune Chester, dix ans, fut retrouvé noyé dans une baignoire. Robert s'était pendu à une poutre dans sa chambre. Visiblement, il s'était bien habillé pour l'occasion ; il portait un costume du dimanche bleu, couvert du sang de ses parents. Il était encore mouillé d'avoir noyé son frère.

Sous l'article figurait une photo ancienne, floue, des Carterhook. Quatre visages solennels, sans sourire, sur des corps engoncés dans des couches de ruché victorien. Un homme mince dans la quarantaine avec une barbe pointue soigneusement taillée ; une femme blonde, menue, aux yeux tristes et perçants, si clairs qu'ils paraissaient blancs. Deux garçons, le plus jeune blond comme sa mère ; le plus âgé brun, les yeux noirs, un petit sourire mauvais et la tête penchée d'un air entendu. Miles. Le plus grand ressemblait à Miles. Pas parfaitement, mais l'essence y était : la suffisance, la supériorité, la menace.

Miles.

Si vous ôtez les lames de plancher pleines de sang et le carrelage taché d'eau ; si vous détruisez les poutres qui ont porté le corps de Robert Carterhook, et si vous abattez les murs qui ont absorbé les hurlements, est-ce que vous faites tomber la maison ? Peut-elle être hantée si ses entrailles – ses organes internes – ont été retirées ? Ou bien est-ce que l'infamie s'attarde dans l'atmosphère ? Cette nuit-là, j'ai rêvé qu'une petite silhouette ouvrait la porte de la chambre de Susan, se glissait près du lit tandis qu'elle dormait, et se postait calmement au-dessus d'elle avec un couteau de cuisine luisant emprunté dans sa cuisine à un million de dollars. La chambre sentait la sauge et la lavande.

J'ai dormi tout l'après-midi et me suis réveillée dans la pénombre, au milieu d'un orage. J'ai regardé le plafond jusqu'à ce que le soleil se couche, puis je me suis habillée et je suis partie pour le Carterhook Manor. Sans m'encombrer de mes herbes inutiles.

Susan m'a ouvert la porte avec les yeux mouillés. Son visage pâle se détachait sur l'obscurité de la maison.

« Vous avez bien un sixième sens, a-t-elle murmuré. J'allais vous appeler. Ça a empiré, ça n'arrête pas. » Elle s'est laissée tomber sur un sofa.

« Est-ce que Miles et Jack sont là ? »

Elle a fait oui de la tête et levé un doigt en l'air. « Hier soir, Miles m'a annoncé très calmement qu'il allait nous tuer. Et je m'inquiète vraiment… parce que… Wilkie… » Elle pleurait de nouveau. « Oh, zut. »

Un chat est entré lentement dans la pièce. Efflanqué et las, un vieux matou. Susan l'a pointé du doigt.

« Regardez ce qu'il a fait… à ce pauvre Wilkie ! »

J'ai mieux regardé. Au niveau de l'arrière-train, le chat n'avait plus qu'une touffe de fourrure effilochée. Miles lui avait coupé la queue.

« Susan, vous avez un ordinateur ? Il faut que je vous montre quelque chose. »

Elle m'a conduite à la bibliothèque, à l'étage, là où se trouvait le bureau victorien qui appartenait manifestement à son mari. Elle a actionné un interrupteur et la cheminée s'est mise en route avec un souffle. Elle a pressé une touche et l'ordinateur portable s'est illuminé. J'ai montré à Susan le site Web qui détaillait l'histoire des Carterhook. J'ai senti son haleine chaude dans mon cou tandis qu'elle lisait.

J'ai désigné la photo : « Robert Carterhook ne vous rappelle pas quelqu'un ? »

Susan a hoché la tête, comme en transe. « Qu'est-ce que ça signifie ? »

La pluie cinglait les fenêtres obscures. J'ai eu une violente envie de ciel bleu et de soleil. La pesanteur qui régnait dans la maison était insupportable.

« Susan, je vous aime bien. Je n'aime pas grand monde. Je veux le meilleur pour votre famille. Et je ne crois pas que ça soit moi.

— Que voulez-vous dire ?

— Je veux dire que vous avez besoin d'une aide véritable. Moi, je ne peux rien faire. Il y a un problème avec cette maison. Je pense que vous feriez mieux de partir. Qu'importe ce que dit votre mari.

— Mais si nous partons… Miles viendra avec nous.

— Oui.

— Et… il sera guéri ? S'il quitte cette maison ?

— Je ne sais pas, Susan.

— Alors quoi ?

— Alors, à mon avis, je ne vais pas suffire à arranger les choses. Je ne suis pas qualifiée. Je ne peux rien y faire. À mon avis, il vous faut partir ce soir. Allez à l'hôtel. Deux chambres. Fermez la porte de communication à clef. Et ensuite… nous verrons. Mais la seule chose que je puisse vous offrir, c'est mon amitié. »

Susan s'est levée, chancelante, les mains sur sa gorge. Elle s'est écartée, a murmuré « excusez-moi », et s'est éclipsée. J'ai attendu. Mon poignet me lançait de nouveau. J'ai jeté un coup d'œil circulaire sur la pièce remplie de livres. Pas de fêtes ici pour moi. Pas de recommandations auprès d'amis riches et anxieux. J'étais en train de ruiner mon occasion en or ; je ne lui avais pas donné la réponse qu'elle attendait. Mais pour une fois, je me sentais honnête. Pas en train de me raconter que j'étais honnête, mais honnête, tout court.

J'ai vu la silhouette de Susan passer à toute vitesse devant la porte. Elle dévalait l'escalier. Miles a jailli à sa suite.

J'ai crié : « Susan ! » Je me suis levée, mais je n'ai pas réussi à trouver la volonté de sortir de la pièce. J'ai entendu des murmures. Insistants ou coléreux. Puis plus rien. Le silence. Et toujours rien. *Vas-y*. Mais j'avais trop peur pour m'aventurer seule dans ce couloir obscur.

« Susan ! »

Un enfant qui terrorisait son petit frère et menaçait sa belle-mère. Qui m'avait annoncé calmement que j'allais mourir. Un gamin qui avait coupé la queue du chat de la maison. Une maison qui attaquait et manipulait ses habitants. Une maison qui avait déjà vu quatre morts et en voulait davantage. *Reste calme.* Le couloir était toujours plongé dans l'obscurité. Pas de trace de Susan. Je me suis levée et me suis dirigée vers la porte.

Miles est soudain apparu dans l'embrasure, raide et bien droit dans son uniforme d'école, comme toujours. Il bloquait le passage.

« Je vous ai dit de ne jamais revenir ici, mais vous êtes revenue – vous êtes revenue à plusieurs reprises », a-t-il dit. Raisonnable. Comme s'il parlait à un enfant qui reçoit sa punition. « Vous savez que vous allez mourir, n'est-ce pas ? »

« Où est ta belle-mère, Miles ? » J'ai reculé. Il s'est avancé vers moi. Il était petit pour son âge, mais il me faisait peur. « Qu'est-ce que tu as fait de Susan ?

— Vous ne comprenez toujours pas, hein ? C'est ce soir que nous allons mourir.

— Je suis désolée, Miles, je ne voulais pas te contrarier. »

Il a ri de nouveau, plissant gaiement les yeux. Une hilarité totale.

« Non, vous m'avez mal compris. Elle va *vous tuer*. *Susan* va nous tuer, vous et moi. Regardez cette pièce. Vous croyez que vous êtes là par hasard ? Regardez bien. Regardez bien les livres. »

Les livres, je les avais déjà bien regardés. À chaque fois que je nettoyais la pièce, je regardais tous les livres, je les convoitais. Je m'étais imaginé en voler un ou deux pour mon petit club de lecture avec…

Avec Mike. Mon client préféré. Chaque bouquin que j'avais lu avec Mike ces dernières années se trouvait dans les rayons. *La Femme en blanc, Le Tour d'écrou, La Maison du diable.* Je m'étais félicitée quand je les avais repérés – qu'est-ce que j'étais intelligente, d'avoir lu tellement d'ouvrages de la bibliothèque de ces gens sophistiqués. Mais je n'étais pas une lectrice cultivée ; j'étais juste une pute débile dans la bonne bibliothèque. Miles a sorti une photo du tiroir du bureau, une photo de mariage. Le coucher de soleil d'été derrière les mariés les faisait apparaître en contre-jour, dans un halo. Susan était une version voluptueuse, vivante de la femme que je connaissais. Le marié ? J'ai à peine reconnu le visage, mais la bite, je la connaissais, pas de doute. Je dispensais des branlettes au mari de Susan depuis deux ans.

Miles m'observait en plissant les yeux, tel un comique qui attend que le public comprenne sa blague.

« Elle va vous tuer, et je suis presque sûr qu'elle va me tuer aussi.

— Comment ça ?

— Elle est au rez-de-chaussée en train d'appeler les flics. Elle m'a demandé de vous retenir. Quand elle va remonter, elle va vous abattre d'un coup de revolver, et elle racontera une de ces deux versions aux flics. Un : vous êtes une arnaqueuse qui prétend avoir des pouvoirs surnaturels de façon à exploiter la vulnérabilité émotionnelle des gens. Vous avez raconté à Susan que vous pouviez aider son fils instable – et elle vous a fait confiance – mais au lieu de ça, tout ce que vous avez fait, c'est venir dans la maison et la voler. Lorsqu'elle vous a interrogée, vous êtes devenue violente, vous m'avez tiré dessus, elle vous a abattue en état de légitime défense.

— Je n'aime pas celle-là. Quelle est l'autre option ?

— Vous êtes honnête, en fait. Vous avez vraiment cru que j'étais possédé par la maison. Mais finalement, je ne suis pas possédé. Je suis juste un adolescent sociopathe lambda. Vous m'avez provoqué, je vous ai tuée. Elle et moi, nous avons lutté pour nous emparer du revolver, elle m'a tué en légitime défense.

— Pourquoi voudrait-elle te tuer ?

— Elle ne m'aime pas, elle ne m'a jamais aimé. Je ne suis pas son fils. Elle a essayé de me réexpédier chez ma mère, mais ma mère n'en a rien à faire de moi. Alors elle a voulu m'envoyer en pension, mais mon père a dit non. Elle voudrait me voir mort, ça c'est certain. Elle est comme ça, voilà tout. C'est comme ça qu'elle gagne sa vie : elle définit les problèmes, et elle les élimine. Elle a le sens pratique, quand il s'agit de faire le mal.

— Mais elle a l'air tellement…

— Effacée ? Non, elle ne l'est pas. C'est ce qu'elle voulait vous faire croire. C'est une femme d'affaires, elle est belle, et elle réussit très bien. C'est une dominante, bon sang. Mais vous aviez besoin d'avoir l'impression de vous attaquer à quelqu'un de plus faible que vous. L'impression d'avoir le dessus. Franchement, je me trompe ? N'est-ce pas l'essence même de votre activité ? Manipuler les manipulables ? »

Ma mère et moi, nous avions joué ce jeu pendant une décennie : nous vêtir et nous comporter comme des individus à plaindre. Je ne m'attendais pas à ce retournement.

« Elle veut me tuer… à cause de ton père ?

— Susan Burke avait un mariage parfait, et vous l'avez détruit. Mon père n'est plus là. Il est parti.

— Je suis sûre que ce n'est pas à cause de quelques… liaisons que ton père est parti.

— C'est la raison qu'elle a choisi de croire. C'est le problème qu'elle a défini et qu'elle projette d'éliminer.

— Est-ce que ton père sait… que je suis là ?

— Pas encore – c'est vrai qu'il est tout le temps en voyage. Mais une fois que mon père apprendra que nous sommes morts, qu'il entendra la version de Susan ? Une fois qu'elle lui racontera qu'elle était terrifiée, qu'elle est tombée sur la carte de la voyante dans son exemplaire de *Rebecca*, et que, dans son désespoir, elle est allée lui demander de l'aide… imaginez la culpabilité. Son fils est mort parce qu'il a voulu une branlette. Sa femme a été forcée de défendre sa famille et de *tuer* parce qu'il s'est fait faire une branlette. Cette horreur et cette culpabilité – il ne sera jamais en mesure de se racheter. Or c'est le but.

— C'est comme ça qu'elle m'a trouvée ? Ma carte ?

— Susan a trouvé la carte. Elle a trouvé ça bizarre. Louche. Mon père adore les histoires de fantômes, mais c'est le plus gros sceptique du monde – il n'irait jamais voir une chiromancienne. À moins… qu'elle ne soit pas vraiment chiromancienne. Elle l'a suivi. Elle a pris rendez-vous. Et quand vous êtes sortie de la salle du fond avec son exemplaire de *La Femme en blanc*, elle a su.

— Elle se confie à toi.

— Au début, j'ai trouvé ça flatteur. Puis j'ai compris qu'elle essayait de détourner mon attention. Elle m'a parlé de son projet de vous assassiner pour éviter que je réalise que j'allais mourir aussi.

— Pourquoi ne pas tout simplement m'abattre dans une ruelle la nuit ?

— Dans ce cas, mon père n'aurait pas souffert. Et si quelqu'un la voyait ? Non. Elle voulait vous tuer ici, où tout indiquait qu'elle était la victime. C'est en fait la solution la plus facile. Alors elle a inventé cette histoire de maison hantée pour vous attirer ici. Le Carterhook Manor, si *terrifiant.*

— Mais les Carterhook ? J'ai trouvé leur histoire sur Internet.

— Les Carterhook sont une fiction. Enfin, ils ont existé, sans doute, mais ils ne sont pas morts comme vous le croyez.

— Mais j'ai lu leur histoire !

— Vous avez lu leur histoire parce qu'elle a écrit leur histoire. C'est Internet. Vous savez comme c'est facile, de créer une page Web ? Ensuite, il suffit de référencer quelques liens pour que des gens la retrouvent, y croient, et l'ajoutent à leurs propres pages Web. C'est incroyablement facile. Surtout pour quelqu'un comme Susan.

— Cette photo, on aurait dit…

— Vous n'êtes jamais allée à un marché aux puces – il y a des boîtes et des boîtes de vieilles photos de ce genre à un dollar pièce. Ce n'est pas dur de trouver un gamin susceptible de me ressembler. En particulier si vous avez quelqu'un qui est prêt à y croire. Un pigeon. Comme vous.

— Le mur qui saigne ?

— C'était un bobard. Pour poser l'ambiance. Elle savait que vous aimiez les histoires de fantômes. Elle voulait vous faire venir, et vous convaincre. Elle aime bien jouer avec la cervelle des gens. Elle voulait que vous vous preniez d'amitié pour elle, que vous vous inquiétiez pour elle et puis – bam ! que vous passiez par ce moment de choc où vous alliez réaliser que vous allez mourir, et que vous vous êtes trompée de peur. Vos *sens* vous ont trahie. »

Il m'a fait un petit sourire méprisant.

« Qui a coupé la queue de votre chat ?

— C'est un Manx, imbécile, ils n'ont pas de queue. Je peux répondre à vos autres questions éventuelles sur la route ? Je préférerais ne pas rester là à attendre la mort.

— Tu veux venir avec moi ?

— Voyons : partir avec vous ou rester là et mourir ? Ouais, j'aimerais bien venir avec vous. Elle a sans doute fini son appel. Elle doit être en bas de l'escalier. J'ai déjà accroché l'échelle d'incendie dans ma chambre. »

Les talons de Susan claquaient dans le salon, en direction de l'escalier. Elle se déplaçait rapidement. En m'appelant.

« S'il vous plaît, emmenez-moi avec vous, a-t-il dit. S'il vous plaît. Juste jusqu'à ce que mon père rentre à la maison. S'il vous plaît, j'ai peur.

— Et Jack ?

— Jack, elle l'aime. C'est juste de nous qu'elle veut se débarrasser. »

Les pas de Susan, maintenant plus rapides, plus proches.

Nous sommes sortis par l'échelle de secours. Une vraie scène de film.

Nous étions dans ma voiture, en train de rouler, quand j'ai réalisé que je n'avais pas la moindre idée de ma destination. Le visage pâle de Miles réfléchissait la lumière des phares que nous croisions comme une lune maladive. Des gouttes de pluie dégoulinaient de son front sur ses joues et son menton.

« Appelle ton père, j'ai dit.

— Mon père, il est en Afrique. »

La pluie martelait le toit métallique de la voiture. Susan Burke (cette superbe arnaqueuse !) avait instillé chez moi une telle frayeur de la maison que j'avais été aveugle. À présent, je pouvais réfléchir : une femme brillante épouse un homme riche. Ils ont un bébé proprement adorable. La vie est belle à l'exception d'une chose : le beau-fils détraqué. Je la croyais lorsqu'elle disait que Miles avait toujours fait preuve de froideur à son égard. Je suis certaine qu'elle avait toujours fait preuve de froideur à l'égard de Miles. Je suis certaine qu'elle avait essayé de se débarrasser de lui dès le départ. Une femme aussi calculatrice que Susan Burke n'était sûrement pas du genre à vouloir élever le fils excentrique et farouche d'une autre femme. Susan et Mike parviennent à s'entendre un certain temps, mais bien vite, sa cruauté envers le premier-né de son mari gâte leur relation. Il se détourne d'elle. La main de sa femme sur sa peau le glace. Il vient me voir. Et continue de venir me voir. Avec les livres, nous avons juste assez en commun pour qu'il arrive à se raconter que c'est une espèce de liaison. Ses relations avec Susan continuent de se dégrader. Il quitte la maison. Il laisse Miles avec elle car il part à l'étranger – dès son retour, il prendra des dispositions. (C'était une pure supposition, mais le Mike que je connaissais, qui gloussait en jouissant, semblait être le genre de mec qui récupérerait son fils dans de pareilles circonstances.) Malheureusement, Susan découvre son secret et m'impute la faute de la destruction de son mariage. Imaginez la colère, à l'idée qu'une femme de mauvaise vie dans mon genre *manipulait* son mari. Et à présent, elle était coincée avec un affreux gamin qu'elle détestait et une maison qu'elle n'aimait pas. Comment résoudre le problème ? Elle se met à préparer son coup. Elle m'attire chez elle. Miles m'avertit à sa façon elliptique, il joue avec moi, il apprécie le jeu pendant un moment. Susan donne aux voisins une vague explication – je suis là pour aider le pauvre petit Miles – de sorte que lorsque la vérité va éclater – je suis une ancienne pute reconvertie en arnaqueuse – elle va apparaître comme une malheureuse, une pauvre âme à plaindre. Et moi, comme une nuisible. C'est la méthode idéale pour commettre un meurtre.

Miles s'est tourné vers moi avec son large visage de lune et il a souri.

« Vous savez que vous venez de vous transformer en kidnappeuse, techniquement.

— Je pense qu'il faut qu'on aille trouver la police.

— Il faut qu'on aille à Chattanooga, dans le Tennessee », a-t-il dit avec une légère impatience, comme si je me défilais devant un plan prévu depuis longtemps. « C'est là que se tient Bloodwillows cette année. Ça se passe toujours à l'étranger – c'est la première fois que ça a lieu aux États-Unis depuis 1978.

— Je ne vois pas du tout de quoi tu parles.

— C'est le plus gros salon du fantastique du monde, rien que ça. Susan m'a interdit d'y aller. Alors vous pouvez m'emmener. Je pensais que ça vous ferait plaisir – vous qui aimez les histoires de fantômes. Vous pouvez récupérer l'autoroute si vous prenez à gauche au troisième feu.

— Je ne vais pas t'emmener à Chattanooga.

— Vous feriez mieux. C'est moi qui commande, maintenant.

— Tu te racontes des histoires, jeune homme.

— Et vous, vous êtes une voleuse et une kidnappeuse.

— Je ne suis ni l'une ni l'autre.

— Susan n'a pas appelé les flics parce qu'elle s'apprêtait à vous tuer. » Il a ri. « Elle a appelé les flics parce que je lui ai dit que je vous avais surprise en train de voler. Vous comprenez, certains de ses bijoux ont disparu. » Il a tapoté les poches de son blazer. J'ai entendu un tintement.

« À présent, elle est remontée à l'étage et elle a découvert que son beau-fils perturbé a été kidnappé par une voyante qui est accessoirement une pute et une voleuse. Donc on va devoir se faire discrets pendant quelques jours. Ce n'est pas un problème, Bloodwillows ne commence pas avant jeudi.

— Susan voulait me tuer parce qu'elle a découvert ce qu'on faisait, ton père et moi.

— Vous pouvez prononcer le mot *branlette*, vous savez. Ça ne me choque pas.

— Susan a découvert la vérité.

— Susan n'a rien découvert du tout. Elle est extrêmement intelligente, mais c'est une imbécile. C'est moi qui ai compris. J'emprunte tout le temps les livres de mon père. C'est *moi* qui ai trouvé votre carte, *moi* qui ai trouvé vos notes dans la marge. C'est *moi* qui me suis rendu sur votre lieu de travail et qui ai compris. Une partie de ce que dit Susan est vrai : elle me trouve bizarre. Quand nous nous sommes installés ici – après que je lui ai dit que je ne voulais pas, et j'ai été très clair là-dessus – j'ai commencé à provoquer des choses, dans la maison. Rien que pour la faire flipper. C'est *moi* qui ai monté ce site Web. Moi. C'est *moi* qui ai inventé l'histoire des Carterhook. C'est *moi* qui vous l'ai envoyée, juste pour voir si elle allait enfin ouvrir ses bon sang d'yeux et ficher le camp. Elle n'a pas compris, elle a gobé vos bobards.

— Alors Susan disait la vérité sur toutes les choses terrifiantes qui se passaient dans la maison. Tu as vraiment menacé de tuer ton frère ?

— Le fait qu'elle m'ait cru en dit plus long sur elle que sur moi.

— Et c'est vrai que tu as poussé ta baby-sitter dans l'escalier ?

— Mais non, elle est tombée. Je ne suis pas violent, je suis juste intelligent.

— Ce jour-là, avec le vomi dans mon sac, la crise que tu as piquée à l'étage et la poupée pendue au lustre ?

— Le vomi, c'était moi, parce que vous ne m'écoutiez pas. Vous ne partiez pas. La poupée aussi. Et même le petit bout de lame de rasoir dans le plancher qui vous a coupé le doigt. Ça, c'est une idée inspirée par une technique de guerre de la Rome antique. Vous avez déjà lu… ?

— Non. Et ces hurlements ? Tu semblais vraiment hors de toi.

— Oh, ça, c'était réel. Susan avait découpé ma carte de crédit et l'avait laissée sur mon bureau. Elle essayait de m'enfermer. Mais c'est là que j'ai réalisé que vous étiez ma porte de sortie de cette saleté de maison. J'ai besoin d'un adulte pour presque tout, en fait : conduire une voiture, prendre une chambre d'hôtel. Je suis trop petit pour mon âge. J'ai quinze ans mais j'ai l'air d'en avoir douze. J'ai besoin de quelqu'un comme vous pour pouvoir me déplacer. Tout ce que j'avais à faire, c'était de vous convaincre de me faire sortir de la maison, et vous étiez à ma merci. Parce que vous savez parfaitement que vous n'irez pas voir les flics. J'imagine qu'une femme dans votre genre a un casier. »

Miles avait raison. Les gens comme moi ne vont jamais, jamais trouver la police, parce que ça se retourne systématiquement contre eux.

« Tournez à gauche pour récupérer l'autoroute », a-t-il dit.

J'ai tourné à gauche.

J'ai digéré son histoire, l'ai retournée et examinée dans tous les sens. *Attends, attends.*

« Attends. Susan m'a dit que tu avais coupé la queue de votre chat. Toi, tu m'as dit que c'était un Manx... »

Il a souri.

« Ha ! Bien vu. Donc quelqu'un vous ment. On dirait que vous allez devoir choisir à quelle histoire vous accordez votre foi. Vous préférez croire que Susan est dingue ou que c'est moi ? Qu'est-ce qui vous rassurerait le plus ? Au début, je pensais que ça serait préférable si vous croyiez que la folle, c'était Susan – que vous me plaindriez dans mon malheur, et que nous pourrions être amis. Compagnons de route. Mais finalement je me suis dit : peut-être que c'est mieux si vous pensez que c'est moi le méchant. Peut-être que comme ça vous avez plus de chances de comprendre que c'est moi qui commande... qu'est-ce que vous en pensez ? »

Nous avons roulé en silence pendant que je considérais mes options.

Miles m'a interrompue. « Franchement, je trouve que tout le monde est gagnant, là. Si Susan est dingue et qu'elle veut notre départ, voilà, nous sommes partis.

— Que va-t-elle dire à ton père quand il va rentrer ?

— Ça dépend de l'histoire que vous choisissez de croire.

— Est-ce qu'il est seulement en Afrique, ton père ?

— Je ne pense pas que mon père doive entrer en ligne de compte dans votre décision.

— OK, et si c'est toi, le dingue, Miles ? Ta mère va lancer les flics à nos trousses.

— Arrêtez-vous sur ce parking, devant l'église. »

Je l'ai examiné des pieds à la tête, en quête d'une arme. Je n'avais pas envie de finir en cadavre laissé-pour-compte sur le parking d'une église abandonnée.

« Allez, faites ce que je dis, OK ? » a lancé sèchement Miles.

Je me suis engagée dans le parking de l'église fermée juste à l'entrée de l'autoroute. Miles a bondi dehors sous la pluie et il est allé se réfugier en haut des marches, sous la corniche. Il a sorti son portable de son blazer et passé un appel, le dos tourné. Il est resté au téléphone une minute. Puis il a jeté l'appareil au sol, l'a piétiné un petit moment et est revenu à la voiture en courant. Son odeur rappelait le printemps, c'était troublant.

« OK, je viens d'appeler ma petite peureuse de belle-mère. Je lui ai dit que vous me faisiez flipper, que j'en avais marre de la maison et de ses excentricités – comme son habitude d'inviter des individus aussi infects –, que je m'étais enfui et que j'allais dormir chez mon père. Il vient de rentrer d'Afrique et je vais m'installer chez lui. Elle n'appelle jamais mon père. »

Et il avait détruit le téléphone de façon que je ne puisse pas vérifier s'il avait vraiment appelé Susan ou s'il jouait encore la comédie.

« Et qu'est-ce que tu vas lui dire, à ton père ?

— Rappelons-nous simplement que quand on a deux parents qui se détestent et passent leur temps à travailler ou à voyager, et qui, de toute façon, voudraient se débarrasser de vous, on peut raconter beaucoup de choses. On a une belle marge de manœuvre. Alors vous n'avez vraiment pas besoin de vous en faire. Prenez l'autoroute, il y a un motel à environ trois heures d'ici. Avec le câble et un restaurant. »

J'ai pris l'autoroute. Du haut de ses quinze ans, ce garçon avait l'esprit plus vif que moi à deux fois son âge. Je commençais à me dire que tout ce truc de rentrer dans le droit chemin, de penser aux autres, de faire le bien, c'était *de la connerie en boîte.* Je commençais à me dire que ce garçon pourrait faire un bon acolyte. Ce minuscule ado avait besoin d'un adulte pour se déplacer dans le monde, or pour une arnaqueuse, rien ne pouvait être plus utile qu'un arnaqueur en herbe hors pair. « Qu'est-ce que vous faites dans la vie ? » demanderaient les gens, et je dirais : « J'élève mon fils. » Imaginez tout ce que je pourrais faire gober, toutes les escroqueries que je pourrais réussir, si les gens pensaient que j'étais une gentille petite *maman.*

En plus, ce salon, Bloodwillows, avait l'air vraiment cool.

Nous nous sommes arrêtés au motel trois heures plus tard, exactement comme l'avait prévu Miles. Nous avons pris des chambres voisines.

« Dormez bien, a dit Miles. Ne partez pas dans la nuit, sinon j'appellerai les flics et je reviendrai à mon histoire de kidnapping. Je promets que c'est la dernière fois que je vous menace, je ne veux pas être salaud. Mais il *faut* qu'on arrive à Chattanooga ! On va s'amuser comme des petits fous, je vous le jure. Je suis trop content d'y aller, je n'en reviens pas. J'ai envie d'y aller depuis mes sept ans ! » Il a fait une drôle de petite danse d'excitation et il est retourné dans sa chambre.

Il était plutôt sympathique, ce gamin. Peut-être sociopathe, certes, mais très sympathique. Je le sentais bien. J'étais en train de me rendre à un endroit où tout le monde avait envie de parler bouquins, en compagnie d'un gamin intelligent. J'allais enfin quitter New York, pour la première fois de ma vie, et j'avais la possibilité d'exploiter une nouvelle approche, l'approche « maman ». J'ai décidé de ne pas m'en faire : je ne saurais peut-être jamais la vérité sur les événements qui s'étaient produits au Carterhook Manor (ça sonne du tonnerre, non ?). Mais soit j'étais foutue, soit je ne l'étais pas, donc j'ai choisi de croire que je ne l'étais pas. J'avais convaincu beaucoup de gens de beaucoup de choses au cours de ma vie, mais ceci serait mon plus grand exploit : me convaincre moi-même que ce que je faisais était raisonnable. Pas honnête, mais raisonnable.

Je me suis mise au lit et j'ai jeté un coup d'œil à la porte de la chambre communicante. J'ai vérifié qu'elle était bien fermée à clef. J'ai éteint la lumière. J'ai regardé le plafond. J'ai regardé la porte.

J'ai poussé la commode devant.

Absolument rien à craindre.

PAPIER À BASE DE
FIBRES CERTIFIÉES

Le Livre de Poche s'engage pour
l'environnement en réduisant
l'empreinte carbone de ses livres.
Celle de cet exemplaire est de :
680 g éq. CO_2
Rendez-vous sur
www.livredepoche-durable.fr

Composition réalisée par PCA

Imprimé en Italie par Grafica Veneta
en septembre 2017
Dépôt légal 1re publication : novembre 2017
LIBRAIRIE GÉNÉRALE FRANÇAISE
21, rue du Montparnasse – 75298 Paris Cedex 06

67/7616/6